危险的财富

[英] 肯·福莱特 著　于大卫 译

KEN FOLLETT

A Dangerous Fortune

江苏凤凰文艺出版社
JIANGSU PHOENIX LITERATURE AND ART PUBLISHING, LTD

目 录

皮拉斯特
家谱

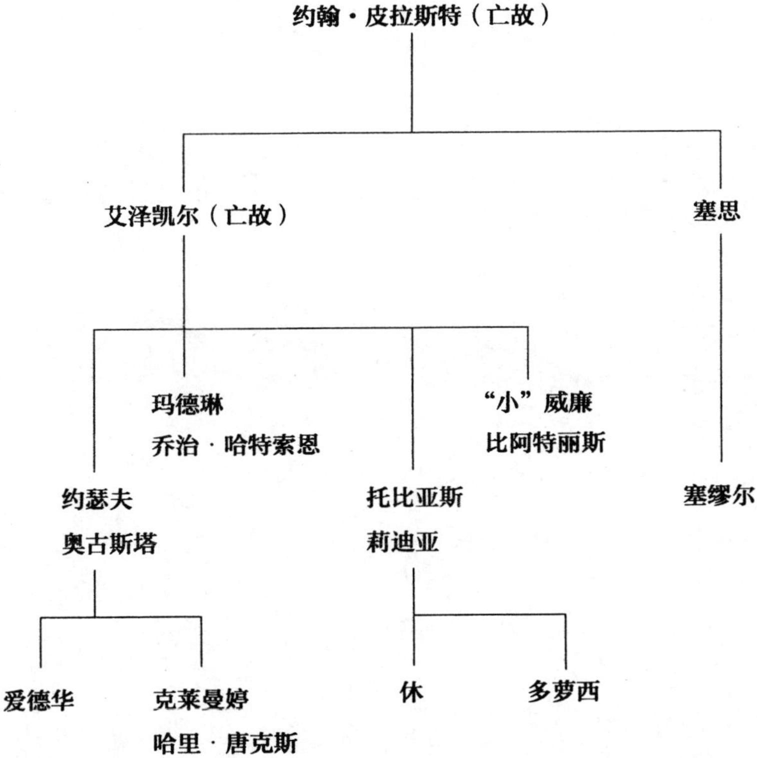
约翰·皮拉斯特（亡故）
艾泽凯尔（亡故）
塞思
玛德琳
乔治·哈特索恩
“小”威廉
比阿特丽斯
约瑟夫
奥古斯塔
托比亚斯
莉迪亚
塞缪尔
爱德华
克莱曼婷
哈里·唐克斯
休
多萝西

引　子

1866

1

悲剧发生的那天下午，温菲尔德学校的男孩子们都被关在屋子里，不能出门。

这是五月份一个炎热的星期六，通常他们下午都在南面的空地上打发时间，有些人打板球，其他人待在主教林边的阴凉里观看。不过，现在发生了一桩罪案：有人从拉丁文教师奥菲尔顿的办公桌上偷走了六枚沙弗林金镑，整个学校因而受到怀疑。所有学生都被控制了起来，直到逮住小偷为止。

米奇·米兰达在桌边坐着。桌面伤痕累累，好几代无聊的学生在上面刻下了自己姓名的首字母。他手里拿着一本叫作《步兵装备》的政府出版物。他对那些刀剑、滑膛枪和来复枪的雕版画很是着迷，但现在他觉得天气太热，根本静不下心来看书。桌子的另一头是他的室友爱德华·皮拉斯特，正在把米奇翻译的一段普卢塔克的译文抄在拉丁文练习本上。这会儿爱德华抬起头来，用染了墨水的手指了一下，问："这个单词什么意思？我不认得。"

米奇看了一眼。"身首异处，"他说，"在拉丁文里也是这个词，decapitare。"米奇觉得拉丁文很好学，或许是因为不少单词都跟他的母语——西班牙语相近吧。

爱德华继续唰唰写下去。米奇坐不住了，起身走到开着的窗户旁边。一点儿风也没有。他渴望的目光穿过马厩围场，投向对面的树林。在主教林北端一个废弃的采石场里，有个隐藏在树荫里的水塘，里面的水又冷又深……

"去游泳吧。"他突然说。

"我们不能去。"爱德华说。

"可以从犹太会堂出去。""会堂"是指隔壁房间，里面住着三名犹太男生。温菲尔德学校教授一些神学课程，对宗教差异比较宽容，也因此吸引了犹太家庭的父母，还有卫理公会教派的爱德华一家，以及米奇那个信天主教的父亲。但是，尽管学校的官方态度明确，犹太学童还是会受到一定的迫害。米奇接着说："我们可以从他们的窗户跳到洗衣房的屋顶上，再从别人看不见的那边下到马厩围场，偷偷溜进林子。"

爱德华很害怕。"要是给抓住了，你就得挨鞭子。"

所谓挨鞭子，指的是校长鲍尔森博士手里那根白蜡树条。破坏留置纪律的，要挨十二下，痛苦难当。米奇因为赌博被鲍尔森博士鞭打过一次，一想起来他就浑身打战。不过，被逮住的可能性远在天边，而脱下衣服、裸身扎进水塘的念头迫在眉睫，他简直能感觉到他汗津津的皮肤泡进冷水里的滋味。

米奇看着他的室友。爱德华在学校里不受人待见：他生性懒惰，当不成好学生，笨手笨脚，什么游戏也玩不好，也太自私，交不了什么朋友。米奇是爱德华唯一的朋友，爱德华讨厌米奇跟其他男孩待在一块。"那我去看看皮尔金顿想不想去。"米奇一边说，一边向门口走去。

"别，别去。"爱德华不安地说。

“干吗别去，”米奇说，“看你怕成那样。”

“我没害怕，”爱德华心虚地说，“我得写完我的拉丁文作业。”

“那你就写吧，我正好跟皮尔金顿一起去游泳。”

爱德华故作坚持，过了一会儿才投降了。“好吧，我去。”他不情愿地说。

米奇打开房门。别的房间传出低沉的嗡嗡声，但走廊里看不见任何教师。他快速闪进隔壁房间，爱德华紧随其后。

“你们好，诸位希伯来。”米奇说。

两个男孩子坐在桌边打牌，抬头瞟了他们一眼，谁也没说话，继续玩他们的游戏。第三个是胖子格林伯恩，正吃着蛋糕，他母亲总给他送吃的来。“你们二位好，”他亲热地说，“吃点蛋糕吗？”

“老天为证，你真跟猪一样能吃啊，格林伯恩。”米奇说。

胖子耸了耸肩膀，继续往嘴里塞蛋糕。大家一直在拿他开玩笑，他不但胖，还是个犹太人，但似乎什么难听话都伤害不了他。据说他父亲是全世界最有钱的人。米奇想，也许因为这个他才百毒不侵，随便别人怎么骂。

米奇走到窗子那儿，推开窗户四下看看。马厩围场里空无一人。胖子说：“你俩要干什么？”

“出去游泳。”米奇说。

“你们要挨鞭子的。”

爱德华怨声怨气地说：“我知道。”

米奇往窗台上一坐，抵着肚子翻了过去，再把身子转过来往下挪，然后落到脚下几英寸的洗衣房斜顶上。他好像听见石板瓦发出了碎裂的声响，但屋顶倒是撑住了他的重量。他往上扫了一眼，爱德华正紧张地看着他。“快点儿！”米奇说。他急匆匆爬下屋顶，顺着一根排水管轻轻跳到地上。片刻后爱德华也在他旁边落地。

米奇窥探了一下洗衣房的墙角，那儿连个人影也没有。他马上行动，快步穿过马厩围场进了树林。他在树林里跑着，直到觉得已经跑出了能看到的范围，然后停下来歇口气。爱德华赶了上来。“成功了！”米奇说，“谁都没发现我们。”

“我们回去的时候有可能被抓。”爱德华愁眉苦脸地说。

米奇朝他笑了笑。爱德华长得很英国化，直直的金发和蓝色的眼睛，鼻子就好像一把宽刃刀。他是一个大个子男孩，肩膀很宽，很结实，但不太协调。他不讲究时尚，衣服穿得也不得体。他跟米奇一样大，两个人都十六岁，但别的方面的差距就大了：米奇长着卷曲的黑头发、黑色的眼睛，他对自己的外表一丝不苟，最讨厌衣衫不整或者肮脏邋遢。“别担心，皮拉斯特，”米奇说，“有我照顾你呢！”

爱德华咧嘴一笑，安心了。“好，我们走吧。”

他们沿着一条不太显眼的小路穿过林子。山毛榉和榆树叶子下面稍稍凉快一些，这让米奇感觉好多了。“今年夏天你们准备怎么过？”他问爱德华。

“一般我们八月份都要去苏格兰。”

“你们在那儿有一座狩猎屋吧？”米奇挑了一个英国上流阶层使用的词汇，他知道“狩猎屋”的具体意思，就算一座拥有五十个客房的城堡也可以这么叫。

“他们租了个地方，”爱德华说，“但我们不在那儿狩猎。

我父亲不爱运动，这你知道。”

米奇从爱德华的声音里听出了一丝提防的味道，便琢磨这话到底是什么意思。米奇知道英国贵族到了八月份喜欢去野外打鸟，到了冬天就要猎狐。他也知道，真正的贵族并不把自己的子弟往这所学校送。温菲尔德的学生一般来自商人或工程师家庭，他们的父亲绝不会是伯爵或者主教；这些家庭也不会把时间浪费在狩猎这种事上。皮拉斯特家族成员个个是银行家，爱德华说“我父亲不爱运动”，等于承认他们家不属于最高的社会阶层。

英国人更尊重游手好闲的人，瞧不起劳动阶级，米奇觉得这很有意思。在他自己的国家，受人尊重的对象既不是生活懒散的贵族，也不是勤劳苦干的商人，他们那儿的人只看重权力。如果一个人有权控制别人——能养活他们，或让他们挨饿，有权监禁、杀掉他们或者给他们自由——那他就不需要其他任何东西了。

“你呢？”爱德华说，“这个夏天你怎么过？”

米奇一直等着他问这个问题。“在这儿，”他说，“我在学校过。”

“你不会又像上次那样，在学校度过整个假期吧？”

“只能这样了。我没法回家，光单程就需要六周的时间——还没到那儿就得往回返了。”

“哎呀，真是挺难的。”

其实，米奇也不想回去。他母亲去世以后，他就开始憎恶这个家。家里现在只有男人——他的父亲、哥哥保罗、几个叔叔和堂兄弟，还有四百个牛仔。老爹在那些人的眼里是个英雄，但在米奇眼里只是个陌生人：他既冷淡、难以接近，又毫无耐心。不过还是米奇的哥哥最难对付。保罗人很蠢，但很强壮。他痛恨米奇比自己聪明，向来以羞辱自己的小弟为乐。他总能抓住机会让弟弟出丑，让人知道他套不住阉牛，驯服不了马，也打不中蛇的脑袋。他的惯用伎俩是吓唬米奇的坐骑，每当惊马猛冲向前，米奇只能紧闭双眼，吓得半死却要苦撑到底，直到惊马跑遍潘帕斯草原，耗尽体力停下来。不，米奇不想回家过假期，但他也不想留在学校。他一心想着最好被皮拉斯特一家邀请，跟他们一起消夏。

爱德华没有马上提这个建议，米奇也只能作罢。他觉得一定还会再说起这事。

他们翻过一个快腐烂的尖桩栅栏，上了一个小土坡。登上坡顶后，他们就到了深水塘的上方。经过开凿的采石场岩壁四处都很陡，但身手敏捷的男孩子总能想方设法爬到下面。底部是一个墨绿色的深水塘，里面有蟾蜍、青蛙，间或还有水蛇。

米奇吃惊的是，已经有三个男孩在里面游泳了。

水面波光闪烁，他眯起眼睛凝视着那几个光溜溜的小人儿。他们全都是年纪更小些的温菲尔德四年级生。长着乱蓬蓬胡萝卜色头发的是安东尼奥·席尔瓦，虽说发色不同，但他却跟米奇是同乡。托尼奥[①]的父亲不像米奇的父亲有那么多土地，但席尔瓦一家住在首府，朋友一个个都很有势力。托尼奥和米奇一样，假期也不回家，但幸运的是伦敦的科尔多瓦部有他的朋友，因此用不着整个夏天都待在学校。

第二个男孩是休·皮拉斯特，是爱德华的堂弟。这两个堂兄弟毫无共同之处：休一头黑发，身上各处都生得很小巧，脸上总是带着顽皮的笑容。爱德华讨厌休，因为休学习好，相比之下显

① 托尼奥，安东尼奥的昵称。

得他像家里的低能儿。

最后那个是彼得·米德尔顿，他胆子很小，紧贴在更有自信的休的身边。这三个十三岁的孩子身体都很白，皮肤光滑，胳膊腿儿很细。

接着米奇看到了第四个男孩，他独自一人在水塘的另一头游泳。他比其他三个年龄大些，看来不是跟他们一起的。米奇看不清他的脸，不知道那人是谁。

爱德华邪恶地咧嘴一笑，他发现了搞恶作剧的好机会。他手指在嘴唇上比画了一下，示意别作声，然后就往采石场下面走。米奇跟在后面。

他们走到几个小男孩放衣服的凸岩边。托尼奥和休潜到了水底下，在探寻着什么，彼得一个人静静地上下游动着。是彼得最先发现有人过来，轻声说了一句："哎呀，糟了！"

"好啊，好啊，"爱德华说，"你们几个出界了，对不对？"

休·皮拉斯特这时注意到了自己的堂兄，喊着说："你也是！"

"你们最好赶快回去，省得被抓住。"爱德华说。他从地上拿起一条裤子。"就是别让你们的衣服湿了，否则谁都知道你们去哪儿了。"他随手把裤子扔到了水塘中央，哈哈大笑起来。

"你这个无赖！"彼得吼了一声，去抓水面上漂着的裤子。

米奇被逗得笑了起来。

爱德华拿起一只鞋子，扔进水里。

几个小男孩慌了。爱德华又拿起一条裤子，也扔了进去。三个受害者又喊又叫，潜下水去捞他们的衣物，一时间很是热闹，米奇大声笑了起来。

爱德华继续把鞋子和衣服往水里扔，那一头的休·皮拉斯特已经从水塘里爬了出来。米奇以为他要逃走，不承想他直冲爱德华跑了过来。没等爱德华转过身来，休狠命地推了他一下。虽然爱德华个头大，可一下子失去了平衡。他在凸岩上晃了几晃，一头掉进了水塘里，溅起一大片水花。

眨眼间，一切都发生了，只见休抓起一捆衣服，像猴子一样攀上了采石场的岩壁。彼得和托尼奥看见爱德华出丑，尖声笑了起来。

米奇抄近路去追休，但休个头又小又灵活，米奇根本追不上。米奇回头看了一眼爱德华，但用不着他担心，爱德华已经浮上了水面，正抓住彼得·米德尔顿，把他的脑袋一次又一次摁到水里，惩罚他刚才嘲笑自己。

托尼奥掉头游到了水塘边上，手里抓着一团湿衣服。他回头往后看，对着爱德华大声嚷道："放开他，你这大猿猴！"托尼奥生性莽撞，不计后果，米奇不知道他想干什么。托尼奥沿着边上往前走了几步，然后又转了回来，手里拿着一块石头。米奇大叫着警告爱德华，但为时已晚。托尼奥扔得太准了，一下子击中了爱德华的脑袋。额头上立刻带出一道明亮的血迹。

爱德华疼得嗷嗷叫，他放开彼得，使劲游过水塘去追托尼奥。

2

休光着身子穿过树林往学校跑，手里抓着仅剩的几件衣服，坑坑洼洼的地面硌得他脚板生疼，他也顾不得了。跑到两条小路交叉的地方，他闪身向左，继续跑了几步，接着钻进矮木丛里藏了起来。

他蹲在那里等着，让自己呼哧呼哧的气喘声平息下来，听着外面的动静。堂兄爱德华和他的密友米奇·米兰达，这两个人是整个学校最坏的家伙。他们是一对懒虫，不好运动，专爱欺负小同学。遇上了这种人只能躲得远点儿，此外毫无办法。不过这次躲不开了，爱德华肯定会追上来。他向来都恨休。

他们两人的父亲也闹翻了。休的父亲托比把他的资本从家族生意里抽了回来，创办了自己的企业，买卖纺织工业用的染料。虽说休才刚刚十三岁，但他已经能感觉到父亲的做法犯了皮拉斯特家族的大忌。爱德华的父亲约瑟夫永远不会宽恕自己的弟弟托比。

不知道他的朋友们怎么样了。米奇和爱德华出现之前水塘里一共有四个人：托尼奥、彼得和休在水塘的一边玩水，另一个大一点儿的男孩叫阿尔伯特·卡米尔，他一个人在较远的一头游泳。

托尼奥胆子大，有时候甚至有些鲁莽，不过他害怕米奇·米兰达。他们是同乡，都来自一个叫作科尔多瓦的南美洲国家。托尼奥说米奇的家族很强大，很残忍。休不太明白其中的含义，不过事情明摆着，托尼奥敢对别的五年级生出言不逊，但他对米奇总是彬彬有礼，甚至有点儿巴结他。

彼得胆子很小，大概早已吓丢了魂。但愿两个恶棍没有缠住他。

阿尔伯特·卡米尔——他的绰号叫“驼峰”——没跟休他们在一起，他的衣服也单独放在别的地方，所以他大概已经跑掉了。

休也逃脱了，但他的麻烦并没有完。他丢了内衣、袜子和鞋子，现在只能穿着透湿的衬衫和长裤偷偷溜进学校，还不能让老师或者哪个高年级生看见。想到这儿，他忍不住痛苦地哼哼起来。他真想不明白，这种事情怎么总是落到自己头上？

自打十八个月以前来到温菲尔德，他就不断惹麻烦。学习上他并不吃力，也十分刻苦用心，每次考试都在班上名列前茅。但他受不了那些鸡毛蒜皮的规矩。按规定他们必须每晚十点差一刻睡觉，可他总会找出各种理由熬到十点一刻才上床。那些不准学生进入的地方也让他心里痒痒，总想溜到教区长的花园、校长的果园、煤库和啤酒窖里探索一番。该走路的时候他用跑的，该睡觉的时候他要读书，甚至还在祷告的时候说话。每次结局总像现在这样，落得自己心虚害怕，却弄不清到底这些倒霉事从何而来。

过了几分钟，林子里依然静悄悄的，他不禁沮丧地想到自己的命运，不知自己会不会最终成为社会的弃儿，甚至是罪犯，被关进监狱或戴着铁链被运到澳大利亚，也许会直接被人吊死。

最后他觉得爱德华不会追上来了，这才站起来，穿上尽湿的裤子和衬衣。这时他听见一个人的哭声。

他小心翼翼地探出头来，看见托尼奥的一头乱糟糟的胡萝卜色头发。他这位朋友正沿小路慢慢走过来，赤身裸体，湿漉漉的，手里拿着自己的衣服，一边走一边抽泣。

“出什么事了？”休拦住他问道，“彼得呢？”

托尼奥突然变得凶狠起来。“我永远也不会说，永远不！”他说，“他们会杀了我的。”

“好吧，那就别跟我说。”休说。看来这次托尼奥又让米奇给吓住了：无论出了什么事，托尼奥都会保持沉默。“你最好把衣服穿上。”休关心地说。

托尼奥呆呆地看着手里的那团湿衣服，手哆嗦着，无法把衣服整理出来。休把衣服接过来。现在只剩一双鞋、一条裤子、一只袜子，但没有衬衣。休帮他把这些都穿戴上，然后两人朝学校走去。

托尼奥不哭了，但看上去依然惊魂未定。休希望那两个恶棍别对彼得做出什么恶心事来。但现在他要想办法为自己保命。“如果我们顺利进入宿舍，就可以换上新衣服，穿上备用的鞋，”他预先筹划着，“然后，只要禁令一解除，我们就能步行到城里，去巴克斯泰德的店里赊账买新衣服。”

托尼奥点了点头，闷声说：“那好吧。”

他们沿着蜿蜒的小路穿过树林，休心里又一次觉得托尼奥有点不对劲儿。毕竟，温菲尔德校园里常有这种欺负低年级学生的事。休离开水塘后那儿又出了什么事？但一路上托尼奥什么也没再说。

学校总共有六幢楼房，这些房子原来是一座大农场的主体建筑。他们的宿舍设在小礼拜堂边一个以前的牛奶场里。从外面要翻一道墙，再穿过手球场才能进去。他们爬上墙头往里面窥视。正如他所预料，院子里空无一人，但他还是犹豫了一下。一想到屁股上会挨鞭子抽，他就有点害怕。但现在没别的选择，他必须回学校换上干衣服。

“危险解除，”他低声说，“我们走！”

他们翻过围墙，以冲刺速度穿过院子，跑到那座石头小礼拜堂的阴凉底下。到目前为止一切正常。然后，他们又蹑手蹑脚绕过东面的墙角，紧贴墙站着。接下来，只要再猛跑几步，穿过一条车道，就能直接进入他们的宿舍了。休停顿了一下，确认四处没有任何人，然后说：“开跑！”

两个男孩跑过那条马路。可是，就在他们快到门口时，灾难降临了。耳边突然传来一个既熟悉又威严的声音：“小皮拉斯特！是你吗？”完了，休明白，游戏到此结束了。

休的心往下一沉。他停下步子，转过身去。奥菲尔顿先生恰恰挑了这种时候走出礼拜堂，现在，他就站在门廊的阴影中。这是一个身材高大、瘦削的男人，穿着学院的长外衣，戴一顶方帽子。休心里暗暗叫苦。所有教师里，就数这位被人偷了钱的奥菲尔顿先生最没有同情心，下手最狠。这回肯定得挨鞭子了。他不由自主地缩紧了屁股。

“到这儿来，皮拉斯特。”奥菲尔顿先生说。

休慢腾腾地走过去，托尼奥跟在他身后。我刚才为什么非要冒这个险啊，他绝望地想。

“去校长办公室，马上。”奥菲尔顿先生命令道。

“是的，先生。”休愁眉苦脸地回答。事情变得越来越糟。校长要是看见他穿成这样，弄不好会把他从学校开除的。他该怎么跟母亲解释呢？

“还不快去！”教师不耐烦了。

两个男孩转身要走，但奥菲尔顿先生说："你不用去，席尔瓦。"

休和托尼奥快速交换了一下眼色，两人大惑不解。为什么休要受到惩罚，而托尼奥却不必？不过他们不敢提出任何疑问。托尼奥转身逃回了宿舍，休只身朝校长的房子走去。

他几乎感到鞭子已经抽在自己身上的滋味了。他知道自己会忍不住哭起来的，而这比挨打的疼痛更糟糕，他已经十三岁了，哭鼻子真是太丢人了。

校长的房子在校区的另一头，休磨磨蹭蹭地走着，但不多一会儿还是走到了。他按下门铃，随后一个女仆开了门。

他在门厅里见到了鲍尔森博士。校长是一个光头，长着一张牛头犬一样的脸，但不知为什么他没像往常遇到这种情况时那样怒气冲天、大发雷霆。他也没问为什么休离开了宿舍，怎么把浑身上下弄得湿淋淋的，只是给他打开书房的门，平静地说："进去吧，小皮拉斯特。"他肯定是在压着怒火，等到鞭挞的时候再一块发作。休走进屋子，心怦怦直跳。

让他吃惊的是，他的母亲坐在那儿。

更糟糕的是，她正在抹眼泪。

"我不过是去游了游泳！"休脱口争辩道。

屋门在他身后关上，他发现校长并没有跟着进来。

这时他才明白，这一切跟他破坏禁令外出游泳无关，跟他丢了衣服、半裸着回学校无关。

他有种可怕的预感，事情要比这严重得多。

"母亲，出什么事了？"他问道，"你到这儿来干什么？"

"唉，休，"她呜咽着，"你的父亲死了。"

3

对梅茜·罗宾逊来说，星期六是一周里头最美好的一天。爸爸在星期六拿工钱。今天晚饭不但能吃上肉，还能吃上新面包。

她跟哥哥丹尼坐在门前的台阶上，等父亲下班回家。丹尼十三岁，比梅茜大两岁，她觉得哥哥非常棒，虽说他有时候对她也很凶。

这幢房子是一排阴暗潮湿、密不透风的住宅中的一座，地处英格兰东北部海岸一个小镇的港区。房子是麦克尼尔太太的，她是个寡妇，就住在前面房间的楼下。罗宾逊一家住在后面一间，还有一家人住在楼上。爸爸下班回家时，麦克尼尔太太就会出现在门前的台阶上，等着收房租。

梅茜很饿。昨天她从屠户那里讨来一些碎骨头，爸爸买了白萝卜，炖了一锅菜，此后她就再也没吃什么。但今天是星期六，可以饱餐一顿了！

她尽量不去想晚饭的事，否则饥肠辘辘的感觉会让她更加难受。为了甩掉吃的心思，她对丹尼说："爸爸今天早上骂人了。"

"他说什么了？"

"他说，麦克尼尔太太是个paskudniak。"

丹尼咯咯笑起来。这个词是"狗屎"的意思。来这个国家已经一年，两个孩子都能讲一口流利的英语，但他们还记得从前说的意第绪语。

他们原来也不姓罗宾逊，而是姓拉宾诺维奇。麦克尼尔太太自打发现他们是犹太人，就开始讨厌他们。她以前从没见过犹太人，租给他们房间的时候还以为他们是法国人。这个镇子此外再没有别的犹太人了。罗宾逊一家原来根本没打算到这儿来，他们付了路费，要到一个叫作曼彻斯特的地方去，那里有不少犹太人，但他们坐的那艘船的船长告诉他们这里就是曼彻斯特，把他们骗了。发现来错了地方后，爸爸说他们可以攒够了钱再搬到曼彻斯特去，但紧接着妈妈就病倒了。她现在还在生病，他们也还没离开这儿。

爸爸在码头干活，那是一间很大的仓库，大门上面写着“托比亚斯·皮拉斯特公司”几个大字。梅茜弄不懂“公司”是什么意思。爸爸是个办事员，负责登记大楼里面搬进搬出的染料桶。他很细心，擅长收存纪录、编制单据。妈妈恰好相反，什么事都爱出头，爱冒险。是妈妈提议全家搬来英国的，她喜欢参加聚会，喜欢外出旅行，结识新朋友，还喜欢梳妆打扮，玩各种游戏。所以爸爸才那么爱她。梅茜觉得，那是因为他永远也变不成她那个样子。

可她不像原来那样精神饱满、生气勃勃了。她整天躺在旧床垫上，醒了睡，睡了醒，苍白的脸上闪着汗珠，热乎乎的气息带着恶臭。大夫说她需要滋补身体，需要多吃些新鲜的鸡蛋和奶油，还应该吃牛肉，每天都吃，可爸爸只能拿当天的晚饭钱付了大夫的出诊费。现在梅茜一吃饭就觉得内疚：她吃的东西，或许能挽救母亲的性命。

梅茜和丹尼学会了小偷小摸。赶集的日子他们会去镇中心广场，从摊位上偷土豆和苹果。商贩们一个个都眼睛很尖，但有时候也会走神，比如找钱时发生争执，旁边有狗打架或喝醉酒的等等。这时候，他们能抓什么就抓点什么。若是交上好运，碰上一个年龄相仿的富家孩子，两个人便同时发动袭击，把他洗劫一空。这种小孩子一般带着个橙子或者有袋糖果，身上也会装着几个便士。梅茜很害怕让人抓住，她知道妈妈会觉得十分羞愧，但她肚子很饿，顾不得这些了。

她抬头看见远处有几个男人凑在一起，沿街朝这边走过来。她不知那都是些什么人。时间还早，还不到码头工人下班回家的时候。这些人在气愤地说着什么，胳膊比画着，挥着拳头。等他们走得近些，她看到罗斯先生也在里头，他就住在他们楼上，跟爸爸一样，也在皮拉斯特那里工作。他怎么不去上班呢？他们都被解雇了吗？看他气愤的样子，真有可能。他满脸通红，大声咒骂着，嘴里尽是“愚蠢的饭桶”“缺德的放贷人”和“说谎的杂种”这种话。这伙人走到了房子边上，罗斯先生转身离开了他们，跺着脚往房子里走。梅茜和丹尼赶紧闪到一旁，给他让开道，省得被他那双带着平头钉的靴子踩着。

梅茜再一抬头，看见了爸爸。爸爸身材瘦高，长着一撮黑胡子，一双眼睛是浅棕色的，他正远远地跟在别人后面，低着头。看到他垂头丧气的样子，梅茜都快哭了。“爸爸，出什么事了？”她问，“你们怎么这么早就回来了？”

“进屋吧。”他说，他的声音很低，梅茜几乎听不见。

两个孩子跟着爸爸走进房子的后间。他跪在床垫边，吻了一下妈妈的嘴唇。她醒来，对着他笑了。可他板着脸，说：“公司倒闭了，”他用的是意第绪语，“托比·皮拉斯特破产了。”

梅茜不明白这话是什么意思，但爸爸的口气就好像发生了一场灾难。她看了丹尼一眼，他耸耸肩。丹尼也听不懂。

“为什么啊？”妈妈说。

“发生了金融危机，”爸爸说，“伦敦的一家大银行昨天垮了。”

妈妈皱起了眉头，试图集中心思。“但是，这里不是伦敦啊，”她说，“伦敦跟我们有什么关系吗？”

“具体细节我不知道。”

“那么说，你没工作了？”

“没工作了，也没有薪水。”

“但今天该给的都给了？”

爸爸耷拉着脑袋：“不，他们没给我们。”

梅茜又看了看丹尼。现在他们听明白了。没有钱，就意味着他们谁都吃不上饭。丹尼一脸害怕。梅茜要哭了。

“他们该把钱付给你们，”妈妈低声说，“你们干了一周，他们应该给工资。”

“他们没有钱，”爸爸说，“这就叫作破产，就是说你欠人家钱，但没法付给人家。”

“但皮拉斯特先生人很好，你不是总这么说吗？”

“托比·皮拉斯特已经死了。昨天晚上在他伦敦的办公室里上吊了。他有一个儿子，跟丹尼一般大。”

“可我们怎么养活自个儿的孩子啊？”

“不知道，”爸爸开始哭了起来，梅茜害怕极了，“对不起，莎拉，”他说，眼泪落进他的胡子里，“我把你带到了这个可怕的地方，没有犹太人，也没人帮助我们。我雇不起医生，也买不起药，养活不了自己的孩子。我辜负了你。对不起，我太对不起你了。”他俯身把泪水打湿的脸埋在妈妈的胸前，她用颤抖的手抚摸着他的头发。

梅茜吓坏了。爸爸从来没有哭过。这仿佛意味着任何希望都不复存在，也许现在他们全都得死。

丹尼站起来，看了看梅茜，朝门口的方向点了一下头。她也站起来，两人蹑手蹑脚走出了房间。梅茜坐在台阶上哭了起来。“我们该怎么办？”她问。

“我们要逃跑。”丹尼说。

丹尼的话让她胸口一阵发冷。“不行。”她说。

“我们必须走。这儿没有吃的。如果我们留下，就会饿死。”

梅茜不在乎她会不会死，但她脑子里又出现了另一个想法：妈妈宁可自己挨饿，也要把吃的东西让给孩子。如果他们留下，妈妈就会死。他们必须离开，这样才能救她。“你说得对，”梅茜对丹尼说，“如果我们走了，也许爸爸能找到足够的食物给妈妈吃。我们得走，为了她也得走。”听到自己说出这番话来，她对家里发生的一切产生了敬畏之情。今天比他们离开维斯基斯那天还要糟糕。当时，村里的房子在他们身后燃烧，他们用两个帆布袋子装起全部家当，登上冷冰冰的火车。那时候，她至少知道无论发生什么事情，爸爸都会照顾她，而现在她却要自己照顾自己了。

“我们去哪儿呢？”她轻声说。

“我要到美国去。”

“美国！怎么去？”

“港口上停着一艘船，早潮一来就会开往波士顿。今天晚上我要顺着绳子爬上去，藏在甲板上的一条小船里。”

“你就用这法子偷渡了。”梅茜说，声音里既是恐惧又是钦佩。

“没错。”

看着哥哥，她头一次发现他的上唇长出了一抹淡淡的胡须。他要长成一个男人了，有一天，他也会长出像爸爸一样全黑的胡子。“去美国要走多久？”她问他。

他犹豫了一下，显得有点傻，然后才说：“我不知道。”

她明白自己没被列入他的计划，心里很难受，很恐惧。“那么，我们就没法在一起了。”她伤心地说。

他有些内疚，但并没有反驳她。“我告诉你怎么做，”他说，“去纽卡斯尔。大概走四天你就能走到那儿。那是一个大城市，比格但斯克还大。没人会注意你。你把头发剪了，偷一条男裤，装成个男孩。去一个大点儿的马厩做帮工——你侍弄马一直挺在行。如果那儿的人喜欢你，你就能拿到小费。过一段时间，他们就会给你个合适的工作。”

梅茜不敢想象孤身一人过日子。“我宁可跟你一起走。”她说。

“不行。我这么做已经够困难的了，要在船上找地方藏起来，还要去偷吃的，诸如此类。再说我也不能照顾你。”

“你不用照顾我，我会像老鼠一样安静的。”

“那我也会担心你的。”

“你把我孤零零一个人留下，就不担心了？”

“我们应该自己照顾好自己！”他生气地说。

她看出他已经下定了决心。一旦他的主意已定，她就再也劝不动他了。她心里很害怕，但还是问道：“我们什么时候走？明天一早？”

他摇了摇头。“现在。天一黑我就要登上那条船。”

“你说的是真的？”

“真的。”好像要证明自己的话一样，他站了起来。

她也站了起来：“我们要带点什么吗？”

“带什么？”

她耸了耸肩。她没有多余的衣服，没有能留作纪念的东西，没有任何形式的财产。家里既没有吃的，也没有现钱可拿。“我要亲一下妈妈，说声再见。”她说。

“不必，”丹尼严厉地说，“如果你这么做，就会留下来不走了。”

的确。如果她现在看到妈妈，就会一下子垮掉，把什么都告诉她。她使劲咽了一口气。“好吧，”她强忍着眼泪说，“我准备好了。”

他们肩并肩一起走远。

当他们走到这条街的尽头时，她想回头再看上一眼那座房子，但她害怕这么做会让她变得软弱。因此她继续走下去，一次也没有回头。

4

自《泰晤士报》：

英格兰学生的品格——阿什顿的副验尸官H. S. 沃什布劳先生在温菲尔德的站前酒店对彼得·詹姆斯·圣约翰·米德尔顿的尸体进行了尸检。死者十三岁，是一名学生。该名学生在温菲尔德学校附近一个废弃的采石场内的水塘里游泳，法院被告知，两名年龄较大的男孩看到他显然遇到了麻烦。他们其中一个是米格尔·米兰达，科尔多瓦人，他提供证词说，他的同伴爱德华·皮拉斯特，十六岁，当时立刻脱掉外衣跳入水中，试图搭救年龄较小的男孩，但最终未能如愿。温菲尔德校长鲍尔森博士作证说，采石场一概禁止学生进入，但他知道这项规定未被严格遵守。陪审团呈递了意外溺水死亡的裁定。副验尸官吁请关注爱德华·皮拉斯特试图挽救他朋友生命的勇敢行为，他指出，温菲尔德学校培养出的英格兰学生所具有的优秀品格，非常值得我们引以为傲。

5

米奇·米兰达被爱德华的母亲迷住了。

奥古斯塔·皮拉斯特是一位身材高大、轮廓匀称优美的女人。她三十多岁，长着黑头发、黑眉毛，外加高高的颧骨、挺拔的鼻子和有力的下巴。严格来说她并不美，当然也谈不上可爱，但不知为什么，那张傲慢的脸孔让人深深着迷。她穿黑色的外套，戴着黑礼帽参加研讯，这就更加惹人注目。然而更令人着魔的是，她让米奇有一种清晰无误的感觉：这身正式装扮掩盖着一副极具诱惑的肉体，在傲然专横的仪表下面，隐藏着她激情充溢的本性。他几乎无法把目光从她身上移开。

她旁边坐着丈夫约瑟夫，爱德华的父亲。他面相丑陋，长着一张坏脾气的苦瓜脸，四十岁左右。他也跟爱德华一样，长着宽刀片样的鼻子，头发也是一样的金色，但他的发际线已经后退，脸颊两侧长着浓密的长络腮胡，就像要以此弥补他的谢顶。米奇纳闷是什么让这样一个妙不可言的女人嫁给他。他很有钱，大概这就是原因吧。

他们坐着一辆从站前酒店租来的马车返回学校，马车上有皮拉斯特夫妇、爱德华和米奇，还有校长鲍尔森博士。米奇发现校长也被奥古斯塔·皮拉斯特迷得神魂颠倒，觉得很好玩。老鲍尔森问研讯是不是让她觉得很累，坐马车是否舒服，还命令马车夫走慢点儿。马车一停他就跳下来，等她下车时握住她的手，激动得直发抖。他那张斗牛犬般的脸从未像现在这样活灵活现。

死因研讯进行得很顺利。米奇带着一副最坦率最诚实的表情讲述他跟爱德华编造出来的故事，但他心里十分恐惧。英国人素来道貌岸然，讲究说实话，如果他被揭发出来，那就会惹出大麻烦。不过整个法院上下都陶醉于小男生的英雄主义故事，没有一个人提出质疑。爱德华很紧张，证词说得结结巴巴，但验尸官原谅了他，指出他是因为没能挽救彼得的性命而心烦意乱，让他不要太责怪自己。

其他男孩没有一个被要求参加死因研讯。溺亡发生的那天休就被从学校带回了家，因为他父亲死了。托尼奥也没有被要求提供证词，因为没人知道他亲眼目睹了死亡，米奇把他吓得闭上了嘴。其他目击者，那个在水塘远处游泳的不知姓名的男孩，也没有自己站出来。

彼得·米德尔顿的父母过于悲痛，无法出席。他们派了自己的律师，一个睡眼惺忪的老人到场，他的唯一目标就是把各种纷扰压到最低，快点儿把研讯办完了事。彼得的哥哥大卫在场，律师没有对米奇和爱德华提出任何问题，让他非常焦躁不安。那老头对他的低声抗议置之不理，倒让米奇松了口气。米奇对他的懒惰很是感激。他已经准备好接受交互询问，但爱德华有可能会支撑不住而说漏嘴。

在校长那间满是灰尘的客厅里，皮拉斯特太太抱住爱德华，在他额头的伤口上吻了一下，那是托尼奥用石头打的。“我可怜的孩子。”她说。米奇和爱德华没把托尼奥朝爱德华扔石头的事告诉任何人，如果说了，他们就不得不解释他为什么要这样做。他们说爱德华是在潜到水下营救彼得的时候碰破了脑袋。

大家坐下喝茶的时候，米奇看到了爱德华的另一面。他母亲坐在他旁边的沙发上，不断地抚摸他，叫他泰迪。大多数男孩都会显得不好意思，可他好像很喜欢这样，不时向她投去迷人的微笑，这种微笑米奇以前从没见过。她在对他冒傻气，米奇想，但他很吃这一套。

简短谈了几分钟以后，皮拉斯特太太突然站了起来，几个男人吃了一惊，也慌忙离座。“我看你是想抽支烟了，鲍尔森博士。”她说。不等对方回答，她就继续说道，“皮拉斯特先生要同你一道去花园里转转。泰迪宝贝，跟你父亲去吧。我想在礼拜堂里安静地待几分钟，也许米奇能给我指路。”

“听从吩咐，听从吩咐，”校长结结巴巴地说，他对这一连串的指令急于表示赞同，几乎语无伦次了，“快去吧，米兰达。”

米奇觉得她真了不得，不费吹灰之力就把这一帮人支得团团转！他给她开了门，然后跟着她走了出去。

到了门厅，他礼貌地说：“皮拉斯特太太，要一把遮阳伞吗？太阳很大。”

“不，谢谢你。”

他们走到外面。很多男生在校长的房子附近转悠。米奇估计大家都听说皮拉斯特有个相貌出众的母亲，所以都跑到这儿来一窥芳容。他很高兴自己能陪着她，带她穿过几个院子和学校礼拜堂前面的方庭。“我在外面等你吧？”他建议道。

“到里面去。我有话跟你说。”

他紧张起来。陪一位惹人注目的成熟女性在学校里转悠所带来的快感消退了，他弄不清为什么她要跟他单独谈话。

礼拜堂里空无一人。她在后排找了一个长椅，请他坐在她的身边。她直直地盯着他的眼睛，说："现在把真相告诉我。"

男孩的表情里闪过一丝惊奇和恐惧，奥古斯塔知道自己猜对了。然而，他瞬间就恢复过来。"我已经把真相告诉你了。"他说。

她摇摇头说："你没有。"

他笑了。

这微笑让她十分惊讶。她已经抓住了他的破绽，也知道他在防守，但是他现在却笑脸相对。很少有人能抗拒她的意志，可尽管他年纪轻轻，倒像是个例外。"你多大了？"她问。

"十六。"

她仔细打量着他。他的长相十分出众，很耐看，长着一头卷曲的黑褐色头发，皮肤很光滑，尽管耷拉的眼皮和丰满的嘴唇让他显得有点儿颓废。他让她联想到了斯特朗的伯爵，举止神态和好看的模样都很相像……一丝苦涩的痛悔之情让她很快拂去了这个念头。"你们到水塘的时候，彼得·米德尔顿还好好的，什么麻烦也没有，"她说，"他正在那儿游得高兴。"

"你怎么会这么说？"他冷冷地问。

他害怕了，她感觉到了这一点，但他依然保持镇定。他的确已经相当成熟。她发觉自己并不愿意向他吐露太多。"你忘了，休·皮拉斯特当时在那儿，"她说，"他是我的侄子。上周他父亲结束了自己的性命，你可能听说了，就因为这个他今天没来。但他告诉了他的母亲，也就是我的妯娌。"

“他是怎么说的？”

奥古斯塔皱起了眉头。“他说爱德华把彼得的衣服扔进了水里。”她勉为其难地说，不明白为什么泰迪会做这样的事情。

“还有呢？”

奥古斯塔笑了。这个男孩控制了这场谈话。原本她是来质询他的，可现在他却审问起她来了。“直接告诉我究竟发生了什么事。”她说。

他点点头说：“好的。”

听到他这么说，奥古斯塔松了一口气，但还是很担心。她想知道事情的真相，但又害怕自己承受不了。可怜的泰迪——他一生下来就差点死掉，因为奥古斯塔的母乳出了点问题，直到他虚弱得不行了，医生才发现了问题的实质，提议找个乳母过来。从那时起他就体弱多病，需要她时时呵护。要是按照她的意思，是不会送他去寄宿学校的，但他的父亲在这个问题上十分强硬……她把注意力又放回到米奇身上。

“爱德华并没打算把谁怎么样，”米奇说，“他只是想搞恶作剧。他把别的孩子的衣服扔到水里，只是个玩笑。”

奥古斯塔点点头。这听起来很正常：男孩子都是这样互相取笑。可怜的泰迪大概自己也受到过这种待遇。

“然后，休就把爱德华推到水里了。”

“这个小小的休一直爱制造麻烦。”奥古斯塔说，“他就像他那糟糕的父亲一样。”或许他也会像他的父亲那样不得善终，她心里想。

“其他孩子都笑了，爱德华把彼得的头往下按，要教训教训他。休跑了。然后托尼奥朝爱德华扔了一块石头。”

奥古斯塔吓坏了。“他可能会被打昏，被淹死的！”

“还好他没有，他去追托尼奥。我就一直看着他们，没有人注意彼得·米德尔顿。托尼奥最后没让爱德华追上。这时候我们才发现彼得那儿没动静了。我们不知道他出了什么事，也许爱德华按得他没劲儿了，他太累或者喘不过气来，没法从水塘里出来。反正，他脸朝下漂在那儿。我们马上把他从水里弄出来，但他已经死了。”

这就很难说是爱德华的错，奥古斯塔想。男孩之间总是你推我搡，粗暴鲁莽。但她还是十分感激事情的真相没在死因研讯上说出来。米奇包庇了爱德华，谢天谢地。“别的孩子呢？”她问，“他们肯定知道发生了什么事。”

“恰好休在那天离开了学校。”

“另一个呢——你说他叫托尼？”

“安东尼奥·席尔瓦。简称托尼奥。不用担心他。他是从我们国家来的。我说什么他就做什么。”

“你怎么能肯定？”

“他心里明白，如果他给我找麻烦，他们家那边就会倒霉。”

说这句话时，男孩的声音里有一种冰冷的东西，让奥古斯塔打了个哆嗦。

“我去给你拿条披肩吧？”米奇关切地说。

奥古斯塔摇摇头说：“再没有别的孩子看见出了事？”

米奇皱起了眉头说：“我们到那儿的时候，水塘里还有一个男孩在游泳。”

“谁？”

他摇摇头说："我没看清楚他的脸，当时我也不知道这很重要。"

"他看见发生的一切了？"

"我不知道。我不知道他什么时候离开的。"

"可当你们把尸体弄出来的时候，他已经走了。"

"是的。"

"要知道这个人是谁就好了。"奥古斯塔焦急地说。

"他甚至有可能不是学校的学生，"米奇指出这一点，"他或许是从镇上来的。总之，不管什么原因，他没有站出来作证，所以我想他对我们不会有危险。"

对我们没有危险。这话击中了奥古斯塔，她意识到自己跟这个男孩卷入了一桩不名誉的，甚至有可能是非法的事件中。她不喜欢这种处境。她不知不觉就陷了进来，现在被困在里头了。她直勾勾地看着他，说："你想要什么？"

她这是头一次让他猝不及防。他一脸茫然，然后说："你是什么意思？"

"你包庇了我的儿子，今天做了伪证。"她的率直让他乱了阵脚。她把一切看在眼里，喜在心头，她又夺回了控制权，"我不相信你如此冒险是出于一片好心。我认为你想要得到一些回报。为什么不告诉我你想要什么呢？"

她看见他把目光垂向她的襟胸之处，瞬间闪过一个念头，以为他会提出什么非礼的建议。然后，就听他说："这个夏天我想跟你们一起过。"

她没有想到他会提出这个要求。"为什么？"

"我回家要六个星期。一到假期我就得留在学校。我很不喜欢这样——又孤独又无聊。我想获得邀请，到爱德华家消夏。”

突然之间他又是一个小男生了。她原以为他会索要钱财，或者一份在皮拉斯特银行的工作。但他提出的却是一个小小的、几乎是孩子气的要求。不过，这要求对他来说显然并不小。她想，毕竟他只有十六岁。

“你会跟我们在一起过夏天的，欢迎啊。”她说。这个想法并未让她不快。从某些方面看，他是一个相当难对付的年轻人，但他很讲礼貌，长得也好看，让他做一位嘉宾应该不会有什么困难。他也可能对爱德华产生一些好的影响。如果说泰迪有什么不足，那就是他做事缺乏目的，米奇正好相反。或许，他内在的意志力会传染一些给她的泰迪。

米奇笑了，露出一口雪白的牙齿。“谢谢你。”他看上去打心眼儿里感到高兴。

现在她很想一个人单独待上一会儿，把听到的事情再仔细考虑考虑。“现在你走吧，”她说，“我自己能找到回校长家的路。”

他从长椅上站了起来。“我很感激。”他说着伸出自己的右手。

她握住了。“我也很感激你，你保护了泰迪。”

他弯下腰，好像要去吻她的手，可让她惊讶的是，突然之间他吻了一下她的嘴唇。这动作如此之快，让她没时间躲闪。他直起身子时她想说句抗议的话，却想不出该说什么。片刻后，他已经走掉了。

真是岂有此理！他根本就不该吻她，更别说吻她的嘴唇了。他以为他是谁？她首先想到的是撤销夏天的邀请，但这又是万万不能的。

为什么不能？她问自己。为什么她不能取消对区区一个小男生的邀请？他做出了放肆的行为，因此他不应该到家里来。

但一想到自己要收回承诺，就让她感到不自在。事情不仅仅是米奇挽救了泰迪的名誉，她意识到。情况比这更糟糕。她已经与他订立了一份犯罪阴谋。这让她在他面前变得十分脆弱，令她厌恶。

她在阴凉的礼拜堂里坐了很长时间，盯着光秃秃的墙壁，琢磨着，用她本能的理解力思考着，这个英俊、精明的男孩到底要怎样使用他的权力。

第一部

1873

第一章
五 月

1

米奇·米兰达二十三岁时，他的父亲来到伦敦购买步枪。

卡洛斯·劳尔·泽维尔·米兰达先生一直被人称作“老爹”，他人长得矮，但肩膀十分厚实，那晒黑的脸膛上刻着一道道象征暴虐和残忍的线条。如果穿上皮套裤，戴上宽边帽，再骑上一匹栗色的种马，他能摇身变成一位优雅体面、呼风唤雨的人物，但眼下在海德公园，一身工装外套外加一顶普通礼帽，让他觉得自己很愚蠢，因此脾气变得很坏。

他们二人互不相像。米奇身材瘦高，五官端正，习惯笑对他人，从不愁眉苦脸。他已经深深依附于伦敦的精致生活：这里有漂亮的衣服、文雅的礼仪、亚麻床单和接入室内的管道设施。他的最大恐惧就是被老爹带回科尔多瓦。他无法忍受回到白天在马鞍上颠簸晚上睡硬地面的日子。更糟糕的是，他还必须听从他哥哥保罗的恣意摆布，保罗是老爹的翻版，他们父子两个倒很相像。也许有一天米奇会回家，但必须要先混得有头有脸，大权在握，而不是以米兰达老爹的小儿子的身份回去。而此刻，他只能说服父亲，他待在伦敦比回科尔多瓦老家更有用。

这是一个阳光明媚的星期六下午，他们在南马车大道上走着。公园里挤满了衣着光鲜的伦敦人，或步行或骑马，或坐在露天马车上，享受着温暖的天气。但是老爹并不觉得开心。“我必须弄到这些枪！”他用西班牙语嘀咕着，一连说了两遍。

米奇也说同样的语言。“你可以到家以后再买。”他试探着说。

“整整两千支？”老爹说，“也许可以，但是这么大一笔买卖，会弄得无人不晓。”

看来他想保守秘密。米奇不知道老爹想干什么。一下子买两千支枪，还加上弹药一块带回去，大概要花掉家里的所有现金积蓄。为什么老爹突然需要这么多军械弹药？自从传奇的“牛仔行军”以来，科尔多瓦就没再发生过战争。当年老爹带领部下穿越安第斯山脉，把圣玛丽亚省从西班牙霸主的手中解放出来。这些枪是给谁的？如果把老爹的牛仔、亲戚、官吏和食客都加起来，也只有不到一千人。老爹一定筹划着再招些人。他们要跟谁打仗？老爹没有主动提供信息，米奇也不敢问。

因此他换了个方式，说：“总之，你在家里无法买到如此高质量的武器。”

“的确，”老爹说，“威利–理查兹是我见过的最好的步枪。”

米奇在选择步枪上能帮老爹出谋划策。他一直痴迷于各种武器，紧跟最新技术的发展。老爹需要短管步枪，这种枪在马背上使用显得不那么笨重。于是米奇带着老爹去了伯明翰的一家工厂，给他看一种后装式的威利-理查兹卡宾枪，它的装膛杆是弯曲的，因此有“猴尾”这么个绰号。

“而且他们造枪的速度也很快。”米奇说。

“我还以为要等六个月才能造出这些枪来，可他们几天就能完成！”

“他们用的是美国机械。”在过去，枪支由铁匠打造，他们把各个部分拼装起来，要经过反复试验，所以制造两千支步枪的确需要六个月。但是，现代化的机器非常精确，每一支枪的所有部分都适用于同一型号的另一支枪。一家设备齐全的工厂每天可以生产出数百支一模一样的来复枪，就像生产别针一样。

“一台机器一天能生产二十万发子弹！”老爹说，惊奇地连连摇头。接着他稳了稳情绪，一脸冷酷地说，“但他们怎么可以在步枪送到之前要钱呢？”

老爹对国际贸易一窍不通，他以为制造商会将来复枪运到科尔多瓦，然后在那儿接受付款。实际情况恰恰相反，工厂要求付款应在武器离开伯明翰工厂之前完成。

但老爹不愿意把银币装在桶里，用船运过整个大西洋。更要命的是，他不肯在武器安全运抵之前，将全部家财拱手送出。

“我们会解决这个问题的，老爹，”米奇安慰道，“这就是商业银行存在的意义。”

“你再从头说一遍，”老爹说，“我得保证自己确实听明白了。”

米奇很高兴能为老爹解释些什么。“银行会支付伯明翰的制造商。它会安排将枪支运到科尔多瓦，再为整个航程保险。当枪支抵达，银行将通过他们在科尔多瓦的办事处接受你的付款。”

“但他们还得把银币运到英格兰。”

“不一定。他们可以用它来支付从科尔多瓦发往伦敦的咸牛肉等货物。”

“那他们靠什么谋生呢？”

“他们从每个地方都刮一点儿。他们以折扣价支付给制造商，在运输和保险上收取佣金，从你的枪上再额外加收一部分货款。”

老爹点了点头。他深受触动，但尽量不表现出来。这让米奇很快乐。

他们离开公园，沿着肯辛顿戈尔去约瑟夫和奥古斯塔的家。自从彼得·米德尔顿淹死后，七年来米奇每一个假期都是跟皮拉斯特一家人度过的。中学毕业后，他跟爱德华花了一年时间游历欧洲，在牛津大学学习的那三年中，他也与爱德华同处一室。喝酒、赌博、寻衅滋事，只在最起码的方面装一装学生。

米奇没有再吻过奥古斯塔，他当然一心想这样做。他想做的还不仅仅是吻她。他觉得她可能会喜欢任他摆布。在那冷冰冰的傲慢姿态下面，是充满激情和感性的女人一颗火热的心，对此他十分肯定。但他必须谨慎小心。自己几乎是被英国最富有的家庭之一当作儿子接受下来，这简直是一种无价之宝，勾引约瑟夫·皮拉斯特的妻子必将损害这个梦寐以求的地位，实在愚不可及。尽管如此，他还是免不了沉湎幻想，时常做一做他的白日梦。

爱德华的父母最近搬进了一处新房子。肯辛顿戈尔在不久前还是一条自梅费尔穿过田野连接肯辛顿村的乡间道路，现在沿着它的南侧排满了一座座豪华宅邸。街道的北侧是海德公园和肯辛顿宫的一座座花园。对一个富商家庭来说，这里是十分完美的落户之地。

米奇说不清这房子到底属于什么建筑风格。

它实在是惹人注目。房子是用红色的砖和白色的石头建成的，一楼和二楼都有巨大的带铅条的窗户。第一层以上是一面大大的山墙，三角形的墙体上有三排窗户——一层六个，再往上是四个，最上端是两个——这些大概都是卧室，可以安置无数的亲戚、客人和仆人。山墙两侧有台阶，台阶上栖息着石雕动物，有狮子、龙和猴子。在顶端是一艘扬帆的船。大概它代表家族传说中那艘贩卖奴隶的船，是它奠定了皮拉斯特家财富的基础。

“我敢说在伦敦找不出第二座这样的房子。”米奇说。他跟父亲站在门外上下打量着它。

老爹用西班牙语回答：“毫无疑问，这是那位太太的意图。”

米奇点点头。爸爸还没见过奥古斯塔，但他了解她的能耐。

这所房子还有一个很大的地下室。一座桥越过地下室区域，通到入口门廊处。见门开着，他们二人走了进去。

奥古斯塔正在招待宾朋，她用开下午茶会的方式来炫耀自己的房子。大厅的墙壁上铺的是橡木嵌板，里面挤满了来客和仆人。米奇跟他父亲把帽子交给一位男仆，穿过拥挤的人群进了房子后面的大客厅。一扇扇法式落地窗都敞开着，茶会蔓延到了石板铺地的露台和一个长形的花园里。

米奇故意挑选了一个人多拥挤的场合引荐父亲，因为老爹的礼节做派并不合乎伦敦社交标准，最好让皮拉斯特一家慢慢了解他。即使按照科尔多瓦的标准，他也算是一个不拘成法的人，陪他在伦敦闲逛就像是用皮带拴着一头狮子。他无论什么时候都坚持在外衣下面带上他的手枪。

老爹不用米奇帮忙指认，就知道哪个是奥古斯塔。

她站在屋子的正中央，身穿宝蓝色的丝绸礼服，方形领口让她丰满的胸部凸显出来。老爹握了握她的手，她用那双具有催眠魔力的黑眼睛凝视着他，用低沉而轻柔的声音说："米兰达先生，终于有幸见到你了。"

老爹立刻被迷住了。他握着她的手深鞠一躬。"我永远无法报答你对米格尔的好意。"他用磕磕绊绊的英语说。

米奇打量着她，看她如何向他的父亲施展魔法。从他在温菲尔德学校的礼拜堂里吻她的那个时候到现在，她的变化相当有限。眼睛周围多出的一两条皱纹只是让那双眼睛更加迷人，头发的一抹银色更加衬托了其他部分的黑色，如果她能再增加些体重，就会让她的体态更加妖娆多姿。

"米奇常跟我说起你那了不起的牧场。"她对老爹说。

老爹压低声音说："哪天你一定要去我们那里看看。"

上帝保佑，米奇想。奥古斯塔去科尔多瓦，怕是像一只火烈鸟飞到煤矿上一样，不合时宜。

"也许我会的，"奥古斯塔说，"那有多远？"

"坐新式快船的话，也就用一个月。"

他仍然抓着她的手，米奇注意到他的声音变得混沌不清。他已经爱上她了。米奇感到一阵妒意。如果有人要与奥古斯塔调情的话，那这个人应该是他米奇，而不是老爹。

"我听说科尔多瓦是一个美丽的国家。"奥古斯塔说。

米奇暗自祈祷老爹不要做出什么让人尴尬的事来。然而现在看来，如果合他的心意，他也能做出一副迷人的样子，眼下他就在为奥古斯塔扮演一个浪漫的南美贵族角色。“我可以向你保证，我们会像欢迎女王一样欢迎你。”他用低沉的声音说，很明显，他开始拍她的马屁了。

不过奥古斯塔在这一点上倒是跟他般配。“这可是多么诱人的情景啊。”她毫无羞耻地说了这句老爹无法理解的假话。随即她就抽回自己的手，连停都不停一下，就越过他的肩头喊道，“哎呀，提尔罗森船长，你能光临真是太好了！”接着她就转身去迎候刚到的客人了。

老爹就跟丢了魂一般。过了一会儿他才恢复镇静。这时他突然说：“带我去找银行的负责人。”

“当然。”米奇有点儿紧张。他看了看周围，寻找老塞思。整个皮拉斯特家族全在这儿，包括几个尚未婚嫁的姑妈、侄子和侄女、姻亲和较远的亲戚。他看到来了几位议会议员、几个等级较低的贵族。其他大部分客人都是生意上的关系，米奇估摸这些人同时也是竞争对手。他还看见了身材瘦高的本·格林伯恩，他是格林伯恩银行的主管，据说是世界上最富有的人。本·格林伯恩是所罗门的父亲，米奇一直管所罗门叫“胖子格林伯恩”，学校毕业后他们失去了联系：胖子既没有上大学，也没有去游历欧洲，而是直接进了父亲的银行，继承了家族事业。

贵族阶层普遍认为谈论金钱过于庸俗，但在这群人里却不存在这种禁忌，米奇时不时地听到人们说起“破产”这个词。报纸有时会把“危机”写成德语的“Krach[①]”，因为这股风气是从奥地利刮起来的。据刚刚进入家族银行工作的爱德华说，股票价格

① Krach，德语，意为“崩溃”。

在下跌，银行利率开始上升。一些人开始惊慌失措，但皮拉斯特一家相信，伦敦绝不会被维也纳拖下水。

米奇带老爹经过落地窗来到外面的露台，条纹遮阳篷的阴凉下面放着几条木制长椅。他们看见老塞思就坐在那儿。尽管春季天气已暖，他的膝盖上还是盖了一块毯子。他不知得了一种什么病，整个人显得像蛋壳一样脆弱。他长着一个皮拉斯特家特有的、宽刀刃状的大鼻子，让他显得依然强大有力。

另一位客人正在对老人滔滔不绝地说着："真可惜，皮拉斯特先生，你身体不够好，无法参加皇家招待会了。"

米奇很想告诉这个女人，不该跟皮拉斯特家的人说这种话。

"相反，我很高兴有这个借口，"塞思用鼻子哼了一声，"我不明白为何要对那些一辈子没赚过一分钱的人卑躬屈膝。"

"可那是威尔士王子呢，多大的荣誉啊！"

塞思实在无意于争长论短——他的确很少与人争论——现在他说："女士，皮拉斯特这个姓氏是公认的诚实交易的保证，声名远达天涯海角，可那儿的人没听说过什么威尔士亲王。"

"但是，皮拉斯特先生，看来你不太赞同皇室啊！"女人坚持着，用说笑的腔调掩饰着自己的企图。

塞思一辈子从来不跟人说笑。"我不赞同懒惰，"他说，"《圣经》里说，'若有人不肯作工，就不可吃饭'。圣保罗写过这句话，在《帖撒罗尼迦后书》第三章第十节，很明显，他有意忽略了皇家是个例外这句话。"

那女人狼狈地退阵而去。米奇忍着没笑出来，说："皮拉斯特先生，请允许我介绍我的父亲，卡洛斯·米兰达先生，是从科尔多瓦来做客的。"

塞思握了握老爹的手。“科尔多瓦，噢？我的银行在你们的首府城市帕尔玛设有办事处。”

“我很少去首府，”老爹说，“我在圣玛丽亚省有一个牧场。”

“这么说你是做牛肉生意的。”

“是的。”

“注意一下制冷。”

老爹没听明白。米奇给他解释：“有人发明了一种机器，能冷藏肉。如果他们能够找到办法把它安装在船上，我们就能把鲜肉发往世界各地，不必用盐腌了。”

老爹皱起了眉头。“这对我们可能没好处。我有一个很大的腌制厂。”

“把它卖掉，”塞思说，“干制冷这行。”

老爹不喜欢听别人告诉他该怎么做，这让米奇有点着急。他从眼角里瞥见了爱德华。“老爹，我要向您介绍我最好的朋友，”他说，设法把父亲从塞思那边拉过来，“让我向您介绍爱德华·皮拉斯特。”

老爹用一种冷静、清晰的目光审视着爱德华。爱德华的长相并不好看——随了他的父亲，而不是母亲——但他看上去像一个健康的农家子弟，肌肉健壮、皮肤白皙。熬夜和大量的葡萄酒并未显出后果——至少现在还没有。老爹握着他的手说：“你们两个已经是多年的朋友了。”

“是灵魂伙伴。”爱德华说。

老爹皱起了眉头，没听懂。

米奇说：“我们能谈一会儿生意上的事吗？”

他们走下露台，来到新铺的草坪边上。草坪的边沿刚种过，到处都是翻出的新土和小棵的灌木。“老爹刚在这儿做了一笔大采购，他需要把航运和金融方面的事情安排一下，”米奇接着说，“这可能会是你为你们家的银行带来的第一笔小型业务。”

爱德华十分热心。“我很高兴为你处理这件事，”他对老爹说，“你明早能到银行来吗？然后我们一起做些必要的安排。”

“我会去的。”老爹说。

米奇说：“我还有个问题。如果船沉了呢？损失是谁的？是我们，还是银行？”

“两者都不受损失。”爱德华得意地说，“货物由劳埃德公司保险。我们直接从保险公司收钱，然后再运一批新货给你们。没收到货物之前你们不用付款。顺便问一句，是什么货？”

“来复枪。”

爱德华的脸耷拉下来。“哎呀，那我可就帮不了你们了。”

米奇迷惑不解。“为什么？”

“都因为老塞思。你知道，他是卫理公会教徒。当然了，全家都是，但他比大多数人虔诚。总之，他不会为武器售卖提供经费，而且他是资深股东，这是银行定的原则。”

“真见鬼。”米奇骂了一句。他担心地瞥了他父亲一眼。幸运的是，老爹没有听懂这段对话。米奇觉得心里一下子没了底。他的计划不会毁在塞思这种愚蠢的宗教信仰上吧？“这个老伪君子都快死了，他干吗还要干涉呢？”

“他的确快退休了，”爱德华说道，“但我认为塞缪尔叔叔会接手，他也是一样，这你知道。”

真是越来越糟了。塞缪尔是塞思的独生儿子，五十三岁，身体也很健康。“我们只有去另一家商业银行了。”米奇说。

爱德华说：“那样的话也就简单了，只要你能够有一两份可靠的商务推荐信就行。”

“推荐信？为什么？”

“这么说吧，银行总要承担买方交易违约的风险，比如等它把货物运到地球遥远的另一端，买家却不要了。所以他们需要某种担保，确保他们是在跟一个体面的商人做交易。”

爱德华有所不知，“体面的商人”这个概念在南美洲尚不存在。老爹是一个领袖人物，一个拥有十万英亩潘帕斯草原兼做劳力和私家军队的牛仔。他行使权力的方式对英国人来说还是中世纪以前的。这就好比向征服者威廉要推荐信一样。

米奇故作泰然。“没问题，我们可以提供点儿什么。”他说。实际上他一下子走投无路了。但如果他想留在伦敦，就必须把这笔交易完成。

他们转身慢慢走向拥挤的露台，米奇隐藏起内心的焦虑。老爹还没明白他们遭遇了严重的困难，但米奇可以随后解释给他听——然后就会惹出麻烦。老爹忍受不了失败，他发起脾气来相当可怕。

奥古斯塔出现在露台上，摆手招呼爱德华。“帮我找找哈斯特德，泰迪宝贝。”她说。哈斯特德是她那位趋炎附势的威尔士仆役长。“甘露酒没有了，这个倒霉的家伙却不知去向。”爱德华走了。奥古斯塔向老爹送上一个温暖亲切的微笑。“喜欢我们这小小的聚会吗，米兰达先生？”

“很好，谢谢你。”老爹说。

“你应该喝点儿茶，或者一杯甘露酒。”

米奇知道，老爹更希望来上一杯龙舌兰酒，但在卫理公会教派的茶会上不提供烈酒。

奥古斯塔看着米奇。她总是能很快感觉到别人的情绪，她说：“我能看出你不太喜欢茶会。有什么事吗？”

他毫不迟疑地向她诉起苦来。“我希望老爹能帮爱德华为银行带点儿新业务来，但它涉及到了枪支弹药，爱德华刚才解释说，塞思叔公不会为武器提供资助。”

“塞思很快就不是资深股东了。”奥古斯塔说。

“可塞缪尔显然跟他父亲一样。”

“他？”奥古斯塔用一种调皮的语气说，“谁说塞缪尔会当下届资深股东？”

2

休·皮拉斯特戴了一条天蓝色的爱斯科特式宽领带，领口处稍微有点儿松，便用别针固定住。他也该穿一件新外套，但他的年薪只有六十八英镑，因此只能用新领带装点一下他的旧衣服。爱斯科特式样是最时新的，他十分大胆地选了天蓝色。他在奥古斯塔伯母客厅壁炉上的大镜子里瞄了一眼自己的形象，发现蓝领带、黑外套配上他的蓝眼睛和黑头发，很是吸引人，希望爱斯科特能让他显得时髦洒脱，引人注意。不管怎样，弗洛伦斯·斯塔沃西都会喜欢。

自从遇到她以后，休就开始对服饰打扮产生了兴趣。

他跟奥古斯塔一起生活，日子却过得如此穷困潦倒，这实在有些尴尬。不过，皮拉斯特银行有个传统，每个人所得的薪酬取决于他的价值，无论他是不是家族成员。另外还有一个传统，就是所有人都要从最底层开始。休在学校时是个好学生，如果不是惹了那么多麻烦，本来可以成为一名优等生的。然而，他所受的教育在银行里显得无足轻重，他做的是学徒职员的工作，拿的也是相应的薪水。他的伯母和伯父从来没提过要帮他摆脱经济困境，所以他们只能忍受他寒酸的穿戴。

当然，他也不太在乎别人怎么看待自己。真正让他担心的是弗洛伦斯·斯塔沃西，她是个白净、漂亮的姑娘，斯塔沃西伯爵的女儿，尤为关键的是，她对休·皮拉斯特有兴趣。事实上，任何一个跟他说话的女孩都能让他浮想联翩。这一点让他十分困扰，因为这无疑意味着他的感情肤浅，可是他毫无办法。如果哪个女孩偶然触摸了他一下，他就会立刻精神紧张，口唇发干。他的好奇无法满足，渴望能窥见她们裙摆下的双腿长什么样儿，时常感到欲火难耐。他已经二十岁，自打十五岁起就有了这种感觉，而这五年里除了自己的母亲以外，他也从来没有吻过任何人。

奥古斯塔办的这类茶会很折磨人。因为这算得上是一次社交聚会，人人都要打扮得愉悦可人，寻找话题，显露对彼此的兴趣。女孩们样子可爱，有说有笑，暗地里还不时卖弄风骚。房子里一下挤进这么多人，就难免会有哪个女孩的身体触碰到休，在她们转身时撞上他，触到他的胳膊，从他身旁挤过时，甚至会把乳房贴在他的后背上。有了这份礼遇，一个星期之内他都别想睡踏实觉了。

茶会上的不少人都难免跟他沾亲带故。他父亲托比亚斯和爱德华的父亲约瑟夫是亲兄弟。但休的父亲从家族企业里撤出了资本，开了一家自己的企业，破产倒闭，最后自杀。因为这个，休被迫离开了花费昂贵的温菲尔德寄宿学校，每天去福克斯通绅士子弟学校上学。他也因此自十九岁就开始工作，既没有去欧洲游历，也没有再花几年时间上大学。工作之后他只能寄居在伯母家里，自然也没钱置办新衣服来参加聚会。他的确是他们的亲戚，但他是个穷亲戚。在这个以财富决定其荣耀、自信和社会地位的家里，他十分尴尬。

谁也没有想要出钱帮助他摆脱窘境。贫穷是对不会做生意的人的惩罚，不该去刻意减轻失败带来的痛苦，否则成功的人就失去了动力。一旦有人提议帮助哪个失意落魄的人，他们就会搬出这么一句："这就如同往牢房里放羽毛床。"

他父亲是金融危机的牺牲品，但这也没什么区别。他破产的那天是1866年5月11日，银行家把它称作黑色星期五。一个叫作奥弗闰德与古尔尼有限公司的证券经纪商损失了五百万英镑，并在这一天破产，很多家公司受到了拖累，其中包括伦敦合股银行和塞缪尔·皮托爵士的建筑公司，以及他父亲的托比亚斯·皮拉斯特公司。但按照皮拉斯特家族的生意哲学，生意场上的失败就是失败，没有任何借口。眼下也在发生经济危机，在它结束前肯定会有一两家公司倒闭，但皮拉斯特极力保护自己，摆脱掉那些较为脆弱的客户，紧缩信贷，无情地拒绝了大部分新业务，只做很有保障的少数几种业务。他们相信，自我保护是银行家的最高职责。

可说到底，我也是皮拉斯特家族的一员啊，休这样想。尽管我没有皮拉斯特家的鼻子，但我懂得如何自我保护。每当想到父亲身上发生的事，他都难免感到怒火中烧，让他更加下定决心，立志成为这帮人里最富有、最有名望的人。他上的那所廉价的日间学校让他掌握了十分有用的数学和自然学知识，而他那出身优裕的堂兄当时却在苦学拉丁文和希腊文。没念大学反倒让他较早投身银行业务，他一心用在银行业务上，脑子里从未有过其他想法，比如去当个画家、议会议员或者牧师。他的血液里流淌着财政金融的基因。他能脱口而出当前的银行利率，对业务情况对答如流。他坚信自己不会变得像长辈亲戚那样自负、伪善，但他还是要当个银行家。

不过，他并没有在这些事情上想得太多。其实大部分时间他都在想女孩子。

他穿过客厅来到露台上，看到奥古斯塔拉着一个姑娘直奔自己走来。

“亲爱的休，”她说，“你的朋友鲍德温小姐来了。”

休暗暗叹了口气。蕾切尔·鲍德温是一位身材高大的知性女孩，见解很激进。她人长得不漂亮，头发是暗棕色的，两只浅色的眼睛挨得很近，但她活泼有趣，脑子里满是颠覆性的念头，休刚来伦敦，到银行里工作的时候，倒是挺喜欢她。但奥古斯塔自作主张，认为他应该娶蕾切尔，就把这层关系毁了。在这之前，他们俩对离婚、宗教、贫困和妇女参选等问题进行过自由而激烈的争论。既然奥古斯塔极力撮合他们两个，他们也只能面对面站在那儿，尴尬地闲聊几句。

“你看上去很可爱，鲍德温小姐。”他机械地说。

“你真好。”她回答说，显得很无聊。

奥古斯塔正要转身离开，这时一眼看到休的领带。“天哪！”她惊叹道，“这是什么啊？你怎么打扮得像一个旅店老板！”

这话让休一下子涨红了脸。要是他能想出一句尖刻的话反驳她，他宁可冒这个险，可他一个词也想不出来，只是嘴里嘀咕着：“这不过是条新领带，叫作爱斯科特领带。”

“你最好明天把它送给擦鞋童。”她说完转身走了。

休的胸中激起一阵怒火，诅咒自己为什么如此倒霉，偏偏跟这么个霸道的伯母住在一起。“女人不应该对男人的服饰评头品足，”他悻悻地说，“这是不守妇道。”

蕾切尔说：“我倒认为女性可以对任何感兴趣的东西发表评论。所以我会说，我喜欢你的领带，跟你的眼睛很匹配。”

休对她笑了笑，感觉好了一点儿。说到底，她人很不错。不过奥古斯塔想撮合他们，并非因为她的人品。蕾切尔的父亲是名律师，专门从事商业合同方面的业务。她们家除了她父亲的职业收入以外，再没有其他财源，在社会地位上，他们处于皮拉斯特家族以下好几个等级。实际上，若不是鲍德温先生对银行多有助益，他们是不会出现在这个聚会上的。蕾切尔是低等人家的女孩，让休跟她结婚，也就确认了休属于皮拉斯特家族里低人一等的血脉，这才是奥古斯塔的真实想法。

他并非完全不愿意向蕾切尔求婚。奥古斯塔暗示过，如果他迎娶了她所选定的对象，她就会送上一份慷慨的结婚礼物。但诱惑他的并不是什么结婚礼物，而是每晚都能跟一个女人上床的念头，到时候，他就可以拉起她的睡衣，露出她的脚踝和膝盖，露出她的大腿——

“别把我想歪了，”蕾切尔机灵地说，“我只是说我喜欢你的领带。”

休的脸又红了。她是不是能猜出他脑子里一直在想这些？他这些想法那么粗俗露骨，常常让他感到羞愧难当。“对不起。”他嘟囔说。

“皮拉斯特家的人真多，”她轻快地说，四下看着，“你都怎么对付这些人啊？”

休也往周围看了看，发现弗洛伦斯·斯塔沃西进来了。她长得格外漂亮，美丽的卷发垂散在她柔嫩的肩膀上，粉红色的外衣上镶着花边和丝带，帽子上还插着一根鸵鸟羽毛。她也看见了休，隔着房间朝他微笑。

“我发现我已经失去了你的关注。”蕾切尔用她那特有的直率说。

“我非常抱歉。”休说。

蕾切尔碰了他胳膊一下。“休，亲爱的，听我说几句。我喜欢你，伦敦社交场上没几个让我感兴趣的人，你算其中一个。但我不爱你，也永远不会嫁给你，无论你伯母使多大劲把我们凑在一起。”

休吃了一惊。“我说——”他张口结舌。

但她的话还没完。“我知道你对我的感觉也大致相同，所以用不着装出一副伤心欲绝的样子。”

休愣了一下，然后笑了。这种直言不讳正是他所喜欢她的地方。但他觉得她说得不错：喜欢并不是爱。他不知道什么是爱，但她好像知道。“这是不是意味着我们可以接着争吵妇女参政权的事？”他轻快地说。

“是的，但今天没空。我要谈谈你上学时的老同学，米兰达先生。”

休皱起了眉头。“米奇都不会拼‘参政权’这个词，更别说能告诉你这词是什么意思了。”

“反正，初入伦敦社交界的女孩子里，有一半都被他迷倒了。”

“我想不出这是为什么。”

“他是弗洛伦斯·斯塔沃西的男性版。”蕾切尔说完就离开了他。

休皱起了眉头，琢磨这话是什么意思。米奇知道休只是一个穷亲戚，对他很冷淡，所以休说起他来难免主观。他这个人总是风度翩翩，喜欢漂亮打扮。休觉得他就好像一只猫，圆滑整洁，十分感性，皮毛光鲜。那种精心修饰的劲头让人看不顺眼，男人们会说他没男人味，但女人好像并不在乎这一点。

休目送着蕾切尔穿过房间，朝米奇和他父亲那里走去，他们正在跟爱德华的姐姐克莱曼婷、玛德琳姑妈以及小姑比阿特丽斯说话。接着，米奇转向蕾切尔，极其体贴地握着她的手，对她说了句什么，引得她笑了起来。米奇总是扎在女人堆里，同时跟三四个女人说话。

但休不喜欢把弗洛伦斯跟米奇相提并论。她很迷人，到哪里都讨人喜欢，这跟米奇有点儿相似。但休认为米奇是一个下流的无赖。

他挤到弗洛伦斯身边，很是激动，也很紧张。“弗洛伦斯女士，你好！”

她迷人地笑了起来。“这房子真了不起！”

“你喜欢吗？”

“说不上来。”

“大多数人都这么说。”

她笑了，似乎他这句话十分诙谐有趣，让他感到既满足又欢喜。

他接着说：“你知道，这幢房子非常现代。它有五个浴室！地下室里有个大锅炉，用热水管道为整个屋子供暖。”

“也许山墙顶上那个石头帆船有点多余了。”

休压低了声音：“我也这么认为，它让我想起一个肉店外面挂着的牛头。”

她又咯咯笑了。休很高兴能把她逗笑。他决定最好把她从人群里带出去。“去看看花园吧。”他说。

“那多可爱啊。”

花园其实不怎么可爱，里面刚刚种好，但这一点儿也不碍事。他引着她走出客厅，上了露台，可在那儿却遭到了奥古斯塔的埋伏。她责备地瞪了他一眼，说：“弗洛伦斯女士，你能光临实在太好了。爱德华会带你去看看花园。”她一把抓过正在边上站着的爱德华，不等休说句话就把他们二人送走了。休恨得直咬牙，发誓自己这次决不饶了她。“休，亲爱的，我知道你要跟蕾切尔说话。”她说着抓起休的胳膊把他带进屋里，让他无法做出任何抗拒的举动，既不能把胳膊甩开，也不能当众大吵大闹。蕾切尔跟米奇·米兰达和他父亲站在一起。“米奇，我想让你的父亲去见见我丈夫的堂兄塞缪尔·皮拉斯特先生。”她把米奇父子俩分开，把他们都带走了，只剩下休跟蕾切尔。

蕾切尔笑了起来：“你真拗不过她。”

“她就像一辆横冲直撞的火车。”休气呼呼地说。透过窗户，他看见弗洛伦斯的裙摆一闪，跟着爱德华进了花园。

蕾切尔的眼睛紧随着他的目光，说："去追她啊。"

他咧嘴一笑："谢谢。"

他匆忙跑下花园，脚步飞快，脑子里突然冒出一个坏主意。他为什么不能按照伯母的那套如法炮制，把爱德华从弗洛伦斯身边支开？奥古斯塔要是知道一定会气得发疯——但为了能跟弗洛伦斯单独在花园待几分钟，这也值了。豁出去了，他想。"哎，爱德华！你母亲让我叫你到她那儿去，她在大厅里。"

爱德华没有多问，母亲一会儿一个主意，他已经习惯了。他说："请原谅，弗洛伦斯女士。"然后转身离开他们，往房子里面走去。

弗洛伦斯说："她真的派你来叫他？"

"没有。"

"你太可恶了！"她说，但一脸微笑。

他注视着她的眼睛，沐浴在她赞许的光芒之中。他随后会为此付出巨大代价，但为了这样美好的笑容，他甘愿承受更大的灾难。"我们去果园里看看。"他说。

3

奥古斯塔觉得米兰达老爹很有趣，简直一介矮胖农夫！他跟他那轻盈优雅的儿子差距太大了。奥古斯塔很喜欢米奇·米兰达，跟他在一起总让她感到自己更像一个女人，尽管他是那么年轻。他用一种独特的方式看待她，就仿佛她是他见到过的最为渴望的东西。有时候，她真希望他所做的不仅仅止于这样看着她。当然，这种念头很愚蠢，但她仍然时常有这种感觉。

有关塞思的谈话提醒了她。米奇认为，老塞思死了或者退休之后，他的儿子塞缪尔会以银行资深股东的身份接班。这当然不是米奇自己琢磨出来的，他一定是听家里人说的。奥古斯塔不想让塞缪尔接管，她希望接下这份工作的是自己的丈夫约瑟夫，也就是塞思的侄子。

她从客厅的窗户往外瞟了一眼，看见皮拉斯特银行四位股东全都聚在阳台上。这里头有三个人是皮拉斯特家族成员：塞思、塞缪尔和约瑟夫。十九世纪早期卫理公会派教徒喜欢用《圣经》中的名字取名。老塞思看上去病恹恹的，腿上盖了一条毯子，已经成了一个废物。他的儿子就站在他旁边。塞缪尔没有他父亲那种高贵的外貌，他同样长着一个喙状的鼻子，但鼻子下面是一张软塌塌的嘴巴，一口烂牙。家族传统有利于他成功继任，因为股东里头除了塞思以外，他的年龄最大。约瑟夫正在说话，对着他叔叔和堂兄强调着什么，一只手使劲比画着，他一急躁就摆出这种特有的手势。他也长着皮拉斯特家的鼻子，但其他方面的特征就没那么规整，也已经开始脱发。第四个股东站在后面，抱着双臂听着。他是乔治·哈特索恩少校，约瑟夫的妹妹玛德琳的丈夫。这位前陆军军官的额头上有一块突出的疤痕，那是二十年前参加克里米亚战争留下的。不过他并非战斗英雄，受伤是因为坐骑受了蒸汽引擎的惊吓，把他甩下马背，一头撞在炊事车的车轮上。他从军队退役，跟玛德琳结婚后就进了银行。这人脾气和善，听从别人的领导，没有管理银行的才能，再说银行也从来没有让皮拉斯特家族以外的人当资深股东。仅有的候选人就是塞缪尔和约瑟夫。

按照规矩，一切要按股东投票结果来决定。传统上说，家庭成员要普遍达成共识。在实际操作上，奥古斯塔决意要按她的方式行事，但这并不容易。

皮拉斯特银行的资深股东是整个世界举足轻重的人物之一，他做出的放贷决定可以挽救一个君主，他的拒绝可能引发一场革命。他与其他少数人——J.P.摩根、罗斯柴尔德家族、本·格林伯恩一道，手中掌控着各个国家的繁荣福祉。各国元首奉承他，部长大臣向他咨询请教，外交官们也对他大献殷勤；他的妻子则受到众星捧月的待遇，到处受人奉承拥戴。

约瑟夫想要这份工作，但他心无城府，疏于盘算。奥古斯塔生怕这个机会从他的指间溜走。要是让他处理这件事，他就会直截了当地说他愿意考虑，然后一切由家人来决定。他决不会想到为了确保赢得这场竞赛，还有其他事情可做，例如，他从不会做任何事情来诋毁他的对手。

奥古斯塔要为他操持这件事。

找到塞缪尔的弱点对她来说并不困难。五十三岁的塞缪尔还是单身，跟一个年轻人同住，他草率地称之为“他的秘书”。迄今为止，家族里并未特别留意塞缪尔个人的生活安排，但现在，奥古斯塔寻思自己是否可以改变这一状况。

对付塞缪尔要十分小心。他是个喜爱挑剔、注重细节的男人，是那种裤子上洒了一滴酒就会换掉整套衣服的人。但他性格并不软弱，也不可能被任何胁迫吓倒。对他不应采取正面攻击。

伤害这个人不会让她感到愧疚。她一直不喜欢他。他有时会装出觉得她很有趣的样子，而且他总是拒不理会她已表露出的憎恶之情。

她在客人之间来回走动着。有个如此合适的姑娘可以让她那侄子求婚，可他却不情不愿，这实在惹她气恼。这条家族支脉总是麻烦不断，可现在她懒得再费脑筋，不想让这些琐事分心。米奇提醒了她一件更重要的事情，那就是来自塞缪尔的威胁。

她在客厅里看见了小姑子玛德琳·哈特索恩。可怜的玛德琳，凭她那个皮拉斯特家的鼻子，你一眼就能看出她是约瑟夫的姐妹。这个鼻子长在男人脸上或许会显得高贵庄严，但给了一个女人就全不是那么回事了，活像凭空摆了一只大大的鸟嘴。

玛德琳跟奥古斯塔原来是一对冤家。奥古斯塔刚跟约瑟夫结婚时，玛德琳就对一家人围着奥古斯塔转感到不满，尽管玛德琳自己并不具有奥古斯塔的吸引力，也没她那种本事，奥古斯塔能一手安排全家的丧葬事宜，撮合婚事，平息事端，组织扶持病患、孕妇和丧亲家庭。玛德琳的态度差点让整个家庭闹出分裂。

但很快，奥古斯塔手里就掌握了对付她的武器。一天下午，奥古斯塔去邦德大街一家高档银器店闲逛，正好看见玛德琳溜进了商店后面。奥古斯塔在店里转了一会儿，假装打量一个面包架，随后就看到一个英俊的年轻人也朝后面走去。她听人说过，这种商店的楼上设有专门用于浪漫约会的房间，她因此断定玛德琳在搞风流事。她拿出一张五英镑的钞票买通了女店主，这位巴克斯特太太把那男人的姓名——特雷敏子爵——透露给她。

奥古斯塔十分惊讶，但她脑子里的第一个念头是，既然玛德琳可以跟特雷敏子爵私通，那她奥古斯塔也可以跟米奇·米兰达勾勾搭搭。但这显然是不可能的。再说，既然玛德琳已经被人发现，奥古斯塔也难免不出意外。

这种事会让玛德琳名声扫地。一个男人寻花问柳会被看作不道德，但听起来很浪漫，可一个女人要是这么做，她无疑成了娼妓。如果她的秘密泄露出去，她就会被整个社会拒之门外，家人也会因此蒙羞。奥古斯塔考虑用这个秘密操纵玛德琳，用告发她相威胁，牵着她的鼻子走。但这样做会让玛德琳恨她一辈子。为自己树敌十分愚蠢，也没有必要。应该能找到什么办法让玛德琳缴械，同时又与之结盟。左思右想，她拟定出一条策略。她没有拿那个秘密胁迫她，反而假装站在她的一边。“聪明人不用别人多说，亲爱的玛德琳，”她找到玛德琳，小声对她说，“别相信那个巴克斯特太太，让你的子爵找个更加隐蔽的地方会面。”玛德琳立刻央求她保守这个秘密，奥古斯塔欣然承诺永久保持沉默，玛德琳又可怜巴巴地再三感谢，从这时起她们之间的敌对竞争就解除了。

这会儿，奥古斯塔挽起玛德琳的手臂，说：“来看看我的房间——我觉得你会喜欢的。”

房子的二层是她的卧室和起居室，以及约瑟夫的卧室和起居室，还有一间书房。她带着玛德琳走进她的卧室，关上门，等着听她的反应。

她用最新式的日式家具装饰这个房间，屋里摆放着镂空的椅子，墙纸上画着孔雀羽毛，壁炉架上展示着精美瓷器。屋里有一个巨大的、画着日本主题绘画的衣柜，一面蜻蜓图案的窗帘半掩着飘窗的窗座。

“奥古斯塔，这真太新奇了！”玛德琳说。

“谢谢你。”奥古斯塔十分满意这种反应，“有一种窗帘布更好一些，我很喜欢，可利伯蒂的店里已经卖光了。我们去看看约瑟夫的房间。”

她带着玛德琳经过连通门。约瑟夫的卧室也是同样的风格，布置得较为温和，以深色的皮革墙纸和锦缎窗帘装饰。奥古斯塔对那个上漆的陈设柜尤为自豪，里面摆着约瑟夫收集的各种宝石鼻烟盒。

“约瑟夫真是古怪。”玛德琳看着那些鼻烟盒说。

奥古斯塔笑了。通常看来，她的丈夫一点儿也算不上古怪，不过，一个头脑冷静的卫理公会派商人搜集这种轻佻、精致的东西，的确有些不同寻常，全家人也都觉得挺有趣。“他说，这些东西是一种投资。”奥古斯塔介绍说。给她买条钻石项链同样是一种很好的投资，但他从来就没买过，因为卫理公会认为珠宝是一种不必要的奢侈品。

“一个人应该有个爱好，”玛德琳说，“爱好能让他少惹麻烦，远离烦恼。”

她的意思是能让他远离妓院。男人的确有这种毛病，这个暗示点醒了奥古斯塔，她想起自己要做的事。这事可得稳当点儿，再稳当点儿，她告诫着自己。“玛德琳，亲爱的，在堂兄塞缪尔和他的‘秘书’的问题上，我们能做点儿什么呢？”

玛德琳迷惑不解：“我们应该做什么吗？”

“如果塞缪尔要成为资深股东，我们就必须做。”

“为什么？”

“亲爱的，皮拉斯特的资深股东需要接见各国大使、国家首脑，甚至皇室，他的私生活必须非常非常干净，让人无可指责。”

玛德琳恍然大悟，脸红了起来。“你不会是说，塞缪尔在某种程度上……堕落吧？”

这正好就是奥古斯塔的意思，但她不想把这个字直截了当地说出来，怕惹得玛德琳来捍卫她的堂兄。“那我可真说不清楚，”她含糊其词地说，“重要的是别的人怎么想。”

玛德琳有些含糊。“你真的以为别人会……这么想？”

奥古斯塔迫使自己对敏感细致的玛德琳保持耐心。“我亲爱的，我们都是结了婚的女人，我知道男人是怎么回事。他们有着兽欲。公众认为一个五十三岁的光棍跟一个漂亮的男人住在一起是不道德的，天知道，大多数情况下公众的判断有可能是对的。”

玛德琳皱起了眉头，有些着急。但她还没来得及说什么，就听到有人敲门，爱德华走了进来，问：“怎么了，妈妈？”

奥古斯塔最恨被人打断，而且她不明白这孩子在说什么。“你来这儿干什么？”

“是你派人去叫我的。”

“根本没有，我让你带着弗洛伦斯女士在花园里转转。”

爱德华不乐意了。“休告诉我说你要见我！”

奥古斯塔这下明白了。“他说的？那么现在是他带着弗洛伦斯女士看花园？”

爱德华看出她把事情弄明白了。“我想是的。”他说，一脸受伤害的样子，“不要生我的气，母亲，求你了。”

奥古斯塔瞬间就软化了。“别担心，泰迪宝贝，”她说，“你哪有休那么狡猾啊。”但如果他觉得这套把戏能把他的伯母奥古斯塔糊弄住，那他就太愚蠢了。

这事情扰得她心烦，但细想想，她觉得堂兄塞缪尔的事已经对玛德琳说得够多了。在目前阶段，她要做的就是播下怀疑的种子，再多说什么就显得太刻意了。她决定见好就收，别再画蛇添足。她带着小姑子和自己的儿子离开了房间，说：“我得去照顾照顾客人了。”

他们走下楼去。凭着交谈的噪音和上百个银勺子与骨灰瓷茶盘碰撞的声响，她断定聚会进行得很顺利。奥古斯塔快速审视了一下餐饮间，看见仆人们在发送龙虾沙拉、水果蛋糕和加冰饮料。她走到大厅里，跟每位客人都说上两句，但眼睛却在找一个人——弗洛伦斯的母亲斯塔沃西太太。

她担心休会跟弗洛伦斯结婚，看情况很有这种可能。休在银行干得很好，他的商业头脑像手推车小贩一样灵活，更有一种牌场老手的迷人风度。就连约瑟夫都免不了夸他，浑然不觉这对自己的儿子是个威胁。跟伯爵的女儿结婚会给休带来社会地位，提升他先天的才干，这样他就成了爱德华的危险对手。亲爱的泰迪不具备休那种肤浅的魅力，也没有精通数字的头脑，因此更需要奥古斯塔的全力扶持。

她发现斯塔沃西太太正站在客厅的飘窗旁边。她是一位漂亮的中年女性，穿着粉红色的衣服，戴一顶缀满丝绸小花的草帽。奥古斯塔急于探听她如何看待休和弗洛伦斯的事。休算不上是什么抢手货，但在斯塔沃西太太看来，也算不上是什么灾难。弗洛伦斯是她三个女儿中最小的，另外两个都已结婚，所以母亲可能会遂了她的心意。奥古斯塔必须加以阻止。但她该怎么下手呢？

她站在斯塔沃西太太身边，见她正望着花园里的休和弗洛伦斯。休在给她解说，弗洛伦斯一边听一边盯着他看，眼睛里闪着快活的光芒。“年轻人真是无忧无虑，不管不顾啊。”奥古斯塔说。

“休这孩子看来还不错。”斯塔沃西太太说。

奥古斯塔端详着她。斯塔沃西太太脸上带着梦幻般的微笑。奥古斯塔想，她早先大概跟自己的女儿一样漂亮，现在回想起了自己的少女时代。看来要猛击一掌，才能把她拉回现实中来。“过得真快啊，那种无忧无虑的日子转眼不见了。”

“但当时却是田园诗一般，美轮美奂。”

下毒的时候到了。“休的父亲死了，你也知道，”奥古斯塔说，“他母亲留在福克斯通过安稳日子，所以约瑟夫跟我就担当了父母的义务。”她停顿了一下，然后接着说，“用不着我再强调了，跟你们家联姻对休来说是一个了不起的胜利。”

“你真是太会说话了，”斯塔沃西太太说，好像听到什么漂亮的恭维话，“皮拉斯特家族本身就颇富声望。”

“谢谢你。休如果努力工作，总有一天会过上舒适的日子。”

斯塔沃西太太有点吃惊。“这么说，他父亲什么也没留下？”

“没有。”奥古斯塔得让她知道，休结婚的时候绝不会从他伯父伯母那儿得到任何钱财。她说，“他必须在银行工作，一点一点干，靠他的工资生活。”

“啊，是这样，”斯塔沃西太太脸上露出一丝失望，“幸好，弗洛伦斯可以独立了。”

奥古斯塔的心往下一沉。看来弗洛伦斯自己有钱。这是个坏消息。奥古斯塔很想知道具体数目究竟有多少。斯塔沃西家不像皮拉斯特家族那么有钱，但奥古斯塔相信他们的日子过得很舒服。无论如何，休目前的贫困状态不足以让斯塔沃西太太反对这门亲事。奥古斯塔不得不采用更为有力的措施。“我敢肯定，亲爱的弗洛伦斯肯定对休有所帮助……能让他变得稳定一些。”

“是啊，”斯塔沃西含混地说，接着她皱起了眉头，“稳定？”

奥古斯塔犹豫了一下。干这种事情很有风险，但她决定豁出去了。“我这个人从来不听闲话，我敢肯定你也一样，”她说，“托比亚斯很不幸，这是毫无疑问的，看来没有任何迹象证明休从他那儿继承了不良嗜好。”

“那很好啊。”斯塔沃西太太说，但她脸上显得十分忧虑。

“不管怎样，约瑟夫和我很高兴他能娶上弗洛伦斯这样懂事的姑娘。两个人能安定地过日子，如果……”奥古斯塔的声音越来越小。

“我……”斯塔沃西太太顿了顿，“我好像不记得他父亲有什么不良嗜好。”

“算了，也说不上是真的。”

“当然，完全是你我之间说说嘛。”

“也许我不该提这事。”

“可我必须知道一切，为了我女儿我也要知道。我相信你能理解。”

“赌博。”奥古斯塔压低声音说，她不想被人偷听到，这里的人知道她在撒谎。“就是因为这个他才了结了自己的性命。耻辱啊，你明白吧。”她一时间心急火燎，祈祷上帝保佑，别让斯塔沃西太太费心去核实真相。

“我认为是他做生意失败了。”

“这也是个原因。”

“真是个悲剧。”

“谁说不是呢。约瑟夫为休付了一两次赌债，但他对这孩子把话说得很绝对，我们认为不会再发生那种事了。”

“那就让人放心了。”斯塔沃西太太说。可她脸上的表情完全是另一回事。

奥古斯塔觉得她已经说得够多了。她表示赞成婚事的那层伪装都快穿帮了。她又往窗外瞟了一眼。弗洛伦斯听了休说了句什么话而哈哈大笑，头往后仰着，嘴巴大张，那姿态显得很不……得体。他的眼神恨不得把她给吞了。茶会上的所有人都能看出他们二人情投意合。“我判断，很快他们就要发展到关键地步了。”奥古斯塔说。

“他们今天已经谈得够多了。”斯塔沃西太太面露不快，“我最好去干预一下。请原谅。”

“没关系。”

斯塔沃西太太快步朝花园走去。

奥古斯塔松了一口气，她又完成了一次微妙的谈话。斯塔沃西太太现在对休产生了疑虑，而一旦母亲开始对追求者感到不安，她就不太可能包容他。

她环顾四周，看见了比阿特丽斯·皮拉斯特，她的另一个妯娌。约瑟夫有两个弟弟：一个是托比亚斯，休的父亲，另一个是威廉，大家一般管他叫小威廉，因为他比约瑟夫晚生了二十三年。威廉现在二十五岁，还不是银行的股东，比阿特丽斯是他妻子。她像--只大号的小狗崽，快活、笨拙，渴望跟每个人结成朋友。奥古斯塔决定跟她说说塞缪尔和他秘书的事。想到这儿，她朝那边走了过去，说："比阿特丽斯，亲爱的，想去看看我的卧室吗？"

4

米奇跟他父亲离开了茶会，走回他们的住所。他们一路上穿过一个个公园——先是海德公园，然后是格林公园和圣詹姆斯公园——最后来到河边。他们站在威斯敏斯特桥的中间休息一会儿，欣赏一下周围的景致。

在河的北岸就是那座举世闻名的大都市。河的上游是议会大楼，这些现代建筑模仿了其所毗邻的十三世纪建造的威斯敏斯特教堂。在下游，他们能看到白厅的花园、巴克卢公爵的宫殿，还有新查令十字火车站那巨大的砖砌建筑。

眼前看不见船坞，也没有任何大型船只开到这里，但河中有不少小船、驳船和游船，在夕阳中呈现一片百舸争流的美景。

河流南岸的景象大相径庭，简直像是另一个国家。那是兰贝斯陶器场的地界，泥泞的田野上点缀着摇摇欲坠的加工间，一群灰头土脸的男人和衣衫褴褛的妇女还在干活，他们在煮骨头、分拣垃圾、烧窑、浇注模具、制造排水管和烟囱，用来满足快速扩张的城市之需。那边传来浓烈的气味，即便在四分之一英里以外的桥上都能闻得到。他们居住的那些低矮的简易房一座座全挤在兰贝斯宫墙的外围，宫墙里边是坎特伯雷大主教在伦敦的居所，整个景象就像一阵大潮过后留在泥泞海滩上的污秽。尽管这里靠近大主教宫，但人们还是称之为“魔鬼场”，估计是因为空中飘散着烟熏火燎的味道，加上那些东倒西歪的工人和他们身上的酸腐气息，很容易让人联想到地狱。

米奇的住所位于坎伯韦尔，是陶器场以外一个较体面的居住区，但他跟父亲在桥上耽搁了一会儿，不愿早早跳进这块“魔鬼场”。米奇还在暗暗咒骂老塞思·皮拉斯特，这个墨守成规的卫理公会信徒让他的计划落了空。“我们会解决步枪运输这个问题的，老爹，”他说，“你不必担心。”

老爹耸耸肩，问：“是谁挡着我们道儿？”

这个问题看似简单，但它在米兰达一家人中有着深刻的含义。每当他们遇到什么棘手的问题，他们就会问：“是谁挡了我们的路？”这话的意思是：该把谁除掉才能把事情办成？老爹这一问让米奇想起圣玛丽亚省的野蛮生活，那一个个他宁愿忘记的恐怖传说：一个是有关爸爸处罚他不忠的情妇的，说他直接用步枪顶住她，然后扣动扳机；另一个故事说，在省城有个犹太人家在他的商店边上开了一家店，他就放了一把火，把那个人连同妻儿一块活活烧死；还有那个关于侏儒的故事，说有个侏儒在狂欢节打扮成老爹的模样，模仿他昂首阔步的样子，惟妙惟肖，令人捧腹，爸爸悄无声息地接近他，拔出手枪，一枪爆掉了他的脑袋。

即使在科尔多瓦，这种事情也很不正常，可是在老家那里，老爹不计后果的残酷行径令人闻之丧胆。但在这儿，在英格兰，他这么做无疑会被投进大牢。“我觉得没有必要采取什么激烈的行动。”米奇说，装出一种漠不关心的样子，掩饰他内心的焦虑。

“从现在来看，还不着急，”老爹说，“老家那边已经进入冬季，夏天之前不会打仗。”他仔细瞥了米奇一眼，“但在十月底以前我必须拿到来复枪。”

那一瞥让米奇觉得膝盖发软，他靠在桥的石头栏杆上稳住自己。“我很清楚，老爹，不要担心。”他焦急地说。

爸爸点点头，似乎也觉得没什么好质疑的。他们二人沉默了一分钟。突然，老爹说：“我想让你留在伦敦。”

米奇立刻感到一阵轻松，一直端着的肩膀也舒展下来。他一心盼着这句话。他肯定是某个地方表现得不错，获得了老爹的肯定。“我觉得这个主意不错，老爹。”他说，掩饰着内心的急切。

接着，老爹丢出了一颗炸弹。“但你的津贴必须停掉。”

“什么？”

“家里不能再养你了，你必须自己养活自己。”

米奇惊呆了。爸爸的吝啬跟他的残暴一样出名，但这个决定还是让他感到始料未及。米兰达家很富有：老爹有成千上万头牛，垄断了一大片地区的马匹贩卖，还把土地租给较小的农户，拥有圣玛丽亚省的大部分商店。

的确，他们的钱在英国买不了多少东西。在老家那边，一个科尔多瓦银元就能在一流的餐厅美餐一顿、买一瓶朗姆酒，还够找上个妓女过一夜；但在这儿，这点儿钱只能吃上一餐便宜饭菜，买一杯淡啤酒。米奇刚到温菲尔德学校那会儿就一时无法适应。他设法用打牌的收入补充自己的津贴，但发现这种办法难以为继，后来他结识了爱德华，情况才有所好转。直到现在，也还是由爱德华支付他们二人娱乐上的全部开销：他们欣赏歌剧，参观马场，外出狩猎和找妓女，每一样花费都不赀。不过，米奇仍然需要一项基本收入来支付房租、偿付裁缝，缴纳作为伦敦生活重要组成部分的绅士夜总会会费，还有给仆人的小费。老爹让他到哪儿找这些钱？去找个工作吗？想想都可怕。米兰达家的人从来没有为了工资而外出工作。他正要问没有钱他该怎么生活，此时爸爸突然转换了话题，说："我现在要告诉你那些步枪有什么用。我们要去占领那片沙漠。"

米奇没听明白。米兰达家的财产覆盖了圣玛丽亚省的大片土地。相毗邻的土地是德拉巴尔卡家的一小块财产。两家人财产的北面有块地十分干旱，无论是老爹还是他的邻居都懒得拿下它。"我们要沙漠干什么？"米奇问。

"沙土下面有一种矿物叫作硝石。这种东西能做肥料，比粪肥强多了。这东西可以运往世界各地，卖出高价。我要你留在伦敦，就是想让你负责销售它。"

"我们怎么知道那东西在哪儿？"

"德拉巴尔卡已经开始开采了，他们家靠这个发了财。"

米奇很兴奋，这件事可能改变家族的未来。当然，不会一下子改变，也不会立刻解决他在伦敦生活的津贴问题。但从长远来看……

“我们要尽快行动，”老爹说，“财富就是力量，德拉巴尔卡家很快就会比我们强大。我们要在一切发生之前摧毁他们。”

第二章
六 月

1

自怀特海文宅
肯辛顿戈尔
伦敦，S.W.
1873年6月2日

我亲爱的弗洛伦斯：

你在哪里？我原本希望在布里德维尔太太家的舞会上见到你，还有里奇蒙家的舞会，还有上周六蒙卡斯特家的舞会……可你哪儿都没有露面！给我写几个字说明你还活着。

挚爱你的，

休·皮拉斯特

*****

自公园巷23号

伦敦，W.

1873年6月3日

尊敬的休·皮拉斯特先生：

请答应我从此以后任何情况下也不要与我的女儿联络。

斯塔沃西

*****

自怀特海文宅

肯辛顿戈尔

伦敦，S.W.

1873年6月5日

最亲爱的弗洛伦斯：

我终于找到了一个秘密信使，偷偷给你送一张字条。你为什么躲着不见我？我得罪了你的父母吗？或者——老天在上——得罪了你？你的表妹简会把你的回复带给我。赶紧写！

致以亲切问候

休

*****

自斯塔沃西庄园

斯塔沃西

白金汉郡

1873年6月7日

亲爱的休：

我被禁止见你，因为你跟你的父亲一样是个赌徒。我非常抱歉，但我必须相信我父母了解最适合我的是什么。

伤心的

弗洛伦斯

*****

自怀特海文宅

肯辛顿戈尔

伦敦，S.W.

1873年6月8日

亲爱的母亲：

一位年轻的姑娘刚刚拒绝了我，因为我的父亲是个赌徒。这是真的吗？请马上回答。我必须知道！

爱你的儿子

休

* * * * *

自惠灵顿宅

福克斯通

肯特郡

1873年6月9日

我亲爱的儿子：

我从未听说你的父亲赌博过。我无法想象有人会这样伤天害理地说你父亲。他在生意倒闭时遭受了损失，这你是知道的。此外没有任何其他原因。

我希望你一切安好，我亲爱的，也希望你爱的人会接受你。我还是老样子。你的妹妹多萝西向你亲切问好。

你的母亲

★★★★★

自怀特海文宅

肯辛顿戈尔

伦敦，S.W.

1873年6月10日

亲爱的弗洛伦斯：

我相信有人对你说了有关我父亲的坏话。他的生意倒闭了，这是真的。这不是他的错，一家叫作“奥弗闰德与古尔尼”的公司由于五百万英镑的损失而破产，很多债权人随之倒闭。他当天就自杀身亡。但他从来没有赌博过，我也从来没有。

如果你把这些向你尊贵的伯爵父亲解释一下，我相信一切就会好的。

爱你的

休

★★★★★

自斯塔沃西庄园
斯塔沃西
白金汉郡
1873年6月11日

休：

给我写这些谎言毫无用处。我现在肯定我父母的忠告是正确的。

我必须忘记你。

弗洛伦斯

★★★★★

自怀特海文宅
肯辛顿戈尔
伦敦，S.W.
1873年6月12日

亲爱的弗洛伦斯：

你应该相信我！或许我可能尚未获知有关父亲的真

相——尽管以我所有的诚意，我不会怀疑母亲的话——但有关我自己，我心里明明白白！我十四岁时在德比马赛上押过一先令，输掉了，从那以后，我就再也没去过任何赌博场所。我见到你的时候，我会为此发誓。

期盼着的
休

* * * * *

自弗詹比-麦瑞维泽律师事务所
格雷律师学院
伦敦，W.C.
1873年6月13日

尊敬的休·皮拉斯特先生：

我们接到我们的主顾——斯塔沃西伯爵的指示，要求你停止与其女儿通信。

特告知于你，尊贵的伯爵将采取所有必要措施，包括使用高等法院的正式禁令来实现其意愿，除非你立即停止此类行为。

弗詹比-麦瑞维泽律师事务所
阿尔伯特·C.麦瑞维泽

★★★★★

休：

她把你最后那封信交给了我的姨妈——她的母亲看了。他们带她去了巴黎，整个季节他们都会待在那儿，然后他们会去约克郡。没用的，她已经不再关心你了。

很遗憾

简

2

阿盖尔寓所是伦敦最出名的交际场所，但休从没去过那儿。休也从未想过自己会去这种地方，虽说不是妓院，但它的名声的确不好。不过，在弗洛伦斯·斯塔沃西最终拒绝他几天以后，爱德华偶然邀请他参加自己跟米奇的一夜寻欢，他就同意下来。

休跟堂兄在一起的时候不多。爱德华一直饱受溺爱，闲散懒惰又爱欺负人，总是让别人替他做事。休一直被看成家族中的倒霉蛋，在走他父亲的老路。因此爱德华跟他没有什么共同之处。

尽管如此，休还是决定尝试一下放浪形骸的乐趣。沉迷低级酒馆和浪荡女人是成千上万英国上流男士的生活方式之一。也许他们看得更明白些：也许这种萍水之欢，而非真正的爱情，才是人生的幸福所在。

实际上，他并不清楚自己是否真的爱上了弗洛伦斯。让他气愤的是她父母怂恿她跟他反目，起因是有关他父亲的恶意谎言则更可恨。可是，到头来他并没有伤心欲绝，这让他自感羞耻。他时常想起弗洛伦斯，但他还能继续好吃好睡，把精力集中在工作上。这是不是意味着他从来就没爱过她呢？这个世界上他最喜欢的女孩子，除了他六岁的妹妹多蒂，就数蕾切尔·鲍德温了，他也犹豫过是否要娶蕾切尔为妻。这是爱情吗？他说不准。也许他太年轻，无法理解爱情这码事。或许只不过是因为他的爱情还没有到来。

阿盖尔寓所紧挨着风车大街上的一座教堂，离皮卡迪利广场不远。爱德华为每人付了一个先令的入场费，然后他们就走了进去。他们身上都穿着晚礼服：带丝绸翻领的黑色燕尾服，丝绸贴边的黑色长裤，白色的马甲罩着白衬衫、白蝴蝶结。爱德华的那套衣服是新的，很昂贵；米奇的一套就便宜多了，但剪裁式样很时髦；休穿的是他父亲的衣服。

舞厅的大舞台极尽奢华，被煤气灯照得通亮，几面鎏金的大镜子让光线更加明亮。舞池里人们成双结伴，十分拥挤，一支乐队半掩在精雕细刻的镶金屏风后面，演奏出一首欢快有力的波尔卡舞曲。有些男人穿的是晚礼服，显示他们来自上层阶级，屈尊俯就到穷地方寻开心，但大多数人穿着白天穿的体面的黑色西装，说明这些人是文员和小商人。

舞厅上方的阴影里有一条游廊。爱德华指着那儿，对休说："如果你结交上个愿意卖春的使唤丫头，再付一个先令就可以带她到上面去，那儿有绒布椅子，里面黑黢黢的，侍者也不多嘴。"

休一时感到眼花缭乱，倒不是灯光晃眼，而是因为他发现这里简直可以为所欲为。围在他身边的女孩来这儿的唯一目的就是为了调情！有的带着男友，也有一个人来的，打定主意跟纯粹的陌生人跳舞。她们全都装扮得花枝招展，穿着带裙撑的晚礼服，很多都是很低的领口，头上戴着让人咋舌的帽子。但休还注意到，至少在舞池里她们还一个个仪态端庄，穿着斗篷。米奇和爱德华告诉他，她们不是妓女，而是些普通女孩，是商店助理、餐厅招待和裁缝什么的。

"你们怎么认识她们呢？"休问道，"肯定不是像对站街女孩那样，上去就跟她们搭话吧？"

爱德华指了指一个身材高大、模样高贵的男人，他身穿礼服，扎一条白领带，胸前戴着一枚徽章，看上去是个舞厅监督。爱德华对休说："那个人是司仪。如果给他小费，他就会上前引介。"

休发现这里的气氛混合了尊贵体面和放荡纵欲，令人既惊奇，又兴奋。

波尔卡结束了，跳舞的人回到了自己的桌边。爱德华伸手一指，叫道："噢，见他的鬼，胖子格林伯恩在那儿！"

休顺着他指的方向看去，看见他们那位老同学。他的块头比以前更大了，撑得那件白色马甲圆鼓鼓的。他手臂上挽着一个美艳绝伦的女孩。胖子跟女孩在一张桌子边上坐了下来。米奇悄声说："我们干吗不过去掺和一下？"

休急于凑到近前好好端详一下那个女孩，立刻表示赞同。三个年轻人绕过一张张桌子走过去。"晚上好，胖子！"爱德华快活地说。

"哈喽，原来是你们，"他回答，又亲热地补充说，"现在大家都叫我索利[①]。"

休跟索利偶尔能在伦敦城里的金融区碰上。索利在他家族银行的总部干过几年，离皮拉斯特银行很近。跟休不同，爱德华只在城里干了几个星期，因此以前从未碰到过索利。

"我们想跟你们一块儿。"爱德华不经意地说，用质询的眼光看着那女孩。

索利转向他的同伴。"罗宾逊小姐，请允许我介绍几位学校时的老朋友：爱德华·皮拉斯特，休·皮拉斯特，还有米奇·米兰达。"

罗宾逊的反应让人十分吃惊，她那涂了胭脂的脸变得苍白，说："皮拉斯特？跟托比亚斯·皮拉斯特是不是一家？"

"我的父亲就是托比亚斯·皮拉斯特，"休回答说，"你怎么知道这个名字？"

她很快恢复了镇静。"我父亲曾在托比亚斯·皮拉斯特有限公司工作。那时候我还小，还以为'有限公司'是个人名。"他们都笑了，紧张的一刻过去了。她又问道，"你们几个小伙子想坐下吗？"

桌上放着一瓶香槟。索利给罗宾逊小姐倒了一点儿，要侍者

① 索利是"所罗门"的昵称。

再拿几个杯子来。“看来，这次真的是温菲尔德老友团聚了，”他说，“猜猜还有谁在这儿？托尼奥·席尔瓦。”

“在哪儿？”米奇立刻问。听到托尼奥就在附近，他好像不太高兴，这让休感到纳闷。在学校的时候托尼奥一直害怕米奇，他仍记忆犹新。

“他在舞池里呢，”索利说，“他是跟罗宾逊小姐的朋友埃普丽尔·蒂尔斯利小姐一块儿来的。”

罗宾逊小姐说：“你们可以叫我梅茜。我不是讲究礼仪的女孩。”说着，她朝索利使了一个挑逗的眼色。

侍者送来一盘龙虾，放在索利的面前。他把餐巾往衬衫领子里一塞，开始吃了起来。

“我认为你们犹太孩子不该吃贝类。”米奇闲散傲慢地说。

索利一如既往，对此言辞类无动于衷。“我只在家里讲究犹太教规。”他说。

梅茜·罗宾逊敌视地瞥了米奇一眼。“我们犹太女孩想吃什么就吃什么。”她说着从索利的盘子里拿了一小块。

休对她是犹太人这一点十分好奇，他一直以为犹太人都是黑头发。他打量着她。她身材相当小巧，但她把黄褐色的头发盘成一个高高的发髻，又加上一顶用人造树叶和水果装饰的帽子，这就让她显得高出一英尺。帽子下面是一张小巧但桀骜不驯的面孔，绿色的眼睛闪烁着恶意的光芒。她那栗子色礼服的领口很低，胸前有好大一片雀斑。一般来说，没人认为长雀斑有什么吸引力，但休的眼睛却一时无法从那上面移开。过了一会儿，梅茜察觉到他一直盯着自己，也回视过来。他这才歉意地笑了笑，转而去看别处。

他把注意力从她的前胸移开，去看周围的这些人，发现七年的时间里几个老同学的确变了不少。索利·格林伯恩变成熟了，尽管他还是那么胖，笑起来还是那么随和自在，但二十几岁的他已经有了几分权威人物的派头。也许这是因为家境富裕，但爱德华也很富有，可他却没有这种气场。索利在城里已经颇受敬重，尽管作为格林伯恩银行的继承人，要赢得尊重并不困难，可若是一个愚蠢的年轻人坐上这个位置，可能很快就会成为人们的笑柄。

爱德华长大了，但跟索利不同，他还没有成熟。他就像一个孩子，脑子里只想着吃喝玩乐。他并不愚蠢，但他发现自己很难把精力集中在银行的工作上，他宁愿去别的地方消磨时光，跳舞、喝酒、赌博。

米奇已变成一个英俊的魔鬼，黑眼睛、黑眉毛，加上一头留得稍长的卷发。他的晚礼服很得体，但过于招摇：外套是天鹅绒的领子和袖口，衬衫镶着荷叶边。休注意到，米奇已经引得几个邻桌的女孩投来艳羡的目光，一个个面带引诱之色。但梅茜·罗宾逊讨厌他，休猜测这不只是因为米奇说了那句有关犹太男孩的话。米奇身上带着某种险恶的东西。他显得萎靡不振，十分安静，十分警觉却又一言不发。他从不率性直言，很少表现出犹豫、不确切或软弱，他从不显露自己灵魂深处——如果他有灵魂的话。休无法信任他。

下一首舞曲结束时，托尼奥·席尔瓦带着埃普丽尔·蒂尔斯利小姐走到他们桌边。学校毕业后休遇到过托尼奥几次，但就算多年未见，他也能凭着那乱蓬蓬的胡萝卜色头发一眼认出托尼奥来。1866年的那个可怕的日子，休的母亲来校告诉他父亲的死讯，把他从学校带走，在这之前他们两个是最好的朋友。他们是四年级生中的坏孩子，总是闯祸闹麻烦，但除了挨鞭子抽以外，他们一直很开心。

这些年来，休时常会想，在水塘里游泳的那天到底发生了什么。他根本就不相信报纸上写的故事，说爱德华曾设法营救彼得·米德尔顿，爱德华没那种勇气。但托尼奥仍然不会谈起那件事，而另外一个证人“驼峰”阿尔伯特·卡米尔已经移居开普殖民地。

托尼奥跟米奇握手时，休仔细打量着他的脸。托尼奥对米奇似乎仍然感到敬畏。“你好吗，米兰达？”他的声音听上去十分正常，但脸上的表情很复杂，既有恐惧又有钦佩。一个人面对以火爆脾气闻名的拳击冠军时，大概就是这种表情。

休觉得，托尼奥的同伴埃普丽尔比她的朋友梅茜年龄稍长，那种紧绷绷、硬邦邦的样子让她显得没什么吸引力。不过托尼奥跟她在一起很快活，抚摸着她的胳膊，在她耳边低语，逗她发笑。

休朝梅茜这边转过头来。她很健谈，很活泼，轻快的声音里带着一丝英格兰东北部的口音，托比亚斯·皮拉斯特的仓库原来就设在那儿。她的表情很迷人，不论微笑、蹙眉、噘嘴巴，还是皱起她上翘的鼻子、骨碌碌地滚动眼珠，都让休感到如醉如痴。他注意到她的睫毛是金色的，鼻子上撒满了雀斑。她的美超乎寻常，但没人能够否认她是整个屋子里最漂亮的女人。

休痴痴地想，既然她跑到阿盖尔寓所来，肯定是愿意接受亲吻、拥抱，甚至晚上要跟坐在这儿的某个男人做爱。休几乎对自己接触过的每个姑娘都胡思乱想，幻想着跟她们翻云覆雨——他为自己如此过分、如此频繁地想这些而羞愧——通常这些性事只能发生在求婚、订婚和结婚以后。可是，梅茜今晚就有可能做这件事！

她又捕捉到了他的眼神，让他感觉到蕾切尔·鲍德温时常会带给他的那种尴尬，好像她知道他在想什么。他拼命寻找话题，最后脱口而出一句："罗宾逊小姐，你是一直住在伦敦吗？"

"只待了三天。"她说。

这话头太平常了，他想，但至少他们说话了。"哦，你刚来？"他说，"你以前在哪儿呢？"

"到处旅行。"她说，然后扭头去跟索利说话。

"哦。"休说。看来交谈就这么结束了，他感到失望。梅茜的表现就好像对他怀有不满似的。

但埃普丽尔对他表示同情，过来给他解释："梅茜跟一个马戏团干了四年。"

"天哪！做什么？"

梅茜又转过身来。"无鞍跃马术，"她说，"站在马背上，从一匹马跳到另一匹马上，还有其他类似的技巧。"

埃普丽尔补充说："当然了，要穿紧身衣。"

想到穿着紧身衣的梅茜，休简直无法自持。他跷起二郎腿，说："你是怎么进了那种行当的？"

她犹豫了一下，然后好像拿定了主意。她在椅子上转过身，直接对着休，眼里闪着可怕的光。"是这么回事，"她说，"我父亲在托比亚斯·皮拉斯特有限公司工作，你父亲欺骗了我父亲，一周的工钱没给。当时我母亲生着病。没有钱，要么是我挨饿，要么是她死。所以我就从家里跑了出来。那时候我十一岁。"

休觉得自己脸上发烧。"我相信父亲不会欺骗任何人，"他说，“如果你当时只有十一岁，你可能并不明白真正发生了什么。”

“可我明白饥饿和寒冷的滋味！”

“那也许是你父亲的错，”休坚持着，尽管他知道这样很不明智，“如果他不能养活孩子，那他就不应该要他们。”

“他能养活我们！”梅茜火了，“他像奴隶一样整天工作，可你们偷走了他的钱！”

“我父亲破产了，但他从来没偷没抢。”

“但是当你失败了，这就是一回事！”

“这不一样，你要硬说这是一回事，那才是又傲慢又愚蠢呢。”

其他几个人显然觉得他太过分了，就一齐上来劝说。托尼奥说：“我们不要为了很久以前的事情争吵了。”

休知道他该住嘴，但他怒气未消。“自从我十三岁起，我就一直听皮拉斯特家的人诋毁我父亲，但我不容一个演马戏的人说这种话。”

梅茜站了起来，她的眼睛像绿宝石一样闪着冷冽的光。片刻间，休以为她会扇他一巴掌。但她说：“跟我跳个舞，索利。也许音乐停了的时候，你这位粗鲁的朋友已经走掉了。”

3

休跟梅茜的争吵搅散了聚会。索利跟梅茜单独走了，其他人决定去抓老鼠。抓老鼠是违法的，但从皮卡迪利广场往外走五分钟就能找到五六个经常设局的老鼠坑，米奇·米兰达对此了如指掌。

他们从阿盖尔寓所出来，去伦敦一个名叫巴比伦的地区，这时天色已晚。这里没有梅费尔那边的宫殿式建筑，但离圣詹姆斯大街的绅士夜总会很近，那是一个街道狭窄而拥挤的居住区，专门容纳赌博、嗜血运动、吸食鸦片和色情书报，尤其是卖淫活动。夜晚热得让人流汗，空气中到处是饭菜、啤酒和下水道的气味。米奇跟几个朋友慢悠悠地在拥挤的街上闲逛。一个老头戴着一顶压扁了的礼帽，挤上前来向他兜售一本淫秽诗集，一个脸上涂了胭脂的年轻男子朝他挤眉弄眼，还有一个衣着体面、年龄与他相仿的女人呼啦啦地撩开她的外套，让他瞥一下她那两只漂亮的裸乳，还有一个衣衫褴褛的老女人带着一个十岁左右、长着天使般脸庞的女孩供他做爱。这里的建筑大多是酒吧、舞厅、妓院和廉价的住宅，墙壁脏污，窗户很小，破破烂烂，通过窗子偶尔能窥见里面的人在煤气灯下寻欢作乐。路上有穿着白色马甲、跟米奇一样的社交人物，也有戴圆顶硬呢帽的职员和店主、瞪大眼睛的农民、敞开军服的士兵、口袋里暂时装满钞票的水手，让人吃惊的是还有很多外表体面、相互挽着手的中产阶层夫妻伴侣。

米奇很是快活。这是几个星期里他第一次设法摆脱了老爹晚上外出。他们在等着塞思·皮拉斯特死掉，好让他们做成来复枪的交易，但这老家伙就是攥着一口气不肯死，就像紧紧贴在岩石上的帽贝。跟父亲一道去音乐厅和妓院毫无乐趣可言，此外，老爹对待米奇愈发像对待一个仆人，有时候他找妓女时，甚至让米奇在外面等着。今天晚上老天赐福，实在是一个解脱。

他很高兴又碰到了索利·格林伯恩。格林伯恩甚至比皮拉斯特家还富有，或许索利有朝一日对他有用。

不过他不愿见到托尼奥·席尔瓦。托尼奥对七年前彼得·米德尔顿淹死的事情知道得太多。那段时间，托尼奥很怕米奇。现在他仍然很小心，对米奇也很尊敬，但这跟担惊受怕是不一样的。米奇对此很担心，但眼下他也不知道自己能做什么。

他从风车街转到一条狭窄的小巷。几只猫蹲在一堆垃圾上，朝他眨了眨眼。他回头看其他人都跟着，便走进一家昏暗的酒吧，再穿过酒吧，从它的后门出来。在月光下，他们经过一个跪在主顾面前的妓女，走近一个摇摇欲坠、类似马棚的木建筑前面，打开门。

一个穿着油腻腻的长外套、脸上脏兮兮的男人伸手要四便士进门费。爱德华交了钱，他们走了进去。

这地方灯火通明，到处弥漫着烟雾，空气中散发着血液和排泄物的味道。四五十个男人和几个女人围在一个圆坑的周围。男人来自不同阶层，有些人穿着日子优渥的工人那种厚重的羊毛外套，戴着花点围巾，还有人穿着工装外衣或晚礼服；女人们多少有点儿埃普丽尔那种类型，邋邋遢遢，不甚体面。几个男人带着他们的狗，用手牵着或把狗拴在椅子腿上。

米奇指了指一个大胡子男人，他戴着一顶斜纹呢帽，手里抓着一条粗重的锁链，上面拴着一只戴口笼的狗。几个观众仔细审视着它。这是一条矮胖的家伙，浑身肌肉，长着一只大脑袋和强有力的颚部，怒气冲冲，躁动不定。“下一个就是它。”米奇说。

爱德华去那个拿托盘的女人那儿买饮料。米奇转身对托尼奥说起了西班牙语。当着休和埃普丽尔这么做令人讨厌，他们听不懂西班牙语。只不过休是无名之辈，埃普丽尔更算不上什么。所以怎么都没关系。“你最近过得好吗？”他问。

“我现在是驻伦敦的科尔多瓦部长的专员。”托尼奥说。

“真的吗？”米奇来了兴致。大多数南美国家认为没必要向伦敦派驻大使，但科尔多瓦派特使已有十年之久。毫无疑问，托尼奥由于家庭的关系才得到专员的工作。席尔瓦家族在科尔多瓦首府帕尔玛拥有各方面的关系。相比之下，米奇的老爹是一个外省的地主，没有任何关系可用。

“你平常都做什么工作？”

“我回复那些想跟科尔多瓦做生意的英国公司的来信。他们询问气候、货币、内部交通、酒店等各种问题。”

“你一整天都工作吗？”

“很少。”托尼奥压低声音，“不要跟任何人说，实际上多数时间我每天只写两三封信就行。”

“他们付你工资吗？”许多外交官都是独立人士，他们不拿工资。

“不，但我在部长官邸有一个房间，还负责我的所有饮食，外加服装津贴。他们也为我负担夜总会费用。”

米奇十分感兴趣。这种工作恰好适合他，他有点儿嫉妒。免费食宿，加上出入交际场所的基本费用，得到这些只需要每天早上工作一个小时。米奇不知有没有什么办法把托尼奥从这位子上悄悄挤走。

爱德华端着五小杯白兰地回来，一一分给大家。米奇一口干了他那一杯。这种酒便宜，但很热辣。

突然，那只狗低狺一声，开始带着锁链疯狂地转圈子，脖子上的毛直立起来。米奇环顾四周，看到两个男人走进来，带着一只装着大老鼠的笼子。里面的老鼠比狗显得更加狂躁，互相越过对方身上跑来跑去，发出恐怖的尖叫。房间里所有的狗都叫了起来，狗主人叫喊着，让狗住嘴，一时间喧声大作。

入口被锁了起来，从里面关上栅栏。穿着油腻大衣的男人开始接受投注。休·皮拉斯特说："天哪，我从没有见过这么大的老鼠，他们从哪儿抓的？"

爱德华回答他："它们是饲养的，专门用来干这个。"他转身对一个操控手说，"这次比赛放多少？"

"六打。"那人回答。

爱德华解释说："就是说他们要往坑里投放七十二只老鼠。"

托尼奥说："该怎么赌呢？"

"你可以赌狗或者赌老鼠，如果你觉得老鼠会赢，你就可以赌狗死的时候还剩下多少只老鼠。"

脏男人大声喊出赔率，收钱，然后把一块用粗铅笔潦草写下数字的纸片交给对方。

爱德华拿一个沙弗林金镑押在狗上，米奇投下一先令，赌剩下六只老鼠，他得到五比一的赔率。休拒绝参赌，米奇觉得他就像根棍子一样干立在那儿。

坑大约四英尺深，它周围另有四英尺高的木栅栏。粗糙的大烛台放在围栏四周的间隔处，将强光投入洞中。那狗的口络被解开，通过一个木门进去，木门随之关紧。它四肢僵硬地站在那儿，颈毛竖起，凝视着，等待着老鼠。

老鼠操控手提起笼子。四周一下子安静下来，期待着。

突然，托尼奥说："十畿尼押狗。"

米奇很吃惊。托尼奥说到他的工作和额外补贴时，好像他在花钱上必须相当小心。那是瞎说的吗，还是他投下了他支付不起的赌注？

庄家犹豫了一下。这个赌注对他来说也很大。不过，片刻后他胡乱写了一张纸片，递了过来，把托尼奥给的钱装进口袋。

操控手们前后摇晃着笼子，好像打算把它整个扔到坑里。接着，在最后一刻，笼子一端的铰链哗的一下打开，一只只老鼠被甩出笼子，恐怖地尖叫着从空中飞过。埃普丽尔吓得叫了一声，米奇哈哈大笑。

狗集中起所有致命的力量对付雨点般落下的老鼠，嘴巴有节奏地咬动着。它抓起一只，大脑袋猛甩一下咬断老鼠的脊梁，扔掉它再去抓另一只。

血腥气味愈发浓烈，令人作呕。房间里所有的狗都在疯狂咆哮，围观者们也噪声不断，女人见到杀戮尖声惊叫，男人们则大吵大嚷，给狗或老鼠助威。米奇一直笑个不停。

过了一会儿老鼠们才发觉自己被困在坑里。一部分老鼠在边上跑，寻找出路；还有的老鼠往上跳，徒劳地试图抓住陡峭的侧壁；其他老鼠挤成一堆。几秒钟内，狗应付自如，杀死了十多个老鼠。

接着，突然之间，大老鼠一个个掉转方向，就像它们听到了什么信号一样，一齐朝那狗飞扑过去，去咬它的腿、屁股和它那条短尾巴。有的爬上了它的后背，咬它的脖子和耳朵，有一只老鼠的小尖牙咬住了它的下唇，紧贴在那儿，在那致命的下颚上晃悠着，直到它狂怒地吼叫着把老鼠甩在地上，才解放了血肉模糊的下颚。

狗仍在不停地转着圈子，抓起老鼠杀掉它们，但总是有更多的老鼠跟在它身后。半数老鼠已经死掉，它也开始变得疲乏无力。那些赌三十六只老鼠的赌徒们看到失去了机会，纷纷撕掉纸条，而押了较低数字的人则大声欢呼起来。

那只狗被咬出二三十处伤口，身上流着血。地面被它的血和湿乎乎的老鼠尸体弄得滑溜溜的。它还在摇晃着大脑袋，也在继续用那可怕的大嘴咬断老鼠脆弱的脊骨，但它的动作不再迅猛，四肢站在黏糊糊的地面上也不太稳当了。现在，米奇想，有趣的时候到了。

老鼠看出狗已经精疲力竭，便更加大胆起来，它嘴里叼到一只，就马上有另一只跳起来咬它的喉咙。它们在它的几条腿之间来回跑，从肚子下面跳起来攻击它毛皮软弱的地方。一只特别大的家伙牢牢咬住了它的后腿不肯放开。它转身去咬，但另一只老鼠跳起来去咬它的口鼻，分散它的注意力。接着它那条腿似乎垮掉了——米奇认为那只老鼠可能咬断了它的一条肌腱——狗一下子瘸了。

现在它是举步维艰。老鼠们似乎对此十分了解，剩余的十几只老鼠一齐朝它的后部发起攻击。它疲惫地用嘴叼起它们，疲惫地咬断脊骨；疲惫地将它们丢在血糊糊的地上。但它的腹部已经露出肉来，支撑不了太久了。米奇觉得自己这一注可能投对了，狗死的时候会剩下六只老鼠。

这时那狗突然有了一股力量。它靠着三条腿转过身去，几秒钟内又咬死了四只老鼠。但是，这是它的最后一搏。它丢下一只老鼠，然后几条腿弯了下去。它又转头去咬，但这一次什么也没抓住。它的头垂了下来。

大老鼠们开始大肆撕咬起来。

米奇数了一下：一共剩下六只。

他看了看自己的同伴。休的脸色很难看。爱德华对他说：“你有点儿吃不消吧，啊？”

“狗和大老鼠只不过表现了天性，”休回答说，“是人类让我厌恶。”

爱德华哼了一声，走过去再买些饮料。

埃普丽尔眼里闪闪发光，抬头看着托尼奥，这个一次赌注可以输得起十个畿尼的男人。米奇更仔细地看了看托尼奥，看出他脸上的一丝恐慌。我就不相信他能输得起十个畿尼，米奇想。

米奇从庄家那里拿到了他赢得的奖金：五个先令。这个晚上他已经赚到钱了。但他有种感觉：他从托尼奥那里了解到的东西最终会值更大一笔钱。

4

说到底，是米奇最让休感到厌恶。整个比赛米奇一直在歇斯底里地狂笑。这笑声让他觉得冷飕飕的，十分熟悉。一开始休还弄不清为什么，后来他才想起，爱德华把彼得·米德尔顿的衣服扔下水塘时米奇就是这样笑的。就是这种对可怕记忆的联想让他不快。

爱德华带着饮料回来了，他说："我们去内尔之家。"几个人喝完小杯的白兰地，便走了出去。

到了街上，托尼奥和埃普丽尔离开了他们，溜进一家便宜的旅馆。休猜测他们会租个房间，待上个把钟头，甚至在那儿过夜。他考虑是不是还要跟爱德华和米奇待下去。他并不觉得开心，但他对内尔那边接着会发生什么有些好奇。最后他想，既然决定尝试放荡生活，就该通宵看个够，不能半路退场。

内尔之家在王子大街，莱斯特广场边上。门口站着两个穿制服的听差。三个年轻人进门时，听差正把一个戴圆顶礼帽的男人打发走。"必须穿晚礼服才能进。"一个听差对那抗议的人说。

他们看来认识爱德华和米奇，其中一人用手碰了碰帽檐，另一个给他们打开门。他们经过一个长长的通道来到另一扇门前。有人透过窥视孔察看了一下，才打开门。

进了里面，就好像走进伦敦大宅的客厅。两个大壁炉里火光熊熊，到处摆着长沙发、座椅和小桌子，房间里满是穿晚礼服的男人和女人。然而，过了一会儿就可以看出，这里并非普通的客厅。男人大多戴着帽子。大概有一半人抽着烟，这是在讲究礼仪的客厅里所不容许的，有人脱掉了外衣，领带也散开着。大部分女人都穿着整齐，但也有少数只穿着内衣。其中有些人坐在男人的膝上，吻着对方，有一两个还任人摸来摸去。

这是休有生以来第一次来妓院。

这里十分嘈杂，男人大呼小叫说着笑话，女人们大声浪笑，一个不知躲在何处的小提琴手在拉着一首华尔兹。休跟着米奇和爱德华穿过整个房间。墙上挂着裸体女人和男女性交的画片，休开始感到内心躁动。房间尽头，在一张户外大狂欢场面的油画下面，坐着一个休见过的最肥胖的女人，她胸部硕大，浓妆艳抹，披着一件丝质长袍，看上去就像一顶紫色的帐篷。她坐在一张又大又豪华的帝王椅里，几个姑娘围在四周。她的身后是一座很宽的楼梯，上面铺着红色的地毯，可能楼上就是卧室。

爱德华和米奇走到宝座前，鞠了一躬，休也跟着鞠躬。爱德华说："我宠爱的内尔，让我介绍一下我的堂弟休·皮拉斯特先生。"

"欢迎，孩子们，"内尔说，"快去让这些漂亮女孩乐一乐吧。"

"马上就去，内尔。今晚有游戏吗？"

"内尔之家时时刻刻都有游戏。"她说，挥手朝房间侧面的一扇门指了指。

爱德华又鞠了一躬，说："我们去去就来。"

“不要让我失望，小伙子们！”

他们走开。“瞧她那举止，简直就像皇亲国戚！”休低声说。

爱德华笑了。“这是全伦敦顶级的妓院。有些人今天晚上朝她鞠躬，明天早上就去给女王请安。”

他们走进隔壁房间，里面有十二到十五个男人围坐在两个百家乐赌台前。每张台子上都有一道白色的粉笔线，画在离台边一英尺左右的地方。玩家把彩色的筹码推过白线进行投注。大多数人手边都放着饮料，空气里满是雪茄的烟雾。

一张台子边还有几把空椅子，爱德华和米奇马上坐了下来。一位侍者给他们拿来一些筹码，两个人都签了收条。

休小声问爱德华：“赌注是多少？”

“最少一镑。”

休盘算着，如果他赢了，就能付得起隔壁房间的一个女人。他口袋里的钱实际上到不了一镑这么多，但显然爱德华在这儿的信用很好……接着，他想起托尼奥在抓老鼠那儿丢掉的十个畿尼。“我不玩。”他说。

米奇懒洋洋地说：“我们也从来没认为你会玩。”

休很是尴尬。他不知是不是该向侍者要杯饮料，但马上想到这可能要花掉他一个星期的工资。庄家从牌托里拿出纸牌，开始发牌，米奇和爱德华下了注。休决定溜走。

他回到了主客厅。再仔细看看这里的家具摆设，就发现一切都很俗气：天鹅绒的饰布上污渍斑斑，抛光的家具上到处是烟头烫过的痕迹，地毯也已破破烂烂。边上有个醉汉跪在地上，对着一个妓女唱歌，他的两个朋友在一旁放声大笑。在另一张沙发上，一男一女在张着嘴巴接吻。休只听说过这种事，但从来没有亲眼见过。他痴迷地注视着，看那男人解开女人的衣服，开始抚摸她的乳房。那对乳房又白又松弛，带着大大的暗红色乳头。整个情景既激起他的欲望，又让他很反感。可是虽说心里讨厌，可他的鸡巴却硬了。沙发上的男人低头附在女人的怀里，吻她的乳房。休简直不敢相信眼前看到的一切。女人越过男人的头往这边看，发现了休，冲他眨了眨眼睛。

休只听得耳边有个声音说："你愿意的话，可以跟我也这样。"

他觉得头晕目眩，就好像自己做了什么羞耻的事情被捉住了一样。他旁边站着一个黑发女孩，年龄与他相仿，涂了厚厚的脂粉。他忍不住垂下眼睛去看她的胸部，旋即移开目光，十分尴尬。

"别害羞，"她说。"你想看多久就看多久，它们就是为了让你欣赏的。"让他惊恐的是，他感到她的手在摸他的腹股沟。她摸到了他直挺的鸡巴，捏着它。"我的老天，你很兴奋呢。"她说。休忍受着剧烈的痛苦。他感到自己就要炸开了。那女孩侧仰起头，去吻他的嘴唇，同时搓揉着他的鸡巴。

这简直太让人受不了了。他无法控制自己，在内裤里就射了出来。

那女孩察觉到了。开始她有些惊奇，接着就爆发出一阵大笑。"我的天哪，你是个嫩家伙！"她大声地说。休感到十分屈辱。女孩看了看四周，对靠近自己的一个妓女说："我刚一摸他，他就漏汤了！"几个人都笑了起来。

休转身走开，朝出口奔去。身后整间屋子里的人好像都在笑他。他不得不控制住自己，不要跑起来，最后终于走到了门口。片刻之后，他来到了大街上。

夜晚变得更冷了，他深吸了一口气，停住脚步让自己平静下来。如果这就是尽兴消遣，那他可不喜欢。那个卖俏的梅茜粗鲁地评价他的父亲；抓老鼠令人作呕；连妓女一个个都笑话他。让这一切都见鬼去吧。

一个听差同情地看了他一眼。“决定要早点休息吗，先生？”

“是个好主意。”休回答，离开了那里。

米奇输了钱。如果他坐庄的话，他可以在百家乐中作弊，但今晚一直没有轮到他坐庄。直到爱德华说：“咱们去找几个女孩吧。”他才暗暗松了一口气。

“你去吧，”他装作无所谓的样子，“我要再玩一会儿。”

爱德华的眼里现出一丝惊恐。“有点儿晚了。”

“我想把输掉的赢回来。”米奇固执地说。

爱德华压低了声音：“我来付你的筹码。”

米奇装得有些犹豫，然后让步了：“哦，算了。”

爱德华笑了。

他结完账，他们走进正室。几乎是同时，一个金发碧眼、长着一对大乳房的女孩朝爱德华走过来。他搂起她裸露的肩膀，她也把自己的前胸贴在他的胸口。

米奇扫了一眼屋里的姑娘。一个年纪稍大、模样精致、有点儿放荡的女人吸引了他的注意。他朝她笑了一下，她便走了过来，把手放上他的衬衫前襟，用指甲抠着他的胸口，踮起脚尖轻轻地咬着他的下唇。

他看见爱德华在看着自己，兴奋得满脸通红。米奇急切起来，看着自己怀里的女人。“你叫什么名字？”他说。

“爱丽丝。”

“我们上楼，爱丽丝。”他说。

几个人拾级而上。楼梯平台上立着一尊人首马身大理石雕像，大大的阴茎勃起着，爱丽丝路过时揉搓了一下。雕像旁边一对男女在站着表演性事，全然不顾坐在楼梯上的一个醉汉正在看他们。

女人要分别往两个单独的房间去，爱德华把她们拉进一个房间里。“今晚全在一起吗，小伙子们？”爱丽丝说。

“我们省点儿钱。”米奇说，爱德华笑了。

“在学校你们也在一起，对吧？”她会意地说，把身后的门关上，“互相把那东西玩出来？”

“闭嘴。”米奇说，抱住她。

米奇吻着爱丽丝，爱德华到了她的后面，用胳膊搂住她，捧着她的乳房。她显得有点吃惊，但没有拒绝。米奇感到爱德华的手在他和女人的身体之间移动，知道爱德华正蹭着她的臀部。

过了一会儿，另一个女孩说：“我该做什么？你们把我晾在一边了。”

“把你的内裤脱掉，”爱德华对她说，“下一个是你。”

第三章
七 月

1

休还很小的时候，以为掌管皮拉斯特银行的，是那些在大厅里散步的人。实际上，他们都是地位卑微的听差，但这些人个个相貌堂堂，穿着极其整洁的常礼服，宽大的马甲上吊着银色的手表链，在银行大厅走来走去，行动持重，面带威严，在小孩子看来他们是那里最为重要的人物。

休十岁时被他的祖父，也就是老塞思的哥哥带到这里，大理石墙面的银行一楼大厅看上去像一座教堂：巨大、亲切、静默，一群精英术士为他们在此所祀奉的、被称为“金钱”的上帝履行着一种难以理解的仪式。祖父带他到处转了一遍：铺着地毯的三楼十分安静，为股东及其职员所占据，童年的休在那儿得到了一杯雪利酒和一盘饼干；在四楼，一个个高级职员坐在桌前，戴着眼镜，面色凝重，四周围着一包包用丝带捆扎的文件，看上去像一个个礼物包；低级办事员在顶层，成排坐在高高的桌子前，就像休的那些玩具士兵，用墨水染黑的手指唰唰地在分类账上登记条目。但休最感兴趣的地方是地下室，储藏间里存放的合同契约比爷爷的岁数还要大，有几千张邮票等着被人贴在信封上，另外还有一整大间屋子专门存放墨水，装在巨大的玻璃广口瓶里。一时间休开始浮想联翩，好像看见墨水一路来到银行，被职员们用笔写在纸上，然后这些纸张又回到地下室，永久地保存在那儿。经过这么一番过程，银行就赚到了钱。

幼年的神秘感已经消失了。现在他知道，那些成堆的、用皮革装订的分类账上并没有什么晦涩难懂的字句，不过是简单的金融交易单，职员们耗时费力地编写出来，一项一项地更新它们。他自己的手指也会因为成天填写单据而抽筋，染上斑斑墨迹。现在看来，汇票这种东西也不再具有魔法，不过是写在纸上，由银行保证未来某个日期必定支付的承诺。他小时候以为“折扣”是倒着数的意思，就好像从一百倒着数到一，原来却不是那么回事，而是指以票面值稍低的价格购买汇票，保存到一定日期后兑现，获得小部分利润。

休是总出纳乔纳斯·茂贝瑞的助理。茂贝瑞四十上下，秃头，人心眼不错，但脾气有些乖戾。他总是花很多时间跟休解释这解释那，啰啰唆唆，可要是休稍有一点点匆忙大意，他就立刻挑剔责怪。休已经跟着茂贝瑞干了一年。昨天他犯了一个严重错误，把运往纽约布拉德福布匹的一份货物提单弄丢了。布拉德福制造商已经来到楼下的银行大厅取他的钱，茂贝瑞要在签字授权付款之前审一下提单，可休无法找到文件，他们不得不让人家明天一早再来。

最后休还是找到了文件，但一整晚他都担惊受怕。今天上午，他为茂贝瑞设计了一个新的文件处理系统。在他面前的桌子上，放着两个廉价的木托盘，两张椭圆形的卡片，还有羽毛笔和墨水瓶。他慢慢地在一张卡片上工整地写下：

请总出纳查阅

在第二张卡片上写下：

总出纳已经处理

他又仔细地将多余的墨水吸干，然后用图钉将卡片分别固定在两个托盘上。他把托盘放到乔纳斯·茂贝瑞的桌子上，站在那儿端详他的作品。就在这时，茂贝瑞先生走了进来。“早上好，休先生。”他招呼道。在银行，人们都是以名字称呼所有家庭成员，以免把这么多皮拉斯特弄混。

“早上好，茂贝瑞先生。”

“你搞的这是什么鬼东西？”茂贝瑞看着两个托盘，怪里怪气地说。

“对了，我找到提单了。”休说道。

“在哪儿找到的？”

“跟你签署过的信件混在一起了。”

茂贝瑞眯起了眼睛。“你想说这是我的错喽？”

“不，”休立刻回答，“整理你的文件是我的责任，因此我才想到了这个托盘系统——把你已经处理的文件和没看过的分开。”

茂贝瑞不置可否地哼了一声。他把礼帽挂在门背后的挂钩上，然后在桌前坐了下来。最后他说："我们试试看——也许会相当有效。不过下次你有什么想法，实施之前先问问我。毕竟，这是我的房间，我是总出纳。"

"当然。"休回答说，"对不起。"他明白自己应该先征求茂贝瑞的同意，但他急于实现他的新想法，没顾及到这一点。

"俄罗斯贷款的问题昨天谈完了，"茂贝瑞接着说，"我派你去下面的邮政间，组织那里的人清点一下申请表。"

"好的。"银行为俄罗斯政府提供两百万英镑的贷款。以面值为一百镑、年利息为五镑的债券形式募集资金。债券现在的市面价值为九十三镑，因此一百英镑债券的实际利率为百分之五点三八以上。大部分债券由伦敦和巴黎的银行购买，但有一些是提供给普通市民的，所以现在应该清点一下有多少份申请。

"希望收到的申请比我们能执行的多一些。"茂贝瑞说。

"为什么？"

"这样的话，那些不巧没申请到的人就可能去公开市场上购买债券，这样就能把价格抬到95镑，我们的客户就会觉得他们买得很划算。"

休点了点头。"如果我们收到的申请太少了呢？"

"如果太少，银行作为承销商，必须以93镑的价格买下盈余的部分，明天价格可能会下降到92或91镑，我们就得亏损。"

"我明白了。"

"你去吧。"

休离开了茂贝瑞在四楼的办公室，跑下楼去。他很高兴茂贝瑞接受了他的托盘设想，弄丢提单也算不上什么糟糕的麻烦事了。他到三楼的股东室时，看见了塞缪尔·皮拉斯特，他衣冠楚楚，穿着一件银灰色的工装外套，打着深蓝色的缎面领带。

“上午好，塞缪尔叔叔。”休问候说道。

“上午好，休。你要去干什么？”他比别的股东对休更感兴趣些。

“去算算有多少人申请购买俄罗斯贷款。”

塞缪尔笑了，露出了他七扭八歪的牙齿。“真不知道这么忙的一天也能让你这么高兴！”

休继续下楼。家里的人开始悄悄议论塞缪尔叔叔和他秘书的事。要是塞缪尔叔叔是那种人们常说的“女里女气”的人，休也不觉得有什么值得大惊小怪的。女人和牧师或许认为男人之间的性爱不正常，可在温菲尔德那种学校里总发生这类事情，谁也没有因此受到什么伤害。

他到了一楼，走进银行华贵的大厅。现在刚九点半，好几十个皮拉斯特银行的职员带着培根早餐和地铁列车的味道，从正门进入大厅。休对格林格拉斯女士点头致意，她是银行里唯一的女职员。一年前招用她的时候，银行内部曾有过一场激烈的争论，有人怀疑女性无法胜任银行工作。到头来她证明自己应付工作绰绰有余。以后一定会有更多的女职员的，休这样想。

他经后面的楼梯到地下室，去邮政间。两个信差正在分拣邮件，购买俄罗斯贷款的申请信已经装满了一个大袋子。休决定找两个低级职员来统计申请，最后他再检查一下。

这项工作差不多干了一整天，当他把最后一捆复查一遍，将数字填进最后一行表格时，差几分钟就到四点了。债券的预购数量不足，还有价值十万镑出头的债券没有销售出去。相对于两百万英镑的债券来说，缺口并不大，但超额认购和认购不足在心理上差别很大，股东们会很失望。

他用一张干净的纸写下统计数字，就上楼去找茂贝瑞。银行大厅现在安静下来。有几个顾客站在抛光的柜台前。柜台后面的职员把大大的分类账本从架子上拿来，再放上去。皮拉斯特银行的私人账户不太多。它是一家商业银行，贷款给贸易商以资助其企业运作。正如老塞思所说，皮拉斯特对杂货店那油腻腻的小钱不感兴趣，也不愿意去清点裁缝手里那点儿脏兮兮的钞票，因为里头没什么利润可赚。不过，所有的家庭还是要在银行存钱，因此银行将服务扩展到少数特别富有的顾客。休认出了其中一个：约翰·卡米尔爵士。休在温菲尔德上学时认识他的儿子。约翰爵士是个瘦瘦的秃子，他依靠在约克郡的煤矿和码头赚了一大笔钱。这会儿，他焦急地在大理石地面踱着步子，急得想要发脾气。休对他说："下午好，约翰爵士，希望已经轮到你了？"

"还没有，我怀疑这些人是不是在干活。"

休迅速扫了周围一眼，附近没有任何股东或者高级职员。他决定自己做一次主。"要不你去楼上股东室？我觉得他们会很愿意见到你。"

"好吧。"休带着他上楼去了。按照传统，所有的股东都在一间屋子里工作，他们可以互相监督。这间屋子装饰得像绅士夜总会的阅览室一样，摆着真皮沙发和书柜，中间有一张放报纸的桌子。墙上挂着镶了镜框的画像，皮拉斯特的列祖列宗眼神越过那喙状的鼻子，俯视着他们的子孙后代。

屋子里空无一人。"一会儿就有人来见你，"休这样说道，"我去给你拿一杯马德拉白葡萄酒吧？"他走到餐具柜那儿，倒了一大杯酒，约翰爵士也在皮扶手椅上坐下来。“顺便自我介绍一下，我叫休·皮拉斯特。”

“哦，是吗？”发觉面前的人是皮拉斯特家族成员，并非普通的小职员，约翰爵士稍稍消了气，“你是在温菲尔德上的学吗？”

“是的，先生。我曾跟你儿子阿尔伯特在一起上学。我们管他叫‘驼峰’。”

“卡米尔家的人都被人叫‘驼峰’。”

“自从……自从毕业我就再没见过他。”

“他去了开普殖民地。他很喜欢那儿，一直都没回来过。他在那儿养马。”

在1866年那个宿命之日，阿尔伯特当时就在水塘里游泳。休一直不知道他是怎么看待彼得·米德尔顿淹死的事的。“我想给他写封信。”

“他肯定非常高兴收到老同学的来信，我给你他的地址。”约翰爵士往桌前移了移，拿起鹅毛笔蘸了蘸墨水，在一张纸上写下地址，“给你。”

“谢谢你。”休高兴地注意到，约翰爵士现在彻底平静下来了，“在您等待时，还有什么是我能为您做的呢？”

“嗯，也许你可以处理这件事。”他从口袋里掏出了一张支票。休查看了一下，上面的金额是十一万英镑，休有生以来从未处理过这么大额的个人支票。“我刚刚把煤矿卖给了我的邻居。”约翰爵士解释说。

“我当然可以帮你存入账户。”

“我能拿到多少利息？”

“目前是百分之四。”

“我看，可以吧。”

休犹豫了一下。他想，如果能说服约翰爵士购买俄罗斯债券，债券问题就会从略有不足悄悄转化为超额认购。他该不该提这件事呢？反正，他已经超越权限，把客户带进股东室了。他决定碰碰运气。

“你买俄罗斯债券的话就能拿到百分之五点三八。”

约翰爵士眯起眼睛。“我可以买？现在？”

“是的。预购昨天就收盘了，但你要买的话——”

“这安全吗？”

“跟俄罗斯政府一样安全。”

“我要考虑考虑。”

休的热情被激发出来，他想做成这笔买卖。“明天的利率可能就不一样了，你要知道。当债券投向公开市场，价格也许上升，也许会下降。”他觉得自己可能显得太急切了，就稍稍收了收，“我马上把这张支票存到你的账户上，如果你愿意，可以随便跟我哪位叔叔谈债券的问题。”

“那好吧，小皮拉斯特，你快去存吧。”

休走出门去，在大厅里见到塞缪尔叔叔。“约翰爵士在那儿呢，叔叔，”他说，“我在银行大厅看见他，神情暴躁，我就给了他一杯马德拉，希望我这么做没什么问题。”

“你做得对，”塞缪尔说，“我来接待他吧。”

“他带了一张十一万英镑的支票。我跟他提到俄罗斯的贷款的事——还差十万没卖出去。”

塞缪尔扬了扬眉毛。“看来你很老练嘛。”

“我只说如果他想买高一点儿的利率，可以随便找哪个股东谈谈。”

“好吧。这主意不错。”

休回到银行大厅，拿出约翰爵士的总账，计入存款，再把支票交给结算出纳。然后，他就回到四楼茂贝瑞的办公室。他把俄罗斯债券的登记数字交给茂贝瑞，告诉他约翰·卡米尔爵士有可能买掉那些差额，然后就到自己的桌子那儿坐下来。一个听差用托盘端来了茶、面包和黄油，这种茶点是为四点半以后仍留在办公室的职员准备的。工作不忙的时候，大多数人在四点前就下班了。银行工作人员算得上职员阶层的精英人士，让那些从事商务和运输业的职员很羡慕，这些人经常工作到很晚，甚至有时要通宵加班。

过了一会儿，塞缪尔进来，把几份文件交给茂贝瑞。“约翰爵士决定买债券，”他对休说道，“干得好，你抓住了一个很好的机会。”

“谢谢你。”

塞缪尔注意到茂贝瑞办公桌上放着的托盘。“这是什么玩意儿？”他用调侃的语气说，“‘请总出纳查阅’……‘总出纳已经处理’。”

茂贝瑞回答他：“这样就能把新来文件和要发走的文件分开，避免造成混乱。”

“这个法子很好。我看我也要来上一个。”

“事实上，塞缪尔先生，这是年轻的休先生的想法。”

塞缪尔转过身来，开心地看着休，说：“我说，你这个可爱的小家伙，脑筋实在很灵啊。”

休知道别人时常说他爱翘尾巴，便装成谦虚的样子："我知道自己还有好多东西要学。"

"好了，好了，不要假谦虚了。请跟我说实话，如果你离开茂贝瑞先生这儿，下一份工作你打算干什么？"

这种问题连想都不用，他可以立即回答。通信文员是最令人垂涎的工作。大多数职员只能看到交易的一部分，但通信文员要为客户草拟信函，可以知晓整个交易过程。这是能学到东西的最好位置，这个位置也很容易受到提拔重用。还有，塞缪尔叔叔的通信文员是比尔·罗斯，他就要退休了。

休毫不犹豫地说："我想做你的通信文员。"

"你？你在银行刚干了一年，行吗？"

"到罗斯先生退休的时候，我就工作十八个月了。"

"倒也是啊。"塞缪尔似乎仍然将这事儿当个玩笑，但他没有说"不"字。"到时候再看，到时候再看。"他说着，走了出去。

茂贝瑞对休说："你劝约翰·卡米尔爵士购买多余的俄罗斯债券了？"

"我不过提了提这事儿。"休回答说。

"好啊，好啊，"茂贝瑞说，"好啊，好啊。"他坐在那儿，用探究的眼神盯了休好几分钟。

2

这是一个风和日丽的星期天下午，所有伦敦人都穿着周末聚会的衣服出来散步。宽阔的皮卡迪利大街上没有车辆，因为在安息日只有残障人士才会驾车。梅茜·罗宾逊和埃普丽尔·蒂尔斯利沿着街道慢慢走着，看着一座座富人的宫殿，想在这地方勾搭个男人。

她们二人住在苏荷区，在卡纳比街圣詹姆斯救济院附近的贫民窟里共用一个单人房间。她们中午时分才起床，精心打扮一番后就上了街。到了晚上，她们通常都能找到个把男人为她们付晚餐钱，如果不这样，她们就得挨饿。她俩几乎身无分文，但她们需要得也少。该付房租的时候，埃普丽尔就去向某个男友“贷款”。梅茜总是穿着同一套衣服，每天晚上都要洗内衣。在这段时间里也许会有人给买她一套新晚装。她希望请她吃晚餐的人里迟早有人能娶了她，或者让她当情妇。

埃普丽尔还在为遇到南美人托尼奥·席尔瓦而兴奋。“你想啊，他竟然输得起十个畿尼！”她说，“再说，我一直喜欢红头发的。”

“我不喜欢另外那个南美人，那个黑一点儿的。”梅茜说。

“米奇？他简直光彩照人啊。”

“是啊，但他有点儿滑头滑脑，我是这么看的。”

埃普丽尔指着一座大宅邸说：“这是索利他父亲的房子。”

那房子背向大街，前面有个半圆形的车道，看上去像一座希腊神庙，正面的一排柱子一直达到屋顶。前门上的黄铜饰物闪闪发光，窗户上挂着红色的天鹅绒窗帘。

埃普丽尔说：“想想看，有朝一日你可以住在里面，那多好啊。”

梅茜摇摇头。“我不会的。”

“这种事以前有过，”埃普丽尔说，“只要比那些上流社会的女孩更淫荡、更泼辣就行，一点儿也不困难。等你结婚了，就马上学着模仿口音，诸如此类。你现在已经说得很好了，也就是发脾气的时候偶尔露出一句。再说，索利也很不错。”

“很不错的胖子。”梅茜说着，做了个鬼脸。

“可他多有钱哪！人家说，他父亲在乡下别墅里还有个交响乐团，就因为他饭后偶尔想听听音乐！”

梅茜叹了口气，她不愿意去想索利。“我跟那个叫休的男孩吵了嘴以后，你们去哪儿了？”

“抓老鼠。然后我和托尼奥去了巴特酒店。”

“你跟他做那事儿了？”

“当然了！你以为我们去巴特酒店干吗？”

“玩惠斯特牌？”

她们咯咯笑了。

埃普丽尔疑惑起来：“你也跟索利做了，对不对？”

“我让他很高兴。”梅茜说。

“这话是什么意思？”梅茜用手做了个动作，两个人又笑了起来。

埃普丽尔说："你只是给他弄出那个来？为什么啊？"

梅茜耸耸肩。

"嗯，也许你是对的，"埃普丽尔说，"有时候，最好不要让他们第一次就什么都得到。如果你牵制住他们，反倒能让他们的感情更强烈。"

梅茜换了个话题。"遇到姓皮拉斯特的人，让我想起了那些可怕的往事。"她说。

埃普丽尔点了点头。"那些大老板，我恨透了那帮操蛋的家伙。"她突然刻毒地说。埃普丽尔的用词比梅茜在马戏团的时候说的还要粗鄙。"我从来不去给老板干活，这就是为什么现在我做这种事。我给自己定价，提前拿到报酬。"

"托比亚斯·皮拉斯特破产那天，我跟我哥哥离家出走，"梅茜说，她伤感地笑了一下，"你可以说，就是因为皮拉斯特家族，我才到了今天这个地步。"

"你离开家以后去做什么了？一下子就加入了马戏团吗？"

"没有。"想到当时自己又害怕又孤单，梅茜就觉得好像有人在撕扯她的心，"我哥哥偷偷上了一艘去波士顿的船。从此我再也没有见到他，也没有他的任何消息。我在一个垃圾堆上睡了一个星期。感谢上帝，那是五月份，天气还算温和。只有一个晚上下了雨，我用破布把自己裹起来，因此好几年身上都有跳蚤……我还记得那次葬礼。"

"谁的葬礼？"

"托比亚斯·皮拉斯特。送葬的队伍从街上经过。他是镇上的大人物。我记得当时有个小孩子，不比我大多少，穿着黑衣裳，戴着礼帽，拉着他妈妈的手。那应该就是休。”

“真想不到。”埃普丽尔说。

“在那之后，我走着去了纽卡斯尔。我装扮成一个男孩子，在马厩里工作，帮着干杂活。他们让我晚上在稻草上睡觉，跟那些马在一起。我在那儿待了三年。”

“你为什么要离开呢？”

“我长出了这个。”梅茜说，摇动着她的双乳。一个路过的中年男人看见她，两只眼睛几乎要从眼眶里冒出来，“马仔的头儿发现我是一个姑娘，就想强奸我。我用短马鞭抽了他的脸，这下就没法干下去了。”

“我倒希望你切了他。”埃普丽尔说。

“我的确让他消了火。”

“你应该把他的那玩意儿弄疲沓了。”

“他可能就想那样呢。”

“离开马棚后你去哪儿了？”

“就是那会儿我加入了马戏团。一开始只是一个马仔，最后当上了骑手。”想到这些往事，她又长叹了口气，“我喜欢马戏团。那儿的人让我很温暖。”

“太温暖了，我猜。”

梅茜点点头，“我一直没办法跟马戏团主管好好相处，到了他想跟我劈腿的时候，我也就该离开了。我想，如果我要靠为男人吹喇叭过日子，那我得多要点儿工钱。就像现在这样。”她总拣一些怪模怪样的说话方式，学着埃普丽尔那种毫无拘束的用词。

埃普丽尔使劲看了看她。“从那会儿算起，你到底吹了多少喇叭？”

“说实话，一个也没有，”梅茜有些尴尬，“我不能骗你，埃普丽尔——我好像不是干这行的料。”

“你太适合干这行了！”埃普丽尔反驳说，“你那双眼睛一忽闪，无论什么男人都抵抗不了。听我的，跟索利·格林伯恩好下去。每次让他尝点儿新鲜的。哪天让他摸摸你下面，下次再让他看看你一丝不挂……三个星期他就得喘着气追着你跑了。然后找个晚上脱了他的裤子，把他的那话儿含在嘴里，跟他说：‘如果你在切尔西给我买个小房子，你想什么时候干，我们就什么时候干。’我向你发誓，梅茜，要是索利能说个‘不’字，我就去当修女。”

梅茜明白她的话有道理，但她的内心里对这些很是抵触。她不知道这是为什么。部分是因为索利不怎么吸引她。可让人矛盾的是，也是因为他实在太好了，她不能那么没心没肺地操纵他。但最要命的是，这会让她觉得自己将要放弃对真正爱情的所有期待，再不可能跟一个她真正喜欢的男人结婚。另一方面，她还得想办法生活下去，她决意不要像自己父母那样生活，一整个星期都在盼着那份微薄的薪水，担心几百英里以外发生什么金融危机，砸了他们的饭碗。

埃普丽尔说：“其他那些人怎么样？你可以从里面挑一个啊。”

“我喜欢休，但我把他得罪了。”

“反正他也没钱。”

“爱德华是头猪，米奇让我害怕，而托尼奥又是你的。”

“索利是你的男人啊。”

“我不知道。”

“我知道。如果你让他从手指缝溜掉，你这辈子一走上皮卡迪利大街，就会想：‘我现在本来该住在那所房子里的。’”

“是的，我可能会。”

“如果索利不行，那还剩下谁呢？你也可能嫁给一个讨厌的中年杂货商，他会让你手头总是紧巴巴的，还指望你自己去洗床单。”

梅茜心里掂量着这个惨淡前景，这会儿她们到了皮卡迪利大街的西端，然后转弯往北面的梅费尔走。如果她肯花心思，完全可以让索利娶她。这样，她就成了一个阔太太，不会有太大问题。口音方面已经有了一半进展，她无论模仿起什么总是很像。可是，一想到要把好心的索利捕获到一桩没有爱情的婚姻中，她就感到十分厌恶。

斜穿过一个马车房，她们路过一个挺大的车马出租所。梅茜一下子想起了马戏团的经历，便停下脚步，去抚摸一匹高大的栗色种马。那马立刻去嗅她的手。一个男人的声音在边上说：“红孩儿一般不让陌生人碰它。”

梅茜转过身来，看到一个穿着黑色外套，里面穿一件黄色马甲的中年男子。他这身正式装扮跟那张饱经风霜的脸以及没受过什么教育的谈吐不太般配，因此她猜测这人可能曾经是个马仔，后来自己做起生意来，看来生意还不错。她笑了笑说：“它不介意，是不是，红孩儿？”

“我倒不觉得你有本事骑上它，就现在，你能吗？”

“骑它？我可以啊，不用马鞍，还能在它的背上直立。这马是你的吗？”

那人略微躬身，说：“我是乔治·萨缪尔斯，愿为你们效劳，我是这儿的业主，那儿写着呢。”他指了指门，上面有他的名字。

梅茜说：“我不该自我吹嘘，萨缪尔斯先生，不过我这四年来一直在马戏团，所以，你马厩里的马我都能骑。”

“真的吗？”他若有所思地说，“那好啊。”

埃普丽尔插嘴说：“你有什么想法，萨缪尔斯先生？”

他迟疑了一下：“虽然这么说有点儿突然，但我正寻思这位女士是否对我的生意建议感兴趣。”

梅茜不知接下来要发生什么。眼下她只觉得这种交谈不过是些逗趣闲扯而已。“说下去。”

埃普丽尔提醒说：“我们喜欢各种生意建议。”但梅茜觉得萨缪尔斯并没听懂埃普丽尔话里的意思。

“你们看，红孩儿是要出售的，”他说，“可把马匹关在屋子里怎么能卖掉呢？要是你骑着它，在公园附近转个把钟头，像你这样长相的女人——恕我大胆，你跟投球手一样漂亮——会吸引很多人注意，迟早会有人问你这匹马多少钱才卖。”

难道这里有钱可赚？梅茜想。他提到这种办法，不就是让她不用出卖灵魂和肉体，就能交得上房租吗？但她只是脑子里想想，嘴上并没问。她说：“然后，我就会告诉人家：‘去寇松马厩找萨缪尔斯先生，这马是他的。’”

“大概就是这样吧，只有一点，不要把红孩儿称作‘马’，你要对别人说‘这美妙的造物’，或者‘这个独特的品种’，等等。”

“或许吧，”梅茜说，想着她可以用自己的话，而不是他萨缪尔斯的话来表达，“那么，现在该说到生意了。”她不能再继续装作对钱无所谓的样子，“你付多少钱？”

"你觉得值多少钱？"

梅茜专拣了个不合情理的数目："每天一镑。"

"太多了，"他马上说，"我给你一半。"

她几乎不相信她有这等运气。一天十先令，这工资实在太高了：她这个年龄的女孩要是做用人，幸运的话最多一天也只能拿到一先令。她的心怦怦直跳。"说定了。"她赶紧说，生怕他会改变主意，"我什么时候开始？"

"明天上午十点半来吧。"

"我肯定来。"

他们握了握手，两个姑娘就走了。萨缪尔斯在她后面喊了一句："别忘了穿你今天穿的衣服，很迷人。"

"别担心。"梅茜说。她只有这一套衣服。不过她没把这告诉萨缪尔斯。

3

公园里的交通问题

致《泰晤士报》编辑

先生，我在海德公园注意到，最近几天，在早上十一点半左右，马车拥堵得十分严重，将近一个小时都无法前行。我们听说了不少解释，说是恰好这个季节我们国家的居民都来城里游玩；或者，说伦敦变得如此繁荣，连商家妇人都能赶着马车去公园游玩。但真正的原因并未被提及。实际上这是由一位女士造成的，此女姓名未知，但男人们称其为“母狮”，显然是因为她长着黄褐色的头发。这女人天生尤物，穿着漂亮，骑术悠然洒脱，令不少男士自愧弗如。她以同样轻盈娴熟的技术驾驶马车，驾辕的两匹马也非常匹配。她的美貌及勇敢的骑乘术名扬遐迩，让全伦敦的人都在她出现的这个钟头聚到公园里来，可一到了那儿，就被堵在里头不能动了。先生身处办公室，秉有知悉一切人与事之职责，或已了解此“母狮”姓甚名谁，可否出面干预，终止此行为，让公园恢复正常状态，安静、规范，适于通行？

愿致以恭顺之效力。

一位观察者

写这封信的人可能是想开个玩笑，休这样想着，放下手中的报纸。“母狮”倒是确有其人，他听到银行的职员议论过她，但她不可能造成公园的交通阻塞。不过这还是引起了他的好奇。他透过怀特海文宅加了铅条的窗户朝公园望去。今天是假日。街上阳光明媚，已经有不少人在外面散步、骑马或驾着马车。休觉得去趟公园也不错，正好看看那里到底发生了什么。

奥古斯塔伯母也打算到公园去。她的敞篷马车已经停在房子前面。车夫戴着假发，穿制服男仆已经准备好骑马跟在后面。早晨她一般都要在这个时辰驾车到公园里去，就像所有上流社会妇女和闲散的男人那样。他们说，这是为了呼吸新鲜空气，锻炼身体，但更重要的是到公园看看别人，也显摆一下自己。真正拥堵的原因是人们停下马车相互聊天，挡住了通道。

休听到了他伯母的声音。他从早餐桌边站起身，走进大厅。奥古斯塔伯母跟往常一样打扮得漂漂亮亮。今天她穿了一件紫色的长衫，搭配了紧身胸衣，下面带着长长的褶边。不过帽子却有点儿问题，那是一顶小巧的硬稻草帽，宽窄不过三英寸，栖在她讲究的盘发上，显得不太搭配。这种帽子十分时尚，要是戴在漂亮女孩头上会显得十分甜美，但奥古斯塔纵有千姿百态，却不能说她甜美，显得怪模怪样的。她并不经常犯这种错误，偶尔出错也是因为她急于赶时髦。

她在跟约瑟夫伯父说话。他显得很急躁，奥古斯塔一跟他说话他就这样。他半侧着身子站在她面前，不耐烦地抚摸着浓密的络腮胡子。休怀疑他们两个之间是否还有感情。原来也许是有的，因为他们生下了爱德华和克莱曼婷。他们很少表现得互相恩爱，但就休的印象，奥古斯塔时常会十分周到地为约瑟夫做这做那。他想，或许他们仍然爱着对方。

奥古斯塔继续说着，就像休没在场一样，她一贯如此。“全家人都很担心，”她固执地说，似乎约瑟夫伯父提出了什么相反的主张，“这会闹出丑闻的。”

“但是这种情况，不管是好是歹，也已经持续好几年了，从来没人觉得有什么出丑的。”

“因为塞缪尔不是资深股东。一般人做什么事情也不会引起注意，但皮拉斯特银行的资深股东是公众人物。”

“就算这样，这件事也没那么急。塞思叔叔还活着，什么事情都定不下来。”

"我知道，"奥古斯塔说，她的声音带着一丝受挫的味道，"有的时候我真希望……"她停下来，不想过多透露自己的心思，"他迟早要交出权柄的。也许明天就会发生。塞缪尔堂兄不能装作什么事儿也没有。"

"也许吧，"约瑟夫说，"但是，就算他假装这样，我也确定不了该做点儿什么。"

"这个问题可以让塞思知道。"

休不知道老塞思对自己儿子的生活了解多少。他心底里可能明白事情的真相，但从来不肯承认，甚至连自己都说服不了。

约瑟夫不安起来："上天保佑。"

"这当然十分不幸，"奥古斯塔轻描淡写地说，显得十分做作，"但是，你必须让塞缪尔明白，如果他不放弃的话，他的父亲就会被牵涉进来，如果发生这种情况，塞思就必须知道所有事实。"

休不得不佩服她既狡猾又残酷的手腕。她向塞缪尔发出这样一条信息：放弃你的秘书，否则我们就会迫使你父亲面对这样一种现实，即他的儿子基本上是跟一个男人结了婚。

事实上她一点儿也不在乎塞缪尔和他的秘书两个人怎么样。她只是想让他当不成资深股东——这样一来，权力的衣钵就会落到她丈夫的身上。这样做很下流，休不知道约瑟夫是否充分了解奥古斯塔的意图所在。

这时，约瑟夫不安地说："我不想用这种激烈的方式解决问题。"

奥古斯塔放低声音，像是在亲密私语一般。每次她一这样，休就觉得她肯定要伪装起来说假话了，就像嘶吼的巨龙突然要学着喵喵叫一样。“我敢肯定你能找到解决办法，”她恳求似的笑着，“你今天跟我驾车出去吗？我很想让你陪我。”

他摇了摇头说：“我必须去银行。”

“太可惜了，这么好的天气还得关在满是尘土的办公室里。”

“博洛尼亚那边在闹恐慌。”

这话让休来了兴致。自从维也纳的“Krach”以来，欧洲不同地区有几家银行破产，公司停业，但这是第一次发生“恐慌”。目前为止，伦敦得以逃脱一劫，未受损害，六月份，作为金融市场温度计的银行利率已经上升到百分之七，并不太高，且已经回落到百分之六。不过今天可能出现了某些骚动。

奥古斯塔说：“我相信这种恐慌影响不到我们。”

“至少现在还没有。”约瑟夫说。

“不过今天放假，银行里没人给你备茶啊！”

“我估计不喝茶也能挨上半天。”

“过一小时我派萨拉到那儿去。她做了一个你最喜欢的樱桃蛋糕，给你带点儿过去当茶点。”

休看到机会来了，便说：“我跟你去吧，伯父？你得有个职员帮忙。”

约瑟夫摇了摇头说：“我不需要你。”

奥古斯塔说：“你可能需要他跑跑腿，亲爱的。”

休笑了一下，说：“或许他有事征求我的意见呢。”

约瑟夫不喜欢这种玩笑话。“我只想读读电传①消息，决定

① 电传：银行与银行之间使用五单位电传打字机，通过邮电部门的用户电报网络，直接进行的银行与银行之间通报的一种电报业务。

明天一早开市的时候做什么。”

休又傻乎乎地坚持道：“可我还是想去——就算是出于兴趣吧。”

要逼约瑟夫答应什么，那必定是打错了算盘。“我告诉你了，我不需要你，”他生气地说，“跟你伯母驾车去公园吧，她需要个护卫。”他带上帽子，走出门去。

奥古斯塔说：“休，你可真有本事无故招人烦。去拿你的帽子吧，我都准备好了。”

休实在不愿意跟奥古斯塔驾车出去，但他伯父吩咐了，他又想去看看“母狮”，也就没再争辩。

奥古斯塔的女儿克莱曼婷出现了，已经穿好了准备出门。休小时候跟堂妹一起玩耍，她总是搬弄是非。她七岁那会儿，有一次要休拿出小鸡鸡给她看，随后又把他干的事儿告诉了她母亲，让休挨了鞭子。现在到了二十岁，克莱曼婷长得跟她母亲十分相似，但她继承的不是奥古斯塔的霸道，而是她的狡猾。

几个人一同出门，男仆把他们扶上了马车。这是一辆新车，漆成了浅蓝色，用两匹上等灰色阉马驾辕，是大银行家夫人显示身份的装备。奥古斯塔和克莱曼婷坐在朝前的座位上，休坐在她们对面。街上阳光明媚，车篷也放了下去，女人们撑起了遮阳伞。车夫挥起鞭子，车子走了起来。

几分钟后他们就到了南马车大道。这里的确就像那位《泰晤士报》读者说的那样，十分拥挤。街上总共有好几百匹马，骑手都是戴着大礼帽的男人和坐横向马鞍的女人；还有几十辆各式各样的马车，有敞篷的，有封闭的，有两轮的和四轮的；此外还有骑着小马的孩子、徒步的伴侣、推车带孩子的保姆以及遛狗的人。新漆的马车闪闪发光，马匹被梳理得整洁漂亮，男人们都穿着礼服，女人们炫耀着新式化工染料染成的鲜艳装束。人们悠闲漫步，仔细端详着过往的车马、穿戴的衣帽。奥古斯塔跟女儿说着话，这种交谈自然不用休掺和，他只能偶尔赞同地附和几句。

“圣安太太戴的是多莉沃登式花边帽！”克莱曼婷惊呼道。

“那种帽子一年前就过时了。”奥古斯塔说。

“是啊，是啊。”休说道。

一辆马车在他们旁边停下，休发现里面坐着他的玛德琳姑妈。他暗自琢磨：如果她长胡子的话，那简直就跟她哥哥约瑟夫一模一样。在家里她是奥古斯塔最近的亲信。她们两个控制着整个家族的社会生活。奥古斯塔做主，玛德琳则是她忠实的帮衬。

两辆车都停了，女人们互致问候。这样一来道路就被堵死了，后面有两三辆马车跟着停了下来。奥古斯塔说：“掉头跟我们一块儿吧，玛德琳，我想和你谈谈。”玛德琳的男仆帮着她从自己的马车上下来，上了奥古斯塔的车，然后马车又走了起来。

“他们威胁说要把塞缪尔秘书的事儿告诉老塞思。”奥古斯塔说。

“哦，天啊！”玛德琳说，“他们可不能这么做！”

“我跟约瑟夫说了，但劝不了他们。”奥古斯塔说。她那真心关切的样子让休大为吃惊。她怎么能装得出来？也许她已经让自己相信，只要合适，无论什么时候她说的都是真话。

“我得跟乔治谈谈。”玛德琳说，“这种打击会让可怜的塞思叔叔活不下去的。”

休琢磨着要是把这场谈话告诉约瑟夫伯父，那将会是什么结果。他想，约瑟夫要是知道他和其他股东如此受自己妻子的操纵，一定会十分惊讶吧？可他们不会相信休的话。他是个无名之辈，因此奥古斯塔根本不在乎在他面前说这些话。

他们的马车慢了下来，几乎完全不走了，前面几辆马车挤成一团。奥古斯塔气咻咻地说："这是出了什么事？"

"肯定是因为'母狮'。"克莱曼婷兴奋地说。

休急切地朝人群里扫视着，但看不出是哪儿出了问题，弄得马车走不动。前面有几辆不同样式的马车，还有十来匹马和一些行人。

奥古斯塔说："'母狮'是怎么回事？"

"哎呀，母亲，现在谁都知道她！"

奥古斯塔的马车靠得近些后，就看见一辆小巧的四轮遮篷马车从马车堆里显露出来，由一对高视阔步的小型马牵拉着，驾车的是一个女人。

"那就是'母狮'！"克莱曼婷尖叫起来。

休看到了四轮马车的驭手，惊讶地发现他认得她。

那正是梅茜·罗宾逊。

她"啪"地扬起鞭子，小马加快了速度。她穿着一件棕色带丝绸滚边的美利奴外套，扎一条蘑菇色的领带，脖子上系着蝴蝶结，头上是一顶活泼可爱、帽檐卷曲的小礼帽。

想到她那样污蔑他的父亲，休感到一股怒气又蹿了上来。她丝毫不了解金融上的事，根本无权随意指责别人的诚信。不过尽管如此，他还是无法不被她的美艳所吸引。她那娇小的身子坐在驭手的位子上，有一种令人无法抗拒的魅力，她斜戴礼帽的样子，甚至她挥动马鞭、牵拉缰绳的姿态都让他心动不已。

原来这"母狮"就是梅茜·罗宾逊！但她是怎么一下子就有

了车马？她从哪儿弄来的钱呢？她是要干什么呢？

就在休惊叹莫名的当口，发生了一件意外。

一匹良种马碎步经过奥古斯塔的马车前面，突然被一只吵闹的小猎犬吓着了。它暴跳起来，把骑手摔到地上，正好落在梅茜的四轮马车前面。她急忙改变方向，用娴熟的驾车技巧把车赶到马路对面。她的躲避动作恰好横过奥古斯塔的马车前面，赶车人紧拉缰绳，骂了一句。

她让自己的马车猛地停在边上。所有人都去看那个被甩下马背的骑手。他似乎没受什么伤，自己站了起来，掸了掸身上的尘土，咒骂着去追他的马。

梅茜认出了休。“休·皮拉斯特，真是怪了！”她喊了一句。

休脸红了。“早上好。”他说，有点儿不知所措。

他在礼仪上犯了个严重的错误。他不应该在伯母和姑妈面前表现出自己认识梅茜，因为他不可能把这种人介绍给她们认识。他应该怠慢她，不理不睬才对。

然而，梅茜根本没想跟车上的几位女士打招呼。“你喜欢这些小马吗？”她说，好像已经忘了他们争吵过似的。

休完全被这个美艳而奇特的女人弄得晕头转向，她那熟练的驾驭技巧和轻盈随意的举止让他迷醉。“它们很棒。”他说，眼睛并没看那两匹马。

“它们是出售的。”

奥古斯塔伯母冷冷地说：“休，跟这个人说，让我们过去！”

梅茜这才第一次正眼看奥古斯塔。“闭上你的嘴，你这老婊子。”她轻蔑地说。

克莱曼婷惊得倒抽了口气，玛德琳姑妈吓得叫了一声。休张大了嘴巴。梅茜那华丽装扮和昂贵的装备让人忘了她是出自贫民窟的穷孩子。她的用词如此粗俗，让奥古斯塔一下子呆在那儿，不知如何还嘴。从来没有人敢跟她这样说话。

没等她回过神来，梅茜就转身对着休，说："告诉你的堂哥爱德华，他可以来我这儿买小马！"然后她一扬鞭子，赶着车走了。

奥古斯塔爆发了。"你怎么敢让我见这种人！"她气哼哼地说，"你怎么敢为她摘下你的帽子！"

休还在盯着梅茜，看她那灵巧的后背和扬扬自得的小礼帽消失在车道上。

玛德琳姑姑也加入进来。"休，你是怎么认识她的？"她说，"有教养的年轻人不会结识这类人！好像你还把她介绍给了爱德华！"

实际上是爱德华把梅茜介绍给休的，但休不会把责任推在爱德华身上。无论他怎么说她们也不会相信他。"我对她也不太熟悉。"他说。

克莱曼婷来了兴趣，说："你到底是在哪儿认识她的？"

"在一个叫'阿盖尔寓所'的地方。"

奥古斯塔朝克莱曼婷皱了皱眉头，说："我不想让你知道这种事。休，让巴克斯特把车赶回家。"

"我自己出去走走。"休说着打开了马车的门。

"你要去追那个女人吧！"奥古斯塔说，"我不准你去！"

"继续往前赶吧，巴克斯特。"休一边下车一边说。车夫拉了拉缰绳，车轮掉转了方向，休礼貌地摘下帽子，望着愤怒的伯母和姑妈随着马车远去。

他不知她们还会说什么。随后会有更多的麻烦。她们会告诉约瑟夫伯父，然后所有的股东都会知道休跟低级女人来往。

但眼下正是假日，阳光灿烂，公园里的人们都在开心游乐，休也不想再为他伯母和姑妈的脾气伤脑筋。

他大步沿着小路往前走，感到十分轻松愉快。他朝梅茜走的相反方向走。人们驾着车兜来兜去，所以他或许能再次遇见她。

他想跟她好好谈谈，想让她公正地看待他的父亲。奇怪的是，他现在已经不再为她说的话生气了。她不过是弄错了，他想，如果跟她解释清楚，她就会明白的。总之，只要能跟她说话他就很高兴。

他到了海德公园角，转身沿着公园路向北走。路上见到不少亲戚或熟人，他脱下帽子一一致意：小威廉和比阿特丽斯乘着一辆布鲁厄姆式封闭马车，塞缪尔叔叔骑着一匹栗色母马，还有茂贝瑞先生、他太太和孩子们。梅茜可能停在什么较远的地方，或许现在已经离开了。他觉得自己不会再见到她了。

但他又看见她了。

她恰好穿过公园离开。不错，那就是她，脖子上扎着蘑菇色的真丝领带。她没看见他。

他一阵冲动，在马路对面跟着，进了梅费尔，到了一个马厩，一路小跑跟上她。她把四轮马车赶进马厩里，跳下马车。一个马夫走了出来，帮她操持那几匹马。

休靠到近前，气喘吁吁。他真不知道自己为什么要这么做。

“你好，罗宾逊小姐。”他说。

“再次问好！”

“我跟着你来着。”他说了句多余的话。

她用率直的眼神看了他一眼，说：“为什么？”

他不假思索就脱口而出："我在想，能不能请你哪天晚上跟我一起出去。"

她把头扭向一边，微微皱起了眉头，考虑着他的提议。她的表情很友好，看来她喜欢这个邀请，他觉得她会接受。不过，似乎有什么实际的考虑在跟她内心的愿望交战。她转过脸不去看他，双眉微锁；接着她做出了决定。"你负担不起我。"她决断地说，然后转过身去，背对着他进了马厩。

4

自卡米尔农场
开普殖民地
南非
1873年7月14日

亲爱的休：

真高兴收到你的来信！一个人待在这儿实在是孤单，你无法想象收到来自家乡的这样一封充满见闻的长信让我们多么高兴。卡米尔太太（在我们结婚前称为亲爱的阿米莉亚·克拉朋）非常高兴能读到你对"母狮"

的描述……

我知道，现在说这话有点儿晚，但我当时对你父亲的死非常震惊。学校的学生之间也不写吊唁信。你们家的不幸恰好被同一天发生的彼得·米德尔顿溺亡事件掩盖了。但请相信我，在你突然被从学校带走后，大家经常想起你，谈到你……

我很高兴你问起关于彼得的事。自从那天起我一直感到愧疚。我实际上并没有看到这个可怜的家伙淹死，但我也看到了不少情况，足以猜测其余发生了什么。

你的堂兄爱德华就像你所形容的那样，的确比一只腐臭的死猫还要恶心。当时你捞起你的衣服跑开了，但彼得和托尼奥没有那么快。我在水塘的另一头，我觉得爱德华和米奇并没有看见我，或许是他们没认出我来。总之，他们从未跟我谈起过那件事。

总之，你走了以后，爱德华继续起劲儿地折腾彼得，把他的头往水里按，这可怜的孩子挣扎着捞他的衣服，爱德华就往他脸上泼水。

我看得出情况有些失控，但我想我当时实在是懦弱得很，我该帮一把彼得，但我自己也没什么力气，敌不过爱德华和米奇·米兰达，也不想让我的衣服被丢进水里。你还记得犯规的惩罚吗？是十二下鞭子。我必须承认这是最让我害怕的。总之，我抓起了衣服悄悄离开了，没有引起任何注意。

我在采石场的边上回头看了一眼。我不知道当时发生了什么，但我看见托尼奥从一头爬上来，抱着一团湿衣服，赤身裸体，爱德华游过水塘追他，留下气喘吁吁的彼得在中间扑腾。

我觉得彼得不会有事，但显然我错了。他一定已经精疲力竭了。爱德华去追托尼奥时，米奇在看着，彼得就在没人注意的时候淹死了。

当然，我也是后来才知道的。我回到学校，溜进了宿舍。当老师开始盘问时，我发誓我整个下午都待在宿舍。这个可怕的事情暴露后，我一直没有胆量承认我所看见的一切。

这不是什么让人自豪的经历，休，不过，说出真相至少会让我觉得舒服一些……

休放下阿尔伯特·卡米尔的来信，眼睛望着卧室的窗外。这封信所解释的事情远比卡米尔想象中要多，但也不无疑点。

它解释了米奇是怎样巧妙地潜入皮拉斯特家族，跟他们度过每个假期，让爱德华的父母担负了所有的花费。毫无疑问，米奇告诉奥古斯塔，实际上是爱德华杀害了彼得。但在法庭上，米奇说爱德华曾试图抢救那溺水的孩子。利用这个谎言，米奇救了皮拉斯特家族，使之免于一场丑闻。奥古斯塔可能一直对此深怀感激——或许同时也十分害怕，担心米奇有一天反戈一击，说出真相。休感到不寒而栗，有种恐惧在胸口隐隐作痛。阿尔伯特·卡米尔在不知不觉中揭开了奥古斯塔与米奇这层幽深、黑暗而又肮脏的关系。

但另一个疑团依然未能解开。休知道一些有关彼得·米德尔顿的情况，而别人对此毫不知情。彼得很是虚弱，孩子们都把他当成一根小草。他为自己的体格感到难堪，已经开始了一项训练计划，他主要的训练就是游泳。他好几个小时待在水塘里划水，想让自己强壮些。这些都没有立即奏效：一个十三岁的孩子不可能一下子变得宽肩窄背，除非等到长大成人，这个过程不能操之过急。

他所有努力的唯一效果就是让他在水里像鱼一样游泳。他可以潜到水底下，屏住呼吸待上好几分钟，能脸朝上浮在水面上，也能在水里睁着眼睛。仅靠爱德华·皮拉斯特一个人是无法把他淹死的。

那么，他为什么会死呢？

阿尔伯特·卡米尔说的是实情，至少是他的亲眼所见，这一点休可以肯定。但是，那个炎热午后在主教林中一定还发生了什么别的事情。不幸的游泳者可能意外死亡，承受不了爱德华过分的嬉闹打斗而淹死。但不经意的嬉闹不可能杀了彼得。如果他的死不是出于偶然，就一定是有意而为。

那就成了谋杀。

休打了一个寒战。

当时只有三个人在场：爱德华、米奇和彼得。彼得可能被爱德华或米奇谋杀。

也可能两个人一同下了手。

5

奥古斯塔已经不太满意她家的日本装饰了。客厅里满是东方风格的屏风、棱角分明的家具和带细长腿的桌椅，还有黑色烤漆橱柜里那些日本扇子和花瓶。这一切都非常昂贵，但价格便宜的仿品已经在牛津街的商店里出现，这些东西已经不再是这幢高级住宅的独有物件了。不幸的是，约瑟夫不会允许这么快就重新装修，奥古斯塔不得不跟这些变得越来越普通的家具过上好几年。

客厅是奥古斯塔平日喝下午茶时接受朝拜的地方。女人们通常最先到来：她的小姑子玛德琳和比阿特丽斯，还有女儿克莱曼婷。股东们五点钟左右会从银行回来：约瑟夫、老塞思、玛德琳的丈夫乔治·哈特索恩，有时候还有塞缪尔。如果事情不多，孩子们也会参加：爱德华、休和小威廉。唯一经常参加下午茶会的非家庭成员就是米奇·米兰达，但偶尔也有卫理公会的牧师造访，想必也是为南洋、马来西亚和新近开放的日本异教徒皈依教会募集资金。

奥古斯塔尽力撑着门面。皮拉斯特家的人都喜欢甜食，她就提供美味可口的面包和蛋糕，还有来自印度阿萨姆和锡兰的上等名茶。重大的家庭假期和婚礼筹划就在这种聚会上决定。所以，如果有人不来，很快就会跟不上形势。

尽管如此，时常会有人希望独立出去，按自己的主意办事。最近一次是小威廉的妻子比阿特丽斯，一年多前奥古斯塔坚持说比阿特丽斯选的一件衣服面料不适合她，这以后她就开始闹独立。通常发生这种情况时，奥古斯塔会疏离他们一段时间，然后再以某种极其大方慷慨的手段将其拉拢回来。在比阿特丽斯这件事上，奥古斯塔为她那老得不成样子的母亲举办了一个盛大的生日聚会。比阿特丽斯感激不尽，早把衣料的事情忘得一干二净，也就遂了奥古斯塔的心愿。

就是在这种下午茶聚会上，奥古斯塔得以洞悉家里和银行发生的事情。现在她担心的是老塞思。她在周到细致地做整个家庭的工作，让大家认为塞缪尔不会成为下一个资深股东，但老塞思并没有退休的意思，尽管他的健康持续恶化。这个老家伙顽固的韧劲儿让她的精心计划一再受阻，急得她抓耳挠腮。

现在是七月底，伦敦变得安静下来。每年这个季节贵族都会离开城里，去苏格兰的考斯乘游艇，或者去他们的狩猎小屋。他们待在乡下，射杀禽鸟，猎狐捕鹿，一直待到圣诞节后。在二月和三月下旬的复活节之间他们开始陆续回城。到了五月，又是“伦敦之季”的高潮。

皮拉斯特家的人不按这个日程安排行事。尽管他们比大多数贵族更富有，但他们是商人，不会想着半年时间待在乡下，无所事事，杀戮那些不会说话的动物。不过，如果银行业界不出什么乱子，他们一般也劝说股东们在八月份休假。

今年整个夏天的假期一直没有定下来，遥远的经济风暴威胁着整个欧洲的金融资本，但最糟的时候似乎已经过去，银行利率下降到了百分之三，奥古斯塔在苏格兰租下了一个小城堡。她和玛德琳打算一星期左右后离开，男人们晚两天也过去。

差几分钟不到四点，她站在客厅里，正为屋里的家具和老塞思的固执生闷气，这时塞缪尔走了进来。皮拉斯特家的人都长得丑，但塞缪尔长相最难看，她心里想。除了那个大鼻子以外，嘴唇也软塌塌的，牙齿参差不齐。他这个人十分挑剔，注重穿戴，苛求食物，喜欢猫，讨厌狗。但让奥古斯塔最不喜欢他的是，家里的所有男人中唯有他最不听劝诱。她能迷倒老塞思，尽管年事已高，他仍然对有魅力的女人感兴趣；她通常也有办法消磨约瑟夫的耐心，哄他乖乖就范；乔治·哈特索恩被玛德琳管得死死的，因此也算是间接被她操控；其他人年龄太小，用不着吓唬他们，尽管休有时候会给她惹麻烦。

但塞缪尔让她没法对付——她的女性魅力丝毫不起作用。每当她显得既体贴又聪明的时候，他就会用一种令人恼怒的方式嘲笑她。他的那副好像她不值得他人认真对待的姿态，最让她受不了。塞缪尔这种平心静气的嘲弄比公园里一个小贱妇骂她老婊子还要让她气愤。

不过，今天塞缪尔脸上没有那种戏谑、怀疑的微笑。他气势汹汹，那阵势让奥古斯塔一时惊慌失措。他早来了一步，显然是为了要找她单独谈话。她想到两个月来自己一直密谋陷害他，比这轻的罪过都有可能招来杀身之祸。他穿着珍珠灰色的外套，扎一根深酒红色的领带，带着淡淡的古龙香水的味道。他没跟她握手，只是往她面前一站，奥古斯塔自卫地抬起了双手。

塞缪尔严肃地笑了一下。“我不打你，奥古斯塔，”他说，“但老天知道，你的确该挨鞭子。”

的确，他不会碰她。他为人温和，拒绝为步枪出口融资。

奥古斯塔一下子又找回了自信，她轻蔑地说："你怎么敢来指责我！"

"指责？"他说，眼睛里又冒出一股怒火。"我不会堕落到去指责你。"他停顿了一下，克制着愤怒说，"我鄙视你。"

奥古斯塔不会被接连吓唬两次。"你来这儿是要告诉我，你愿意放弃自己的堕落行为？"她用银铃般的嗓音说。

"堕落行为，"他重复道，"你打算毁掉我父亲的幸福，让我的生活凄凄惨惨，全都是为了你的野心，还来谈什么我的堕落行为！我看你自己已经堕入了邪恶无法自拔，早就分不清楚了。"

他如此信誓旦旦，言辞激昂，让奥古斯塔觉得自己的陷害的确十分刻毒。接着她发现他是在利用她的同情心来削弱她的斗志。"我只是出于对银行的关心。"她冷冷地说。

"这是你的理由吗？临到审判日，当万能的上帝问你为何要讹诈我，你就这样回答吗？"

"我在履行我的责任。"她觉得自己又恢复了自制，开始琢磨他所为何来。来承认失败，或者，向她挑战吗？如果他屈服让步，那她不久后就会确凿无疑地成为资深股东的妻子。但若非如此，她也就一筹莫展了。如果他决意向她挑战，那日后就会面临一场长期艰苦的斗争，谁胜谁负尚难定夺。

塞缪尔走到窗前，望着外面的花园。"我还记得你原来是个漂亮的小女孩。"他沉思着说。奥古斯塔厌烦地哼了一声。"你去教堂时总是穿白裙子，头上扎一条白丝带，"他接着往下说，"可那丝带骗不了谁。那时候你就十分专横跋扈。礼拜结束后大家都在公园散步，别的孩子都怕你，但他们不敢不跟你玩，因为是你在组织各种游戏。甚至连你父母都被你吓唬住了。要是想要的东西没有得到，你就会大发脾气，吵得路上的人驻足观看，不知到底出了什么事。你的父亲——愿上帝让他安息——总是一脸愁容，弄不清他怎么会把这么一个妖怪带到世界上来。”

他说的这些差不多样样属实，让她感到很不自在。“这都是多少年前的事了。”她说，眼睛望着别处。

他好像没听见她的话，继续说下去。“我不是为我自己担心。我想当资深股东，但不当我也活得下去。我会活得很好，当然，我可能不像我父亲那样有气势，也许更多是一个协作者。但约瑟夫不适合这种工作。他脾气暴，爱冲动，可能做出错误决定；加上你又一直鼓动他的野心，蒙蔽他的视线，让情况变得更糟。他在团队里会很顺利，因为其他人会引导他，遏制他。但他不能成为领导，他的判断力不足。从长远看他会损害银行的利益。难道你不担心这些吗？”

一时间，奥古斯塔弄不清他这话是否在理。她这么做难道不是杀了下金蛋的鹅吗？不过，银行的钱实在太多，就算他们全都什么事也不干，这些钱也花不完。无论如何，说约瑟夫会损害银行的利益纯粹是胡扯。那些股东的工作根本没有任何难度：他们到了银行，读读报纸，把钱借贷出去，然后等着收利息就行了。别人能干好，约瑟夫也一样能干好。“你们这些男人，总是装得好像银行业务多么复杂神秘，”她说，“但你们骗不了我。”她意识到自己正在加紧防守。“我会对着上帝为自己辩护，用不着对你证明什么。”她说。

“你真要去跟我父亲说吗？”塞缪尔说，“你知道这种事会让他送命的。”

她只犹豫了一秒钟，然后坚定地说："没有别的选择。"

他长时间盯着她。"你是个魔鬼，我知道你会这样做的。"他说。

奥古斯塔屏住气。他会放弃吗？她觉得自己几乎胜券在握了，想象中几乎听到有人毕恭毕敬地说："请允许介绍约瑟夫·皮拉斯特太太，皮拉斯特银行的资深股东的夫人……"

他犹豫了一下，然后带着不加掩饰的厌恶说："那好吧。我会告诉其他人，我不想在父亲退休后成为资深股东。"

奥古斯塔心里漾起一丝胜利的微笑，但脸上不带一丝表情。她赢了。她转过身去，掩饰她心中的狂喜。"享受你的胜利吧，"塞缪尔痛苦地说，"但你记住，奥古斯塔，我们每个人都有秘密，你也有。有朝一日会有人利用你的秘密，像你对付我这样对付你。"

奥古斯塔迷惑不解。他指的是什么？不知为何她的脑子里一下子想起了米奇·米兰达，但她立刻拂去了这个念头。"我没有什么不可告人的秘密。"她说。

"你没有？"

"没有！"她说，但他信心满满的样子让她害怕。

他别有意指地看了她一眼。"昨天一个名叫大卫·米德尔顿的年轻律师找过我。"

她没有马上明白过来。"我难道认识他？"但这人的姓名有点儿耳熟，让她心里咯噔一下。

"你见过他一次，七年前，在死因研讯上。"

奥古斯塔顿时觉得身上发冷。米德尔顿——那个被淹死的孩子就姓米德尔顿。

塞缪尔说："大卫·米德尔顿认为他弟弟彼得是被杀的——是爱德华干的。"

奥古斯塔想马上坐下来，但她不能让塞缪尔遂了心，看出她心慌意乱。"事情已经过去七年了，他现在到底要搞什么鬼？"

"他告诉我，他一直对死因研讯不满，但他始终保持沉默，以免他父母太伤心。不过，他的母亲还是在彼得死后不久就去世了，他父亲是今年去世的。"

"他为什么去找你，不来找我？"

"他是我夜总会的会员。总之，他重读了研讯记录，说还有几位证人从未受到传唤，没能出来作证。"

当然还有证人，奥古斯塔不安地想。有淘气鬼休·皮拉斯特，有那个叫托尼什么的南美孩子，还有第三个弄不清是谁的人。要是大卫·米德尔顿揪住其中任何一个，整个事情就会水落石出。

塞缪尔看来经过了深思熟虑："从你的观点看，验尸官对爱德华英雄主义的那番赞美有点儿过了。这些话反倒让人生疑。人们认为，要是爱德华看到男孩要淹死，大概只会站在边上吓得发抖。见过他的人都知道，他连去街对面给人帮个忙的事都不会做，更别说潜到水里去救溺水的男孩了。"

这话简直是胡说八道，污蔑别人。"你怎么敢这么说！"奥古斯塔很生气，但她已经摆不出平时那种居高临下的劲头了。

塞缪尔不去理睬她。"学校的学生根本不相信。大卫自己几年前也上同一所学校，认识不少高年级学生。跟他们说起这事儿以后，就让他更加怀疑了。"

"这简直太荒谬、太可笑了。"

“米德尔顿喜欢争论，所有律师都这样，”塞缪尔说，对她的抗议置之不理，“他不会让这事儿消停的。”

“他丝毫吓唬不住我。”

“那太好了，我敢肯定他很快就会前来造访你的。”他朝门口走去，“我不在这儿喝茶了。下午愉快，奥古斯塔。”

奥古斯塔重重地坐在沙发上。她没想到还会有这种事——她怎么可能预见得到呢？她对塞缪尔的胜利被摧毁了。那本旧账又被翻开，已经过去了七年，本该早就被人忘掉的！她十分担心爱德华。她无法承受任何降临在他身上的不幸。她按住自己的头，揉着突突直跳的太阳穴。她该怎么办才好呢？

她的仆役长哈斯特德走了进来，后面跟着两个服侍客厅的女佣，端着茶点托盘。

“可以了吗，太太？”他带着威尔士口音说。哈斯特德有点儿斜眼，好像两只眼睛看着不同的方向，谁都弄不清他在注意什么。一开始这让人觉得心烦，但奥古斯塔已经习惯他了。她点了点头。“谢谢你，太太。”他说，接着他们就开始摆茶具。有时候，看见哈斯特德的谄媚做派，加上仆人驯顺地按她吩咐做事，奥古斯塔心情会平静下来，但今天这些毫无作用。她站起身，朝开着的法式屋门走过去。花园里阳光明媚，但这也于事无补。她到底怎么才能阻止大卫·米德尔顿呢？

直到米奇·米兰达来的时候，她还在苦苦思索这个问题。她很高兴见到他。他像往常一样风度翩翩，穿着黑色礼服和条纹长裤，白色的衣领一尘不染，上面打着一条黑色的缎面领带。看出她在发愁，他马上变得体贴起来。他像一只丛林猫那样优雅敏捷地穿过房间，声音里充满爱抚之情：“皮拉斯特太太，究竟什么事情让你心烦意乱？”

他最先到来让她很是感激。她一下子抓住了他的手臂。

“出了件可怕的事。”他两手扶在了她的腰上，就好像他们在跳舞一样，而他的手指压上她的臀部时，她感到了一丝麻酥酥的快意。“别这么难受了，”他安慰道，“跟我说说怎么回事。”

她心里平静了许多。在这种时候她总是很喜欢看见米奇。那感觉简直就跟她还是小女孩时，同年轻的斯特朗伯爵在一起一样，优雅的风度，华美的装束，尤其是他举手投足，那柔软的肢体和顺滑的身形都十分相像。斯特朗是皮肤白皙的英格兰人，而米奇是皮肤稍黑的拉丁人，但他们二人都有一种魅力，让她深深感受到自己作为女性的娇柔气质。她真想将他一把拉到身边，把脸颊伏在他的肩头……

她看见女佣们在盯着她，意识到让米奇两手扶着她的臀部站在那儿有些不雅。她移开自己的身子，拉着他的胳膊，带他穿过落地窗走进花园，省得被仆人们偷听。外面的空气暖洋洋的。他们并肩坐在阴凉处的木椅子上，奥古斯塔侧身看着他。她很渴望握住他的手，但这样做不太合适。

他说：“我看见塞缪尔从这儿离开——跟他有关系吗？”

奥古斯塔静静地说着话，米奇凑过来听，近得让她不用移动就能吻到他。“他过来告诉我，他不会寻求资深股东的位置。”

“好消息啊！”

“是的。这样一来，这位置自然就是我丈夫的了。”

“老爹就能得到他要买的来复枪了。”

“只要塞思一退位就行。”

“这个老塞思就是不撒手，真把人都急疯了！”米奇感叹道，“老爹一直在问，什么时候能做成生意。”

奥古斯塔知道米奇为什么担心：他怕自己的父亲把他送回科尔多瓦。“我觉得塞思挺不了多长时间。”她安慰他说。

他看着她的眼睛。“但不是这件事让你发愁。”

“不是。是你们学校里淹死的那个倒霉的男孩——彼得·米德尔顿。塞缪尔跟我说，彼得的哥哥是一名律师，现在开始到处打探。”

米奇那张漂亮的脸阴沉下来。“可都过了这么多年了？”

“显然他是为了他父母才一直保持沉默，但现在他们都死了。”

米奇皱起了眉头。“问题到底有多严重？”

“你可能比我更了解。”奥古斯塔犹豫了一下。她有个问题想问他，但她又害怕听到答案。最后她振作了一下。“米奇……你认为那男孩淹死，是爱德华的错吗？”

“这……”

“说‘是’还是‘不是’！”她命令说。

米奇顿了顿，最后说：“是。”

奥古斯塔闭上了眼睛。泰迪宝贝啊，你为什么要这么做呢？

米奇轻声说：“彼得自己不太会游泳。爱德华没动手去淹死他，但把他折腾得耗尽了体力。爱德华离开去追托尼奥的时候，彼得还活着。但我相信他没力气再游到边上，也没人在旁边，就这么淹死了。”

“泰迪不是想杀他。”

“当然不是。”

“这不过是小男生之间的恶作剧。”

“爱德华并不想伤害他。”

“所以，这不是什么谋杀。”

“我恐怕得说，是谋杀。”米奇严肃地说，奥古斯塔觉得自己的心跳都停了一下，“如果小偷把一个人打倒在地，打算抢劫他，但这人心脏病发作导致了死亡，窃贼就犯有谋杀罪，即使他并没打算杀人。”

“你怎么知道？”

“我去问过一个律师，几年以前。”

“为什么？”

“我想弄清爱德华的处境。”

奥古斯塔两手捂住自己的脸。这比她想象的还要糟糕。米奇把她的手从脸上拿开，挨个儿吻了一下。这动作是那么温柔，让她直想哭。他抓着她的手，说：“任何有理智的人，都不会因为爱德华小时候发生的这件事迫害他的。”

“可大卫·米德尔顿是有理智的人吗？”奥古斯塔叫道。

“也许不是。他大概为这事儿着魔好几年了。愿上帝不要让他坚持下去，找出真相。”

奥古斯塔想到可能的后果，不免浑身打战。这会酿成一桩丑闻；下流小报会登出《银行继承人的可耻隐私》这样的文章来；警察会介入；可怜的泰迪宝贝会上法庭。如果他被判有罪——

“米奇，想一想都觉得可怕！”她低声说。

“那，我们必须做点儿什么。”

奥古斯塔捏着他的手，接着松开它们，琢磨着如何应对。她必须面对问题的严重性。她已经看到绞架的影子落在她独子的头上。现在不该再继续痛苦下去，应该采取些行动。感谢上帝，爱德华有一个真正的朋友米奇。“我们要确保大卫·米德尔顿质询不到任何东西。有多少人知道真相？”

“六个，”米奇立刻回答，“爱德华，加上你和我就是三个，但我们什么也不会告诉他，然后，还有休。”

“男孩死的时候他没在场。”

“是没有，但他了解不少情况，知道我们跟验尸官说的话是编造的。其实，撒谎的事儿让我们心虚。”

“看来，休是个问题。还有别的人呢？”

“托尼奥·席尔瓦什么都看见了。”

“但他当时什么都没说。”

“他那时候很害怕我。但我不知道他现在还怕不怕。”

“第六个人呢？”

“我们一直不知道他是谁。当时我没看到他的脸，他也没有自己站出来。恐怕我们对他没什么办法。但如果没有人知道他是谁，我就认为他对我们没什么危险。”

奥古斯塔心里又是一惊，她可不敢这么肯定。这个未知的证人随时会冒出来，造成威胁。但米奇说得不错，他们对此毫无办法。“这么说，有两个人我们要处理一下，休和托尼奥。”

一时间两人陷入思索，谁也没说话。

现在已经不能再把休看作一个小麻烦了，奥古斯塔心想。他十分要强，爱出风头，在银行里已经获得了一定认可，相比之下泰迪就很平庸。奥古斯塔成功拆散了休和弗洛伦斯·斯塔沃西女士之间的好事。但是，现在休对泰迪造成的威胁实在是有过之而无不及。该想点儿办法对付他。可是，用什么办法呢？尽管他很糟糕，但他仍然是皮拉斯特家族中的一员。她搜索枯肠，却什么也想不出来。

米奇若有所思地说：“托尼奥有个弱点。”

“哦，是吗？”

“他是一个糟糕的赌徒。明知负担不起也要下大赌注，经常输钱。”

“也许你能安排一场游戏？”

“也许。”

奥古斯塔想到米奇大概知道如何在牌戏中作弊。然而她不可能直接问他，这种问题对任何正人君子来说都是一种致命的侮辱。

米奇说：“这可能要花不少钱。你想在我身上押宝吗？”

“你需要多少钱？”

“恐怕得要一百英镑。”

奥古斯塔毫不犹豫，因为泰迪的性命受着威胁。“很好。”她说。她听见房子里有说话的声音，其他来喝下午茶的客人已经陆续抵达。她站了起来。“我还不知道如何对付休，”她忧心忡忡地说，“我得好好想想。我们该进屋里去了。”

她的小姑子玛德琳已经来了，见他们两个一进门就说开了。“那裁缝逼得我要喝点儿什么，光扦个边就要两个小时，让我都等不及要喝点儿茶了，哦，你们又做了这种杏仁饼，实在太妙了，可是我的老天，你们不觉得天气很热吗？”

奥古斯塔密谋般地捏了一下米奇的手，坐下来倒茶。

第四章
八 月

1

伦敦又闷又热，人们都向往新鲜的空气和开阔的郊外。八月的第一天，所有人都去观看在古德伍德举行的比赛。

他们从伦敦南部的维多利亚火车站乘火车出发。交通安排本身反映出英国社会层次的细微差别——上流社会的人乘坐一等软席车厢，店主和教师坐进拥挤但也还算舒适的二等车厢，工厂工人和家庭用人在三等车厢，密匝匝地坐在硬木长椅上。下了火车，贵族们又坐上马车，中产阶层登上公共马车，工人们则步行。富人的野餐已由前一列火车提前送到，强壮的年轻男仆肩上扛着一个个带盖的大篮子，里面用瓷器和桌布包着煮熟的鸡、黄瓜、香槟和温室里长的桃子。不那么富裕的，就直接从摊贩那里买香肠、贝类和啤酒。穷人则自带吃食，用手帕包着面包和奶酪。

梅茜·罗宾逊和埃普丽尔·蒂尔斯利跟索利·格林伯恩和托尼奥·席尔瓦一同出行。他们几个人的社会地位有些模糊不定。

索利和托尼奥显然是第一类，可梅茜和埃普丽尔就只能算三类了。索利取了个折中，买的是二等车票，他们在车站上了一辆公共马车，穿过开阔的高地去赛马场。

不过，索利很注重吃食，他不愿从小摊贩那儿买吃的，随随便便就把午餐打发过去，而是提前派了四个仆人带了一大份野餐，是用冰包裹好的冷鲑鱼和白葡萄酒。他们把雪白的桌布铺在地上，围坐在柔软的草坪上。梅茜把美食喂给索利。她越来越喜欢他了。他对谁都很和气，十分逗趣，跟他聊天也很有意思。贪食是他的唯一恶习。她还是没有让他太接近自己，但到头来她越是拒绝他，他就变得越是专情于她。

赛车安排在午饭后开始。旁边就有一个庄家，站在一个箱子上喊着赔率是多少。他穿了一件花哨的格子外套，扎一条飘逸的丝领带，衣服扣眼里插着一大束花，戴了顶白色的帽子。他肩膀上挎了一个装满钱的皮包，站在一个条幅下面，条幅上写着："威廉·塔克，国王的头，来自奇切斯特。"

托尼奥和索利每场比赛都赌。可梅茜觉得无聊，如果不赌的话，每场比赛都没什么区别。埃普丽尔不离托尼奥左右，但梅茜决定离开他们一会儿，一个人到处看一看。

值得一看的不只是那些马。马场周围的高地上挤满了帐篷、摊位和大车。还有不少赌博棚、怪物表演以及皮肤黝黑、戴着亮色头巾的吉卜赛人给人算命。人们在售卖杜松子酒、苹果酒、肉饼、橙子和《圣经》。手摇风琴和乐队争相竞奏，魔术师、玩杂耍和表演杂技的人在人群中来回穿梭，全都向人们要钱。这里有会跳舞的狗、小矮人和巨人，还有踩高跷的。喧闹的狂欢节气氛让梅茜不禁想起了马戏团，往昔的生活一去不返，怀旧的情绪让她内心感到刺痛。这些表演者想方设法从公众手里弄到钱，看到他们有所获得，她心里觉得暖烘烘的。

她知道自己该从索利那里多获取一些。跟世界上最富有的人之一谈情说爱，却又住在苏荷区的单间里，这简直不可思议。现在她应该戴着钻戒，穿着皮衣，把目光投向圣约翰伍德或克拉彭的郊区小型住宅才是。她给萨缪尔斯骑马的差使不会持续太久，因为伦敦社交季节即将结束，买得起马的人就要到乡下去了。但她不会让索利送她除了鲜花以外的任何东西。这让埃普丽尔气得发疯。

她走过一个大帐篷。帐篷外面有两个女孩，穿着庄家的衣服，跟一个穿黑外套的男人在一起，他们喊着："今天，在古德伍德比赛的唯一定数是即将到来的审判日！坚持你对耶稣的信仰，报偿就是永恒的生命。"帐篷里面阴凉幽暗，她索性走了进去。里面的人大都坐在长椅上，好像他们已经改宗皈依了。梅茜坐在出口附近，拿起了一本赞美诗。

她能够理解人们为什么进教堂，为什么来赛马会讲经布道。这样做让他们感到有所归属。这种归属感恰恰是索利带给她的真正诱惑：不仅仅是钻石和皮衣，还有当索利·格林伯恩情妇的可能，得到一个住的地方，有定期的收入，自己能安排些事情。这并非什么体面的地位，也并不长久——一旦索利厌倦了她，这种局面就会结束——但这总比她现在的境况强多了。

全体会众站起来唱赞美诗。这种感觉就像被羔羊的血洗涤身体一样，让梅茜很不舒服。她走了出去。

她经过了一个木偶戏场，戏正演到高潮，暴躁的主角潘趣先生被他挥着棍子的老婆，从小舞台的一头打到另一头。她仔细审视着这群人。如果一场木偶戏演得规规矩矩，就不会有什么钱赚，大多数观众会一分不付悄悄溜掉，剩下的人也只给几个小钱。但他们有别的办法搜刮看客。几分钟后，她就发现后面有个男孩在偷一个戴着礼帽的男人。除了梅茜以外，所有人都在看戏，没人注意到这只肮脏的手伸进了男人的马甲口袋。

梅茜并不打算干预这种事儿。在她看来，富裕又粗心年轻的人活该让人偷走怀表，只要窃贼有胆，窃得东西也算是奖赏。可她仔细去看那个受害者，认出那是黑头发蓝眼睛的休·皮拉斯特。她记得埃普丽尔告诉她休没有钱，丢了手表他可承受不起。她一时冲动，决定挽救一下他的疏忽大意。

她快步绕到人群后面。扒手是个衣衫褴褛、长着棕黄色头发的男孩，十一岁左右，梅茜离家出走时就是这个年龄。他十分巧妙地把休的表链从他的马甲里拉出来。看表演的观众里发出一阵哄笑，扒手趁机拿着怀表溜到了一边。

梅茜抓住了他的手腕。

他吓得轻声叫了起来，试图逃脱，但她的力气比他大多了。

“把它给我，我就饶了你。”她小声吓唬道。

他磨蹭着。梅茜看见那脏兮兮的脸上既有害怕，又有贪婪。接着他乖乖投降，把手表扔在地上。

“去偷别人的手表吧。”她放开他的手，这小家伙一转眼就不见了。

她捡起手表。这是一只带盖的猎表。她打开盖子，看上面的时间：三点过十分。在手表的背面写着一行字：

托比亚斯·皮拉斯特

爱你的妻子

莉迪亚

1851年5月23日

这表是休的母亲送给他父亲的礼物。梅茜很高兴她及时救下了这块表。她合上表盖，拍了拍休的肩膀。

他转过身，一副很恼火被人打扰的样子，接着他惊讶地睁大他那双明亮的蓝眼睛。“罗宾逊小姐！”

“几点了？”她说。

他机械地去掏表，发现自己的口袋空了。“真奇怪……”他环顾四周，觉得是不是自己把表掉在什么地方了，“我可千万别……”

她亮出手表。

“老天爷！”他说，“你是怎么找到它的？”

“我看见有人偷你，把它抢了过来。”

“小偷在哪儿？”

“我让他走了。不过是个毛头小孩子。”

“可是……”他有些不知所措。

“我本想让他拿走这表，但我知道你买不起新的。”

“你说的不是真话吧。”

“是真话。我小时候也偷过东西，不过从未被人抓住。”

“太可怕了。”

梅茜又一次觉得他挺讨厌。从她的思维角度看，他那种态度实在显得假模假式。她说：“我还记得你父亲的葬礼。那天很冷，下着雨。你的父亲欠着我父亲的钱，死了，但你还有外套穿，可我没有。这没说错吧？”

“我不知道，”他突然变得怒气冲冲，“我父亲破产的时候我才十三岁——难道因为这个，我一辈子就得对所有的罪恶视而不见？”

梅茜吃了一惊。很少有男人这样呵斥她，可休已经是第二次这么做了。不过她不想再跟他吵上一次。她碰了碰他的胳膊。“对不起，”她说，“我没有批评你的父亲，我只是想让你明白为什么一个孩子要偷东西。”

他的语气立刻软化了。“我还没有感谢你抢下了我的手表。这是我母亲送给父亲的结婚礼物，所以不管值不值钱都很珍贵。”

“那孩子会找别的傻瓜去偷。”

他笑了起来。“我从来没有见过像你这样的人！”他说，“你想喝杯啤酒吗？天气这么热。”

她正好也想喝上一杯。“好吧，谢谢。”

离他们几码远的地方有一辆装着大桶的四轮大车。休买了两大陶罐温热的麦芽淡味啤酒。梅茜喝了一大口：她太渴了。这啤酒比索利的法国葡萄酒更好喝。那辆大车上挂着一个牌子，上面用粉笔草草地写着一行大字：“带走酒罐它会爆掉你的脑代[①]。”

休总是带着一脸活泼相，现在却显得很是凝重。过了一会儿，他说：“你发现没有，我们都是同一场灾难的受害者。”

她没有。“你是什么意思？”

“1866年发生过一场金融危机。出现这种情况，一些全然无

① 原文将Head写作Hed，因而译作“脑代”。

辜的公司就会倒闭……就像队伍中的一匹马跌倒，会把别的马也拖倒一样。我父亲的生意破产是因为别人欠他的钱还不了，这让他绝望至极，结束了自己的性命，抛下我的寡母，让我十三岁就失去了父亲。你父亲养活不了你，因为别人欠他的钱不给，让你十一岁就离开了家。”

梅茜明白他这话的逻辑，但她心底里无法赞同他，她一直痛恨托比亚斯·皮拉斯特，久而久之，这种仇恨已经扎下了深根。“这不一样，”她反驳说，“工人阶层没法控制这些东西，他们只按照吩咐干活。老板们掌握权力，如果发生问题就是他们的错。”

休思索着。“我说不清，也许你是对的。老板们得到的回报肯定是最大的。但我敢肯定一点，不管老板还是工人，他们的孩子都是不该受责备的。”

梅茜笑着说：“我们能找到互相都赞同的观点，真令人不敢相信。”

他们喝完了啤酒，把酒罐送回去，走了几码到了一个旋转木马场。“你想骑木马吗？”休问。

梅茜笑了。“不。”

“你是一个人来的吗？”

“不是，我是跟……朋友一起来的。”她有点儿不愿意让他知道是索利带她来的，“你呢？你是跟你那可怕的伯母一起来的吗？”

他做了个鬼脸。“不。卫理公会派不赞同赛马会——她要是知道我在这儿，肯定会吓坏的。”

“她喜欢你吗？”

“一点儿也不。”

“那为什么她让你跟她一起住？”

“她喜欢一直看着别人，好控制他们。”

“她控制你吗？”

“她是想控制。”他笑了，“有时候我一逃了之。”

“跟她住在一起挺难的。”

“我负担不起自己单独住。我得耐着性子，在银行里好好干。获得提拔以后就能独立了。”他又笑了一下，“到了那时候，我就会像你一样，让她闭上她的狗嘴。”

“希望那次你没惹上什么麻烦。”

“惹上了。不过看她脸上那表情，麻烦也值得了。就是那会儿我开始喜欢你的。”

“因此你就跑来请我跟你一起吃饭？”

“是啊，可你为什么拒绝呢？”

“因为埃普丽尔跟我说你自己一分钱都没有。”

“我的钱够买几块排骨和一份葡萄干布丁。”

“真是让一个女孩子无法抵抗啊！”她揶揄地说。

他笑了。“今晚跟我出去。我们去克莱蒙花园跳舞。”

她动心了，但一想到索利她又感到内疚。“不去了，谢谢你。”

“为什么不去呢？”

她也这样问着自己。她并没有爱上索利，她也没从他那儿拿钱，那么她干吗把自己省着留给他呢？我十八岁了，她想，如果我不能跟我喜欢的男孩出去跳舞，生活又有什么意义呢？“那么，好吧。”

“你真来吗？”

“嗯。”

他笑了，这让他很高兴。“要我去接你吗？”

她不想让他看到苏荷区贫民窟里跟埃普丽尔共用的房间。“不用，我们在别的地方见面吧。”

“好的，我们去威斯敏斯特码头，坐汽船去切尔西。”

“好啊！”她觉得自己几个月来都没这么高兴了，“几点呢？”

“八点钟怎么样？”

她很快计算了一下。索利跟托尼奥要留到最后一场比赛，然后，他们坐火车回伦敦。她跟索利在维多利亚火车站告别，再步行到威斯敏斯特。她觉得自己来得及。“不过，如果我迟到了，你能等等我吗？”

“我可以等一整个晚上，如果有必要。”

想到索利让她觉得有愧。“我得回我朋友那儿去了。”

“我跟你一起走。”他急切地说。

她不希望这样。“最好不要。”

“听你的。”

她伸出手来，两个人握手，一本正经，显得很奇怪。“晚上见。”她说。

“我等你。”

她转身走开，感觉他在看她。我干吗要这么做呢？她想。我真想跟他出去约会吗？难道我真的喜欢他？我们第一次见面就吵了起来，让聚会不欢而散，今天要不是我及时缓和下来，他又准备大吵一次。我们实在不般配。我们永远不可能在一起跳舞。也许我不会去。

但他那对蓝眼睛多可爱啊。

她打定主意不再想这事儿。既然她已经同意约会，她就会去的。她可能喜欢这次约会，也可能不喜欢，但事先就为此犯愁一点儿用也没有。

她得找个借口离开索利。他正准备带她出去吃晚饭。不过他从来不对她问这问那，也会接受随便什么借口，不管多么让人无法相信。但她还是要编出个有说服力的理由，不想委屈他那悠闲豁达的天性。

她在起先离开的地方找到了他们。他们在栅栏和穿格子外套的庄家之间的那块地方待了一下午。埃普丽尔和托尼奥显得兴高采烈，扬扬自得。埃普丽尔一见梅茜就说："我们已经赢了一百一十英镑，真带劲！"

梅茜很为埃普丽尔高兴。她正祝贺他们竟能凭空捞到这么多钱。这时米奇出现了，他两只大拇指插在灰色的马甲口袋里，一路逛了过来。见到他并不让梅茜感到惊讶，因为所有人都到古德伍德来了。

虽说米奇长相出奇地好看，可梅茜不喜欢他。他让她想到那个马戏团的领班，觉得自己的调情能让所有女人兴奋得发抖，但要是被人拒绝，就像受了天大的冒犯。跟往常一样，米奇后面紧跟着爱德华·皮拉斯特。梅茜对他们的关系很是好奇。他们二人差别太大：米奇身材纤细，既完美又自信，但爱德华是个笨拙、贪婪的大块头。为什么他们俩会形影不离呢？不过很多人都被米奇迷住了，爱德华也不例外。托尼奥略带敬畏地向他问好，看上去就像凶残主人豢养的一只小狗。

他们的身后是一个年长的男人和一个年轻女人。米奇介绍说那人是他父亲。梅茜好奇地打量着他。他跟米奇毫无相似之处，长着一双罗圈腿，肩膀极宽，一张老脸饱经风霜。他跟自己的儿子不同，硬领衬衣和大礼帽让他不太舒服。那个女的像是情人一般紧贴着他，比他大概年轻三十岁。米奇介绍说她是考克斯小姐。

大家都议论着他们赢钱的事。爱德华和托尼奥两人都押了一匹叫作查理王子的马。索利赢了钱，接着又输掉了，但不论他输赢都很高兴。米奇并没说自己的表现如何，梅茜猜想他不像别人赌得那么大：这个人太工于心计，不会热衷赌博这种事。

然而，他接下来的举动却让她十分吃惊。他对索利说："我们今晚要玩一局大的，格林伯恩——最低一英镑。你参加吗？"

她惊奇的是，米奇那无精打采的表象下面好像隐藏着某种强大的张力，他实在深不可测。

索利反正什么意见都赞同。"我参加。"他说。

米奇转过来问托尼奥。"你愿意加入吗？"他那种要么接受、要么拉倒的口气让梅茜觉得很假。

"算我一个，"托尼奥兴奋地说，"我一定去！"

埃普丽尔不安起来，说："托尼奥，今晚不行，你答应过我的。"梅茜怀疑托尼奥玩不起最低赌一英镑那么大的赌局。

"我答应什么了？"他对周围的朋友挤了挤眼睛。

她低声在他耳边说了句什么，男人们都笑了起来。

米奇说："这是本季节的最后一局，席尔瓦，错过了你会后悔的。"

这又让梅茜有些惊讶。在阿盖尔寓所那会儿，她记得米奇不喜欢托尼奥。为什么他现在又要劝托尼奥参加纸牌游戏呢？

托尼奥说："我今天走运——看我在赛马上赢了多少！我今晚去打牌。"

米奇瞟了一眼爱德华，梅茜捕捉到两个人眼里露出放心的神色。爱德华说："我们在夜总会一起吃饭吗？"

索利看了看梅茜，她意识到现在有了现成的借口，不用整晚陪着他。"跟男孩子们一起吃吧，索利，"她说，"我无所谓。"

"你真的不在意？"

"不在意，我今天已经够快活的了。你晚上去你的夜总会玩吧。"

"那就定下来了。"米奇说。

他跟他父亲、考克斯小姐和爱德华离开了。托尼奥和埃普丽尔继续投注下一场。索利把胳膊伸给梅茜，说："我们走一走好吗？"

他们沿着隔开赛道的白色油漆围栏慢慢溜达着。太阳暖洋洋的，乡村的空气散发着好闻的味道。过了一会儿索利说："你喜欢我吗，梅茜？"

她停下来，踮起脚尖，吻了他的脸颊一下。"我很喜欢你。"

他看着她的眼睛，她看到眼睛后面的眼泪，迷惑不解。"索利，亲爱的，你怎么了？"她说。

"我也喜欢你，"他说，"胜过任何我见过的人。"

"谢谢你。"她很感动。这很不寻常，因为索利从来没有显出如此激情。

接着，他说："你愿意嫁给我吗？"

她惊得目瞪口呆。她从来没有想到他会说出这句话，索利这种阶层的人从不会向她这样的人求婚。他们可能引诱这些女孩，给她们钱，让她们成为自己的情妇，为他们生孩子，但绝对不会跟她们结婚。她惊得一时语塞。

索利接着说："你想要什么我就给你什么，求你说个'行'。"

跟索利结婚！梅茜从此会变得极其富有，每天晚上睡在柔软的床上，房子里每间屋子升着熊熊的炉火，黄油多得吃不完。她想起床就起床，不高兴就整天待在床上。她再也不用挨冻受饿，再也不会穿得寒酸破旧，不会疲倦不堪。

一个"行"字就在她的舌尖上颤抖。

她想到埃普丽尔在苏荷区的那间小屋，墙上到处是老鼠洞；她想到简易厕所夏天发出的阵阵臭味；她又想到那些没饭吃的夜晚；想到在街上走了一天以后两脚生疼的感觉。

她看着索利，要嫁给这个男人真的很难吗？

他说："我太爱你了，爱你爱得简直不顾一切。"

他是真心爱她，这她看得出来。

但有件事挺麻烦。

她不爱他。他应该得到更好的选择。他该有个真正爱他的妻子，而不是一个铁石心肠、随性交友的浪荡姑娘。如果她嫁给他，那就欺骗了他。可他人太好了，容不得被人欺骗。

她几乎要哭了。她说："你真是我见过的最善良、最温柔的男人——"

"不要说'不'，好吗？"他打断她，"如果你不能说'行'的话，就什么也不要说。好好想想，至少想一天，或许再长点儿。”

梅茜叹了口气。她知道她应该拒绝他，马上就拒绝也容易一些。但他在恳求她。“我会考虑的。”她说。

他笑了。“谢谢你。”

她懊丧地摇着头。“不管怎么样，索利，我相信，再也不会有像你这么好的人向我求婚了。”

2

休和梅茜坐着那种一便士的游船从威斯敏斯特码头去切尔西。夜晚既温暖又明亮，拾贝船、驳船和轮渡在浑浊的河面上往返穿梭。他们逆流而上，钻过维多利亚车站的新铁路桥，途经北岸位于克里斯托弗·雷恩的切尔西医院，南岸则是开遍鲜花的巴特西田野——伦敦传统的决斗场。巴特西桥破烂不堪，整个木结构看上去摇摇欲坠。在它的南端有几座化工厂，但在北面，切尔西老教堂四周点缀着一座座漂亮的农舍，一个个浑身赤裸的孩子在浅滩上戏水。

过了大桥不到一英里，他们下了船，走上码头，朝克莱蒙花园那华丽的镀金大门走去。整个花园占地十二英亩，地处河流和国王大道之间，遍布着树林、洞穴、花坛和草坪，还有各种蕨类植物和灌木丛。他们赶到时已近黄昏，蜿蜒小路边的树上挂起了中国式灯笼和一盏盏煤气灯。这里到处人头攒动，很多看赛马的年轻人决定来这儿度过一天的最后时光。人们全都打扮得完美无瑕，在花园里四处闲逛，无忧无虑地调笑打趣，女孩们结对来往，年轻的男人几个聚在一起，夫妻们则挽手结臂。

一整天的天气都很好，阳光明媚，温暖可人，但现在变得闷热起来，预示着一场雷雨就要到来。休感到既得意又紧张。挽着梅茜的手臂让他十分兴奋，但他又有一种不安全的感觉，他不知道他在玩的游戏到底有什么规则。她心里期望的是什么？她会让他吻她吗？她会任他想做什么就做什么吗？他渴望抚摸她的身体，但不知道从哪里开始。她希望跟他做那件事吗？他想那样做，但他从来没有做过，害怕自己会显得像个傻瓜。他听皮拉斯特银行的职员经常提起她这种女孩，说哪些事她们会做，哪些事不会。但休怀疑他们大部分是在吹牛。不管怎么说，也不能把梅茜当作那种靠男人赚钱的女孩。她没那么简单。

他还担心被熟人看见。他的家族会强烈反对他干这种事。克莱蒙花园不仅是下层阶级的地方，同时还被卫理公会认为纵容不道德的行为。如果他被人发现，奥古斯塔肯定会拿这件事刁难他。爱德华带着浪荡女人去那种下流场所又有不同，因为他是她儿子，是家族的继承人。对休来说就不一样了，他身无分文，受的教育差，人们等着看他像他父亲一样失败，他们会说，去花园放纵是他的天性使然，他跟职员、技工和梅茜这种女孩同属一类。

休正处于他职业生涯的重要转折点，处在获得晋升、成为通信文员的节骨眼上，这个职位的年薪是一百五十英镑，比他现在的工资多出一倍以上，如果有人通告他有如此放浪行为，提升的事就会受到影响。

他焦躁不安地看着那些人沿着花坛间蜿蜒的小路走着，生怕看见什么熟人。有些人挽着女孩子的胳膊，但他们都小心地避开休的眼睛。他意识到，这些人也担心被人撞到。他断定，如果他看到自己认识的人，对方可能也会像他一样，怕被人声张出去。这样，他也就打消了顾虑。

他为梅茜感到骄傲。她穿着一件蓝绿色的礼服，领口很低，后面带着裙撑，一顶水手帽俏皮地戴在高高的发髻上，一路吸引了不少艳羡的目光。

他们经过一座芭蕾舞剧院、一个东方马戏团、一个美国保龄球场和几座射击场，然后进了一间餐厅用餐。这对休来说是一种新体验。虽然餐厅变得越来越普遍，但吃饭的人大多都是中产阶层，上流社会的人仍然不喜欢在大庭广众之下就餐。爱德华和米奇那样的年轻人经常在外面吃饭，但他们认为这是到下等地方寻开心，而且都是去找女伴，或者带她们一起去。

整个晚餐休都尽量不去想梅茜的乳房。它们的上部从她礼服领口上露出来，很白，长着雀斑。他见到过裸露的乳房，只见过一次，那是几个星期前在内尔的妓院。但他从来都没有亲手碰过。它们是硬的，像肌肉一样，还是软的？如果一个女人脱掉紧身胸衣，她的乳房会随着走路颤动，还是硬挺挺地不动？如果你碰它们，它们能挤得动吗？还是非常坚硬，就像膝盖骨一样？她能让他碰一下吗？他有时甚至想亲吻它们，像那个在妓院里吻妓女乳房的男人那样，但这种隐秘的愿望让他感到羞耻。其实，所有这些感觉都让他隐约感到羞耻。跟一个女人坐在一起，光想着她赤裸的身体，对她的其他方面毫不关心，只是想利用她，这实在太野蛮粗俗了。可是，他又忍不住，特别是跟梅茜在一起时，因为她实在太诱人了。

他们吃饭的时候，花园的另一头放起了烟花。砰砰的巨响和闪光惊扰了动物园里的狮子和老虎，它们不满地嘶吼着。休想起来梅茜原来在马戏团干过，便问她当时情况如何。

“跟别人一起生活，你就可以充分了解他们，”她若有所思地说，“这有好处也有坏处。人们总是互相帮助。他们互相谈恋爱，也总是争吵不休，有时还打架——我在马戏团的四年里就发生过两起谋杀。”

“我的天哪。”

“再说挣钱也没保证。”

“怎么说呢？”

“人们需要节约的时候，第一件事就是砍掉娱乐开销。”

“我可从来没想过这个。我得记住不要把银行的钱投到任何有关娱乐的生意上。”

她笑了：“你是不是一直想着财务方面的事？”

不，休心里说，我一直想着你的乳房。他开口道：“你要知道我是家族里头害群之马的儿子。我比皮拉斯特家的其他年轻人更了解银行业务，但必须加倍努力工作才能证明我的价值。”

“证明你自己有那么重要吗？”

问得好，休这样想。他琢磨了一下。过了一会儿他说：“我好像一直都是这样的。在学校里，我在班上总是名列前茅。但我父亲的失败让情况变糟了，所有人都觉得我会重蹈覆辙，我要让他们知道他们看错了。”

“在某种程度上，我也有同样的感觉，知道吧。我无论如何不会像我妈那样，一直生活在贫困的边缘。我要挣钱，做什么都行。”

休尽可能用最温和的口气，说：“是因为这个，你才跟索利一道外出？”

她皱起了眉头，一瞬间他以为她会生气，但她没有，只是嘲弄般地笑了笑。“我觉得这个问题不错，如果你想知道真相的话，就是我一点也不觉得跟索利有什么值得骄傲的。我让他误会了，以为……有什么指望。”

休很吃惊。这是不是说她并没有跟索利做过那件事？“他好像很喜欢你。”

“我很喜欢他。但他要的不是这种志同道合的友情，从来都不是，这我很清楚。”

“我明白你的意思。”休认定她跟索利并没做那件事，这意味着她可能也不愿意跟他做那种事。他既感到失望，又觉得放松下来：失望的是他对她是那么渴望，轻松的是他刚才过于紧张了。

“好像有什么让你觉得高兴。”梅茜说。

“我想，我高兴听你说你和索利只是朋友。”

她显得有些难过，让他觉得自己是不是哪句话说错了。

他为晚餐付了账。这顿饭十分昂贵，但他把自己留着买新衣服的十九先令全带在身上，所以手里有不少现钱。他们离开餐厅时，发现花园里的人比先前更加喧闹，无疑他们在这段时间内消耗了大量的啤酒和杜松子酒。

他们来到一间舞厅。休对跳舞一直很有信心，跳舞是福克斯通绅士子弟学校让他熟练掌握的唯一一门课程。

他带着梅茜进入舞池，第一次把她搂在自己的怀里。他把手放在她后背裙撑上面那一小块地方，感到手指麻酥酥的。隔着她的衣服，他能感觉到她身体的热度。他左手握着她的手，她捏了一下他，这又像一股电流传遍了全身。

第一支舞跳完了，他对她笑了，满心欢喜，而她意外地伸出手，拿指尖摸了摸他的嘴唇。“我喜欢你笑的样子，”她说，“像个小孩子似的。”

他倒没想给她留下一个像小孩子的印象，但这会儿只要她觉得高兴，说他什么都无所谓。

他们又跳了一曲。他们合作得很好，尽管梅茜很小巧，但休也只比她高出一点点，他们两个脚下动作十分轻盈灵活。如果说他可能没有跟上百个，但至少也跟几十个女孩子跳过舞，可他从未感到像今天这般快活。他就像直到现在才发现，紧紧搂着一个女人，随着音乐移动、摇摆，和谐一致地迈着复杂的舞步，是多么令人愉悦、多么令人心驰神往的事情。

“你累吗？”他在舞曲结束时问她。

“一点儿也不累！”

他们又跳了起来。

在交际舞厅里，人们通常认为跟同一个女孩连着跳两支以上是不礼貌的，你应该带着她离开舞池，请她喝点儿香槟或吃一块果汁冰糕。休一直讨厌这种规矩，现在他很高兴自己放开约束，成了这场公众舞会上的一个匿名狂欢者。

他们在舞池里一直待到半夜，直到音乐停止。

人们成双结对离开舞池，涌上花园间的小径。休注意到很多男人都还挎着他们伴侣的胳膊，尽管已经不再跳舞了。所以，他也战战兢兢地挽起梅茜的手臂。梅茜好像并不介意。

欢庆活动变得不那么守规矩了。小径旁边偶然出现几座小木屋，像剧院的包厢一样，可以坐在里面吃饭，观察外面走过的人群。有些小房子被成群的在校生租了下来，他们已经在里面喝醉了。一个走在休前面的人被其他人笑闹着打掉了头上的礼帽，而休自己也不得不往旁边闪了一下，以躲开一块飞来的面包。他把梅茜拉近自己，保护着她，让他欢喜的是，她伸手搂住他的腰，往他身边挤了一下。

离主要通道远一点儿的地方，有不少幽暗的树林和凉亭，休模模糊糊看见有人结伴坐在木椅子上，尽管看不清他们是抱在一起，还是仅仅并排坐着。让休吃惊的是，他们前面的两个人停下脚步，站在路中央就开始狂吻起来。他带着梅茜绕过他们，觉得很不好意思。但过了一会儿，他就不再觉得难堪，开始兴奋起来。几分钟后他们又绕过了一对抱在一起的人。休跟梅茜对视了一下，她冲他笑了，他明白那笑里有种鼓励的意思。但不知为何他就是无法鼓足勇气，上前一步去吻她。花园里更加吵闹了。他们不得不绕过六七个年轻人打斗的地方，那些人一个个醉醺醺地大叫大嚷，把对方掼倒在地。休注意到有些女人没人陪伴，不知她们是不是妓女。这里的气氛越来越危险，他觉得有必要保护好梅茜。

接着，一群三四十个年轻人往这边冲了过来，他们掀掉人们的帽子，把妇女推向一边，把男人摔倒在地上。想躲开他们是不可能的，他们在道路两边的草坪上散开，席卷而来。休马上动了起来。他面对梅茜站好，后背朝着袭击的方向，摘下帽子，两只胳膊紧紧搂住她。暴徒横扫过来。一个人的肩膀重重撞在休的后背上，他摇晃了一下，但没有放开梅茜，坚持站稳脚跟。旁边一个女孩被打倒了，另一边有个男人脸上挨了一下。然后，这群流氓消失了。

休松开手，低头看着梅茜。她期待地回视着他。他迟疑地俯下身，吻了吻她嘴唇。美妙的双唇又柔软，又有触感。他闭上了眼睛。为此他已经等待多年，这是他的第一个吻。就像他梦想的一样愉快。他呼吸着她的味道。她的嘴唇轻柔地沿着他的嘴唇移动着。他真想这么一直吻下去。

她打断了这个吻。她仔细看着他，然后紧紧抱住他，让他紧贴着自己的身体。“你把我的计划全都破坏了。”她静静地说。

他不明白她是什么意思。

他往旁边看了看。边上有个凉亭，里面的椅子闲着。他鼓足勇气，说：“我们过去坐下行吗？”

“好的。”

他们朝黑暗的地方走去，坐在木椅子上。休又一次吻了她。

这一次，他不再迟疑不决了。他用手搂着她的肩膀，把她转过来，用另一只手抬起她的下巴，比刚才更加热情地吻着她，自己的嘴唇紧压着她的嘴唇。她也热烈响应着，拱起后背让他感觉到她的乳房压向他的前胸。她如此心急让他十分吃惊，虽然他知道女孩也没有理由不像男人那样喜欢接吻。她的热切让他备感兴奋。

他抚摸着她的脸颊、她的脖子，然后手落到她的肩膀上。他想抚摸她的乳房，但又害怕这会让她不高兴，因此犹豫起来。她把嘴唇凑向他的耳朵，既是耳语，又是个吻，她说：“你可以摸摸。”

她竟能猜出他的心思，让他吓了一跳，但这邀请撩拨得他异常兴奋，几乎超出了他的忍耐限度——不只是因为她很情愿，更是因为她把这话亲口说了出来。你可以摸摸。他的指尖从她肩膀一路滑下，经过她的锁骨，到达她的前胸，他摸到她礼服领口上方凸起的胸部。她的皮肤又柔软又温暖。他不知道接着该怎么做。他要把手伸到里面去吗？

梅茜用行动回答了他没问出来的问题——她抓着他的手，按在领口下面的衣服上，低声说：“挤一挤它们，别太使劲儿。”

他照做了，他发现那地方不像肌肉，也不像膝盖那么硬，而是很柔软，只有两个乳头有点儿硬。他的手从一个乳房移到另一个，又是摸，又是挤，换着样儿来。他的脖子感觉得到梅茜呼出的热气。他好想整晚上就这样摸下去，可又停下来，亲吻她的嘴唇。这一次，她稍稍吻了他一下，躲开了，吻一下又躲开，一次又一次，这样更是令人惊奇刺激。他发现亲吻有很多不同的方式。

突然，她愣了一下。“听。”她说。

休已经隐约察觉花园里越来越吵闹，现在他听见呼喊和撞击声。他朝人行道那边望去，看见人们四散而逃。“肯定是打起来了。”他说。

接着，他听到了警笛声。

“见鬼，”他说，“现在有麻烦了。”

“我们最好离开。”梅茜说。

“我们找条去国王大道出口的路，看看能不能搭双座马车。”

“好吧。”

他犹豫了一下，有些依依不舍。“再吻一个。”

“行。”

他吻了吻她，她也使劲拥抱着他。

“休，”她说，“我很高兴遇到你。”

他觉得，这是别人对他所说过的最美好的一句话。

他们回到人行道上，匆匆向北走去。过了一会儿，有两个年轻人狂奔而过，前面的在跑，后面的在追，前面的一头撞在休的身上，一下让他飞了出去。等他爬起来的时候，两个人已经没影了。

梅茜关切地问："你没事吧？"

他掸了掸身上的尘土，从地上捡起帽子。"没受伤，"他说，"但我不想让这种事发生在你身上，我们穿草坪走，可能更安全点儿。"

他们走出小路时，煤气灯全都灭了。

他们摸黑继续往前走。现在能听见男人们不停的叫嚷声，女人们在尖叫着，间或穿插着警笛声。休突然想到他可能会被逮捕。然后大家就都知道他去了什么地方。到时候奥古斯塔就会说他太放荡，不能被银行委以重任。他叹了一口气。接着，他又想起触摸梅茜那对乳房的美妙感觉，于是决定不去在乎奥古斯塔说什么。

他们避开人行道和开阔的地带，特意在树林和灌木丛里穿行。地面缓缓上升，靠近河岸，休知道他们的方向正确，因为他们走的是上坡路。

他远远地看见灯笼一闪一闪，便朝着灯光的方向走。他们开始遇到其他同路的行人。休希望跟这群显然体面而清醒的人一起走，遇到警察的可能性会小一些。

当他们走近大门时，正赶上一支有三十到四十个警察的队伍在往里走。警察们逆着人流往花园里挤，不管遇见的是男是女，抡起警棍就打。人群开始转头往相反的方向跑。

休脑筋一转，对梅茜说："让我来带上你。"

她不解其意地看着他，但还是说："好吧。"

他弯下身把她抱起来，一只胳膊托起她的膝部，另一只胳膊搂着她的肩膀。"你要假装晕倒。"他说。她马上闭上眼睛，显得瘫软无力的样子。他接着往前走，在人群里挤着，大声喊道："让开，快点儿，让开！"尽量用一种权威的命令口气。看到这儿有个病弱的女人，连那些逃命的人也给他们让开了路。他迎向正往前推进的警察们，他们跟人群一样慌张。"靠边点儿，警察，让这位女士过去！"他对其中一人喊道。那个人恶狠狠地看着他，似乎想要喝止他。接着有个军士喊道："让这位先生过去！"他穿过一长溜警察，发现面前突然一下子毫无阻碍。

梅茜睁开了眼睛，他朝她笑着。他喜欢这么抱着她，不想就这么把她放下。"你没事吧？"

她点点头，好像就要哭了："放我下来。"

他把她轻轻放在地上，抱住她。"你别哭啊，"他说，"一切都结束了。"

她摇摇头。"不是因为骚乱，"她说，"我从前见过打架。但这是第一次有人照顾我。我以前从来都是自己照顾自己。这感觉太不一样了。"

他不知道该说什么。所有他见过的女孩子都自然而然地认为男人会主动照顾她们。跟梅茜在一起总是有新的发现。

休去找出租马车，可周围一辆也看不到。"恐怕我们得步行了。"

"我十一岁的时候走了四天去纽卡斯尔。"她说，"我可以从切尔西走回苏荷。"

3

米奇·米兰达在温菲尔德上学的时候就开始打牌作弊，以此贴补他从家里收到的那点儿津贴。他发明的办法很粗劣，但欺骗小学生足够了。后来，在学校毕业后、上大学之前那次横跨大西洋返家的漫长旅途中，他故技重演，想骗过一位同船乘客，不想那人竟是一个专业作弊老手。这位长者好奇心大发，将米奇收在自己的羽翼之下，把这一行当的基本手艺全都教给了他。

赌注高的时候作弊的风险非常大。如果人们只是小输小赢，就不会怀疑有人玩弄骗术。投注增大，对作弊的猜疑就随之增高。

如果他今晚被人抓住，不仅仅意味着他摧毁托尼奥的计划失败。在英国，打牌作弊是一个绅士能犯的最严重的罪过。他会被人撵出他所参加的夜总会，去跟朋友相约，对方也总是会以“不在家”回避他，在街上也没人愿意跟他打招呼。难得会有几个作弊的英国人，最后都远走他乡，去了马来亚或者哈得逊湾这种偏僻地方重新过日子。米奇的命运就是回科尔多瓦老家，忍受他哥哥的嘲笑，靠养牛度过余生。想到这些让他感到很不舒服。

但今晚的回报跟风险一样，具有戏剧性。

他这么做并非仅仅为了取悦奥古斯塔。当然这也十分重要，她是让他融进伦敦权贵阶层的护照。但他也希望得到托尼奥的那份工作。

老爹让米奇靠自己挣钱维持生活，家里不再给钱养活他。托尼奥的工作很是理想。它能让米奇过得像绅士一样，几乎不用干什么。而且，还可以一步步登上更高的职位。有朝一日米奇有可能当上部长，这样他就可以在所有人面前昂首挺胸，连他哥哥也不敢再取笑他。

米奇、爱德华、索利和托尼奥一道在“考斯”早早吃了晚餐，那是一家他们几个都喜欢去的夜总会。十点钟时他们已经进了打牌室。又有两个赌客听说这里的赌注高，也加入进来，他们是卡特船长和蒙塔涅子爵。蒙塔涅是个傻瓜，但卡特头脑冷静，米奇必须提防着他。

桌子四周画着一条白线，离桌沿十到十二英寸。每个玩家面前都摆着一摞沙弗林金镑，放在白方块外面。一旦钱越过白线进了方块里面，就算是下注了。

米奇一整天都假装喝酒。午餐时他只用香槟润了润嘴唇，便偷偷把酒倒在草地上。在返回伦敦的火车上，爱德华好几次把酒瓶递过来，他都用舌头堵在瓶嘴上，装作仰脖喝了一大口的样子。晚餐时他给自己倒了一小杯红葡萄酒，接着又添了两次，但一点儿也没喝。现在，他悄悄要了姜汁啤酒，它看上去就像白兰地加苏打水一样。他必须坚如磐石，头脑清醒地运用手上的微妙功夫，去摧毁托尼奥·席尔瓦。

他紧张地舔了舔嘴唇，停顿了一下，试着放松下来。

在所有牌戏中，作弊者最喜欢的就是打百家乐。米奇觉得，这种玩法就是为了让聪明人偷走富人的钱而设计的。

首先，这是一种纯粹靠运气的游戏，没有任何技巧或策略。

玩家拿到两张牌，把点数加起来：三和四加起来是七，二和六加起来是八。如果总和大于九，就只算后面的数字，所以十五成了五，二十就是零，因此最大的数字就是九。

手里的牌点最低的玩家拿第三张牌，要把这张牌正面朝上，让所有人都看得见。

庄家只发三手牌：一手给他左边的玩家，一手给他右边的玩家，还有一手发给自己。玩家随便向自己左边或右边押注。任何一方的点数高于庄家手里的点数，他就得付出筹码。

从作弊的角度看，打百家乐的第二大优势是必须至少要用三副牌。这就是说骗子可以多备一副牌，神不知鬼不觉地从袖子里滑出一张牌来，不必担心其他玩家手里是否有同样的牌。

等其他人在座位上坐稳，掏出雪茄点燃的工夫，他让一位侍者拿三副新牌来。过了一会儿侍者回来，自然将扑克牌递给米奇。

为了控制整个牌局，就必须由米奇来发牌，因此他的第一个挑战就是确保自己坐庄。这涉及两个技巧：规避切牌和隔张发牌。说来这两种手段比较容易，但他还是紧张得绷紧了神经，这样会把最简单的操作搞砸的。

他拆开牌封。新牌的排序总是两张大王在上，黑桃A在最底部。米奇拿出两张王牌，开始洗牌，享受一副新牌带来的爽滑的感觉。把底下的A挪到一沓牌的顶上十分简单，但接下来他必须要让一个玩家切牌，保证顶上的那张A不被移动。

他把这副牌递给坐在他右手的索利。当他把牌放下的时候手缩了一下，把那张黑桃A留在了他的掌心，用整个手遮住。索利接着切牌。米奇一直让自己的手心朝下，然后拿起那叠牌，把手里那张牌放在上面。这样他就成功规避了切牌。

“拿最大牌的坐庄吧？”他说，极力让自己显得无所谓的样子，随便其他人同意还是不同意。

有人低声表示赞同。

他握紧这副牌，把最上面的一张往后推了一点儿，开始快速发牌，发的都是隔张牌，直到轮到自己，才发出那第一张。大家都把牌翻开，米奇是唯一的A，所以他来坐庄。

他不经意地笑了一下。“我看我今晚的运气不错。”他说。

没有人搭茬。

他稍稍松了口气。

他不敢表现出轻松的样子，开始发第一手牌。

托尼奥在他左边，然后是爱德华和蒙塔涅子爵。他的右边是索利和卡特船长。米奇不想赢钱，这不是他的今晚的目的。他只想让托尼奥输。

他正常地打了一会儿，把奥古斯塔给的钱输掉了一些。其他人也很轻松，又要了一次饮料。看到时机已经成熟，米奇点燃了一支雪茄。

在他外套内侧的口袋里，雪茄盒的旁边还藏了另一副牌，是从圣詹姆斯大街的文具店买来的，夜总会的扑克牌都从那儿买，因此这些牌一模一样。

他把这副牌凑成了赢对，每对加起来都是九：四和五，九和十，九和杰克等等，其余的十和花牌他都放在家里没拿。

他把雪茄烟盒放回口袋的时候，手里拿到了那对牌，然后，另一只手拿起桌上的那一叠，偷偷将新牌滑入那叠牌的底下。趁别人都在用水调和白兰地时，他开始洗牌，十分小心地让顶上的牌按照底下拿一张，随便插两张，再从底下拿一张，再随便插两张的顺序洗好。他给左边发一张，右边发一张，然后发给自己，他给自己发的就是赢对。

下一轮他把赢对做给索利那边。他这样持续了一阵儿，让托尼奥输，索利赢。他从托尼奥那边赢来的钱又去了索利一边，让人无法怀疑米奇在捣鬼，因为他面前的沙弗林大概还是原来那么多。

托尼奥差不多把赛马赢来的一百英镑全放在了桌子上。那些钱剩下五十英镑左右的时候，他站了起来，说："坐这个位子运气不好，我要坐在索利旁边。"他换到桌子的另一边坐下。

换地方也没用，米奇想。从现在开始可以让左边赢、右边输，这并不费力。但听到托尼奥说到运气不好让他有点儿紧张。他想让托尼奥一直觉得今天很走运，别去想输钱的事。

偶尔托尼奥会改变风格，不只押两三个，而是押上五个或十个沙弗林。这时米奇就稍加变动，把赢对发给他。托尼奥把奖金揽到自己这边，开心地说："我就说嘛，今天我很走运！"丝毫没注意到他的那堆硬币一直在变少。

这会儿米奇感到轻松多了。他一边游刃有余地操纵着牌局，一边研究着他的牺牲品的心理状态。仅仅扫光托尼奥身上的钱还不够。米奇想让他赌掉更多钱，让他欠下无法偿还的赌债。只有这样，才能让他彻底蒙羞。

米奇提心吊胆地等待着，而托尼奥越输越多。托尼奥对米奇敬畏有加，一般都会同意米奇的建议，但他还没有傻到极点，有可能在毁灭的边缘悬崖勒马。

当托尼奥的钱几乎全部输光的时候，米奇开始了下一步行动。他掏出雪茄烟盒。"这是从老家带过来的，托尼奥，"他说，"尝一支吧。"让他欣慰的是，托尼奥接受下来。雪茄很长，至少半小时才能抽完。托尼奥不会在抽完它之前就离开。

他们点着了雪茄，米奇开始了新一轮斩杀。

几手牌过后，托尼奥没钱了。“得了，我下午在古德伍德赢的钱全没了。”他沮丧地说。

“我们应该给你一个机会，把钱赢回来，”米奇说，“我相信，皮拉斯特可以借你一百英镑。”

爱德华显得有点吃惊，但他眼前赢了一大堆钱，回绝人家显得太吝啬了，便说：“没问题。”

索利插了进来。“也许你该撤了，席尔瓦，你该庆幸一整天赌得这么开心，还没花一分钱。”

米奇暗自诅咒索利这个老好人出来讨人嫌。如果现在托尼奥做出明智举动，整个计划就泡汤了。

托尼奥犹豫着。

米奇屏住了呼吸。

只是托尼奥生性喜欢孤注一掷，就像米奇算计的那样，他无法抗拒继续玩下去的诱惑。“好吧，”他说，“我还是再玩一会儿，把这支雪茄抽完。”

米奇偷偷舒了一口气。

托尼奥招手叫来侍者，要他拿来纸、笔和墨水。爱德华数出一百个沙弗林，托尼奥写下一张欠条。米奇很清楚，如果托尼奥把这些再输掉的话，他就永远也还不起这笔债了。

牌局继续进行。米奇感到手心出汗，他把握着微妙的平衡，保证让托尼奥一直输钱，但偶尔要赢上几次，好让他保持乐观。但这一次当他输到剩了五十英镑的时候，他说：“我看我只有押大筹码的时候才走运，下一手我全押上。”

这么大的注在整个考斯夜总会都很少见。如果托尼奥输了，他也就完了。一两个夜总会会员见到下了这么大的赌注，就站在桌子旁边观看赌局。

米奇发完了牌。

他看了看左边的爱德华，爱德华摇摇头，表示他不再要牌了。

在他右侧，索利也不要牌。

米奇翻开自己的牌。他给了自己一个八和一个A，加起来就是九。

左手的爱德华翻过牌。米奇不知道他有什么牌，他事先只知道自己要拿到什么牌，其他人的牌都是按顺序发的。爱德华是一个五和一个二，等于七。他和卡特船长输了钱。

索利翻开他的牌，这是决定托尼奥命运的一对牌。

他有一个九和一个十。加起来是十九，计为九。这跟庄家的分数相当，所以这一局没有输赢，托尼奥保住了他的五十英镑。

米奇心里骂了一句。

他想让托尼奥把那五十个沙弗林留在桌子上，便很快把牌收集到一起。他用一种揶揄的口气说："要减小点儿赌注吗，席尔瓦？"

"当然不了，"托尼奥说，"发牌吧。"

米奇感谢上天给自己这等好运，开始发牌，又给自己发了一个赢对。

这一次爱德华指了指他的牌，表示他想要第三张。米奇给他发了一张梅花四，然后转向索利。索利不要。

米奇翻开他的牌，是一张五和一张四。爱德华已经亮了一张梅花四，现在翻出了一张毫无价值的K和另外一张四，凑成了八。他这边输了。

索利翻出了一个二和一个四，总数为六。这样右边也输给了庄家。

托尼奥彻底完了。

他的脸色苍白，十分难看，嘴里嘟哝了一句，米奇听出那是西班牙语的骂人话。

米奇抑制住得胜的微笑，把奖金揽了过来——这时候，眼前出现的景象让他大惊失色，心脏都要停止跳动了。

桌上有四个梅花四。

他们打的是三副牌。如果有人注意到有四张花色相同的四，就会立即想到有人把别的牌偷偷加了进来。

这就是这种独特骗术的危险所在，发生的概率大约是十万分之一。

如果这种反常现象被人发现，那完蛋的就是米奇，而不是托尼奥了。

眼下还没人注意到这些。在这种玩法里花色没有意义，因此这种情况不太显眼。米奇很快把牌拿起来，心怦怦直跳。他千恩万谢上苍让他躲过这一劫，可这时爱德华却说："等一下，桌上有四张梅花四。"

米奇心里咒骂这个蠢蛋。爱德华只是想着什么嘴里就说出来了，他当然并不知道米奇的计划。

"不可能，"蒙塔涅子爵说，"我们玩的是三副牌，应该有三张梅花四。"

"没错。"爱德华说。

米奇抽了一口雪茄。"你喝醉了，皮拉斯特，里面一张是黑桃四。”

“哦，对不起。”

蒙塔涅子爵说：“这么晚了，谁能分清黑桃和梅花呢？”

米奇又一次以为自己侥幸逃脱，结果他又一次高兴得太早了。

托尼奥挑衅地说：“那我们看看牌。”

米奇的心几乎停止了跳动。最后一手牌堆在桌子上，等没发的那些牌用完了再洗、再用。如果丢出去的牌被翻过来，四个相同的梅花四就都亮了出来，米奇就完蛋了。

他已无路可退，便说：“我希望你不是在质疑我的话。”

这在绅士夜总会里无疑是一种挑衅，没几年前，这种话是会导致一场决斗的。附近牌桌上的人都在朝这边看，想知道发生了什么事。大家都看着托尼奥，等待他的回应。

米奇快速思考着。他已经说了一张四不是梅花，而是黑桃。如果他找出一张黑桃四放在丢出去的那些牌上面，就能证明他说得对，运气好的话就不会有人翻看其余的牌。

但首先他得找到一张黑桃四。一共应该有三张，可能有的已经被打出去了，丢在下面，但碰巧应该至少有一张留在还没发出去的牌里，这些牌正握在他的手上。

这是他唯一的机会。

趁着所有人都看着托尼奥，他的拇指做出极其细微的动作，让每张纸牌的一角依次露出一点儿。他眼睛紧紧盯着托尼奥，但让手里的牌处在视野之内，让眼角的余光看见上面的数字和花色。

托尼奥固执地说：“我们还是看看那些打出去的牌。”

其他人转向米奇。米奇控制住紧张，继续搓着手里的牌，祈祷着黑桃四出现。在如此戏剧性的场合，没人注意他在做什么。

出现争议的牌都在桌子上，所以他摆弄手里的牌也没什么意义。他们得很费劲才能看清他的手在那叠纸牌上捣鼓什么，但即使如此，也不会马上意识到他正在偷奸耍滑。

只是他不能一直摆着这种架势，总是有人忍不下去，不顾礼节伸手去拿那些牌。为了多争取些宝贵的时间，他说："如果你不能像一个男人那样对待输赢，那就不该玩。"他感到前额已稍有汗湿。他不知道匆忙中是否已经错过了一张黑桃四。

索利婉转地说："看一眼也不碍事的，对吧？"

该死的索利，总拿他通情达理的那一套来讨人嫌，米奇真有些绝望。

终于，他找到一张黑桃四。

他把它抓在掌心里。

"是啊，那好吧。"他说着，装出一种与内心感觉截然相反的冷淡神情。

所有人都变得异常安静，一动不动。

米奇把手里偷偷查过的那叠牌放下，让黑桃四留在手心里。他伸手去拿起那堆打出去的牌，把黑桃四放在上面。他把牌往索利面前一推，说："里面肯定有一张黑桃四，我保证。"

索利拿起最上面的一张牌翻开，所有的人都看见那是一张黑桃四。

屋里的人顿时嗡的一声打开了话匣子，大家都松了一口气。

米奇仍然惊魂未定，怕有人翻开下面的牌，发现底下的四张梅花四。

蒙塔涅子爵说："我觉得这就没问题了，而就我本人来说，米兰达，我只能说声抱歉，如果对你的说法有过任何怀疑的话。"

"听你这么说我很高兴。"米奇说。

大家都去看托尼奥。他站了起来，脸上抽搐着。"你们这帮该死的家伙。"说完，他就走了出去。

米奇把牌桌上的所有纸牌都拢在一块。现在不会有人知道事情的真相了。

他的掌心里全是汗，只得偷偷在裤子上擦了擦。"我为自己同乡的行为感到抱歉，"他说，"如果说我讨厌什么的话，那就是有人打起牌来丝毫不像一个绅士。"

4

凌晨时分，梅茜和休穿过富勒姆和南肯辛顿新开辟的郊区地带步行向北。夜晚变得更热，星星也消失了。他们手牵着手，尽管手心里都是热汗。梅茜感到脑子里一片混乱，但她也很快乐。

今晚发生了一些奇怪的事，让她弄不明白，但又很是喜欢。过去男人们吻她、抚摸她的乳房时，她觉得那都是整个交易的一部分，她的付出是要从他们那里索取自己想要的东西。今晚则大不相同。她想让他触摸自己——但他如此彬彬有礼，只等着人家让他做他才做！

这一切是在他们跳舞的时候开始的。在此之前她完全没有意识到，这一夜不同于以前同其他上流社会的年轻人度过的任何一夜。休比其他大多数人更可爱，他穿着白马甲，扎着真丝领带很是潇洒，但同时他还是一个乖孩子。接着，在舞池里的时候，她就很想亲吻他。这种感觉在他们跳完舞、走在花园里，尤其是看到其他欢男爱女的时候变得更加强烈。他的犹豫十分迷人。别的男人把晚餐和聊天看成一种乏味的准备活动，一心等着晚上开始干正事，迫不及待地把她带到黑灯瞎火的地方胡抓乱摸，可休却一直很害羞。

在其他方面，他却完全相反。在骚乱中他一点也不害怕。他被撞倒在地上时，唯一关心的就是她不要出事。休的品格比一般社交场上的年轻人高出很多。

当她终于让他明白她想被他亲吻，那吻简直美妙极了，跟以前接吻的经历完全不同。可他做得并不熟练，又毫无经验。恰恰相反，他幼稚，不会控制。可为什么她偏偏又那么喜欢呢？为什么她一下子那么渴望他的手摸着她的乳房？

这些问题并不让她烦恼，只是激起了她的兴趣。她跟休一道摸黑穿过伦敦，心里很是满足。她感觉天上不时落下几滴雨，但咄咄逼人的倾盆大雨并没有降临。她开始期盼着马上再次享受那甜蜜的亲吻。

他们到了肯辛顿戈尔后向右转，沿着公园南侧往市中心她住的地方赶。休在一个巨大的房子对面停了下来，它的正门有两盏煤气灯照明。他一手搂着她的肩膀，说："这是我伯母奥古斯塔的房子，我就住在这儿。"

她抱着他的腰，一边盯着房子看，一边琢磨着住在这种豪宅里是种什么感觉。她真不知道该如何对付那么多房间。说到底，如果你有个睡觉和做饭的地方，或者再有个豪华体面的待客室，此外还需要别的房间吗？要两个厨房、两个起居室有什么用呢，再说你也不能同时住两间房。这让她想起她跟休两人其实生活在各自的社会孤岛上，中间隔着金钱和特权的海洋。这种想法让她很不痛快。“我是在小房子里出生的。”她说。

“是在东北部吗？”

“不，是俄罗斯。”

“真的？梅茜·罗宾逊可不像是俄国名字。”

“我原来的名字是米利亚姆·拉宾诺维奇。到这儿来后我们全家都改了名字。”

“米利亚姆，”他轻声说，“我喜欢这个名字。”他把她拉过来，吻她。她的焦虑飞走了，全身心去享受这美妙的感觉。他现在不那么犹豫了——他已知道了自己喜欢什么。她贪婪地吞咽着他的吻，就像大热天喝下一杯冰水一样。她盼着他再来抚摸她的乳房。

他没有让她失望。片刻之后，她就感到他的手在轻轻接近她的左乳。她的乳头几乎马上变得紧绷绷的，他的指尖穿过她的丝衣触摸着它。她为自己显露出的强烈欲望而害羞，但这欲望让他更加兴奋起来。

过了一会儿她也想去摸他的身体。她把手伸进他的外套里，在他的后背上下移动着，隔着薄薄的棉衬衫感受他那发热的肌肤。她这么做就像一个男人似的，不知道他是否介意。但她很喜欢这样，不想停下来。

这时开始下起雨来。

雨不是一点一点，而是一下子就大了起来，雷电交加，转瞬之间暴雨如注。他们刚停下接吻，脸上就已经被打湿了。

休拉起她的手。“我们进屋里躲一躲！”他说。

他们跑到街对面。休带她下了台阶，经过一个“商人入口”的标志牌去屋子的底层。到门口的时候她已浑身湿透。休打开门锁，一根手指放在唇上示意别出声，带她走进里面。

瞬间她犹豫了一下，不知是否该问问他脑子里究竟在想什么，但这个念头一下子溜走了，她已经进了门。

他们蹑手蹑脚经过一间有小教堂那么大的厨房，走上一个狭窄的楼梯。休把嘴贴在她耳边说：“楼上有干净毛巾。我们走后面的楼梯。”

她跟着他登上三段长长的楼梯，然后他们经过了另一扇门才到了这一层。他往开着的门里看了看，卧室里点着一支通宵明烛。他用正常的声音说：“爱德华还没回来。这层楼没有别人。伯父伯母的房间在下面一层，仆人在上面一层。进来。”

他带她进了他的卧室，打开煤气灯。“我去拿毛巾。”他说完又走了出去。

她摘下帽子，环顾四周。这房间小得出奇，陈设简单，只有一张单人床、一个梳妆台、一个普通的衣柜和一张小桌子。她原以为能见到什么豪华的东西——但休只是一个穷亲戚，房间摆设就反映了这一点。

她饶有兴致地打量着他的东西。他有一对银把的毛刷子，上面刻着T.P这两个姓名字头——这是他父亲留下的另一件传家宝。他在读一本书，书名是《商业实践手册》。桌子上摆着一个相框，照片上是一个女人和一个六岁左右的小女孩。她滑开他床头柜的抽屉。里面有一本《圣经》，下面还压着一本书。她挪开《圣经》，看见这本特意被藏起来的书是《所多玛的公爵夫人》。她发觉自己在偷偷窥探别人，有些心虚，便迅速关上了抽屉。

休取来一大摞毛巾，梅茜拿了一条。从晾衣橱里取出的毛巾暖烘烘的，她感激地把湿湿的脸埋在里头。这就是富人的生活，她想，不管你什么时候需要，都有大摞暖烘烘的毛巾等着你。她把胳膊和前胸擦干。“这是谁的照片啊？”她问他。

“我母亲和我妹妹，我妹妹是在父亲去世以后出生的。”

“她叫什么名字？”

“多萝西，我叫她多蒂。我特别喜欢她。”

“她们在哪儿住？”

“在福克斯通，在海边。”

梅茜回想着自己是不是见过她们。

休从桌子下面拉出一把椅子，让她坐下。他在她面前跪下，把她的鞋子脱了，拿一块新毛巾把她的湿脚擦干。她闭上眼睛，那温暖柔软的毛巾擦着她的脚掌，简直舒服极了。

她的衣服全湿透了，她浑身发抖。休脱下自己的外套和靴子。梅茜知道如果不把衣服全脱了，就没法擦干净身子。她里面穿得很得体。她并没穿内裤——只有富家女人才穿那东西，但她穿了一条长长的衬裙和无袖内衣。她一下子站起来，转身背对着休说：“你帮我解开好吗？”

她能感觉到他摸着衣服上的钩锁时手指在颤抖。她也很紧张，但她又不能把话收回来。他把衣服解开了，她说了声谢谢，把衣服褪下来。

她转过来面对着他。

他的表情既害羞，又充满欲望。他站在那儿，就像阿里巴巴盯着大盗们的珍宝一样。她原来迷迷糊糊觉得她只要用毛巾擦干身子，然后等衣服干了再穿上就行了，但现在她知道不是那么回事。这让她很高兴。

她把手放在他的脸颊上，拉着他低下头来，吻他。这次她张开了嘴巴，想让他也这么做，可他没有。她猜到他从来没有这么吻过。她用舌尖挑逗他的嘴唇。她察觉他感到震惊，但很兴奋，片刻之后，他稍稍张开了嘴，害羞地用他的舌头回应。他的呼吸急促起来。

过了一会儿，他停下接吻，摸到她衬裙顶部，想要解开它。他摸索了一会儿，接着两手抓住这衣服，一下把它撕开了，纽扣飞了出去。他双手抓在她裸露的乳房上，闭起了眼睛，呻吟着。她觉得好像自己的五脏六腑都开始融化。她要继续下去，一直这样，永不停止。

"梅茜。"他说。

她看着他。

"我想……"

她笑了说："我也想。"

她说不清这句话是从哪儿来的，想都没想就说出去了。但她毫不怀疑她想要他，这种想得到的欲望从未如此强烈。

他抚摸着她的头发。"我以前从没做过这个。"他说。

"我也没有。"

他盯着她。"可我以为……"他停住了。

她心里蹿起一股怒火，但她控制住了自己。如果他认为她跟谁都胡来，那也算是她自己的错。"我们躺下吧。"她说。

他高兴地叹了口气，接着说："你肯定吗？"

"肯定吗？"她重复了一句。她实在不敢相信他会这么说。

她认识的男人从来都不问这句话。他们从来没有考虑过她的感受。她拉起他的手，在手心吻了一下。“如果我以前不肯定的话，我现在很肯定。”

她躺在窄窄的床上。床垫很硬，但床单很干爽。他在她身边躺下，问：“现在做什么？”

他们在接近她经验的极限，但她知道下一步该怎么做。“摸我。”她说。他试探地穿过她的衣服抚摸她。突然之间她没了耐心，把衬裙往上卷起来——她下面什么也没穿——把他的手按在她小腹下面隆起的地方。

他摸着她，吻她的脸，他的呼吸又热又急。她知道她应该当心怀孕的风险，但她无法集中心思。她已经失去了控制，那快感实在太强烈，容不得她去想什么。这远甚于她跟以往任何男人做过的事，但她仍然十分清楚接着该干什么。她嘴唇贴近他的耳朵，低声说：“把你的手指放里头。”

他照做了。“里面都是湿的。”他不解地说。

“这是为了帮你。”

他的手指轻轻在里面探索着。“好像很小啊。”

“你得轻点儿。”她说，尽管她的另一个自我希望他越粗暴越好。

“我们现在就做吗？”

她一下子急躁起来，说：“对啊，请你快点儿吧。”

她听见他在他裤子上摸索，然后卧在她的双腿之间。她惊恐不已，听说过第一次做这种事疼得让人受不了，但她仍然痴迷地期待着休。

她感觉他轻轻地进入了她。一会儿，他遇到了阻力。他慢慢往里推，有点儿疼。“停下！”她说。

他担心地看着她。“很抱歉——”

“没事的。吻我吧。”

他低头接近她的脸，轻轻吻着她的嘴唇，接着愈发激情地吻着。她把手放在他的腰际，把他的臀部稍稍抬起一点儿，然后再把他拉近。一股刺痛让她忍不住叫出声来，接着里面有什么东西让开了，她感觉到一种巨大的轻松感。她放开嘴唇，向上看着他。

“你没事吧？”他说。

她点点头：“我弄出动静了吧？”

“嗯，不过我想不会有人听见。”

“别停下来。”她说。

他犹豫了一会儿。“梅茜，”他喃喃地说，“这是在做梦吗？”

“如果是梦，我们就一直做下去吧。”她朝向他移动着，用手抱着他的臀部引导着他。他跟着她的动作。这让她觉得就跟几小时前跳舞的时候一样。她听任自己被这感觉所吞没。他大声喘着粗气。

远远地，在他的呼吸和她自己发出的噪声之上，她听见一声门响。

她正沉浸在她和休的肉体感受之中，对这声响动毫无警觉。

突然，一个刺耳的声音打破了这个气氛，就像从窗口扔进了一块石头。“哎哟，休，这是怎么回事？”

梅茜僵住了。

休绝望地呻吟了一声，她感到他的精液热乎乎地射在她的体内。

她很想哭。

那讥嘲的声音又来了："你们以为这是什么地方，啊？难道这个房子是妓院吗？"

梅茜低声说："休，快下来。"

他退出她的身体，滚到床上。她看见他的堂兄爱德华正站在门口，嘴里叼着一根雪茄，目不转睛地盯着他们俩。休立刻用大毛巾盖住她。她坐直身子，把毛巾拉到脖子上。

爱德华不怀好意地咧嘴一笑："好吧，如果你干完了，我也可以和她来上一发。"

休往腰上围了一条毛巾。他憋着一肚子火，说："你喝醉了，爱德华——去你自己房间，你要再放肆我就不饶你了。"

爱德华不理他，径自走到床前。"怎么不行？她可是索利·格林伯恩的小妞儿！不过我不会告诉他，只要你对我好就成。"

梅茜见他一副不依不饶的样子，不禁厌恶地打了一个寒战。她知道，有些男人见到女人跟别的男人做爱就会不能自已——埃普丽尔告诉她，遭遇这种处境的女人，行话叫作"涂了黄油的面包圈"——直觉告诉她，爱德华就喜欢这样。

休被激怒了。"离开这儿，你这个该死的傻瓜。"他说。

"大方点儿，"爱德华赖着不走，"毕竟，她不过是个该死的妓女。"说着，他俯身抢下梅茜的毛巾。

她从另一边跳下床，用两手遮住自己，但这并不管用。休两步跨了过去，抡起拳头狠狠打在爱德华的鼻子上。一股血喷了出来，爱德华疼得大叫一声。

爱德华立刻蔫了下去，但休不肯作罢，又给了他一拳。

爱德华又疼又害怕，尖叫着夺门而逃。休跟在后面用拳头打他的后脑勺。爱德华大喊着："放开我，求你别打了！"一下子跌倒在了门口。

梅茜跟着他们出来。爱德华四脚朝天在地上趴着，休骑在他身上，还在不停地打。她叫道："休，快住手，你会打死他的！"她想去抓住休的胳膊，可他怒气大发，根本就制止不了他。

过了一会儿，她眼角里瞥见有人上来了。她抬起头来，看见休的伯母奥古斯塔已经走上楼梯，穿着黑色的丝绸睡衣，眼睛正盯着她。在闪烁的煤气灯下，她看上去就像一个矫情纵欲的幽灵。

奥古斯塔的眼睛里带有一种怪异的神色。起初梅茜看不懂那代表着什么，片刻之后她明白了，接着被它吓了一跳。

这是一种获胜的表情。

5

一看见那个赤身裸体的女孩，奥古斯塔便意识到，一劳永逸地甩掉休的机会来了。

她马上就认了出来，这就是在公园里羞辱她的那个小荡妇，人们把她叫作"母狮"。当时她就有过一种念头，觉得这个疯丫头总会有一天让休惹上大麻烦：她那种扬着头的姿态和眼睛里的光芒带着某种桀骜不驯和傲慢。就算现在，她本该为自己一丝不挂而感到害臊，却依然站在那儿，冷冷地回视着奥古斯塔。她的身材很好，娇小却很匀称，白皙的乳房十分丰满，腹股沟处淡黄色毛发很是浓密。她脸上的表情如此高傲，甚至让奥古斯塔觉得自己是个入侵者。不过，她将为休带来毁灭。

一个计划在奥古斯塔的头脑中渐渐成形，这时，她突然看见爱德华躺在地板上，满脸是血。

以前曾经历过的恐惧一下子涌了上来，把她带回二十三年前，当时他刚出生不久，勉强才活下来。她立时慌了手脚，尖叫起来："泰迪！出了什么事，泰迪？"她猛地跪倒在他的身边。"说话呀，跟我说话！"她喊道。巨大的恐惧让她无法承受，就像当年她眼睁睁看着自己的骨肉日渐瘦弱，甚至连医生都束手无策那样。

爱德华坐了起来，哼哼着。

"快说句话！"她恳求道。

"别管我叫泰迪。"他说。

她的恐惧稍稍缓和下来。他还意识清醒，能说话。但他的声音发闷，鼻子变了形。"发生了什么事？"她说。

"我逮住了休和他那个妓女，他就发了疯！"爱德华说。

她强压着愤怒和恐惧，伸手轻轻碰了碰爱德华的鼻子。他马上叫了起来，但还是让她小心地摸着。里面的骨头没断，她想，只是肿起来罢了。

她听到了丈夫的声音："究竟这是怎么回事？"

她站起身来。"休把爱德华打了。"她说。

"孩子没事吧？"

"我觉得没事。"

约瑟夫转身去问休："该死的，你到底要干什么？"

"是这个傻瓜自找的。"休气汹汹地说。

对了，休，怎么糟糕怎么来，奥古斯塔想。说什么你也别道歉。我就希望你伯父生气，就像现在这样。

可是，约瑟夫的注意力却在两个孩子和那女人之间游离着，他的眼神不停地转移到她赤裸的身体上。奥古斯塔感到一阵妒意。

她平静了下来，快速思考着。爱德华几乎没什么错，但她要怎么利用好这个机会呢？休完全不堪一击，她完全可以想怎么整他就怎么整他。她马上想到自己跟米奇·米兰达的谈话。必须让休保持沉默，他对彼得·米德尔顿的死知道得太多。现在是该出手的时候了。

首先，她必须把他跟那女孩分开。

几个穿着睡衣的仆人出现了，在通向后楼梯的门口徘徊着，惊慌而又好奇地看着楼梯平台上发生的一切。奥古斯塔看见她的仆役长哈斯特德也在，他穿着几年前约瑟夫不要了的黄色丝绸晨衣，还有男仆威廉姆斯，穿着一件条纹睡衣。"哈斯特德和威廉姆斯，把爱德华先生送床上去，好吗？"两个男人匆忙上前，扶着泰迪站起来。

接着，奥古斯塔招呼她的女管家："默顿太太，去拿条床单什么的把这女孩裹起来，带她去我的房间，穿上衣服。"默顿太太脱下自己身上的睡袍，搭在女孩肩膀上。她把裸露的身体盖紧，但并不打算离开。

奥古斯塔说："休，快去教堂街把洪堡大夫请来，他最好来给可怜的爱德华看看鼻子。"

休说："我不离开梅茜。"

奥古斯塔厉声说:“你把他打成这样,去给请个大夫总可以吧!”

梅茜说:“我没事的,休,去叫医生吧。我等你回来。”

但休仍站着不动。

默顿太太说:“来吧,请走这边。”她指着后楼梯说。

梅茜说:“呀,我想我们还是走主楼梯吧。”然后像女王一样走过楼梯平台,往楼下走去。默顿太太跟在后面。

奥古斯塔说:“休?”

她看出他还是不想去,但另一方面,他也没有充分的理由拒绝。过了一会儿他说:“我去把靴子穿上。”

奥古斯塔暗自松了一口气,她把他们分开了。现在,如果运气好的话,她就能一次定下休的命运。她转过来对着她的丈夫说:“走吧。我们去你的房间商量一下。”

他们走下楼梯,进了他的卧室。等门一关上,约瑟夫就把她揽在怀里吻了起来。她觉得他想要跟她做爱。

这有点儿不同寻常。他们每周做一到两次爱,但每次都是她先主动:她去他的房间,上他的床。她把这看作妻子责任的一部分,让他满足,但她喜欢由自己掌控,所以不让他到她的房间来。刚结婚那会儿,他总是无法克制。他坚持想什么时候做就什么时候做,那段时间里她由着他的性子,但最终改变了他,让他随了她的主意。接着,有过一段时间,他总提出一些不太合适的建议,比如开着灯做爱,或者她趴在他上面,甚至让她用嘴做那些说不出口的事情,但她坚决抵制,让他早早断了各种荒唐念头。

现在,他好像要打破这种模式。她知道这是为什么。见到梅茜那赤裸的身体,那挺括的乳房和淡黄色的阴毛,他被撩拨起来了。想到这儿她感到很不是滋味，便一把推开他。

他很生气，但她打算让他去跟休生气，而不是跟她自己，因此她抚摸着他的胳膊，做出和解的姿态。“过一会儿，”她说，“我过会儿来找你。”

他接受了。“休骨子里就不好，”他说，“是从我弟弟那儿传下来的。”

“出了这种事，他就不能继续住在这儿了。”奥古斯塔用一种不容商量的口气说。

约瑟夫不愿意去争论这个问题：“的确是。”

“你应该把他从银行解雇了。”她接着说。

约瑟夫很是执拗：“我求你不要妄加断言，告诉银行该做什么不该做什么。”

“约瑟夫，他刚刚冒犯了你，把一个不幸的女人带进家门。”她用了一个委婉说法代替“妓女”那个词。

约瑟夫走开，坐在他的写字台前。“我知道他做了什么，我不过是要你把这座房子里发生的事跟银行的事情分开。”

她决定暂时退后一步：“好的，我知道你懂得比我多。”

每次她的意外让步都能让他马上消了气。“我觉得最好还是解雇他，”过了一会儿他说，“我想他会回福克斯通他母亲那儿去。”

奥古斯塔不知这样好还是不好。她还没有制定出自己的策略，她正在快速思考着。“没了工作，他去干什么呢？”

“我不知道。”

奥古斯塔发现自己犯了个错误。如果失业的话，休会变得更加危险，他会怀恨在心，到处闲逛，又无事可做。大卫·米德尔顿还没开始找他——可能这位米德尔顿还不知道水塘出事那天休也在场——但迟早会来的。她有些心慌，后悔自己刚才没想好就说出了要约瑟夫解雇休的话。她对自己很恼火。

她能让约瑟夫再改变主意吗?

她得尝试一下。“也许我们太苛刻了。”她说。

他扬了一下眉毛，她突然变得如此慈悲，让他有些惊讶。

奥古斯塔接着说：“你看，你原来一直说他很有银行家的潜力。也许把他这么一脚踢开不太明智。”

约瑟夫有些气恼：“奥古斯塔，你先想好你到底想要什么！”

她在桌旁一张低矮的椅子上坐下，把她的睡衣提起来，露出仍十分好看的两条腿。他低头看着，脸上的表情柔和了。

趁着他分心的当口，她绞尽脑汁琢磨着。突然间她灵机一动，说：“送他出国！”

“嗯？”

她越想越觉得这个办法好。这样，大卫·米德尔顿就找不到他了，但他仍被控制在她的势力范围内。“让他去远东，去南美，”她继续深入这个话题，“不管什么地方，只要他的不良行为不能直接影响我的家宅就行。”

约瑟夫把刚才的那股火抛在脑后。“这个主意不坏，”他仔细掂量着，“美国那边正好有个空缺。负责波士顿办事处的老伙计需要一个助理。”

美国这个地方不错，奥古斯塔想。她很得意自己的精明打算。

只不过约瑟夫现在还只是随便想想，她希望他一定会这么做。“尽快让休去，”她说，“我一天也不想在家里见到他。”

“早上就可以把行程定下来，”约瑟夫说，“之后他也就没有理由继续待在伦敦了。他可以去福克斯通跟他母亲告别，在那儿待到他的船起锚。”

这样，很多年他都不会跟大卫·米德尔顿见面的，奥古斯塔满意地想。“好极了。那就这么定了。”还有什么麻烦吗？她想起了梅茜。休真的在意她吗？不太会，但任何事情都有可能。他或许不肯跟她分开。这倒有可能出问题，奥古斯塔有点儿担心。休不可能带上个妓女去波士顿，但另一方面，不让他带上她，他可能会拒绝离开伦敦。奥古斯塔不知她能不能把这件事扼杀在萌芽状态，以免留下后患。

她站起来，往通向她卧室的门口走去。约瑟夫显得有些失望。“我得把那女孩打发走。”她说。

“要我帮忙吗？”

这句问话很让她吃惊。他一般从不主动提出帮谁的忙。他是想再看看那个妓女，这让她心里很不是滋味儿。她摇了摇头说：“我会回来的。上床去吧。”

“好吧。”他不情愿地说。

她走进自己的房间，随后紧紧把门关上。

梅茜已经穿好了衣服，正在用别针把头上的帽子别好。默顿太太把一件相当花哨的蓝绿色礼服叠起来，塞进一个廉价的包里。“我把我的衣服借给她，她的衣服都湿了，太太。”女管家说。

有件事奥古斯塔有点儿弄不明白——她一直觉得休不太可能傻到那种地步，公然将一个妓女带到家里来。现在她才明白其中的原因。他们在外面遇到了暴雨，休把那女人带进来弄弄干，接着事情就接连发生了。

“你叫什么名字？”她对女孩说。

“梅茜·罗宾逊。我知道你的名字。”

奥古斯塔感到自己十分讨厌梅茜·罗宾逊。她不知道为什么，这女孩几乎不值得她抱有如此强烈的憎恶感。大概还是因为她赤身裸体时的那副样子，那样高傲，那样性感，又那么独立。“我想，你可能想要钱吧。”奥古斯塔轻蔑地说。

“你是个虚伪的母牛，”梅茜说，“你就是为了钱才嫁给你那丑陋的丈夫，根本不是因为爱情。”

事情的确如此，这话让奥古斯塔吃了一惊。她低估了这个年轻的女人。她这么开头实在不明智，现在得给自己找个台阶。从现在起她必须小心对付梅茜。她不能随便浪费这样一个天赐良机。

她忍下一口气，强迫自己的声音平和适当。“你能坐下来了吗？就一会儿。”她指了指椅子说。

梅茜显得有些吃惊，但只犹豫了一下，她便坐了下来。

奥古斯塔在她对面坐下。

必须让这女孩断了对休的念头。奥古斯塔暗示贿赂却遭到了她的鄙视，那么奥古斯塔就不愿再提了，看来对付这个女孩，用钱是行不通的。但她这种人也不会被威逼胁迫吓唬住。

奥古斯塔应该让她相信，把他们两个分开对梅茜和休都有好处。最好让梅茜觉得是她自己想跟休一刀两断的，而如果奥古斯塔从反面去劝说，才最有可能达成这种结果。她灵机一动，来了主意……

奥古斯塔说：“如果你想要嫁给他，我无法阻止你。”女孩吃了一惊，奥古斯塔暗自欣喜，她已经把对方缴了械。

“你怎么知道我想嫁给他？”梅茜说。

奥古斯塔差点儿笑起来。她真想说：“你不就是个诡计多端的骗钱货色吗？”但嘴里却说：“哪个女孩子不想嫁给他啊？他风度翩翩，长相也好，又是出自名门，虽说他没有钱，但他很有前途。”

梅茜眯起眼睛，说：“听起来好像你要我嫁给他。”

奥古斯塔就是想要造成这种印象，但她必须处理得十分微妙。梅茜多疑，很有心计，她不会轻易受人蒙骗。“咱们还是实际一点儿，梅茜，”奥古斯塔说，“请原谅我这么说，但实际上在我这个阶层，哪个女人也不会愿意自己家族的男人娶一个远低于他的女人为妻。”

梅茜并没显得愤愤不平。“她会的，如果她非常讨厌他的话。”

奥古斯塔受到了鼓励，接着往下引她。“但我不讨厌休，”她说，“你怎么会有这种想法？”

“他说的。他告诉我，你把他当作一个穷亲戚，还让别人也这么对待他。”

“人要是忘恩负义，什么话都说得出来，但我为什么要去毁了他的事业呢？”

她说：“因为跟他一比，你的儿子爱德华就显得很蠢。”

奥古斯塔顿时怒火上涌。梅茜这话又一次说到了点子上，让人极不舒服。不错，爱德华缺乏休的那种机智狡猾，但爱德华是个出色的年轻人，可休天生就不是个好东西。“我认为你最好不要提我儿子的名字。”奥古斯塔低沉着说。

梅茜轻轻一笑。“看来我触到了你的痛处。”接着她的脸又沉下来，“我知道你在玩什么把戏，我没兴趣。”

“你这是什么意思？”奥古斯塔说。

梅茜的眼里一下子浸满了泪水。“我非常喜欢休，我能伤害他。”

梅茜如此强烈的情感让奥古斯塔既吃惊，又感到高兴。一切都很完美，尽管一开始不太顺当。“那你打算怎么办？”奥古斯塔问。

梅茜忍着不让自己哭出来。“我不会再去见他的，你要毁他你就毁吧，但你别想得到我的帮助。”

“他可能会去找你的。”

“我会躲起来的。他不知道我住在哪儿。我不会去那些能让他找到我的地方。”

这计划好极了，奥古斯塔想，你只需要稍稍坚持一会儿，他就会去国外了，在那里待上多年，也许永远都不会回来。不过她什么也没说。她只需要把这个女孩引到这个显而易见的结论，现在不用再帮她做什么了。

梅茜用袖子擦了擦脸。“我最好现在就走，他马上就要带医生回来了。”她站了起来，“谢谢你借给我衣服穿，默顿太太。”

女管家打开门。“我告诉你怎么走。”

“我们现在走后楼梯吧，”梅茜说，“我不想让——”她停了停，勉强忍住，用耳语般的声音说，“我不想再看见休。”

随后她走了出去。

默顿太太跟着出去，把门关上。

奥古斯塔长出了一口气。她达到了目的。她阻碍了休的职业发展，压下了梅茜·罗宾逊，避开了大卫·米德尔顿的威胁，所有危机在一夜之间得到化解。梅茜很难对付，但终究还是太情绪化了。

奥古斯塔品味着胜利的滋味，过了一会儿，她去爱德华的房间。

他在床上坐着，握着一只高脚杯在喝白兰地。他的鼻子青紫，周围有一片干涸的血迹，看上去蔫巴巴的样子。“我可怜的孩子。”奥古斯塔说着，走到他的床头柜边，把一块毛巾蘸湿了一角，自己坐在床沿上，帮他抹掉上唇的血迹。他往后缩了一下。“噢，对不起！”她说。

他朝她笑了一下。“没事的，母亲，”他说，“接着擦吧，挺舒服的。”

正擦洗着，洪堡大夫走了进来，休紧跟在后面。“你打架来着，年轻人？”医生快活地说。

奥古斯塔一听这话不高兴了。“他哪里会打架，”她生气地说，“他让别人给打了。”

洪堡被这话顶了回去。“哦，是吗，是吗。”他喃喃地说。

休说：“梅茜在哪儿？”

奥古斯塔不想在大夫面前谈论梅茜。她站了起来，把休带到门外。“她走了。”

“是你把她撵走的吗？”他质问道。

奥古斯塔很想告诉他不该用这种口气跟她说话，但她决定不去激怒他，那样毫无意义，她已经完全战胜了他，尽管他对此一无所知。她用一种和解的语气说：“如果我把她赶了出去，你不觉得她会一直站在街上等你，把这事儿告诉你吗？不，她是自愿离开的，她说她明天会给你写信的。”

“可她说了会在这儿等我跟大夫回来的。”

"她改变主意了。这种年纪的女孩都会这样做，这你还不知道吗？"

休一脸茫然，但他不知道该说些什么。

奥古斯塔又补充说："毫无疑问，你让她陷入如此尴尬的境地，她只想尽快把自己解脱出来。"

这话看来对他产生了作用："我看，是你让她觉得很不舒服，让她无法在这房子里待下去了。"

"这么说也可以，"她严肃地说，"我不想再听你的见解了。明天一早，你伯父约瑟夫要在你上班之前见你。好了，晚安。"

有那么一瞬，他好像要说什么。不过，他实在没什么好说的。"好吧。"最后他喃喃自语了一句，转身进了他的房间。

奥古斯塔回到爱德华的房间。大夫在收拾他的提包。"没什么要紧的伤，"他说，"他的鼻子要恢复几天，明天可能会有黑眼圈，但他年纪轻，过不了几天就好了。"

"谢谢你，大夫。哈斯特德会送你出去。"

"晚安。"

奥古斯塔俯下身吻了一下爱德华，"晚安，亲爱的泰迪。现在睡吧。"

"好的，亲爱的母亲，晚安。"

她还有一项任务没有完成。

她走下楼去，进了约瑟夫的房间。她倒希望他见她迟迟不来，已经睡着了，但他正坐在床上，读着一张《帕尔马尔街报》。他马上把报纸放在一边，掀开被单让她进来。

他马上把她抱住。房间里的光线很亮，不经意间天已经亮了。她闭上了眼睛。

他很快就进入了她。她搂着他，随着他的动作而动。她想起自己十六岁时躺在河边，穿着粉红色的裙装，戴着草帽，年轻的斯特朗伯爵亲吻着她，在她的脑海中，他一边不停地亲吻她，一边撩起她的裙子，在炎热的阳光下与她做爱，任河水在他们的脚边轻轻拍打……

结束以后，她在约瑟夫旁边躺了一会儿，回味着自己的胜利。

“这一夜非同寻常。”他含混不清地说，快睡着了。

“是啊，”她说，“竟然有这样的女孩。”

“嗯，”他哼了一声，“实在太漂亮了……傲慢，任性……丝毫不觉得自己低人一等……体形很可爱……就像你当年那样。”

奥古斯塔受了巨大的侮辱。她说：“约瑟夫！这种可怕的话你也能说出口？”

他没再吭声，看来已经睡着了。

她怒气冲冲地掀开被子跳下床，跺着脚走出了房间。

这一晚她没再回床上睡觉。

6

米奇·米兰达住在坎伯威尔一位寡妇和她成年儿子的房子里，他占了两个房间。任何上流社会的朋友都没来过这儿，包括爱德华·皮拉斯特。米奇用他那非常拮据的开销扮演一个年轻的花花公子，在住房上能省则省，不去强求高雅华贵。

每天早晨九点钟，房东太太为他和老爹端来咖啡和热面包圈。吃早餐时，米奇向老爹炫耀自己如何让托尼奥·席尔瓦输掉借来的一百英镑。他并不期待父亲对自己大加赞美，但希望他可以勉强承认儿子的机巧善变。可是，老爹听了以后无动于衷。他吹着自己的咖啡，咕噜咕噜喝得很响。“那么，他是回科尔多瓦了？”

“还没有，但他会回去的。”

“你是在希望。这么一通麻烦，到头来还是你希望他会回去。”

这话伤了米奇的自尊心。“今天我就要决定他的命运。”他抗议道。

“我在你这个年龄……”

“你就去割断他的脖子，我知道。但这里是伦敦，不是圣玛丽亚省，如果我到处去割人的脖子，就会被绞死的。”

“有些情况你没别的办法。”

“但也有其他情况，最好采取圆滑手段，老爹。你想想塞缪尔·皮拉斯特，他不软不硬地反对经营枪支。我一滴血不流就把他清除掉了，对吧？”事实上是奥古斯塔干的这件事，但米奇没告诉老爹。

“我不知道，”爸爸固执地说，“我几时才能拿到枪？”

这又触到了痛处。老塞思还活着，仍然是皮拉斯特银行的资深股东。现在是八月。圣玛丽亚山上的积雪九月份就开始融化了。老爹想要回家——带上这些武器一起走。一旦约瑟夫成了资深股东，爱德华就能把交易做成，把枪运出去。但倔强的老塞思还待在他的位子上不死，实在令人恼火。

“你很快就会得到枪的，老爹，”米奇说，“塞思挺不了多少时间了。”

“好吧。”老爹说，像赢了一场争论一般得意地笑了。

米奇往面包圈上涂黄油。跟老爹在一起总是这样。无论他怎么努力，都不会让他的父亲满意。

他的心思回到眼前这一天。托尼奥现在欠了一笔债，他根本无法偿还。下一步，应该把这个问题转化为一场危机。他想让爱德华跟托尼奥公开争吵。如果他做到这一点，那么托尼奥的丑事就传扬出去了，他就不得不辞去工作，回科尔多瓦老家。这样就轻松了，让大卫·米德尔顿再也找不到他。

米奇既要做到这些，又不要让托尼奥与他为敌。因为他还有另一个目的，他想搞到托尼奥的工作。托尼奥可能会从中作梗，如果他愿意的话，就会向部长诋毁米奇。米奇想让他反过来为自己铺平这条路。

整个事情由于他们二人一直以来的关系而变得复杂起来。在学校时托尼奥对米奇又恨又怕，最近托尼奥对他很是佩服。现在，米奇要跟托尼奥成为最好的朋友——同时又要毁掉他的生活。

米奇正琢磨着这些棘手的事情，这时有人敲门，房东告诉他有客人到访。过了一会儿，托尼奥走了进来。

米奇本打算早餐后就去拜访他。现在倒省了他的麻烦。“坐吧，喝杯咖啡，”他乐呵呵地说，“昨晚运气太糟了！不过，玩牌嘛，总会有输有赢。”

托尼奥朝老爹鞠了一躬，坐下来。他看上去整宿都没睡。“我输的钱太多了，实在负担不起。”他说。

老爹厌烦地哼了一声。他见不得有人这样垂头丧气，再说他一直鄙视席尔瓦这家人，他们住在城里，仰人鼻息，靠贿赂和贪污过活。

米奇装出一副同情的样子，一本正经地说：“听你这么说真是遗憾。”

“你知道这意味着什么。在这个国家，如果付不了赌债就算不上是绅士，而不是绅士就不能当外交官，我有可能要辞职回家。”

一点不错，米奇想，但他用惋惜的口气地说：“这一点我理解。”

托尼奥接着说：“你知道大家都怎么看——如果第二天你还不了钱，人家就怀疑你的信誉了。可要还这一百英镑我得花上好几年，所以我就找你来了。”

“我没明白。”米奇说，虽然他心里十分清楚。

“你能给我出点儿钱吗？”托尼奥恳求道，“你是科尔多瓦人，不像那些英国人，不会因为犯一次错就给人下了定论。我最后会还你的。”

“如果有钱我肯定会给你的，”米奇说，“我倒希望我有那么富裕。”

托尼奥看了看老爹，后者冷冷地盯着他，只说了一句：“没有。”

托尼奥的头垂了下来。“我实在太蠢了，不该去赌博，”他低声说，“真不知道怎么办。如果就这么回家，我也没脸面对我的家人。”

米奇若有所思地说：“也许我能做些别的事情，帮一帮你。”

托尼奥眼睛一亮。“是吗，求你了，什么事情都行！”

“爱德华跟我是很好的朋友，你也知道，我可以替你跟他说句话，把情况解释一下，问他能否给我个面子，宽限一下。”

“你能吗？”托尼奥一脸充满希望的样子。

“我请他等一等再要这些钱，也不要跟任何人说。我不敢说他一定会同意，这一点你要明白。皮拉斯特家里的钱车载斗量，但他们都很实际。不过，我会试试看。”

托尼奥紧握着米奇的手。“不知道该怎么感谢你，”他热切地说，“我永远不会忘记这些。”

“可别期望太高——”

“不能不期望啊，我已经绝望了，你给我坚持下去的理由。”托尼奥一脸羞愧，接着说，“我今天早上甚至想要自杀，我上了伦敦桥，想从桥上跳到河里去。”

老爹那边轻轻哼了一声，他觉得就该那么做，一了百了。

米奇连忙说：“感谢上帝让你改变了主意。现在，我最好去皮拉斯特银行一趟，跟爱德华谈谈。”

“我什么时候能见到你？”

“吃午饭的时候你能到夜总会来吗？”

“当然，你要我去我就去。”

“那么，你去那儿找我。”

“好的。”托尼奥站了起来，“打扰你吃早餐了。我真——”

“不要谢我，”米奇摆了摆手，不让他再说下去，“这不吉利。抱着希望等着就是。”

“是的，一定。”托尼奥再次向老爹鞠躬，“再见，米兰达先生。”然后他走出门去。

“这个蠢孩子。”老爹咕哝了一句。

“彻头彻尾的傻瓜。”米奇表示赞同。

米奇到隔壁房间穿上衣服，一件白衬衣，挺竖领和袖口都浆得很是挺括，一条浅黄色的裤子，外加一条黑色的缎子领巾。他又不厌其烦地把领巾打得漂漂亮亮，再加上一件黑色双排扣大衣。他脚下的皮鞋闪着蜡光，头发上也抹了发油，熠熠生辉。他的穿着总是体面优雅，但又有些保守，他从来不会穿那种时尚的新式翻领，或者像公子哥那样戴一副单片眼镜。英国人普遍认为外国人都低俗粗鄙，他对此十分谨慎，不让他们找到任何借口。

他留下老爹，让他自己打发这一天的时光。随后他出门穿过大桥进入金融区，这块地方被称作城区，因为附近这一平方英里的地域中包括了伦敦原来的罗马城。圣保罗大教堂周围的交通完全停了下来，公共马车、运酒车、两轮出租马车和商贩们的手推车正在跟赶往史密斯菲尔德肉类市场的一大群羊争抢道路。

皮拉斯特银行是一幢巨大的新建筑，它古典风格的正门十分气派，两侧是一根根带有凹槽的大柱子。正午刚过，米奇通过对开的大门进入银行大厅。虽然爱德华很少在十点前上班，但一般过了十二点就随时会被人叫去吃午饭了。

米奇在大厅里找到一个听差，说："拜托，请告诉爱德华·皮拉斯特先生，米兰达先生要找他。"

"好的，先生。"

这是最让米奇对皮拉斯特家族感到羡慕的场所。里面的每个细节都炫耀着他们的财富和权力：抛光的大理石地板、丰富细致的镶板、安静的说话声、笔尖在分类账上刮擦的声音，最特别的或许要算那一个个吃得太肥、穿着过分讲究的听差。这块地方和这些人基本上都在为皮拉斯特家族数钱。没有人在这里养牛、开硝酸盐矿或者修建铁路。皮拉斯特只需看着钱成倍增长。在米奇看来，既然奴隶制已被废除，这可能就是最好的生活方式了。

银行里面的氛围也有些虚伪。那种庄严肃穆就像一个教堂、总统府第或者博物馆。他们是放债人，却做出一副样子，似乎收取利息如同圣职一般，是个高尚的职业。

几分钟后，爱德华出现了——他鼻子青紫，一只眼睛带着黑眼圈。米奇一扬眉毛。"我亲爱的朋友，你这是怎么了？"

"我跟休打了一架。"

"因为什么？"

"我责怪他不该把妓女带进家里，他就发起火来。"

米奇想，这倒是给了奥古斯塔一个可乘之机，她一直在想办法摆脱休。"休又怎么样了？"

"你很长时间都不会看见他了，他已被发派到波士顿去了。”

干得好，奥古斯塔，米奇想。如果能把休和托尼奥两个人在同一天处理掉，那简直太好了。他说：“看来，喝上一瓶香槟，再来点儿午餐会对你有好处。”

“好主意。”

他们离开银行往西走。没必要叫马车了，因为街道都被羊群和出租马车堵死，到处水泄不通。他们经过肉类市场，这就是那群羊的目的地。屠宰场里飘出一股令人窒息的恶臭。一只只羊直接从街上被扔进一个活板门，落入地下的屠宰场。这么一摔它们的腿就断了，只得乖乖等着屠夫一刀割断脖子。两人用手帕掩鼻而过，爱德华说：“看到这个，你一辈子都不想吃羊肉了。”米奇心想，就算比这恶心，爱德华的午餐也照吃不误。

出了城区，他们叫了一辆两轮马车直奔帕尔马尔街。一坐上车，米奇就开始说他早就准备好了的话。他说：“我很讨厌在别人面前说另一个人的坏话。”

“是啊。”爱德华含混地答应着。

“可是，如果问题关系到自己的朋友，就另当别论，他就有责任必须说话。”

“嗯。”爱德华完全不知道米奇在说什么。

“再说，我也不想让你觉得，就因为他是我的同乡，我就缄口不语。”

沉默了片刻，然后爱德华说：“我弄不明白你指的是什么。”

“我说的是托尼奥·席尔瓦。”

“啊，知道了。我看他没能力还上欠我的钱。”

“那可是瞎说八道。我知道他家的情况。他们差不多跟你家一样富有。”米奇丝毫不在乎这样信口胡诌——在伦敦，谁也说不清南美家族到底能多有钱。

爱德华很吃惊：“天哪，我还以为他们很穷呢。”

“一点儿不穷，他拿出这点儿钱很轻松。这样也就更糟糕了。”

“什么？怎么糟糕了呢？”

米奇重重叹了口气：“我怕他不打算把钱给你。他在四处吹嘘，说你根本不值得让他付钱。”

爱德华的脸唰地红了，说：“他竟敢这样说？见他的鬼！这家伙真不是人！那我们等着瞧。”

“我警告他别低估了你，我告诉他，你恐怕不会忍气吞声受人愚弄，但我的话他根本不听。”

“这个无赖。好吧，既然他不听忠告，那就得给他来硬的，让他明白明白道理。”

“真是可耻。”米奇说。

爱德华一言不发，开始生闷气。

马车沿着斯特兰德大道缓慢行进，米奇开始烦躁不安。托尼奥现在应该到了夜总会，而爱德华的火已经点了起来，正好吵上一架。一切都已按部就班。

出租马车终于在夜总会外面停了下来。米奇等着爱德华交了车钱，然后两人走了进去。在衣帽间那儿有几个人正在挂着帽子，托尼奥已经在这儿了。

米奇紧张起来。他把一切都安排到位，现在只有默默祈祷。希望他设计的这出戏自己按计划上演。

托尼奥跟爱德华对视了一下，显得很尴尬，嘴里说着：“哎呀……早上好，你们二位。”

米奇看着爱德华。爱德华的脸变成了粉红色，两眼冒着火，说：“听着，席尔瓦。”

托尼奥惊恐地看着他说：“这是怎么了，皮拉斯特？”

爱德华大声说：“说说那一百英镑。”

房间里一下子安静下来。有几个人转过头来，正朝门口走的两个人也停下来看他们。大庭广众之下谈论钱的事情十分不雅，一个绅士只有在极端情况下才会这么做。大家都知道爱德华·皮拉斯特有花不完的钱，因此很明显，他当众提及托尼奥欠钱，一定是别有动机。旁观者察觉到这里一定有什么不可告人的事。

托尼奥一脸煞白。“怎么？”

爱德华狠狠地说：“如果你觉得方便，我今天就要拿到。”

这要求已经明明白白提出来了。不少人明白这笔欠债是真的，毋庸置疑。作为一个绅士，托尼奥只有一种选择。他应该说：“没问题，如果要紧的话，你马上就能拿到。我们到楼上去，我给你写一张支票。”或者，“我们去旁边那家银行好吧？”如果他不这么做，那么人人都会知道他支付不起这笔钱，以后就远远躲着他了。

米奇着了魔一般审视着这一切。一开始，托尼奥的脸上闪过一丝惊恐，米奇怀疑他是否会做出某种疯狂的举动。接着，恼怒代替了恐惧，他张开嘴表示抗议，但一句话也说不出来。他又摊开双手做了一个恳求的手势，但很快也放弃了。最后，他的脸皱成一团，就像一个快要哭起来的孩子，然后他转身便跑。门口的两个人连忙给他闪开路，他冲出大厅跑到了街上，连自己的帽子也不要了。

米奇很是高兴，一切进行得十分顺利。

衣帽间的男人们干咳着，掩饰自己的尴尬。一位年长的会员嘀咕道：“你有点儿太强硬了，皮拉斯特。”

米奇立刻说：“是他罪有应得。”

“那是，那是。”这位长者说。

爱德华说：“我得喝点儿什么。”

米奇说：“给我要杯白兰地，好吗？我最好去追一追席尔瓦，别让他钻到马车轮子底下去。”说完便冲出门去。

现在到了他计划最微妙的部分，他要让那个被他毁掉的人明白，米奇是他最好的朋友。

托尼奥急匆匆朝着圣詹姆斯大街的方向走，也不管自己是去哪儿，冲撞着路上的行人。米奇跑了几步赶上他。“我说，席尔瓦，我真是非常非常抱歉。”他说。

托尼奥停住脚步，脸上带着泪水。“我完了，”他说，“一切都完了。”

“皮拉斯特根本不听我的，”米奇说，“我尽全力……”

“我知道。谢谢你。”

“不用谢我，我没做成。”

“但你努力了，我真希望有什么办法表达我的谢意。”

米奇犹豫了一下，心想，该不该现在就提他工作那件事呢？他决定大胆一些，说：“实际上倒有个办法——不过我们还是另找个时间再谈吧。”

“不，现在就告诉我。”

“我觉得不好。还是等等吧，哪天再说。”

“我不知道我还会在这儿待几天了。到底是什么办法？”

“嗯……”米奇假装尴尬，“我想，科尔多瓦部长最终会找一个人来替代你。”

“他现在就需要这么个人。”托尼奥那泪迹斑斑的脸上现出理解的神色，“没错——你应该去接下这份工作！你太合适了！”

“如果你能说句话……”

“何止说句话啊，我要告诉他你很帮忙，费了不少精力让我摆脱这些麻烦。我敢肯定他会任命你。”

米奇说：“我真希望这不是趁火打劫。我觉得这么做实在太卑劣了。”

“一点儿也不。”托尼奥两只手握住米奇的手，“你是个实实在在的朋友。”

第五章
九 月

1

休六岁的妹妹多萝西正在替他叠衬衫，把衣服装进他的旅行箱。休知道只要她一上床，他就得把衣服重新叠一遍，因为她叠得太乱了，不过现在他得装作她干得非常好，还不断鼓励她。

“再跟我讲讲美国的事。”她说。

“美国非常非常远，早晨的阳光需要四个小时才能到那儿。”

“他们整整一上午都待在床上？”

“是的。然后，他们在午饭的时候起床，吃早餐！”

她咯咯地笑起来：“他们真懒啊。”

“倒不是。你看，他们那儿直到午夜天都是亮的，所以他们必须彻夜工作。”

“那么他们睡得很晚！我喜欢晚睡，我喜欢美国。我为什么不能跟你一起去？”

“我也想带你去，多蒂。”休心里有些难受，他好几年都不会再看到小妹妹了。等他回来的时候，她已经变样儿了。那个时候，她就明白时区是怎么回事了。

九月的秋雨敲打着窗户，海湾下面，呼啸的狂风卷起巨浪，但屋里却点着煤火，地上铺着软乎乎的炉边地垫。休又装了几本书：《现代商业方法》《成功的商务员》《国富论》和《鲁滨逊漂流记》。皮拉斯特银行的那些老职员对他们所谓的“书呆子”不屑一顾，总爱把“经验是最好的老师”那句老话挂在嘴上，但他们都错了，休花了很短时间就弄清了银行各个部门的职能，就是因为他已经提前掌握了其中的原理。

他这时候去美国正好赶上危机。在19世纪70年代初，好几家银行放出大额贷款，购买投机性的铁路债券，1873年中期铁路建设出现了问题，银行便开始吃不消了。几天前，杰伊·库克公司——美国政府的代理人——破了产，把华盛顿第一国民银行拖下了水。当天，伦敦就通过横跨大西洋的海底电缆得知了这一消息。现在，五家纽约银行已经暂停办理业务，其中包括大银行联盟信托公司以及老字号的力学协会联盟信托。证券交易所关上了大门。生意会下滑，成千上万的工人会丢掉饭碗，贸易会受到拖累，皮拉斯特的美国办事处将会缩小，更加小心谨慎——这一切会让休很难做出什么成绩。

到目前为止，危机对伦敦的影响不大。银行利率已上升一个点达到百分之四，伦敦一家与美国有密切往来的小银行倒闭了，但没有造成恐慌。即便如此，老塞思坚持认为今后会有麻烦。他现在相当虚弱，已经搬进了奥古斯塔的房子，大部分时间待在床上。但他十分固执，拒绝辞职，一直坚持要带领皮拉斯特家族渡过难关。

休开始叠他的衣服。银行给他买了两件新外套，他怀疑是他母亲劝说他的叔公批准了这项开销。老塞思跟皮拉斯特的其他成员一样，把钱攥得很紧，但他喜欢休的母亲，实际上，这些年来她一直靠塞思给的一小部分津贴过活。

母亲还坚持让他们允许休在临走前有几个星期的假，给他更多的时间准备，跟亲友们道别。休付不起往返福克斯通的火车票，她在儿子去银行上班以后也很少见到他，因此她想在他出国之前好好跟他待一段时间。八月份他们大多待在海边，而奥古斯塔和她的家人已经前往苏格兰度假。现在假期已经结束，到了休跟母亲说再见的时候了。

他心里正想着母亲，她恰好走进了房间。这已经是她守寡的第八个年头，但她依然穿黑戴素。她也不想再结婚了，尽管这很容易，她依然十分漂亮，长着一双宁静的灰眼睛，一头金发十分浓密。

他知道她很伤心，很多年都见不到他。但她把这种悲伤留在心里，从不说出来。她倒是分享着他那兴奋和激动的心情，以及一个新的国家带来的挑战。

“差不多该上床睡觉了，多萝西，”她说，“去把你的睡衣穿上。”多蒂刚一出房间，母亲就开始重新叠休的衬衫。

他想跟她谈谈梅茜，但觉得很害羞。奥古斯塔给母亲写过信，这他知道。母亲也可能从其他家庭成员那里听说过什么，甚至在她仅有的几次去伦敦买东西时跟他们见过面。她听到的故事可能跟真实情况相差十万八千里。过了一会儿，他说：“母亲……”

"什么事，亲爱的？"

"奥古斯塔伯母说的话并不都是真的。"

"用不着这么客气，"她苦笑了一下说，"奥古斯塔多年来一直在造你父亲的谣。"

休为她的坦率感到吃惊。"你认为是她告诉弗洛伦斯·斯塔沃西的父母，说他是一个赌徒？"

"这一点我很肯定，没办法。"

"她为什么这样？"

他母亲把手里的衬衫放下，想了想。"奥古斯塔原来是个非常漂亮的姑娘，"她说，"他们家在肯辛顿卫理公会会堂做礼拜，因此我们两家就认识了。她是家里唯一的孩子，很任性，被惯坏了。她的父母很普通，她父亲是一名店员，后来自己开店做生意，最后在伦敦西部的郊区有了三个小杂货店。但是，奥古斯塔命中注定要追求更高的东西。"

她走到雨水打湿的窗户边往外看，眼里看到的并非波涛汹涌的英吉利海峡，而是逝去的岁月。"她十七岁的时候斯特朗伯爵爱上了她。这男孩很可爱，面目清秀，出身高贵，很富有。他的父母看到他要娶一个杂货商的女儿，吓得不得了。不过，她非常漂亮，而且，虽然年轻，但她身上已经有了一种尊贵气质，能够应付大多数社交场合。"

"他们订婚了吗？"休问。

"没有正式订，但大家都觉得大局已定。这时候就发生了一起可怕的丑闻。她父亲被人指控在自己的店里刻意造假，缺斤短两。一个被他解雇的售货员去贸易委员会告发了他。据说他甚至欺骗了教堂，他们原本从他那儿买茶叶，供应周二晚上《圣经》

阅读会什么的。他差点因此坐牢，但他坚决否认一切指控，到头来也没弄出什么结果。但是，斯特朗却把奥古斯塔甩了。”

“她一定很伤心。”

“不，”母亲说，“不只是伤心，她简直气得发疯。她一直都随着自己的性子来，想要什么就得有什么。现在她最最想要的是斯特朗，可偏偏得不到他。”

“所以她心灰意懒，就嫁给了约瑟夫伯父。他们是这么说的。”

“要我说，她是一气之下嫁给了他。他比她大七岁，对一个十七岁的女孩子来说，这个差距太大了。当时他也不比现在好看多少，但他非常有钱，甚至比斯特朗还富有。她为他做了一个好妻子能做的一切，这倒应该夸她。但约瑟夫不是斯特朗，她一直为此耿耿于怀。”

“那么斯特朗呢？”

“他娶了一个法国女伯爵，后来死在一次狩猎事故上。”

“我都有点儿同情奥古斯塔了。”

“不管她拥有多少，她总是想要更多，更多的钱，为她丈夫争取更重要的工作，为自己争取更高的社会地位。她雄心勃勃，为自己、约瑟夫和爱德华争这争那，是因为她仍然渴望斯特朗可能给她的一切，比如名分，传代的家宅，还有无止境的清闲生活，不用工作就能得到的财富。但是，斯特朗并没有给她这些，实际上，他给了她爱情。这才是她真正失去的东西。无论什么都无法弥补。”

休跟母亲从来没有这么亲密交谈过。他觉得自己该把心里话说出来。“母亲，”他开口说，“提到梅茜……”

她满脸疑惑："梅茜？"

"那个女孩……整个事情就是因为她，她叫梅茜·罗宾逊。"

她这才明白了："奥古斯塔从来没跟任何人说过她的名字。"

他犹豫了，接着脱口而出："她不是什么'不幸'的女人。"

母亲很尴尬，男人从来不会跟自己的母亲提到卖淫这种事。"我知道。"她说，眼睛看着别处。

休硬着头皮往下说。"她是下层出身，这一点没说错。她还是犹太人。"他看着她的脸，发现她很吃惊，但并没有惶恐不安，"此外她没什么不好。实际上……"他犹豫了一下。

母亲看着他说："怎么？"

"实际上，她还是一个处女。"

母亲的脸红了。

"我很抱歉提到这些事情，母亲，"他说，"但是，如果我不说，你就只能听信奥古斯塔伯母的说法。"

母亲顿了顿："你喜欢她吗，休？"

"很喜欢。"他感到自己的眼泪快流出来了，"我不明白她怎么会消失不见了，我弄不清她去哪儿了。我一直不知道她的地址。我到她原来工作的马厩去问，也去了我第一次遇到她的地方阿盖尔寓所。索利·格林伯恩也喜欢她，他也跟我一样莫名其妙。托尼奥·席尔瓦认识她的朋友埃普丽尔，但托尼奥已经回了南美，我无法找到埃普丽尔。"

"真是太奇怪了。"

"我敢肯定这是奥古斯塔伯母搞的鬼。"

"我也觉得是她。不知她用了什么手段，但她什么诡计都使得出来。不过，你现在应该往前看，休。波士顿会给你机会的。你必须勤勤恳恳努力工作。”

“她真个非常特别的女孩，母亲。”

他看得出来，母亲并不相信他的话。她说：“不过，你会忘记她的。”

“我觉得我不会。”

母亲在他的额头吻了一下，说：“你会的，我保证。”

2

在梅茜跟埃普丽尔合租的阁楼房间里，墙上只挂着一张画。那是一张艳俗的马戏团海报，上面的梅茜穿着光闪闪的紧身衣，站在狂奔的马背上。下面是一行红色的字：“神奇的梅茜。”这张画并不真实，因为马戏团没有白色的马，梅茜的腿也没有画得那么长。不过她还是很珍惜这张海报。这是那段生活留给她的唯一纪念。

此外，房间里只有一张很窄的床、一个脸盆架、一把椅子和一个三条腿的凳子。两个女孩的衣服挂在墙上的钉子上。窗户上满是泥垢，没有窗帘。她们总想让这个地方保持干净，但这根本不可能。烟囱上总有烟灰落下来，地板缝里也会钻出老鼠，尘土和昆虫从窗框和四周的裂缝进入房间。今天下起了雨，雨水透过窗台和天花板的缝隙滴滴答答流下来。

梅茜正在穿衣服。现在是犹太新年，“生命之书”已经打开了，每年这个时候她都在想，这本书为她新的一年写了些什么。她从来没有真正祈祷过，但她却诚心诚意抱着希望，盼着她那一页出现一些让她高兴的事情。

埃普丽尔去公用厨房沏茶，现在急匆匆一脚闯进门里，手里拿了一张报纸。“这上面写的是你，梅茜，你快看看！”她说。

“怎么了？”

“是劳合社新闻周刊。你听这个，‘梅茜·罗宾逊小姐，原名米利亚姆·拉宾诺维奇。若罗宾逊小姐与格雷律师学院的律师古德曼和杰伊先生联系，将会获悉令她受益之信息。’这应该是你！”

梅茜的心直跳，但她脸上做出满不在乎的表情，冷冷地说：“这是休干的，我不会去的。”

埃普丽尔一脸失望的样子，说：“也有可能是哪个疏远的亲戚给你留下一笔遗产啊。”

“我还有可能是蒙古女王呢。我可不会去格雷律师学院碰那个运气。”她略显轻率地说，但她的心在隐隐作痛。她每一天、每个夜晚都在思念着休，这让她十分痛苦。她还不太了解他，却又无法忘掉他。

但她还是定下心来，忘记他。她知道他一直在找她。他每天晚上都去阿盖尔寓所，对马厩的主人萨缪尔斯刨根问底，伦敦廉价的寄宿地有一半他都去问询过。随后，他就不再调查了，梅茜觉得他已经放弃了。现在看来他改变了战术，试图拿报上的广告找到她。他这般苦心寻找，再躲避下去就很难了，而她心里又很想再次见到他。但她已经做出了决定。她那么爱他，不忍心让自己毁了他。

她两手穿进紧身胸衣。“请帮我把后面系上。”她对埃普丽尔说。

埃普丽尔做了个鬼脸。“我的名字从来没上过报纸，”她羡慕地说，“可你都上了两次了，如果算上‘母狮’这个名字的话。”

“可这给我带来什么好处了？天哪，我长胖了。”

埃普丽尔系好带子，帮她穿上礼服。她们今晚准备出去。埃普丽尔有了一个新情人，一个中年杂志编辑，跟妻子和六个孩子住在克拉彭。今天晚上，这个编辑和他的朋友要带埃普丽尔和梅茜到音乐厅去。

她们偶尔会经过邦德街，盯着时髦店铺的橱窗，但她们什么也不买。为了躲避休，梅茜被迫放弃了萨缪尔斯那儿的工作——这让萨缪尔斯十分遗憾，因为她卖掉了五匹马、一匹小马拉的二轮马车——那些存下的钱很快就又花掉了。现在，不管天气如何她们都得出去，闷在这间屋子里实在太难受了。

梅茜的礼服胸部那里很紧，埃普丽尔一使劲，让她直往回缩。埃普丽尔觉得奇怪，说：“你的乳头疼吗？”

“疼，我不知道怎么会疼呢。”

“梅茜，”埃普丽尔担心地说，“你最后来月经是什么时候？”

“我从来都没数过。”梅茜想了一会儿，马上觉得后背发凉，“哦，我的上帝！”

“什么时候？”

“我想那还是我们去古德伍德看赛马之前。你觉得我怀孕了吗？”

“你的腰变粗了，乳头发疼，加上两个月没来月经，不错，你怀孕了，”埃普丽尔愠怒地说，“真不敢相信你愚蠢到了这个地步。他是谁？”

“是休，当然是他了。可我们只有做过一次。一次难道就能让人怀孕吗？”

“要是倒霉，一次就能让你怀上孕。”

“噢，我的上帝。”梅茜感觉就像迎头撞上了一列火车。她既震惊，又困惑，更觉得害怕，一屁股坐在床上哭了起来。“我该怎么办呢？”她无奈地说。

“我们去那个律师事务所，从那儿开始找办法。”

突然之间，一切都变了。

一开始梅茜既害怕，又生气。接着她意识到，为了自己肚子里的孩子，她现在也必须去跟休接触。一旦自己接受了这个想法，她就高兴起来，不再害怕了。她渴望再次见到他。她原来已经说服了自己，去见他是错误的。但这个孩子让整个事情发生了变化。现在她有责任去跟休联系，想到以后的一切，那种放松的感觉让她浑身发软。

她跟埃普丽尔爬上格雷律师学院律师楼那陡峭的楼梯，心里还是有点儿紧张。广告可能不是休发出来的。要是他已经放弃寻找她，那也不足为奇。这样一个让人气馁的姑娘，哪个男人也不可能永远等着她。这条广告可能跟她的父母有关，也许他们还活着，情况慢慢好了起来，有了足够的钱来寻找她。她说不清自己对此的感觉。她时常想起父母，很想再见到他们，但她害怕自己的生活方式让他们感到羞愧。

她们上了楼，走进外层办公室。律师的办事员是一个穿芥色马甲的年轻人，脸上带着屈尊俯就的微笑。两个女孩衣服又湿又邋遢，但他还是装出一副谄媚的姿态说："女士们！难道二位女神需要古德曼和杰伊律师事务所效力吗？我能为二位做些什么？"

埃普丽尔逢场作戏："你能把这件马甲脱了吗，实在太刺眼了！"

梅茜今天没心思听他们打情骂俏。"我的名字是梅茜·罗宾逊。"她说。

"啊哈！是广告的事。真巧了，发广告的那位绅士现在正在杰伊先生那儿呢。"

梅茜心里一阵慌乱。"我想打听一下，"她迟疑地说，"这位发广告的绅士先生……会不会是休·皮拉斯特？"她乞求般地看着办事员。

他没在意她的表情，继续用那种热情洋溢的语气回答："老天爷，不是！"

梅茜的希望又落空了。她坐在门边的一只硬板凳上，强忍着泪水说："不是他……"

"不是，"办事员说，"实际上我认识休·皮拉斯特，我们在福克斯通一起上学。他到美国去了。"

梅茜惊得往后一缩，就像被人打了一拳。"美国？"她嘟囔着。

"马萨诸塞州的波士顿，几个星期前坐船走的。你认识他吗？"

梅茜没有回答。她的心像一块石头，沉沉的，很是冰冷。他到美国去了，而她却怀了他的孩子。她害怕地哭了起来。

埃普丽尔盛气凌人地问："那这个人是谁？"

办事员这下弄不明白到底该说什么了。他收起了那副高傲的架势，紧张地说："我看还是让他自己告诉你们吧。对不起，我去去就来。"他转身进了里面的一扇门。

梅茜茫然地望着墙边堆放的一个个文件箱子，读着箱子侧面的标记："布伦金索普地产""里贾纳诉讼威尔特郡磨面商""大南铁路""斯坦利·埃文斯女士（已故）"。这间办公室里发生的每件事都是某个人的悲剧，让她想到死亡、破产、离婚和起诉。

那扇门又开了，另一个人从里面出来，外貌很惹人注目。他的岁数并不比梅茜大多少，长着一张《圣经》里先知那样的脸，黑眉毛下一双暗色的眼睛炯炯有神，高高的鼻子，大大的鼻孔，浓密的胡须。她觉得有些熟悉，过了片刻，她想到他有点儿像她的父亲，但爸爸长得没这么凶。

"梅茜？"他说，"你是梅茜·罗宾逊？"

他的衣服有点古怪，好像是在外国买的，他的口音带着美国腔。"是，我是梅茜·罗宾逊，"她说，"你到底是谁啊？"

"你认不出我了吗？"

猛然间她想起了那个瘦巴巴的男孩子，衣衫褴褛，打着赤脚，上嘴唇带着淡淡的胡须，带着一副不屈不挠的样子。"哎呀，我的上帝！"她尖叫起来，"丹尼！"她一下子忘了自己的烦恼，投入他的怀抱。"丹尼，真的是你吗？"

他紧紧抱着她，都让她有点儿疼了。"当然了，是我。"他说。

"谁啊？"埃普丽尔说，"他是谁？"

"我哥哥！"梅茜说，"他跑去美国了！他回来了！"

丹尼放开她，盯着他。"你怎么变得这么漂亮？"他说，"你原来可是又瘦又矮啊！"

她摸着他的胡子。"你嘴上要是没有这一圈毛，我就认出你来了。"

丹尼身后有人轻轻咳了一声，梅茜抬头看见门口站着一个上了年纪的人，有些轻蔑地看着他们。"看来我们的事儿完成了。"他说。

丹尼说："杰伊先生，请允许我介绍一下我妹妹罗宾逊小姐。"

"愿为你效劳，罗宾逊小姐。我是否可以提个建议？"

"当然了！"丹尼说。

"西奥博尔德路那边有个咖啡馆，也就几步之遥。你们一定有很多话要说。"

他显然想把他们轰出他的办公室，可丹尼根本不在乎杰伊先生是怎么想的。估计他经历过不少事情，但唯一没学会的就是对人低眉顺眼。"你们说呢，姑娘们？我们在这儿说话，还是去喝咖啡？"

"走吧。"梅茜说。

杰伊又补充说："你之后会回来结一下账吧，罗宾逊先生？"

"我不会忘记的。走，姑娘们。"

他们离开办公室下了楼。梅茜有不少问题要问，但她抑制着自己的好奇，直到他们找到那间咖啡馆，在桌边坐下来后，她才说："这七年你一直都做什么来着？"

“建设铁路，”他说，“说来凑巧，我正赶上了一个好时候。美国各州之间刚打完仗，开始大规模兴建铁路。他们急需工人，便从欧洲运过来。就连骨瘦如柴的十三岁孩子都能找到一份工作。我们建造了世界上第一座钢制桥梁，在圣路易斯的密西西比河上；后来我又在犹他州找了一份修建联合太平洋铁路的工作。我十九岁就当上了工头——这是年轻人干的工作。我又加入了工会，领导工人罢工。”

“那你为什么回来？”

“股市发生了危机。修铁路没钱了，给铁路投资的银行也倒闭了。几万、几十万的人都在找工作。所以我决定回家，重新开始。”

“你要在这儿修铁路？”

他摇摇头说：“我有一个新想法，你看，这种情况我已经经历两次了，金融危机毁了我的生活。掌管银行的那些人是世界上最愚蠢的家伙，他们永远没记性，同样的错误一犯再犯，最吃亏的就是工人阶级。从来没人来帮助他们——以后也不会有。他们只能互相帮助。“

埃普丽尔说：“谁都不会帮助别人，从来都这样，整个世界都是自己顾自己。你必须自私点儿。”

埃普丽尔经常说这种话，梅茜了解她，尽管实际上她很慷慨，什么事情都愿意为朋友做。

丹尼说：“我要办一种工人俱乐部，他们每个星期交六个便士，如果他们没犯什么错却丢了工作，俱乐部就每周付给他们一英镑，让他们再找新的工作。”

梅茜钦佩地看着她的哥哥。这个计划真是雄心勃勃，让她又想起了当年的情景——十三岁的丹尼说："港口上停着一艘船，早潮一来就开往波士顿。今天晚上我要顺着绳子爬上去，藏在甲板的一条小船里。"那个时候他说到做到，现在也可能一样成功。他说他领导工人罢工，好像已经成了那种领头人，大家都愿意跟着他。

"爸妈他们怎么样了？"他问，"你跟他们联系过吗？"

梅茜摇了摇头，紧接着，连自己都奇怪，她哭了起来。她猛然感到了那种失去家庭的痛苦，这么多年来她一直回避着，不敢承认这些。

丹尼把手放在她的肩膀上。"我马上回北方，看看能不能找到他们。"

"希望你能找到，"梅茜说，"我非常想念他们。"她瞥了一眼埃普丽尔，发现她正惊讶地盯着自己，"我特别害怕他们觉得我丢人现眼。"

"他们怎么会呢？"他说。

"我怀孕了。"

他的脸涨红了。"但你没有结婚？"

"没有。"

"你是要结婚了吗？"

"不是。"

丹尼立刻来了气："那个卑鄙的家伙是谁？"

梅茜抬高了声调："你别摆出那种当家兄弟的样子行吗？"

"我要拧断他的脖子——"

"闭嘴，丹尼！"梅茜气愤地说，"七年前你把我一个人丢下，不用现在回来像个主人似的管我。"这话让他一下子很窘，接着她稍稍平静下来，说，“没关系。他会愿意娶我的，我想，但我不想让他这样，所以我要把他忘掉。再说，他已经到美国去了。”

丹尼也不再激动了：“如果我不是你哥哥，我自己就想娶了你，你那么漂亮！不管怎么说，我手里还剩下些钱，给你留下。”

“我不要。”她听上去毫不领情，但她只能这么说，“我用不着你来照顾我，丹尼。拿你的钱去开工人俱乐部吧，我能照顾好自己。我十一岁的时候就自立了，现在我依然可以。”

3

米奇·米兰达和老爹在苏荷区一家小饮食店吃午餐，他们点的是菜单上最便宜的炖牡蛎，还要了啤酒。这家餐厅离位于波特兰广场的科尔多瓦部只有几分钟的路，现在米奇每天上午有一两个小时去那里办公，为部长处理来往信件。他刚干完今天的活，跟老爹在这儿一起吃午饭。二人面对面，坐在硬木制成的高背长凳上。地板上满是锯木屑，低矮的天花板上积着多年的油渍。米奇讨厌在这种地方吃饭，但他还是经常到这里来，为的就是省钱。他去考斯夜总会吃饭的时候都是爱德华付钱。此外，带老爹去夜总会让他很紧张，他一直都会担心老家伙会跟别人打架，把枪掏出来，或者往地毯上吐痰。

老爹用一大块面包把他的碗抹干净，把它推到一边。“我要跟你讲件事情。”他说。

米奇把勺子放下。

老爹说：“我要用步枪跟德拉巴尔卡家打仗。打败他们以后我就拿下他们的硝酸盐矿，那时候我们家就有钱了。”

米奇默默点着头。这些话他已经听了不止一次，不过他嘴上不敢这么说。

“硝酸盐矿只是个开始，这是第一步，”老爹继续说，“我们有了更多的钱，就再买些步枪。我们家的人在省里就会成为有头有脸的人物。”

米奇竖起了耳朵。这还是他头一次听他说。

“你的表哥乔治会当上部队的上校。你哥保罗要当圣玛丽亚省警察局局长。”

这么说，那个欺软怕硬的家伙就一下子从业余变成职业的了。

老爹说：“然后我就会当上这个省的省长。”

省长！米奇没想到老爹有这么大野心。

但他还没说完。“我们把全省控制在手里以后，就能拿下整个国家，我们要全力支持加西亚总统，你在伦敦给他当特使，你的哥哥到时候要当他的司法部长，你的几个叔叔也许会当将军，你那个当牧师的同父异母兄弟多米尼克，就会成为帕尔玛的大主教。”

米奇吃了一惊，他从来不知道自己还有个同父异母兄弟。但他没吱声，想听父亲继续说下去。

“到了那个时候，”老爹接着说，“我们就找机会把加西亚他们家赶下台，代替他们。”

“你是说我们要推翻政府？”米奇瞪大了眼睛，他被老爹的勇气和自信吓傻了。

“是的，要花上二十年时间，儿子，或者我，或者是你，要当上科尔多瓦的总统。”

米奇要盘算盘算。科尔多瓦的宪法规定民选，但一次也没有施行过。总统加西亚在十年前的一场政变中夺取了政权，在此之前他是洛佩兹总统手下部队的统帅，而洛佩兹曾领导的叛乱推翻了西班牙的统治，老爹和他的牛仔们当年都参加了战斗。

老爹的精明策略让米奇十分吃惊，先是狂热支持当前统治者，然后再背叛他。但他米奇要担当什么角色呢？他应该是驻伦敦的科尔多瓦部长。他把托尼奥·席尔瓦挤掉，抢了他的饭碗，已经是走出了第一步。他必须想方设法把部长也挤下去。

然后呢？他父亲当了总统，那么米奇应该当外交部长，代表自己的国家在世界各地旅行。但老爹说米奇自己可能当上总统，不是保罗，也不是黎科叔叔，而是他米奇。真有这个可能吗？

为什么不可能呢？米奇又聪明，又残忍，人际关系又好，该有的他全有了。想到将来会统治整个国家，这种前景简直令他陶醉。每个人都要向他鞠躬施礼；世上最美丽的女人任他挑选，不管她们愿不愿意；他会变得跟皮拉斯特家一样富有。

“总统，”他梦想着，“那真好啊。”

老爹伸手扇了他一个嘴巴。老人的胳膊很有劲儿，满手都是老茧，一巴掌差点把米奇拍倒。他喊了一声，又惊又疼，一下子跳了起来。他嘴里有了血的味道。四周安静了下来，所有的人都朝这边看。

“坐下。”老爹说。

米奇慢吞吞坐下，不情愿地服从了。

老爹把手伸过桌子抓住他的衣领，用一种十分不屑的腔调说：“就因为你连一个最简单的任务都完不成，整个计划都要泡汤了！”

这种架势把米奇吓坏了，他战战兢兢地说：“老爹，你会收到那些步枪的！”

“再过一个月科尔多瓦就开春了。我们必须在这个季节拿下德拉巴尔卡家的矿，明年就太晚了。我已经预订了去巴拿马的货轮，船长已经买通了，同意把我跟武器一起送到大西洋沿岸的圣玛丽亚。”老爹站了起来，一手抓起米奇，那股劲头把他的衬衫都撕裂了。他一脸怒容。“整整五天后就要开船，”他那声音吓得米奇快丢了魂，“现在就滚，去给我买枪！”

哈斯特德——就是奥古斯塔·皮拉斯特那个一脸奴才相的仆役长——把米奇的湿外套接过来，挂在厅里靠近炉火的地方。米奇没有表示谢意。两个人都不喜欢对方。哈斯特德嫉妒任何讨奥古斯塔喜欢的人，而米奇鄙视他的巴结奉承。还有，米奇总是弄不清他的眼睛在往哪儿看，这让他心里很不踏实。

米奇走进客厅，看见奥古斯塔一个人待在那儿。她见他来了很高兴，两手握住他的手，说：“你的手太凉了。”

“我一路穿过公园走着来的。”

“傻孩子，你怎么不叫辆马车啊。”米奇租不起马车，但奥古斯塔并不清楚。她紧握着他的手，把它放在自己的胸口，脸上带着笑。这动作好像一种性的暗示，但她却显得毫无邪念，不过是暖和一下他冰冷的手而已。

他们两个单独待在一起时她总爱做这种事，米奇通常也很愿意。她会握他的手，摸他的大腿，他也抚摸她的胳膊或肩膀，直勾勾盯着她的眼睛，两个人压低声音说话，就像一对恋人一样，但从不承认他们是在调情。这样很让他兴奋，她也一样。不过今天他心情实在糟糕，没心跟她玩这种游戏。“老塞思怎么样了？”他问，希望听到他突然旧病又复发了。

她看出他心绪不佳，便顺从地放开他的手，尽管脸上有些失望。“来火边坐坐，”她坐在沙发上，拍了拍她旁边的座位，“塞思好多了。”

米奇的心往下一沉。

她接着说：“他也许还能活好几年呢。”她不无怨怼地说。她一心想让自己的丈夫快点儿接下银行的管理大权，“你知道，他现在就住在这儿。喝完茶，你可以去看望一下他。”

“他很快就退休了，是吗？”米奇问。

“现在还看不出来，真是遗憾。今天早上他还下令禁止发行另一期俄罗斯铁路股票。”她拍了拍他的膝盖，“耐心等着吧，你老爹最终会买到他的步枪的。”

“他不能再等下去了，”米奇忧心忡忡地说，“他下周就要离开了。”

“我说你怎么这么紧张呢。”她说，“可怜的孩子，我真希望我能给你帮点儿忙。”

“你不了解我父亲，”米奇无法控制自己的绝望，“他跟你见面的时候假装文明，但实际上他是个野蛮人，如果我办不成这事让他失望，天知道他要怎么惩罚我。”

大厅那边传来说话的声音。“趁着别人还没进来，我得跟你说件事，”奥古斯塔匆忙说，“我最后还是见到了大卫·米德尔顿先生。”

米奇点了点头。“他说什么了？”

“这个人很有礼貌，但很坦率，他说他不相信有关他弟弟死的那些说法，请求我帮他联系上休·皮拉斯特，或者托尼奥·席尔瓦。我跟他说他们都出国了，他这么做是在浪费时间。”

“希望我们能像解决这件事一样，巧妙解决老塞思的问题。”米奇说。这时，门开了。

爱德华走了进来，后面跟着他的妹妹克莱曼婷。克莱曼婷长得很像奥古斯塔，但不像她那么强势，也不具备母亲的性感魅力。奥古斯塔给几个人倒茶。米奇跟爱德华开始闲扯他们晚上的外出计划。九月份没有聚会或者舞会，因为贵族们都已经离开伦敦度假，圣诞节后才会回来，只有政客和他们的家眷待在城里。不过，中产阶级的娱乐活动也不少，爱德华手头就有几张戏票。米奇装作一副很期待的样子，但他一心想着老爹的事。

哈斯特德端来一盘新烤的奶油松饼。爱德华吃了几个，但米奇吃不下。其他几个家庭成员进了门——约瑟夫的弟弟小威廉，约瑟夫的丑妹妹玛德琳和她的丈夫哈特索恩少校，他额头带着一块伤疤。他们几个开始议论金融危机的事，不过米奇看出他们都不怎么担心，因为老塞思已经预感到了危机，让皮拉斯特银行及时规避了风险。高风险的证券已经贬值——埃及、秘鲁和土耳其债券已经垮了，但英国政府债券和英国铁路股票只是稍有下跌。

他们一个个去楼上拜见塞思，又依次回到会客厅，嘴里说着他如何如何了不起。米奇等到了最后。五点半的时候他终于上去了。

塞思住的是休原来的房间。一位护士坐在外面，让门半开着，以便听得见里面招呼。米奇走进屋子，关上了门。

塞思正坐在床上，读着一期《经济学人》。米奇说："下午好，皮拉斯特先生，感觉怎么样？"

老人把杂志放在一边，明显有些不情愿："我感觉很好，谢谢你，你的父亲怎么样？"

"他待不住了，急着要回家。"米奇看着白床单上这个虚弱的老人。他脸上的皮肤有些透明，皮拉斯特家族那个弯刀状的鼻子显得更加尖利，但他的两眼很有生气，闪耀着智慧。看上去他还能再活十年，继续掌管银行的一切运作。

米奇好像听见父亲的声音在耳边回响："是谁挡着我们的道儿？"

眼前是个软弱和无助的老人，此外屋里只有米奇一个人，还有个护士坐在门外。

米奇意识到自己必须杀掉塞思。

他父亲的声音说："现在就动手。"

他可以用枕头把老头憋死，这样不会留下任何证据。谁都会认为他是自然死亡。

米奇心里感到一阵恶心，浑身不自在。

"你怎么了？"塞思说，"看起来你比我病得还重。"

"你这样舒服吗，先生？"米奇说，"我来给你调整一下枕头。"

"请别麻烦了，枕头很舒服。"塞思说，但米奇走到了他的背后，把一个大羽毛枕头拉出来。

米奇看着老人，犹豫了。

塞思的眼睛里闪现了一丝恐惧，他张开嘴，想要喊叫。

不等他发出任何声音，米奇就捂住了他的脸，用枕头向下用力按住他的头。

糟糕的是塞思的两只胳膊放在床单外面，这时他的双手使出惊人的力量抓住米奇的手臂。米奇惊恐地盯着那对苍老的爪子钳住了他的外衣袖子，但他全力坚持着。塞思死命抓住米奇的胳膊，但年轻人的力量更大。

塞思丧失了气力，两腿乱踢，身子扭动着。他无法从米奇的手里挣脱出来，可这时休的这张旧床吱吱嘎嘎响了起来，米奇害怕那护士听见动静会进来询问。眼下唯一能让老家伙停住不动的办法就是趴在他身上。米奇两手按着他脸上的枕头，爬到床上躺在扭动的身体上。这种奇怪的姿势让他觉得像在同一个不情愿的女人做爱，米奇脑子里冒出这疯狂的念头，好不容易才把涌到嘴边的歇斯底里的狂笑压制下去。塞思继续挣扎着，但他被米奇的重量死死压住，床不再吱吱响。米奇狠狠地压了下去。

终于，所有的动作都停止了。米奇大着胆子继续躺在原地，以保证万无一失，接着他小心翼翼地拿掉枕头，看着那苍白、呆滞的脸。他的眼睛闭着，五官了无生气。老人像是死了。米奇还要检查一下心跳。他战战兢兢地朝塞思的胸部低下头去。

老人的眼睛突然间睁得大大的，然后长长吐出了一口气。

米奇吓得差点儿大声叫起来。片刻之后他才恢复了镇静，再用枕头去捂塞思的脸。他感到自己浑身颤抖，心里既恐惧又厌恶。这一次，枕头下面没有任何反抗。

他知道自己应该多待几分钟，保证这老家伙确实死了，但他担心门外的护士。她或许已经注意到里面的静默。他必须说话，假装一切正常。但他想不出该对一个死人说些什么。他告诉自己，说什么都没关系，只要她能听到低低的交谈声就行。“我很好，”他逼着自己喃喃自语，“相当好，相当好。你怎么样？好啊，好啊，我很高兴听你说感觉好些了。好极了，皮拉斯特先生，我很高兴看到你气色这么好，真太棒了，实在太好了，哦，亲爱的上帝，我真坚持不下去了，非常好，好极了，好极了……”

他再也受不了了。他从枕头上移开自己的身体。嫌恶地苦着脸，把手放在塞思的胸口，觉得那里应该就是心脏。老人苍白的皮肤上长着稀疏的白色毛发。睡袍下面的身体是温热的，但是没有心跳。这次你真的死了吗？他想。这时，他似乎听到了老爹那愤怒而急躁的声音：“是的，你这个傻瓜，他已经死了，现在离开那儿！”他把枕头留在他的脸上，从尸体上滚下来，站到地上。

一阵恶心涌上心头，让他感到虚弱无力，他抓住床栏让自己站稳。我杀了他，他想，我杀了他。

楼梯台那边有人在说话。

米奇看了看床上的尸体。那枕头还留在塞思的脸上。他一把抓过它来。塞思那对僵死的眼睛张开着，盯视着。

门开了。

奥古斯塔走了进来。

她站在门口，看着皱巴巴的床，塞思那静静瞪着的眼睛，还有两手抓着枕头的米奇。她的脸上顿时血色全无。

米奇默默盯着她，显出一副无助的样子，等着她说话。

她站在那儿，看了看塞思，又看了看米奇，接着又来回看了很长一会儿。

然后，她悄悄关上了房门。

她从米奇手里拿过枕头，把塞思那毫无生气的脑袋抬起来，把枕头放回去。接着，她理了理床单，从地上捡起《经济学人》，把它放在他的胸前，再把他的两只手交叉放在上面，看起来好像他读着杂志睡着了。

然后，她把他的眼睛合上。

她走到米奇身边。“你在发抖。”她说，两手捧着他的脸，吻着他的嘴唇。

一时间他惊讶得无法应对。接着，他一下子从惊恐中逃脱出来，堕入欲望的烈火。他紧紧搂着她，拥抱着她，让她的胸部紧靠在他的胸口上。她张开嘴，让他们两人唇舌相抵。米奇双手抓住她的乳房，使劲揉搓着。她急急喘息着，而他立刻就勃起了。奥古斯塔的下体紧靠着他的胯部，在他坚硬的阴茎上摩擦着自己的身体。两个人都气喘吁吁。奥古斯塔拉起他的手，把它含在嘴里，咬着它，不让自己喊出声来。她紧闭着眼睛，浑身颤抖。他感到她达到了高潮，这让他热血上涌，一下子也到了顶点。

一切只经历了短短的几分钟。完事后，他们还靠在一起，又喘息了一会儿。米奇一时心乱神迷，不知脑子里该想什么。

奥古斯塔稳住了呼吸，松开了她的怀抱。“我回自己的房间，”她平静地说，“你必须立即离开这座房子。”

“奥古斯塔——”

“叫我皮拉斯特太太！”

“是的。”

“这事从来没有发生过，”她压低嗓音，厉声说，“你明白吗？什么也没发生过！”

“是的。”他再次答应着。

她整理了一下衣服的前襟，捋了一下她的头发。他无助地看着她，好像被她的意志力定在了那里。她转身朝门口走去。他不由自主地给她打开房门，跟着她走了出去。

护士用询问的眼神看着他们。奥古斯塔把手指放在嘴唇上，做了一个不要出声的手势。“他刚刚睡着了。”她平静地说。

她竟然如此镇静自若，让米奇惊骇莫名。

“他最好休息休息，”护士说，“我让他自己待上一个小时吧。”

奥古斯塔点头表示同意：“换了我，也会像你这样做的。相信我，他现在挺舒服的。”

第二部

1879

第一章
一 月

1

六年后，休回到了伦敦。

在这六年里，皮拉斯特家族的财富增长了一倍，休在其中起了部分作用。

他在波士顿干得十分出色，远远超出了他的预料。美国刚从内战中恢复过来，跨大西洋的贸易得到蓬勃发展，休的工作保证了皮拉斯特银行融资这类收益颇丰的生意，收效十分显著。

随后他引导银行股东，投资一系列利润丰厚的北美股票和债券。战争结束后，政府和企业都需要钱，而皮拉斯特银行便为此筹措资金。

最后，混乱的铁路股票市场让他积攒了不少专业知识，他能判断出哪条铁路能带来财富，哪条铁路迈不过第一道坎。约瑟夫伯父一开始十分警觉，担心1873年的纽约危机重现，不过休也继承了皮拉斯特家族谨小慎微的保守作风，他推荐的都是些优质的股票，避免任何华而不实的投机行为，最后证明他的判断都是正确的。皮拉斯特目前在北美工业发展筹集资金的业务中引领先机。休每年的工资是一千英镑，他知道他的价值不止这些。

他在利物浦离船上岸，迎接他的是皮拉斯特银行本地办事处的首席代表，休去波士顿后每周至少跟这个人互通一次电传。两个人从未见过面，相认以后那位代表说："老天，我不知道原来你这么年轻啊，先生！"这让休很高兴，尽管当天早上他还在自己乌黑的头发上看到了一丝白发。他今年二十六岁了。

他没在伦敦停留，直接坐火车去了福克斯通。皮拉斯特银行的股东们可能觉得他该先来见见他们，然后再回去看望母亲，但他却不以为然，他把自己生命中整整六年时光都给了他们，至少该先陪母亲待一天。

他发现母亲比原来更加恬静、漂亮，虽然她仍然身着素衣，纪念他的父亲。他的妹妹多蒂现在已经十二岁了，已经不怎么记得他，很是害羞，直到他把她抱上自己的膝头，告诉她当初给他叠衬衫的事，她才开始跟他亲近起来。

他恳求母亲搬到大点儿的房子里住，他付这点儿租金绰绰有余。但她不同意，让他把钱存下来，以便自己有些资本。不过，他说服她又雇了一名用人，来给年迈的管家布尔斯太太帮忙。

第二天他搭乘"伦敦-查莎姆-多弗"列车前往伦敦，在霍尔本高架桥站下车。车站边建起了一座巨大的饭店，因为有人认为霍尔本将成为英国人前往尼斯或圣彼得堡的一个繁忙的中转地。但休决不会把钱投到这里，他认为进出这个车站的客流主要是住在伦敦东南广大郊区的城市工人。

这是一个春光明媚的早晨。他一路步行，来到皮拉斯特银行。他已经忘了伦敦那种烟熏火燎的味道，发现这里空气远不如波士顿或者纽约干净。他在银行外站了一会儿，打量着它那气势辉煌的门面。

他曾告诉银行股东，说自己想回家休假，探望一下母亲和妹妹，去老家到处看看。但是，他回伦敦还有另一个原因。

他要投放一枚重磅炸弹。

他带来一项动议，要将皮拉斯特北美业务同梅德勒-贝尔的纽约银行合并，两者形成新的伙伴关系，称作“梅德勒-贝尔与皮拉斯特公司”。这项合并能为银行赚很多钱；让他在美国的成就锦上添花；这也能让他返回伦敦时从一个初级生变成一个决策者。这将意味着他流放生涯的结束。

他紧张地整了整领带，走进银行大门。

几年前，银行大厅的大理石地面和一个个大腹便便的听差曾经让他颇为惊奇，现在看上去这一切显得呆板沉重。上楼梯时他遇到了乔纳斯·茂贝瑞，他的前上司。茂贝瑞见到他很惊讶，十分高兴。“休先生！”他使劲握着他的手说，“你这次回来就不走了吗？”

“但愿如此。茂贝瑞太太好吗？”

“很好，谢谢你。”

“代我问候她。三个小家伙也好吧？”

“现在是五个了，都结结实实的，感谢上帝。”

休突然想到这位总出纳或许能回答他心里的一个疑问：“茂贝瑞，约瑟夫先生当上股东的时候，你已经在这儿了吧？”

“我当时刚来。那是二十五年前了，是六月份。”

“当时约瑟夫先生的年纪是……”

“二十九岁。”

“谢谢你。”

休去楼上的股东办公室，敲了敲门便走了进去，屋里坐着四位股东：约瑟夫伯父，他坐在资深股东的办公桌前，头更秃，更老，也更像老塞恩了；姑姑玛德琳的丈夫哈特索恩少校，他的鼻头变成红色，跟他额头上的伤疤更相配了，正坐在炉旁读着一份《泰晤士报》；塞缪尔叔叔还跟原来一样打扮得漂漂亮亮，穿着一件炭灰色的圆摆双排扣外套，配了一条珍珠灰色的马甲，正眉头紧锁地读着一份合同；还有一个新任股东小威廉，他已经三十一岁，坐在书桌边，在笔记本上记着什么。

塞缪尔最先跟休打招呼。“我亲爱的孩子！”说着站起身跟他握手，“你看上去真精神啊！”

休跟这些人一一握手，接过一杯雪利酒。他环视墙壁四周上挂着的前资深股东的照片。“六年前，在这间屋子里我劝约翰·卡米尔爵士买了十万英镑的俄罗斯政府债券。”他回忆说。

“是的，有这回事。”塞缪尔说。

“皮拉斯特的销售佣金是百分之五，比我在银行工作整整八年的工资还高。”他笑着说。

约瑟夫尖酸地说：“我希望你不要提涨工资的事。你已经是全公司收入最高的雇员了。”

“但比不上股东。”休回答说。

“那当然了。”约瑟夫呵斥着说。

休觉得他的开局很糟糕。太性急了，他对自己说，放慢点儿。“我不是来要求涨工资的，”他说，“不过，我还是要向各位股东提个建议。”

塞缪尔说："你最好先坐下，慢慢讲。"

休放下一口没沾的那杯酒，整理了一下思路。他迫切希望这些人会同意他的主张。这件事最能证明他克服逆境的本事。仅此一举便会为银行带来大量业务，比大多数股东一年揽到的业务还多。如果他们同意，他们多少会觉得应该把他提升为银行股东。

"波士顿已经不再是美国的金融中心，"他说，"纽约已经取而代之。现在我们的确应该把办事处搬走。但是有一个麻烦。我在过去六年里与纽约的梅德勒-贝尔合作，业务做得很好。我当时经验不足，西德尼·梅德勒曾对我十分照顾。如果我们搬到了纽约，就跟他们形成了竞争关系。"

"如果需要竞争，也没什么不妥。"哈特索恩少校说。他从未提出过什么有价值的见解，只是为了不闷在那儿，才搬弄几句明显教条的话。

"也许。但我有更好的主意，为什么不把我们的北美业务跟梅德勒-贝尔合并呢？"

"合并？"哈特索恩说，"你是什么意思？"

"建立一个合资企业。就叫它'梅德勒-贝尔与皮拉斯特'公司。在纽约和波士顿各设一个办事处。"

"怎么操作呢？"

"新办事处处理所有的进出口融资，接下目前由两家单独经营的业务，利润平分。皮拉斯特就有机会参与所有梅德勒-贝尔新发行的债券和股票业务，我在伦敦处理这些业务。"

"我不赞成，"约瑟夫说，"这不是把我们的业务移交给别人控制吗？"

"但下面还有最有利的一点，"休继续说，"梅德勒-贝尔的欧洲业务，目前由伦敦的几家代理商负责，到时候全部会移交给皮拉斯特。”

约瑟夫有些吃惊。“那可得有——”

“一年的佣金超过五万英镑。”

哈特索恩说：“天哪！”

他们全都吓了一跳。他们以前从来没办过合资企业，也没想到一个连股东都不是的人，能够提出如此创新的主张。但一年五万英镑的佣金实在难以抗拒。

塞缪尔说：“看来你已经跟他们谈论过这件事了。”

“是的。梅德勒非常积极，他的合伙人约翰·詹姆斯·贝尔也同意。”

小威廉说：“然后你坐镇伦敦，监督这个合资企业。”

休感觉到威廉把他当作对手，而如果他在三千英里以外，危险就小得多了。“为什么不呢？”休回答说，“毕竟，钱是在伦敦这里挣的。”

“那你以什么资格呢？”

这个问题休本来不准备立刻回答。威廉找碴提出这个问题让他难堪。现在，他不得不硬着头皮说：“我认为，梅德勒和贝尔先生希望跟一位股东合作。”

“你当股东太年轻了。”约瑟夫马上说。

“我二十六了，伯父，”休说道，“你当股东的时候，也只有二十九岁。”

“三年是很长一段时间。”

“五万英镑也是很大一笔钱。”休意识到自己显得过于骄傲自大——这是他常有的毛病——便立刻退了一步。他知道如果把他们逼到墙角，他们就会一口回绝，搬出保守主义那一套。“也许有许多方面需要权衡，我看你们需要商量商量，要我离开吗？”

塞缪尔审慎地点了点头，休朝门口走去。塞缪尔说：“无论最终能否达成，休，都要恭喜你提出了这一很有魄力的动议——我相信大家都赞同这一点。”

他疑惑地望着其他几个股东，大家都点头表示同意。约瑟夫伯父咕哝着说：“确实，确实。”

休不知该为他们没有同意这项计划而灰心丧气，还是应该因为没有受到全盘否定而高兴。他觉得十分失落，但他也只能听天由命，无法继续干预。“谢谢你们。”说着他走出门去。

下午四点，他来到肯辛顿戈尔，站在了奥古斯塔那幢精心雕琢的大房子外面。

六年来，伦敦的煤烟让红色的墙砖暗淡下去，白色石头上也污迹斑斑，但斜山墙上的那些鸟兽雕像还在，房顶上还立着那艘扬满风帆的船。竟然还有人说美国人好显摆！休心里琢磨着。

他从母亲的来信中得知，约瑟夫和奥古斯塔的财富越积越多，又买了两处房产，一处是苏格兰的一座城堡，另一处是白金汉郡的一幢乡下别墅。奥古斯塔曾打算卖掉肯辛顿的房子，在梅费尔再买一座，但约瑟夫坚决不同意，他喜欢住在这里。

休离开的时候这个地方还没住多久，但这幢房子里仍然装满了他的回忆。他在这儿遭受奥古斯塔的迫害，追求弗洛伦斯·斯塔沃西，打伤了爱德华的鼻子，还跟梅茜·罗宾逊做过爱。回忆起梅茜最让他痛苦。尽管羞辱和贬损随之而来，但记忆中最深刻的还是那激情引发的震颤。自从那一夜之后，他就再也没有见过梅茜，也没有听到过她的任何消息，但他无时无刻不在思念着她。

奥古斯塔添油加醋的转述让整个家里一直记得这件事，托比亚斯·皮拉斯特堕落的儿子把妓女带进家门，被人发现后便对无辜的爱德华大打出手。随便吧，让他们爱怎么想就怎么想去，但这些人现在不得不承认，他已经是皮拉斯特家族的一个银行家，很快，如果运气好，他们还不得不让他当股东。

他不知在六年中这个家庭发生了什么变化。休的母亲每个月给他写一封信，把家里的情况告诉他。他的堂妹克莱曼婷就要结婚了，但堂兄爱德华还孤身一人，尽管奥古斯塔费尽心思为他撮合，还有小威廉和比阿特丽斯生了一个女孩。不过，母亲没有谈过那些潜在的变化。塞缪尔叔叔还跟他的“秘书”生活在一起吗？奥古斯塔是否像以前一样残酷无情，还是随着年龄增长，变得随和些了？爱德华是否变得懂事了，安定下来？米奇·米兰达是不是从那群追他的女孩子里挑了一个，结了婚？

现在就要面对这一切了。他穿过马路上去敲门。

开门的是奥古斯塔那位油滑的男管家哈斯特德。他看起来一点儿没变，两眼仍然协调不起来。“下午好，休先生。”他说，但那威尔士的口音很是冷淡，表明休在这个家里仍然不受待见。哈斯特德待人接物的方式总能准确反映奥古斯塔的态度。

他经过门廊走进大厅。皮拉斯特家的三位恶婆像接待团一样站在那里：奥古斯塔，她的小姑子玛德琳和女儿克莱曼婷。奥古斯塔时年四十有七，却还跟原来一样引人注目，黑色的眉毛，骄傲的神情，这张脸还是一样典雅端庄，如果说她比六年前稍稍胖了一点儿的话，在她那个身高也不怎么明显。克莱曼婷是她母亲的苗条版，但她不具备那种坚韧不屈的劲头，也没那么漂亮。玛德琳姑姑从里到外都是典型的皮拉斯特，无论是那弯钩鼻子，单薄但棱角分明的身形，还是那冰蓝色礼服下摆那一圈昂贵的花边。

休咬着牙，挨个亲吻了她们。

奥古斯塔说："休，我相信在外国待这么多年，总会让你变聪明点儿吧？"

她就是不想让人忘了他当年是为什么离开家的。休回敬道："我相信我们都会随着年龄变得聪明的，亲爱的伯母。"他看见她生气地沉下脸来，心里很是得意。

"不错！"她冷淡地说。

克莱曼婷说："休，我给你介绍我的未婚夫哈里·唐克斯爵士。"

休跟他握了握手。哈里还很年轻，不会有什么爵位，因此，"爵士"这个词意味着他是一个准男爵，是二等贵族。休并不羡慕他跟克莱曼婷的婚姻。尽管不像她母亲那么不可救药，但她也不是什么好东西。

哈里问休："横渡大西洋的感觉如何？"

"很快，"休告诉他，"我坐的是一艘新型的螺旋桨汽轮。只花了七天时间。"

"哎哟！真奇妙，真奇妙。"

"你老家在英国什么地方，哈里爵士？"休问道，他要打探一下这家人的背景。

"我在多塞特郡有块地方。我的佃户大多种植啤酒花。"

他是地主阶级，休揣测道，他要是有头脑，就该把农场出售出去，把钱存进皮拉斯特银行。事实上哈里看上去不怎么聪明，但他却可能很听话。皮拉斯特家的女人喜欢找听话的男人，哈里就是玛德琳丈夫乔治的年轻版。随着年龄增长，他们变得脾气暴躁，牢骚满腹，但基本不会背叛妻子。

“都去客厅吧，”奥古斯塔指挥道，“大家都等着见你呢。”

他跟着她进去，但在门口停了一下。这间让他熟悉的宽敞客厅两端各有一个大壁炉，朝向花园的落地长窗已经改造过了。所有日本家具和纺织品都不见了，房间重新装修过，颜色和图案更加丰富大胆。靠到近前细看，休发现那些图案都是各种花卉：地毯上是大朵黄色的雏菊，墙纸上画的是攀援篱笆的红玫瑰，窗帘上是罂粟，粉红色的菊花绸布遮盖着椅子腿、镜子、茶几和钢琴。“你把这间房重新装修了，伯母。”他应景地说。

克莱曼婷说：“这些全是从牛津街威廉·莫里斯那家新店里买来的，都是最新式的。”

奥古斯塔说：“不过地毯还是该换掉，颜色不太配。”

休知道，她从来就没有满意的时候。

皮拉斯特家的人大部分都在这儿。当然，他们都对休十分好奇。他当年灰溜溜地离开，他们以为再也见不到他了——但他们低估了他，而今他像一个英雄一般得胜而归。这会儿，他们都想再好好看看他。

他第一个握手的人是他的堂兄爱德华。他二十九岁，但看上去要老一些，他已经变得又粗鄙又肥胖，脸上是贪吃的人那种粉嘟嘟的颜色。“啊，你回来了。”他想笑一下，但最后挤出了一个恶意的冷笑。休不能怪罪他。这两个堂兄弟一直在相互比较。

休今天的成功让人注意到爱德华在银行里毫无建树，表现平平。

米奇·米兰达站在爱德华旁边。他还是那么英俊，衣冠楚楚，显得更老道，也更自信。休说："哎，米兰达，你还在给科尔多瓦部长工作？"

米奇说："现在我是科尔多瓦部长。"

休不知为何并不感到惊讶。

他很高兴看见他的老朋友蕾切尔·鲍德温。"你好，蕾切尔，你还好吗？"他问候道。她原来一直算不上漂亮，但他发现，她现在成了一个大方、健美的女人。六年前他对她那硬邦邦的体形和两只过分靠近的眼睛没什么感觉，现在却觉得很迷人。"你这些日子在做什么？"

"为妇女财产争取宪法改革。"她说。接着她又一笑，补充道，"让我的父母很难堪，他们更希望我给自己争取个丈夫。"

休记起她总是这样惊人地坦率。他为此感到十分有趣，但他觉得不少单身男子会让她给吓跑。男人总是喜欢那种含羞带涩、不太聪明的女人。

他跟她闲聊着，心想，不知奥古斯塔是否还想撮合他们两个。这倒没什么要紧，唯一让蕾切尔真正表现出兴趣的人是米奇·米兰达。即便是现在，她也想把米奇拉进来，一块儿跟休聊天。他一直无法理解为什么一个个女孩子都无法抗拒米奇的诱惑，而蕾切尔是最让他感到意外的一个，因为她天资聪颖，完全可以看出米奇不过是个无赖。这简直就好像他越是无赖，就越让她们着迷似的。

他走过去跟小威廉和他的妻子握手。比阿特丽斯对休十分热情，他觉得她并不像其他皮拉斯特家的女人那样，受着奥古斯塔的摆布。

哈斯特德打断了他们，递给休一个信封。“这是使者刚刚送来的。”他说。

信封里面是一张字条，像是一位秘书写的：

皮卡迪利大街123号
伦敦，W.

星期二

所罗门·格林伯恩太太恭候您光临今天的晚餐。

下面有一行十分熟悉的潦草笔迹，写的是：

欢迎回家！——索利

他很高兴。索利一直平易近人，和和气气。他想，为什么皮拉斯特家的人整天这么拘束，就不能放松点儿呢？卫理公会的信徒天生就比犹太人紧张吗？不过，也许格林伯恩家族也有紧张的时候，只是他不知道。

哈斯特德说：“使者正在等待答复，休先生。”

休说：“替我谢谢格林伯恩太太，我会很高兴参加他们的晚餐。”

哈斯特德鞠了一躬，退下了。比阿特丽斯说：“我的天哪，你要跟所罗门·格林伯恩吃饭？太了不起了！”

休觉得很惊奇。“这有什么了不起的，”他说，“我跟索利一块儿上学，我一直很喜欢他，但我从不认为受邀跟他吃饭是什么让人羡慕的特殊待遇。”

“可现在是啊。”比阿特丽斯说。

“索利娶的妻子十分火爆，”威廉解释说，“格林伯恩太太爱娱乐，她的聚会在伦敦算是最好的了。”

“他们是马尔伯勒圈子的成员，”比阿特丽斯虔敬地说，“他们是威尔士亲王的朋友。”

克莱曼婷的未婚夫哈里听到这里的议论，不满地插嘴说：“真不知道英国社会到底怎么了，王位继承人竟然不跟基督徒来往，却喜欢同犹太人拉帮结伙。”

“是吗？”休不以为然，“我得承认我一直无法理解为什么有人会讨厌犹太人。”

“我自己就受不了他们。”哈里说。

“哦，可你要跟银行家族成亲，以后会遇见很多很多犹太人。”

哈里有些气恼。

威廉说：“奥古斯塔看不惯整个马尔伯勒圈的人，无论是不是犹太人。显然，他们并未秉承其应有的道德准则。”

休回答说：“我敢打赌，他们不会邀请奥古斯塔参加他们的聚会。”

比阿特丽斯咯咯笑起来，威廉说：“当然不会！”

“是吧，”休笑着说，“我已经迫不及待要见到格林伯恩太太了。”

皮卡迪利大街两侧都是一座座宫殿式建筑。这是寒冷的一月，晚上八点，街上十分繁忙，宽阔的马路上到处是私家马车和出租马车，煤气灯照亮的人行道上挤满了跟休一样打白领带穿礼服的男人、穿裘皮领天鹅绒大衣的女人，还有那些浓妆艳抹的卖淫男女。

休一路走着，低头想着心事。奥古斯塔还是跟以前一样，莫名其妙地跟他作对。他心里还曾抱有一丝幻想，希望她变得温和一些，但她一点儿都没有改变。她仍然是家里的女家长，与她为敌就会被所有人孤立起来。

银行的情况好一些。生意场上的事情需要客观对待。奥古斯塔难免会阻挠他做出任何成就，但他在这片领域有更多的防守机会。她知道如何控制别人，但她对银行业务一无所知，对此毫无办法。

总而言之，白天发生的一切还算不错，现在他期待跟朋友一道好好放松一下。

休去美国的时候，索利・格林伯恩跟他父亲本・格林伯恩一起，住在一座能够俯瞰格林公园的大房子里。现在索利有了自己的房子，在同一条街上，离他父亲住的地方不远，房子也小不了多少。休经过堂皇华丽的入口，进入一个用绿色大理石铺地的宽敞大厅。他停下来，望着蜿蜒而上、异常奢华的黑橙两色相间的大理石楼梯。格林伯恩太太跟奥古斯塔・皮拉斯特有共同点：两个女人都讲究奢华陈设，决不保守内敛。

仆役长和两个男仆站在大厅里。仆役长接过休的帽子交给一个仆人，另一个男仆带他上楼。上了楼梯平台，他朝一个敞开的门里瞥了一眼，看出这是一间舞厅，地板十分光滑，一长排窗户上遮着窗帘，接着他就被带进一间客厅。

休对装修没什么研究，但他立刻认出这里的一切属于典雅奢侈的路易十六风格。天花板上是石膏成型的繁复花饰，墙壁上镶嵌了凝絮墙纸做的嵌板，桌子和椅子腿上都薄薄镀了一层金，就好像它们很容易折断似的。这里的颜色有黄色、橙红色、金色和绿色。休很容易联想到某些古板的人会说这些十分低俗，表面装出一种厌恶的样子来掩盖内心的嫉妒。事实上这种装饰十分感性。只有这样装饰房间才能满足有钱人骄奢淫逸的嗜好，他们在这儿想干什么就干什么。

其他几位客人已经到了，站在边上喝香槟、吸烟。这让休觉得很新奇，以前他从没见过有人在客厅里吸烟。索利一眼看见了他，离开那边的一群人走了过来。“皮拉斯特，真高兴你能光临！你一切都好吗？”

休觉得索利比以前外向了。他还是那样胖胖的，戴着副眼镜，他的白色马甲已经染了点儿污迹，但他比以前更讨人喜欢，休也觉得他更快活了。

“我很好，谢谢你，格林伯恩。”休回答说。

“我知道啊，我一直在盯着你的成就。真希望我们银行在美国也有你这样的人。皮拉斯特银行该给了你不少薪水吧，你应得的。”

“他们说，你都成社交名流了。”

“哪有的事儿。不过，我倒是结婚了。”他转过身，轻轻地在一位穿蛋壳绿礼服的矮个女人白皙的肩膀上拍了一下。她背着身跟别人说话，但这身影看似十分熟悉，让休感到似曾相识，不觉让他的心向下一沉。索利对她说：“亲爱的，你还记得我的老朋友休·皮拉斯特吗？”

她没有立刻转身，正在把她跟同伴的话说完。休纳闷，见到她为什么自己感到喘不过气呢？接着，她慢慢转过身来——看到她的脸，就如同推开了一扇通往过去的大门，让休的心脏一下子停止了跳动。

“我当然记得他，”她说，“你还好吧，休·皮拉斯特先生？”

休盯着这位所罗门·格林伯恩太太，一言不发。

这正是梅茜。

2

奥古斯塔坐在她的梳妆台前，把她一直在晚宴上戴的单排珍珠项链放在台上。这是她最昂贵的一件珠宝。卫理公会信徒不崇尚昂贵的装饰品，她那吝啬的丈夫约瑟夫以此为借口，从来不给她买任何首饰。他也不赞成她频繁装修房子，但她不管不顾——要是一切都依了他，他们的日子就跟银行职员差不多了。他最后气哼哼地同意她重装房子，只是坚持他自己那间卧室保持不变。

她从打开的首饰盒里拿出那枚三十年前斯特朗送给她的戒指。戒指是一条金蛇的形状，钻石的头，红宝石的眼睛。她手指穿进戒指，像之前千百次做过的那样，用嘴唇摩挲扬起的蛇头，回忆着过去的一切。

她的母亲说："把戒指还给他，尽量忘了他。"

十七岁的奥古斯塔回答："我已经还回去了，我会忘了他的。"但她是在撒谎。她把戒指一直藏在她那本《圣经》的书脊里，心里也从未忘记过斯特朗。她发誓，如果她没能得到他的爱，那么，总有一天，她要获得他可能给予她的一切。

她永远当不了斯特朗伯爵夫人了，她多年前就已经接受了现实。但是她一定得有个名分。约瑟夫没有什么名分，她就得弄一个名分给他。

这个问题让她反复考虑了好几年，研究男人到底需要通过什么方式获得名分，她为筹划这一策略通宵难眠。现在时间已到，她也已经准备完毕。

今晚，她就要在晚餐时开始这场争夺。客人中有三个人会在约瑟夫封爵的问题上起到关键作用。

她想，他有可能成为怀特海文伯爵。四代人之前，皮拉斯特家族就是在怀特海文这个港口开始起步的。约瑟夫的曾祖父阿莫斯·皮拉斯特传奇般地赢了一场赌博般的冒险，把他所有的钱投在了运输奴隶的船上。不过后来他把资本投向了更为稳妥的生意，在兰开夏郡的纺织厂购进斜纹和印花布匹运往美洲。他们在伦敦的家宅也取名为怀特海文宅，以纪念家族中兴的发源地。如果整个计划顺利实施，奥古斯塔自己就会成为怀特海文伯爵夫人。

她心里想象着，随着管家宣布："怀特海文伯爵和伯爵夫人到——"她便跟约瑟夫走进一间豪华的大客厅。想到这儿她笑了起来。她仿佛看见约瑟夫站在英国上议院开始他的第一次演讲，谈论巨额融资的议题，其他贵族在一旁洗耳恭听。商店的店主会抬高声调，叫她"怀特海文女勋爵"，引得人们回头张望。

不过，她也一样希望爱德华获得这种殊荣。有朝一日他会继承他父亲的名分，同时他的名片会写上“尊贵的爱德华·皮拉斯特”。

她很清楚她该做什么，但她心里还是有些没底。获得爵位不像去商店买地毯，你不能直截了当地跟卖家说：“这块我要了，多少钱？”一切都要含蓄婉转，不能大张旗鼓。今晚她必须脚踏实地，样样事情都要做得妥帖得当。如果她走错了步数，那精心筹措的计划可能会很快失败。要是误判了这些人，她也就完蛋了。

一个女佣敲门说：“霍布斯先生已经来了，太太。”

不久之后她就会叫我“我尊贵的夫人”了，奥古斯塔想。

她把斯特朗的戒指放在一边，起身离开梳妆台，经过连通门进了约瑟夫的房间。他已经穿好了晚餐的衣服，坐在他的宝石鼻烟盒收藏柜旁边，就着煤气灯观赏着其中的一件。奥古斯塔不知现在提休的事情合不合适。

现在的休仍然让她讨厌。她以为六年前的处置会一了百了，但他现在却又回来威胁爱德华，让他相形见绌。现在又有人说他要提拔他当股东，这更让奥古斯塔受不了了。她一直准备让爱德华最终当上资深股东的，决不能让休抢在前头。

她有必要如此顾虑重重吗？也许让休去经营业务也不错。爱德华可以去做别的事，比如进入政坛。但银行是整个家族的中心。那些离开银行的人，比如休的父亲托比亚斯，最后都必然一事无成。银行既能获取金钱，又是行使权力的地方。皮拉斯特银行可以用拒绝借钱的方式让帝王垮台：没几个政客具有这种能力。如果休当上资深股东，就会由他出面款待使节，跟财政大臣一道喝咖啡，家族聚会时也坐在上首，高居奥古斯塔和她这边的亲戚之上。一想到这些她就觉得害怕。

但这次要摆脱休就有点儿难了。他长大了，更聪明了，在银行里也站稳了脚跟。这个倒霉的孩子六年来十分勤奋，一点一点积攒了自己的名声。她能把这一切统统抹掉吗？

不过，现在不是跟约瑟夫为了休发生争执的时候。她希望他高高兴兴赴晚宴。“如果你喜欢过几分钟再下去也好，”她说，“只有阿诺德·霍布斯一个人到了。”

“好吧，如果你不介意的话。”他说。

她也愿意让霍布斯自己待一会儿。霍布斯是一本叫作《论坛》的政治杂志的编辑。它通常持保守派的立场，跟贵族和圣公会站在一起，反对以商人和卫理公会为代表的自由党。皮拉斯特家族既是商人又是卫理公会派，但现在是保守党掌权。

她以前只见过霍布斯一两次，她觉得，他会吃惊为什么会受到她的邀请。不过奥古斯塔深信他会接受，不会有太多像奥古斯塔这么富裕的人家邀请他的。

霍布斯的地位有点儿奇特。他很强大，因为他的杂志发行很广，十分受人尊重，但他又是个穷人，杂志没让他赚多少钱。这种境况对他来说有些尴尬，但恰恰十分合乎奥古斯塔的目的。他有能力帮助她，也有被她收买的可能。

这里倒是有一个小麻烦。她希望他不是太讲原则的那种人，否则他也就没什么用处了。如果她没看错的话，这个人应该能够买通。

她有点儿紧张不安。她在客厅门外站了一下，跟自己说——放松点儿，皮拉斯特太太，你很在行的。片刻后她感到平静下来，便推门走了进去。

他立刻站起身来，问候她。这是一个神经质、思维敏捷的人，举手投足像鸟一样轻快。奥古斯塔觉得他那件外套至少已经穿了十年。她带他到靠窗的座位，让他们的谈话有种亲密的感觉，尽管两个人并无深交。“告诉我，你今天又搞出了什么乱子？”她开玩笑地说，“痛击格拉德斯通先生，破坏我们的印度政策，还是迫害天主教徒？”

他隔着模糊的眼镜盯着她。“我在写一篇关于格拉斯哥城市银行的报道。”他说。

奥古斯塔皱起了眉头说：“这家银行不久前倒闭了。”

“的确。不少苏格兰工会瓦解了，你知道。”

“我记得有人说起过，”她说，“我丈夫说，格拉斯哥城市银行多年来一直不太健全。”

“这一点我就弄不明白，”他兴奋地说，“人们都知道一家银行不可靠，却还允许它继续经营，直到它最后倒闭，让成千上万的人损失了毕生的积蓄！”

奥古斯塔也弄不懂。她一点儿也不了解银行业务是怎么回事。但现在她发现机会来了，可以把话题引到她希望的路子上。“也许是因为商业领域跟政府之间的差距太大了。”她说。

“肯定是这样。如果商人和政治家相互沟通良好，就有可能防止这类灾难。”

“我不知道……”奥古斯塔停了一下，似乎在考虑一个突然出现的新想法，“我不知道像你这样的人是否会考虑在一两个公司当董事。”

他吃了一惊：“事实上，可以的。”

“你看……参与管理企业会让你获得些第一手的经验，对你给杂志写商界评论会有帮助。”

“我对此毫不怀疑。”

“回报并不太高——一年最多一两百英镑吧。”她看见他的眼睛一下子亮了起来，对他来说这是一大笔钱，“但不用负担什么责任。”

“这想法很有意思。”他说，他极力掩饰着自己的兴奋，这一点她看得真真切切。

“如果你有兴趣，我丈夫可以安排，他经常为他所关心的企业推荐董事会成员。想一想，如果需要我提出来，就告诉我。”

“好的，一定。”

话说到这会儿，一切都很顺利，奥古斯塔想。但把诱饵亮给他相对容易做到，现在她必须让他上钩。她若有所思地说：“当然，商界应该讲究报答，我觉得，上议院应该吸收更多的商界人士，让他们为国效力。”

他稍稍眯起眼睛，她猜到他那精明的头脑开始明白这是一种讨价还价。“毫无疑问。”他不置可否地说。

奥古斯塔继续往深里说：“上下两院将受益于资深商界人士的智慧和知识，尤其是在讨论国家财政状况的问题上。然而现在人们抱有一种奇怪的偏见，反对给商人以贵族地位。”

“的确，这很不合理，”霍布斯承认，“我们商人、制造者和银行家为国家的繁荣效力，比地主和神职人员的贡献更大，但后者却因为服务国家而被封为贵族，这完全忽视了真正效力的那些人。”

“你应该就这一问题写篇文章，这是你们杂志过去呼吁过的那类问题——将古老的国家制度现代化。”她亲切地对他笑了笑。她现在已经在桌上摊开了底牌。他不会看不出来，如果要想得到她送上的公司董事之职，就必须支付代价。他会变得强硬，受到冒犯而一口回绝吗？他会不会一怒之下转身离去，还是礼貌地微笑着拒绝她？要是他做出其中一样，她就不得不另找别人，重新开始。

停顿了很长时间后，他说："也许你说得对。"

奥古斯塔松了口气。

"看来我们应该这么办，"他接着说，"求得商业与政府间更加紧密的联系。"

"给商人加封爵位。"奥古斯塔说。

"给记者提供公司董事的职位。"他补充说。

奥古斯塔觉得既然他们已经把话都说开了，现在应该见好就收。如果挑明这是她在贿赂他，他就可能感到羞辱，提出拒绝。她对目前的成就十分满意，正准备换个话题，这时更多的客人进了门，她也就免去了这个麻烦。

其余客人一下子都到齐了，约瑟夫也同时出现。几分钟后哈斯特德走了进来，说："晚饭准备好了，先生。"奥古斯塔真希望他说的是"尊贵的阁下"而不是"先生"。

他们走出会客厅，穿过大厅去餐厅。这段走道相当短，让奥古斯塔很是心烦。贵族人家的房子里一般在进餐室前都有较长的一段通道，非常优雅，是餐会仪式的高潮部分。皮拉斯特家族传统上不屑效仿上流社会的礼仪，可奥古斯塔并不这么想。她认为这座房子离城里实在太远，但她无法说服约瑟夫搬家。

今晚她安排爱德华跟艾米莉·马普尔一道进餐。艾米莉是个羞怯、漂亮的十九岁女孩，她跟父母一道前来赴宴，她父亲是一位卫理公会派的牧师。很显然他们被这座房子和到场来宾镇住了，很难适应，但奥古斯塔已经急不可耐，想赶紧给爱德华找个新娘。这孩子已经二十九岁了，却从来没跟哪个门当户对的女孩子擦出火花，让做母亲的很是无奈。艾米莉很有魅力，她那双蓝色的大眼睛和甜美的笑容让爱德华挑不出什么毛病。如果这门亲事能成，那对父母准会高兴得发疯。至于那女孩，她应该很好摆布。只是爱德华必须让人推着走才行。问题是，他自己觉得没有理由要结婚。他很喜欢跟那些男性朋友来往，去夜总会什么的，踏踏实实的婚姻生活对他没什么吸引力。有段时间，奥古斯塔想当然地认为这是年轻人的一个正常阶段，但这阶段持续得太长了，最近她开始担心他什么时候才能结束这种生活。看来必须给他施加点儿压力。

奥古斯塔让迈克尔·福特斯鸠坐在自己的左边。这是一位风度翩翩、颇有政治抱负的年轻人。有人说他跟首相本杰明·迪斯雷利关系很近，后者最近被封为贵族，成为比肯斯菲尔德勋爵。福特斯鸠是第二个奥古斯塔求其帮助约瑟夫晋爵的人。他不像霍布斯那样聪明，但他更世故、更自信。奥古斯塔可以威慑住霍布斯，但对福特斯鸠必须采取诱惑手段。

马普尔执事做了感恩祷告，哈斯特德给客人斟酒。约瑟夫跟奥古斯塔都不喝酒，酒是给客人们准备的。肉汤端上来分给大家时，奥古斯塔温柔地对着福特斯鸠笑着，压低声音，十分亲密地说："我们什么时候能看见你进入议会呀？"

"我自己也说不清楚。"他说。

"大家都说你是个才华横溢的年轻人，这你应该知道吧。"

他很高兴，但为她的奉承感到尴尬："这我真不知道。"

“你又是那么英俊——这一点总没有什么害处吧。”

他显得十分惊讶。他没想到她会说出这种挑逗的话，但他没显出丝毫的反感。

“你不该等着换届选举，”她接着说，“你为什么不参加补选呢，这应该很容易安排——人家都说你跟首相能说上话。”

“你对我真好——但补选是很昂贵的，皮拉斯特太太。”

她想听的就是这句话，但她不想让他看出这些，轻描淡写地说：“哦，是吗？”

“我本身又不怎么富裕。”

“这我不知道，”她撒谎说，“那么，你就应该找一个赞助商。”

“也许，找一位银行家？”他说，声音里既有玩笑，又有渴望。

“这不是不可能的。皮拉斯特先生热衷参与国家政府事务。”如果有了贵族身份，他肯定会的。“他不明白商界人士为什么一定要划在自由党派一边。我这是跟你说，他更赞同年轻的保守党派的见解。”

她那私密的语调鼓励着他坦诚以对——她就是这样盘算的——他直截了当地说：“除了赞助补选候选人以外，皮拉斯特先生还能以哪种方式为国效力呢？”

这个问题很有挑战性。她应该直接回答他，还是继续绕圈子？奥古斯塔决定顺水推舟，直来直去。“也许是进入上议院吧。你觉得这有可能吗？”她快活地说，而他那一边也很高兴。

“可能吗？当然可能。到底有没有希望，就是另一个问题了。要我去询问一下吗？”

这种直截了当出乎奥古斯塔的预料。“你能悄悄办这件事吗？”

他犹豫了一下，说：“我觉得我可以。”

“这就再好不过了。”她满意地说。她已经把他变成了自己的同谋。

“我弄清情况后就告诉你。”

“条件适当的话，就会进行一次补选。”

“你太好了。”

她摸了摸他的胳膊。他是个很有魅力的年轻人，她想。她很喜欢跟他谋划这些事。“我觉得我们两个彼此十分理解。”她喃喃地说，注意到他有一双不同寻常的大手。她就这么拉着他的胳膊待了一会儿，然后才转过身去。

她感觉很不错。她顺顺当当搞定了三个关键人物中的两个，没有出现任何闪失。接下来她又去跟坐在她右边的莫尔特勋爵聊天。她颇有礼貌地跟他聊了几句闲话，需要施加影响的人是他的妻子，而她要等到晚饭后再做这件事。

男人都留在餐厅吸烟，奥古斯塔带着家眷们上楼去她的卧室。她在那儿跟莫尔特夫人单独待了几分钟。哈里特·莫尔特比奥古斯塔大十五岁，曾经是维多利亚女王的宫廷女侍。她满头灰发，气度雍容华贵。跟阿诺德·霍布斯和迈克尔·福特斯鸠一样，她是个颇有影响的人物，奥古斯塔也希望她跟另外两个一样，能够笼络收买。霍布斯和福特斯鸠较为脆弱，因为他们很穷。莫尔特勋爵和夫人两人并不穷，但却挥霍无度，他们有不少钱，但他们花得更多。莫尔特夫人的礼服十分讲究，身上的珠宝也很奢侈，莫尔特勋爵则一直认为自己对赛马很有眼力，尽管四十年来从未赌赢过。

莫尔特夫人要比那些男人更让奥古斯塔紧张。女人更难对付，她们对任何事情都不会信以为真，一受到操纵便会立刻察觉。在朝廷服侍了三十年，让莫尔特夫人变得十分敏感，任何事情都逃不出她的眼睛。

奥古斯塔拉开话头："皮拉斯特先生和我都十分崇拜亲爱的女王。"

莫尔特夫人点点头，仿佛在说"那是当然的了"。然而实际上根本没有什么当然不当然的，全国上下没几个人喜欢维多利亚女王——她性格孤僻呆板、冷漠，头脑很顽固。

奥古斯塔继续说："如果能为阁下履行某种崇高的职责有所帮助，那真会让我们激动不已。"

"你实在太客气了。"莫尔特夫人好像让她给弄糊涂了。她犹豫了一下，最后还是问，"不知道你们能做什么呢？"

"银行家能做什么啊？放贷而已。"奥古斯塔压低声音说，"宫廷上的生活开销一定是非常大的，我想。"

莫尔特夫人僵住了。她那个阶层的人很忌讳谈论金钱，可奥古斯塔竟说得如此随便。

但奥古斯塔坚持说下去。"如果你在皮拉斯特银行开一个账户，在这方面就不会有任何问题了……"

莫尔特夫人有些生气，但在另一方面，这是给她提供了在世界最大的一家银行无限期的信贷特权。她的直觉让她排斥奥古斯塔，但贪婪又把她拉了回来，奥古斯塔看见这种矛盾写在了她的脸上。

奥古斯塔不容她花时间细想。"请原谅我过分坦诚，"她说，“这也是因为急于帮点儿什么忙。”莫尔特夫人当然不会相信这种说辞，但她会觉得奥古斯塔是想讨好皇亲国戚，而奥古斯塔这边，今晚也不准备给她提供更多线索了。

莫尔特夫人犹豫了一会儿，然后说：“你真太好了。”

艾米莉的母亲马普尔太太从盥洗室里走出来，现在轮到莫尔特夫人了。她脸上带着僵硬的尴尬神色转身走了进去。奥古斯塔知道，她和莫尔特会在回家的马车上议论，说商人实在庸俗，毫无规矩，实在不可救药。但不久之后，某一天他会在赛马会上一口气输掉一千个金镑，而就在当天，她的裁缝要求支付逾期了六个月的三百英镑账单，这时候他们才会记起奥古斯塔的建议，觉得庸俗的商人也还自有其用。

奥古斯塔清除了第三个障碍。如果她算准了这个女人，不出六个月莫尔特夫人就会欠下皮拉斯特银行一笔债务。到时候，她就会明白奥古斯塔要从她那儿得到什么了。

女士们重新回到一楼的客厅喝咖啡。莫尔特夫人仍然十分冷漠，但突然没了那种傲慢劲儿。几分钟后男人们也加入进来。约瑟夫带着马普尔执事到楼上看他收集的鼻烟盒。奥古斯塔很高兴，只有约瑟夫喜欢上谁的时候才会这么做。艾米莉弹起了钢琴。马普尔太太要她唱首歌，但她说她感冒了，无论母亲怎么求她都不肯唱，这让奥古斯塔担心地想，这女孩可能不像看上去那样容易摆布。

这一晚上的工作她已经做完了，现在她想让这些人都回家，她好在晚上整理一下思路，评估自己的完成情况。这些人她都不喜欢，除了迈克尔·福特斯鸠。尽管如此，她仍强迫自己彬彬有礼地陪着大家又聊了一个小时。霍布斯已经上了钩，她心想，福特斯鸠开出了条件，必然也会遵守。已经给莫尔特夫人展示了那条通向毁灭的下坡路，一切只是时间的问题。奥古斯塔放下心，十分满足。

他们最后离开的时候，爱德华也准备动身去他的夜总会，但奥古斯塔拦住了他。“坐下，听我说几句话，”她说，“我想跟你和你父亲谈谈。”约瑟夫正准备回卧室睡觉，也坐了下来。她对他说，“你什么时候要让爱德华当上银行股东？”

约瑟夫立刻变得不太高兴，便说：“等他岁数再大点儿。”

“可我听说休有可能成为股东，他比爱德华小三岁。”虽然奥古斯塔不知道银行赚多少钱，但她总能够知道那里发生的事情，或是自己打听，或是其他家庭成员向她通报。男人们一般不在女人面前谈论生意的事，但奥古斯塔能在她的下午茶会上把这些全都套出来。

“资历只是获得股东资格的一个方面，”约瑟夫没好气地说，“另一个方面是承揽业务的能力，休的能力很强，我还没有见过哪个年轻人有他这种本事。其他条件还包括有大量资金投在银行、较高的社会地位或政治影响力。恐怕这些爱德华都不具备。”

“但他是你儿子。”

“银行是一个企业，不是什么请客吃饭！”约瑟夫说着，火气更大了。他讨厌她这样质问自己，“位置高低不仅仅是等级或权限的问题。赚钱的能力过硬才行。”

奥古斯塔片刻之间有些怀疑。她该这样生拉硬扯，让爱德华去做他并不擅长的事吗？不过这种论调毫无道理。他一点儿问题也没有。或许他记起账来没有休那么手快，但经过慢慢训练，最后都会好的。她说："如果你愿意，爱德华可以在银行投入大量资本。你随时都可以把钱放在他的名下。"

约瑟夫露出了奥古斯塔十分熟悉的顽固相，他拒绝搬家或禁止她重新装修他的卧室时就是这副表情。"要等这孩子结了婚才行！"说完，便转身离开了房间。

爱德华说："你把他惹恼了。"

"这都是为你着想，泰迪宝贝。"

"可你把事情弄糟了！"

"没有，我没有弄糟。"奥古斯塔叹了口气，"有时候，你那种大大咧咧的态度让你看不清眼前的事情。你爸爸可能以为他的立场很坚定，但如果你好好想一想就会明白，他实际上已经答应了，只要你一结婚，他就会给你一大笔钱，让你当股东。"

"天哪，他是这么说的，"爱德华惊讶地说，"我怎么刚才没看出来呢。"

"这就是你的问题了，亲爱的，你就没有休那种机灵劲儿。"

"休在美国很幸运。"

"当然了。你会结婚的吧，会不会？"

他坐在她的身边，拉着她的手。"为什么啊，我不是有你照顾我吗？"

"但是如果我走了，谁照顾你呢？你喜欢那个小艾米莉·马普尔吗？我觉得她非常迷人。"

"她告诉我说，狩猎对狐狸太残酷。"爱德华用不屑的语气说。

"你的父亲会付给你至少十万英镑，也许更多，也许能多到二十五万。”

爱德华觉得无所谓。“我想要的一切都有了，再说我也喜欢跟你在一块儿。”他说。

“我喜欢你待在我身边，但我希望看到你快快乐乐地结婚，有个可爱的妻子，有自己的财富，在银行当上股东。答应我考虑考虑这事儿。”

“我会考虑的。”他在她脸颊吻了一下，“现在我真得走了，妈妈，我答应跟同伴们见面的，已经过了半个钟头了。”

“走吧，走吧。”

他起身朝门口走去。“晚安，妈妈。”

“晚安，”她说，“想想艾米莉！”

3

金斯布里奇庄园是英格兰最大的宅邸之一。梅茜已经去过那里三四次，可见到的地方还不到它的一半。房子里有二十间主卧室，这还不算五十多个仆人的房间。房子用煤火取暖，到处点着蜡烛，虽然只有一个盥洗室，但它用旧式的豪华风格弥补了缺乏现代便利设施的不足：四柱大床上铺着真丝的厚帘布，地下酒窖里储藏着名贵的美酒、马匹、枪炮、书籍和各种游戏，应有尽有。

年轻的金斯布里奇公爵曾在威尔特郡拥有十万英亩最好的农

田，但他在索利的建议下卖掉了一半，拿这笔收益买了南肯辛顿的一大块地。因此，当农业出现萧条，让很多大户地主变得一贫如洗时，“金戈[①]”却毫发无伤，仍然能够气派十足地款待亲朋好友。

威尔士亲王跟他们一道待了头一周。索利、金戈和王子几个人趣味相当，喜爱喧闹搞笑，而梅茜也很会逗乐子。她用肥皂沫换掉金戈甜点上的生奶油；当索利在书房打瞌睡时把他的吊裤带解开，让他站起来的时候裤子就一下滑到地上；她还把《泰晤士报》的页面用胶水粘起来，让人无法翻开。偶然的是亲王本人最先拿起了报纸，他摸索着要打开时，每个人都屏息静气等着，想看看他会有什么反应——尽管这位王位继承人喜欢恶作剧，但自己从未被人捉弄过——后来他明白了是怎么回事，笑了起来，大家这才轰然大笑，同时也都松了一口气。

王子走了，休·皮拉斯特到了，麻烦也就这样开始了。

邀请休来这儿是索利的主意，索利喜欢休。梅茜找不出什么恰当的理由反对。在伦敦索利也是邀请休一道吃晚餐的。

那天晚上他很快就恢复了镇静，证明自己是一个完全合格的座上客。也许他的仪态风度并非无可挑剔，因为他在波士顿生意场待了六年，对伦敦会客厅的一切稍有生疏，但他的天生魅力弥补了所有可能的不足。在金斯布里奇庄园的两天里他给大家讲美国的故事，那些地方他们谁都没有去过。

稍有讽刺的是，现在倒是她觉得休在礼节上马马虎虎，不太讲究。但是，六年前情况正好是反过来的。她什么都掌握得很

---

① 金戈，金斯布里奇的昵称。

快，毫不费力就学会了上流社会的口音。学语法多费了一些时间。最难的是那些细微的礼节，显示优越身份的小装饰：进门的方式，对宠物狗说话的仪态，以及如何改变话题，如何避开喝醉的人。但她十分用心，现在这些对她来说都是轻车熟路了。

休已经从他们见面的震惊中恢复过来，但梅茜心里一时却难以平静。她无法忘记他乍一见到她时的表情。她对此有所准备，但休则完全没有料到。这份惊讶让他把内心的情感赤裸裸展现了出来，他那深受刺痛的眼神让梅茜惶恐不安。六年前她深深伤害了他，直到现在他也没能摆脱。

休脸上的神情一直折磨着她。听说他要来这儿以后她一直心烦意乱。她不想见他，也不想回忆过去那些事情。她已经跟索利结婚，而他也是个好丈夫，她不忍心去伤害他。此外，她还有伯蒂，那是她生存的理由。

他们的孩子取名叫休伯特，大家都叫他伯蒂，这也是威尔士亲王的名字。伯蒂·格林伯恩到五月一日就满五岁了，但这是个秘密——他的生日定在九月，用来隐瞒他们在婚礼六个月后就生了孩子这个事实。除了索利的家人以外没人知道真相，伯蒂生在瑞士，是在他们周游世界的蜜月中出生的。打那时起，梅茜一直很快乐。

索利的父母不欢迎梅茜。他们是顽固、势利的日耳曼犹太人，在英国生活了好几代，根本不把刚来英国那些讲意第绪语的俄罗斯犹太人放在眼里。她怀了另一个男人的孩子，这事实又刚好证实了他们的偏见，有了拒绝她的借口。但索利的妹妹凯特跟梅茜年龄相仿，她有一个七岁大的女儿，背着父母时她对梅茜很好。

索利爱她，也一样爱伯蒂，虽然不知道他是谁的孩子，这让梅茜感到心满意足。但现在，休回来了。

她跟往常一样很早起床，去大房子另一端的幼儿室。伯蒂正在幼儿餐室跟金戈的孩子安妮和阿尔弗雷德一道吃早餐，三个女佣负责照料着。她吻了一下他黏糊糊的脸，问："你吃的是什么啊？"

"蜂蜜粥。"他用上层社会拖长的腔调说，那腔调让梅茜学得吃力，偶尔她还说不准。

"好吃吗？"

"蜂蜜好吃。"

"那我也来点儿。"梅茜说着坐了下来。这比大人早餐吃的熏鱼和芥末羊腰好消化多了。

伯蒂长得不像休。婴儿时他的模样很像索利，不过婴儿看起来都像索利。现在他长得像梅茜的父亲，长着黑头发和棕色的眼睛。梅茜偶尔会发现他不知哪里带着一点儿休的影子，尤其是他顽皮一笑的时候。不过谢天谢地，没有什么很明显的相似之处。

照看幼儿的女佣给梅茜端来一盘蜂蜜粥，她尝了尝。

"你喜欢吗，妈妈？"伯蒂说。

安妮说："嘴里吃东西别说话，伯蒂。"安妮·金斯布里奇是个七岁的小大人，管着伯蒂和她五岁的弟弟弗雷迪。

"好吃。"梅茜说。

另一个女佣说："你们想不想来点儿黄油吐司，孩子们？"几个孩子异口同声说要。

梅茜起初觉得让孩子在仆人的包围下成长不太自然，她担心会把伯蒂宠坏了，后来她看见富人的孩子也跟穷人家的孩子一样，在地上玩得满身污垢，东爬西滚，互相掐架，主要区别不过是随后要付钱清洗他们而已。

她想多要几个孩子——索利的孩子，但在生伯蒂的时候她的身体出了毛病，瑞士医生说她不会再怀孕了。他们的诊断是对的，她跟索利同居五年，没有断过一次例假。伯蒂是她这辈子唯一的孩子。她觉得很对不起索利，他永远不会有自己的孩子，尽管他说自己已经比任何人都幸福了。

金戈的妻子公爵夫人，朋友们都叫她莉兹，也紧随梅茜之后到幼儿室吃早餐来了。两个女人给孩子洗手洗脸的时候，莉兹说："你知道，我母亲从来没这么做过，她只是看着我们，让我们自己擦洗干净，穿戴打扮。我们这么做多不自然啊。"梅茜笑了。莉兹觉得自己很亲善朴实，因为她给自己的孩子洗脸。

他们在幼儿室一直待到十点多钟，这时家庭教师来了，给孩子们布置功课，让他们画画上色。梅茜和莉兹便回了自己的房间。这是平静的一天，没有狩猎外出。一些男人去捕鱼，其他人带着一两条狗去林子里转悠，打野兔子。女士们以及几个流连裙裾胜于遛狗的男人午餐前去公园散步。

索利吃完早饭准备出门。他穿着一件棕黄色的斜纹软呢外套和一件短夹克。梅茜吻了他，帮他穿上靴子，她要是不在身边的话，他就得叫他的男仆帮忙，因为他弯不下腰来系鞋带。她穿上一件裘皮大衣，戴上帽子，索利穿上一件沉重的格子呢大斗篷，配上一顶礼帽，两人下了楼，在大厅里跟其他人会合。

这是一个明媚而寒冷的早晨，要是穿上件裘皮大衣，就会很舒服，但要是住在四处透风的贫民窟里，光着脚板走路，那可就受罪了。梅茜喜欢回忆她童年的种种匮乏生活，这加深了她快乐的感觉，而一切都缘于她嫁给了一位世界上最富有的人。

她走在金戈和索利两个人中间。休跟莉兹落在后面。虽然梅茜看不到他，但能感觉到他的存在，想象着他那对光闪闪的蓝眼睛，听见他跟莉兹聊天，莉兹咯咯地笑。走了半英里路，他们到了正门。当他们转过弯，漫步穿过果园时，梅茜看见一个熟悉的身影从村子那边走了过来。这人留着黑色的胡须，她猛然间以为那是她爸爸——接着她认出这是她的哥哥丹尼。

六年前丹尼回到他们老家，发现父母已经不在老房子里住了，两个人不知去向。失望之余，他继续北上来到格拉斯哥，在那儿创立了工人福利会，不仅让失业工人有了保险，同时还为工厂的安全规则和工人参加工会的权利奔走，呼吁对公司实施金融监管。他的名字开始出现在报纸上——丹·罗宾逊，不是丹尼，因为现在丹尼已经成了有头有脸的人物，不能再直接叫他丹尼了。爸爸读到了报纸，找到他的办公室，父子二人高兴地团聚了。

原来，梅茜和丹尼离家出走不久，爸爸和妈妈就终于遇到了其他一些犹太人，向他们借了些钱去了曼彻斯特，爸爸在那儿另找了一份工作，他们的日子就越来越好过了。妈妈的病渐渐好转，现在也很健康。

梅茜是在一家人团聚的时候跟索利结的婚。索利很愿意给爸爸一套房子住，负担他的生活开销，但爸爸不愿意这样，也不想退休，只是向索利借了些钱开了一家店铺。现在，爸妈两个在曼彻斯特向富人售卖鱼子酱等珍馐美味。每次梅茜去看望他们，总是摘下手上的珠宝，戴上围裙站在柜台后面接待顾客，她相信马尔伯勒圈的人不会出现在曼彻斯特，就算他们在那儿，也不会亲自去店里买东西，看见她在那儿帮忙。

在金斯布里奇见到丹尼，让梅茜立刻担心是不是父母出了什么事，她几步跑过去，心都提到了嗓子眼儿，问道："丹尼，是妈妈出什么事儿吗？"

"爸妈那儿都好，其他也没什么事儿。"他说话带着美国腔。

"感谢上帝。你怎么知道我在这儿？"

"你给我写信了。"

"哦，是的。"

丹尼留着卷曲的胡子，加上那对闪着寒光的眼睛，看上去像一个土耳其战士，但他打扮得像一个职员，穿着一件破旧的黑外套，戴一顶圆礼帽，好像走了很长的路，靴子上沾满泥巴，一身疲惫。金戈斜着眼睛看着他，但索利对社交上的事情应付裕如，他握着丹尼的手，说："你好罗宾逊，这是我的朋友金斯布里奇公爵，金戈。容许我介绍一下我的妻兄丹·罗宾逊，工人福利协会秘书长。"

一般人被引荐给一位公爵，都会惊得张口结舌，但丹尼不会这样。"你好，公爵。"他大方有礼地说。

金戈小心翼翼地跟他握了握手。梅茜知道他在想什么——对下层阶级在一定程度上可以客客气气，但不能做得过分。

索利说："这是我们的朋友休·皮拉斯特。"

梅茜紧张起来。她刚才只顾着担心爸妈了，忘记休跟着后面。丹尼知道有关休的那个秘密，而梅茜却从来没告诉过她的丈夫。他知道休就是伯蒂的父亲。丹尼还想要拧断休的脖子。他们两个从未见过面，但丹尼不会忘了那件事。他会怎么做呢？

不过，他毕竟也长了六岁。他冷冰冰地看了休一眼，但还是彬彬有礼地跟他握手。

休并不知道自己是伯蒂的父亲，也不了解这些弦外之音，上前很友好地跟丹尼说话："你就是那个离家出走去了波士顿的哥哥？"

"我就是。"

索利说："想不到休知道这些！"

索利不清楚休和梅茜互相有何了解，他不知道他们一起待了一个晚上，给对方讲了自己的过去。

梅茜被这种谈话弄得手足无措，如履薄冰，冰面下的秘密马上就要浮现出来了。她得赶快把话题转到正道上："丹尼，你怎么到这儿来了？"

他疲惫的脸上露出一丝苦涩。"我不是工人福利会的秘书长了，"他说，"我完蛋了，这辈子第三次让无能的银行家给毁了。"

"丹尼，别说了！"梅茜嚷嚷道。丹尼很清楚索利和休两个都是银行家。

但休却说："不用担心！我们也痛恨无能的银行家。他们对任何人都是威胁。但究竟发生了什么事，罗宾逊先生？"

"我花了五年时间建立福利会，"丹尼说，"这是一个非常大的成就。我们每周付出数百英镑的收益，收到的捐助有数千英镑。可我们拿盈余的部分怎么办呢？"

索利说："我以为你可以把它单独存起来，为不好的年份做个储备。"

"你觉得我们把它存什么地方呢？"

"我相信应该存银行。"

"具体说，是格拉斯哥城市银行。"

"噢，糟了。"索利说。

梅茜说："你是什么意思？"

索利解释说："格拉斯哥城市银行破产了。"

"哎呀，天哪！"梅茜叫道，她都快哭了。

丹尼点了点头。"那些工人辛辛苦苦挣来的几个先令让那些戴礼帽的傻瓜弄没了。要不人们怎么说该来场革命呢。"他叹了口气，"发生这事儿以后我一直设法挽救福利会，但毫无指望，我最后只能放弃。"

金戈突然说："罗宾逊先生，我很为你和你的会员感到遗憾。你是否该去歇一歇？如果你从火车站那边过来，一定已经走了七英里了。"

"我会的，谢谢你。"

梅茜说："我带丹尼回屋里去，你们自己散步吧。"她觉得哥哥心里很难受，她要单独跟他待一会儿，帮他减轻一些痛苦。

其他人也明显感觉发生了重大不幸。金戈说："你今晚就留在这儿吧，罗宾逊先生？"

梅茜心里一紧。金戈十分慷慨大方。在公园礼貌地交谈几分钟，对丹尼来说也就够了，要是让他在这儿过夜，金戈和他那些衣食无忧的朋友很快就会受不了丹尼粗鄙的衣服，以及他那些工人阶级的麻烦事，接着就会冷落怠慢他，让他受到伤害。

但丹尼说："我今晚必须回伦敦。我只是来看看妹妹，待几个小时就走。"

金戈说："那样的话，就让我用马车送你去火车站，到时候告诉我就好。"

"非常感谢你。"

梅茜拉起哥哥的手，"跟我来吧，我带你去吃午餐。"

丹尼离开庄园去伦敦后，梅茜跟索利一块睡午觉。

索利穿着一件红色的丝绸浴袍躺在床上，看着她脱衣服。“我救不了丹的福利会，”他说，“即使这件事对我有什么金融利益，我也无法说服其他股东。再说也根本没有。”

梅茜心中猛然间涌出一股爱意。她从没说过让他帮助丹尼。“你真是一个大好人。”她说，她打开自己的浴袍，去吻他的大肚子，“你给我的家人做了那么多，永远不亏欠什么。再说，你给什么丹尼也不会要的，你知道，他非常高傲。”

“但他要怎么做呢？”

她脱掉衬裙，褪下丝袜。“明天他去跟工程师联合会的人见面，他想当议会议员，希望他们能提供赞助。”

“我觉得他要呼吁政府对银行实施更严格的监管。”

“你反对这个吧？”

“我们从来就不希望政府来告诉我们该怎么做。的确，很多银行都垮了，但要是让政客管理银行，破产的就会更多。”他往边上靠了靠，用胳膊支撑着脑袋，好清清楚楚看着她脱下内衣，“我真希望今晚不要离开你。”

梅茜心里也这样希望。想到索利不在身边，她能跟休在一起，她的一小部分自我稍稍有些兴奋，但这又让她觉得有愧。“我不介意。”她说。

“我真为我的家庭感到羞耻。”

“你不用这样。”因为今天是逾越节，索利要去跟他的父母一道举行家宴仪式。梅茜没被邀请。她明白本·格林伯恩对她很反感，她多少也觉得这种对待不无道理，但索利还是为此深感不安。事实上，要是没有梅茜拦着，他会跟他的父亲吵起来的，那样会让她良心不安，她坚持要他跟父母正常相处。

“你真的不介意？”他有些着急。

“真的。你看，要是我很看重这件事，我可以去曼彻斯特跟我自己的父母过逾越节。”她仔细思考着，“其实，自从我们离开俄罗斯以后，那些犹太人的东西都一直跟我无关。我们来英国的时候城里一个犹太人也没有，我住在马戏团里那会儿，周围大部分人什么教都不信，就连我嫁给了一个犹太人，你家人也让我觉得不受欢迎。我注定是一个局外人，跟你说实话，我不介意。上帝从来没为我做任何事情。”她笑了，“妈妈说，是上帝把你给了我，但那是胡说。是我自己得到你的。”

他放心下来。“我今晚会想你的。”

她坐在床沿上，俯身趴在他身上，让他的鼻子碰着她的乳房。“我也会想你的。”

“嗯。”

然后，他们并排躺下，头脚倒对，他抚摸着她的私处，她在另一头吮吸着他的阴茎。他喜欢在下午做这种事，他射到她的嘴里时她轻轻叫了一声。

她变了一下姿势，偎在他的臂弯里。

“什么味道？”他睡眼蒙眬地说。

她咂摸了一下说：“鱼子酱。”

他咯咯笑了，闭上眼睛。

她开始抚摸自己。不久他就打起了呼噜，在她高潮到来之时也丝毫未受惊扰。

“格拉斯哥城市银行的管理者们应该坐牢。”快吃晚饭的时候，梅茜说。

“那也有点儿太严厉了。”休回应道。

这话让她觉得他很是自大。“严厉吗？”她愤愤地说，“跟工人的钱出现那么大的损失相比，一点儿不严厉！”

“可是，任何人都不是完美无缺、毫无差错的，连那些工人也一样，”休坚持说，“如果一个木匠出了错，房子塌了，他就得去坐牢吗？”

“这不是一回事！”

“怎么不是呢？”

“因为木匠每周挣三十先令，必须按工头的订单干活，可一个银行家挣了成千上万，因此承担的责任就更大。”

“这都不错。但银行家也是人，有妻子儿女需要照顾抚养。”

“这话你也可以一样用在杀人犯身上，可我们并不在乎他的孩子会成为孤儿，一样要吊死他们。”

“可一个人要是出于意外杀了另一个人，比如打兔子时打死了藏在灌木丛里的人，我们甚至不会把他关进监狱。那么，我们为什么要把损失了别人的钱的银行家关进监狱呢？”

“为了让别的银行家加点儿小心！”

“按照这种逻辑，我们可以把打兔子的那个人吊死，让别的猎手加点儿小心。”

“休，你这是在狡辩。”

“不，我没狡辩。为什么要严厉对待粗心的银行家，放过粗心的猎手呢？”

"区别是，粗心猎手不会隔几年就让成千上万的劳动人民再次陷入贫困，可粗心的银行家会。"

说到这儿，金戈懒洋洋地插了进来："我听说，格拉斯哥城市银行的几个董事的确可能坐牢，经理也跑不了。"

休说："我相信会的。"

梅茜简直被他搞糊涂了，问："那你为什么一直跟我较劲？"

他咧嘴笑了一下，回答："我看你能不能说出正当的理由。"

梅茜回想起休一直有这种能力对付她，一下子沉默下来。她的火爆性子对马尔伯勒圈的人很有吸引力，这是他们不计较她的背景而接受她的原因之一，但如果她的坏脾气一直发作下去，他们就会觉得无聊。她的心情一下子变了样。"先生，你侮辱了我！"她虚张声势地嚷着，"我要跟你决斗！"

"女士们用什么武器决斗？"休哈哈大笑。

"用钩针。明天一早。"

他们都笑了，接着仆人进来，宣布晚餐开始。

他们通常是十八到二十个人围着长条桌而坐。梅茜喜欢看着那干爽的亚麻桌布和精美的瓷器，装在玻璃器皿里的几百块糖果光华四射，以及穿着无可挑剔的黑白两色晚礼服的男人，戴着绚丽夺目的名贵珠宝的女人。每天晚上都有香槟，但梅茜觉得喝下的香槟会直接变成腰间的赘肉，因此只允许自己喝上一两口。

她发现自己就坐在休的旁边。公爵夫人通常把她安排在金戈身边，金戈喜欢漂亮女人，公爵夫人对此很是宽容，但今晚她显然要把惯例改变一下。没人做感恩祷告，因为这个圈子里只在周日有宗教仪式。汤端了上来，梅茜跟自己两边的男人们轻松快活地聊着天。不过，她心里还在想着她的哥哥。可怜的丹尼！他那么聪明，那么执着，又是个那么了不起的领导者，可偏偏又那么倒霉。她不知他新立下的雄心抱负能否实现，让他当上议会议员。但愿他如愿以偿，爸爸会为他感到自豪的。

今天有些特别，她的成长背景侵入了她的新生活。奇怪的是，这个背景所产生的影响很小很小。跟她一样，丹尼不属于任何特定的社会阶层。他代表着工人，他的礼服是中产阶层的，他也具有同样的自信，带着一点傲慢，就跟金戈和他的那些朋友一样。他们不会轻易看出他是来自上层阶级，选择为工人的事业殉难，还是原本出自工人阶层，一步步爬到了现在的地位。

类似的情况也发生在梅茜身上。任何人只要有点儿等级差别的眼光，就能看出她不是天生的淑女。不过，她的角色演得很出色，再说她又漂亮又迷人，人们几乎无法相信那个传闻，说索利是在舞厅里挑上她的。如果说她被伦敦上流社会接受曾经是个问题的话，那么威尔士亲王——维多利亚女王的儿子，未来的国王——也已经将问题化解掉了。他承认自己为她"痴迷"，曾经送她一个带钻石扣的金烟盒。

晚餐进行下去，她愈发感觉到休在自己身边的存在。她努力让谈话显得很轻松，不时照顾着另一边的人，免得厚此薄彼。但过去的一切似乎跳到了她的肩膀上，懒散而耐心十足地求告着，等着让她承认。

自从休回到伦敦后，他们二人见过三四次，现在，他们要在同一个屋檐下待四十八个小时，但他们从来没有说起过六年前发生了什么。休所知道的就是她当时消失得踪迹全无，再出现时已经成了所罗门·格林伯恩太太。她迟早要给他一些解释。她害怕谈起那些事会引发当年的那种情感，无论是对他还是对她自己。

但她不得不这样做，也许索利不在，现在正好是个机会。

当旁边的人都开始大声交谈时，梅茜决定现在就应该说。她转身对着休，心里猛然间感慨万千。她开了三四次头都无法把话说出口。最后她终于说出几个字来。“我那样会毁了你的事业的，你知道。”接着她就使劲忍着，别让自己哭出来，一个字也说不下去了。

他立刻明白她在说什么：“谁告诉你你会毁了我的事业？”

如果他显露出同情的样子，她就可能马上崩溃，但幸好他的话说得很冲，她也就容易回答了：“是你伯母奥古斯塔。”

“我早就怀疑是她从中作梗。”

“但她是对的。”

“我不信，”他说，一下子来了气，“你并没毁掉索利的事业。”

“冷静点儿。索利在家里不受排挤。就算这样，也是很困难的，他的家人现在还在恨我。”

“就算你是犹太人也不行？”

“是的。犹太人跟其他人一样势利。”他根本不了解其中的真正原因——伯蒂不是索利的孩子。

“那你干吗不直接告诉我你要这么做，为什么这么做？”

“我做不到。”想起那些可怕的日子，她就觉得喉咙堵得慌，只得深吸了一口气，让自己平静下来，“我发现就那样一刀两断实在太难了，这让我很伤心。如果我能当着你的面证明我自己，我也就根本不会这么做了。”

但他还是不依不饶。“你可以给我写封信啊。”

梅茜的声音低得几乎无法听清：“我下不了这个决心。”

终于他的情绪缓和了一些。他喝了一口酒，转过脸去不再看她。“真太可怕了，不明不白，甚至不知道你是否还活着。”他恨恨地说，但她能看到他眼中痛苦的神色。

“对不起，”她有气无力地说，“很抱歉我伤害了你，我并不想这样。我想让你摆脱不快。我这么做都是因为爱。”她听到自己说出“爱”这个字眼，立刻就觉得后悔。

他抓住这个话头。“你爱索利吗？”他突然问。

“是的。”

“你们两个看来过得不错。”

“我们的生活……要做到心满意足并不太难。”

他的怒气还没有全消。“你得到了你一心想要的。”

这话有点儿伤人，但她觉得这也是她应得的，所以她只是点点头。

“埃普丽尔怎么样了？”

梅茜犹豫了一下。这就有点过分了。“看来，你把我跟埃普丽尔看成那一类人了，对吧？”她委屈地说。

这样一来倒让休消了气。他苦笑了一下说：“不，你跟她从来就不是一种人，这我很清楚。不过我想知道她后来怎么样了。你还能见到她吗？”

“能，暗地里能见到。”说起埃普丽尔就对谁都没有伤害了，也让他们避免了那些情绪化的危险话题。梅茜决定满足他的好奇，“你知不知道有个地方叫内尔之家？”

他压低声音说：“那是一家妓院。”

她禁不住追问道：“你去过那儿吗？”

他一脸尴尬地说：“去过，就一次，简直糟透了。”

她并不觉得惊奇，她想起二十一岁的休是那么幼稚，那么缺乏经验。“嗯，埃普丽尔现在是那儿的主人。”

“天哪！怎么回事？”

“一开始，她当了一个著名小说家的情妇，住在克拉彭一座挺漂亮的小房子里，后来作家厌倦了她，正好那时候内尔不打算干了。这样，埃普丽尔卖掉了小别墅，把内尔之家买了下来。”

“真想不到，”休惊叹道，“我倒忘不了那个内尔。她是我见过的最胖的女人。”

桌上的人一下子静了下来，边上的几个人听见了他最后那句话。有人笑着问：“这位胖女士是谁啊？”休只是淡淡一笑，没有回答。

他们没有再谈那个危险的话题，但梅茜变得郁郁寡欢，有点儿脆弱，好像她刚刚跌了个跟头，把自己摔伤了一样。

晚餐结束，男人们也抽完了雪茄，金戈宣布他想跳舞。客厅的地毯被卷了起来，一个会弹奏波尔卡舞曲的男仆被叫了过来，开始弹奏。

梅茜跟大家一起跳舞，只是不跟休跳，但这样回避他太明显了，因此她也跟他跳了一曲。一切仿佛回到了六年前的克莱蒙花园，他几乎不用带她，两个人简直是本能地同时随音乐而舞。梅茜不忠地想到笨手笨脚、不会跳舞的索利。

跟休跳完，她又选了个舞伴，但接着其他男人就不再邀请她了。从十点钟跳到了十一点，白兰地送过来了，大家放下规矩，男人松开白色的领带，几位妇女也踢掉了鞋子，梅茜这边跟休跳了一支又一支。她知道她应该感到愧疚，但她从来不太擅长愧疚。她觉得很是享受，不想停下来。

直到弹奏钢琴的男仆再也弹不动了，公爵夫人说应该透口气，女佣就急忙取来大衣，大家都到外面的花园转一转。在黑暗中，梅茜拉着休的胳膊。“全世界都知道我在过去六年做了什么，你呢？”

“我喜欢美国，”他说，“那里没有等级观念。虽然有穷人也有富人，但没有贵族，没有无聊的阶级和礼节。你做的这些事情——跟索利结婚，跟这块土地上最高级的人结为朋友，在这儿的确非同小可，就算现在我也敢打赌，你一直没把自己的真实身世讲出来——”

“我觉得，他们心里自然会怀疑——不过你说得对，我不会坦白的。”

“在美国，你就得自夸出身卑微，就像金戈吹嘘他的祖先参加过阿金库尔战役那样。”

她感兴趣的是休，不是美国。“你还没有结婚。”

“没有。”

“在波士顿……没有你喜欢的女孩吗？”

“我尝试过，梅茜。”他说。

突然间她十分后悔问他这个问题，她有一种预感，他的回答会毁了她的幸福。但现在晚了，问题已说出口，他也回答了。

“波士顿有漂亮的女孩、可爱的女孩和聪明的女孩，还有那种能做贤妻良母的女孩子。我留意了其中几位，她们好像也喜欢我，但是当到了谈婚论嫁的时候，我就发现总是缺点儿什么，每次都是。没有跟你在一起的感觉。那不是爱情。”

现在他说出这句话来。“停。”梅茜低声说。

“两三个做母亲的被我气坏了，然后我的名声就传出去了，女孩们都小心警惕起来。她们对我都很好，但知道我什么地方不对劲儿，我玩世不恭，不是真心结婚的料。休·皮拉斯特，英国银行家兼伤人心专家。如果有个姑娘不在乎我的坏名声，爱上了我，我就会劝阻她，我不想伤别人的心。我很清楚伤心是什么滋味。”

她的脸让泪水打湿了，好在黑暗为她做了遮挡。“很对不起。”她说，但她的声音那么轻，连她自己都无法听见。

“反正，我现在知道我的问题出在哪儿了。我觉得我一直都很清楚，但最近这两天才消除了所有疑问。”

他们已经落在别人后面了，现在他停住脚步，面对着她。

她说：“不要说了，休，求你别说了。”

“我仍然爱你。就这些。”

这句话一出口，一切都毁了。

“我觉得你也爱我，”他毫不留情地往下说，“是不是？”

她抬头看着他，看到他眼睛里反射着草坪另一端的房子里射来的灯光，但他的脸藏在阴影里。他低下头，吻着她的嘴唇，她没有闪躲。“咸咸的眼泪，”过了一会儿他说，“你是爱我的，我知道。”他从口袋里掏出一块叠好的手帕，轻轻碰着她的脸，擦去她脸颊上的泪水。

她不得不制止他。“我们得赶上别人，”她说，“会让人说闲话的。”她转身往前走，他只得要么放开她的胳膊，要么跟她一起走。他跟了上去。

“我很奇怪你会在乎别人说什么，”他说，“你们的圈子就是以不在乎这类事情出名的。”

她并不特别在意别人。她担心的是她自己。她拉着他紧赶几步，追上前面那些人，然后放开他的手臂，去跟公爵夫人说话。

她隐隐感到心烦，因为休说了那句马尔伯勒圈以宽容出名的话。的确这是事实，但她真希望他没有用“这类事情”这种措辞，她说不清为什么。

他们重新回到屋里，大厅里那座高高的座钟恰好敲了十二下。梅茜一下子觉得这紧张的一天快把自己耗尽了。“我要上床了。”她宣布说。

她看到公爵夫人本能地朝休那里瞥了一眼，然后又看看她，抑制着脸上的笑意。这让梅茜意识到，他们都在以为今晚休会跟她睡在一起。

女士们一起上楼，留下男人们打台球，喝一杯睡前酒。几个女人亲吻着互致晚安时，梅茜挨个从她们眼中看出兴奋和羡慕的神色。

她走进她的卧室，关上门。壁炉中的煤火很旺，壁炉架和梳妆台上都放着蜡烛。跟往常一样，床边的桌子上放着一盘三明治和一瓶雪利酒，以备夜里饿了的时候享用。她从来没碰过这些，但金斯布里奇庄园训练有素的仆从在每张床边都放了托盘，无一例外。

她开始脱衣服。那些人都猜错了，休今晚也许不会来。想到这儿她非常痛苦，因为她渴望他到来，进了门，她就可以把他抱在怀里，亲吻他，真的吻他，不必像在花园里那么愧疚，而是如饥似渴、毫无顾忌地吻他。这种感觉把她带回六年前古德伍德赛马会之夜那段刻骨铭心的回忆，让她想起他伯母房子里那张狭窄的床，还有她脱掉衣服时他脸上出现的表情。

她对着长条镜子打量着自己的身体。休会注意到它发生的变化。六年前她有一对小巧的、向里凹的粉红色乳头，像一对酒窝一样，但现在，在哺育了伯蒂之后，它们变大了，变成了草莓色，向外凸出来。当姑娘的时候她没必要穿紧身胸衣——她是自然的蜂腰身条——但怀孕后她的腰就再没完全恢复到正常状态。

她听到男人们上了楼梯，脚步很沉，边走边说笑着。休说对了，没人会为乡下聚会中一次小小的通奸行为大惊小怪。难道他们不觉得这是对他们的朋友索利不忠吗？她感到有些讽刺。随后，就像脸上挨了一记耳光一样，她想到她才是该感到愧疚的人。

她整个晚上都把索利抛在了脑后，但现在他回到了她的心神之中，温和可亲的索利，善良大方的索利，爱她爱得发狂的索利，明知伯蒂是别人的孩子，依然细心呵护他的索利。在他离开这幢房子以后的几个小时内，梅茜就让另一个男人来到她的床前。我到底是个什么样的女人啊，她想。

一股冲动，让她走到门口，上了锁。

她现在明白了，为什么她讨厌休说的“你们的圈子就是以不在乎这类事情出名的”这句话。这让她觉得休对此司空见惯，就像这不过是又一次调情，又一桩让社交名媛们嚼舌头的私通和风流韵事。索利理应得到更好的待遇，而不是被这种司空见惯的背叛所出卖。

但我想要休，她心想。

一想到要放弃跟他共度一夜的机会，她就难过得要哭。她想念他那孩子气的笑容，他那骨感的胸部，他的那对蓝眼睛和光滑的白色肌肤；她想念他看到她的身体时脸上的表情，充满了惊奇和快乐，欲望和喜悦；忘掉这一切实在太难了。

有人轻轻敲着门。

她赤身裸体站在屋子正中，僵在那里，说不出话来。

门把手转动，从外面推了一下，但当然推不开。

她听见外面低声叫她的名字。

她走到门边，把手放在钥匙上。

“梅茜！”他轻声叫道，“是我，休。”

她如此渴望他，听到他的声音都让她里面湿润起来。她咬着手指，极力控制自己，但这疼痛也无法掩盖内心的欲望。

他又敲了敲门。“梅茜！让我进去好吗？”

她靠着墙壁，脸上流下了眼泪，滴答滴答从下巴落到她的乳房上。

“至少我们说说话！”

她知道，如果开门的话，决不会说什么话——她会把他搂在怀里，狂热的欲望会让他们立刻倒在地板上。

“说话啊。你在里头吗？我知道你在那儿。”

她站着不动，默然饮泣。

“求你了！”他说，“好吗？”

又过了一会儿，他走了。

梅茜没有睡好，早早就醒了，但新的一天让她的心情稍稍变好了一点儿。趁着其他客人还未起床，她像往常一样来到房子另一头的幼儿室。到了幼儿餐室的门口，她猛然停住脚步。看来，她还不是最早起床的客人。她听到里面有一个男人的声音。她仔细听了听，是休。

只听他说：“恰恰就在这一刻，那巨人就醒过来了。”

她听到小孩子兴奋地尖叫起来，那是伯蒂发出的声音。

休继续说："杰克在魔豆茎上飞跑着，他的腿都快受不了啦，可巨人马上就要追上了！"

金戈那七岁的女儿安妮骄傲地说："伯蒂吓得都藏到椅子后面去了。可我不害怕。"

梅茜也想藏起来，她想转身回她的房间，但接着又停了下来。她今天怎么也得跟休碰面，幼儿室这里倒是最轻松的地方。她镇定下来，走了进去。

休把三个孩子哄得团团转。伯蒂都没注意到母亲进来，休抬头看了看梅茜，眼神很委屈。"接着讲。"梅茜说，她在伯蒂身边坐下，搂住他。

休的注意力又回到了孩子们身上。"那么，你们觉得杰克会怎么做？"

"我知道，"安妮说，"他有一把斧头。"

"对了。"

梅茜搂着伯蒂坐着，伯蒂瞪着大眼睛，看着他真正的父亲。如果这我都能忍受得了，那我就什么都能应付，梅茜想。

休继续讲："当巨人还在豆茎的半路上，杰克就把它一斧子砍断了！巨人一下子摔在地上……一命呜呼了。后来，杰克和他妈妈一直幸福地生活在一起。"

伯蒂说："再讲一遍。"

4

科尔多瓦部里工作很忙。明天就是科尔多瓦独立纪念日，午后有一场重大的招待会，到时候会有大批议会成员、外交部官员、外交使节和记者到场。今天上午却又忙中添乱，米奇·米兰达收到英国外交大臣发来的措辞强硬的照会，为在安第斯山脉两名英国游客被杀事件提出交涉。不过，爱德华·皮拉斯特一到，米奇·米兰达就把这些全都撇到一边，因为他要跟爱德华谈的事情比招待会或者照会都更重要。他需要五十万英镑，并指望能从爱德华那儿得到这笔钱。

米奇已经当了一年的科尔多瓦部长。他要出全套手腕才得到了这份工作，他家里那边也花了一大笔钱贿赂疏通。他答应老爹所有这些钱都会还给家里，而现在他必须履行这个诺言。他宁可死也不愿让他的父亲失望。

他把爱德华带进部长办公室，这间巨大的房间里醒目地挂着一面科尔多瓦国旗。他走到大桌子前，摊开一张科尔多瓦地图，用雪茄盒、雪利酒瓶、一只杯子和爱德华的灰顶帽压住四角。他有些犹豫，毕竟这是他第一次向人要五十万英镑。

“这是北部的圣玛丽亚省。”他开始说。

“我了解科尔多瓦的地理。”爱德华没好气地说。

“当然，这我知道。”米奇宽慰他。的确，皮拉斯特银行跟科尔多瓦做了大量生意，为其出口硝酸盐、咸牛肉、银矿，进口采矿设备、枪支和奢侈品募集资金。爱德华负责所有业务，这要感谢米奇，一开始是专员，接着当上了部长，他刁难那些不想使用皮拉斯特银行资金跟他的国家做生意的商人。结果，爱德华现在成了全伦敦知名的科尔多瓦贸易专家。“你当然了解啦，”米奇重复道，“你也知道我父亲开采的硝酸盐矿，都是用骡子从圣玛丽亚运到帕尔玛的。但你可能有所不知，这条线路上有可能要修建一条铁路。”

“你能肯定吗？修铁路很复杂的。”

米奇从他的办公桌上拿起一个装订起来的大本子。“我父亲委托一个叫戈登·哈弗佩尼的苏格兰工程师做了测量。所有情况都记在这儿，包括成本。你看看吧。”

“要多少钱？”爱德华说。

“五十万英镑。”

爱德华一页页翻看着那份报告。“政界那边呢？”

米奇抬头瞟了一眼加西亚总统穿着统帅军服的大幅肖像。每次米奇看见它，都暗自发誓有朝一日要让自己的画像取而代之。“这主意总统赞成。他认为这会加强他对农村地区的军事控制。”加西亚相信老爹。自从老爹当上圣玛利亚省的省长以来——依仗着伯明翰产的两千杆威利-理查兹短管步枪，米兰达家族就成了总统的狂热支持者和亲密盟友。加西亚毫不怀疑老爹的动机，有了帕尔玛铁路，米兰达家族就能在两天内得到原来要花两个星期才能到手的资金。

“怎么支付呢？”爱德华说。

“我们在伦敦市场上筹集资金，”米奇轻描淡写地说，“实际上，我觉得皮拉斯特银行负责这项业务更好。”他尽量让自己显得平心静气。这是他多年来对皮拉斯特家族艰苦经营的最高潮部分，现在就要收取他的回报了。

但爱德华摇了摇头，说：“我倒不这么认为。”

米奇既惊讶又沮丧，他本以为爱德华至少会同意考虑考虑。“可你一直在为修铁路筹集资金啊——我觉得你很高兴有这个机会呢！”

爱德华说：“科尔多瓦跟加拿大或者俄罗斯不同。投资者不喜欢你们那里的政治格局，外省各自为政，都有自己的私人军队。这简直就是中世纪。”

米奇没想到这一点。“你们资助了老爹的银矿啊。”这事发生在三年前，为老爹足足赚了十万英镑。

“没错！但这是南美唯一赚钱的银矿，还特别费劲。”

实际上这个银矿储藏丰富，但老爹把大部分利润都搜刮下来，只给股东留下了一小部分。哪怕他为了体面，多留下一点儿呢！但老爹从来就不听这种劝告。

米奇心里打鼓，强作镇定，但脸上肯定有所显露，让爱德华看了出来。他有些担心地说：“我说，老伙计，真有那么重要吗？你好像很不高兴。”

“跟你说句实话，这对我的家人至关重要。”米奇坦言相告。他认为爱德华如果有心成事，就能筹集到这笔钱，这不是不可能的，“当然，如果皮拉斯特这样有威望的银行支持这个项目，人们就会认为科尔多瓦是一个很好的投资方向。”

“这里有个问题，”爱德华说，“如果哪个股东提出这个想法，竭力让它通过，也就有可能办成，可我不是股东。”

米奇低估了筹集五十万英镑的难度。但他并不气馁。他会找到办法的。“我再考虑一下。”他说，勉强地笑了笑。

爱德华喝完那杯雪利酒，站了起来。“那我们去吃午饭吧？”

晚上，米奇和皮拉斯特一家去喜歌剧院看《皮纳福号军舰》。米奇提前几分钟赶到。他在休息室遇见了鲍德温一家，他们总是跟着皮拉斯特家族，阿尔伯特·鲍德温是名律师，为银行做了不少事，奥古斯塔曾一度费心撮合，想让他女儿蕾切尔嫁给休。

米奇的脑子里一直想着筹资兴建铁路的事，但他不由自主地撩拨了蕾切尔·鲍德温几句——他跟所有的女孩子以及大多已婚妇女都这样。“你的女性解放运动搞得怎么样了，鲍德温小姐？”

她的母亲红着脸说：“我希望你最好别谈这个，米兰达先生。”

“好的，我不说，鲍德温太太，你的愿望对我来说就是议会法案，具有法律约束力。”他朝蕾切尔转过身来。她算不上漂亮，两眼离得有点儿近，但她的身材很好，两腿修长，腰身很细，胸脯挺阔。一念之间，他幻想她反绑双手躺在床上，裸露的两腿向外叉开。他暗暗玩味着这一幻象，目光从她的怀里慢慢上移，跟她四目相对。这样会让大多数女孩子脸红，掉过头去，但她没有，反而十分率直地看了他一眼，笑了笑，到头来倒是他害羞起来。为了找点儿话题，他说：“你知道我们的老朋友休·皮拉斯特从殖民地回国了吗？”

“知道，我在怀特海文宅看见他了。你当时也在。”

“对了，我忘了。”

“我一直挺喜欢休的。”

但你不想嫁给他，米奇心想。蕾切尔在婚姻市场陈列了好几年，已经有点儿像过时的商品了，他不怀好意地寻思着。不过，直觉告诉他，她是性特征十分强烈的人。她的问题无疑是她显得太强大，把男人都吓跑了，但现在她已经越来越绝望。到了三十岁还未婚嫁，她开始担心自己注定要当老处女了。有些女人或许能够泰然处之，但蕾切尔不能，这一点米奇看得出来。

她曾被他所吸引，但那时不分男女长幼，几乎所有的人都喜欢他。米奇乐得让有钱有势的人喜欢自己，这样能让他变得有力量，只是蕾切尔无权无势，她投来的关注毫无价值。

皮拉斯特一家到了，米奇把注意力转向了奥古斯塔。她穿着一件醒目的深洋红色晚礼服。“你看上去……真是秀色可餐，皮拉斯特太太。”他压低声音说。她快活地微笑着。两家人闲聊了几分钟，随后就去找各自的座位。

鲍德温一家坐在前排座位，但皮拉斯特一家是包厢。他们分开时，蕾切尔朝米奇送去一个多情的微笑，静静地说：“也许我们过会儿还能见面，米兰达先生。”她父亲听见这句话，一脸不高兴地拉起她的胳膊赶紧走开，但鲍德温太太临走还对米奇笑了笑。米奇想，鲍德温先生是不想让他女儿爱上一个外国人，但鲍德温太太已经不那么挑剔了。

看第一幕时他一直担心着铁路贷款的事。他没有考虑到科尔多瓦原始的政治格局带来的问题，正是这种政治环境让米兰达家族打拼出权力和财富，但它却让投资人觉得很有风险。这意味着他或许也无法争取到其他银行对铁路项目融资。只有利用他在皮拉斯特家族内部的影响力才能筹到钱。而这一家人里，他能施加影响的只有爱德华和奥古斯塔。

第一次幕间休息时，他利用自己单独跟奥古斯塔在包间里的几分钟时间，马上就揪住她。他知道她喜欢直来直去。“爱德华什么时候才能当上银行的股东？”

“你触到痛处了，”她嫌恶地说，“为什么要问这个？”

他简要地跟她说了说铁路的事，没有提及老爹获取资本的长期目标。“我无法从别的银行拿到钱——那些银行统统对科尔多瓦一无所知，我是为了爱德华，才一个个疏远他们的。”这并不是真正的原因，但奥古斯塔无从了解，她对业务一窍不通，“但如果爱德华能让这个项目通过，就算是大功一件。”

奥古斯塔点点头。“我丈夫答应，只要爱德华结婚，就让他当股东。”她说。

米奇很吃惊。爱德华结婚！这太让人震惊了——可这有什么可震惊的呢？

奥古斯塔接着说：“我们甚至已经选定了新娘——马普尔执事的女儿艾米莉。”

“她长什么样？”

“很漂亮，很年轻——她只有十九岁——也很聪明。她的父母赞成这门婚事。”

这倒跟爱德华般配，米奇想，他喜欢漂亮女孩，但他想要一个能管得住的。“那么，还有什么障碍吗？”

奥古斯塔皱起了眉头说：“我只有一点不明白，不知道为什么爱德华不愿意向她求婚。”

米奇倒不觉得奇怪。他无法想象爱德华会结婚，无论女孩多么般配。他能从婚姻那里得到什么呢？他不想要孩子。但现在，股东资格倒是一个动因。就算爱德华不上心，可米奇却很上心。“我们能做点儿什么，鼓励一下他？”

奥古斯塔别有意味地看了米奇一眼，说：“我有种奇怪的感觉——如果你结婚了，他就知道着急了。”

米奇扭过头去。这就是她的悟性所在，她对内尔妓院包间里发生的事情一无所知，但她有一个母亲的直觉。他这边也觉得如果自己先结了婚，爱德华也会更愿意。“我？结婚？”他淡然一笑。没错，他早晚都会结婚，谁都得结婚，但眼下他没觉得有什么理由这样做。

不过，如果是为了铁路融资必须付出的代价呢……

他知道，这还不只是为了铁路。贷款一次成功就会次次成功。俄罗斯和加拿大等国每年都在伦敦市场募集新贷款——修铁路，建港口，投资供水公司和政府财政。没有任何理由表明科尔多瓦不能这么干。米奇可以从募集的每个便士里正式或非正式地提取一部分佣金，更重要的是，这笔钱会流入他的家族利益，让他们更加富有、更加强大。

如果办不成这件事，后果将不堪设想。要是米奇让老爹的希望落空，就永远不会获得他的宽恕。他宁可结三次婚也不敢惹怒他父亲。

他回头看着奥古斯塔。他们从未谈论过1873年9月发生在老塞思卧室里的事情，但她不可能忘记这一切。那是一次没有性交的做爱，算不上通奸的背叛，可以说有，也可以说什么都没有。他们两个全穿着衣服，而且只持续了短短的几秒钟，但对米奇来说，它比跟内尔妓院的妓女所做的任何事情都更加狂烈刺激，更加令人难忘，他相信那对奥古斯塔来说，也一样非同小可。她如何看待米奇结婚的事情呢？伦敦半数的妇女会因此吃醋，但你总是很难看穿奥古斯塔的内心。他决定直接问她。他盯着她的眼睛，说："你真想让我结婚？"

她犹豫了。他看出她的脸上闪过一丝遗憾。接着她表情冷酷，坚定地说："是的。"

他凝视着她。她继续保持着坚定的姿态。他知道她已表明了自己的态度，心里隐隐有些失望。

奥古斯塔说："这些事必须尽早解决。艾米莉·马普尔的父母不能一直等下去。"

换句话说，我最好赶快结婚，米奇想。

我会的，就这么定了。

约瑟夫和爱德华回到了包间，话题便转到了其他事情上。

看下面一场的时候米奇一直在想爱德华的事。他们俩已经是十五年的老朋友了。爱德华很脆弱，缺乏安全感，急于获取满足却又不会主动。他这辈子就得有人一直推着他走、扶持他才行，甚至在学校的时候米奇就开始满足他的这种需求了。现在，他必须催促爱德华赶紧结婚，既对他的职业生涯有利，也为了米奇的需要。

第二次中场休息时，米奇对奥古斯塔说："爱德华在银行里得有个帮手，要有个既聪明又忠实的业务员维护他的利益。"

奥古斯塔想了一会儿。"这的确是个好主意。"她说，"是得有个你我都信任的人。"

"正是。"

奥古斯塔说："你想好了什么人吗？"

"我在部里有个为我帮忙的表弟，名叫西蒙·奥利弗，他原来姓奥利维拉，随后取了个英国化的名字。这个孩子很聪明，完全信得过。"

"哪天带他来喝茶吧，"奥古斯塔说，"如果我喜欢他的话，我就跟约瑟夫说说。"

"好的。"

最后一幕开始了。米奇思忖着，他跟奥古斯塔的想法总是很一致。他要娶的人应该是奥古斯塔，他们两个可以一起征服世界。接着，他从脑子里拂去了这个荒谬的想法。那他该跟谁结婚呢？不能是某个家族的继承人，因为他娶不起这种女孩。倒是有几个女继承人可以轻易被他俘获，但赢得她们的欢心仅仅是第一步，以后还必须跟她们的父母展开胜负难料的持久战。不，他需要一个背景一般的女孩，一个已经喜欢上他、能欣然接受他的人。他的目光在剧院四周的座位上游荡着，最后落在了蕾切尔·鲍德温身上。

她完全符合他的要求。她已经差不多爱上了他，也急于找个丈夫把自己嫁出去。她父亲不太喜欢米奇，但她的母亲喜欢，母亲跟女儿一道很快就会克服父亲的反对。

而且最重要的是，她很能打动他。

她肯定是个处女，纯洁无瑕，又善解人意。他会对她做那些让她迷惑和厌恶的事情。她有可能十分抵触，那就更有乐子了。最终，妻子会屈服于丈夫的性要求，不管这种要求多么怪异，多么令人反感，因为她无法跟人抱怨这种事。他又一次想象她被绑在床上的情景，但这一次她翻腾扭动着，出于疼痛或是渴望，或二者兼具……

歌剧演完了。他们离开剧院时，米奇四下寻找鲍德温一家。他们在人行道上见了面，皮拉斯特一家在等他们的马车，阿尔伯特·鲍德温拦下了一辆二轮小马车。米奇对鲍德温夫人迷人地笑了笑，说："明天下午我想去府上拜访，不知能否拥有此等殊荣？"

她显然吃了一惊："反倒是我不胜荣幸，米兰达先生。"

"你太客气了。"他跟蕾切尔握手，看着她的眼睛说，"那么，明天见。"

"期待你的到访。"她说。

奥古斯塔的马车来了，米奇为她打开门。"你觉得她怎么样？"他压低声音说。

"她的两眼离得太近了。"奥古斯塔边说边爬进车里。她在位子上坐定，通过敞开的门跟他说话。"除此以外，她长得像我。"说完她一甩门，让马车开走了。

一个钟头以后，米奇和爱德华已经坐在内尔之家的私人房间里吃夜宵了。除了一张桌子以外，屋里还有一只沙发、一个衣柜、一个洗脸架和一张大床。埃普丽尔·蒂尔斯利重新装修了这个地方，用的都是时髦的威廉·莫里斯面料，墙上挂着一排画框，描绘的是性爱场面和各种果蔬装饰。只是由于这档生意的本质是任人醉酒胡来，墙纸已开始破烂，窗帘上污迹斑斑，地毯也撕裂了。然而，昏暗的烛光遮掩了房间的庸俗气息，也让人看不出那些风流女人的年纪。

两个他们最喜欢的女孩在旁边等着，一个叫穆里尔，另一个叫莉莉，她们穿着红丝绸做的鞋子，戴着花里胡哨的大帽子，除此以外一丝不挂。房间外面传来沙哑的歌声和激烈的争吵声，但屋里还算安静平和，煤火在噼啪作响，两个女孩喃喃低语，服侍着他们吃喝。这气氛让米奇放松下来，不再那么担心铁路贷款的事。至少他已经做好计划，只需实现它就行。他看着桌子对面的爱德华。他们之间的友谊已经硕果累累，他心想。有些时候，他几乎喜欢起爱德华来。爱德华的依赖习性令人厌烦，但这恰恰赋予了米奇对他的控制力。他帮了爱德华，爱德华也帮了他，在这座世上最繁华都市里，他们两个把所有伤风败俗的花样都享受过了。

两人吃完饭，米奇又倒了一杯葡萄酒，说："我要跟蕾切尔·鲍德温结婚。"

穆里尔和莉莉咯咯笑起来。

爱德华盯着他看了半天，然后说："我不相信。"

米奇耸耸肩。"信不信由你。反正我说的是真的。"

"你不是在开玩笑？"

"不是。"

"你这个卑鄙的家伙！"

米奇吃惊地盯着他的朋友说："怎么啦？我就不能结婚吗？"

爱德华站起身，盛气凌人地靠在桌子上说："你是个该死的下流胚，米兰达，只能这么说你。"

米奇没料到他的反应如此剧烈。"你着了什么魔了？"他说，"你不是要娶艾米莉·马普尔吗？"

"谁告诉你的？"

"你的母亲。"

"好吧，我不跟任何人结婚。"

“为什么不啊？你都二十九了，我也是。男人到了这个年龄就该结婚成家，体体面面，让人尊敬。”

“狗屁的体面尊敬！”爱德华吼着，掀翻了桌子。米奇猛地闪开，杯盘摔碎了，酒也洒了一地。两个光着身子的女人吓得跑出门去。

“冷静点儿！”米奇嚷道。

“都这么多年了！”爱德华怒冲冲叫喊着，“我已经给你做了这么多事儿！”

米奇为爱德华大发脾气感到不解。他必须让这家伙冷静下来。这么闹下去可能让他对婚姻产生抵触，那样就事与愿违了。“这也不是什么灾难，”他用讲道理的口气说，“我们不会发生任何变化。”

“会变的！”

“不，不会的，我们还会到这儿来。”

爱德华还是不肯相信。他稍稍放低声音，说：“我们还会来吗？”

“会的，我们还照样去夜总会。设立夜总会就是这个目的，让男人去夜总会摆脱他们的妻子。”

“我看是这样。”

门开了，埃普丽尔大模大样走了进来。“闹什么闹？”她说，“爱德华，是你把我的瓷器打碎了吗？”

“对不起，埃普丽尔，我会赔的。”

米奇对埃普丽尔说：“我不过是在跟爱德华解释，他结了婚也还可以上这儿来。”

“我的上帝，但愿如此，”埃普丽尔说，“如果已婚男人都不来这儿了，我就得关门了。”她转身朝门口喊了一声：“希德！拿把扫帚来。”

爱德华很快就平静下来，这让米奇松了一口气。米奇说：“结婚后的头几天我们得在家待着，偶尔赴一次晚宴。但过了这阵儿以后，就一切都恢复正常了。”

爱德华皱起了眉头。“妻子不会介意吗？”

米奇耸了耸肩。“谁在乎她们介不介意？当妻子的又能怎么样？”

“如果妻子不满，就会找丈夫的麻烦。”

米奇意识到，爱德华是把他母亲看作典型的妻子了。幸好只有少数女人像奥古斯塔那么嚣张跋扈，或者说像她那么精明。“关键是不要对她们太好，”米奇以考斯夜总会那些已婚私交的口气说，“如果你对自己的妻子太好了，她就想让你一直跟她待在一起。对她粗鲁一点儿，她就愿意让你晚上去夜总会，省得折腾她。”

穆里尔搂着爱德华的脖子。“你结了婚也一样的，爱德华，信我的没错，”她说，“到时候我还给你吹喇叭，让你看米奇跟莉莉干，你不就喜欢这样吗？”

“你真会这样？”他傻乎乎地笑了笑。

“当然，我保证。”

“那么说，一切照旧，是吧。”他说，看了看米奇。

“没错，”米奇说，“只有一件事会改变，那就是你会当上银行的股东。”

第二章
四 月

1

音乐厅简直热得就像一间土耳其浴室。空气中弥漫着啤酒、贝类和人身上发出的污浊气息。舞台上站着一个年轻女子，身上是精心穿缀的破布衣服，后面是画出来的酒馆布景。她抱着一个代表婴儿的玩偶，唱着她被诱骗抛弃的怨曲。观众坐在长条台桌后面的长凳上，手挽手加入了合唱：

一滴杜松子酒就引出这一出悲情！

休放开嗓门唱着，感觉很不错。他吃下了一品脱海螺，喝了好几杯热乎乎的麦芽啤酒，身边靠着诺拉·登普斯特。她的身体柔软丰满，倚靠着很是惬意，笑起来也很迷人，而且，这个人几乎算是救了他的命。

在造访过金斯布里奇庄园之后，他一下子堕入了沮丧抑郁的深渊，无法自拔。跟梅茜见面让昔日的幽灵复活过来，而她的再次拒绝让他鬼魂附体，一刻不停地受着折磨。

白天他还能马马虎虎糊弄过去，因为工作上总有各种挑战和问题，把他的注意力从痛苦中转移出去，他要忙着筹措与梅德勒-贝尔开办合资企业，皮拉斯特的股东最终批准了这项合并。他自己也很快成了银行股东，实现了他的梦想。但到了晚上他就什么都不想干。他收到不少晚会、舞会和宴会的邀请，凭借他与索利的友谊，他也成了马尔伯勒圈子里的成员。他也参加过几次，但如果梅茜没来，他就觉得无聊，可要是她在，又让他觉得痛苦。因此，多数夜晚他都把自己关在屋里，思念着她，或者上街闲逛，抱着一丝希望能偶然碰到她。

他就是在大街上遇到诺拉的。当时他去了牛津大学街的“彼得·罗宾逊”商店，这原来是一家亚麻布店，现在成了一家百货公司。他到那儿去给妹妹多蒂买礼物，打算随后马上坐火车去福克斯通。可是，他的心情很低落，不知如何面对他的家人。心情烦乱之中，他什么礼物也没有选，两手空空走出商店。外面已经黑了，诺拉一下子撞到他的身上。她绊了一下，他伸出胳膊抓住她。

抱住她的那种感觉他久久不能忘怀。尽管她穿得很严实，他仍能感觉到她柔顺的身体，闻到她温暖的香气。转眼之间，寒冷而黑暗的伦敦街巷消失了，他突然置身于一个封闭的快乐世界。她手里买的东西落在地上，陶瓷花瓶在便道上摔碎了。她惊叫一声，几乎就要哭了。自然，休坚持为她再买个新的。

她二十四五岁，比他小一两岁。她长着一个漂亮的圆脸蛋，小圆帽下露出一头沙金色的卷发，她的衣着便宜，但挺合人意，镶花边粉红色羊毛裙，里面带着裙撑，上身是一件兔毛滚边的紧身法国海军蓝天鹅绒夹克。她说话明显带有懒散的伦敦腔。

两人去买新花瓶，聊天之间他告诉她，自己定不下来给妹妹买件什么礼物。诺拉建议买把花伞，还坚持帮他挑选了一把。

最后他叫了一辆两轮马车送她回家。她告诉他，她跟自己的父亲住在一起，他是一个旅行推销员，贩卖专利药品。她母亲已经去世了。她住的地方远不如他想象中那么体面，属于贫穷的工人阶层，算不上中产阶层。

他以为自己不会再见到她了，跟往常一样，在福克斯通度过的星期天里，他满脑子还在想着梅茜。周一他在银行上班时收到了诺拉的一张便条，感谢他好心帮忙。他注意到那笔迹很整洁，像一个少女写的。随后他把纸条揉成一团，扔进了废纸篓。

第二天中午他走出银行，想去咖啡馆吃一盘羊肉饼时，看见她在街上朝他走过来。一开始他没有认出她，只是觉得这张脸挺可爱，直到她嫣然一笑，他才记起她来。他礼貌地摘下帽子，她也停下来说话。她脸上一红，告诉他，她在一家紧身胸衣店当助理，刚去拜会了一位客户，现在正返回店里。出于一时冲动，他邀请她晚上一起去跳舞。

她说她很想去，但自己没有合适的帽子，因此他就带她去女帽店给她买了一顶，把问题解决了。

他们的恋情大部分是在购物中发展起来的。她的日子一直过得紧巴巴，休如此富有让她非常兴奋，并不觉得害羞。而他，也喜欢给她买手套、鞋子、外套和手镯，她想要什么就买什么。虽然休的妹妹刚十二岁，但什么都瞒不过她的眼睛，她说诺拉是因为他有钱才喜欢他。他听了这话，笑笑说："可谁会因为我的长相而爱上我呢？"

梅茜并没有从他的脑子里消失，他还在每天想她，但这种回忆不再让他陷入绝望。现在他已经有了期待的东西，与诺拉的下一次约会。要不了几个星期，她就让他找回了生活的乐趣。

在一次购物远征中，他们在邦德街的一家皮货店遇到了梅茜。休有些不好意思地给两个女人互相介绍。诺拉见到所罗门·格林伯恩太太，一时不知所措。梅茜请他们到皮卡迪利大街的家里喝茶。当天晚上休在舞会上又见到了梅茜，让他吃惊的是，梅茜对诺拉相当反感。“很遗憾，我不喜欢她，”梅茜说，“她给我的感觉是又狠心又贪婪，我丝毫不相信她会爱你。看在上帝的分上，别跟她结婚。”

这话深深冒犯了他，让他很不高兴，他觉得梅茜是在嫉妒。再说，他也没打算结婚。

音乐厅的演出一结束，他们就跑了出去。外面雾气弥漫，夹杂着煤烟的味道。他们用围巾裹住脖子，捂住嘴巴，往卡姆登镇诺拉的家走去。

这会儿就像待在水里一样，周遭的声音听上去闷闷的，行人和景物一下子硬生生地在雾气之中显现出来：拉客的妓女站在煤气灯下，一个醉汉踉跄着走出一间酒吧，警察正在巡逻，清道夫站在十字路口，一辆点燃街灯的马车在路上缓缓而行，阴沟里湿漉漉的狗，还有两眼幽光闪闪、蹿入小巷的一只猫。休和诺拉手牵着手，不时在浓重的夜雾中停下来，松开围巾，透一口气，顺便接吻。诺拉的嘴唇十分柔软，回应着他的动作，她让他把手伸进大衣，抚摸她的乳房。夜雾让一切变得沉静安详，显得既隐秘又浪漫。

他通常在街角跟她分手，但今晚因为有雾，就一直送她进门。他想在门口再吻她一次，但害怕她的父亲开门看见他们。不过，诺拉说了句让他吃惊的话：“你要进来吗？”

他从没进过她的家门。“你爸爸会怎么想呢？”他说。

“他去哈德斯菲尔德了。”她边说边打开了门。

休的两脚迈进门槛，心在怦怦直跳，他不知道接下来会发生什么，不过一定是让人兴奋的事情。他帮诺拉脱掉大衣，渴望的目光落在她天蓝色长衫下面曲线优美的肢体上。

房子很小，甚至比他母亲在福克斯通的房子还小。狭窄的门厅差不多全被楼梯占去了。门厅里有两扇门，估计是通向前厅和后面厨房的。楼上大概有两间卧室。厨房里应该有个马口铁浴盆，厕所可能在后院。

休把帽子和外套挂在衣帽架上。厨房里传出狗吠，诺拉打开门，把一只黑色苏格兰小猎犬放了出来，它的脖子上拴着一条蓝色的丝带，欢蹦乱跳地跟她打招呼，然后警惕地围着休兜圈子。“爸爸不在家的时候，有小黑来保护我。”诺拉说。休明白了这话的双重含义。

他跟诺拉进了客厅。这里的家具又老又旧，不过诺拉用他们一起买的东西把屋子装扮得亮亮堂堂：几块色彩鲜艳的垫子，一条五颜六色的地毯，还有一张巴尔莫勒尔城堡的画。她点上一支蜡烛，把窗帘拉上。

休站在屋子中央，不知道该做什么，直到她开口吩咐，才让他摆脱了痛苦：“要不你去把火生起来吧。”壁炉里留有余火，休放上引火柴，拉了几下小风箱，把火重新点着了。

他干完这些，转身看见她坐在沙发上，摘掉了帽子，把头发放了下来。她拍拍身边的坐垫，他乖乖地坐了下来。小黑嫉妒地盯着他，他琢磨着怎么快点儿把它弄到外面去。

他们手拉着手，看着炉火。休感到心里很踏实，他想象不出自己这辈子还需要什么别的东西。过了一会儿他又去吻她，试探着去摸她的乳房。她的乳房很坚挺，整个握在他的手里。他轻轻捏着，她重重地叹了口气。休很多年都没有体会过这种感觉了，但他并不满足，还想更进一步。他用力吻着她，不停地抚摸她的乳房。

她慢慢向后仰倒，直到休已经半卧在了她的身上。两个人都开始喘息起来，他觉得她肯定能感觉到他的阴茎紧压在她丰满的大腿上。他的脑子里有一个清醒的声音告诉他，他是在趁着女孩的父亲不在占她的便宜，但这声音实在太微弱，无法按压下他内心深处火山一般的欲望。

他渴望摸她最为私密的地方，他把手放到她两腿之间。她马上打了个挺，那只小狗见状也叫了起来。休稍稍撤了撤，说："我们把狗弄外面去吧。"

诺拉一脸困惑："我们好像该停下来。"

休实在不想罢手。不过，"好像"这个词鼓励了他。"我现在不能停，"他说，"把狗弄出去。"

"但是……我们还没有……订婚什么的。"

"我们可以订婚。"他连想都没想就说。

她脸色发白。"你说的是真的？"

他也这样问着自己。一开始他以为这不过是一次简单的调情，并非真正的求爱。但就在几分钟前，他还在思考自己多大程度上愿意跟诺拉手牵着手坐在炉火前，共同度过余生。他真的想和她结婚吗？他意识到他想，实际上他已别无所求。当然，这会带来一些麻烦，家里人会说他娶了一个地位比自己低的女人。让他们见鬼去吧。他已经二十六岁，一年可以赚一千英镑，成了世界上最负盛名的银行的股东，他喜欢谁就可以娶谁。他的母亲会觉得不安，但也会支持他，她为他操心，但她会高兴看到自己的儿子幸福。其他人喜欢说什么就随他们去说好了，他们从来没为他做过任何事情。

他看着诺拉，她面若桃花，漂亮、可爱，躺在旧沙发上，头发散在她裸露的肩膀四周。他渴望得到她，现在，立刻。他已经孤独了太长时间。梅茜已经完全跟了索利，她再也不会是他的了。现在是他找一个温暖可心人的时候，与他共享床榻、共度余生。诺拉哪点儿不合适呢？

他对着狗打了一个响指。“到这儿来，小黑。”那只狗小心翼翼地走近他。他抚摸着它的头，然后抓住它脖子上的丝带。“去看着门厅。”说着就把狗放到了门外，关上门。那狗叫了两声，随后就没动静了。

他在诺拉身边坐下，拉起她的手。她脸上显出机警的神色。他说：“诺拉，你愿意嫁给我吗？”

她的脸一下子红了。“是的，我愿意。”

他吻着她。她张开嘴巴，热情地回吻他。他摸着她的膝盖。她拉着他的手，把它放到她的裙子下面，再往上一直摸到她两腿之间叉开的地方。隔着针织内裤他能感觉到她下体微微的隆起，感觉到她那粗糙的毛发。她的嘴唇滑过他的脸颊，凑到他耳边，她低声耳语着：“休，亲爱的，你要了我吧，今晚，就现在。”

“我要，”他沙哑地说，“我要。”

2

坦比公爵夫人的化装舞会是1879年伦敦初夏社交季节的重大事件。几周之前大家就开始谈论它，不惜重金购置服饰装束，人们为了弄到一纸请柬挖空心思，想尽办法。

奥古斯塔和约瑟夫·皮拉斯特没有收到邀请。这不足为奇，因为他们不属于伦敦上流社会的最高层。但是奥古斯塔想去，她打定主意一定要出现在舞会上。

她刚一听说舞会的事，就跟哈里特·莫尔特提过，但她的反应是一脸尴尬，什么话也没说。作为女王的宫廷女侍，莫尔特夫人具有很强的社会影响力，最重要的是，她还是坦比公爵夫人的远房表亲。但她没答应帮奥古斯塔弄到邀请。

奥古斯塔查了一下莫尔特勋爵在皮拉斯特银行的账户，发现他有一千英镑的透支。第二天勋爵就收到了一份函件，要他规整一下自己的账户。

奥古斯塔在同一天造访了莫尔特夫人。她表达了歉意，说那份函件弄错了，负责的职员已被解雇。接着她就又提到舞会的事。

莫尔特夫人冷冰冰的面孔立时露出毫不掩饰的痛恨，因为她明白这是彻头彻尾的讨价还价。奥古斯塔不为所动。她本来就不打算讨莫尔特夫人的欢心，只是想利用她。莫尔特夫人面临一个简单的选择：发挥她的影响力，给奥古斯塔弄一份舞会邀请，或者去找一千英镑来填补透支。她选了更容易的，邀请卡片第二天就送上门来。

让奥古斯塔心烦的是，莫尔特夫人帮助自己并非心甘情愿。莫尔特夫人必须被胁迫着才能办事，实在让人窝火。奥古斯塔心生恶意，一不做二不休，逼她又给爱德华弄了一份邀请。

奥古斯塔要扮成伊丽莎白女王，约瑟夫是莱斯特伯爵。在舞会的那天晚上，他们在家里吃了晚餐，然后换上衣服。奥古斯塔穿好后走进约瑟夫的房间，帮他打扮齐整，顺便说说他的侄子休。

她很生气休跟爱德华同时当上了银行的股东。更糟糕的是，人人都知道爱德华只是因为结了婚，向银行注资二十五万英镑才成了股东，而休获得股东资格，是因为他同纽约的梅德勒和贝尔公司的合作业务带来了丰厚的利润。人们已经在议论休有可能最终当上资深股东。一想到这些，奥古斯塔就恨得牙根发痒。

他们是在四月底，在年度股东协议续约时获得提拔的。但在这之前，奥古斯塔高兴地发现，休做了一件令人难以置信的蠢事，跟卡姆登镇一个肥嘟嘟的工薪阶层的女孩结了婚。

六年前梅茜的那件事表明他有个弱点，专门喜欢贫民区的女孩子，但奥古斯塔没想到他竟敢娶这种人为妻。他悄没声地就把这件事办了，在福克斯通，只有他的母亲和妹妹以及新娘的父亲出席，然后把既成事实推给了整个家族。

奥古斯塔一边调整着约瑟夫脖子上的伊丽莎白环状领，一边说："我觉得你要重新考虑休当股东的事，现在他娶了一个女仆。"

"她不是女仆，是紧身胸衣店店员，或者说以前是。现在她是皮拉斯特太太。”

“那还不是一样。皮拉斯特的股东不该娶一个女店员当妻子。”

“我认为，只要他愿意，他跟谁结婚都行。”

奥古斯塔一直担心他这种态度。“要是她又丑又干巴，脾气很怪，你就不这么说了，”她尖刻地说，“就因为她的妖冶漂亮，你才这么宽容。”

“我只是觉得没什么问题。”

“当一个股东要跟内阁部长打交道，要见外交官和大企业的领导。她不懂待人接物这一套，随时会让她丈夫难堪。”

“她会学的。”约瑟夫犹豫了一下，然后说，“有时候我觉得你已经忘了自己的背景，亲爱的。”

奥古斯塔挺直了身子。“我父亲有三间店铺！”她激动地说，“你怎么敢把我跟那个小荡妇相比！”

他马上退缩了：“好了，对不起。”

奥古斯塔被惹火了。“再说，我从来就没在我父亲的店里工作过，”她说，“我是被当作贵族夫人培养的。”

“我道歉，我们别再谈这件事了，该动身了。”

奥古斯塔嘴上不说了，但心里还是气鼓鼓的。

爱德华和艾米莉在大厅里等他们，两个人打扮成亨利二世和阿基坦的埃莉诺。爱德华弄不好他那金穗编织的吊带，便说：“你们走吧，母亲，让马车再回来接我们。”

但艾米莉赶紧插嘴说：“不用啊，我想现在就走。你在车上整你的吊带吧。”

艾米莉长着蓝色的大眼睛，一张小女孩的脸蛋很漂亮。她戴着一条长头巾，穿着十二世纪的绣花礼服和斗篷，让她显得十分动人。然而，奥古斯塔发现她不像看上去那么胆小害羞。筹备婚礼的时候奥古斯塔就看出她喜欢自己拿主意。她很高兴让奥古斯塔筹备婚宴，但她选婚纱和伴娘的时候却异常固执，坚持按自己的想法办。

他们上了车，马车开动，奥古斯塔依稀记起亨利二世和埃莉诺历经风雨的婚姻①。她希望艾米莉不会给爱德华添太多麻烦。结婚后爱德华变得脾气暴躁，让奥古斯塔怀疑是不是什么地方出了问题。她也曾巧妙地询问过爱德华本人，但他什么也没说。

不过，最重要的是，他结了婚，当上了银行的股东。他已经安顿下来，其他一切也就会迎刃而解的。

舞会十点半开始，皮拉斯特一家准时到达。坦比官邸一片灯火通明。外面已经聚集了一大群围观的人，公园大道上排了一溜等待进入庭院的马车。客人们下车登上门前的台阶，一件件装束引得人群鼓掌喝彩。奥古斯塔在车里等着，往前张望，看见安东尼和克里奥帕特拉、几个圆颅党人和骑士、两个希腊女神和三个拿破仑进了宅门。

她的马车终于走到了门口，他们下了车。进了宅子里面才发现这里也排了一队，人们从大厅一直排上了弯曲的楼梯平台，上面站着打扮成所罗门和示巴女王的坦比公爵和公爵夫人，迎接着他们的客人。大厅里摆满了鲜花，一支乐队演奏着曲子，招待这

① 1137年7月25日，埃莉诺与当时仍是法国王子的路易七世结婚。然而在婚姻末期，她与当时只是诺曼底公爵的亨利二世私通。1152年3月21日，埃莉诺与路易七世的婚姻被宣布无效。埃莉诺要求当时年仅十九岁的亨利二世迎娶她，同年5月18日两人在没有与他们身份相称的仪式下结婚。亨利于1154年加冕为英格兰国王，而埃莉诺则成为英格兰王后。

些排队等候的客人。

跟着皮拉斯特一家后面的是米奇·米兰达和他的新婚妻子蕾切尔，米奇是因为他的外交身份而受到邀请的。他穿着沃尔西大主教的红丝绸子教袍，比任何时候都英俊潇洒，奥古斯塔一看见他，一时心里扑扑乱跳。她用挑剔的目光看着他的妻子，她选择装扮成一个奴隶，实在令人惊讶。奥古斯塔鼓励米奇结婚，但对这个相貌平平却赢得了他的女孩，她又无法抑制内心的怨恨。蕾切尔冷冷地回视奥古斯塔，米奇吻过奥古斯塔的手，蕾切尔便占有般地挽起了他的手臂。

他们慢慢登上楼梯，米奇对蕾切尔说："西班牙的特使到了，你一定得对他好点儿。"

"你去对他好吧，"蕾切尔干脆地说，"我觉得他是一只鼻涕虫。"

米奇皱了皱眉头，但没再说什么。蕾切尔态度极端，做派强硬，很适合给到处活动的记者或者激进的议会议员当妻子。米奇应该找个稍为普通、更加漂亮一点儿的人结婚，奥古斯塔心里琢磨着。

在他们的前面，奥古斯塔发现了另一对新婚夫妇，休和诺拉。休是马尔伯勒圈的成员，因为他跟格林伯恩一家友好往来，就受到各处的邀请，这让奥古斯塔十分气愤。他打扮成一个印度王公，诺拉则扮成一个耍蛇人，穿着一件镶着亮片的袍子，截短的下摆露出了穆斯林女装裤。她的胳膊和腿上缠绕着假蛇，一只用纸壳做的蛇头直接搭在她丰满的胸部上。奥古斯塔打了一个寒战。"休的妻子实在是俗不可耐。"她低声对约瑟夫说。

他倒是十分豁达："毕竟，这是一场化装舞会。"

“这里没有哪个女人如此低俗，给人展示自己的大腿。”

“我可不觉得宽松裤子跟裙装有什么区别。”

他大概还很欣赏诺拉那两条美腿呢，奥古斯塔反感地想。这种女人很容易让男人迷糊，丧失了判断力。“我只觉得她不合适做皮拉斯特银行股东的妻子。”

“诺拉不参与任何财务决策。”

奥古斯塔气得真想大叫大嚷。诺拉的工薪阶层身份显然还不太够。她应该做出什么无法饶恕的事情，好让约瑟夫和那些股东一致反对休。

现在她想到一个主意。

奥古斯塔的怒气来得快，消得也快。她想，也许能找个办法让诺拉惹出麻烦。她又抬头望向楼梯上面，研究着她的猎物。

诺拉和休正在跟匈牙利参赞德·托克里伯爵交谈。这个人品性不端，也恰如其分地装扮成亨利八世的模样。奥古斯塔恨恨地想，诺拉正是那种让伯爵着迷的女孩。讲究体面的女士一般会径直穿过房间，避免跟他说话，但尽管名声不好，可因为他是一名资深外交官，各处都会邀请他。诺拉在这个老浪荡子面前忽闪着眼睛，看不出休那边有什么反感的表示。的确，休的脸上除了爱慕以外，再没有别的。他实在太爱她，发现不了任何毛病。这种状况持续不了多久。“诺拉跟托克里说话呢，”奥古斯塔对约瑟夫嘟囔着，“她该考虑考虑自己的名誉。”

“这会儿你不能对他无礼，”约瑟夫粗率地回答，“我们希望为他的政府募集两百万英镑。”

奥古斯塔关心的根本不是德·托克里。她继续琢磨着诺拉的事。眼下这个女孩十分脆弱，因为这里的一切对她来说都十分陌生，她没时间学习上流社会的礼仪。如果今晚能让她当众出丑，最好在威尔士亲王面前丢脸，那就太好了……

她正想着王子，就听到屋外传来一阵热烈的欢呼声，皇室家族的人到了。

片刻之后，王子和亚历山德拉王妃走了进来，他们穿着亚瑟王和格温娜维尔皇后的装束，紧跟在后面的随从装扮成穿着盔甲的骑士和中世纪的贵妇。乐队猛地停下奏了一半的施特劳斯的华尔兹，开始奏起了国歌。大厅里的所有来宾一齐鞠躬致意，皇室一行登上楼梯，楼梯上排着的人纷纷低头行礼，像掀起一阵波浪。奥古斯塔屈膝致礼，她觉得王子一年比一年胖了，虽然看不清他有没有白胡子，可他的头顶却已经见秃了。她一直为那漂亮的王妃抱不平，想必她付出了极大耐心，才能忍受她那挥霍无度、不断拈花惹草的丈夫。

公爵和公爵夫人在楼梯上面迎接皇家宾客，引着他们进入舞厅。楼梯上的客人也随之蜂拥而入。

长长的舞厅里，墙壁的四周堆满了从坦比乡下宅邸温室运来的鲜花，窗户之间高大的镜子里，千百支蜡烛交相辉映。使者们穿着紧身衣裤，打扮成伊丽莎白女王的朝臣，四处送着香槟。王子和王妃被引到舞厅尽头的高座上。舞会安排让那些最显眼的服装轮流展示给皇家成员过目，待皇家一落座，第一组展示者就从大客厅走了出来。人们都挤在高座周围，奥古斯塔发现自己肩并肩跟德·托克里伯爵站在一起。

“你侄子的妻子真讨人喜欢，皮拉斯特太太。”他说。

奥古斯塔朝他淡然一笑：“你如此赏脸，真是太慷慨了，伯爵。”

他扬了扬眉毛。“我似乎感觉你不太赞同。毫无疑问，你大概宁可让年轻的休选一个地位相当的人做妻子。”

“不用我说，你就知道我会怎么回答。”

“但她的魅力简直无法抵挡。”

“那是当然。”

“过会儿我要请她跳个舞，你认为她会接受吗？”

奥古斯塔忍不住刻薄两句：“我肯定她会接受的。她没那么挑剔。”说完她转身就走。毫无疑问，不能太指望诺拉会跟伯爵闹出什么事儿来——

突然间她灵机一动。

伯爵是个关键因素。如果把他跟诺拉弄到一起，就会制造出爆炸性的效果。

她快速思索着。今晚是一个绝好的机会，她得赶紧动手。

奥古斯塔激动得有点喘不过气来，她环顾四周，找见了米奇，马上赶了过去。“我想让你为我做件事情，现在，马上。”她说。

米奇心领神会地看了她一眼。“什么事情都行。”他压低声音说。

她没心思考虑这话里的影射：“你认识托克里伯爵吧？”

“认识，我们外交官全都互相认识。”

“去告诉他，诺拉不过是表面正经而已。”

米奇嘴角往上一挑，轻轻一笑：“只说这个？”

“你要愿意，可以再添油加醋。”

“要是我暗示一下，说这来自我的个人经验，行吧？”

这种谈话已经超越了礼数，很不得体，但米奇的想法很不错，她点点头说：“那样更好。”

“你知道他会怎么做吗？”米奇说。

“我相信他会对她提出下流的请求。”

“你就想得到这种结果。”

“是的……”

米奇点点头。“我是你的奴仆，不但愿意做这件事，其他什么事都愿意。”

奥古斯塔不耐烦地一摆手——她心里很紧张，没空听他卖弄殷勤。她瞥了一眼诺拉，见她正惊讶地盯着舞厅里豪华的装潢和奢侈的服饰，这女孩从小到大头一次经历这种阵势，全无防范之心。奥古斯塔不再耽搁，径直穿过人群挤到她的身边。

她凑到她耳边说：“跟你说句忠告。”

“我将不胜感激。”诺拉说。

想必休跟诺拉说了不少奥古斯塔的坏话，但值得称道的是，她并未表现出丝毫敌意。她好像还没有拿定主意如何对待奥古斯塔，对她既不热情也不冷淡。

奥古斯塔说：“我看见你刚才跟托克里伯爵说话来着。”

“一个老色鬼。”诺拉立刻说。

这句粗俗的话让奥古斯塔一惊，但她必须耐着性子把话说完。

“小心点儿，如果你看重自己名声的话。”

“小心点儿？”诺拉一惊，“你到底是什么意思？”

“对他要有礼貌，当然了——但无论如何不要让他做出无礼的事。哪怕稍稍鼓励一下，他就会不知好歹，如果不马上纠正，他就会做出尴尬事来。”

诺拉明白地点点头：“别担心，我知道如何对付这种人。”

休正站在附近跟金斯布里奇公爵说话，这时他看见了奥古斯塔，感到有些可疑，便走到他妻子这边来。可这时奥古斯塔已经把想说的话说完了，就转过身去看服装展示。她的任务已经完成，种子已经播下去了。现在她只能耐心等待，希望获得最好结果。

几个马尔伯勒圈的人在王子面前走过，其中包括金斯布里奇公爵和公爵夫人，以及索利和梅茜·格林伯恩。他们打扮成东方的君主，国王沙阿和官僚帕夏，他们不是鞠躬或行屈膝礼，而是一跪倒地，行额首礼，引得众人哄堂大笑，赢来一片掌声。奥古斯塔讨厌梅茜·格林伯恩，但她顾不上这些。她的脑子里翻来覆去想着各种可能的结果。她的安排可能因为各种意外而失败，托克里可能会被别的漂亮脸蛋吸引过去，诺拉也可能对他客客气气，休会一直靠近自己的妻子，让托克里不敢造次。但只需一点点运气，她设计的剧情就会上演，让这里发生一场骚乱。

展示快结束了，这时奥古斯塔沮丧地看见大卫·米德尔顿穿过人群，朝她这边走过来。

她最后一次见到他还是在六年前，问她有关他弟弟彼得在温菲尔德学校淹死的事情，她告诉他，两个证人休·皮拉斯特和安东尼奥·席尔瓦都已经出国。但现在休回来了，米德尔顿就跟着来了。这么个无名的律师怎么能收到如此盛大活动的邀请呢？她记起他是坦比公爵的远房亲戚。她哪儿能预料到这一点呢。这实在是个潜在的灾难。天哪，我整个脑子都转不过来了！她发疯般地对自己说。

更让她惊恐的是，米德尔顿直接朝休走了过去。

奥古斯塔简直就要崩溃了。她听见米德尔顿说："你好，皮拉斯特，我听说你回英国了。你还记得我吗？我是彼得·米德尔顿的哥哥。"

奥古斯塔转过身去，这样他就无法注意到她，她却可以稍稍听到他们在说什么。

“我记得你，你参加了研讯会，”休答道，“请允许我介绍我的妻子。”

“你好，皮拉斯特夫人，”米德尔顿敷衍着说，又把注意力放在休这边，“你知道，我一直对那次研讯不满意。”

奥古斯塔从头凉到脚。米德尔顿执意要在化装舞会上提出这个不合时宜的话题，这实在让人无法容忍。可怜的泰迪，难道永远无法摆脱这个陈年旧账吗？

她听不清休的回答，但能听出他有所防备，不卑不亢。

米德尔顿的声音更高，她能听见他接着说的话。“你应该了解，整个学校都不相信爱德华的说法，说爱德华在我弟弟溺水时曾经搭救他。”

奥古斯塔绷紧了神经，等着听休会说什么，但他还是十分慎重，说了句这些都是发生在很久以前之类的话。

米奇突然出现在奥古斯塔身边。他的脸像带着一面既轻松又文雅的面具，但她从那僵硬的肩膀看出他心里十分紧张。“这就是那个叫米德尔顿的家伙？”他对她耳语道。

她点点头。

“我一眼就认出是他。”

“嘘，听着。”她说。

米德尔顿的声音激烈起来。“我认为你知道事情真相。”他挑衅般地说。

“你真这么认为？”休也变得不太客气。

“请原谅我如此直截了当，皮拉斯特。他是我的弟弟。多年来我一直想弄清事情的真相，你不觉得我有权弄清楚吗？”

谈话停顿了一下。奥古斯塔知道这种辨明真假的请求恰好能打动道貌岸然的休。她想过去干预，让两个人闭嘴，或者转移话题，把他们拆开，但这样做等于承认她对事情有所隐瞒，因此她只能心惊胆战地立在那儿，竖着耳朵往下听。

最后休说话了：“彼得淹死的时候我没看见，米德尔顿。我无法告诉你究竟发生了什么，我自己并不清楚，不能胡乱猜测。”

“那么说，你心里怀疑对吧？要按你的猜测，到底发生了什么呢？”

“这类情况容不得随便猜测，这样做是不负责任的。你说你想了解真相，这我完全赞同。如果我知道真相的话，我会责无旁贷地说出来。但我不知道。”

“我认为你在保护你的堂兄。”

休很生气。“见鬼，米德尔顿，你这太过分了。你有权推翻整个论定，但不能怀疑我的诚实。”

“反正，这里有人在说谎。”米德尔顿不客气地说，转身走开。

奥古斯塔这才敢喘口气，一阵轻松让她觉得膝盖发软，偷偷靠着点儿米奇省得跌倒。休很看重自己的原则，这正好遂了她的心。他怀疑爱德华跟彼得的死有关，但因为这仅仅是一种怀疑，他就无法说出口。现在米德尔顿已经把休惹恼了。作为一个绅士，其标志就是永远不能撒谎，对休这样的年轻人来说，暗示他不说实话等于深深羞辱了他。米德尔顿和休不可能再往下谈了。

这场危机就这么突如其来，像夏天的暴雨一样，让她吃了一惊，可它又立刻消失了，她惶然不定，但毫发无伤。

展示结束了。乐队奏出一支四对舞曲。王子领着公爵夫人来到舞池中央，公爵带上了王妃，成了第一组四人舞伴。其他人纷纷配对效仿。这支舞跳得很平静，或许因为许多人都穿着厚重的装扮，戴着烦琐的头饰。

奥古斯塔对米奇说："看来米德尔顿先生不会有什么危险了。"

"假如休一直保持沉默的话。"

"而且你的朋友席尔瓦要一直待在科尔多瓦。"

"他们家的影响力越来越小了，我估计他不会再来欧洲的。"

"那好。"奥古斯塔的脑子又转回刚才的谋划上，"你跟德·托克里说了吗？"

"我说了。"

"好。"

"我只希望你清楚自己的所作所为。"

她责备地看了他一眼。

"我真愚蠢，"他说，"你当然一直都很清楚。"

第二支舞是一首华尔兹，米奇请她赏光一起跳舞。她当小女孩的时候，人们都认为华尔兹不太雅观，因为舞伴靠得太近，男人的手臂要紧搂着女人的腰部。但是现在连皇室都在跳华尔兹了。

米奇将她揽在怀里，她立刻就觉得自己变了个人。就好像她回到了十七岁时，在跟斯特朗跳舞。斯特朗跳舞的时候想的是他的舞伴，而不是自己的脚下，米奇也有这种天赋。他让奥古斯塔觉得自己年轻、美丽、无忧无虑。她感觉着他光滑的手臂，闻到那种男人的烟草和头油的味道，察觉出他紧贴她身体的热度。她心里涌起一股对蕾切尔的深深妒意，是蕾切尔在跟他同床共枕。一时间，她回忆起六年前在老塞思卧室里的景象，但那似乎不太真实，就像她曾经做过的一场梦，她甚至不相信那一切实际发生过。

像她这种地位的女人，有些会在私下里保持秘密的恋情，但尽管奥古斯塔时常做起跟米奇幽会的白日梦，在现实中她却无法面对在后街哪个犄角旮旯偷偷见面，鬼鬼祟祟地拥抱，到处逃避、寻找借口这种事。再说，这些事往往会被人发现。她更有可能离开约瑟夫，跟米奇私奔。他可能会愿意。至少如果她一定要这么做，她就可以让他愿意。但是，每当她把玩着这个梦想，她就会想到那些不得不放弃的一切：她的三座大宅，她的马车，她的礼服津贴以及她的社会地位，她参加眼下这样奢华舞会的资格。斯特朗可以带给她一切，可米奇只能给她一个诱人的自我，这太不够了。

“看那边。”米奇说。

她循着他点头的方向看去，看见德·托克里伯爵在跟诺拉跳舞。她一下子紧张起来。“让我们靠他们近点儿。”她说。

要挤过去不太容易，因为皇家一帮人处在一角，舞厅里人人都想接近他们。不过米奇巧妙地带她穿过了人群，最后终于靠上前去。

华尔兹还在继续，无休止地重复同一个平庸的曲调。到目前为止，诺拉和伯爵看上去跟任何一对舞伴一样，一切正常。他偶尔低声说上一句，她这边点头、微笑。也许他把她抓得太近，但这还不足以让人评头品足。乐队继续演奏着，奥古斯塔怀疑自己是否看错了这两个猎物。她担着心，忘了脚下的舞步。

华尔兹舞曲达到高潮部分。奥古斯塔继续看诺拉和伯爵。突然之间有了点儿变化。诺拉一脸惊愕，表情僵硬，伯爵一定是说了什么让她讨厌的话。奥古斯塔又有了指望。不过，他说的话显然不足以让诺拉发火，他们继续跳着。

当奥古斯塔已经打算放弃，华尔兹舞曲也到了最后几节的时候，那边传来一声炸响。

只有奥古斯塔亲眼目睹了一切。伯爵把嘴唇凑到诺拉的耳边，说了句话。她脸腾地红了，停下舞步，一把推开他。但是，除了奥古斯塔，没有人注意到这一点，因为舞曲已经到了尾声。然而，伯爵贪图侥幸，又说了一遍，脸上挤出一个他特有的、淫荡的笑容。就在这时音乐停了下来，在随后短暂的静默中，诺拉抽了他一个耳光。

这声音在舞厅里听上去像一声枪响。这耳光不是大家闺秀专门用在客厅里的那种手法，而是在酒吧对付动手动脚的醉汉的。伯爵踉跄后退了几步，撞在威尔士王子身上。

周围的人全都猛吸了一口气。王子磕绊了一下，被坦比公爵扶住了。接着是一片可怕的沉寂，就听见诺拉用那响亮而清晰的伦敦腔嚷着：“再也别想靠近半步，你这肮脏的老恶棍！”

顷刻间，人群里凝固了一个静止的画面：怒不可遏的女人，被羞辱的伯爵，以及惊讶不已的王子。奥古斯塔心中一阵狂喜——事情做成了，效果远远超出她的设想！

休出现在诺拉身边，抓起她的胳膊；伯爵挺了挺身子，迈着大步走了出去；一些人焦急地围着王子，把他保护起来，挡住了外面的视线。舞厅里一下子炸开了锅，人们七嘴八舌议论起来。

奥古斯塔得意地看着米奇。

“太棒了，”他低声说，感到心悦诚服，“你真是精明透顶，奥古斯塔。”他捏了捏她的手臂，带她走出舞池。

她丈夫正等着她。“这女孩真是不可救药！”约瑟夫狠狠地说，“在王子的眼皮底下如此胡来，等于给整个家族抹了黑，而且肯定让我们丢了一个重要的合同！”

这种反应正是奥古斯塔所希望的。“现在你该相信了，不能让休当股东。”她十分得意地说。

约瑟夫用一种估量的眼光看了看她。一瞬间她害怕地想，是不是自己的手段太明显，让他已经猜到是她精心策划了整个事件。不过，就算他脑子里有过这种念头，他也随即放弃掉了——他开口道：“你说得对，亲爱的。你一直是正确的。”

休带着诺拉往门口走。“我们要离开这儿，当然。”经过他们身边时，休不带任何情绪地说。

“我们现在都得离开。”奥古斯塔说。不过，她不想让他们马上就走。如果今晚不再计较这件事，到了明天大家冷静下来，他们会说情况没有当时看上去那么糟糕。为了防止这一点，奥古斯塔需要火上浇油，用愤怒和斥责造成覆水难收的效果。她抓住诺拉的胳膊，不让她走。“我警告过你，要防着点儿德·托克里伯爵。”她略带责备地说。

休开口说：“如果这种人在舞池里羞辱一名女士，她除了吵闹起来也没别的办法。”

“你胡诌什么！”奥古斯塔抢白道，“任何有教养的女孩都知道该怎么做。她应该说自己感到身体不适，去找自己的马车。”

休心里明白这么做才更合适，因此也没再继续争辩。奥古斯塔又担心大家会冷静下来，让事件不了了之。但约瑟夫这边怒气未消，他对休说："天知道你今晚给整个家族和银行造成多大的伤害。"

休的脸腾地红了。"你这到底是什么意思？"他生硬地说。

奥古斯塔得意地想，休这么做等于激起约瑟夫更加坚持自己的指斥，只会让自己更倒霉。他太年轻，根本不明白眼下这种情况最好闭嘴，转身回家。

约瑟夫越想越生气："我们肯定失去了匈牙利的账户，也不会再收到皇家场合的邀请。"

"这我十分清楚，"休说，"我想问的是，为什么你说是我造成了这种伤害。"

"因为你把一个不懂规矩的女人带进了家门！"

太好了，太好了，奥古斯塔幸灾乐祸地想。

休的脸变得通红，但他仍然压着怒火。"让我挑明了吧。一个皮拉斯特家的妻子必须忍受舞会上的欺凌和羞辱，也不能做任何损害生意的事情，这就是你的逻辑？"

这话让约瑟夫火冒三丈。"你这个傲慢无礼的小崽子，"他暴跳如雷地说，"我要告诉你，你娶了一个地位低下的妻子，就等于永远丧失了成为银行股东的资格！"

他说了这句话！奥古斯塔心中大喜。他说了！

休惊得一句话也说不出来。不像奥古斯塔，他事先毫无预料，也没有想到争吵会引发什么结果。现在，整个事情的含义渐渐清楚了，她看着他的表情从愤怒，变为焦虑，然后一切了然于心，堕入绝望。

她竭力克制着得胜的笑容。她得到了她想要的东西，她赢了。约瑟夫可能会为发出这种声言感到后悔，但他太过高傲，不会收回他的话。

“现在我弄明白了。”休最后说，他眼睛看着奥古斯塔，而不是约瑟夫。她惊讶地发现他几乎快要哭了。“好的，奥古斯塔。你赢了，我不知道你是怎么做的，但我毫不怀疑是你一手挑起了事端。”他转身朝向约瑟夫，“但你应该反省一下，约瑟夫伯父。你应该想想是谁真正关心银行的利益……”他又看了看奥古斯塔，把这句话说完，“想想谁才是银行的真正敌人。”

3

休丢了股东职位的消息几小时后就在城里传开了。第二天下午，那些曾经围着他，求他投资铁路、钢铁厂、造船厂和郊区住房等赚钱项目投资的人纷纷取消了委任。在银行里，那些过去对他毕恭毕敬的职员现在只把他当成一个普通的经理。他发现，现在他去英国央行附近的咖啡馆时，再不会有人围着向他征求大干线铁路、路易斯安那州债券和美国国债价格的见解。

股东室里发生过激烈的争吵。约瑟夫宣布休不能成为股东，让塞缪尔叔叔十分愤怒。然而，小威廉站在他哥哥约瑟夫一边，哈特索恩少校也采取相同立场，因此塞缪尔的异议被多数否决了。

股东之间发生争执的事，还是那位早已谢顶、可怜兮兮的总出纳乔纳斯·茂贝瑞透露给休的。“我真的很遗憾，休先生。”他十分真诚地说，“你当时在我手下干活的时候，从来没有把自己的错误往我身上推过，完全不像某些跟我处过事的家族成员那样。”

“那是因为我不敢，茂贝瑞先生。”休微笑着说。

诺拉哭了一个星期。休一直没因为那件事情责怪她。没有人强迫他必须娶她，他必须为自己的决定承担责任。如果他的家族风气秉正，他们会在危急时刻站在他这边，但他从来没指望能得到他们的支持。

经过了这段心烦的日子，诺拉变得相当冷漠无情，显现了她铁石心肠的一面，这让休很是惊讶。她无法理解股东资格对他有多重要。他十分失望地意识到，她不太会体谅别人的心情。他想，这大概是因为她生长在贫穷家庭，从小又没有母亲，什么事情都不得不以自己的利益为先。尽管对她的为人态度有些动摇，但一到晚上两人穿着睡衣爬上柔软的大床，共享爱事时，他也就把这些抛在了脑后。

休心里的怨恨慢慢滋长，但现在他有了妻子，一座又新又大的房子，还有六个仆人需要供养，因此他必须留在银行工作。银行在股东室楼上给他拨了一间屋子，他在墙上挂了一大张北美地图。每星期一上午，他会为上一周的北美业务做总结，然后电传给纽约的西德尼·梅德勒。坦比公爵夫人舞会后的第二个星期一，他在一楼的电报室遇到了一个陌生的年轻人，他长着黑头发，大约二十一岁。休笑着招呼道：“嗨，你是谁呀？”

“我叫西蒙·奥利弗。”年轻人说，隐约带着点儿西班牙口音。

“新来的吧，”说着，休伸出一只手，“我是休·皮拉斯特。”

“你好。”奥利弗说。这人似乎话不太多。

“我负责北美地区的贷款业务，”休说，“你呢？”

“我是爱德华先生的秘书。”

休联想了一下。“你是从南美来的吗？”

“是的，从科尔多瓦。”

这就说得通了。爱德华的业务方向是南美，特别是科尔多瓦，让一个当地土生土长的人协助对工作有好处，尤其是爱德华自己不会说西班牙语。“我跟你们科尔多瓦部长米奇·米兰达是同学，”休说，“你也许认识他。”

“他是我的表哥。”

“哦。”他们两个长得倒不像一家人，但奥利弗打扮得很整洁，量身定制的衣服熨过、刷过，他的头发梳理得很仔细，上了发油，脚上的皮鞋也光亮如新——显然这一切是在模仿他那位成功的表兄。“好了，我希望你同我们一道工作愉快。”

“谢谢你。”

休回到楼上自己的办公室，脑子里想着这件事。爱德华的确事事都需要帮助，但让米奇的表弟担任这种具有潜在影响力的角色，让休觉得有些不对劲。

几天后，他的担心被证实了。

这次又是乔纳斯·茂贝瑞把股东室里发生的事跟他通了气。茂贝瑞来到休的房间，拿来一张银行要在伦敦制作、为美国政府付款的时间表，但他真正的意图是想跟休说几句话。他的脸拉得老长，说：“我不赞成，休先生，南美债券一直都很糟。”

“我们发行南美债券了吗？”

茂贝瑞点了点头说：“爱德华先生提的建议，股东们都同意了。”

“是为了什么项目？”

“在首府帕尔玛和圣玛丽亚省之间修建铁路。”

“当省长的是米兰达老爹……”

“他是爱德华先生那个朋友——米兰达先生的父亲。”

“也是爱德华的秘书西蒙·奥利弗的舅舅。”

茂贝瑞摇了摇头，他很不赞成这件事。“十五年前，我还是一个普通职员的时候，委内瑞拉政府拒付了它发行的债券。我的父亲——上帝保佑他的灵魂——当时还记得1828年阿根廷的拒付。你看看现在墨西哥的债券，有时候付利息，有时候不付，这叫什么债券啊？”

休点了点头。“再说，喜欢投资铁路的人可以从美国那边获得百分之五到六的利息，哪还有人去投资科尔多瓦呢？”

“说得就是。”

休挠了挠头皮。“好的，我会弄清楚他们是怎么打算的。”

茂贝瑞晃了晃手里的一捆文件。“塞缪尔先生要一份远东承兑汇票负债总表。你可以把数字给他送去。”

休做了个鬼脸。“你什么都想到了。”他拿起文件，去了股东室。

屋里只有塞缪尔和约瑟夫两个股东。约瑟夫在口述一封信函，速记员记录着，塞缪尔在研究一张中国地图。休把报告放在塞缪尔的桌子上，说：“茂贝瑞要我把这份文件给你。”

“谢谢你。”塞缪尔抬头看看他，笑了，“你有什么新想法吗？”

“是的，我想知道为什么我们要资助圣玛丽亚铁路。”

休听见约瑟夫那边停了一下，而后又接着口述。

塞缪尔说："这不算我们推出的最有吸引力的投资，我也承认，但有了皮拉斯特的声誉做后盾，相信会不错的。"

"你对每一项交给我们的提议都可以这么说，"休反驳道，"我们之所以有如此高的声誉，是因为我们从来没有为投资者提供一只仅仅是'不错'的债券。"

"你的约瑟夫伯父认为南美已经准备复苏了。"

听到自己的名字，约瑟夫插了进来："这是一种尝试，就像把脚指头伸进水里试试温度。"

"那就是说，是有风险的。"

"如果我的曾祖父当时不敢冒险，他就不会把所有的钱投在一条奴隶船上，也就不会有今天的皮拉斯特银行了。"

休说："但是从那时起，皮拉斯特一直是拿出一小部分投机性的资本，去尝试未知水域里的温度。"

约瑟夫伯父不喜欢有人跟他顶嘴，恼火地说："一次例外也不会对我们造成伤害。"

"但心甘情愿去做这件例外的事，这种态度就会让我们深受伤害。"

"用不着你来评头品足。"

休皱起了眉头。他的直觉是对的：这项投资并没有商业目的，约瑟夫也不能自圆其说。那么，为什么他们要这样做？他一向自己提出这个问题，就立刻看出了答案。"你这么做是为了爱德华，对不对？你要鼓励他，因为这是你让他当上股东以来的第一笔生意，所以你让他去做，即使前景非常可悲。"

"这不是你来质疑我动机的地方！"

"这不是你拿别人的钱为自己儿子冒险的地方。拿布莱顿和哈罗盖特那些小投资者的钱修这条铁路，如果失败了，他们就会一文不名。"

"你连股东都不是，这些问题不必寻求你的意见。"

休难以容忍讨论问题时对方改变话题，便尖刻地说："但我是皮拉斯特家的人，你损坏银行的名誉，就等于伤害了我。"

塞缪尔插嘴说："我想你该说够了，休——"

休明白他应该住口，但他无法控制住自己。"我怕我还没有说够。"他听见自己在喊，便尽量放低声音，"你这样做挥霍了银行的声誉。我们的好名声是我们最大的财富，用光了你就没有了任何资本。"

约瑟夫伯父早已气急败坏，顾不得面子了："你竟敢站在这里给我讲什么投资规则，你这个狂妄自大的小家伙。给我滚到外边去。"

休久久地盯着他的伯父。他既愤怒又沮丧。愚蠢软弱的爱德华成了股东，他那毫不明智的父亲帮助他，把银行引向一桩糟糕的业务，没有任何人能够拦住他们。他心中涌起一股巨大的挫败感，转身离开房间，砰的一声摔上门。

十分钟后，他去索利·格林伯恩那里找工作。

他不能肯定格林伯恩会雇用他。虽然由于跟美国和加拿大拥有业务关系，他是各个银行抢手的人才，但银行家会觉得，从自己的对手那里挖高层管理人员不太光彩。此外，格林伯恩家族可能担心休会在餐桌上把秘密透露给他的家人，而他不是犹太人这一事实更加重了这种担忧。

不过，皮拉斯特银行对他已经成了一条死路，他必须离开。

一清早下起了雨，但过了不久太阳就出来了，伦敦城里遍地的马粪散发出蒸汽。这座城市是宏伟的古典建筑和摇摇欲坠的老房子的混合体，皮拉斯特银行属于宏伟古典的那类，格林伯恩家族则属于另一类。光看格林伯恩银行总行的外观，你根本想不到它比皮拉斯特更大、更重要。他们的生意始于三代以前，当时只在泰晤士街一座老房子里占了两个房间，靠给皮货进口商放贷起家。地方不够用时，他们就接手旁边的房子，现在银行占据了四座相邻的建筑，以及不远处的其他三幢房子。但是，这几幢摇摇欲坠的房子里完成的业务，远多于皮拉斯特那幢奢华招摇的建筑。

银行里面完全不是皮拉斯特那种专心致志的安静。大厅里拥挤不堪，人们就像一帮等待中世纪国王的请愿者，每个人都相信，只要跟本·格林伯恩说句话，摆出问题或提出建议，就能大赚一笔。休使劲儿挤了过去。七扭八歪的走廊和狭窄的楼梯上到处都是旧文件、装文具的纸箱子和墨水瓶，每块空闲的地方都隔成了职员的办公室。休在一个大房间里找到了索利，屋里的地板高低不平，一扇摇摇晃晃的窗户冲着外面的河。索利的大块头被桌上堆满的文件遮去了大半。“我住的是宫殿，却要在这么个杂货间里工作，”索利埋怨说，“我一直劝父亲委托建造一个你们那样的办公室，但他说这种资产没有利润。”

休在一只鼓鼓囊囊的沙发上坐下，接过一杯昂贵的雪利酒。他感到不太舒服，因为他心里隐隐想到了梅茜。在她成为索利的妻子前他勾引了她，之后他又企图重蹈覆辙，可惜她没有给他机会。但他对自己说，现在一切都过去了。梅茜在金斯布里奇庄园锁上了房门，他自己也已经跟诺拉结婚。他不打算做一个不忠的丈夫。

尽管如此，他还是有些尴尬。

“我过来看看你，想谈谈生意上的事。”他说。

索利做了个豪爽的姿态。“你尽管讲。”

“我的业务领域是北美，这你知道。”

“我知道什么！你把这些事情包裹得严严实实，我们一分半点儿都看不见。”

“的确，这让你们失去了一大块可盈利的业务。”

“这就不用再提了。父亲经常问我，为什么不学学你的样子。”

“你们需要一个有北美经验的人来做，在纽约设立代表处，为你们承揽业务。”

“那就等于找到救星了。”

“我是认真的，格林伯恩。我就是这个人。”

“你！”

“我要为你工作。”

索利惊得身子一晃。他从眼镜上方凝视着对面的休，好像在怀疑那究竟是不是他在说话，过了一会儿，他才开口说：“是因为坦比公爵夫人舞会上发生的事，我想。”

“他们说，由于我妻子的缘故，就不让我当银行股东。”休心里想，索利会同情他的，因为他也娶了一个地位较低的女孩。

“我很遗憾听到这个消息。”索利说。

休接着说：“但我不会求他们发慈悲。我知道我的价值，如果需要我的话，你们也会付给我相应的工资。我现在年薪是一千英镑，我希望随着每年为银行赚更多的钱，工资也会相应提高。“

“这没有问题。”索利想了一会儿，“你知道，这对我来说是一个重大收获。我很感谢你的好意。你是一个好朋友，一个十分出色的商人。”休的脑子里又想到了梅茜，听到“好朋友”这个词感到一阵愧疚。索利继续说，“我想不出有什么比跟你一起工作更好的了。”

“我觉得这里有个‘但是’还没说出来。”休心里在打鼓。

索利摇了摇他那猫头鹰般的大脑袋。“至少就我而言，没有什么‘但是’。当然我不能像雇一个账务员那样雇你，必须征得我父亲的同意。不过你知道银行世界的行事方式：利润比其他任何考虑都要紧。我觉得父亲不会放着北美市场这块肥肉不要。”

休不想显得过于急切，但他还是忍不住说：“你什么时候去跟他说？”

“干吗不现在就去呢？”索利说着，站了起来，“我去去就来。你再喝一杯雪利酒。”他走了出去。

休抿了一口雪利酒，但实在有些咽不下去，他太紧张了。他从来没有找人要过工作。他的未来取决于老本·格林伯恩的一时之念，这让他感到不安。他头一次理解了那些衣领笔挺的年轻人应聘职员时的心情，他以前偶尔面试过这些人。他不安地站起身来，走到窗前。在远处的河岸上有一艘驳船正在卸下一包包烟草，装入仓库，如果那是弗吉尼亚烟草，那么这档生意很可能就是由他筹资完成的。

他心里有种幻灭感，就像六年前他登上去波士顿的轮船时的感觉一样，从此以后，一切都会全然不同了。

索利跟他父亲两个一块儿进了屋。本·格林伯恩身材笔挺，长着圆圆的脑袋，看上去像一名普鲁士将军。休站起来跟他握手，焦急地盯着他的脸。那脸上的表情十分严肃。难道这意思是不行？

本说："索利跟我说，你们家里的人决定不给你股东的资格。"他说起话来声音冷静，口齿清晰，让休觉得这父子俩实在太不相像了。

"确切地说，他们一开始已经给我了，但随后又收回了承诺。"休回答。

本点了点头，他这个人喜欢什么事情都了解透彻："我无法判断他们的对错。但是，如果你要出售你在北美方面的特长，我肯定是会买入的。"

休的心往上一提，看来他的工作有希望了。"谢谢你！"他说。

"但我不希望你就此有什么非分之想，所以必须先讲清楚，在这儿你根本不可能成为股东。"

休没有考虑那么远，但这话对他仍然是个打击。"我明白。"他说。

"我如此有言在先，省得以后影响你的工作。很多基督徒都能成为可敬的同事和亲密的朋友，但一直以来银行股东都是犹太人，以后也会如此。"

"我很欣赏你的坦率。"休说道。他心里却在想，天哪，你真是个冷酷无情的老家伙。

"你还想要这份工作吗？"

"是的，我想要。"

本·格林伯恩再次握了握他的手。"那么，我期待着与你一块儿工作。"说完，他转身离开了房间。

索利笑容满面："欢迎来我们公司！"

休坐了下来。“谢谢你。”他说。他感到放松，也很高兴，只是想到他当不成股东，还是有点儿灰心，但他努力面对这件事，表现得坦然一些。他可以得到一份不错的薪水，日子过得舒舒服服，只不过他永远当不成百万富翁——要想发大财，就必须得是股东才行。

“你什么时候开始工作？”索利急切地说。

休还没考虑这个。“大概我得有九十天的辞职通知时间。”

“尽可能缩短点儿。”

“当然。索利，实在太棒了，我都表达不出自己心里多高兴。”

“我也是。”

休不知接下来还要说什么，便站起身来，准备离开。这时索利说：“我还可以提出一个别的建议吗？”

“任何建议都行。”他又坐了下来。

“跟诺拉有关，希望你不要见怪。”

休犹豫了一下。他们两个是老朋友，但他的确不打算跟索利谈及自己的妻子。他自己内心的感觉十分矛盾。她闹出的乱子让他很尴尬，但他也觉得她那么做是对的。他有点儿在意她的口音、举止和她的低层次背景，但她如此美丽迷人，也让他感到骄傲。

不过，他不能对一个刚刚挽救了他职业生涯的人要态度，因此他说：“你说吧。”

“你也知道，我自己也娶了一个……不习惯上流社会的女孩。”

休点点头。这他很清楚，但他不知道梅茜和索利是怎么过来的，他们结婚时他一直在国外。他们一定处理得很好，梅茜现在已经成了一位伦敦上流社会的女主人，就算有人记得她出身卑微，也不会以此小题大做。这种情况不同寻常，但也不是绝无仅有。休过去就听说过两三个有名的美女来自工人阶层，最后被上流社会所接受。

索利接着说："梅茜了解诺拉的经历，她可以在很多方面帮助她，告诉她该说什么、做什么，要避免犯什么错，在哪里买衣服买帽子，怎么管理仆人管家，等等。梅茜一直都很喜欢你，休，所以我觉得她很愿意帮这个忙。应该让诺拉掌握些技巧，像梅茜那样，最后成为社会支柱。"

休觉得自己眼泪都要掉下来了。老朋友真心帮扶，让他打心眼里很是感动。"我会告诉她。"他说，为掩饰自己的感情而显得有些生硬。他站起来准备走。

"我希望我没有逾越常规界限。"两人握着手，索利有些不安地说。

休向门口走去。"正好相反。唉，格林伯恩，是我没资格有你这么好的朋友。"

休回到皮拉斯特银行时，发现有一张便条在等他。便条上写着：

> 上午10:30
>
> 我亲爱的皮拉斯特：
>
> 我要马上见你。我在街角的"海滨"咖啡馆那儿等你。
>
> 你的老朋友——安东尼奥·席尔瓦

托尼奥回来了！那次跟爱德华和米奇玩纸牌游戏，他因为付不起赌债而毁了自己的事业。他带着耻辱离开英国，休刚好也在那时出国。后来他怎么样了？休心里充满好奇，便径直奔向咖啡馆。

他找到了那个穿得更破旧、年纪更大、更温和的托尼奥，正坐在角落里读着《泰晤士报》。他还是一头胡萝卜色的头发，但原来那调皮男生和挥霍无度的年轻人的样子却已丝毫不剩。尽管他跟休同年龄，也刚二十六岁，可眼睛周围已经出现了操劳留下的细密皱纹。

“我在波士顿十分成功，”休回答着托尼奥问的第一个问题，“我是一月份回来的。但我现在又跟这个该死的家庭闹僵了。你怎么样？”

“我们国家发生了很大变化，我们的家族不像原来那么有势力了，我们仍然控制着老家的那个外省城市米尔皮塔，但在首府，有人插到我们前面去了，跟总统加西亚很近。”

“是谁？”

“米兰达那帮人。”

“是米奇他们家族？”

“就是。他们拿下了国家北部地区的硝酸盐矿，靠这个发了财。他们还垄断了跟欧洲的贸易，靠的就是跟你们家银行的关系。”

休十分惊讶：“我知道爱德华跟科尔多瓦做了不少生意，但不知道一切全都通过米奇。不过，我觉得这不会有多大影响。”

“影响确实很大，”托尼奥说，他从外套里面掏出一叠文件，“花一分钟时间读读这个。这是我给《泰晤士报》写的文章。”

休接过手稿读起来。文章描述了米兰达家族掌握的硝酸盐矿里的工作状况。由于贸易经费由皮拉斯特银行提供，托尼奥认为银行应该对矿工的恶劣待遇负责。一开始休不为所动：工时长、工资低和雇用童工在世界各地的矿井普遍存在。但越往下读他觉得越糟糕。在米兰达家的矿里，监工拿着鞭子，佩戴枪支，为了强化纪律随意使用。包括妇女和儿童在内的工人如果动作稍慢就会受到鞭打，要是有人要在合同结束前离开矿井，就有可能被射杀。托尼奥目睹过不少次这类“处决”事件。

休惊呆了。“这可是谋杀啊！”他说。

“一点不错。”

“你们的总统不知道吗？”

“他知道，但米兰达家族现在十分受宠。”

“但是你们家……”

“要是在以前我们还有能力阻止。现在，我们的所有精力都得用在对自己省内的控制上。”

休为自己的家人和银行融资如此残酷的行当感到羞愧，但这会儿他必须把自己的情绪放在一边，冷静考虑一下事情的后果。托尼奥写的恰恰是《泰晤士报》喜欢发表的那类文章。它会引起议会的讨论，周刊上会登出读者来信。有社会良知的商人们，其中许多是卫理公会信徒，随即就会对皮拉斯特银行退避三舍。这对银行十分不利。

我要在乎吗？休心里想。银行待他那样刻薄，他也要辞职离开了。但尽管如此，他却无法忽视这个问题。他现在仍然是一名雇员，月底他还要拿他的薪水，至少在此之前他应该对皮拉斯特银行忠诚相待。他必须做点儿什么。

托尼奥想得到什么呢？他把尚未发表的文章拿给休看，就说明他要达成一项交易。“你的目标是什么？”休问他，“你想让我们停止对硝酸盐贸易的融资吗？”

托尼奥摇了摇头。“如果皮拉斯特退出来，就会有另一家更厚颜无耻的银行顶上去。不，我们必须微妙处理才行。”

“看来你已经有了具体考虑。”

“米兰达家族正在计划修建铁路。”

“啊，是的。圣玛丽亚铁路。”

“这条铁路会让米兰达老爹成为举国上下最富有、势力最强的人，地位仅次于总统。但米兰达老爹是个残忍的畜生。我想让这条铁路修不成。”

“因此你要发表这篇文章。”

“有好几篇文章。我要举行会议，发表演说，游说议会议员，还要尽量跟外交大臣取得会面——只要能破坏这条铁路的融资，什么事情都行。”

这样做也是个办法，休琢磨着。投资者自然会回避产生争议的融资项目。他觉得托尼奥现在真是变了不少，从一个无法戒除赌瘾的鲁莽年轻人变成了一个头脑冷静的成年人，为反对虐待矿工到处活动。“那么，你为什么还要来找我呢？”

“我们可以走一条近路。如果银行决定不承保铁路债券，我就不发表这篇文章。这样一来，你们就避免了诸多不快，不会被公众注意，我也适得其所。”托尼奥尴尬地笑了笑，“我希望你不会以为这是一种勒索。我知道，这事儿做得有些拙劣，但比起硝酸盐矿里被鞭打的那些孩子，就一点儿不过分。”

休摇了摇头。“一点儿也不拙劣。我很佩服你的斗志，对银行造成的后果不会对我有什么直接影响——我就要辞职了。”

“真的！”托尼奥吃了一惊，“为什么？”

“说来话长，我以后再告诉你吧。总之，我所能做的就是告诉银行的股东，说你找到我，提出了这个建议。让他们自己决定该怎么办，我敢肯定，他们不会询问我的意见。”他手里还拿着托尼奥的手稿，“我能借用一下吗？”

“可以，我还有备份。”

这几张信笺的抬头上印着“苏荷区贝里克街，罗斯酒店”。休从来没听说过这家酒店，在伦敦肯定算不上是高档场所。“我随后会把股东的意见告诉你的。”

“谢谢你。”托尼奥换了个话题，“很遗憾我们一直在谈的都是生意上的事。我们有空再聚聚，聊聊以前的事儿。”

“你该见见我的妻子。”

“我很愿意。”

“我们保持联系。”休离开了咖啡馆回银行去。他看了一眼营业大厅里的大钟，十分惊讶，现在还不到下午一点，整个上午竟然发生了这么多事情。他径直走进股东室，塞缪尔、约瑟夫和爱德华几个人在。他把托尼奥的文章交给塞缪尔，塞缪尔读完后，把它转给爱德华。

爱德华气得发疯，根本无法读完。他脸色涨红，用手指着休说：“你跟你那学校的老朋友一块伪造了这出戏！你想要破坏我们整个的南美业务，你嫉妒我，就因为没让你当股东！”

休明白为什么他如此歇斯底里。南美贸易是爱德华唯一值得一提的业务。如果没了，他就一无是处了。休叹了口气。“在学校人家就叫你‘傻瓜内德[1]’，到现在你也毫无长进，”他说，“现在的问题是，银行是否想继续助长米兰达老爹的势力，并为此负责。这个人凶狠残暴，根本不把鞭笞妇女和杀害儿童当一回事。”

“我才不相信！”爱德华说，“席尔瓦家族是米兰达家的对头。一切都是恶意宣传。”

“我敢肯定你的朋友米奇会这么说，但这是真的吗？”

约瑟夫伯父怀疑地看着休：“你几小时以前到这儿来劝我不要做这件事，我不得不怀疑整个事情都是有意策划的，来破坏爱德华当上股东以来的第一笔主要业务。”

休站了起来，说：“如果你们怀疑我的诚心，那我马上就走。”

塞缪尔叔叔插了进来，他说：“坐下，休。我们没必要去弄清这个故事是真是假，我们是银行家，不是法官。如果圣玛丽亚铁路出现争议，就会加大发行债券的风险，因此我们必须重新考虑。”

约瑟夫伯父盛气凌人地说：“谁也别想吓唬住我。就让这个夸夸其谈的南美公子哥滚到一边，去发表他的文章吧。”

“这倒也是一种办法。”塞缪尔若有所思，他实在是太拿约瑟夫的智商当回事了，“我们可以等一等，看看这文章对现有的南美股市价格能产生多大影响。虽然股票不多，但足以作为衡量尺度。如果股市垮了，我们就撤出圣玛丽亚铁路，如果没有，那就继续做。”他接着说道。

① 内德是爱德华的昵称。

约瑟夫稍稍缓和下来，说道："我同意先看看市场再做决定。"

"我们还可以考虑另一种选择，"塞缪尔继续说，"我们可以再找一家银行跟我们一块发行债券，联合运营。这样一来，任何敌对的宣传就会因为目标分散而削弱。"

休觉得这个建议很有意义。他自己就不会这么做，他宁愿取消债券发行。但塞缪尔的策略能把风险降到最低，这就是银行业的做事方式。作为银行家，塞缪尔比约瑟夫强太多了。

"好吧，"约瑟夫以他一贯的冲动说，"爱德华，看你能不能给我们找到一个合作伙伴。"

"我上哪儿找去？"爱德华焦急地说。休发现他根本不知道怎么做这种事情。

塞缪尔回答他："这个问题很大。想想看，没有几家银行会往南美投下如此大的赌注。你该去问问格林伯恩银行——他们很强大，可能是唯一愿意冒这个险的银行。你认识索利·格林伯恩，是不是？"

"是的。我去找他。"

休掂量着是不是该建议索利拒绝爱德华，但他立刻决定不这样做——他受聘是因为自己的北美业务，如果他一开始就去干涉一个全然不同领域，那就显得越俎代庖，太自以为是了。他决定尽量说服约瑟夫伯父整个撤销这个项目。"为什么我们不能洗手不干这个圣玛丽亚铁路呢？"他说，"这是低等级的业务，风险一直很高，而现在我们又面临着有害宣传的威胁。我们需要它吗？"

爱德华生气地说："股东已经做了决定，用不着你来质疑。"

休放弃了。“你说得对。我不是股东，很快，我也不再是雇员了。”

约瑟夫伯父皱起了眉头。“你这是什么意思？”

“我要向银行辞职。”

约瑟夫十分震惊。“你不能这样做！”

“我当然能，我不过是一个小小雇员，你们就是这么对待我的。因此，我就像一个普通雇员一样离开，去找一份更好的工作。”

“去哪儿？”

“事实上，我要去的是格林伯恩银行。”

约瑟夫伯父的眼睛就要迸出来了。“可你掌管着所有的北美业务！”

“我估计，这就是本·格林伯恩热心聘请我的原因吧。”休回答，看见约瑟夫伯父气得发狂，他心里高兴极了。

“你会把业务都带走的！”

“你决定收回你的股东承诺时，就该想到这一点。”

“他们付给你多少钱？”

休起身要走。“这你就不用问了。”他坚定地说。

爱德华尖叫起来：“你怎么敢这样跟我父亲说话！”

约瑟夫的愤怒像泡沫一样一下子破了，让休吃惊的是，他突然平静了下来。“好了，闭嘴吧，爱德华，”他温和地说，“要想当一个优秀的银行家，必须讲究点儿狡诈圆滑。有时候我真希望你跟休学学。他也许算是家里的异类，但至少他有那种胆量。”他转过来对着休。“好了，走你的吧，”他并不带恶意地说，“我希望你最后栽跟头，但我不打这个赌。”

“反正我也不能指望从你们这个家族支脉得到更好的祝愿，”休说，“祝你一天开心。”

4

“亲爱的蕾切尔怎么样？”奥古斯塔边倒茶，边问米奇。

“她很好，”米奇说，“她一会儿也过来。”

实际上他并没有完全弄懂自己的妻子。虽然他们结婚时她是处女，但她的表现倒像个妓女一样。她依着他的要求，任何时候、任何地方都能做爱，始终热情饱满。他一开始做的几件事之一就是把她捆在床头，实践那个最初被她吸引时他脑子里产生的幻景，令他失望的是，她毫不违抗，甘愿按他的吩咐做。到目前为止，他的百般花样一次也没有引起她的抗拒。他甚至带她在客厅里干，冒着被仆人撞见的风险，她似乎更喜欢这样。

另一方面，她在生活的其他领域却全然相反，毫无驯顺可言。她经常就房子、仆人、金钱、政治和宗教等问题跟他争论不休。当他没心思跟她顶来顶去时，就不搭理她，可这又冒犯了她，总之怎么样都不行。她的麻烦在于一直抱着一种错觉，认为自己跟男人一样有权坚持自己的观点。

“我希望她能在工作上帮帮你。”奥古斯塔说。

米奇点点头。“在部里的活动上她这个女主人很称职，”他说，“细心周到，礼仪得体。”

“我觉得在你给波蒂略大使举办的招待会上，她的表现非常好。”奥古斯塔说。波蒂略是葡萄牙特使，奥古斯塔和约瑟夫出席了那次晚宴。

“她有个愚蠢的计划，想为那些没结婚的女人开一家妇产医院。”米奇显得很生气。

奥古斯塔不赞成地摇摇头。“就她的社会地位来说，不可能去做这件事。再说，已经有了一两家这样的医院。”

“她说，那些地方都是宗教机构，向女人灌输思想，说她们堕落。她要办的医院只帮助她们，不去说教。”

“那就更糟糕了，”奥古斯塔说，“想想那些报纸会怎么说吧！”

“就是。所以我一直强烈反对。”

“她真是个幸运的女孩。”奥古斯塔说，像在暗示什么似的向米奇投去一笑。

他意识到她这是在跟自己调情，没能及时回应。事实上，他对蕾切尔投入得太多了。他当然并不爱她，但他被跟她的这种关系占据了，蕾切尔把他全部的性能量都吸了过去。为了弥补他刚才的分心，他在奥古斯塔递过茶杯时抓住她的手，握了一会儿。“你过奖了。”他轻声说。

“我当然是过奖她了。但你有烦心的事，我能看出来。”

“亲爱的皮拉斯特太太，你的眼光始终异常敏锐。我什么时候想过要瞒过你的眼睛啊？”他放开她的手，接过茶杯，“的确，圣玛丽亚铁路让我有点儿心急。”

“我认为股东们都同意了。”

“他们是同意了，但这种事组织起来要花很长时间。”

“金融界的事情都很慢。”

“这我明白，但我的家人不了解这些，老爹每周都给我发电报，电报到达圣玛丽亚那天我就开始担惊受怕。”

爱德华急匆匆走了进来。“托尼奥·席尔瓦回来了！”他还没来得及关上门，就抢着发布这条新闻。

奥古斯塔的脸一下子白了。“你怎么知道的？”

“休跟他见过面了。”

“真糟糕。”她说。米奇吃惊地看到她放下茶杯茶碟时手在颤抖。

“大卫·米德尔顿还在到处问。”米奇说。他想起了米德尔顿在坦比公爵夫人的舞会上询问休的情景。米奇故作担心，但他心里并不是一点儿都不高兴。他喜欢让爱德华和奥古斯塔时不时地想起那件事，让他们有种共同分享这罪恶秘密的感觉。

爱德华接着说：“不仅如此，托尼奥还想破坏圣玛丽亚铁路的债券发行。”

米奇皱起了眉头。托尼奥家族一直反对在科尔多瓦建设铁路，但他们被加西亚总统否决了。托尼奥难道要在伦敦兴风作浪？

奥古斯塔也在琢磨这个问题：“他能做什么呢？”

爱德华把一叠信纸递给他母亲。“读读这个。”

米奇问：“这是什么？”

“托尼奥准备在《泰晤士报》上发表的文章，是关于你家的硝酸盐矿的。”

奥古斯塔唰唰翻阅着。“他声称硝酸盐矿矿工的生活不愉快，十分危险，”她嘲弄地说，“谁也没把那当作是开花园聚会呀！”

爱德华说："他报告里还说，有人鞭打妇女，孩子违反了纪律就会被枪杀。"

她说："可这跟你们发行债券有什么关系？"

"这条铁路是向首府运送硝酸矿的。投资者不愿意对任何有争议的项目投资。其中不少人已经害怕购买南美债券了。要是出现这种报道，就会彻底把他们吓跑的。"

米奇十分震惊。这消息太糟了，事情非同小可。他问爱德华："你父亲有何表态？"

"我们想再找一家银行共同做这项业务，不过基本上我们打算让托尼奥发表这篇文章，看看有什么反应。如果这种宣传导致南美股票下跌，我们就必须放弃圣玛丽亚铁路。"

这该死的托尼奥。米奇很聪明，但老爹是个傻瓜，他把自己的硝酸盐矿弄成了奴隶劳动营，却还想着在文明世界募集资金。

但怎么才能阻止这一切呢？米奇绞尽脑汁。必须让托尼奥闭嘴，但说服他或者拿钱贿赂都不管用。米奇的心里一阵发冷，他意识到自己不得不使用野蛮的手法，冒一次险。

他强作镇静，说："让我看看这篇文章好吗？"

奥古斯塔把手稿递给他。

他第一眼看见的就是信纸上端的酒店地址。他装出一种漫不经心的样子，随口说："我看，这也没什么呀。"

爱德华抗议了："可你也得读一读啊！"

"用不着读。我看见上面的地址了。"

"那又怎么样？"

"现在我们知道在哪儿能找到他，就可以对付他了，"米奇说，"让我来吧。"

第三章
五月

1

索利喜欢看着梅茜穿衣服。

每天晚上她都要穿上她的梳妆上衣，唤来女仆帮她别好头发，用头花、羽毛或者珠子什么的扎起来，随后就打发掉仆人，等着自己的丈夫。

通常他们晚上都会出门，今晚也一样。每逢伦敦社交季节，他们只有自家举行聚会的时候才待在家里。从复活节到七月底之前，他们从不单独吃晚饭。

他六点半钟进了门，身上穿着长裤和白色的马甲，手里拿着一大杯香槟。梅茜今晚头上戴了真丝做的黄花。她脱掉卧室穿的外衣，赤身裸体对着镜子，用脚尖旋转过来对着索利，接着就开始穿衣服。

她先穿上一件领口绣花的亚麻衬裙。肩部的绸带直接系在外衣上，这样就能把衬裙隐在里头。然后她穿上一双白色的细羊毛长袜，在膝盖上面用弹性吊袜带固定好。接着她又穿上一条带着漂亮花边的宽松棉衬裤，长及膝部，腰上带着束带，然后蹬上一双晚上穿的黄色丝质拖鞋。

索利从托架上拿来她的紧身胸衣，帮她穿上，把背后的一排带子系紧。大多数女人都得要一两个仆人帮她们穿胸衣，因为这种衣服又细致又烦琐，一个人根本穿不上。不过索利学会了整套程序，自己动手帮忙，而不是站在一旁欣赏。

鼓囊囊带裙撑的裙子已经不再时尚，不过梅茜仍旧穿了一条带荷叶边的棉衬裙，好让礼服的下摆撑起来。衬裙的后面有扣锁固定，索利把它系好。

最后她该穿礼服了。礼服是用黄白两色条纹的真丝塔夫绸做的，腰身宽松，显得胸部很饱满，肩膀处用一个绊扣系住。礼服的其他部分也很松垂，腰部、膝部和下摆都有绊扣。一个女仆花了一整天才熨好它。

她坐在地板上，索利把衣服抬过头顶，让她像坐在一顶帐篷里一样。然后她再站起来，小心地把胳膊伸进袖口，把脑袋从领口钻出去。她跟索利两人一起把褶皱的地方一一抻平拉紧，这才算完。

她打开首饰盒，拿出一条钻石翡翠项链和一对相配的耳环，那是索利在他们结婚周年纪念日送她的。他看着她戴上这些饰物，说："以后我们就会经常见到我们的老朋友休·皮拉斯特了。"

梅茜暗暗叹了口气，索利这种真心相信他人的天性真有点儿麻烦。一般生性多疑的丈夫看到梅茜和休你来我往，肯定会浮想联翩，哪怕提到这个人的名字都会生气，可索利实在太天真了，根本不觉得自己这话显得有试探她的意味。“为什么？出了什么事？”她不急不慢地说。

“他要来我们银行工作。”

“怎么，他要离开皮拉斯特银行吗？他一直干得很好啊。”

“因为他们不给他股东资格。”

“哎呀，真的吗！”她比任何人都了解休的为人，也很清楚他为自己父亲破产和自杀的事吃尽了苦头。她能想象出他没当上股东该有多伤心。“皮拉斯特这家人心胸很狭窄。”她同情地说。

“这都是因为他的妻子。”

梅茜点了点头。“这我一点儿都不奇怪。”她亲眼目睹了坦比公爵夫人舞会上的事。就她自己对皮拉斯特家族的体会，她不能不怀疑奥古斯塔暗中操纵了一切，为的是给休抹黑。

“你觉得诺拉挺可怜吧。”

“嗯。”梅茜在诺拉举行婚礼前几周见过她，当时她就觉得自己十分讨厌这个人。实际上，她当时就直言不讳地跟休说，诺拉是个无情无义的人，只是看上了他的钱而已，劝他不要娶她。这话伤了休的自尊。

“不管怎么说，我给休提了个建议，说你能帮帮她。”

“什么？”梅茜急了。她从镜子里收回目光，转过来对着索利，“让我帮她？”

“帮她弥补弥补。你知道，让人看不起出身的滋味很难受。你也遭遇过这种偏见，但都被你克服了。”

“那我就活该要去帮那些嫁到上流社会的贫苦孩子变身，见一个拯救一个？”梅茜抢白道。

“看来我是做了件错事，”索利不无担忧地说，“我还以为你会愿意帮忙呢，因为你一直挺喜欢休的。”

梅茜去柜子里拿她的手套。“我希望你事先问问我同不同意。”她打开柜子。在门后挂着那张她一直保存的马戏团海报，镶在一个木框里面。海报上的她穿着紧身衣，站在一匹白色骏马的马背上，下面写着一行大字“神奇的梅茜”。看到这张画，她一下子收起了自己的坏脾气，自己也感到了羞耻。她回身跑到索利那儿，两手搂住他。“唉，你看，索利，我怎么可以如此忘本呢！”

“好啦，好啦。”他一边喃喃地说，一边抚摸着她裸露的肩膀。

“你对我和我的家人那么好，那么慷慨大方，如果你愿意，我当然会为你做这件事的。”

“我不愿意强迫你去做那种——”

“没有，你没强迫我呀，我的确该帮帮她，让她得到我所得到的这些，对吧？”她盯着丈夫那胖乎乎的脸，因为着急都起了不少皱褶。她摸着他的脸颊。“别担心了，我刚才都是出于可怕的自私，现在都忘了吧。去穿上你的外套。我准备好了。”她踮起脚尖，给他唇上来了一个吻，然后去把手套戴上。

她知道真正让她生气的是什么。这件事充满讽刺，让人实在无法消受。现在让她去训练诺拉，让她当好休·皮拉斯特太太，可这个位置是她梅茜一直希望占有的。在她最隐秘的内心深处，她还在希望给休当妻子，她痛恨诺拉赢得了她所失去的东西。不过所有这一切说来都不太体面，梅茜决心不去想它。她应该为休结婚而高兴。他一直都不快乐，其中也有她的错。现在，她不必为他担心了。她心里不好受，即便说不上悲伤，但至少也是一种失落。但她应该把这种感情紧锁起来，不让任何人窥见。她该全身心投入到这件事情中去，把诺拉·皮拉斯特带回伦敦上流社会的交际场。

索利穿好外套回来，两人一起去了育儿室。伯蒂穿着睡衣在玩一个木头火车模型。他喜欢看梅茜穿礼服，要是因为某种原因，她晚上出门没给他看自己穿了什么衣裳，他就会很失望。他告诉她当天下午公园里发生的事——他跟一只大狗交上了朋友。索利跪在地板上玩了一会儿火车。这会儿伯蒂该上床睡觉了，梅茜和索利下了楼，登上马车。

他们先要赴晚宴，然后去参加一个舞会。两个地方都不远，离他们在皮卡迪利的家只有半英里，但梅茜不能在街上走，因为精工细作的礼服带着拖地长摆，还有那双丝绸做的鞋子都会弄脏。她变得娇气了，想到当年为了去纽卡斯尔徒步走了四天的女孩，现在连半英里也要坐马车，她不禁心里发笑。

这天晚上她就准备为诺拉做这件事。他们到达目的地后，进入海齐福德侯爵的客厅时，她第一眼见到的就是德·托克里伯爵。她很了解这个人，他总是跟她卖弄调情，所以她觉得跟他说话不必遮遮掩掩。“我希望你能原谅诺拉·皮拉斯特扇你的那巴掌。”她说。

“原谅？”他说，“我倒是很荣幸啊！在我这个年龄，还能让一个年轻女人扇我的脸，这是多大的恭维。”

你当时可不是这么想的，梅茜心里说。不过，她很高兴他能如此看待这桩不快。

他接着说：“现在，要是她继续不把我放在眼里的话，那就让人受不了了。”

这正是诺拉应该做的，梅茜想。她趁机问道：“告诉我，是不是奥古斯塔·皮拉斯特鼓动你去挑逗她侄媳妇的？”

“这么说也太可怕了！”他回答说，“说约瑟夫·皮拉斯特太太在拉皮条？她绝对没有做这种事。”

“真的没人鼓动你？”

他眯起眼睛看着梅茜。“你很聪明，格林伯恩太太，我一直很尊敬你。你比诺拉·皮拉斯特聪明多了，她可永远做不到你这样。”

“但你还没有回答我的问题。”

“告诉你实话吧，既然我对你如此佩服。那位科尔多瓦部长，米兰达先生告诉我说，诺拉……怎么说呢……很敏感多情。”

原来如此。“米奇·米兰达这么说是被奥古斯塔怂恿的，我敢肯定。这两个人简直是一丘之貉。”

德·托克里有些恼火。“我真希望我不是受人利用了吧。”

“这种危险性可是明摆着的。”梅茜尖刻地说。

第二天她带着诺拉去自己的裁缝那儿。

诺拉试着各种款式和面料，梅茜趁机想再了解一些坦比公爵夫人舞会上的情况。“奥古斯塔事先跟你提到公爵这个人了吧？”她问。

“她告诫我不要让他太过放肆。”诺拉说。

“就是说，你对他已经有所防备了。”

“是的。”

“要是奥古斯塔没说这句话，你当时还会那么做吗？”

诺拉若有所思。“我大概不会扇他耳光，不会那么神经过敏。奥古斯塔让我觉得必须寸步不让，一定要抱这种态度。”

梅茜点了点头说：“现在你看清了。她就是想让这种事发生。她还让另一个人去告诉伯爵，说你很容易上钩……”

诺拉很惊讶。“这是真的吗？”

“是他跟我说的，她是一只狡猾的母狗，坏事做绝。”梅茜意识到自己带出了纽卡斯尔口音，她现在已经很少这样说话了。她很快恢复了正常，“千万别低估了奥古斯塔耍两面派的本事。”

“她吓唬不了我，”诺拉满不在乎地说，“我也不是什么好惹的。”

梅茜相信她这话发自内心，暗暗为休感到难过。

波兰连衣裙的风格很适合诺拉，梅茜一边这样想，一边看着裁缝把礼服围在诺拉丰满的形体上，插好针脚。礼服上的烦琐细节更加衬托了她漂亮的容貌：各种小褶皱、前开口上的蝴蝶结和后面的系扣、带荷叶边的裙子都显得很可爱。或许她有些过于妖冶，但穿上件紧身胸衣就不会显得太扎眼了。

“打扮得漂漂亮亮只是成功的一半，”她说，看诺拉对着镜子美滋滋打量着自己，“尽管男人的看法很重要。但你也得多花点儿功夫让女人接受你。”

诺拉说：“我跟男人总是比跟女人更合得来。”

梅茜并不觉得奇怪，诺拉的确属于这种类型。

诺拉接着说：“你肯定也是这样吧，要不我们怎么能这么谈得来呢。”

我们一样吗？梅茜有点儿吃惊。

“不，我倒不是拿自己跟你放在一个水平相比较，”诺拉说，“伦敦每个有野心的女孩子都羡慕你。”

梅茜想到自己成了那些一心追求财富的女人仰仗的楷模，不觉心里一紧，但她什么也没有说，因为这是她该得的。诺拉为了钱结婚，她很高兴向梅茜承认这一点，因为她觉得梅茜也是为了同一个目的结婚的。她这么想没有错。

诺拉说：“倒不是我抱怨，但我的确嫁给了家里不受宠的一个，也没什么资本。你嫁的可是世界上数一数二的富人啊。”

梅茜心想，要是知道我多么心甘情愿跟你交换，你准得吓一跳吧。

她把这种想法从脑子里轰走。好吧，她跟诺拉就是同一种人。她要帮诺拉赢得那些势利眼和悍妇们的接纳，因为是他们在统辖这个社会。

“永远不要议论什么东西花多少钱，”她对诺拉上开了课，回想着自己最初犯下的各种错误，“不管发生什么事，都要保持冷静，临危不乱。要是你的马车夫心脏病发作，马车撞坏了，你的帽子被风吹走或者内裤滑了下来，只要说句，‘天啊，这真是刺激。’接着坐上出租马车就行了。要记住，乡下比城里好，闲散比工作重要，旧的优于新的，名分比金钱尊贵。要任何事都知道一些，但不必成为什么专家。练习说话时不动嘴唇——这样会改善你的口音。告诉外人，说你的曾祖父在约克郡有田有地，约克郡太大，没人查得出到底在哪儿，而且，务农的人后来变穷，反倒会赢得别人尊重。”

诺拉摆了个姿势，一脸茫然的样子，懒洋洋地说：“天啊，要记住这么多东西，我怎么能行呢？”

“好极了，就是这种腔调，”梅茜说，“你会做得很好的。”

2

米奇·米兰达站在贝里克街的入口，身上穿着一件薄外套抵御春季傍晚的寒气。他抽着雪茄，看着街上。旁边不远处有一盏煤气灯，但他站在阴影里，好让路过的人看不清他的脸。他心里着急，对自己不满意，又感到十分厌恶。他讨厌使用暴力，这是老爹解决问题的方式，是保罗的方式。对米奇来说，这就是意味着承认失败。

贝里克街不过是条又窄又肮脏的通道，两边是一个个廉价酒吧和简陋的住宅。几条狗在阴沟里翻找着，还有几个小孩子在煤气灯下玩耍。天一黑米奇就到这儿了，连一个警察都没看见。现在已经快到半夜了。

街对面就是罗斯酒店。这家酒店一度红火过，现在仍然比左右的建筑高出一档。酒店的门口亮着灯，米奇能看见里面大堂的柜台。不过，那里看来空无一人。

酒店门口两侧还有两个人在便道上闲逛，他们三个都在等待安东尼奥·席尔瓦。

米奇在爱德华和奥古斯塔面前假装镇静，事实上他非常害怕托尼奥的文章会出现在《泰晤士报》上。他使出九牛二虎之力，才说服皮拉斯特家族开发圣玛丽亚铁路。为了这该死的债券，他甚至跟那个婊子蕾切尔结了婚。铁路的成败关系到他的整个职业生涯。如果他让家族的计划落空，他的父亲不仅会暴跳如雷，狂然大怒，还会记他一笔，找他出气。老爹有本事炒了米奇这个部长的鱿鱼。没钱没工作，他就无法在伦敦立足了，到时候他就不得不回老家面对屈辱。无论结果如何，反正他多年的享乐生活都会结束。

蕾切尔问他今晚打算去哪儿。他讥笑地说："你永远也别这么质问我。"

她的回答让他大吃一惊："那我晚上也要出去。"

"去哪儿？"

"你永远也别这么质问我。"

米奇把她锁在了卧室。

等他回到家，她就会勃然大怒，但这种事情以前也发生过。之前遇到她冲他发火时，他就把她按在床上，撕掉她的衣服，她总是急切地顺从着他。今晚她也会这样做，他对此很有把握。

他真希望自己对托尼奥也这么有把握。

他甚至不能肯定这人仍然住在这家酒店里，但他不敢进去打听，免得引起怀疑。

他已经尽可能迅速行动了，但全部弄妥还是用了四十八个小时，才找到两个手段狠毒的家伙帮忙，侦察具体位置，并设下埋伏。这段时间托尼奥可能已经离开。那样的话米奇就有麻烦了。

细心的人会每隔几天换一家酒店，但是细心的人不会使用印着地址的信笺。托尼奥不是那种谨小慎微的人。相反，他做事一直十分鲁莽。米奇想，很有可能他还住在这家酒店里。

他猜对了。

午夜过了几分钟，托尼奥出现了。

米奇凭着走路的姿态认出了那个出现在贝里克街另一头的人影，对方是从莱斯特广场那边过来的。他紧张起来，抑制着立刻行动的诱惑，等那人走过一盏煤气灯，让灯光把他的脸照得更清楚些。不错，这人正是托尼奥。米奇几乎可以看清他胡萝卜色的鬓须。他既感到松了一口气，同时又十分焦急，找到托尼奥让他放下心来，即将进行的残暴而危险的攻击行动又让他神经紧绷。

就在这时，警察出现了。

没有比这更倒霉的了。警察一共两个人，从贝里克街相反的一头走过来，戴着头盔，身上披着斗篷，他们的腰上挂着警棍，打着牛眼灯笼往黑暗的角落里照着。米奇一动不动站在那里，他也只能这么站着。警察看见米奇，见他戴着礼帽，抽着雪茄，便恭敬地朝他点点头，一个上层阶级的男人在门口溜达，丝毫不关他们的事，他们在离酒店十五到二十码的地方跟托尼奥擦肩而过。米奇不安起来。再过几秒钟，托尼奥就要安然无恙地走进酒店，一切就全完了。

这时，两个警察拐了个弯，从视线中消失了。

米奇朝他那两个同伙打了个手势。

他们马上行动了起来。

没等托尼奥走到酒店门口，两个人便扑了过去，抓住他，把他拖进酒店旁边的巷子里。他叫了一声，但随后再喊什么都听不清了。

米奇把没抽完的雪茄扔掉，几步穿过马路走进小巷。他们用一条围巾塞住了托尼奥的嘴巴，不让他出声，两个人开始用铁棍打他。他的帽子掉在地上，头上脸上都已沾满鲜血。他身上有外套保护着，但他们往他膝盖和小腿上打，还打他毫无保护的双手。

看到这些让米奇感到恶心。“住手吧，你们这两个傻瓜！”他小声制止他们，“难道没看见他快撑不住了？”米奇不想让他们打死托尼奥。他要造成一场普通抢劫的假象，顺带把人打了一顿。要是杀了人就会惹出乱子，再说，两个警察尽管没看清楚米奇的长相，毕竟还是看见他在场。

两个流氓很不情愿地停了手。托尼奥瘫在地上，一动不动。

“掏他的口袋！”米奇低声说。

两个家伙解下手表和表链，掏走了钱夹和几枚硬币，还有一条丝绸手帕和一把钥匙。托尼奥毫无反应。

“把钥匙给我，”米奇说，“其他东西归你们。”

两个人中年纪较大的巴克尔——他被人戏称作“疯狗”——这时说：“把钱给我们。”

他给他们两个每人十英镑沙弗林金币。

疯狗把钥匙递给他。钥匙上用一条线绳拴着一个房间牌，上面潦草地写着“11”这个数字。米奇要的就是这个。

他转身正要离开巷子，突然发现有人在旁边——一个男人正站在街上盯着他们。米奇的心一下子提了起来。

接着，疯狗也看见了这个人。他低声骂了一句，扬起手里的铁棍想把这个人打倒。突然，米奇发现了什么，抓住了疯狗的胳膊：“不用，没这个必要。你看看他。”

这个人的嘴巴松弛，眼神空洞，显然是一个傻子。

疯狗放下了手里的武器。“看来他不会找什么麻烦，”他说，“这家伙脑子里少根筋。”

米奇从他身边挤过去，上了街。他回头看了一眼，见疯狗跟他的同伙正在脱托尼奥的靴子。

米奇走开，希望从此不会再见到他们。

他进了罗斯酒店，让他欣慰的是，大堂的柜台后面仍然空无一人。他走上楼梯。

酒店由三座房子连接起来，米奇转了一遭才弄清方向，不过两三分钟以后他就找到了11号房间，进了门。

房间很是拥挤，污秽不堪，一件件家具都曾光鲜气派，现在已经破烂寒酸。米奇把自己的帽子和手杖往椅子上一搭，便开始迅速而又有条不紊地翻找开了。他在写字台上看见一份写给《泰晤士报》的那篇文章的副本，便拿了起来。不过这没什么价值。托尼奥可能还有别的副本，也能凭着记忆重写一份。但是，为了让文章能够发表，他必须提供某种证据，这才是米奇要找的东西。

他在抽屉柜里发现了一本书——《所多玛的公爵夫人》，他很想把它偷走，但决定没必要冒这个险。他把抽屉里托尼奥的衬衫和内衣统统倒在地上，柜子里没有隐藏任何东西。

他倒没指望在很明显的地方找到它。

他把抽屉柜、床和大衣柜的下面和后面都看了一遍。随后他又爬上桌子，站在上面看大衣柜的柜顶，那里除了一层厚厚的灰尘外，什么也没有。

他把床上的床单扯下来，看看枕头里面有什么硬东西没有，然后又去检查床垫。最后，他终于在床垫下面找到了自己想要的东西。

在一只大信封里装着一叠文件，用律师用的缎带捆扎在一起。

他还没来得及检查这些文件，就听见大厅里有脚步声。

他扔下手里的东西，闪身躲在门后。

脚步声渐渐远去，听不见了。

他解开缎带，扫了一眼文件。文件是西班牙文的，上面带着帕尔玛律师的印章。文件是米奇家族硝酸盐矿鞭挞和处决行为目击者的宣誓证词书。

米奇捧着这叠文件，用嘴唇吻了一下。他的祈祷应验了，让他找到了这些东西。

他把文件塞进外套的里面。在销毁这些文件之前，他要把这些证人的姓名和地址一一抄下来。律师那里一定还有证词书的副本，但没了证人，副本也就没用了。现在米奇已经知道证人都是谁了，他们的日子屈指可数。他要把这些地址发给老爹，老爹自有办法让他们闭嘴。

还有没有别的呢？他四下看了看。屋里一片狼藉，没有什么他需要的了。他要找的已经得手。没有了证据，托尼奥的文章就一文不值了。

他离开房间，走下楼去。

大厅里的柜台后面坐着一个办事员，这让他大为吃惊。这人抬起头，冲着他质问道："请问你有何贵干？"

米奇马上做出决定。如果不搭理这个办事员，他只不过会认为他粗鲁无礼，但如果停下来回答他的话，办事员就会仔细打量他，看清他的模样。他一声不吭走出门去。还好，办事员没追上来。

他经过小巷的时候听见微弱的呼救声。托尼奥在往大街上爬，身后留下一道血迹。这让米奇恶心得直想吐。他反感地做了个鬼脸，扭头继续往前走。

3

每到下午，富家太太和休闲的绅士就会互相走访。这种迎来送往令人非常疲惫，梅茜在一周的头四天吩咐仆人，用她不在家的托词来应付。她一般在星期五招待客人，整个下午会有二三十位来客造访。他们都是相同的一拨人：马尔伯勒圈，犹太圈，以及像蕾切尔·鲍德温那样有“进步”思想的女性，还有索利的几个重要业务伙伴的家眷。

艾米莉·皮拉斯特就是最后一类。她丈夫爱德华在跟索利谈有关科尔多瓦建铁路的生意，梅茜觉得是因为这个，艾米莉才来做客的。但她独自坐了整整一个下午，到了五点半别人都走了，她还坐在那儿。

这姑娘很漂亮，长着一对蓝蓝的大眼睛，只有二十岁出头，让人一眼就看出她有伤心事，因此，梅茜听到她说“真不知道能否跟你谈件私事”时，并不觉得意外。

“当然可以了，什么事儿啊？”

“但愿不会惹你生气，不过我实在不知跟谁讨论这件事。”

这听上去似乎跟性有关。有教养的女孩都来跟梅茜谈论那些无法跟母亲讨论的问题，这也不是第一次了。或许她们听说她过去经历不凡，或许觉得她平易近人，有求必应。“我不那么容易生气，”梅茜说，“你想要讨论什么事？”

“我的丈夫讨厌我。”她说，眼泪一下子流了出来。

梅茜很为她感到难过。她早先就知道爱德华在老阿盖尔寓所胡作非为，荒淫放荡。毫无疑问，他后来变得更加不可救药。她自然非常同情那个最后不幸嫁给他的人。

“是这样，”艾米莉呜咽着说，“他的父母想让他结婚，但他自己并不愿意，结果，他们给他一大笔钱，让他当上银行的股东，这样就把他说服了。我同意嫁给他是因为我父母愿意，他看上去也不比别人差，我又想要孩子。但他一直就不喜欢我，现在，他得到了钱，当上了股东，就连看我一眼都受不了。”

梅茜叹了口气说：“听起来是挺可怕，不过，有千百个妇女也在过你这种日子。”

艾米莉用手帕擦了擦眼睛，使劲忍住眼泪。“我明白，我也不想让你觉得我在装可怜。我必须尽力而为。而且我知道，如果我能有个孩子的话，一切就好应付了。我真正想要的就是这个。”

梅茜知道，有了孩子，大多数不幸的妻子就有了安慰。“是什么原因让你们要不了孩子呢？”

艾米莉在沙发上不安地扭动着，显得十分尴尬，但她稚气未脱的脸上显露着果敢的线条。“我都结婚两个月了，可什么也没发生。”

“就算怀了，开始的时候也——”

“不是，我并不是说我马上就想怀孕。”

梅茜知道无法让这种女孩自己说得很具体，便引导着问：“他来不来你的床上？”

“他一开始还来，但现在已经不了。”

“他来床上的时候，有什么不对吗？”

“问题是，我不知道应该发生什么。”

梅茜叹了口气。这些当母亲的，怎么能把如此无知的女儿送入婚姻的殿堂？她想起艾米莉的父亲是卫理公会派的牧师。不过这也说明不了问题。“我来告诉你应该发生什么，”她说，“你丈夫吻你，抚摸你，他的小鸡儿就变长变硬，他把它放到你的身体里。一般女孩子都很喜欢这样。”

艾米莉脸涨得通红。“他吻我，也摸我，但再没有别的。”

“他的小鸡儿没变硬吗？”

“黑灯瞎火的，看不清。”

“你就觉不出来吗？”

“有一次他让我揉过。”

“那是什么样儿？硬挺挺的，像蜡烛一样，还是像蚯蚓一样软塌塌的？还是不软不硬，像没下锅煮的香肠？”

“软塌塌的。”

“那你揉搓它，它变硬了吗？”

“没有。这让他非常生气，他扇我耳光，说都是我不好。这是我的错吗，格林伯恩太太？”

“不，不是你的错，但男人总是把罪过推到女人身上。这是一种常见病，叫作阳痿。”

“这就是说，我没法要孩子？”

“是的，你得把他的小鸡鸡弄硬了才行。”

艾米莉快要哭了。“我真想要孩子。我又孤单又这么不快活，要是有个孩子，别的这些我就都忍了。”

梅茜弄不清爱德华的问题到底出在哪儿，以前他肯定不是阳痿。她能给艾米莉帮什么忙呢？她大概可以了解清楚爱德华是一直阳痿，还是只跟他妻子这样。埃普丽尔·蒂尔斯利应该知道。上次梅茜见到埃普丽尔的时候，爱德华还是内尔妓院的常客——尽管这已经是几年前的事了，一个上流妇女很难跟伦敦头号的老鸨保持好友往来。“我认识一个跟爱德华关系密切的人，”她审慎地说，“或许她能提供点儿解决问题的线索。”

艾米莉勉强忍着。“你是说他有个情妇？请你告诉我，我必须知道真相。”

这姑娘的个性很执着，梅茜想。她可能幼稚无知，但她想干什么就一定要干成。“这女人不是他的情妇，但她应该知道他有没有情妇。”

艾米莉点点头。“我想见见你这个朋友。”

“我不知道你该不该自己——”

“我要去。他是我的丈夫，如果有什么不好的事情，我也要听听。”她的脸上又露出了那种执拗的表情，接着说，“我什么都会做，你要相信我——不管是什么事情。我这辈子就要被白白糟蹋了，我只能自己挽救自己。”

梅茜要试试她到底有多大决心。“我这个朋友叫埃普丽尔，她在莱斯特广场开了一家妓院。从这儿走两分钟就到。你准备好了现在就跟我去吗？”

“妓院是什么啊？”艾米莉问道。

两轮马车在内尔之家外面停了下来。梅茜朝外面偷偷瞄了一眼，看街上有没有人。她可不想让认识的人看见自己走进一家妓院。不过，她那个阶层的人现在正在换衣服准备吃晚饭，街上只有几个穷人。她和艾米莉走出车厢，她已经预先把车钱给了车夫。妓院的门没锁，她们推门走了进去。

日光让内尔之家露了相。梅茜心想，这里在晚上或许会有一种俗艳的魔力，但现在却显得破破烂烂，乌七八糟。天鹅绒的衬布已经褪了色，桌子上面满是雪茄烟头烧出的焦痕和一圈圈杯子印，丝绸墙纸剥落下来，一幅幅春宫画看上去也低俗不堪。一个嘴上吊着烟斗的老太婆在扫地，见到两个衣着华贵的上流太太进门，倒也不觉得稀奇。梅茜问埃普丽尔在哪里，老太婆朝楼梯那边一摆大拇指。

她们在楼上的厨房里找到了埃普丽尔，她正跟几个女人坐在桌子那里喝茶，全都穿着晨衣或者家居便装，显然要几小时以后才开始做生意。埃普丽尔没认出梅茜来，两个人面面相觑了好一会儿。梅茜发现自己的老朋友变化不大，她仍然苗条，面色僵硬，目光锐利，显得有些倦怠，或许是因为一直熬夜，喝了太多的廉价香槟。但她整个人带着生意场上成功女人的自信和决断。她说："我们能为二位做点儿什么？"

"你认不出我了，埃普丽尔？"梅茜说。这下埃普丽尔才尖叫一声，从椅子上跳起来，两手搂住她。

两个女人又是拥抱又是亲吻，埃普丽尔对厨房里的几个女人说："姑娘们，这就是实现了我们大家梦想的那个女人。她最早是米利亚姆·拉宾诺维奇，然后是梅茜·罗宾逊，现在是所罗门·格林伯恩太太！"

女人们全都欢呼起来，就像梅茜是什么英雄一般。她感到难为情，她没想到埃普丽尔这么直截了当把自己的过去说出来，尤其是当着艾米莉·皮拉斯特的面，不过现在说什么也晚了。

“让我们来点儿杜松子酒庆祝一下。”埃普丽尔说。她们坐下来，一个女人拿来一瓶酒和酒杯，给大家倒上。梅茜一直都不喜欢喝杜松子酒，现在她已经习惯喝最好的香槟，就更不想喝这种酒了，但为了朋友她也要喝一杯。她看着艾米莉呷下一口酒，做着苦相。她们的杯子马上又被斟满了。

“说吧，是什么风把你吹来了？”埃普丽尔开口道。

“是婚姻问题，”梅茜说，“我这位朋友有个性无能的丈夫。”

“把他带我这儿来，我亲爱的，”埃普丽尔对艾米莉说，“我们一调弄他准能好。”

“我怀疑他已经是你们的顾客了。”梅茜说。

“他叫什么名字？”

“爱德华·皮拉斯特。”

埃普丽尔吃了一惊。“我的上帝。”她仔细盯着艾米丽，“这么说你是艾米莉。你这可怜的小母牛。”

“你知道我的名字，”艾米莉说，一脸痛苦的样子，“这么说他跟你说起过我。”她又喝了点儿杜松子酒。

其中一个女人说：“爱德华不是性无能。”

艾米莉的脸红了。

“对不起，”那女人说，“只是因为他一般都是叫我。”这个女孩身材高大，深色的头发，胸部很低。梅茜觉得她穿着邋遢的褂子，又抽着烟，显不出有什么魅力，不过要是穿着打扮起来，或许也挺吸引人的。

艾米莉恢复了镇静。“这太奇怪了，”她说，“他是我的丈夫，但你比我还了解他，可我连你叫什么都不知道。”

“莉莉。”

几个人陷入了尴尬的沉默。梅茜呷了一口酒，觉得比头一杯味道好一点。眼前的这一幕实在不同寻常，这间厨房，几个身着便装的女人，香烟和杜松子酒，还有艾米莉，她一小时前还不清楚性交都该干什么，眼下在跟她丈夫最中意的妓女讨论他的性无能。

“好吧，”埃普丽尔爽快地说，“现在你知道问题的答案了。为什么爱德华跟他妻子性无能呢，因为米奇不在他身边，如果单独跟女人待着，他就无法勃起。”

“米奇？”艾米莉实在不敢相信，“米奇·米兰达？那个科尔多瓦部长？”

埃普丽尔点点头。“他们干什么都在一起，特别是在这儿。有一两次爱德华是自己来的，但他怎么也干不成。”

艾米莉一脸茫然。梅茜很自然地问道：“他们究竟都干些什么呢？”

这回是莉莉答话了。“没什么复杂的，这些年他们只试过几种花样。目前他们喜欢的是两个人一块带一个姑娘上床，要么是我，要么是穆里尔。”

梅茜说：“就是说，这样一来爱德华就行了，一切都正常，对吗？我的意思是，他能硬起来，什么都能做了？”

莉莉点了点头说：“没有问题。”

“你觉得他只有靠这种办法才行吗？”

莉莉眉头一皱。“我觉得有多少女孩在场等等都不重要。只要米奇在就好使，如果他不在，就做不来。”

梅茜说：“就好像米奇是爱德华真正爱的人。”

艾米莉无力地说："真像做梦似的。"她喝了一大口酒，"这都是真的吗？真能发生这种事儿？"

埃普丽尔说："是你不知道罢了。要是跟我的某些客人相比，爱德华和米奇还算规矩的呢。"

这话让梅茜都感到吃惊。一想到爱德华跟米奇两人跟一个女人同处一床的怪异情景，她就忍不住要哈哈大笑，不得不使劲忍着才行。

她想起了那天晚上她跟休做爱被爱德华发现的事。爱德华当时一定无法控制那种冲动，直觉告诉她，他一心想在休之后上了她。"他就喜欢'涂了黄油的面包圈'。"她随口说。

有的姑娘咯咯笑了起来。

"说得没错。"埃普丽尔大声笑着说。

艾米莉也笑了，但她感到莫名其妙："我没听明白。"

埃普丽尔说："有的男人喜欢'抹了黄油的面包圈'。"妓女们笑得更起劲儿了，"意思就是刚刚让别的男人操过的女人。"

艾米莉咯咯笑了，这会儿大家全都歇斯底里地笑了起来。梅茜觉得，是因为都喝了杜松子酒，加上这种特殊的情境，还有男人们独特的性偏好，让大家狂笑不已。笑声一停，就有人再说一句"黄油圈"，然后就又爆出一阵笑声。

最后她们一个个筋疲力尽，再也笑不起来了。等到大家安静下来，梅茜说："但是，这让艾米莉怎么办？她想要个孩子，总不能让米奇跟她丈夫一块儿上床吧。"

艾米莉脸上愁云惨淡。

埃普丽尔定定地看着她。"你一心想要个孩子是吗，艾米莉？"

“要我做什么都行，”艾米莉说，“说真的，无论天底下什么事我都愿意做。”

“既然你这么有决心，”埃普丽尔放慢了语气，说，“我们倒是可以找个办法。”

4

约瑟夫·皮拉斯特吃完一大盘烤羊腰子和炒鸡蛋，接着往一片烤面包上涂黄油。奥古斯塔时常怀疑中年男人时不时的坏脾气跟吃肉太多有关，一大早就吃羊腰子，实在让她受不了。

“西德尼·梅德勒已经到伦敦了，”他说，“今天上午我要跟他见面。”

奥古斯塔没有立刻明白他说的是谁：“梅德勒？”

“从纽约来的。他很生气没让休当股东。”

“这跟他有什么关系？”奥古斯塔说，“简直太无礼了！”她气咻咻地说，但心里很烦。

“我知道他要说什么，”约瑟夫说，“我们成立梅德勒-贝尔合资企业时，虽然没有挑明，但私下里都同意伦敦这边的业务由休负责。现在休辞职了，这你知道。”

“可你不想让休辞职。”

“是的，但要想留住他，就必须让他当股东。”

约瑟夫的脆弱性格会带来危险，奥古斯塔看出了这一点。她很害怕出现这种结果，因此必须壮壮他的士气。“我相信你不会让外人来决定谁该当皮拉斯特银行的股东，谁不该当。”

“我当然不会。”

奥古斯塔心中又生一念：“梅德勒先生会终止合资企业吗？”

“有可能，虽然他现在还没有说这种威胁的话。”

“会关系到很大一笔钱吗？”

“是的。不过，如果休去格林伯恩银行上班，他就会带走大部分业务。”

“所以，梅德勒先生是怎么想的，其实无关紧要。”

“也许是吧。但我会跟他讲明情况。他大老远从纽约赶来，就是为了这点事小题大做。”

“告诉他，休娶了一个让人无法接受的妻子。他不可能不理解这种事。”

“当然了。”约瑟夫站了起来，“再见，亲爱的。”

奥古斯塔起身吻了吻她丈夫的嘴唇。“不要被他们吓唬住，约瑟夫。”她说。

他挺直了肩膀，僵硬的嘴唇抿成一条线。“不会的。”

他走了以后，她坐在餐桌前又喝了一会儿咖啡，掂量这种威胁到底有多严重。她力图加强约瑟夫的抵抗力，但她的作为终究有限。她必须严密监视事情的动向。

听到休离职会让银行损失不少钱，这让她十分惊讶。她没想到自己提拔爱德华、压制休，却会让银行受损失。有那么一阵儿，她怀疑自己所有愿望和计划所立足的基础危及了银行的利益，但这种想法太荒谬了。皮拉斯特银行极其富有，她做的任何事情都不会造成威胁。

她吃完早餐，哈斯特德悄没声走上前来，告诉她福特斯鸠先生到访。她立刻把西德尼·梅德勒抛在了脑后。现在这件事更加重要，她的心跳加快了。

迈克尔·福特斯鸠这个政客现在对她很是顺从。他依靠约瑟夫的财政支持赢得补选，当上了议会议员，对奥古斯塔倍加感激。如何让他报偿这笔人情，她已经表达得清楚：帮助她为约瑟夫弄一个贵族头衔。补选花了五千英镑，这笔钱能在伦敦买一幢最好的房子，但要是买一个名分的话，还算很便宜了。客人到访的时间一般都在下午，上午来的人通常都有急事。她心里很清楚，如果福特斯鸠不是有好事相告，不会一大早就赶过来，这让她的心跳得更快了。“先请福特斯鸠到瞭望室坐坐，”她对管家说，“我马上就去见他。”她又静静坐了一会儿，让自己平静下来。

她的私下活动目前正在一步步按计划进行。阿诺德·霍布斯在他的杂志上发表了一系列文章，呼吁为商界人士封官加爵。莫尔特夫人也跟女王提及此事，为约瑟夫大唱赞歌，她说，女王陛下看来很感兴趣。福特斯鸠告诉迪斯累里首相，公众热情高涨，舆论十分支持这一建议。也许诸多努力现在有了结果。

她实在太紧张了，上楼时都有点儿喘不过气来，各种她期望不久就要听到的词句一个个涌上脑际：怀特海文夫人……怀特海文伯爵和伯爵夫人……好极了，我的太太……夫人您请……

瞭望室这个房间很怪。它位于前厅的上方，楼梯的半截处有一扇门通向那里。房间里有个临街的凸窗，但房间的命名不是因为这个窗子。这间屋子的特别之处在于它还有个俯视大厅的内窗。大厅里的人察觉不到上面有人在观察他们，多年来奥古斯塔从这个有利地点看到过不少稀奇的景象。小房间的布置很随便，也很舒适，天棚较低，有一个壁炉。奥古斯塔一般上午都在这里接待来客。

福特斯鸠显得有点紧张。奥古斯塔靠近他坐在窗边的座位上，向他投去一个温和贴心的微笑。

“我刚跟首相见过面。”他说。

奥古斯塔激动得说不出话来：“你们谈爵位的事没有？”

“我们谈了。我说服他，说现在应该让银行业界的代表进入上议院，他现在正考虑给实业界人士授予爵位。”

“好极了！”奥古斯塔说。但福特斯鸠显得有些局促，不像只是来报喜的。“那你怎么这么闷闷不乐？”她不安地问。

“还有个坏消息。”福特斯鸠说，一下子显得有些害怕。

“什么坏消息？”

“我担心他会把爵位授予本·格林伯恩。”

“什么！”奥古斯塔感到自己像挨了一拳，“怎么会这样？”

福特斯鸠采取了防守的态度：“我认为他喜欢给谁爵位就可以给谁。他是首相。”

“可我不想费了这么大力气，却便宜了本·格林伯恩！”

“我知道这事情有点儿滑稽，”福特斯鸠疲惫地说，“不过我已经尽力了。”

“你不用这么得意，”她厉声说道，“如果以后的选举还要靠我资助，这件事就不算完。”

他的眼里闪过一丝违抗的神色，这让她突然觉得自己可能失去了他，以为他会说现在已经人钱两清，再也不用她帮忙了。不过这时他垂下眼睛，说道："我向你保证，听到这个消息我自己也蒙了。"

"静一静，让我想想，"她一边说，一边在小屋子里来回踱着步子，"我们必须想办法让首相改变主意……我们必须弄个什么丑闻。本·格林伯恩的弱点是什么？他的儿子娶了一个从贫民窟出来的人，但这件事的分量不太够……"她发现，如果格林伯恩有了爵位，他儿子索利就会继承下来，这就意味着梅茜最后会当上伯爵夫人。想到这儿她简直要晕过去了。"格林伯恩的政见如何？"

"没人知道。"

她看了看这个年轻人。他沉着脸，一副苦相。她刚才的话说得太严厉了。她在他身边坐下，两手抓起他的一只大手。"你的政治直觉非常敏锐，实际上就是这一点让我注意到你。告诉我，你觉得他属于哪一派的？"

福特斯鸠立即软了下来，看到她不辞辛苦好言相对，大多数男人都会被打动。"如果非要说有什么立场的话，大概会是自由派，大多数商人都属于自由派，大部分犹太人也是。但他从来没有公开表示过什么见解，因此很难让他成为保守党政府的对立面——"

"他是犹太人。"奥古斯塔说，"这是个关键。"

福特斯鸠一脸疑惑。"首相本人也是犹太人出身，他受封为比肯斯菲尔德勋爵。"

"我知道，但他现在是基督徒，再说……"

福特斯鸠一扬眉毛，表示质疑。

"我也有我的本能，"奥古斯塔说，"我的本能告诉我，本·格林伯恩的犹太人身份是一切问题的关键。”

“如果需要我做什么的话……”

“你很出色。眼下还什么都不用做。可是如果首相开始怀疑本·格林伯恩了，你就提醒一下他，约瑟夫·皮拉斯特比较稳妥，可以替代。”

“包在我身上好了，皮拉斯特太太。”

莫尔特夫人住在柯曾街的一座宅邸里，其实她跟丈夫两人负担不起这座宅子。一个穿制服、戴假发的仆人开了门，把奥古斯塔领进一个晨间起居室。屋子里满是从邦德街的店铺买来的昂贵摆设：金烛台、银相框、瓷器装饰、水晶花瓶，还有个精致的古董——一只镶嵌了宝石的墨水瓶，估计价值抵得上一匹年轻的赛马。奥古斯塔瞧不起哈里特·莫尔特手里没钱还这么胡花乱花，但与此同时，发觉这女人仍然一如既往挥霍浪费，让她又有了信心。

她在屋里等着，来回踱着步子。每当她面对本·格林伯恩可能替代约瑟夫获得爵位的前景，就感到一阵心慌。她不敢肯定自己有本事再发动一次游说活动。一想到她的所有努力促成的结果最后让梅茜·格林伯恩这条小家鼠当了伯爵夫人，她就全身不舒服。

莫尔特夫人走了进来，冷淡地说：“正好在这个时候见到你，实在是又惊又喜！”这话是在责备奥古斯塔赶在午餐之前到访。莫尔特夫人铁灰色的头发匆匆梳理过，奥古斯塔估计她还没有完全装扮好。

但你必须接见我，对吧？奥古斯塔想。你怕我把你的银行账户折腾出来，因此你别无选择。

不过，她用一种屈从奉承的语气讨好她。“我是就一件要紧事来向你讨教的。”

“我很愿意帮忙。”

“首相同意给一个银行家授予贵族身份。”

“好极了！我跟女王陛下提过，这你知道。无疑这起了作用。”

“不幸的是，他想把爵位给本·格林伯恩。”

“哦，天哪，真太不幸了。”

这个消息让哈里特·莫尔特暗暗感到高兴，奥古斯塔看出了这一点。她心里讨厌奥古斯塔。“这比不幸还要糟糕，”奥古斯塔说，“我费了九牛二虎之力，到头来这件好事却落到了我丈夫最大的对手身上！”

“这我明白。”

“我希望我们能阻止这件事。”

“不知道我们能做什么。”

奥古斯塔装作刚想起什么似的说：“封爵必须由女王批准，是不是？”

“是，的确是这样。就实际操作的仪式上看，是她把爵位授给他们。”

“那么，如果你去请求，她就可以进行干涉。”

莫尔特夫人轻轻一笑：“我亲爱的皮拉斯特太太，你实在高估我的能力了。”奥古斯塔收住口，不去在意她那居高临下的口吻。莫尔特夫人继续说，“女王陛下不会听信我对首相所做决定的劝告。再说，我有什么理由提出反对意见呢？”

“格林伯恩是犹太人。”

莫尔特夫人点点头。“以前一段时间这个理由可行。我记得在格莱斯顿当首相那会儿，他想让加封莱昂内尔·罗斯柴尔德，女王当时就拒绝了。但那是在十年前了。后来迪斯累里就上台当政了。”

“但迪斯累里是基督徒。格林伯恩是虔诚的犹太教徒。”

“我不知道这到底有什么区别，”莫尔特夫人若有所思，“这倒有可能，你知道。她经常批评威尔士亲王的朋友里有太多犹太人。”

“那么你提醒她一下，说首相要给其中之一封爵……”

“我可以在谈话时顺便提一下，但不能保证这么做一定能达到你要的效果。”

奥古斯塔苦苦思索着。“我们能做点儿什么，让女王陛下更加关注整个问题吗？”

“如果出现公众抗议——议会里有人质询，或许，报纸上刊登了什么文章……”

“靠记者，”奥古斯塔灵机一动，想到了阿诺德·霍布斯，“对了！我能安排这件事。”

奥古斯塔出现在霍布斯那局促、昏暗的办公室里，这让他感到惶惶不安。他拿不定主意是该动手收拾，应付她的造访，还是把她轰走。结果他脑子一糊涂，把这三样都做了。他把地板上的纸和一捆捆校样拿到桌子上，接着又放了回去；给她端来一张椅子、一杯雪利酒、一盘饼干，同时又提议他们另找地方谈话。她任由着他瞎忙了一两分钟，然后才说：“霍布斯先生，请你坐下，听我说。”

“当然，当然。”他说，停下来，在一张椅子上坐定，透过那副脏兮兮的眼镜盯着她。

她简明扼要地讲了讲本·格林伯恩受封的事。

“太遗憾了，太遗憾了，”他紧张地叨咕着，“不过，我认为不能因此指责《论坛》没有热心为你向我提的那个善意的建议进行呼吁。”

但是作为交换，你在我丈夫控制的两个利润丰厚的公司坐上了董事的交椅，奥古斯塔想。“我知道这不是你的错，”她急躁地说，“关键是，对此你能做点儿什么吗？”

“我的杂志处在一个尴尬的境地，”他苦恼地说，“刚为银行家获封贵族大声疾呼，现在事情真正发生了，我们很难反过来表示抗议。”

“但你决不希望犹太人获得这项殊荣。”

“是的，是的，但很多银行家都是犹太人。”

“你难道不能写篇文章说，本来有很多基督教银行家让首相挑选吗？”

他还是不太情愿说：“我们可以。”

“那就干吧！”

“很抱歉，皮拉斯特夫人，但这还不太够。”

“我不懂你的意思。”她不耐烦地说。

“出于专业的考虑，我需要一个我们记者所谓的‘着眼点’。例如，我们可以指责迪斯累里，或者说按他现在的身份叫他比肯斯菲尔德勋爵，说他偏袒自己的族类。这就是一个着眼点，但是，他一贯为人正直，这种特殊的指控不太能够站住脚。”

奥古斯塔恨得直咬牙，但克制住自己的耐心，因为她也看得出真正的问题所在。她想了一会儿，随即抓住了一个念头。“迪斯雷利进入上议院的时候，举办正式仪式了吗？”

“各种该做的都做了，我认为。”

“他对着基督教的《圣经》宣誓效忠了？”

“的确。”

“包括《旧约》和《新约》？”

“我明白你的意思了，皮拉斯特太太。本·格林伯恩会对基督教的《圣经》发誓吗？就我对他的了解，我表示怀疑。”

奥古斯塔否定地摇摇头：“但他会的，如果没人事先说这件事的话。他这个人不会自寻冤家，但他脖颈很硬，遇到挑战会顽固到底。如果公众喧声四起，要求他以和其他人同样的方式宣誓，他就会反抗。他忍受不了人家说他被迫干了什么事情。”

“公众喧声四起，”霍布斯若沉思起来，“是啊……”

“这你能弄得出来吗？”

霍布斯反复思忖着。“我现在看清楚了，”他兴奋地说，“《英国上议院的渎神行径》，就用这个题目，皮拉斯特夫人，就是我们所说的‘着眼点’。你太有眼光了。你自己真应该当一名记者！“

“太过奖了。”她说。这话里带着讽刺，但他根本没听出来。

霍布斯突然沉思起来。“格林伯恩先生很有势力。”

“皮拉斯特先生也一样。”

“当然，当然。”

“那我就指望你了？”

霍布斯很快权衡了一下风险，决定支持皮拉斯特的动议：“一切都让我来处理吧。”

奥古斯塔点点头。现在她感觉好多了。莫尔特夫人会让女王反对格林伯恩，霍布斯要刊发相关的报道，福特斯鸠会给首相吹耳旁风，推举一个无可挑剔的替代者：约瑟夫。整个问题的前景又一次变好了。

她站起身来准备告辞，但霍布斯还有话要说："我可以冒昧地提一件别的事儿吗？"

"你尽管讲。"

"有人给我提供一台印刷机，相当便宜。你知道，目前我们都是用别人的印刷机印刷。如果我们自己有印刷机的话，就能降低不少成本，或许也能给别人提供印刷服务，额外赚点儿钱。"

"那倒是。"奥古斯塔不耐烦地说。

"我不知道能否说服皮拉斯特银行提供商业贷款。"

这是他为继续提供支持所开的价码。"多少钱？"

"一百六十镑。"

就这么点儿小钱。如果他像一开始为让银行家获得爵位那样不遗余力，为反对给犹太人贵族称号摇旗呐喊，那是非常值得的。

他说："这机器的确便宜，我能保证——"

"我会跟皮拉斯特先生说的。"他会同意的，但她不想让霍布斯得手得太容易。如果不太容易获准，他就会更加珍惜。

"谢谢你，永远高兴见到你，皮拉斯特夫人。"

"毫无疑问。"她说完，就走了出去。

第四章
六 月

1

科尔多瓦部里一片安静。一楼的办公室里空空荡荡，三名职员几个小时前就回家了。米奇和蕾切尔在二楼餐厅办了一次宴会，招待一小拨来客——在英国外交部当副秘书的彼得·蒙乔伊爵士及夫人，丹麦外交大臣，还有意大利使馆的米歇尔骑士——但眼下客人已经离开，家用的器具也清理干净了。米奇准备出去。

结婚带来的新奇开始消退。他尝试过各种花样，试图让他那毫无性经验的妻子震惊或是嫌恶，但都没能成功。无论他提出什么变态的建议她都热情附和，这让他觉得心力交瘁。她认定无论他想怎么干她都接受，而一旦她做了决定，什么也不会打动她了。他还从来没有见过如此执着、如此讲求逻辑性的女人。

在床上他要她做什么都行，但她认为在卧室以外，女人不该是她丈夫的奴隶，这两项规则对她来说同样不可改变。因此他们二人总是为家里的事情争吵不休。有时候，米奇从一种情形转入另一种情形。两个人正在为仆人或者花钱的事争吵，突然他说了句："把你衣服掀起来，趴在地板上。"争吵就会以激情的拥抱结束。但这种办法也不是次次奏效，有时候，他刚一松开她，她就会接着刚才的话头继续吵下去。

最近他和爱德华晚上愈发经常去他们以前混迹的那些寻欢之所。今晚内尔的妓院举办面具之夜，这是埃普丽尔的一项创举，所有女人都要戴上面具。埃普丽尔声称，在面具之夜，会有性生活不满意的上流社会女士戴着面具混进普通女孩之中。肯定会有一些不常来的女人，但米奇怀疑这些陌生人实际上是中产阶级妇女，因为生计陷入困境才来的，不可能是穷极无聊、出来寻刺激的贵族。不管真相究竟如何，面具之夜总是十分有趣。

他梳好头发，把雪茄盒装满，随后走下楼去。让他吃惊的是，蕾切尔正站在大厅里，拦着不让他出门。她两只胳膊抱在胸前，一脸毫不退让的神情。

"现在晚上十一点了，"她说，"你要去哪儿？"

"见你的鬼，"他回答说，"滚开点儿，别挡道。"他拿起自己的帽子和手杖。

"你要去一家叫作内尔的妓院对不对？"

他吃了一惊，哑口无言。

"我就知道你去那儿。"她说。

"你是从哪儿打听来的？"他说。

她迟疑了一下，随后说："从艾米莉·皮拉斯特那儿。她告诉我说，你跟爱德华经常去。"

"你不该听女人们扯闲话。"

她脸色发白，很害怕。这种情况很少见。看来，这场争斗也不同往常。

“你以后绝不能再去了。”她说。

“我告诉过你了，不要对着你的主人发号施令。”

“这不是命令，这是最后通牒。”

“别发傻了。给我让开路。”

“除非你答应以后不去那儿，否则我就离开你。我今晚就会离开这座房子，再也不会回来。”

他看得出她说到做到，这就是为什么她显得有些害怕。她连外出的鞋都穿在脚上，已经做好了准备。“你不会走的，”他说，“我要把你锁在你的房间里。”

“这你办不到了，我已经把所有房间的钥匙收在一起扔掉了。这所房子里没有一间能锁得上的屋子。”

她就是这么聪明，看来这次争吵会更有趣些。他冲她做了个鬼脸，说：“把你的灯笼裤脱下来。”

“这办法今晚不管用。米奇，”她说，“我原来以为你这样是因为爱我。现在我发现，性不过是你控制别人的手段。我怀疑你自己也从不觉得享受。”

他伸手抓住了她的胸部。隔着衣服，他仍感到很温暖，沉沉的。他揉搓着它，盯着她的脸，但她的表情毫无变化。她今晚不会屈从那种激情了。他使劲挤了一下，弄疼了她，然后松开手。“你到底中什么邪了？”他十分好奇地说。

“男人在内尔那种地方会得传染病的。”

“那里的姑娘一个个都很干净。”

“行了，米奇，你别装得像个傻瓜似的。”

她没说错，没有哪个妓女是干净的。事实上他已经很幸运了：这么多年去妓院混，他只染过一次不太严重的梅毒。“好吧，”他让了步，“我是有可能得上某种传染病。”

“然后就会传染我。”

他耸耸肩。“当妻子的就会有这种风险啊。我如果得了麻疹，也会传染给你。”

“但是梅毒是会遗传的。”

“你这是往哪儿扯？”

“如果我们要孩子的话，我就会遗传给孩子。我可不想发生这种事。我不会让孩子带着这种可怕的疾病降生到这个世界。”她的呼吸很急促，十分紧张。他想，这次她来真的了。她接着把话说完：“所以我要离开你，除非你同意不再跟妓女有任何接触。”

没有任何必要再讨论下去了。“我要打断你的鼻梁骨，看你还能往哪儿走。”说着，他举起拐杖就打。

她对此早有准备。她闪身躲过一击，往门口跑去。米奇吃惊地发现，门半掩着，肯定是她提前打开的，以防出现暴力事件。她转眼就溜到外面去了。

米奇追了过去。到了外面他又发现一件稀奇的事，路边停着一辆马车。蕾切尔跳了上去。米奇很惊奇，原来她已经把一切都精心策划好了。他正要跟着她蹿上马车，却被一个戴礼帽的高大身影拦住了。这人正是她的父亲，律师鲍德温先生。

“看这阵势，你是不想改掉你的毛病。”他说。

“你要绑架我的妻子吗？”米奇问。被人设局击败让他非常气愤。

“她是按她的自由意志离开的。”鲍德温的声音颤巍巍的，但态度十分坚定，“一旦你同意放弃自己的恶习她就会回来。当然还必须有一份令人满意的医疗检查。”

米奇真想拿手杖打他，但这只是一转念。他是个律师，肯定会控告他动手伤人，这种丑闻会损害他的外交官生涯。蕾切尔不值得他这么做。

这倒是成了一个平局。我在这儿争夺什么呢？他问自己。“你可以把她带走，”他说，“我跟她已经结束了。”他转身回到屋里，“砰”的一声把门摔上。

他听见马车走了。出乎意料的是，他发现自己有点儿后悔让蕾切尔离开。不错，他娶她纯粹是因为一时方便——当时这是说服爱德华结婚的办法之一——从某些方面看，没有她，他的日子会过得更简单些。但奇怪的是，他喜欢跟她在日常冲突中的唇枪舌剑，斗智斗勇。他从未跟女人这样过。不过，这种日子也常常令人厌倦，他告诉自己，总的来说，他还是一个人过日子更好。

他定了定神，然后就戴上帽子走了出去。这是一个温和的夏夜，晴朗的天空中缀满星斗。夏天里伦敦的空气总是十分清新，人们不需要燃烧煤炭为屋子取暖。

他在摄政街上走着，心思转移到了生意上。一个月以前他痛打了托尼奥·席尔瓦一顿，后来就没再听到有关他那篇硝酸盐矿文章的消息。托尼奥大概还在养伤。米奇给老爹发了编码电报，把在托尼奥宣誓书上签字的那些证人的名字和地址告诉他，现在这些人可能已经死了。休所做的这番动作看起来十分愚蠢，不过是惹出一场不必要的恐慌，爱德华很是高兴。

同时，爱德华争取到了索利·格林伯恩原则上同意与皮拉斯特银行一同发行圣玛丽亚铁路债券。这件事情并不容易，索利跟大多投资者一样，对南美抱怀疑态度。爱德华不得不提高佣金，又加入了索利的一项投机性计划，占了其中的一部分份额，最后才让这笔交易做成。爱德华也利用了他们是老同学的这层关系，但米奇认为还是索利的好心肠起了决定作用。

现在他们正在草拟合同，这是一个痛苦而缓慢的过程。让米奇苦恼的是，老爹根本不明白这些事情为什么不能在几小时内完成。他现在就想拿到钱。

不过，当米奇想到已经克服了种种障碍，就为自己高兴起来。最初爱德华断然拒绝他以后，一切似乎变得不可能了。但在奥古斯塔的帮助下，他操纵着爱德华结了婚，让爱德华获得了银行的股东身份。然后，他又着手处理了与他们作对的休·皮拉斯特和托尼奥·席尔瓦。现在他所有努力结成的果实即将落到他的手里。老家的圣玛丽亚铁路将永远是米奇的铁路。五十万英镑是巨大的一笔钱，比整个国家的军事预算还多。只这一项成绩就足以抵过他哥哥保罗所做的一切。

几分钟后他走进内尔之家。晚会进行得如火如荼，桌子全都被占满了，空气中充斥着浓烈的雪茄烟雾，一个小型乐队响亮奏出的一支舞曲，里面夹杂着下流的逗趣和沙哑的笑声。所有女人都戴着面具：有些是简单的遮眼面罩，但多数人戴的面具更为复杂，还有些人用头巾把自己整个盖住，只露出眼睛和嘴巴。

米奇从人群里挤过去，跟见到的熟人点头，跟几个姑娘亲吻了一下。爱德华在棋牌室待着，见到米奇就立刻站起身来。“埃普丽尔给我们找了个处女。”他含混不清地说。时候不早了，他已经喝了不少酒。

米奇对处女从来没有什么特殊兴趣，不过把个小女孩吓得魂飞魄散倒也很刺激，因此他来了兴致。“多大岁数？”

“十七。”

这大概意味着她已经二十三岁，米奇想。他知道埃普丽尔如何估算她那些女孩的年龄。不过，他还是很有兴趣：“你见到她了吗？”

“见到了。当然，她戴着面具。”

“那当然。”米奇好奇她到底是打哪儿来的。她大概是从家里跑出来的外省女孩，在伦敦落得身无分文；她也许是从农场被绑架来的；她还有可能不过是个女用人，受够了每天累死累活干十六小时、每周只挣六先令的日子。

一个戴着黑色的小面罩的女人碰了碰他的胳膊，面罩比硬币大不了多少，他认出那是埃普丽尔。“一个真正的处女。”埃普丽尔说。

毫无疑问，她从爱德华那儿收取了不小的一笔钱，才让他拥有特权占有这女孩的童贞。“你有没有亲自动手检查一下她的处女膜？”米奇怀疑地问。

埃普丽尔摇了摇头说：“用不着，我知道一个女孩说的是真是假。”

“要是我没捅着那玩意，你就拿不到报酬。”他说，尽管他们两人心里都明白是爱德华付账。

“说定了。”

“她到底什么背景？”

“她是个孤儿，是让她的一个叔叔带过来的。他着急把她打发出去，安排她跟一个岁数大的男人结婚。她拒绝了，然后他就把她轰了出来。是我从做苦工那儿把她救了下来。”

“你是天使。”米奇嘲讽地说。她的话他一个字也不信。尽管他看不清埃普丽尔面罩后面的表情，但他强烈地感觉到她心里有鬼。他狐疑地看了她一眼，说：“跟我说实话。”

“我说过了，”埃普丽尔说，“如果你不想要她，还有六个男人等着要呢，也不低于你付的价码。”

爱德华不耐烦地说：“我们要她。别再争了，米奇。我们去看看她吧。”

“三号房间，”埃普丽尔说，“她在那儿等你们。”

米奇和爱德华登上楼梯，楼梯上到处是一对对相拥的男女。他们进了三号房间。

女孩站在角落里，穿着一件简单的薄纱礼服，整个脑袋被一块头巾蒙了起来，只给眼睛和嘴巴留出几条缝。米奇的疑心又占了上风。他们看不见她的脸和脑袋，她也许极其丑陋，可能还是畸形。难道这是一出恶作剧吗？

他盯着她看，意识到她吓得浑身发抖，这让他欲火中烧，股沟发热，一下子把刚才的怀疑抛在脑后。为了让她更害怕，他快步穿过房间，把她礼服的领口拉下来，伸手进去摸她的胸部。她畏缩了一下，明亮的蓝眼睛里充满惊恐，但她依然站着不动。她长着一对小巧、坚挺的乳房。

她的恐惧让他的兽性蠢蠢欲动。通常情况下，他和爱德华会跟女人逗弄一会儿，但他决定对这一个突然下手。“跪在床上。”他对她说。

她乖乖听命。他走到她的身后，一把拉起她的裙子。她吓得轻声惊叫起来。她里面什么都没穿。

穿透她那个地方比他想象得更容易，埃普丽尔肯定给了她油膏来润滑。他感到了她里面处女膜的阻力。他抓住她的臀部，使劲把她拉向自己，让他深深插入她的体内，那层膜破了。她开始抽泣，这让他极度兴奋，立刻就达到了高潮。

他退了出来，给爱德华让出地方。他的阴茎上粘了血。他心里不太满足，现在已经结束了，他希望自己留在了家里，跟蕾切尔双双上床。接着他想到她已经离开了他，心情变得更糟了。

爱德华把女孩翻过来仰面躺着。她差点儿滚下床去，他抓住她的脚踝把她拉到中间。慌乱中她的头巾抖落开了。

爱德华说了句："天哪！"

"怎么啦？"米奇不太关心地问了一句。

爱德华正跪在女孩的两腿之间，手里抓着他的阴茎，紧盯着她露出一半的脸。米奇猜想这女孩肯定是他们认识的人。他迷惑地看着她，她想再把头巾拉起来。爱德华不让她拉，还把头巾给扯了下来。

米奇立刻看见了那双蓝色的大眼睛和稚气的脸，那是爱德华的妻子——艾米莉。

"我从没听说还有这等事！"他说，开始哈哈大笑。

爱德华发出一声怒吼："你这肮脏的母牛！你这么做就是为了羞辱我！"

"不，爱德华，不！"她叫道，"是为了帮你——为了帮我们！"

"现在他们全都知道了！"他大喊着，挥手打在她的脸上。

她尖叫起来，挣扎着，他接着再打。

米奇在一旁笑个不停。这是他见过的最滑稽的事情，一个男人到妓院却撞见了自己的妻子！

埃普丽尔冲进门来，看看里面在喊什么。“放开她！”她大声说，想要把爱德华拉开。

他把她推到一边。“我要教训教训我自己的妻子，你靠边站！”他吼道。

“你这个大傻瓜，她只是想要个孩子！”

“先让她尝尝我的拳头！”

他们撕扯了一会儿。爱德华又打了他妻子一下，接着埃普丽尔一拳打中了他的耳朵。他又惊又疼，大叫了一声，这让米奇更加歇斯底里地笑起来。

最后，埃普丽尔终于把爱德华从他妻子身边拉开。

艾米莉下了床。让人吃惊的是她并没有立刻冲出门去。她反过来对着她的丈夫说：“求你别放弃，爱德华。你想让我做什么都行，什么都行！”

他又扑了上去。埃普丽尔抱着他的腿，把他绊倒，跪在地上。埃普丽尔说：“出去，艾米莉，他会弄死你的！”

艾米莉边哭边跑了出去。

爱德华仍然狂怒不已。“我再也不会来你这家妓院了！”他大叫着，用手指着埃普丽尔。

米奇倒在沙发上，抱着他的胳膊，都快把肺笑炸了。

2

梅茜·格林伯恩的仲夏舞会算是伦敦社交季节必不可少的固定盛会之一。她总是邀请最好的乐队，筹备最美味的食物、最奢华的装饰和喝不完的香槟。不过，让人趋之若鹜的主要原因还是威尔士亲王总是亲自到场。

今年梅茜决定利用这个机会把焕然一新的诺拉·皮拉斯特展示出来。

这是一个十分冒险的策略，如果出了问题，会让梅茜跟着诺拉一块丢脸。但如果事情顺利，以后就再也不会有人胆敢怠慢诺拉。

舞会开始前，梅茜办了一个小型晚餐，招待二十四位来客，包括无法参加晚宴的亲王。休和诺拉都参加了，诺拉穿着一件淡天蓝色的薄纱礼服，上面打着小巧的绸缎蝴蝶结，显得很是迷人。露肩的式样把她粉红的皮肤和性感的身形衬托得光艳醒目。

桌上的其他宾客见到她时十分吃惊，但人们觉得梅茜有她自己的想法。她希望他们正确看待诺拉。她明白亲王会怎么想，她有把握预测他的反应，但亲王有时也让人摸不着头脑，会跟他的朋友反目，尤其是他觉得自己被人利用的时候。如果出现这种情况，梅茜的下场就会跟诺拉一样，被伦敦的上流社会冷落。她想到这儿，惊讶自己竟然为这个诺拉冒如此大的风险。但这一切不是为了诺拉，而是为了休。

休在皮拉斯特银行继续熬着他的离职通知时限。到现在他提出辞职已经两个月了。索利也在焦急地等着休尽快到格林伯恩银行工作，但皮拉斯特的股东们坚持要他待满整整三个月。毫无疑问，他们要尽量推迟休去他们的对手那里工作的时间。

晚餐后，梅茜在女士们使用的盥洗室跟诺拉谈了几句。“你要尽可能离我近一点儿，”她说，“等到我要跟亲王引介你的时候，不用我去找你，你应该就在附近。”

“我要粘在你身上，就像苏格兰人攥着五英镑钞票那样。”诺拉用她的伦敦腔说，随后换上了上流社会那懒洋洋的腔调，说，“别怕，我跑不了的！”

客人们在十点半钟陆续到达。梅茜通常都不邀请奥古斯塔·皮拉斯特，但今年不同，她想让奥古斯塔看到诺拉的胜利，如果最后能胜利的话。她本来觉得奥古斯塔可能拒绝，但她是最先到达的客人之一。梅茜也邀请了休在纽约的导师西德尼·梅德勒，他六十岁左右，长着白胡子，风度迷人。他穿着一身典型的美国式晚礼服，短上衣里面打了一条黑色的领带。

梅茜和索利站在那儿跟客人们握手，一小时后亲王驾到。他们陪着他走进舞厅，引见索利的父亲。本·格林伯恩僵硬地弯腰鞠躬，就像一个直背的普鲁士卫兵一样。随后，梅茜就跟亲王跳起舞来。

“阁下，有几句闲话挺有趣的，我想跟你说说，”她一边跳着华尔兹，一边说，“只是希望你不要生气。”

他把她拉近一些，凑在她的耳边说：“这倒让我很好奇啊，格林伯恩太太。你说吧。”

“跟坦比公爵夫人舞会上发生的事有关。”

她感觉他绷紧了一些。“哦，那件事啊。我得承认的确有点儿尴尬。”他压低声音，“那女孩骂德·托克里是个肮脏的老恶棍，我当时还以为她是在说我呢！”

梅茜快活地笑了起来，好像听到了什么荒谬的说法一样，不过她知道不少人也是这么说亲王的。

“接着说吧，”亲王说，“难道里面有什么不为人知的隐情？”

“的确如此。有人早早告诉德·托克里，说那年轻女人非常虚伪——我该怎么说呢——说她随请随到。”

“随请随到！”他猥琐地笑了起来，“我可得把这话记下来。”

“可她那边呢，却又有人警告她，如果他欲行不端，就要立刻给他一巴掌。”

“这样一来这出闹剧就在所难免了，真够狡猾的。是谁在背后操纵的？”

梅茜犹豫了一下，她从未利用过自己与亲王的友谊去压制他人。但奥古斯塔坏得要死，罪有应得。“你知道奥古斯塔·皮拉斯特是谁吧？”

“知道，是另一个银行家族的女家长。”

“就是她。那个姑娘叫诺拉，嫁给了她夫家侄子休。奥古斯塔恨他，这么做就是想让他出丑。”

“真是蛇蝎心肠。可她不该当着我的面弄这么一出，我真想惩罚惩罚她。”

梅茜就是想把话引到这上面来，现在时机已到。“你只要稍稍关照一下诺拉，表示她已经受到原谅就行了。”她屏住呼吸，等待他的反应。

“同时，不搭理奥古斯塔。对，就这么办。”

这支舞跳完了。梅茜说：“我可以向你引介诺拉吗？她今晚在这儿。”

他狡诈地看了她一眼，说：“这都是你这小狐狸精一手策划的，对吧？”

她一直担心的就是这个。他并不愚蠢，当然猜得出她的心计。既然这样，最好不要否认。她显出一副腼腆的样子，脸红了。“你算是把我看穿了。我真是太蠢了，怎么能骗过殿下那双敏锐的眼睛呢。”她换上另一副表情，用直接而坦诚的目光看着他，“我要怎么做才能赎罪呢？”

他的脸上闪过一丝淫荡的笑。“别再试探我了。好吧，我原谅你。”

梅茜松了一口气，她闯过了这一关。现在该让诺拉展示她的魅力了。

“这个诺拉在哪儿？”他说。

她正按照梅茜的指令在附近转悠。梅茜给她使了个眼色，她马上走上前来。梅茜说：“殿下，请允许我介绍一下休·皮拉斯特太太。”

诺拉行了一个屈膝礼，忽闪着她的大眼睛。

亲王的目光落在她裸露的肩膀和玫瑰色的丰满胸部上。“很迷人啊，”他十分热情地说，“真是太迷人了。”

休看着诺拉和威尔士亲王快活地聊着天，心里又是惊讶又是喜悦。

昨天她还是上流社会的弃儿，活活印证了“母猪耳朵做不成丝钱包”那句俗话。她让银行失去了一个大合同，把休的职业生涯逼到了墙角。现在她成了屋子里所有女人羡慕的人，她的衣着完美无缺，举止娇媚迷人，正在跟王位继承人尽情说笑。这些转变都是梅茜一手造就的。

休瞟了一眼伯母奥古斯塔，她跟伯父约瑟夫正站在他的身边。她正紧盯着诺拉和亲王，尽力装出无动于衷的样子，不过休看得出她异常惊恐。休心想，看着六年前那个被她奚落的穷孩子梅茜如今变得比她还有影响力，她一定心如刀绞，气得要发疯。

说来也巧，西德尼·梅德勒这时走了过来。他一脸狐疑地对约瑟夫说：“这就是你所说的那个全然不适合做银行家妻子的女人？”

不等约瑟夫答话，奥古斯塔就开口了，她伪装出一种温和的语调说：“她确实让银行失去了一个十分重要的合同。”

休插嘴说：“事实上她根本没有让银行失去什么。那笔贷款正在通过审核。”

奥古斯塔转身问约瑟夫：“难道德·托克里伯爵没有干预？”

“看来他那股怒气很快就消了。”约瑟夫说。

奥古斯塔不得不假装高兴。“那真幸运。”她说。不过人人看得出她这话说得毫无诚意。

梅德勒说：“还是金融需求最后压过了社会偏见。”

“是的，”约瑟夫说，“所以，我想我在拒绝让休当股东这件事上可能太匆忙了。”

奥古斯塔用一种极其甜蜜的声音打断他：“约瑟夫，你在说什么啊？”

“这是生意，我亲爱的，是男人之间的谈话，”他决断地说，“你不需要关心这里的事。”他转过身来对休说，“我们当然不希望你去格林伯恩银行工作。”

休不知自己该说什么。他知道西德尼·梅德勒在这事儿上大做文章，塞缪尔叔叔也支持他，但谁也没有想到约瑟夫伯父会改弦更张，承认自己的错误。不过他还是暗暗有些兴奋，觉得约瑟夫把这个问题提出来必有原因。“你知道我为什么要去格林伯恩那儿吗，伯父。”他说。

“他们永远不会让你当股东，这你知道，”约瑟夫说，“你必须是犹太人才行。”

“我清楚这一点。”

“既然如此，就难道不愿回来为家族工作？”

休的心往下一沉，说到底，约瑟夫不过是想说服他留下继续当他的雇员。“不，我不想给这个家族继续干了。”他愤怒地说。他发觉自己的坚定态度让他伯父吃了一惊。休接着说，“老实说，我宁愿为格林伯恩工作，在那里我能摆脱这个家族的阴影。”——他挑衅地看了一眼奥古斯塔——“在那儿，我的职责和酬劳取决于我作为银行家的能力，而不是任何别的东西。”

奥古斯塔用十分反感的语气说：“你竟然宁可喜欢犹太人也不喜欢自己的家庭？”

“别在这儿瞎掺和。”约瑟夫粗鲁地对她说，“你知道我为什么说这些，休。梅德勒先生认为我们的做法让他很失望，股东们都很担心你会把我们的北美业务带走。”

讨价还价的时候到了，休尽量让自己的神经放松。“除非你把我的工资增加一倍，否则我不会回头。”他破釜沉舟地说，“只有一件事情能让我改变主意，就是给我股东资格。”

约瑟夫叹了口气说：“跟你谈判简直像是跟魔鬼打交道。”

梅德勒接茬说：“一个优秀的银行家就要具有这种品质。”

“好吧，”最后约瑟夫说，“我给你这个股东资格。”

休突然觉得膝头发软。他们让步了，他想，这下他们终于投降，我赢了。他简直不敢相信这是真的。

他看了一眼奥古斯塔。她控制着情绪，紧绷的脸上毫无表情，但她什么也没有说，她知道自己大势已去。

“要是这样的话。”休掩延着，仔细品味着这一时刻。然后他深吸了一口气，说，“要是这样，我接受。”

奥古斯塔终于撑不住了，她脸涨得通红，眼睛快要从眼眶迸出来了。“你们一定会后悔的，你们这些人！”她恶狠狠地说了一句，转身扬长而去。

她大摇大摆穿过拥挤的人群，向舞厅门口走去。人们紧张地盯着她，不知出了什么事。她意识到她的脸上显出怒气，于是想把自己的情绪遮掩起来，但她实在太烦躁了。所有让她厌恶和鄙视的人现在都赢了，从贫民窟里出来的流浪儿梅茜，毫无教养的休，还有低级可怕的诺拉，一个个全都击败了她，各得其所。她只觉得五脏六腑都乱了套，恶心得让她直想吐。

她终于到了门口，走到外面上了二楼的平台，这里没有那么多人。她揪住一个路过的男仆，吩咐说：“马上去叫皮拉斯特夫人的马车！”他跑着去办了。至少她还可以吓唬仆人。

她没再跟任何人说话就直接离开了舞会，她丈夫只能叫辆出租马车回家了。在回肯辛顿的路上她一直生着闷气。

她回到了自己的家，管家哈斯特德正等候在大厅里。“霍布斯先生在客厅里呢，夫人，”他睡眼惺忪地说，“我告诉他，说你可能天亮才会回来，但他还是坚持等。”

“他究竟想要干什么？”

“他没有说。”

奥古斯塔实在没心情见这位《论坛》杂志编辑。他一大早跑到这儿来到底有什么事情？她真想直接回自己房间，不去理他，但一想到爵位的事，决定最好还是跟他谈谈。

她走进客厅。霍布斯对着快要熄火的壁炉睡着了。“早上好！”奥古斯塔大声说。

他惊醒过来，慌忙站起身，隔着他那模糊的眼镜直勾勾看着她。“皮拉斯特太太！哎呀，早上好。”

“这么晚了，你到底有何贵干？”

“我想让你第一个看到这个。”说着，他递过来一份杂志。

这是新的一期《论坛》，上面仍带油墨的味道。她打开了目录页，立刻看到了社论的标题：

犹太人能当贵族吗？

她的精神为之一振，今晚的惨败只不过是唯一的一次失利，她提醒自己，还有其他战斗在等着她。

她往下读了几行：

我们相信，目前在议会圈和伦敦各夜总会流传着这

> 样一种传言，说首相正在考虑授予一位杰出的、具有犹太血统和信仰的银行家以爵位身份。我们相信这种传言并不具有任何真实性。
>
> 我们从不赞成迫害异教徒。而宽容会让人走得太远。给予公然反对基督救赎的人以最高荣誉，将是一种危险的亵渎行为。
>
> 当然，首相本人就是犹太人。但他已经改变了宗教信仰，并以基督教的《圣经》对陛下宣誓效忠，当时他的授爵没有引起任何宪制问题。但现在我们要问，这位传言中所说的未受洗礼的银行家是否准备在信仰问题上做出让步，对《新约》和《旧约》宣誓？如果他坚持只对《旧约》宣誓，上议院主教大人们将如何面对公众的抗议？
>
> 我们毫不怀疑这位人士是位忠实的公民，做事诚实可靠……

下面都是些诸如此类的话。奥古斯塔很高兴。她抬起头，称赞道："干得好，这应该能引起不小的轰动。"

"我希望如此。"接着，霍布斯像一只鸟一样敏捷地伸手从上衣口袋里掏出了一张纸，"我已经斗胆签下了这份印刷机购买合同，我跟你提过的。销售契约是——"

"上午去银行吧。"奥古斯塔打断他，对那张纸看也不看。不知怎么，她总是无法对霍布斯保持礼貌相待，哪怕他的任务完成得都很好，他身上有种让她受不了的东西。她努力让自己显得愉快些，用柔和的声音说，"我丈夫会给你开一张支票。"

霍布斯鞠了一躬。“要是这样，我就先走了。”说完他走了出去。

奥古斯塔满意地叹了口气。这下他们都得服气了。梅茜·格林伯恩自以为自己在伦敦上流社会独领风骚。的确，她可以跟威尔士亲王整夜跳舞，但她无法抗拒新闻出版界的力量。格林伯恩家族要花很长时间才能从这种冲击中恢复过来。而同时，约瑟夫将会获得贵族身份。

她感觉好多了，坐下来又去读那篇文章。

3

舞会后的那天早上一觉醒来，休感到心里喜滋滋的。他的妻子被上流社会所接纳，而他自己就要当上皮拉斯特银行的股东了。股东资格会让他这几年不止赚几千英镑，而是几十万英镑。有朝一日他会富裕起来的。

索利会因为休最后没去他那儿工作而失望，但索利为人大度谦和，会理解这一切的。

他穿上晨衣，从床头的抽屉中拿出一件礼物——一个装首饰的小盒子，放到口袋里。然后走进他妻子的卧室。

诺拉的房间很大，但总是显得有些局促。窗户上、镜子上和床头都挂满了各种图案的丝绸；地板上铺着两三层地毯地垫，椅子上也放着绣花靠垫；隔板和桌子上堆满了镶框的照片、瓷娃娃、瓷盒和其他小玩意。屋里的陈设主要是她最喜欢的粉红和蓝色，但墙纸、床上用具和窗帘或装饰等处也有其他颜色点缀。

诺拉坐在床上喝茶，身边靠着几个花边枕头。休坐在床沿上，说："你昨晚的表现相当精彩。"

"把他们全比下去了，"她十分得意地说，"我跟威尔士亲王跳了舞。"

"他不停地盯着你的胸部。"休说道。他把手伸进她扣紧的丝绸睡衣里面，去抚摸她的乳房。

她生气地一把推开他的手。"休！现在不行。"

他不太高兴："怎么不行？"

"这一周都有过一次了。"

"刚结婚的时候，我们不是什么时候都这样。"

"没错，那时我们刚结婚，但一个女孩不会希望每天都这样。"

休皱起了眉头。他可是希望每天都这样，永远这样下去——这不就是婚姻的意义吗？但他自己也不知道什么是正常的。也许他过于活跃了。"那么，你觉得我们应该多久做一次呢？"他犹豫着说。

她很高兴他这么问，好像一直在等待机会申明这件事似的。"一周不超过一次。"她坚定地说。

"真的吗？"他心头的喜悦顷刻消散，一下变得十分沮丧。一个星期是很长的一段时间。他隔着床单抚摸着她的腿，"也许还能多一点吧。"

"不！"她说，把她的腿往后收了收。

休感到心烦意乱。曾几何时，她好像对做爱颇有热情。他们二人有某种共同喜欢的东西。现在，这怎么成了她专门为他干的苦差了呢？是不是她从来就没有真正喜欢这种事，只是假装喜欢呢？这种想法让他很是郁闷。

他都不打算把那件礼物送给她了，可他已经买来了，不愿意再把它退回店里。“好吧，不管怎样，我给你买了这个，纪念一下你在梅茜·格林伯恩舞会上的胜利。”他有些悲苦地说，把小盒子递给她。

她的态度立刻变了。“噢，休，你知道我多喜欢礼物！”说着她撕下丝带，打开小盒子。里面是一个项坠，几支用红蓝宝石做成的花朵镶在金质的花枝上，连着一条精致的金链。“真漂亮啊。”她说。

“那就戴上吧。”

她把项坠戴上。

这个挂件衬托在她的睡衣前面，显不出有多好来。“穿低胸的晚装会显得更好看。”休说。

诺拉对他卖弄般地笑了一下，解开她的睡衣。休贪婪地看着她渐渐露出自己的胸部。吊坠挂在她的乳沟处，就像滴在玫瑰花蕾上的一滴雨水珠。她对休微笑着，继续解掉她的衣扣，最后敞开睡衣，露出她赤裸的胸部。“你想不想吻它们？”她说。

他脑子里有点儿乱。她是在戏弄他，还是她真想做爱？他俯下身去，吻着衬托着珠宝的两只乳房，把她的乳头放进嘴里，轻轻吮吸着。

“到床上来。”她说。

“你不是说——”

“一个女孩应该表示感激，对吧？”她把床单往后拉了拉。

休觉得很不舒服，是这件珠宝让她改变了心意。不过他还是无法抗拒她的邀请。他把晨衣从肩膀上抖掉，痛恨自己如此软弱，爬上去靠在她的身边。

那兴奋点到来之际，他真有点儿想哭。

他上午的邮件里有一封来自托尼奥·席尔瓦。

托尼奥跟休在咖啡馆见面后不久就消失了，《泰晤士报》上也没有刊登什么文章。休大惊小怪，说银行的决定如何危险，到头来让他显得非常愚蠢。爱德华利用各种机会让股东们记住休的这次虚假警报，不过，休随后威胁说要到格林伯恩银行工作，戏剧般地遮掩了这一事件。

休曾经写信给罗斯酒店，但没有得到答复。他很为自己的朋友担心，但什么忙也帮不上。

他急忙打开了那封信。信是从医院寄来的，请休前往探视。信的末尾写着：“无论如何不要把我的地址告诉别人。”

到底出了什么事？两个月以前托尼奥还健健康康的，怎么会一下子出现在公立医院里？休心里十分不安。只有穷人才会去医院，那里很恐怖，很不卫生。如果花得起钱，任何人都会让医生和护士到家里看病，就连做手术也这样。

休又困惑又担心，立刻起身赶往医院。他在一间黑暗的病房里找到了他，这里没有任何设备，三十张病床一个紧挨着一个。他姜黄色的头发被剃光了，脸上和头部伤痕累累。“我的上帝！”休说，“你是被车撞了吗？”

“让人给打了。”托尼奥说。

“怎么回事？”

“几个月前我在罗斯酒店外面的街上被人袭击。”

“我估计你是遇到打劫的了。”

“是的。”

“你伤得不轻啊！”

“实际情况还不是那么糟。手指断了一根，脚踝裂了，此外都是割伤和瘀伤，到处都是。不过现在我已经差不多好了。”

“你应该早点儿跟我联系。我们得把你从这儿弄走。我要给你派个医生，安排一名护士照顾你。”

“不用了，谢谢，老伙计。非常感谢你的慷慨，但钱不是唯一的原因，我待在这儿更安全。除了你以外，只有一个人知道我在这儿，是我信任的一个同事，他给我带牛排和白兰地过来，还有来自科尔多瓦的消息。我希望你没告诉别人你要到这儿来。”

“连我妻子也没告诉。”休说。

“那好。”

托尼奥从前的鲁莽性格已经消失，但事实上他又走到了另一个极端。“可你不能在医院里待一辈子，躲避街上的歹徒啊。”

“袭击我的人不仅仅是歹徒，皮拉斯特。”

休摘下帽子，坐在床沿上。他不去理会旁边床上的男人断断续续的呻吟。“告诉我究竟发生了什么事。”他说。

“不是一般的抢劫。他们拿走了我的钥匙，开门进了我的房间。值钱的东西都没拿，但拿走了所有跟《泰晤士报》要发表的文章有关的文件，包括证人签字的宣誓书。”

休大为惊骇。想到皮拉斯特安静大厅里进行的一笔笔完美可敬的交易，可能跟街头暴力，跟眼前这张被打得不成样子的脸有某种联系，心里不禁一阵发冷。“听上去好像银行跟这事儿有关！”

“不是银行，”托尼奥说，“皮拉斯特银行的确势力不小，但我不相信它能策划出科尔多瓦的一桩桩谋杀。”

“谋杀？”真是越说越恐怖了，“谁被谋杀了？”

“所有的证人，他们的姓名和地址都写在那份被从酒店房间偷走的宣誓书上。”

“我简直不敢相信。”

“我还算幸运，还活着。我想，如果不是谋杀案在伦敦比在老家更会受到彻底调查的话，当时他们完全可以把我杀掉，他们也害怕惹出乱子。”

休愣在那里，想到那些人是因为皮拉斯特银行发行的债券被谋杀的，他感到头昏目眩，心生反感。“可这一切的背后指使到底是谁？”

“米奇·米兰达。”

休难以置信地摇了摇头，说：“我不喜欢米奇，这你知道，但我不相信他会做出这种事来。”

“圣玛丽亚铁路对他来说至关重要，有了铁路，他们家族就会成为那片土地上的第二大势力。”

“我知道，我也相信米奇会不惜要出任何手腕达到自己的目的，但他不是杀人犯。”

“是的，他就是杀人犯。”托尼奥说。

“别胡说了。”

“这我很清楚。我总是装作若无其事——实际上我真是太愚蠢了，一直没有把他看透。但这是因为他那恶魔般的魅力。有段时间他让我觉得他是个朋友。可事实上，这人是个彻头彻尾的恶魔，在学校的时候我就知道了。”

“你怎么知道的？”

托尼奥在床上挪动了一下。“十三年前的那个下午，彼得·米德尔顿在主教林边的水塘里溺死了，我知道当时到底发生了什么。”

休像是被电了一下，这些年来他经常想起这件事。彼得·米德尔顿游泳游得很好，不可能遭遇意外淹死在水里。长久以来他一直觉得这里面有人捣鬼。也许他终于要了解事情的真相了。“说下去，伙计，”他鼓励道，“我想知道这件事。”

托尼奥犹豫了一下。“你能让我喝点儿酒吗？”他说。床边的地板上放着一瓶马德拉白葡萄酒，休往杯子里倒了一点儿。托尼奥啜饮着，休的思绪又回到了那闷热的天气，水塘上纵横交错的岩石，以及那冷冽的池水中。

“他们告诉验尸官，彼得在游泳时遇到意外。没人提到当时是爱德华一次次把他的脑袋往水里按。”

“这些我也知道，”休打断他，“我从开普殖民地收到一封‘驼峰’卡米尔的信。他当时在水塘的另一头看见了，但他后来离开了，不知道接着发生了什么。”

“当时就是这样。你跑掉了，‘驼峰’也跑了，留下的只有我、彼得、爱德华和米奇。”

“我离开后发生了什么事？”休急切地说。

“我朝爱德华扔了一块石头。打得很准，击中了他的额头，打出了血。他不再折磨彼得了，立刻过来追我，我马上就爬上了采石场，想甩掉他。”

“爱德华腿脚不灵光，那时候就是。”休插了一句。

“没错。我把他甩开了一大截，半路上我往后看了一眼。米奇在继续欺负彼得，彼得只得游到边上，想从水里上来，但米奇来回把他的头往水里按。我只看了他们短短一会儿，但看得很清楚。然后我就继续往上爬。”

他又抿了一口酒。“当我到了采石场的边上，又回头看了一眼。爱德华还在追我，但远远落在后面，我有足够的时间喘口气。”托尼奥停顿了一下，满是疤痕的脸上掠过一丝憎恶的神情，“这时候，米奇跟彼得都在水里。我看得一清二楚，就像深深印在我的脑子里一样，仿佛昨天才发生的——米奇把彼得按在水里不让他露头。彼得两手乱拍，可米奇把彼得的头夹在胳膊下面，彼得无法挣脱。米奇把他淹死了。这绝对毫无疑问，简直就是谋杀。”

“我的上帝。”休低声叹了一口气。

托尼奥点了点头。“现在想起来我还浑身不舒服。我盯着他们，也不知道过了多久。爱德华快要抓住我了。彼得不再使劲拍水，只是有气无力地挣扎着，这时爱德华到了采石场边上，我又得继续跑了。”

“原来彼得是这么死的。”休感到惊骇不已。

“爱德华在林子里追了我一会儿，但马上就没劲儿了，接着我就看见了你。”

休想起当时十三岁的托尼奥穿过主教林的情景，他赤裸着，浑身精湿，手里拿着衣服边走边哭。回忆又把那天遭受的震动和痛苦一并带了出来，他得知自己的父亲去世了。“但你为什么一直不把真相说出来呢？”

“我怕米奇，怕他像对待彼得那样杀了我。我一直怕他啊——看我现在的样子！你也要提防着点儿。”

“我会的，别担心。”休沉思着，“你知道，我认为爱德华和他母亲并不知道真相。”

“你为什么这么说？”

“他们没有理由包庇米奇。”

托尼奥有些怀疑说：“爱德华可能这么做，为了友谊。”

“有可能，但我觉得他也只能保密一两天。不管怎么说，奥古斯塔知道，他们说的那套设法挽救彼得的故事是编造出来的。”

“她是怎么知道的？”

“我母亲跟她说的，我母亲是听我说的。这就意味着奥古斯塔参与了掩盖真相的事。我相信奥古斯塔会为了她儿子撒下弥天大谎，但不会为米奇这么做。那时候她还不认识他呢。”

“那你认为当时发生了什么？”

休皱起了眉头。“可以想象一下。爱德华扔下你回到水塘，看见米奇把彼得的尸体从水里拖出来。爱德华一到，米奇就说：‘你这个笨蛋，你把他杀了！’记住，爱德华一直没看见米奇把彼得的脑袋按在水里。米奇造出一副假象，好像彼得被爱德华折腾得没了力气，再也游不动了，接着溺水而死。‘那我该怎么办？’爱德华问。然后米奇说：‘别着急，我们就说发生了意外。我们跟别人说你跳到水里想救他。’米奇从此把自己的罪行掩盖起来，让爱德华和奥古斯塔永远感激他。这样说得通吧？”

托尼奥点了点头说：“天哪，你说得真对。”

“我们应该向警方报案。”休愤怒地说。

“这能达到什么目的呢？”

“你是一桩谋杀案的证人，就算这桩案子发生在十三年前也没有任何区别。米奇必须受到控告。”

“你大概忘了，米奇有外交豁免权。”

休的确没有想到这一点。作为科尔多瓦部长，米奇不会在英国受到审判。“那也能让他丧失名誉，被送回老家。”

托尼奥摇了摇头。“我是唯一的证人。米奇和爱德华两人都坚持另一个说法。再说，大家都知道，米奇家族和我们家在老家那边是不共戴天的对头。就算这件事发生在昨天，我们都无法说服任何人相信。”托尼奥停顿了一下，“但你倒是可以告诉爱德华，他不是杀人凶手。”

“我觉得他也不会相信我。他会怀疑我要挑拨他跟米奇的关系。我可以告诉另一个人。”

“谁？”

“大卫·米德尔顿。”

“为什么？”

“我觉得他有权知道他弟弟是怎么死的，”休说道，“他在坦比公爵夫人的舞会上质问过我。实际上，他很粗鲁，但我当时说，如果我知道真相，就一定会告诉他，以自己的荣誉担保。今天我就去见他。”

“你认为他会报警吗？”

“我想他会明白报警毫无意义，就像我们刚才说的那样。”突然之间，这单调的医院病房，还有这很久以前发生的谋杀让休感到十分压抑。“我该去上班了。”他站了起来，“我要当上银行的股东了。”

“恭喜你啊！我相信这是你应得的。”托尼奥立刻显出很有指望的样子，“你能停止圣玛丽亚建铁路的事儿吗？”

休摇了摇头。“很抱歉，托尼奥。尽管我非常讨厌这个项目，可我实在爱莫能助，现在爱德华已经跟格林伯恩银行达成交易，共同发行债券。两家银行的股东已经认可，正在制定合同。恐怕我们已经输了。”

“真见鬼。”托尼奥垂头丧气地说。

“你们家必须找到其他办法对抗米兰达家族。”

“我担心没人阻挡得了他们。”

“真抱歉。”休重复道。他脑子里又冒出了一个新的想法，让他困惑地皱起了眉头，“你知道，你刚为我解开了一个谜团。我原来一直不明白彼得游泳游得那么好，为什么还会淹死。现在，你的答案却带出一个更大的谜。”

“我不明白你在说什么。”

“想想看，彼得在那儿游得好好的；爱德华把他的脑袋往水里按，不过是出于一般的恶作剧，我们都跑了，爱德华就追——接着，米奇就下手残忍地杀害了彼得。这跟前面的事毫无关系。为什么会发生这种事？彼得做了什么错事？”

“我明白你的意思。的确，这么多年我也一直困惑不解。”

“米奇·米兰达谋杀了彼得·米德尔顿……但这是为什么呢？”

第五章
七 月

1

宣布约瑟夫获得贵族封号的那天，奥古斯塔自豪得就像一只下了金蛋的母鸡。米奇像往常一样来喝下午茶，进屋后发现客厅里人头攒动，大家都来祝贺她当上了怀特海文伯爵夫人。她的管家哈斯特德一脸得意，找到机会就来一句“尊贵的夫人”。

她太了不起了，米奇想。看着人们一个个像花园里的蜜蜂一样围着她转，实在让人赞叹不已。她像一位将军一样筹谋了整个战役。曾一度有传言说本·格林伯恩将获得封号，但这一切都被报刊掀起的一股猛烈的反犹情绪推翻了。就连对米奇奥古斯塔也不肯承认，是她背后操纵了那些报道，但他对此确信无疑。她在某些地方很像米奇的父亲：老爹也这样冷酷而果断。但奥古斯塔更聪明。岁月流逝，米奇对她的赞慕之情与日俱增。

奥古斯塔智慧过人，唯一击败过她的是休·皮拉斯特。这实在令人吃惊。他就像花园里顽固的野草一样，难以根除，你不停地把他踩倒，可他还会一次次立起来，甚至立得比原来更直、更强壮。

幸好休无法阻止圣玛利亚的铁路项目。米奇跟爱德华联合起来，让休和托尼奥无法招架。“顺便提一句，”米奇喝茶时对爱德华说，“你什么时候跟格林伯恩银行签订合同？”

“明天。”

“好极了！”这项交易终于做成了，现在米奇该松口气了。这件事已经拖了半年之久，老爹现在每个星期拜都要发来两封电报，气急败坏地追问他什么时候能拿到钱。

这天晚上，爱德华和米奇在考斯夜总会一起吃饭。用餐时每隔几分钟就有人过来向爱德华表示祝贺。当然，有朝一日他会继承这个封号的。米奇很是高兴。他与爱德华和皮拉斯特一家结交，是他取得所有成就的关键。皮拉斯特家族的声望越高，米奇的权势也就越大。

晚饭后他们到了吸烟室。他们是最早的食客之一，因此他们可以暂时独占这个房间。“我得出一个结论，英国人都害怕他们的妻子，”两个人点燃雪茄时，米奇说道，“伦敦的夜总会现象就说明了这一点。”

“见鬼，你说的是什么啊？”爱德华说。

“你往四周看看。”米奇说，“这地方跟你家里几乎一模一样。昂贵的家具，随处可见的仆人，毫无味道的吃食和不加限制的饮品。我们可以在这儿享用三餐，收取邮件，阅读报纸，小睡一会儿，如果喝醉了不能坐出租马车回家，我们甚至可以找张床铺睡上一宿。英国人的夜总会跟他们家庭之间的唯一区别，就是夜总会里面没有女人。”

“这么说，你们科尔多瓦没有夜总会对吧？”

“当然没有。根本没人去。如果一个科尔多瓦男人想醉酒，打牌，听政治上的小道消息，谈论妓女，随意吸烟打嗝放屁，他待在家里就可以随便做，要是他的妻子冒傻气反对他，他就抽她嘴巴，一直抽得她不敢再犯，可英国绅士太怕老婆，要想找乐子就必须离开家到外面去。这就是为什么这儿有这么多夜总会。”

“你好像不怕蕾切尔。你把她甩了，对吧？”

“把她送回她娘家了。”米奇轻描淡写地说。实际情况并非如此，但他不想把真相告诉爱德华。

“别人会注意到她不再参加部里的活动了。他们不会议论吗？”

“我告诉他们，说她健康状况不佳。”

“可所有人都知道她要开一所医院，让那些未婚妇女生孩子。这都成了公开的丑闻。”

“这也无所谓。大家都同情我，找了这么个难对付的妻子。”

“你会跟她离婚吗？”

“不。那丑事就该闹大了。外交官不能离婚。我恐怕只能跟她拖着，当一天科尔多瓦部长就拖一天。感谢上帝，她离开前没有怀孕。”她没怀孕实在是个奇迹，他想。也许她生不了孩子。他朝侍者招了招手，要了白兰地。“既然说起妻子，艾米莉现在怎么样了？”他试探地说。

爱德华显得有些尴尬。“就像你跟蕾切尔一样，我也很少见到她。”他说，“你知道我前一段时间在莱斯特郡买了一幢乡间别墅，她现在一直待在那儿。”

“这么说，我们两个又成了单身汉。”

爱德华笑了。“咱们一直就没有改变过，你说是吧？”

米奇扫了一眼对面空荡荡的房间，看见索利·格林伯恩笨重的身影出现在门口。不知为什么，一见到他，米奇就感到有点儿紧张，这太奇怪了，因为索利是整个伦敦最温和无害的人。“又有个朋友向你祝贺来了。”米奇说，看着索利朝爱德华走过来。

等索利走近了，米奇才看出他惯常的那副慈眉善目的表情不见了。相反，他看上去十分气愤，这很少见。米奇直觉地意识到一定是圣玛利亚铁路生意出了问题。他告诉自己，别像个老太婆似的瞎担心。但索利从来不生气的……

内心的焦急让米奇呆呆地显出一副友善的样子。“你好索利，老伙计，过得怎么样，金融界的大天才？”

但索利对米奇不感兴趣。他连米奇的问候都不搭理，粗鲁地用他宽阔的后背对着米奇，去跟爱德华说话。“皮拉斯特，你真是个该死的无赖。”他说。

米奇又惊讶又恐惧。索利和爱德华即将签署那份生意，这实在太糟糕了——索利从来没有跟人吵过架。这到底是因为什么？

爱德华也跟米奇一样困惑：“你说的是什么鬼话，格林伯恩？”

索利满脸通红，几乎说不出话来。“我发现了，是你跟那个给你当妈的巫婆，暗地里鼓捣出《论坛》上的那些肮脏不堪的文章。”

糟糕，大事不好！米奇暗暗叫苦，沮丧至极。这简直是大祸临头。尽管他没什么证据，但心里一直怀疑奥古斯塔掺和了这件事——可索利究竟是怎么发现的呢？

爱德华也一样不明就里："到底是谁把这些恶心的东西灌到你那肥脑袋里的？"

"女王的宫廷女侍是你母亲的一个密友。"索利回答说。米奇猜他说的是哈里特·莫尔特，奥古斯塔利用某种手段控制了她。索利接着说，"是她把内情泄露出来的——她跟威尔士亲王说了。我刚刚见过他。"

索利一定是气疯了，否则不会如此轻率地把跟皇室的私人谈话说出来，米奇想。一个老实人被逼急了就会这样。他看不出有什么办法平息这种争吵——显然它不会在明天签订合同之前平息下来。

他急忙给他们两人降温。"索利，老伙计，你也不能确定这是真的——"

索利转过身对着他。他的眼睛鼓鼓的，满脸是汗。"我不能？可我看了今天的报纸，约瑟夫·皮拉斯特获得了预期授予本·格林伯恩的贵族封号！"

"就算那样，也——"

"你能想象这对我父亲意味着什么吗？"

米奇开始明白索利为何突然撕下了和善的外衣。原来他并非为他自己发火，而是为了他的父亲。本·格林伯恩的祖父早年带着一批皮货从俄罗斯来到伦敦，口袋里只揣着一张五英镑的钞票，脚上的靴子也磨出了洞。对本·格林伯恩来说，在上议院占有一席之地是被英国社会接受的终极标志。毫无疑问，约瑟夫也期望以一袭爵位为其职业生涯增光添彩——他的家族同样凭借各种努力步步繁荣——但这件事对犹太人来说更为重要。格林伯恩获封贵族，不仅是他个人、他整个家族的成功，更是全英国犹太社团的荣耀。

爱德华说："如果你是犹太人，那我也没有办法。"

米奇立刻插了进来："你们两个别让父母之间的事情伤了和气，毕竟你们还要合伙干一件大买卖——"

"别在这儿装傻了，米兰达，"索利凶狠地说，吓得米奇往后一缩，"忘了你那圣玛丽亚铁路吧，也别想跟格林伯恩银行做任何生意。我们的股东要是知道了这事儿，就再也不会跟皮拉斯特银行打交道了。"

看着索利离去的背影，米奇喉咙涌上一阵咸涩。平常相处，实在容易忽视这些银行家手中的势力，尤其是这个其貌不扬的索利。可碰上他发起火来，说句话就能让米奇的全部希望化为泡影。

"这个傲慢的浑蛋，"爱德华有气无力地说，"典型的犹太人做法。"

米奇真想让他闭嘴。没有这笔交易，爱德华不会怎么样，可米奇就别想活了。让老爹失望，他就得找个人撒撒气，米奇将首当其冲受到他的惩罚。

难道真的没有希望了吗？他忍着糟糕的心情，开始盘算是否有什么办法能阻止索利取消这笔交易。什么办法呢？如果有办法，也必须尽快实施，一旦索利把他知道的事情告诉格林伯恩家族的其他人，他们所有人就会合力反对这档生意。

能不能说服索利呢？

米奇要试一试。

他一下子站起来。

"你要去哪儿？"爱德华说。

米奇决定不把自己的想法告诉爱德华。"去打牌室，"他回答说，“你不想去玩玩？”

“想啊，走吧。”爱德华从椅子上站起来，两个人走出了房间。

在楼梯口米奇转身往厕所那边，说了句：“你先上去吧，我随后就到。”

爱德华往楼上走去。米奇走进衣帽间，抓过他的帽子和手杖，转身冲出前门。

他朝帕尔马尔街的两头看着，生怕索利消失不见了。时间已是黄昏，一盏盏煤气灯已经亮了起来。米奇四下看了一遍，哪儿也没有索利的影子。然后，他在一百码以外发现了他，那硕大的身形套着晚礼服和一顶礼帽，正一摇一晃地快步朝圣詹姆斯大街走去。

米奇追了上去。

他要跟索利解释这条铁路对他、对科尔多瓦多么重要。他要说，如果索利取消它，就是在拿奥古斯塔的所作所为惩罚数以百万计的贫困农民。索利心肠软，如果想法让他冷静下来，就有可能说服他。

他说过他此前刚刚跟威尔士亲王见过面。这就是说他还没来得及把从亲王那里听来的秘密，说奥古斯塔策划了报章上的反犹宣传这件事告诉别人。夜总会里没人听到这次争吵，吸烟室除了他们三个，再没有别人。很有可能，本·格林伯恩现在还不知道是谁把他的贵族爵位骗走了。

当然，真相最终会大白于天下，亲王还会告诉其他人。但明天就要签合同了。如果秘密能保留到那个时候，也就万事大吉了。签过合同后，哪怕格林伯恩和皮拉斯特两个银行一直吵到世界末日也无所谓，反正老爹能修他的铁路了。

帕尔马尔街拥挤不堪，有妓女、进出夜总会的男人、沿街点燃煤气灯的灯夫，以及川流不息的私家马车和出租马车。米奇紧赶慢赶，十分费力，心里也一直在打鼓。索利转身进了一条小街，朝着他家所在的皮卡迪利大街的方向走。

米奇紧随其后，这条小街不那么拥挤，米奇跑了起来。“格林伯恩！”他喊着，“等一等！”

索利停下脚步，转过身来，显得气喘吁吁。他一见来人是米奇，便掉头就走。

米奇抓住他的胳膊。“我一定要跟你谈谈！”

索利上气不接下气，几乎说不出话来。“把你该死的手拿开。”他喘着粗气说了一句，挣脱了米奇继续往前走。

米奇紧追两步，又用手抓住他。索利想抽回自己的胳膊，但这次米奇死抓住不放。“听我说！”

“我让你离我远点儿！”索利恶狠狠地说。

“哪怕就一分钟，该死的！”米奇生气了。

但索利就是不肯听。他狠命挣了几下，甩掉米奇的纠缠，转身走开。

走了几步，他就到了要过街的地方，不得不在路边停下，等待一辆飞快的马车通过。米奇抓住这个机会说句话。“索利，冷静一点儿！”他说，“我只不过想跟你讲讲道理！”

“见鬼去吧！”索利喊道。

路上没车了。为了不让索利再次脱身，米奇抓住了他的翻领。索利使劲挣脱，但米奇紧抓不放，嘴里喊着：“你听我说！”

“放开我！”索利腾出一只手，一拳打在米奇的鼻子上。

这一拳打得很疼，米奇嘴里一阵咸腥。他一下子发起怒来。“你这个浑蛋！”他叫了一声，放开索利的外衣出手回击，一拳打在他的脸上。

索利转身往街心走去。就在这时他们看见一辆马车朝这里冲了过来，速度非常快。索利往后跳了一步，免得被车撞倒。

米奇看见机会来了。

如果索利死了，米奇也就没有麻烦了。

来不及再估算输赢，也没有犹豫的余地了。

米奇在后面狠命推了一把，把索利推到路中央那几匹马的前面。

车夫惊叫着拉紧缰绳。索利绊了一下，眼睁睁看着几匹马冲上他的头顶，他倒在地上，发出一声惨叫。

在这凝固的瞬间，米奇眼前闪过那猛冲过来的马，沉重的车轮，惊惶失措的车夫，还有索利那巨大而无力的身体，平坦仰面躺在马路上。接着，几匹马踏在了索利的身上。米奇看见那肥胖的身体在铁蹄重重的踩踏下扭曲着、翻滚着。

前左侧的车轮随即狠狠轧过索利的脑袋，让他一下失去了知觉。紧接着，后面的轮子辗了过来，像碾压蛋壳一样压碎了他的头骨。

米奇转身走开，他恶心得想吐，但他极力控制住这种冲动。接着他浑身打着颤，两腿虚弱无力，只好倚靠在墙上。

他强迫自己去看躺在路上一动不动的尸体。索利的脑袋被碾碎，面目全非，鲜血和其他东西涂了一地。他死了。

这下米奇得救了。

本·格林伯恩最好永远不要知道奥古斯塔背后对他搞了什么

鬼；那项交易会继续进行；铁路会最终建成；米奇会成为科尔多瓦的大英雄。

一丝热乎乎东西流在嘴唇上，他的鼻子在流血。他掏出手帕擦了擦。

他又朝索利看了一眼。你一生就发过这么一次脾气，但这就要了你的命，他想。

他左右看了看煤气灯照亮的街道。周围什么人都没有，只有那个马车夫看见了发生的一切。

那马车歪斜着向前冲了三十码，停了下来。车夫跳下车，有个女人从车厢窗户里探出头来。米奇转身快步朝帕尔马尔大街的方向走去。

一会儿他就听见车夫在后面喊他："喂！你站住！"

他走得越来越快，头也不回地拐过街角，上了帕尔马尔街，转眼间消失在熙熙攘攘的人群中。

上帝，我成功了，他想。现在他眼前不再出现那碾压变形的尸体，那阵恶心的感觉过去了，代之以胜利的喜悦。敏捷的思维加上大胆的行动，让他克服了又一个障碍。

他三步两步跑上夜总会的台阶，幸运的话，谁也不会注意他的缺席。他这样希望着，不承想运气不佳，走进前门时恰好撞见了正往外走的休·皮拉斯特。

休向他点点头，说："晚上好，米兰达。"

"晚上好，皮拉斯特。"米奇说着进了门，暗暗咒骂了一句。

他走进衣帽间。他的鼻子挨了索利一拳，有些发红，此外只是身上显得皱巴巴的。他整了整衣服，捋了捋头发。他心里琢磨着休·皮拉斯特。如果休没在那个错误的时刻出现在门口，就没有人知道米奇离开过夜总会了——他只出去了几分钟。但这真的很要紧吗？没人会怀疑米奇杀死了索利，如果他们非要怀疑，他离开夜总会几分钟也不能证明什么。不过，他因此没有了无懈可击的不在场证明，这让他心烦意乱。

他把两手彻底洗了洗，急忙登上楼梯，进了棋牌室。

爱德华已经开始玩百家乐了，桌上还有个空位子。米奇坐下来。谁也没提他刚才不在的事儿。

他抓了一手牌。“你看着有点儿晕晕乎乎的。”爱德华说。

“是啊，”他平静地说，“我觉得今晚的鱼汤可能不太新鲜。”

爱德华朝一个侍者招了招手：“给这位拿一杯白兰地过来。”

米奇看着手里的牌。他抓到一张九和一张十，这手牌太好了。他赌上一个沙弗林金镑。

今天他绝对不会输。

2

休在索利死后的第三天去看望梅茜。

她独自安静地坐在沙发上，一身丧服穿戴齐整，在皮卡迪利大街的这座豪宅的客厅里显得十分渺小，毫不惹人注意。她的脸上带着悲伤，似乎彻夜未眠。休感到十分心疼。

她扑在他的怀里，难过地说：“唉，哪儿还能找到他这么好的人啊，休！”

听她这么一说，休已控制不住自己的眼泪。在这以前他一直被强烈的震惊攫住，哭不出来。索利就这样悲惨地死去了，休觉得他比任何人都不该拥有这种可怕的命运。“他身上不带任何恶的东西，”他说，“他好像不具备这种能力。在我认识他的十五年里，从不记得他哪怕有一次对谁不好。”

“怎么会发生这种事？”梅茜伤心地说。

休犹豫着。就在几天前，他从托尼奥·席尔瓦那里知道是米奇·米兰达多年前杀害了彼得·米德尔顿，正因为如此，休不禁怀疑是米奇以某种方式造成了索利的死亡。警方正在寻找一个穿着讲究的男人，他在索利被马车轧死之前正在与之争吵。休在索利死亡前后看见了米奇走进考斯夜总会，所以他当时肯定就在附近。

但他没有动机，情况正好相反。索利正准备启动圣玛丽亚铁路的协议，大得米奇的欢心。他怎么可能会杀掉自己的恩人呢？休决定先不把自己没有根据的怀疑告诉梅茜。“看来这的确是个可悲的意外。”他说。

“那个车夫认为索利是被推到车轮下的。如果那个目击者没有罪，他为什么要逃跑呢？”

“他可能打算抢劫索利，反正报纸上就是这么说的。”这几天报上刊登的都是这件事。整个事件的确耸人听闻，一位出色的银行家、世界上最富有的人之一突遭恐怖之死。

“打劫的人难道会穿晚礼服？”

“当时天已经黑了。车夫可能看不清那人到底穿了什么衣服。”

梅茜放开休的怀抱，重又坐了下来。“如果你再稍稍等一等，你就会跟我结婚，不会娶诺拉了。”她说。

她的坦率让休吃了一惊。当他听到新闻时，脑子里瞬间也闪过同样的想法，但他为此感到羞愧。梅茜就是这样，她总是把他们两个人的共同想法坦率地说出来。这让他不知如何应对，只得随口开了一个愚蠢的玩笑。“如果皮拉斯特家的娶了一个格林伯恩家的人，看上去不太像联姻，倒像是银行合并。”

她摇了摇头说：“我算不上是格林伯恩家的人。索利的家人从未真正接受过我。”

“你是肯定能继承银行的一大笔财产的。”

“我什么也继承不了，休。”

“但这是不可能的！”

“这是真的。索利自己没什么钱，他父亲每月给他一笔不小的津贴，但从来没有给他任何资产，就因为我。就连房子也是租的，我有自己的衣服、家具和珠宝，所以我倒不会饿死，但我不是银行的继承人，小伯蒂也不是。”

休很惊讶，也很愤怒，竟然有人对梅茜如此吝啬卑劣。“这老家伙连你的儿子也不负责赡养？”

“他一便士也不给，今天早上我跟公公谈过了。”

这对她太不公平了，作为她的朋友，休都觉得备受侮辱。“真是太可耻了。”他说。

“倒也算不上，”梅茜说，“我给了索利五年的幸福，作为回报，我得到了五年上流社会生活。我可以回归正常。我要卖掉首饰，把钱做投资，靠这份收入平静地过日子。”

这让人很难接受。“你要回你父母那里，跟他们一块住？”

“回曼彻斯特？不，我觉得我不会退那么远。我要留在伦敦。蕾切尔·鲍德温为未婚母亲开了一家医院，我可以跟她一块工作。”

“蕾切尔的医院受到不少非议，人们都觉得很不光彩。”

“那就更适合我这种人了！”

休还在为本·格林伯恩如此虐待自己的儿媳感到伤心，也十分着急。他打定主意去跟格林伯恩谈谈，让他改变主意。但他不想预先把这个想法告诉梅茜，省得她希望过高，最后再失望。“先别立刻做任何决定，好吧？”他劝说道。

“哪种决定呢？”

“比如，不要搬出这幢房子。格林伯恩可能会没收你这些家具。”

“我不会的。”

“你还要有个自己的律师，为你争取权益。”

她摇摇头。“我不再是招呼律师就像叫个仆人的那种有钱人了。我得算计开支。除非我确信自己被骗了，否则不会去找律师。我不认为我会出那种事。本·格林伯恩并非不诚实，他只是态度强硬，很冷酷。他竟生出像索利这样好心肠的人，真挺了不起的。”

“你看问题很达观。”休说，这份勇气让他十分佩服。

梅茜耸了耸肩。“我自己的经历也很奇特，休。我十一岁的时候穷困潦倒，十九岁却腰缠万贯。”她摸了一下手指上戴的戒指，“这颗钻石价值连城，也许我母亲一辈子也没见过那么多钱。我操办了全伦敦最好的社交聚会，我见过各类名人显要，也跟威尔士亲王跳过舞。我没什么遗憾，除了你娶了诺拉这件事。”

“我很喜欢她。”他不太让人信服地说。

“你很生气，因为我没跟你搞婚外情，”梅茜冷酷地说，“那时候你心急火燎地想释放一下。你选择了诺拉，是因为看见她让你想起我。但她不是我，而你现在也不幸福。”

休像挨了一击，不禁畏缩了一下。这些话简直句句都说到了点子上。“你一直不喜欢她。”他说。

“你可以说是我嫉妒，这也许不错，但我还是要说，她从来没有爱过你，她嫁给你是为了你的钱。我敢打赌，你自打结婚那天起就发现了这一点，我说得对不对？”

休想起诺拉拒绝每周做爱多过一次的事儿，可一见休给她买了礼物，马上就改变了态度。他心里很不舒服，把头扭到一边。“她一直缺吃少穿，所以特别讲究物质利益也不奇怪。”

“她可没像我那么缺吃少穿，”梅茜轻蔑地说，“你不是也因为没钱才退的学吗？休，贫穷不能成为错误价值观的借口。天底下穷人多的是，可他们知道爱和友谊远比财富更重要。”

她的轻蔑态度让休不得不自卫。“她没你想象中那么糟糕。”

“不管怎么说，你并不幸福。”

休很是困惑，只得退守到他所坚信的正确概念上。“反正我已经跟她结婚了，我不会离开她的，”他说，“这就是结婚誓言的意义所在。”

梅茜含着眼泪笑了起来：“我就知道你会这么说。”

梅茜赤身裸体的样子在休的眼前突然一闪，看见她四周长满雀斑的乳房，还有腹股沟浓密的金红色毛发，他真希望收回他这几句高调的话。无奈之中，他站起来准备走。

梅茜也站了起来。“谢谢你能来，亲爱的休。”她说。他本打算跟她握握手，却弯下身去吻她的脸颊，然后不知为什么，他发现自己吻的是她的嘴唇。这是一个温柔的吻，持续了很长一会儿，几乎摧毁了休的意志力。但最后他还是直起身来，一言不发地走出了屋子。

皮卡迪利大街几码之外的另一座宫殿般的建筑就是本·格林伯恩的宅邸。看望了梅茜之后，休就径直奔那儿去了。他很高兴自己能有件事做，让他摆脱心里那些纷乱纠结的念头。他进门求见这个老家伙。“就说我有十分要紧的事。”他对管家说。他在前厅里等着，发现这里的所有镜子都被蒙上了。他猜想这是犹太哀悼仪式的一部分。

梅茜让他失去了平静。他一看到她，心里就充满了爱和渴望。他知道，没有她，他永远无法真正幸福。但诺拉是他的妻子，她在梅茜拒绝了他以后走进他的生活，给他带来了温暖和亲情，因此他就娶了她。如果打算以后改变主意，那在婚礼仪式上做出承诺又有什么意义呢？

管家带休进了书房。刚有六七个人从里面走出来，屋里只剩下本·格林伯恩一个人。他没有穿鞋，坐在一张简单的木凳子上。桌子上堆满了招待来客的水果和糕点。

格林伯恩六十开外——索利是晚生的孩子——显得又苍老，又疲倦，但并没有悲伤流泪的样子。他站了起来，像往常一样腰背挺直，跟休握了握手，然后摆手让休坐在另一张凳子上。

格林伯恩手里拿着一封以前的信。“你听着，”他开始读起来，“亲爱的爸爸，我们这儿新来了一个拉丁语教师，格林牧师，我的进步很快，上周每天都是满分。沃特福德在扫帚柜里抓到一只老鼠，他正在训练它从他手上吃东西。这里吃的太少了，你能给我送个蛋糕来吗？爱你的儿子所罗门。”他把信折起来，“这是他十四岁时写的。”

休看出格林伯恩十分悲伤，尽管他极力控制着自己。“我记得那只大老鼠，”他说，“它咬掉了沃特福德的食指。”

“我多想让那些年月从头再来啊。”格林伯恩说。休看到老人快要控制不住自己了。

“我差不多是跟索利交往最久的朋友了。”休说。

“的确。他一直很欣赏你，你们小的时候就是。”

“我说不清到底是为什么，但他总是想到别人好的一面。”

“他心肠太软了。”

休不想沿着这个路子谈下去：“我到这儿来不只是作为索利的朋友，同时我也是梅茜的朋友。”

格林伯恩的脸一下子僵硬了，悲伤的表情消失了，又变成了一个十分滑稽、直挺挺的普鲁士人。休实在弄不清怎么会有人讨厌像梅茜这样美丽又充满乐趣的女人。

休接着说：“我在索利之后认识的她，我自己也爱上了她，但索利赢得了她。”

“相比之下，他更富有。”

“格林伯恩先生，请容许我坦言相告。梅茜的确身无分文，要找个有钱的丈夫。但在她跟索利结婚后，她信守住了自己一方的誓约。对他来说，她是个很好的妻子。”

“她也得到了奖励，”格林伯恩说，“她享受了五年的阔太太生活。”

“有趣的是，她也是这么说的。但我觉得这并不够。小伯蒂以后怎么办？想必你不会丢下你的孙子，让他挨饿受冻吧？”

“孙子？”格林伯恩说，“休伯特跟我没有血缘关系。”

休有一种奇怪的预感，似乎有什么重大的事情将要发生。就像噩梦中的那种极度可怕，却又说不出来的感觉。“我听不懂，”他对格林伯恩说，“你这是什么意思？”

“那女人嫁给我儿子的时候已经有了身孕。”

休惊得止住了呼吸。

“索利知道，他知道孩子不是他的，”格林伯恩继续说，“他违背了我的意志，仍把她娶进家门，我再说什么也就多余了。外人一般不知道这件事，当然，我们也费了九牛二虎之力保守秘密，但现在没必要再——”他停了一下，使劲忍了忍才接着说，“他们婚礼后就去世界各地旅行。那孩子生在瑞士，他们对外虚报了出生日期，两年后他们回家的时候，已经很难看出那孩子比他们说的要大四个月。”

休感到自己心脏几乎停跳了。他必须问个问题，但他害怕问题的答案。“谁——谁是孩子的父亲？”

“她从来不说，”格林伯恩回答，“索利也一直不知道。”

但休知道。

这孩子是他的。

他紧盯着本·格林伯恩，一句话也说不出来。

他要跟梅茜谈谈，让她说出真相，他知道她一定会证实他的直觉。她从未滥交，尽管外表上带有这种错觉。他引她上床的那次，她还是个处女。是他让她怀上了孕，第一晚就怀上了。奥古斯塔接着耍手段把他们分开，梅茜继而嫁给了索利。

她甚至给小宝宝取名“休伯特”，这跟“休”这名字何其相近。

“的确，这件事很令人震惊。”格林伯恩说，他看见休惊愕的样子，误解了其中原因。

我有了个孩子，休心里想。一个儿子。休伯特，又被称作伯蒂。这想法吞噬着他的心。

“不过，我相信你现在该明白，为什么我不希望跟这女人和她的孩子有什么瓜葛，现在，我亲爱的儿子去世了。”

“哦，不用担心，”休心烦意乱地说，“我会照顾他们的。”

“你？”格林伯恩困惑地说，“为什么该由你来关心呢？”

“哦……我现在是他们唯一能依靠的人了，我想。”休支吾着说。

“不要卷到这事儿里头，年轻人，”格林伯恩好心地说，“你还要操心自己的妻子。”

休不想做什么解释，再说他心慌意乱，无法编造任何瞎话，他只想快点儿离开。他站了起来。“我要走了。请接受我最深切的慰问，格林伯恩先生。索利是我所认识的最好的人。”

格林伯恩低了一下头。休离开了他。

到了镜子被遮着的前厅，他从仆人手里接过自己的帽子，走出门去。皮卡迪利大街阳光明媚，他往西进了海德公园，朝肯辛顿自己家的方向走。他本可以叫辆出租马车，但他想花时间考虑考虑。

现在一切都变得不一样了。诺拉是他的合法妻子，但梅茜是他儿子的母亲。诺拉能够照顾自己——当然梅茜也一样可以，但孩子需要父亲。突然之间，如何度过余生这一问题再次摆在面前。

牧师无疑会说，什么东西都没有改变，他应该留在诺拉身边，他是在教堂里迎娶的这个女人。但神职人员有所不知，皮拉斯特家族严格的卫理公会教义对休没有束缚力，他从来就不相信《圣经》会为每一种现代的道德困境提供解决办法。诺拉诱惑他，跟他结婚，不过是出于冷酷的金钱欲望——梅茜说得对——他们之间只有一张纸罢了。跟一个孩子比起来分量实在太轻了——孩子因爱而生，这种力量非常强大，经久不变，足以抵抗多重考验。

接着他又自问，我是不是在为自己寻找借口？难道不是为一种自己明知错误的欲望进行堂而皇之的开脱？

他觉得自己被撕成了两半。

他考虑着事情的可行性。

他没有离婚的理由，但他认为如果他给够了钱，诺拉肯定愿意跟他离婚。然而，皮拉斯特家族会要他从银行辞职，因为离婚这件事实在有辱门庭，绝不能让他继续当股东。他可以另找一份工作，但在伦敦，他和梅茜再也不会受到有头有脸人物的款待，他们结不结婚都一样。估计他们得去国外。不过，去国外的前景十分吸引他，他觉得梅茜也会愿意。他可能会回波士顿，或者去纽约，那里更好一些。他可能永远不会成为百万富翁，但有什么能抵得过跟一直深爱的女人在一起的喜悦呢？

他发现自己已经走到了家门口。这房子是肯辛顿一排新建的红砖房中的一部分，十分优雅，离他伯母奥古斯塔在肯辛顿戈尔那座极为奢华的宅邸半英里之遥。诺拉应该待在她那过分装饰的卧室里，换衣服准备吃午饭。难道有什么东西妨碍他走进房间，宣布他要离开她吗？

现在他很清楚，自己就想这么做。但这么做对吗？

是孩子让这一切都变了。为了梅茜离开诺拉是不对的，但为了伯蒂离开诺拉就是对的。

他不知道告诉诺拉以后，她会怎么说，但他想象得出她会做出什么反应。他眼前似乎看见她死死地板着脸，听到她那令人不快的尖刻的声音，甚至他能猜出她的措辞：“你挣的那些钱一分也别想拿走。”

奇怪的是，这倒让他铁定了心。如果他想象她会突然伤心得痛哭流涕，或许还让他不忍，但他知道自己的第一直觉是对的。

他走进家门，跑上楼梯。

她正对着镜子，戴上他送给她的那个项坠。这又令他痛苦地想起自己得给她买件首饰才能说服她做爱。

她不等他说话就先开口了。“我有了个消息。”她说。

“等等，我们先——”

但她等不及。她的脸上带着一种奇怪的表情，半是得意，半是气恼，“反正，你暂时别想上我的床了。”

看来，要是她不把话说完，他是没有机会插嘴的。“你到底想说什么？”他不耐烦地问。

“不可避免的事情发生了。”

猛然间休猜到了什么，他觉得自己就像被一列火车迎头撞上。一切都晚了，他永远无法离开她了。他感到一种极度的厌恶，一种丧失的苦痛：丧失了梅茜，丧失了他的儿子。

他盯着她的眼睛，那眼睛里带着蔑视的神色，仿佛她已经猜到了他的计划。也许她猜到了。

他强迫自己笑了一下：“不可避免的？”

随后她说出那句话：“我要生孩子了。”

第三部

1890

第一章
九 月

1

约瑟夫·皮拉斯特于1890年9月去世，他在皮拉斯特银行当了十七年的资深股东。在此期间，英国的经济稳步增长，银行也逐渐富裕起来。现在他们差不多跟格林伯恩家族一样富有。约瑟夫留下超过两百万英镑的遗产，其中包括他收藏的六十五个宝石鼻烟盒——每一个代表他生命中的一年——价值在十万英镑，都留给了他的儿子爱德华。

所有家庭成员都把他们的全部资本投在银行业务上，踏踏实实获取百分之五的利息，而普通储户的存款利息通常只有百分之一点五。股东的收入更高，除了投资的百分之五收益，还能通过一个复杂的计算公式分享银行的利润。按照这种分红方式，十年之后，休已经成了半个百万富翁。

举行葬礼的那天早上，休对着剃须镜仔细打量自己的脸，寻找衰老的迹象。他这一年三十七岁，头发已经开始花白，但脸上刮净的胡茬仍是黑色的。眼下正时兴卷曲的小胡子，不知他能不能也留出一副髭须来，让自己显得年轻些。

约瑟夫伯父是幸运的，休这样想着。在他的资深股东任期内，世界金融市场一直保持稳定。只出现过两次小的危机：1878年格拉斯哥市立银行的破产，以及1882年法国大联盟银行的倒闭。两次危机都是英国央行通过暂时将利率提高到百分之六的方式加以遏制，远低于发生恐慌的水平。在休看来，约瑟夫伯父过于将银行的投资压在南美方向上了——但休一直担心的崩盘并未出现，至少在约瑟夫伯父负责的那段时间没有发生。然而，高风险的投资就像把一座摇摇欲坠的房子出租给租户一样，虽然直到房子还在的最后一刻都能收到租金，但当房子塌了，就既没了租金，也没了房子。现在，约瑟夫已经去世，休希望加固一下银行业务，把一部分摇摇欲坠的南美投资抛售出去，或者好好修补一下。

他洗完脸，刮过胡子，便穿上晨衣去诺拉的房间。她正等着他——他们总是在星期五早上做爱。他早就接受了她每周一次的规则。现在她变得非常丰满，脸比以前更圆，不过几乎没什么皱纹，所以看起来仍很漂亮。

但还跟原来一样，他跟她做爱时，闭上眼睛想着的还是梅茜。

有时候他真想把这些全都抛开，但每周五的过场戏还是给他带来了三个儿子，对他们的爱让他分了心：老大取名托比亚斯，是为了纪念休的父亲；老二塞缪尔取的是休叔叔的名字；老三所罗门则是为了纪念索利·格林伯恩。长子托比明年就要在温菲尔德学校上学了。诺拉生孩子没费什么力气，而且一旦他们出生后她就失去了兴趣，休为孩子们付出很多关爱，以弥补母亲对他们的冷淡。

休的那个不为人知的孩子，梅茜的儿子伯蒂，现在十六岁，已经在温菲尔德上了几年学，是奖学金获得者，也是板球队的明星。休为他支付费用，参加学校的毕业典礼，权作自己是孩子的教父。也许这让某些专爱挑刺的人怀疑他就是伯蒂的生身父亲。不过他一直跟索利交好，人人都知道索利的父亲不赡养这个孩子，因此多数人认为休的慷慨大方是为了纪念与索利的友情。

他下床时诺拉问道："仪式什么时候开始？"

"十一点，在肯辛顿卫理公会会堂。随后在怀特海文宅用午餐。"

休和诺拉仍住在肯辛顿，但有了孩子以后他们就搬进了一座较大的房子。休当时让诺拉自己选，她学着奥古斯塔，选了一座同样华丽、带着暧昧的佛兰芒风格的房子，十分时尚，或者说十分迎合奥古斯塔的房子带动起来的"郊区时尚"。

奥古斯塔一直对怀特海文宅不满意，她希望拥有一座格林伯恩家的那种皮卡迪利宫殿式宅邸。但皮拉斯特家族信奉卫理公会的清教主义，约瑟夫坚持认为怀特海文的房子已经十分奢侈，无论多富有的人都能住。现在这座房子归爱德华所有。也许奥古斯塔可以劝他卖掉，给她买一幢更大的房子。

休下楼去吃早饭，他的母亲已经在那儿了，她跟多蒂昨天从福克斯通赶到这里。休吻了母亲一下，在桌边坐下，她就开门见山地说："你觉得他真的爱她吗，休？"

休不用问也知道她说的是谁。多蒂二十三岁了，已经跟诺维奇公爵的长子伊普斯维奇子爵订婚。尼克·伊普斯维奇是一个破产公国的继承人，妈妈怕他娶多蒂是为了她的钱，或者说为了她哥哥的钱。

休充满爱意地看着他的母亲。父亲已经去世二十四载，但她仍然穿黑戴素。现在她的头发白了，但在他眼里她还跟原来一样美丽。“他是爱她的，妈妈。”他说。

因为多蒂没有父亲，尼克便找到休，正式请求跟她结婚。在这种情况下，通常是由双方的律师拟定婚姻财产契约，然后再确认订婚，但尼克坚持按自己的一套办法办事。“我已经告诉皮拉斯特小姐，我是个穷人，”他对休说，“她说她知道富裕和贫穷都是什么滋味，认为快乐来自你跟谁在一起，而不是因为你有多少钱。”这么说实在有点儿夸夸其谈，因为休一定会送给妹妹一份慷慨的嫁妆，但他知道尼克是真心爱她，不管她有钱还是没钱，因此便很高兴。

多蒂找了个上等人家，这让奥古斯塔十分恼怒。尼克的父亲去世后，多蒂就会当上公爵夫人，地位远远高过伯爵夫人。

过了一会儿多蒂下来了。她已经出落成一个大姑娘，性情和仪态完全超出了休的预料。原先那个害羞、傻傻的小女孩，现在成了一头黑发、风骚撩人、性情火爆的女人。休估计不少年轻人都让她吓跑了，因此到了二十三岁还没结婚。但尼克·伊普斯维奇稳重的优点让他不需要找一个服服帖帖的妻子顺从自己。休觉得他们的婚姻必定充满激情，吵吵闹闹，跟他自己的婚姻完全相反。

尼克按约定十点钟准时到来，当时他们还没吃完早餐。是休让他过来的。尼克在多蒂旁边坐下，拿起一杯咖啡。他是个很聪明的年轻人，二十二岁，刚刚从牛津毕业，跟大多数年轻贵族不同，他真正通过了各种考试，拿到了学位。他是典型的英国俊男，长着一头金发，一对蓝眼睛，身材也很匀称，多蒂看他的样子，就好像要用勺子把他吃下去一般。他们这种简单而充满欲望的爱让休很是羡慕。

要扮演一家之主，休觉得自己太年轻了，但这次聚会是他召集来的，他也就当仁不让了。“多蒂，你未婚夫和我已经就财产的问题长谈了几次。”

妈妈起身准备离开，但休拦住了她。“现在妇女也要明白钱的事情，妈妈，现代人都这样。”她像嗔怪说了蠢话的小孩子那样看他一眼，笑着又坐了下来。

休接着说：“大家都知道尼克已经规划了他的职业生涯，准备取得律师资格，因为公国已经不再供养他。”休是个银行家，他很清楚尼克的父亲是如何最后倾家荡产的。公爵是一个支持改革的地主，本世纪中叶农业繁荣时期，他借钱资助改善排水系统，挖了几英里的树篱，购进昂贵的蒸汽动力机械用于脱粒、除草和收割。然后就到了19世纪70年代的农业大萧条，一直持续到如今的90年代。农耕地价格下滑，公爵的土地价值已经抵不了花在上面的抵押贷款了。

“不过，如果尼克能够摆脱悬在头顶的抵押贷款，把公国的情况理顺，仍然可以带来可观的收入。就像所有企业那样，只要管理好就行。”

尼克补充说：“我正打算卖掉几个偏僻的农场和其他杂七杂八的产业，把剩下的东西集中起来。我还想在伦敦南部西德纳姆我们的那块地上盖房子。”

休接着说：“我们把公爵领地的财务处理好了，让它成为可转换的固定资产，外加大概十万英镑。这就是我给你的嫁妆。”

多蒂惊得吸了一口气，妈妈落下眼泪。尼克预先知道了这个数字，说：“这实在太慷慨了。”多蒂搂过她的未婚夫，跟他亲嘴，然后绕过桌子吻了吻休。休觉得有点别扭，不过他高兴看到自己让他们如此开心。他相信尼克会用好这笔钱，给多蒂一个安全的家。

诺拉穿着紫黑两色的棉纱葬礼服下了楼。像往常一样，她已经在自己的房间用完早餐。“孩子们去哪儿了？”她急冲冲地说，看了看挂钟，“我跟那个倒霉的家庭教师说了，让他们准备——”

她还没说完，家庭教师和几个男孩子就进了门，十一岁的托比、六岁的萨姆和四岁的索尔。他们都穿着黑色的外衣，扎了黑领带，头上还戴了小礼帽。休感到十分骄傲。“我的小战士们，”他说，“昨晚英格兰银行的贴现率是多少，托比？”

“没有变化，还是两个半百分点，先生。”托比亚斯说，他每天早上都要读《泰晤士报》。

老二萨姆正急着通报他的新闻。“妈妈，我弄到个宠物。”他兴奋地说。

家庭教师立刻不安起来：“你怎么没跟我说……”

萨姆从口袋里掏出了一个火柴盒，举到母亲眼前打开它。“这是蜘蛛比尔！”他自豪地说。

诺拉尖叫起来，一把打掉他的火柴盒，往后跳了一步，嘴里嚷道：“这孩子真讨厌！”

萨姆在地上找他的小盒子。“比尔跑了！”他一下子哭了起来。

诺拉转身朝家庭教师嚷道：“你怎么让他干这种事！”

“对不起，我不知道——”

休插了进来。“反正又没出什么事儿，”他想让气氛温和下来，伸手搂住诺拉的肩膀，“也就是让你吓一跳罢了。”他把她带进厅里，“好啦，我们现在该走了。”

出门时休把手放在萨姆的肩上，说：“现在，萨姆，我想让你明白，任何时候都不要吓唬女士。”

“我的宠物没了。”萨姆伤心地说。

“反正蜘蛛也不喜欢住在火柴盒里。也许你该找个别的什么当宠物。金丝雀行吗？”

他马上高兴起来。“我能养一只吗？”

“你必须保证定时喂食喂水，否则鸟会死的。”

“我保证，我保证！”

“那我们明天就去找找看。”

“万岁！”

他们坐着封闭马车前往肯辛顿卫理公会会堂，外面下着大雨。男孩子们从未参加过葬礼，总是显得很严肃的托比问：“我们是不是该哭啊？”

诺拉说：“别说蠢话。”

休真希望她对孩子们多少体贴一点儿。她自己还很小的时候母亲就去世了，他认为这导致了她很难当好一个母亲，对照料自己的孩子一窍不通。不过她自己也没努力，他想。他回答托比说：“你想哭就可以哭，这在葬礼上是允许的。”

“我觉得我不会哭，我不喜欢约瑟夫伯祖。”

萨姆说：“我喜欢蜘蛛比尔。”

最小的索尔说：“我已经长大了，不能再哭了。”

肯辛顿卫理公会会堂的石头建筑十分富丽堂皇，显示了卫理公会教派既虔信简朴又暗地渴望炫富的矛盾心态。虽然被称为会堂，但它的华丽程度堪比任何一座英国圣公会或天主教教堂。会堂里面没有祭坛，但有一架宏伟的管风琴。这里禁止挂画像或摆设雕像，但整个架构是巴洛克式的，壁饰塑型和装饰都十分精细奢华。

这天早上会堂十分拥挤，拱廊和过道以及大堂后面都站满了人。银行的职员停工一天，参加仪式，全城各个重要的金融机构都派了代表。休向英国银行主管和财政大臣以及本·格林伯恩点头致意，格林伯恩年逾七十，但身板依然像年轻的卫兵一样硬朗。

皮拉斯特家的人被引到预留的前排座位。休在塞缪尔叔叔旁边坐下，后者如往常一样，穿着一套极其整洁的黑色双排扣礼服，戴着上浆翻领和时髦打法的真丝领带。跟格林伯恩一样，塞缪尔已年过七十，也一样显得精神、得体。

资深股东约瑟夫一死，塞缪尔是显而易见的继任人。在所有股东里他的资格最老，也最有经验。然而，奥古斯塔跟塞缪尔两人针尖对麦芒，她会拼命反对。她可能会推举约瑟夫的弟弟小威廉，他现在也四十二岁了。

几个股东里头有两个人不会被考虑，因为他们不是皮拉斯特家族的人，一个是哈特索恩少校，另一个就是约瑟夫的女儿克莱曼婷的丈夫，哈里·唐克斯爵士。剩下的就是休和爱德华。

休真心想当这个资深股东。虽然他是最年轻的股东，但他是所有人中最有才干的银行家。他知道如何让银行发展壮大，同时减少约瑟夫所依靠的那类危险性的贷款项目。然而，奥古斯塔会比反对塞缪尔还要强烈地反对他。可他不能等到奥古斯塔老了或者死了以后再执掌银行大权。她现在才五十八岁，再精力充沛地折腾十五年丝毫不成问题。

另一个股东就是爱德华，他坐在第一排，紧靠在奥古斯塔旁边。他愈发笨重，长着中年人的红脸膛，最近又染上一种皮疹，显得非常难看。他既不聪明也不勤奋，十七年来所掌握的银行业务寥寥无几。他十点后才上班，中午前后出去吃饭，常常是下午就不回来了。他习惯早餐喝雪利酒，然后一整天都晕晕乎乎，依靠他的秘书西蒙·奥利弗打理事务。要他当资深股东是无法想象的。

爱德华的妻子十分罕见地坐在他旁边，他们向来各过各的。他和他母亲住在怀特海文宅，而艾米莉一直住在他们乡下的房子里，只在葬礼这种礼仪场合来伦敦一次。艾米莉曾经非常漂亮，长着蓝色的大眼睛，带着天真烂漫的微笑，但这些年在她脸上留下了失望的印记。两个人没有孩子，休看出他们互相憎恨。

艾米莉边上坐的是米奇·米兰达，雅致的灰色大衣配了一条黑色的水貂领子，显得阴气森森。自从发现米奇谋杀了彼得·米德尔顿以后，休就觉得这人实在可怕。爱德华和米奇两人依然亲密无间，十年来米奇参与了不少由银行融资的南美业务。

葬礼仪式冗长乏味，然后一干人马从会堂出来，冒着九月的细雨前往墓地，灵车后面跟着好几百辆马车，一个多小时才到墓地。

奥古斯塔守着丈夫的棺材落入墓穴，休在一旁打量着她。她站在爱德华打着的一把大伞下面。她一头银发，戴着一顶巨大的黑帽子，显得极其华贵。现在，在她失去自己的终身伴侣的时候，她该有点儿人性，心生哀悯吧？但她高傲的脸上刻着坚忍的线条，像一尊罗马元老院议员的大理石雕像，看不出任何悲伤。

葬礼过后整个皮拉斯特大家庭在怀特海文宅共进午餐，包括所有股东和他们的家属，外加紧密生意伙伴和米奇·米兰达这类长期门客。为了让大家都坐在一起吃饭，奥古斯塔把两个长餐桌对到一起，摆在客厅里。

休有一两年没有进过这幢房子了，这期间它又重新装修过，这次是最时尚的阿拉伯风格。门口装了一个摩尔式的拱门，所有的家具都带着浮雕细工，室内装饰采用的是丰富多彩的伊斯兰抽象设计，客厅摆着一个开罗屏风和《古兰经》台。

奥古斯塔把爱德华安排在他父亲的椅子上。休觉得她这么做有点失策。让他坐在上首，反而无情地强调了他无能填补父亲的空缺。约瑟夫是个反复无常的领导者，但他并不愚蠢。

不过，奥古斯塔做事始终是有目的的。在午餐接近尾声时，她以惯有的唐突方式说："要尽快选一个新的资深股东，显然这应该由爱德华担任。"

这话让休颇为惊诧，尽管奥古斯塔一贯看不见她儿子的缺点，可这仍然出乎他的意料。他很清楚她无法得逞，但她竟然提出这种建议，还是十分令人不安。

餐桌上一时陷入沉默，休意识到大家都在等着他说话。家人都认为他是奥古斯塔的反对者。

他犹豫了一下，考虑如何把这事处理好。他决定把这事搁置一下。"我认为股东们将在明天讨论这个问题。"他说。

奥古斯塔不会如此轻易放过他，她说："我要谢谢你没有在我的家里发号施令，告诉我该讨论什么，年轻人。"

他很快整理了一下思路，说："如果你一意坚持，也行。不过这个决定不是说做就做的，就连你，亲爱的伯母，也无法决定。你显然不理解问题的微妙之处，因为你从没做过银行的工作，或者说什么工作都没做过——"

"你竟敢——"

他提高自己的声调，压过她。“现在资格最老的股东是塞缪尔叔叔，”他说，意识到自己说话太冲，便又把声音放缓和些，“我敢肯定我们都同意让他做，这是个明智的选择，他成熟老练，经验丰富，被金融业界普遍接受。”

塞缪尔叔叔略微点头，以感谢他的溢美之词，但他一句话也没说。

没有人反驳休，但也没有人表态支持他。他估计他们不想公然对抗奥古斯塔，这些懦夫宁愿让他出头，自己坐享其成。这实在令人鄙视。

随便吧。他接着说：“不过，塞缪尔叔叔以前已经把这荣誉出让了一次，如果他再这样做的话，皮拉斯特家族最年长的就是小威廉，他在业内也广受尊敬。”

奥古斯塔不耐烦地说：“这事不是靠什么业内，而是由皮拉斯特家族决定。”

“确切说，由皮拉斯特银行的股东，”休纠正道，“正如股东需要取得其他家庭成员的信任一样，银行需要赢得广大金融界的信任。如果丧失了这种信任，我们也就到头了。”

奥古斯塔越来越生气：“我们有权喜欢谁就选谁！”

休使劲摇了摇头，再没有比这种不负责任的说法更让他恼火的了。“我们没有权利，只有义务，”他强调说，“我们受委托管理别人数百万英镑的财产。我们不能为所欲为，必须做该做的事。”

奥古斯塔又换了一种策略：“爱德华是儿子，是继承人。”

“这不是一种可以世袭的头衔！”休气愤地说，“要看谁最有能力。”

现在轮到奥古斯塔发火了：“爱德华跟别人一样有能力！”

休环视桌子四周，意味深长地跟每位股东对视了一下，然后继续说。“有没有人愿意把他的手放在心窝上，说爱德华是我们中间最有能力的银行家？”

很长时间谁都没说话。

奥古斯塔说：“爱德华的南美债券让银行赚了很多钱。”

休点了点头。“不错，过去十年中我们的确售出了几百万英镑的南美债券，所有业务也是爱德华经手处理的，但这笔钱很危险。人们购买债券，是因为他们相信皮拉斯特银行。如果有哪个国家的政府拖欠支付利息，所有南美债券的价格会暴跌，皮拉斯特银行就会受到谴责。正因为爱德华成功的销售业绩，我们的声誉，我们最为宝贵的财产，现在攥在了一群不识字的野蛮独裁者和将军手里。”说到这里，休发现自己一下子十分激动。他用自己的才智和辛勤的劳动让银行信誉大增，奥古斯塔的为害企图让他心中充满义愤。

“你销售的北美债券也一直都有风险，银行就是干这个的。”她得意地说，好像抓住了他的短处。

“美国拥有现代的民主政府，自然资源十分丰富，也没有敌人。现在，他们又废除了奴隶制，没有任何理由认为这个国家一百年内会出现动乱。相比之下，南美洲都是些相互交战的独裁国家，十天时间就会变个样子。南北两者尽管都有风险，但北方的危险要小得多。银行业务就是一种风险的估算。”

“你不过是嫉妒爱德华，你一直嫉妒。”她说。

休不明白为什么其他股东都不说话，一旦他发现了这个问题，他也就猜到奥古斯塔肯定事先跟他们一一打过招呼了。难道她真的说服了他们，甘愿接受爱德华当资深股东吗？这让他忧心忡忡。

“她到底都跟你们说了什么？”他突然说道，挨个盯着他们，“威廉？乔治？哈里？说吧，别再瞒着了。你们已经预先讨论过了，奥古斯塔收买了你们。”

他们一个个显得呆呆傻傻的，最后威廉说：“谁也没被收买，休，但奥古斯塔和爱德华挑明了，除非让爱德华当资深股东，否则他们就……”他局促不安起来。

“说下去。”休催促道。

“他们会从银行撤出资本。”

“什么？”休惊呆了。撤出资本在这个家族里算是一桩重罪，他自己的父亲这样做了，就一直没有得到宽恕。奥古斯塔竟敢以这种方式相要挟，实在太可怕了，这也表明她已狠下心来，志在必得。

家族的人里头，她和爱德华控制着银行大约百分之四十的资本，超过两百万英镑。如果他们按照法律赋予的权利在这个财年年底抽出资本，银行的实力会被大大削弱。

奥古斯塔如此威胁令人震惊，更糟糕的是股东们已经准备让步。“你们就这么屈服了！”他说，“如果你这次让她得逞了，她就会得寸进尺，每次想干什么就威胁撤出资本，以此降伏你们。你们还不如让她当资深股东。”

爱德华咆哮起来：“你竟敢这样跟我母亲说话！注意点儿礼貌！”

“让你的礼貌见鬼去，”休毫不客气地回敬道，他知道大发脾气于事无补，但他的怒火实在无法抑制，“你们是要毁掉一家大银行。奥古斯塔有眼无珠，爱德华愚蠢至极，而你们其余的人又胆小如鼠，不敢阻止他们。”他往后推了推椅子站了起来，挑战一般地把他的餐巾扔在桌子上，“好吧，这里有个人不会被吓唬住。”

他停顿了一下，深吸了一口气，意识到他即将说出一句改变他余生方向的话。桌子周围的人都在盯着他。他别无选择。“我辞职。”他说。

转身离开桌子时他瞥见了奥古斯塔的眼神，看到她的脸上露出了胜利的笑容。

塞缪尔叔叔晚上来找他。

塞缪尔是一个老人了，但仍像二十年前一样讲究虚荣。他还跟那个叫斯蒂芬·凯恩的“秘书”住在一起。皮拉斯特家族里只有休一个人去过他们家，他们的房子地处放浪不羁的切尔西，屋子的装饰风格唯美时尚，家里到处都是猫。有一次，他们喝着一瓶波尔多葡萄酒时，斯蒂芬说，在皮拉斯特的家眷里只有他不是个泼妇。

塞缪尔到访时休正待在他的书房里，他一般晚饭后都在那儿寻清静。他在膝头放着一本书，但并没有读，眼睛盯着炉火，想着以后的事。他的钱足以保证让他衣食无忧，有生之年不再工作都行，但他永远也当不成资深股东了。

塞缪尔叔叔显得疲惫而伤感。“在堂弟约瑟夫活着的时候，我的意见总是跟他相反，一直都在争来争去，”他说，“我真希望一切不是这样。”

休问他要喝点儿什么，他想要杯波尔多。休叫来他的管家，吩咐他取一瓶来。

“你对这些事情怎么看？”塞缪尔问道。

“我一开始很气愤，但现在我只是感到沮丧，”休回答说，“爱德华实在不可救药，根本不适合当资深股东，但真是一点儿办法也没有。你是怎么想的？”

“我跟你的感觉一样。我也要辞职。我不会撤出我的资本，至少不会马上撤，但在今年底我要做这件事。你闹这么一出走了以后，我就跟他们这么说了。不知道我是否该早点儿说这话，这也不会改变任何事情。”

“他们还说了什么？”

“哦，这就是我到这儿来的原因，亲爱的孩子，很遗憾，我当成了敌人那边的信使，他们请我来劝你不要辞职。”

“这帮该死的傻瓜。”

“他们当然很愚蠢。不过，有件事情你应该想想，如果你立刻辞职，城里的每个人都会知道是什么原因。大家会说，如果休·皮拉斯特认为爱德华无法管理银行，他就肯定管理不好。这会让人们失去信心。”

“的确，如果银行的领导力量薄弱，人们就应该对它失去信心，否则他们的钱就保不住了。”

“但如果你辞职会引发金融危机呢？”

这是休所没有想到的：“有这个可能吗？”

“我觉得有可能。”

“我不想那么做，这不用说。”一场危机可能将其他完全正常的生意拉下水，就像1866年奥弗闰德与古尔尼的破产毁掉了休父亲的公司那样。

"也许你该留职到这个财年年底，跟我一样，"塞缪尔说，"只差几个月的时间。这段时间爱德华负责，让大家习惯习惯，然后你再走，不会让人大惊小怪。"

管家送来一瓶波尔多。休一边咂摸着酒，一边思考着。他觉得自己应该同意塞缪尔的建议，不管他愿不愿意这样做。他对所有人都说教过银行对储户以及整个金融界负有责任，他必须说到做到，履行自己的承诺。如果他感情用事，让银行遭受损失，那他就跟奥古斯塔没什么两样了。此外，推迟离职会让他有时间好好考虑以后该做什么。

他最后叹了口气，说道："那好吧，我一直待到年底。"

塞缪尔点了点头。"我想你会这么做，"他说，"这是正确的选择——你的最终选择都是对的。"

2

十一年前，梅茜·格林伯恩跟上流社会说再见时，挨个走访了她的所有朋友，这些朋友为数众多，一个个都很富有。梅茜劝说他们捐助蕾切尔的南渥克女子医院，这些投资抵补了医院的日常开销。

这笔钱由蕾切尔的父亲管理，他是医院经营者中唯一的男性。梅茜本想自己来管理这些投资，但她发现银行家和股票经纪人不愿意跟她打交道，不按她的指示办，跟她要她丈夫的授权，有什么信息也隐瞒不报。尽管她可以去跟他们据理力争，但设立医院之初很多事情都需要她跟蕾切尔去拼去闯，于是她们便请鲍德温先生负责财务。

梅茜成了寡妇，但蕾切尔跟米奇·米兰达的婚姻还维持着。蕾切尔跟丈夫从不见面，但他就是不同意离婚。十年来她一直跟梅茜的哥哥，现在是议会议员的丹·罗宾逊保持秘密恋爱关系。他们三人一起住在沃尔沃思郊区梅茜的房子里。

医院设在市中心的工人聚居区，他们在南渥克大教堂附近长期租下连在一排的四幢房子，在每层的内墙上凿出门来，建成了他们的医院。跟一般医院摆满床铺的洞穴般的病房不同，他们这里都是单个的小房间，十分舒适，每个房间只有两三张床位。

梅茜的办公室靠近正门，房间里十分温馨，摆着两张舒适的椅子，一只插着鲜花的花瓶，地毯有些褪色，但窗帘十分明亮。墙上挂着镶在相框里的海报“神奇的梅茜”。办公桌不太显眼，一本本登记簿放在一个柜子里。

坐在她对面的这个女人光着两脚，破衣烂衫，怀着九个月的身孕。她带着一副既警惕又绝望的表情，就像饥饿的猫走进一间陌生的房子寻找吃的一样。梅茜说：“你叫什么名字，亲爱的？”

“萝丝·波特，夫人。”

他们总是叫她“夫人”，就好像她是个阔太太。她以前还让她们叫她梅茜，现在已经随她们便了。“你想喝杯茶吗？”

“好的，谢谢夫人。”

梅茜拿一只普通的瓷杯倒上茶，加了奶和糖。“你像是累坏了。”

"我是从巴思一直走过来的，夫人。"

这一路有一百英里。"那你得走一个星期吧！"梅茜说，"可怜的孩子。"

萝丝一下子哭了起来。

这很正常的，梅茜都习惯了。最好让她们哭个痛快。她坐在萝丝椅子的扶手上，让手臂搭在她的肩膀上，搂着她。

"我知道我很邪恶。"萝丝抽泣着说。

"你不邪恶，"梅茜说，"我们都是女人，明白这都是怎么回事。我们这里不讲什么邪恶，那是神父和政治家的话。"

过了一会儿萝丝平静下来，喝着茶。梅茜从柜子里拿出最近记录的登记簿，在办公桌后面坐下。她把每个入院的妇女都记录下来，这种登记经常能派上用场。如果某个自以为是的保守党成员在议会中发布言论，说大多数未婚母亲都是妓女，或者她们都打算遗弃自己的孩子之类陈词滥调，她就会客客气气、认认真真地写封信，用证据反驳他，还会在各处演讲重复她的驳斥。

"跟我说说发生了什么事，"她对萝丝说，"你怀孕前在哪儿干活？"

"我在巴思给一个叫弗里曼的太太做饭。"

"那你是怎么认识那个小伙子的？"

"他在街上跟我搭话，那天下午我休息，我打着一把黄色的新阳伞，我这打扮好像挺招人的，我后来明白了。都是那把黄伞把我毁了。"

梅茜哄着她把自己的遭遇讲了出来。故事很典型。这男的是个家具商，是较富裕、较受尊重的工人阶层。他向她大献殷勤，两个人已开始谈婚论嫁。他们晚上去公园，天黑后坐在那儿偷偷摸摸，周围也都是干这种事儿的男男女女。找不到什么机会性交，但他们还是趁她的雇主不在家，或者那男人的女房东喝醉的时候搞了四五次。后来他丢了工作，去了另一个城市找活儿干。他给她写了一两封信，然后就彻底消失了。接着，她就发现自己怀孕了。

“我们会尽力联系上他。”梅茜说。

“我觉得他已经不爱我了。”

“到时候再看。”让人惊讶的是，这种男人最后往往会跟女孩结婚。即使在得知女方怀孕后跑掉了，他们也会后悔自己当时的慌张之举。就萝丝的情况来说，这种结果的可能性很大。这男的离开她是因为自己丢了工作，而不是因为他已经不爱萝丝，现在他还不知道自己要当父亲了。梅茜总是尽量让他们来医院看看母亲和孩子，一看见无助的孩子，看见自己的骨血，他们时常会展现出自己最善良的一面。

萝丝身上抖了一下，梅茜问道：“怎么回事？”

“我后背疼，应该是走路走的。”

梅茜笑了笑说：“这不是背疼。你快要生宝宝了。我们去找张床吧。”

她把萝丝带到楼上，把她交给一位护士。“都会没事的，”梅茜说，“你会生一个健康可爱的小宝宝的。”

她进了另一个房间，来到被她们称作“无名小姐”的病床前。这女人拒绝透露自己的任何情况，连她的名字也不说。她是个黑头发的女孩，十八岁左右。她说话带着上流社会的口音，穿的内衣十分昂贵，梅茜断定她是个犹太人。“感觉怎么样，我亲爱的？”梅茜问她。

“我觉得很舒服，真是太感谢你了，格林伯恩太太。”

她跟萝丝完全不同，可以说两个人简直是天上地下，但她们遭遇了相同的困境，都要在同样痛苦和混乱的状态下生下孩子。

梅茜回到自己的房间，继续写那封给《泰晤士报》编辑的信。

女子医院
布里奇大街
南渥克
伦敦，S.E.
1890年9月10日

致《泰晤士报》编辑

亲爱的先生：

我饶有兴致地读了查尔斯·威克姆博士有关妇女在身体上低男人一等的信函。

刚才她还不知道该如何写下去，但萝丝·波特的到来给了她灵感。

我刚刚接待了一名来医院的年轻女子，她有了身孕，却从巴思徒步走到这里。

编辑可能会把“有了身孕”这句话删掉，觉得这太粗俗，但

梅茜不在乎他们的审查，就这样写。

> 我注意到威克姆博士是从考斯夜总会写这封信的，这让我不禁怀疑，有多少夜总会会员能从巴思步行到伦敦？
>
> 当然，作为女人，我从未光顾过夜总会，但我经常看到会员站在台阶上招呼出租马车，把他们送到不到一英里或更近的地方，我不得不说，他们多数人看上去很难从皮卡迪利广场步行到议会广场。
>
> 他们肯定无法在伦敦东区的那些血汗工厂一班连续干十二个小时，而成千上万的英国妇女每天都这样——

她再次被敲门声打断。“进来吧。”她说道。

进门的这个女人既不是穷人，也没有怀孕。她长着一对蓝色的大眼睛，一张少女的脸，穿戴打扮贵气十足。这人是艾米莉，爱德华·皮拉斯特的妻子。

梅茜站起来吻了吻她。艾米莉·皮拉斯特是医院的赞助人之一。赞助圈里实在是什么样的女人都有——梅茜的老朋友埃普丽尔·蒂尔斯利也是其中的成员，她现在已经在伦敦拥有三家妓院。她们送来旧衣服、旧家具，从自家厨房拿来多余的食物，还有纸张墨水等杂七杂八的用品，有时候还能帮助分娩后的母亲找工作。但最重要的是，她们为梅茜和蕾切尔提供了精神上的支持，抵御男性社团对她们的诽谤和谩骂，因为她们没有强制不道德的未婚母亲祈祷、唱赞美诗，不对她们进行说教训诫。

艾米莉在埃普丽尔妓院的面具之夜有过一次灾难性的经历，梅茜觉得自己对此负有部分责任。艾米莉想引诱自己的丈夫，但并没成功。从那时起，艾米莉和讨厌的爱德华就偷偷分居，像有些富裕家庭的夫妇一样各过各的，互相仇恨。

艾米莉两眼发亮，很兴奋。她坐下来，随即又起身查看一下门关牢了没有。然后她说："我恋爱了。"

梅茜弄不清这到底是不是个好消息，但嘴里说道："太棒了！是跟谁啊？"

"罗伯特·查尔斯沃思。是个诗人，他写的文章都是有关意大利艺术的。他一年里大多住在佛罗伦萨，但他在我住的村子里租了间小屋，他喜欢九月份待在英格兰。"

这话让梅茜觉得这个罗伯特·查尔斯沃思挺有钱，不用做任何实际工作也能过得不错。"他肯定非常浪漫吧。"她说。

"哦，是的，他很有激情，你会喜欢他的。"

"我估计会吧。"梅茜说，尽管实际上她受不了有私人收入的激情诗人。不过她还是为艾米莉高兴，她本不该受那么多罪的，"你当他的情妇了？"

艾米莉的脸红了。"哎呀，梅茜，你总是挑最尴尬的问题问！当然没有！"

自从发生了面具之夜的事，梅茜就觉得不会再有什么事情能让艾米莉感到尴尬了，因此有些吃惊。但是经验告诉她，是她自己，在这方面比别人都特殊。大多数女人如果真想了解什么事情的话，就会打马虎眼，但梅茜没有耐心客客气气地转弯抹角。她想知道什么就直接问。"好吧，"她唐突地说，"可你不能堂堂正正做他妻子，对吧？"

艾米莉的回答让她吃了一惊。"我就是为这事儿来找你的，"她说，"你知道怎么能废除一桩婚姻吗？"

“天哪！”梅茜想了一会儿，“我觉得，理由应该是这桩婚姻从来没有圆房，对吗？”

“对。”

梅茜点了点头。“不错，我了解这方面的事。”难怪艾米莉到她这儿来了解法律问题。她没有女律师可找，而男律师会直接去找爱德华，有可能泄露天机。梅茜从事的是妇女权利保护活动，研究过结婚和离婚的现行法律。“你要先去高等法院的遗嘱继承、离婚及海事法庭，”她说，“你还得证明爱德华在任何情况下都是性无能，不只跟你在一起时才那样。”

艾米莉的脸沉了下来：“哦，天哪，我们都知道，情况不是这样。”

“另外，你不是处女这个事实也是个大麻烦。”

“这么说，没指望了。”艾米莉惨兮兮地说。

“只有说服爱德华合作才能办成这件事。你觉得他会吗？”

艾米莉眼睛一亮说：“他会的。”

“如果他签一份书面宣誓书，说他性无能，不反对废除婚姻，你的证据就够了。”

“那我就想办法让他签字。”艾米莉的脸上露出了果敢的神色，让梅茜想起这女孩有种令人意想不到的坚强意志。

“要谨慎行事。丈夫和妻子合谋做这种事是违法的，提防着点儿王室讼监，这种人相当于离婚警察。”

“那我以后能不能嫁给罗伯特呢？”

“可以。按照教会法规，结婚未行房完全可以离婚。大约需要一年时间等待这案子上法庭，然后还有六个月的等候时间，才能最终完成离婚，但最后你会获准再婚的。”

“我真希望他同意这么做。”

“他对你怎么样？”

“他讨厌我。”

“你觉得他想摆脱你吗？”

“我觉得他根本不在乎，这样我就给他腾地方了。”

“如果你硬是不给他腾地方呢？”

“你的意思是，我要给他找点儿麻烦什么的？”

“我也刚刚想到这一点。”

“我想我可以。”

梅茜相信，只要艾米莉有了这种念头，就一定能把爱德华搅得坐卧不宁。

“我要找个律师写这份文件，然后让爱德华签字。”艾米莉说。

“我让蕾切尔的父亲帮忙，他是个律师。”

“真的？”

“当然。”梅茜瞥了一眼挂钟，“我没时间了，今天是温菲尔德新学期的第一天，我得送伯蒂去学校。我明天一早去找他。”

艾米莉站了起来说：“梅茜，一个女人能有你这么个朋友，实在太好了。”

“不过我得警告你，这件事会弄得皮拉斯特家族鸡犬不宁。奥古斯塔会暴跳如雷的。”

“奥古斯塔吓唬不了我。”艾米莉说。

梅茜·格林伯恩在温菲尔德学校颇受瞩目。她到哪儿都这样，人们把她看作极其富有的索利·格林伯恩的遗孀，尽管她自己几乎没什么钱。她也是一位恶名昭彰的“激进”女性，坚持妇女权益，据说还鼓励下层的女性产下私生子。还有，每次她送伯蒂去学校，都有休·皮拉斯特这位英俊的银行家陪着她，还由他负担她儿子的学费，这无疑让那些见多识广的学生父母怀疑休就是伯蒂的亲生父亲。但她觉得最主要的原因，还是因为三十五岁的她正值当年，仍十分漂亮，惹得男人们频频侧目。

今天她穿了一身番茄红色的装扮，裙子外面穿了件短外套，戴了一顶翎毛装饰的帽子。她知道这样打扮让她显得漂亮而愉快。但事实上，跟伯蒂和休一道去学校这件事总是让她心痛难耐。

她跟休共度的那一夜，一晃已经过去了十七年，她还像当初那样深深爱着他。大部分时间她都沉浸在向医院求助的那些可怜女孩身上，从而忘掉了自己的悲伤，但一年有两三次她要见到休，那种痛苦就再次袭上心头。

十一年前他已经知道自己是伯蒂的生身父亲。本·格林伯恩给了他暗示，他就来找她证实自己的怀疑，她便把真相告诉了他。从那时起他就尽其所能，什么都为伯蒂做了，只是没有承认他是自己的儿子。伯蒂以为他的父亲就是已经去世的、慈爱的所罗门·格林伯恩，把真相告诉他只能带来不必要的痛苦。

他的名字是休伯特，他的小名伯蒂也取了个巧，好像是在奉承威尔士亲王，因为他也叫伯蒂。现在梅茜再也见不到亲王了。她不再是上流社会的女主人，不再是百万富翁的妻子，不过是一个寡妇，住在南伦敦南郊区一个不大的房子里，这样的女人自然进不了亲王的朋友圈。

她给自己的儿子取名休伯特，是因为这名字听起来像休，但她很快就为这种相似感到尴尬，这是她给孩子起伯蒂这个小名的另一原因。她对儿子说，休是他已故父亲最好的朋友。幸运的是，伯蒂长得并不像休。实际上，伯蒂的长相很像梅茜的父亲，一头黑发十分柔软，长着一对忧伤的棕色眼睛。他又高又壮，是个优秀的运动员，学习也很用功，梅茜很为他骄傲，心中时时漾满对儿子的爱意。

在这种场合休对梅茜总是毕恭毕敬，十分客气，扮演着家里朋友的角色，但她相信他的感觉也跟她一样，苦辣酸甜都有，心里并不好受。

梅茜听蕾切尔的父亲说，人们公认休是伦敦银行界的奇才。一谈到银行问题，他就两眼发亮，神采焕发，浑身充满了乐趣。她知道他干的工作充满挑战性，也很满意。但是，如果他们的话题转到家庭方面，他就立刻愁眉不展，沉默寡言。他不愿意谈起自己的房子、他的交际生活，最不喜欢谈的就是他的妻子。家庭生活方面，他能跟她谈的只有自己的三个儿子，他爱他们爱得发狂。但就算说到这些，他仍带着某种遗憾，让梅茜觉得诺拉不是个称职的母亲。

多年来，她眼睁睁地看着他越来越消极，对冷淡而缺乏性爱的婚姻逆来顺受。

今天他穿了一件灰色的斜纹软呢外套，搭配他略染银丝的头发，还戴了一条跟他眼睛颜色一致的浅蓝色领带。他比以前敦实了些，但脸上偶尔还会出现那种顽皮的笑容。他们这对很惹人注目，但两个人却不是夫妻，正是这种步调一致的样子让她感到伤心。她挽着他的胳膊走进温菲尔德学校，觉得要是能每天跟他在一起，就算搭上自己的性命也在所不惜。

他们帮伯蒂打开箱子归置东西，然后伯蒂在自己房间里招待他们喝茶。休带了一个蛋糕，足够这个六年级生吃一个星期的。“半年后我儿子托比也会来这儿上学，”休在喝茶时说，“你能不能替我留心看着点儿他？”

“我很愿意，”伯蒂说，“我保证不让他去主教林里面游泳。”梅茜对他皱起了眉头，他便又说，“对不起。不该开这个玩笑。”

“他们现在还在议论这件事，是吗？”休问道。

“每年校长都要把彼得·米德尔顿淹死的事儿讲一遍，吓唬学生，但他们照样去游泳。”

喝完茶他们就告别了伯蒂，梅茜每次离开她儿子都忍不住落泪，尽管他已经长得比她还高。两人步行到镇上，坐火车回伦敦。他们坐的是一等包厢，里面只有他们俩。

休看着窗外一闪而过的景色，说：“爱德华要当银行的资深股东了。”

梅茜吃了一惊：“我觉得他可没有那种头脑！”

“是没有。我今年年底就辞职。”

“哎呀，真的吗？”梅茜知道他很在意银行的生意。他的全部希望都寄托在上面，“那你要去做什么呢？”

“我不知道。我待到这个财年年底，应该有时间考虑清楚。”

“银行恐怕会被爱德华毁了吧？”

“我担心有这种可能。”

梅茜很为休感到难过。他本不该遭受这一次次厄运，而爱德华却总是好事占尽。“爱德华还是怀特海文勋爵，你有没有想过，如果这个头衔正常落在本·格林伯恩头上，最后就能沿袭给伯蒂？”

“是啊……”

“可奥古斯塔把这事儿给搅了。”

“奥古斯塔？”休疑惑地皱起眉头。

“没错。是她一手策划了报纸上的那些垃圾文章，说什么犹太人不能当贵族。你记得吧？”

“我记得，但你怎么能肯定是奥古斯塔在背后捣鬼？”

“威尔士亲王跟我们说的。”

“真是不敢相信。”休摇着头，“奥古斯塔实在是神通广大，令人惊奇。”

“不管怎么说，可怜的艾米莉现在是怀特海文夫人了。”

“她总算从那倒霉的婚姻里得到了点儿补偿。”

“我给你透露个秘密。”梅茜说。她压低声音，尽管边上没有任何人听见，“艾米莉要向爱德华提出废止婚姻。”

“她就该这么做！我觉得理由应该是两人从未同房吧？”

“是的。你好像一点儿也不吃惊。”

“这有什么奇怪的。他们两个从来谁都不碰谁。两个人那么尴尬，都无法相信他们是夫妻。”

“她这么多年糊弄着过，现在想来个了断。”

“我们家的人会给她找麻烦的。”休说道。

“你是说奥古斯塔。”梅茜的反应就是这么敏锐，“艾米莉早料到了。但她也有固执的一面，正好对付奥古斯塔。”

“她爱上谁了吧？”

“对。但她不想当他的情妇。我不明白她为什么非要这么谨小慎微。爱德华每天晚上都在妓院里混。”

休对她笑了一下，那是个悲伤而充满爱意的微笑。“你也很谨小慎微，以前。”

梅茜知道他说的是金斯布里奇庄园的事，当时她没有理他，把卧室的门锁了起来。“我已经跟一个好男人结婚，不那样就背叛了他。艾米莉的情况完全不同。”

休点了点头说：“尽管如此，我还是能够理解她的感受。说谎本身让私通变得可耻。”

梅茜不能同意：“人就应该把握住幸福的机会。你只有一次生命。”

“但是，你抓住了幸福，却会丢掉更有价值的东西——你的诚信。”

“我觉得这过于抽象了。”梅茜有些轻蔑地说。

“当然这只适合我自己，在金戈家的那个晚上，如果你让我进门的话，我有可能由着性子背叛索利的信任。但这些年来我也有所醒悟。现在我觉得我最看重的就是诚信，诚信比什么都重要。”

“可诚信到底是什么呢？”

“就是说真话，信守诺言，并为自己的错误承担责任。做生意和平常过日子都是一个道理。这是决定你要做什么人的问题。一个管理公众财产的银行家不能说谎。说到底，如果他的妻子都不相信他，谁还会相信他呢？”

梅茜很生他的气，也不知是为什么。她坐在那儿沉默了很长一段时间，看着窗外暮色中的伦敦郊区景色。现在他要离开银行了，这样的话他的生活还能剩下什么呢？他不爱他的妻子，他妻子也不爱自己的孩子。既然他一直深爱着梅茜，为什么不能在她的怀里找到幸福呢？

他们在帕丁顿车站下了火车，他陪着她找了辆马车，扶着她上去。告别时她抓住了他的手，说："跟我回家吧。"

他看上去很难过，摇了摇头。

"我们两个真心相爱，始终是这样，"她恳求着，"跟我走吧，管它什么后果呢。"

"但生活要讲前因后果的，对吧？"

"休！求你了！"

他抽回了他的手，向后退了退。"再见，亲爱的梅茜。"

她无奈地看着他，多年来压抑的渴望涌上心头。如果她有足够的力气，会强把他拖上车厢。她顿时感到一种疯狂般的失望。

她真想一直在那儿等着，但他朝车夫说了句："驾车吧。"

车夫用鞭子抽了马一下，车轮转动起来。

片刻之后，休便从她的视野中消失了。

3

这一晚休睡得很不好。他不时醒来，反复想着自己跟梅茜的谈话。他希望当时自己让了步，跟她回家。那样的话，现在他还睡在她的怀里，头依偎在她的胸前，而不是像现在这样，一个人辗转反侧，夜不成寐。

不过还有别的什么事情困扰着他。他有种感觉，似乎她说了什么意义重大、令人惊讶和害怕的事情，他当时没有立刻抓住它，一时半时又想不起来。

他们谈到了银行的事，谈到爱德华要当资深股东；爱德华的封号；艾米莉打算获准废除婚姻；在金斯布里奇庄园他们差点儿睡在一起的那一夜……还谈到诚信和幸福互相冲突的价值观念。这些话哪点儿重要呢?

他试着往回倒腾那些话题：跟我回家吧……人就应该把握住幸福的机会……艾米丽要向爱德华提出废止婚姻……艾米莉是怀特海文夫人……你有没有想过，如果这个头衔正常落在本·格林伯恩头上，最后就能沿袭给伯蒂?

不，他一定错过了什么话。爱德华得到的头衔，这本来是封给本·格林伯恩的，但奥古斯塔插手阻挠了这一切。她是那些有关犹太人不能当贵族的恶意宣传的幕后指使。休当时并没意识到这一点，现在回头想想，他本该可以猜到的。但是威尔士亲王通过某种途径知道了这事儿，然后告诉了梅茜和索利。

休不安地翻了个身。这里面到底有什么重大启示？这不过是奥古斯塔手段冷酷毒辣的又一例证。这事本该隐藏一段时间，可却让索利知道了。

休腾地从床上坐了起来，呆呆凝视着目前的黑暗。

索利知道了。

如果索利知道皮拉斯特家族搅起那场煽动种族仇恨的新闻宣传，以此来反对他的父亲，他决不会再跟皮拉斯特银行做任何业务。首先他要取消有关圣玛丽亚铁路的合作，他会告诉爱德华他要取消它，爱德华就会回头告诉米奇。

“我的上帝啊！”休叫出声来。

他一直怀疑米奇跟索利的死亡有关。他知道当时米奇就在附近。但他一直弄不明白他有什么动机。他原来考虑的是，索利当时正准备成全这项交易，让米奇得其所愿，如果没有这个意外，米奇会满心希望索利活着。但如果索利打算撤销合作，米奇就会杀了他，保全这项交易。米奇是否就是穿戴体面、在索利被马车轧死前跟他争吵的那个人？车夫一直坚持索利是被人推到马车前面的。是米奇将索利推倒在车轮下的？这实在太恐怖、太令人作呕了。

休下了床，点燃了煤气灯。这一夜他是睡不成了。他穿上晨衣，面对炉火的余烬坐着。难道他的两个朋友，彼得·米德尔顿和索利·格林伯恩都被米奇谋杀了吗？

如果米奇就是杀人真凶，他该做些什么呢？

第二天早上他仍在为这个问题苦恼，接着发生了一件事，让他有了答案。

上午他待在股东室的办公桌前。他曾一直渴望自己能坐在这个安静、豪华的权力中心，在先人肖像的注视下决定数百万英镑的大买卖，不过现在他已经习惯了。不久以后，他就会离开这一切。

他要做到善始善终，把已经着手的事情做完，不再启动新项目。他的思绪又一次次回到米奇·米兰达和可怜的索利身上。一想到索利这样的好人竟死在米奇这种卑鄙无耻的寄生虫手上，他就满心怒火，恨得牙根直痒。他真想抓住这个家伙，亲手把他掐死。但他不能杀米兰达，事实上，他甚至不能把自己相信的一切报告给警方，因为他没有任何证据。

他的职员乔纳斯·茂贝瑞整个上午都一直焦虑不安。茂贝瑞以各种理由进了股东室四五次，就是不说他到底有什么想法。最后休猜到，这个老伙计心里有话，但不想当着其他股东的面说。

快到中午的时候，休去走廊另一头的电话室。他们前两年安装了电话，但后悔当初没有安在股东室，现在，几个人每天都要跑去电话室打几次电话。

在走廊里他又碰见了茂贝瑞，便拦住他，问道："你是不是有什么心事？"

"是的，休先生。"茂贝瑞回答，明显放松下来。接着他压低声音说，"我碰巧看见爱德华先生的秘书西蒙·奥利弗在起草一份文件。"

"进来谈吧。"休走进电话间，随手把门关上，"到底是什么文件？"

"是一份向科尔多瓦提供贷款的建议，一共两百万英镑！"

"真的吗？"休吃惊地说，"银行不能再冒险给南美贷款了，一点儿也不能做了。"

"我知道你会这样想。"

"是往什么方面贷款？"

"在圣玛丽亚省修建一个港口。"

"又是米兰达先生策划的。"

"是的，我担心他和他表弟西蒙·奥利弗对爱德华施加了太大的影响。"

"好吧，茂贝瑞。非常感谢你告诉我这些，我会尽力处理的。"

休连电话也没打，就回了股东室。其他股东会由着爱德华做这件事吗？有可能。休和塞缪尔现在没什么影响力，因为他们就要离职了。小威廉也不像休这样担心南美方面的投资破产。哈特索恩少校和哈里爵士这两个会乖乖按吩咐做。爱德华现在是资深股东。

休要如何进行干预呢？他现在还没走，仍然拿着利润分成，所以他的责任还没有终止。

麻烦的是爱德华根本没有理智——就像茂贝瑞所说，他完全处于米奇·米兰达的影响之下。

休能找到削弱这种影响的办法吗？他可以告诉爱德华，米奇是个杀人犯，爱德华不会相信他。不过休还是觉得应该尝试一下，反正也不会损失什么。头天晚上的可怕发现让他必须有所行动。

爱德华已经离开银行去吃午饭。休没再多想，立刻起身去追他。

他猜到爱德华会去哪儿，叫了辆马车直奔考斯夜总会。马车从城里驶向帕尔马尔街，一路上他掂量着怎么把这事儿说出来，既婉转又不伤人，还能说服爱德华相信。但想出来的句子都显得不自然，这时马车已经开到了地方，他决定把真实情况原封不动告诉他，希望达到最好的效果。

时间还早，他在夜总会的吸烟室里找到了爱德华，他一个人待在那儿，喝着一大杯马德拉白葡萄酒。爱德华的皮疹越来越严重了，休注意到他脖子上衣领擦破的地方是一片片的红斑。

休在他那张桌子边坐下，给自己要了杯茶。两个人还小的时候，休非常恨爱德华，他很粗野，爱欺负人。但最近这些年他觉得这个堂兄已经成了一个牺牲品。爱德华是受了两个坏人——奥古斯塔和米奇的影响才变成这样的。奥古斯塔的蛮横让他窒息，米奇的教唆让他变得堕落。不过，爱德华对休并不服软，毫不掩饰自己不愿意与休为伍。“为了喝杯茶你不会大老远跑这儿来，”他说，“你想干什么？”

这样开头有些不妙，不过也只能这样了。休有些悲观，说道：“我有件可怕的事要告诉你，你可能会大吃一惊。”

“真的？”

“你也许很难相信，但这事儿一点儿不假。我觉得米奇·米兰达是杀人凶手。”

“哎呀，老天爷，”爱德华气哼哼地说，“别拿这种废话来烦我。”

“先听我说完，然后你再自己做决定。”休说道，“我就要辞职了，你又成了银行的资深股东，我没什么可争的。不过我昨天发现了一些情况。索利·格林伯恩知道你母亲背后操纵了新闻宣传，最后让本·格林伯恩没有当上贵族。”

爱德华不由自主地哆嗦了一下，似乎休的话戳中了他早已知道的某些事情。

休觉得又有希望了。“我没有说错，对吧？”他猜测着，继续往下说，“索利威胁要取消圣玛丽亚的铁路协议，他说这话了没有？”

爱德华点了点头。

休往前坐了坐，尽量抑制住内心的兴奋。

爱德华说：“我当时就跟米奇坐在这个桌子上，索利进来了，气势汹汹的，可……”

“索利就是在那天晚上死的。”

“不错，但米奇整晚上都跟我在一起。我们在这儿打牌，然后去到内尔之家。”

“他一定离开过几分钟。”

“不会——”

“在索利死的那会儿，我看到他从外面走进夜总会。”

“索利出事应该更早。”

“他可能离开了一会儿，去厕所或其他什么地方。”

“那点儿时间根本不够。”爱德华一脸怀疑，不肯相信。

休的希望又落空了。他刚才让爱德华脑子里产生了一点儿疑问，但这并没有持续太久。

“你这么胡乱猜疑没有意义，”爱德华接着说，“米奇不是凶手。这种想法很荒谬。”

休决定把彼得·米德尔顿的事告诉他。这实在是铤而走险，如果爱德华不相信米奇十一年前杀了索利，凭什么他会相信二十四年前米奇杀了彼得呢？但休决定孤注一掷。“米奇还杀害了彼得·米德尔顿。”他知道自己这么说显得很生硬。

“这太可笑了！”

“你以为是你杀了他，这我知道。你一直把他往水里按，然后又去追托尼奥，你认为彼得累坏了，游不到边上就被淹死了。但有些事情你并不清楚。”

爱德华一脸狐疑，但休的话激起了他的好奇：“什么？”

“彼得游泳游得很棒。”

“他瘦得像棵草一样！”

“不错，但那年春天里他每天都练习游泳。他的确很瘦，但他能一口气游上好几英里。当时他很轻松就游到了边上——托尼奥都看见了。”

“什么……”爱德华咽了口唾沫，“托尼奥还看见了什么？”

“他看见你爬上采石场的时候，米奇把彼得的头按在水里，直到把他淹死。”

让休感惊讶的是，爱德华这次没有驳斥他的说法，只是说：“你为什么过了这么长时间才告诉我？”

“我觉得你不会相信我的话，现在我实在是没办法了，才跟你说起这件事，劝你这次别再往科尔多瓦投资了。”他盯着爱德华，看他的反应，接着说，“但你相信我说的是真话，对吧？”

爱德华点了点头。

“是什么原因？”

“因为我知道为什么他那么做。”

“为什么？”休问道，他的好奇变得十分强烈，多年来他一直弄不清这事的缘由，“为什么米奇要杀彼得呢？”

爱德华喝下一大口马德拉葡萄酒，接着又陷入了沉默。休担心他就此打住，不想再说。但最终他还是开口了：“在科尔多瓦，米兰达家族算得上富裕，但他们的钱在这儿买不了多少东西。米奇来温菲尔德上学的时候，几个星期他就花光了一年的津贴。但他吹嘘自己家里有钱，放不开面子承认真相。所以，钱一花完……他就偷。”

休记起了1866年5月那桩震惊全校的丑闻。“奥菲尔顿先生的六枚沙弗林金币被盗，原来是米奇偷的？”他惊奇地问。

“是的。”

“唉，真该死，我没想到这一点。”

“彼得恰好知道这件事。”

“他怎么知道的？”

“他看见米奇从奥菲尔顿的书房出来。失窃的事一传开，他就猜到了是谁干的。他说他要告发米奇，除非他自己承认。我们觉得在水池里抓到他实在走运。我折腾他是想吓唬他，让他闭嘴，但我从来没有想……”

“没想到米奇会杀了他。”

“这么多年他一直让我觉得是我的错，他还为我打掩护，”爱德华说，“这该死的畜生。”

休意识到尽管开始出师不利，最后他还是成功动摇了爱德华对米奇的信任。他真想接着说句：现在你知道他是什么人了吧，别再搞什么圣玛丽亚港口了。但他要小心为上，不要做得太过火。他认定自己说得已经够多，该让爱德华自己做结论了。休站起来准备走。“对不起，给你带来这种打击。”他说。

爱德华沉思着，用手搔着脖子上发痒的皮疹。“是啊。”他含糊地说。

“我得走了。”

爱德华什么也没说。他好像已经忘了休的存在。他眼睛盯着杯子里面。休定睛看了他一眼，吃惊地发现他在哭。

他悄悄走了出去，关上门。

4

奥古斯塔喜欢当寡妇。首先，她很适合穿黑色。她的黑眼睛、一头银发和黑眉毛配上丧服，十分惹人注目。

约瑟夫已经死了四个星期，令人惊奇的是她几乎不怎么思念他，只是他再也不能抱怨牛肉煮得太嫩，或者书房里灰尘太多，这让她觉得跟以前不太一样。她一周有一两次自己单独吃晚饭，但她一直很喜欢有人陪伴。她不再拥有资深股东妻子的地位，但她现在是新的资深股东的母亲。她是继承了亡夫爵位的怀特海文伯爵夫人。她拥有约瑟夫给予她的一切，却摆脱了讨厌的约瑟夫本人。

她也可以再婚。她现年五十八岁，尽管已经不能再生儿育女，但她仍然拥有少女般的情感欲望。事实上，这种欲望自从约瑟夫死后更趋恶化。每当米奇·米兰达抚摸她的胳膊、注视她的眼睛，或者带着她进屋时把手放在她臀部，她就感到一种强烈的冲动，这种快乐和虚弱两相交集的复杂情感让她头晕目眩。

她在客厅的镜子里看着自己，心想：我和米奇两个人实在太相似了，就连头发和眼睛的颜色都一样。我俩真应该有个长着一双漂亮黑眼睛的孩子。

正这样幻想着，她那金发碧眼的孩子走了进来。他外形实在欠佳，如果说以前还算敦实，现在已经完全成了一个胖子，还患上了皮肤病。下午茶的时候他常常脾气暴躁，都是因为午饭时喝了酒闹的。

但她现在要跟他说件要紧的事，没心思管顾及他心情如何。“我听说艾米莉要废除婚姻，这是怎么回事？”她问道。

“她要嫁给别人。”爱德华闷声闷气地说。

“她办不到！她已经嫁给你了！”

“也算不上。”爱德华说。

他这是在说哪门子疯话？她越是爱他，就越觉得他愚不可及。“别在这儿犯傻，”她厉声说道，“她当然是嫁给你了。”

“是你让我跟她结婚的，她也是因为她父母同意，才嫁给了我。我们两个从来就没爱过对方，再说……”他迟疑了一下，最后才蹦出那句话，“我们从来就没有圆房。”

原来他说“算不上”是因为这个。奥古斯塔十分震惊，他竟敢在女人面前直言不讳地提及自己的性生活。不过，她听到这一实情并不觉得奇怪，这么多年她一直觉得这门婚姻不过是表面文章。但无论怎样，她不会便宜了艾米莉，由着她一走了之。“我们不能闹出这种丑闻。”她决断地说。

“这不会闹出丑闻的——”

“当然会了，”她吼道，被他的短见激怒了，“整个伦敦会议论一年的，所有的小报都会添油加醋，登出花边新闻。”爱德华现在是怀特海文勋爵，贵族的性丑闻恰恰是仆人们买的那种周报热衷谈论的话题。

爱德华可怜巴巴地说：“可是，你不觉得艾米丽有权争取她的自由吗？”

奥古斯塔用不着搭理他这种虚弱的正义感。“她能强迫你答应吗？”

“她想让我签一份文件，承认婚姻未曾圆房，然后，离婚也就没什么问题了。”

“要是你不签字呢？”

“那就麻烦多了。这种事情是很难证明的。”

“就这么办。我们没什么可担心的。别再提这个让人尴尬的话题了。”

“可是——”

“告诉她，这婚姻她废不成。我再也不想听到这个字眼了。”

“好吧，母亲。”

这么快他就投降了，这让她有些意外，尽管最终依从了她的意思，但通常她都要拼命争取一番。他心里一定装着别的什么事。“到底出什么事了，泰迪？”她用柔和的声调说。

他重重叹了口气。“休跟我说了件可怕的事。”他说。

“什么事？”

“他说，是米奇杀了索利·格林伯恩。”

奥古斯塔感到身上一阵瑟瑟发抖，她说：“怎么会呢？索利是被马车轧死的。”

“休说是米奇把他推到马车前面的。”

“你相信吗？”

“米奇那天晚上跟我在一起，但他可能溜出去了几分钟。这有可能。你相信吗，妈妈？”

奥古斯塔点点头。米奇很危险，又很大胆——因此他具有磁性般的吸引力。她毫不怀疑他下得了这个毒手，然后再不动声色地逃离现场。

“我实在不能接受，”爱德华说，“我知道米奇某些方面很邪恶，但一想到他竟然会杀人……”

“但他会的。”奥古斯塔说。

“你怎么能肯定？”

看着爱德华那可怜的样子，奥古斯塔真想把自己心里的秘密告诉他。这样做明智吗？想想倒也没什么害处。揭露真相的震撼或许能让爱德华更善于思考，对他有所帮助，让他变得更加谨慎。她决定告诉他。“米奇杀了你的塞思叔公。”她说。

“天哪！”

“他用枕头把他闷死，我当场抓住了他。”奥古斯塔想起了随后发生的一切，感到下体一阵发热。

爱德华说：“可米奇为什么要杀塞思叔公呢？”

“他当时着急要把那些步枪运到科尔多瓦，你不记得了？”

“我记得。”爱德华沉默了一会儿。奥古斯塔闭起眼睛，重温与米奇那持久而野性的拥抱，而当时两人身边就躺着一个死人。

爱德华把她从遐想中拉回来。“还有一件事情，比这还要糟糕。你还记得那个叫彼得·米德尔顿的男孩子吗？”

“当然。”奥古斯塔永远不会忘记他，他的死亡至今困扰着整个家庭，“这里有什么事儿？”

“休跟我说，是米奇杀了他。”

现在轮到奥古斯塔震惊了：“什么？不，我不相信。”

爱德华点了点头说：“他故意把他的头按在水里，直到把他淹死。”

让她感到惊恐莫名的不是谋杀本身，而是米奇的背叛让她感到恐惧。“休肯定在撒谎。”

“他说，托尼奥·席尔瓦看到了当时发生的一切。”

“但这意味着米奇这些年来一直在恶意欺骗我们！”

“我觉得是这样，母亲。”

奥古斯塔越想越害怕，同时她又觉得爱德华不会毫无理由地认同如此惊人的说法：“你为什么相信休说的这些事情？”

“因为我还知道一些事，可休并不了解，因此证实了他说的话。米奇当时从一个教师那儿偷了钱，却让彼得知道了，威胁说要告发他。米奇正想找个什么机会让他闭嘴。”

“米奇总是手头很紧。”奥古斯塔回想着。她难以置信地摇着头，“真是的，这么多年来，我们一直以为——”

“以为是我把彼得弄死了。”

奥古斯塔点点头。

爱德华说：“是米奇让我们这么认为的。我真不敢相信，母亲，我一直觉得我是杀人犯，而米奇知道我不是，但他一个字都没说。这种背叛友谊的事情多可怕啊！”

奥古斯塔同情地看着自己的儿子。“你要跟他断交吗？”

“没有别的办法。”爱德华伤心极了，“可他是我唯一的朋友，真的。”

奥古斯塔的眼泪都快掉下来了。他们呆坐在那里，面面相觑，想着他们的所作所为，以及这些事情的前因后果。

爱德华说：“二十五年来，我们已经把他当作一个家族成员，可他原来是一个恶魔。”

一个恶魔，奥古斯塔琢磨着这个字眼。的确，他就是个恶魔。

可是她爱他，哪怕他杀了三个人，她也还是爱这个米奇·米兰达。虽然他如此卑劣地欺骗了她，但她心里明白，如果他现在走进房间，她依然渴望将他揽在自己的怀里。

她看着她的儿子，他脸上显露出的也是同样的心境。她原来只是心有所感，但现在她彻底明白了。

爱德华也爱着米奇。

第二章
十 月

1

米奇·米兰达在考斯夜总会的休息室里抽着雪茄，心里忐忑不安。他不知道自己哪里得罪了爱德华，后者一直躲着他。爱德华不来夜总会，也不再去内尔之家，甚至连奥古斯塔的下午茶也没有参加。米奇已经一个星期没见到他了。

他问奥古斯塔到底出了什么事，可她说她不知道。她看上去有点儿奇怪，因此他怀疑她知道原因，但不肯告诉他。

二十多年来从未发生过这种情况。爱德华不时会因为米奇做的什么事情发脾气、生闷气，但一般最多持续两天。这次的情况就严重了，很有可能危害到圣玛丽亚海港筹资的事。

在过去十年里，皮拉斯特银行大约每年发行一期科尔多瓦债券。这些钱有些用于兴建铁路、自来水厂和投资开矿，有些则贷给政府。米兰达家族直接或间接地受益于这些投资，米兰达老爹是科尔多瓦最有权势的人物，地位仅次于总统。

米奇雁过拔毛，所有项目他都提取一份佣金，但银行里没有任何人知道这件事。他个人已经十分富有，更为重要的是，他筹集资金的能力非凡，让他成了科尔多瓦政界举足轻重的人物，成为他那权倾一时的父亲无可争议的继承人。

现在，老爹即将发动一场革命。

整个计划已经拟订。米兰达部队将沿着铁路线大举南下，包围首府。他们将同时对首府的后院、太平洋沿岸的港口城市米尔皮塔发动进攻。

然而，发动革命要花钱。老爹指示米奇筹集有史以来最大规模的贷款——两百万英镑，用来购买武器和内战所需的各类物资。老爹也开出了前所未有的巨大奖赏。等老爹当上总统，米奇就会出任首相，权力仅次于老爹本人。老爹死的时候，他就会继任他的位置，当上国家总统。

这是他梦寐以求的一切。

到时候，他就会像一个凯旋的英雄一样回到自己的国家，等待继承最高统治者的位子，成为总统的左右手，凌驾于他那些堂兄弟——尤其是他的哥哥之上。这一点让他尤为得意。

可现在，爱德华可能将这一切置于危险之境。

爱德华是整个计划的关键。米奇非正式地赋予皮拉斯特银行对科尔多瓦的贸易垄断权，以此提高爱德华在银行的权力和威望。这种办法行之有效，爱德华成了资深股东，如果没有外援，仅靠他本人的能力，他根本当不上。但是反过来说，伦敦金融界的其他人也就没机会了解和发展对科尔多瓦贸易。到头来其他银行都搞不清楚这个国家的投资情况。米奇带去的任何项目都让他们疑虑重重，认为一定是皮拉斯特银行拒绝了他，他才来找他们的。米奇曾经尝试通过其他银行为科尔多瓦筹资，但没一个肯答应。

爱德华生气躲着他，这让他寝食难安。现在，奥古斯塔不愿意，或者不能提供任何线索，他就再也没人可问了——除了米奇以外，爱德华也没有第二个朋友。

他一个人闷闷地坐在那儿，抽着雪茄，发现休·皮拉斯特也来了。现在是晚上七点，休穿着一身晚礼服，独自喝着一杯酒，想必他在等什么人一道吃晚饭。

米奇不喜欢休，他知道这种感觉是相互的。不过，休也许知道发生了什么事。问问他，也不会有什么损失。于是他站起来，走到休的桌子那儿。“晚上好，皮拉斯特。”他说。

“晚上好，米兰达。”

“你最近见到你堂兄爱德华没有？他好像消失了似的。”

“他每天都来银行上班。”

“噢。”米奇犹豫了一下。见休并没有邀请他坐下，他说，“我能坐这儿吗？”然后不等对方答复便坐了下来。接着，他压低声音，问道，“我是不是做了什么事情得罪了他，你碰巧知道这事儿吧？”

休沉吟了片刻，然后说：“我想不出任何理由对你遮遮掩掩。爱德华发现是你杀了彼得·米德尔顿，二十五年来你一直在欺骗他。”

米奇几乎从椅子上跳起来。见鬼！这事儿是怎么露出来的？他差一点儿就说出了这句话，马上意识到这就等于承认了犯罪事实。他装出一副愤怒的样子猛地站起来。“我就当你什么都没说。”说完，他就转身离开了房间。

他只花了几分钟时间就意识到，自己还是跟以前一样，根本不用担心警方会抓他。没人能证明他当时做了什么，再说这是很久以前发生的事，重新调查毫无意义。他所面临的真正危险，是爱德华可能拒绝为老爹募集那两百万英镑。

他必须赢得爱德华的宽恕。为了达到这个目的，首先要见到爱德华才行。

只是当天晚上他没空，因为已经定下去法国大使馆参加使节招待会，然后跟几个保守党派的议会议员共进晚餐。但第二天他在午饭前后去了内尔之家，把埃普丽尔叫醒，说服她给爱德华送去一封信，信中许诺如果当天晚上他来妓院，就会收到一份“特别的礼物”。

米奇包下埃普丽尔最好的一间房，预订了这一阵子爱德华最喜欢的亨丽埃塔，一个梳着黑色短发的苗条女孩。他吩咐她穿男人的晚礼服，再戴上一顶礼帽，爱德华会觉得这种打扮十分性感。

晚上九点半，他在房间里等爱德华。房间里放着一张四根帐杆的大床、两张沙发、一个华丽的大壁炉、一个普通的洗脸台，还挂着几张连续的淫画，生动描绘着太平间里一个猥琐的护士对着一具年轻漂亮、毫无血色的女尸表演各种性爱动作。米奇斜倚在一张天鹅绒面的沙发上，只穿了一件丝绸长袍，喝着一杯白兰地，亨丽埃塔陪在他身边。

她很快就厌烦了。“你喜欢这些画吗？”她问。

他耸了耸肩，没有答话。他不想跟她说话。他对女人本身没什么兴趣。性行为是一种单调的机械过程。他真正喜欢性的地方是它能够赋予他权力。不时会有女人或者男人爱上他，他则利用这种迷恋控制他们，盘剥和羞辱他们，乐此不疲。就连他年少时对奥古斯塔·皮拉斯特的热爱，也部分地出自征服和驾驭这匹烈性母马的欲望。

从这个角度来看，亨丽埃塔什么也给不了他，他没有控制她的欲望，她身上也没有可以盘剥的东西，而且，羞辱妓女这种等级低下的人也不会带来什么满足。于是，他只管吸着他的雪茄，担心着爱德华会不会来。

一个小时过去了，接着又是一个小时。米奇开始失望。有没有别的方法接近爱德华呢？说到底，如果一个人不想见你，你想找到他是很难的。他可以以“不在家”为借口回避，在办公的地方也可以不见客。米奇可以在爱德华离开吃午饭时在银行外面等他，但那样做太有失尊严了，再说，爱德华也可能不搭理他。他们二人迟早会在某个社交场合碰面，但这或许要等好几个星期，米奇等不了那么久。

后来，快到午夜的时候，埃普丽尔探头进来，说：“他来了。”

“谢天谢地。”米奇松了一口气。

“他喝了杯酒，但他说不想打牌。我估计几分钟后他就会过来。”

米奇开始紧张起来。他对一场极其可怕的背叛负有罪责。整整四分之一世纪以来，他用一种错觉蒙蔽了爱德华，害得他以为是他杀了彼得·米德尔顿，而实际上米奇才是真正的罪人。他必须下大力气才能得到爱德华的原谅。

不过米奇心里早有打算。

他让亨丽埃塔坐在沙发上，用帽子遮住她的眼睛，双腿交叉，再抽上一根烟。他又把煤气灯调得暗暗的，然后自己走到门后面，坐在床上。

几分钟后爱德华走了进来，昏暗的灯光下，他没注意到坐在床上的米奇。他在门口站住，看着亨丽埃塔，问道："哎，你是谁？"

她抬起头来，说："你好啊，爱德华。"

"哦，是你呀，"他说，随手关上门，往里面走去，"这么说，这就是埃普丽尔说的'特别礼物'了？我以前看你穿过燕尾服。"

"是我。"米奇一边说，一边站了起来。

爱德华皱起了眉头。"我不想看到你。"他说了一句，便转身走向门口。

米奇拦住了他的去路。"至少告诉我为什么。这么长时间我们一直是好朋友。"

"我知道彼得·米德尔顿的真相了。"

米奇点点头说："你能不能给我个机会解释一下？"

"有什么可解释的？"

"解释我怎么会犯下如此可怕的错误，为什么从来没有勇气承认这一点。"

爱德华一脸顽固的神情。

米奇说："坐下，哪怕就一分钟，坐在亨丽埃塔这儿，听我说。"

爱德华犹豫着。

米奇说："求你了，行吧？"

爱德华在沙发上坐下。

米奇去餐具柜那儿给他倒了一杯白兰地，爱德华点头接过酒杯。亨丽埃塔在沙发上凑过去，挽起他的胳膊。爱德华抿了一口酒，往四周看了看，说："我讨厌这些画。"

"我也讨厌，"亨丽埃塔说，"一看这画我就打哆嗦。"

"闭上嘴，亨丽埃塔。"米奇说。

"那就对不起了。"她气愤地说。

米奇坐在对面的沙发上，正对着爱德华。"我错了，我背叛了你，"他说，"但是当时我只有十六岁，而且我们俩这辈子一直是最好的朋友。就因为一个小男生犯的一点儿小错，你就要把这些统统一笔勾销吗？"

"可二十五年来你随时可以把真相告诉我！"爱德华愤怒地说。

米奇装出一副愁苦的样子说："我可以，我也应该告诉你，可是，一旦撒了谎，你是很难把它收回来的。这会毁了我们的友谊。"

"那不一定。"爱德华说。

"可是，现在不就这样了……对吗？"

"是的。"爱德华说。他的声音发抖，犹豫不定。

米奇看见时机已到，现在他要使出那个招数了。

他站起身，脱掉身上的长袍。他知道自己看上去很吸引人，身材仍然瘦削，除了前胸和股沟处卷曲的毛发外，浑身的皮肤十分光滑。亨丽埃塔立刻从沙发上站起来，跪在他的面前。米奇看着爱德华。欲火在爱德华眼中忽闪着，但接着他瞪了一眼，固执地望向远处。

无奈之下，米奇亮出他的最后一张牌。

"你走吧，亨丽埃塔。"他说。

她十分吃惊，但她站起来，走了出去。

爱德华盯着米奇。“你这是干什么？”他说。

“我们要她有什么用？”米奇说。他往沙发边跨了一步，他的下胯离爱德华的脸不过几英寸。他探出一只手，摸着爱德华的头，轻轻揉搓着他的头发。爱德华一动不动。

米奇说：“没有她，我们玩得更好……是不是？”

爱德华咽下一口唾沫，什么也没说。

“是不是？”米奇坚持着。

最后，爱德华开口了。“是，”他用耳语般的声音说，“是的。”

一周以后，米奇第一次走进皮拉斯特银行那间安静肃穆的股东室。

十七年来他一直为他们承揽业务，但每次他到银行来，都是被带到其他房间，然后由听差把爱德华从股东室叫出来。他想，自己如果是英国人的话，恐怕早就被邀请进入这间密室了。他很喜欢伦敦，但他知道在这儿他将永远被当作一个外来人。

他在房间正中的大桌子上摊开圣玛丽亚港口规划图，心里不免有些紧张。规划图上是一座全新的科尔多瓦大西洋沿岸港口，港口还配有船舶修理设施和铁道线路。

当然，这些设施一个也不会兴建。两百万英镑会直接变成米兰达的战争基金。但这张测量图是真的，整个规划也十分专业，如果真正实施下去，或许真能赚到钱。

但它却是一个不诚实的提案，应该算得上有史以来最具野心的欺诈行为。

米奇为他们一一解释建筑材料、劳动力成本，以及关税和收入预测等问题，极力保持着沉稳持重的样子。他的整个职业生涯、他的家人和国家的命运就取决于今天在这房间里做出的决定。

股东们也很紧张。所有六名股东都在这儿：两个女婿——哈特索恩少校和哈里·唐克斯先生、那个老同性恋塞缪尔、小威廉以及爱德华和休。

很有可能会发生一场争斗，但优势控制在爱德华手上，他是资深股东。哈特索恩少校和哈里爵士总是按他们妻子的吩咐行事，而这两个妻子则对奥古斯塔唯命是从，这样一来他们必然支持爱德华。塞缪尔有可能支持休的主张。小威廉是唯一无法预知的因素。

爱德华正如期许的那样对这件事十分热衷。他原谅了米奇，两个人又成了最好的朋友，这又是他当上资深股东以来的第一个重要项目。他很高兴有这笔大生意推动他的任内业绩。

哈里爵士跟着发言："这个提案经过了深思熟虑，而且，十年来我们的科尔多瓦债券业务一直很好。我觉得这个项目很有吸引力……"

不出所料，反对之声来自休那边。正是休把彼得·米德尔顿事件的真相告诉了爱德华，他的动机显然是要阻挠这个贷款项目。"我一直在留意我们最近经手的几个南美债券出现的问题。"说着，休把复制的几份表格发给大家。

米奇看着这张表，听休继续说下去。"债券提供的利率已经从三年前的百分之六提高到去年的百分之七点五，尽管利率上升，但每次未售出债券数量却越来越高。"

米奇了解金融常识，明白这话意味着投资者越来越觉得南美债券没有吸引力。休平心静气的阐述道破天机，米奇顿时气得七窍生烟。

休接着说：“此外，最近发行的三只债券，每一只都迫使银行在公开市场上购买债券，人为保持价格上升。”米奇明白，这意味着表格中的数字还压低了问题的严重程度。

“坚持在这个饱和的市场继续操作的后果是，我们现在持有将近100万英镑的科尔多瓦债券。我们银行过于倚重这个方向，资金风险很大。”

这一论据十分有力。米奇尽量保持冷静，心想，如果他是股东之一，他就会对这一项目投反对票。但一切不应纯粹靠金融上的推定做结论，利害攸关的还不只是钱的问题。

几秒钟里谁也没有说话。爱德华一脸怒容，但他克制着自己，他知道要是其他股东出面驳斥休，就会更好些。

最后哈里爵士发话了：“你的观点说得很明白，休，但我认为可能稍稍夸大了事实。”

乔治·哈特索恩表示赞同：“我们一致认为这个计划本身很合理，风险小，利润也相当可观。我认为我们应该接受。”

米奇事先知道这两个人会支持爱德华，他在等待小威廉做出判断。

但接着表态的是塞缪尔。“我明白各位都不肯否决新任资深股东提出的第一个重大提案。”他说。他的语气表明他们并非对立阵营的敌人，也相当通情达理，却出于些许好意不得不表态同意，“也许你并不打算过多依赖两个已经宣布辞职的股东的意见，但我做业务的时间是屋里任何人的两倍，休大概也算得上世界上最成功的年轻银行家，我们都觉得这个项目比表面上更危险。不要受个人因素的影响，拒不听从这个忠告。”

塞缪尔真是能言善辩，米奇想，不过早就料到他会保持什么立场。现在大家都看着小威廉。

他终于开口了。“南美洲的债券一直显得比较危险，”他说，“如果我们被它吓坏了，那么这几年就会错过一笔十分有利可图的业务。”这话听起来不错，米奇想。威廉继续说，“我不觉得会出现金融崩溃。科尔多瓦在加西亚总统的领导下已经越来越强大，我相信，我们在那儿的业务会在未来带来更多利润。我们应该寻求更多类似业务，而不是更少。”

米奇不出声地吐出了一口气，他赢了。

爱德华说：“那么，四位股东赞成，两位反对。”

“等一下。”休说。

老天爷，休可能还留了一手，米奇想。他牙根紧咬，真想大喊一声制止他，但还是强压下去，抑制住自己的情绪。

爱德华生气地看着休说：“怎么？你已经被多数否决了。”

“在这间屋子里，投票只是不得已的做法。”休说，“股东之间出现分歧时，我们通常要达成妥协，最终让每个人都同意。”

米奇看出爱德华打算压制他这个建议，但威廉说话了：“你有什么想法，休？”

“让我先问问爱德华，”休说，“你有信心售出全部或大部分债券吗？”

“是的，如果我们定出合适价格的话。”爱德华说。看他的表情，他显然弄不清这个问题的导向。米奇有种即将受挫的可怕预感。

休接着说："那我们为什么不以委托方式出售债券，偏要自己包销呢？"

米奇心里暗暗诅咒，这不是他想要的。通常情况下，当银行发行例如一百万英镑的债券时，它会同意自己收购所有未售出的债券，从而保证借款人收到一百万英镑。由于银行做了这种保证，它就能得到较高的利率。另一种方法是无担保出售债券。银行不承担风险，得到的利率也低得多，但如果一百万英镑的债券只卖出一万英镑，借款人就只能得到一万英镑。风险还留在借款人那儿——但在这个阶段米奇不想承担任何风险。

威廉哼了一声："嗯，这倒也是一个办法。"

休实在狡猾，米奇感到一阵沮丧。如果休坚持反对整个计划，他就会被多数否决。可现在他提出了一个降低风险的方式，银行家是保守的一类人，总是倾向于降低自己的风险。

哈里爵士说："即便佣金降低，如果我们能全部卖掉，就能赚到六千英镑左右。而如果我们无法全部卖掉的话，就可以避免相当大的损失。"

说点儿什么，爱德华！米奇心里着急。爱德华丧失了对会议的控制，也不知道怎么才能补回来。

塞缪尔说："这样的话，股东之间也能达成一致，取得一个令人愉快的结果。"

几个人都低声表示同意。

无奈之下，米奇说："我不能保证我的委托人会同意。过去银行都是包销科尔多瓦债券，如果你们决定改变政策……"他迟疑了一下，"我就可能去找别的银行。"这是在虚张声势，但他们能看出来吗？

威廉很生气地说："这是你的特权，别的银行可能对风险持完全不同的态度。"

米奇发现他的威胁可能适得其反，马上又补充说："我们国家的领导人十分重视与皮拉斯特银行的关系，绝不希望发生危害它的事情。"

爱德华说："我们也回报他们这种感情。"

"谢谢你。"米奇觉得不可能再说什么了。

他把海港规划图卷起来。他已经被击败，但并不准备放弃。这两百万英镑是他成为自己国家总统的关键，他志在必得。

他要想点儿其他办法。

爱德华和米奇安排好在考斯夜总会共进午餐。本来这是他们的庆功午餐，但现在已经没什么可庆祝的了。

爱德华到达的时候，米奇已经想好了自己该怎么做。现在，他唯一的机会是说服爱德华偷偷违反股东的决定，不通知他们就签署承销债券。这样做既胆大又鲁莽，甚至是一种犯罪行为。但是除此之外别无他法。

爱德华走进来，米奇已经在桌边坐好。"我对今天上午银行发生的一切十分失望。"米奇开门见山地说。

"这都怪我那该死的堂弟。"爱德华说，坐了下来。他对侍者招了招手说，"给我拿一大杯马德拉白葡萄酒。"

"问题是，如果债券不能承销，港口建设就无法保证。"

"我已经尽我所能了，"爱德华悲哀地说，"你也在场，都看见了。"

米奇点点头。不幸的是这的确是实情。如果爱德华有他母亲那种才智，足以操纵别人的话，就有可能击败休。但如果爱德华是那种人，他也决不会让米奇牵着走。

就算是个小角色，他也可能反对米奇正在考虑的建议。米奇绞尽脑汁，要找出一个说服他，或者强迫他的办法。

他们点了午餐。等侍者离开后，爱德华说："我在考虑自己应该有个地方。我跟我母亲一起住的时间太长了。"

米奇勉强装出感兴趣的样子说："你要买个房子吗？"

"买个小一点儿的，我不想要那种宫殿式的，养着几十个仆人，跑来跑去给炉子添煤。一个不大的房子，有个好管家和几个用人就够了。"

"可在怀特海文宅你也什么都有了。"

"是什么都有，就是没有个人隐私。"

米奇明白他指的是什么了。"你不想让你母亲什么事情都知道……"

"比如，你要想留在我那儿过夜的话。"爱德华说，直勾勾地看了米奇一眼。

米奇突然明白他可以利用这个想法。他装出悲伤的样子，摇了摇头说："等你有了房子的时候，我大概已经离开伦敦了。"

爱德华一下子蒙了："你这到底是什么意思？"

"如果我筹不出建设新港口的钱，肯定会被总统召回的。"

"你不能回去！"爱德华吓得声音发抖。

"我当然不希望回去，但我别无选择。"

"债券能卖出去，我肯定。"爱德华说。

"我希望如此，如果他们不……"

爱德华用拳头捶着桌子，震得杯子直摇晃。"但愿休同意我签署包销债券！”

米奇紧张地说：“我想你必须遵守股东会的决定。”

“当然了，此外还能怎么样？”

“嗯……”他迟疑了一下，尽量显出不经意的样子说，“你可以不理会他们今天说的那些话，只管让你的手下拟出一个包销协议，谁也不告诉，你能吗？”

“我觉得可以。”爱德华有些担心地说。

“毕竟，你是资深股东。这应该起点儿作用。”

“当然能起很大作用了。”

“西蒙·奥利弗会谨慎地完成文书工作，你可以信任他。”

“好的。”

米奇简直不敢相信爱德华就这么轻易同意了。“这就决定了我是待在伦敦，还是被召回科尔多瓦了。”

侍者端上他们要的酒，为他们倒进杯子里。

爱德华说：“这件事情最终会暴露的。”

“到时候也晚了。你就推说出现了笔误。”米奇知道这种说法不合情理，怀疑爱德华不会轻信他。

但爱德华并没理会。“如果你留下的话……”他顿了顿，垂下眼睛。

“怎么？”

“如果你留在伦敦，你会时常在我的新房子里过夜吗？”

米奇心中一喜，他发现爱德华唯一感兴趣的就是这件事，看来他赢了。他随即展露出他那最迷人的微笑，说：“当然会了。”

爱德华点了点头。“我要的就是这个。下午我就跟西蒙说。”

米奇端起酒杯。“为了友谊。”

爱德华碰了碰杯，害羞地笑着说：“为了友谊。”

2

没做任何预先通知，爱德华的妻子艾米莉就搬进了怀特海文宅。

尽管人们都认为这座房子是奥古斯塔的，但事实上约瑟夫把它遗赠给了爱德华，因此他们不能把艾米莉轰出去——这种做法可能构成离婚的理由，而艾米莉正好希望这样。

严格说来，艾米莉才是这里的女主人，奥古斯塔住在这儿，只是因为她是婆婆而受到默许。如果艾米莉公开与奥古斯塔分庭抗礼，就会引发一场剧烈冲突。奥古斯塔乐见于此，但艾米莉很聪明，不会跟她公开对抗。“这里是你家，”艾米莉会甜甜地说，“你想怎么做就怎么做。”这种屈尊态度让奥古斯塔进退两难，委屈将就。

艾米莉甚至得到了奥古斯塔的贵族称号，作为爱德华的妻子，她现在是怀特海文伯爵夫人，而奥古斯塔是已故伯爵的遗孀。

奥古斯塔继续像房子的女主人一样对仆人们发号施令，一有机会她就撤销艾米莉对仆人做的指示。艾米莉从不抱怨。然而，仆人们开始捣乱了。相比奥古斯塔，他们更喜欢艾米莉。奥古斯塔觉得这是因为艾米莉对仆人太手软，很愚蠢。总而言之，尽管奥古斯塔费心干预，仆人们还是想出各种办法把艾米莉照顾得舒舒服服。

对付一个仆人最有力的武器，就是威胁解雇他，不给他写推荐信，这样以后就没人会雇用这个人。但艾米莉轻而易举就把奥古斯塔这个武器夺了过去，让她吓得要命。有一天，艾米莉下令安排午餐吃鳎鱼，奥古斯塔随即改成了鲑鱼，后来厨师做的还是鳎鱼，奥古斯塔马上解雇了她。但艾米莉给这厨师写了一份光彩夺目的推荐信，她立刻被金斯布里奇公爵雇用，薪水比原来更高。打这以后，奥古斯塔的仆人就再也不怕她了。

艾米莉的朋友们会来怀特海文宅喝下午茶，茶会是一种由家里女主人操持的仪式。艾米莉总是甜甜地微笑着恳求由奥古斯塔做主，这样，奥古斯塔就得对艾米莉的朋友客客气气，让她实在难受，跟让艾米莉当女主人没什么两样。

晚餐就更糟糕了。奥古斯塔要忍受她的客人们频频夸奖怀特海文夫人多么贤惠可爱，让她的婆婆坐在桌子上首。

奥古斯塔被人以智取胜，这还是她从未经历过的。通常，她对一个人的终极威慑是将其逐出自己宠幸者的小圈子。但驱逐正好遂了艾米莉的心愿，这样并不能把她吓唬住。

奥古斯塔变得更加坚定，决不让步。

人们开始邀请爱德华和艾米莉参加各种交际活动。艾米莉总是参加，不管爱德华是不是陪着她。人们开始注意到这一点。当艾米莉藏在莱斯特郡的时候，无人察觉她跟丈夫之间的隔阂，可一旦他们两人都住在城里，这就让人觉得很尴尬。

曾几何时，奥古斯塔不太在乎上流社会的意见。商界人士一直认为贵族轻浮虚伪，甚至堕落，并不关心这些人的见解，或者至少表面装出这副样子。但奥古斯塔很久以前就把这种简单的中产阶级自豪感丢在了一边。她是已故怀特海文伯爵的遗孀，一心渴望得到伦敦精英阶层的赏识。她不能让她的儿子粗鲁无礼地拒绝最优秀人物的邀请，因此她强迫他去。

今晚的情况就很说明问题。霍卡斯尔侯爵来伦敦参加上议院的辩论会，侯爵夫人安排了一次晚宴，招待几个没有去乡下狩猎的朋友。爱德华和艾米莉准备参加，奥古斯塔也一道前往。

可是当奥古斯塔穿着她的黑色丝绸礼服下楼时，她看见米奇·米兰达坐在客厅里，穿着晚礼服，正在喝威士忌。一见到他，她的心就狂跳起来。米奇穿着白色马甲，戴着高领，显得十分高雅华贵。他站起来，吻了吻她的手。她很高兴自己选了这件礼服，里面的胸衣开得很低，让她显得十分丰满。

爱德华在发现彼得·米德尔顿事件的真相后跟米奇断了交，但这只持续了几天，现在两个朋友比以往任何时候都更加亲密。这让奥古斯塔很高兴。她不能生米奇的气。她一直都很清楚他十分危险，但这一点让他更吸引人。有时她也感到恐惧，因为他已经杀害了三个人，但这种恐惧又让她感到兴奋。他是她所见过的道德最败坏的人，可她希望他把她摁倒在地，强行占有她。

米奇还维持着他的婚姻。他要是想跟蕾切尔离婚就能找到理由，因为一直有传言说她在跟梅茜·罗宾逊的哥哥丹交往，他是议会中的激进分子。但米奇是科尔多瓦部长，因此他不能离婚。

奥古斯塔坐在她的埃及沙发上，以为他会坐在她的身边，但让她失望的是，他在她对面坐了下来。这让她受了冷落，说："你来这儿干什么？"

“爱德华跟我要去看一场职业拳击赛。”

“不，他不能去。他要跟霍卡斯尔侯爵吃晚饭。”

“噢。”米奇犹豫了一下，“不知道是不是我……还是他记错了。”

奥古斯塔确信是爱德华的错，怀疑他这是有意而为。他喜欢看拳击赛，有可能故意回避晚餐的安排。她必须立刻加以制止。“你最好自己去吧。”她对米奇说。

他的眼里闪过一丝抗拒之色，一瞬间，她觉得他好像要跟她争辩。难道她已经无法继续控制这个年轻人了吗？她自问道。但他还是站了起来，尽管不太情愿，说：“那我就先溜了，你跟爱德华解释一下。”

“当然。”

可是晚了。米奇还没走到门口，爱德华就走了进来。

奥古斯塔发现他的皮疹愈发红肿起来，从咽喉处泛到了脖子后面，一直蔓延到了一只耳朵上。这病很让她担心，但他总是说医生认为不太要紧。

他两手摩擦着，充满期待地说：“我一直盼着这场比赛呢。”

奥古斯塔拿出她极具权威的腔调，说：“爱德华，你不能去看拳击赛。”

他就像个小孩子听说圣诞节被取消了一样。“为什么不行啊？”他哀告着说。

有那么一会儿工夫，奥古斯塔觉得他实在可怜，差点儿让步，但她的心马上又硬了起来，说：“你得清楚我们已经定好了跟霍卡斯尔侯爵一起吃饭。”

“是今晚吗，不是吧？”

“你心里很清楚。”

“那我不去。”

“你必须去！”

“可我昨晚已经跟艾米莉出去吃饭了！”

“今晚再吃一次，正好一连两次文明晚餐。”

“见鬼，干吗要邀请我们？”

“别在你母亲面前骂街！我们受到邀请，因为他们是艾米莉的朋友。”

“艾米莉可以去——”他看到奥古斯塔的脸色，顿了一顿，“跟他们说我病了。”

“别让人笑话！”

“我觉得我愿意去哪儿就可以去哪儿，母亲。”

“你不可以得罪那些上流阶层的人！”

“我要去看拳击赛！”

“你不能去！”

就在这时，艾米莉走了进来，马上发现屋里的气氛不对，问道：“怎么回事？”

爱德华说：“去把那张该死的文件拿来，你不是一直追着我签字吗？”

“你说的什么？”奥古斯塔说，“什么文件？”

“我的离婚协议。”他说。

奥古斯塔一下子惊呆了，意识到眼下的一切绝非偶然，心里冒出一股火来。艾米莉就是这么一步步计划的，她的目的就是刺激爱德华，让他受不了，最后为了摆脱她，什么文件都肯签字。奥古斯塔甚至在不经意间帮了她的忙，硬是强迫爱德华履行他的社会责任。她觉得自己简直是个傻瓜，竟然被别人利用了。现在，艾米莉的计划就要成功了。

奥古斯塔说：“艾米莉！你别走！”

艾米莉甜甜地笑了一下，走了出去。

奥古斯塔转身对着爱德华。“你不能同意婚姻无效！”

爱德华说：“我已经四十岁了，母亲。我是家族生意的负责人，这也是我自己的房子，用不着你告诉我该怎么做。”

他真生气了，脸上表情十分倔强，奥古斯塔惊恐地意识到，这是他有生以来第一次跟她对抗。

她感到一阵恐惧。

“过来坐这儿，泰迪。”她用柔和的声音说。

他不情愿地在她身边坐下。

她伸出手来抚摸他的脸，但他躲开了。

“你照顾不好自己，”她说，“你一直都照顾不好，因此米奇和我就一直照顾你，打你上学那会儿就是。”

他显得更倔强了：“看来现在你该停手了。”

奥古斯塔心里开始发慌，那感觉就像她对什么东西失去了控制一样。

她还没来得及开口，艾米莉就回来了，手里拿着一份法律文件。她把文件放在摩尔式书桌上，桌子上已经摆好了笔和墨水。

奥古斯塔盯着儿子的脸。难道说，他害怕他的妻子，却一点儿也不怕自己的母亲？奥古斯塔真想一把抓过那份文件，把笔扔进火里，泼掉墨水。她把持住自己的情绪——最好还是让一步，不必显得这件事有多重要。但这种姿态也没什么作用，因为她已经表明立场，禁止他们废止婚姻，任何人都会知道她已被彻底击败。

她对爱德华说：“如果你签署这份文件，你就得从银行辞职。”

“我不这么认为，”他答道，“这跟离婚不一样。”

艾米莉说：“如果理由真实，教会不反对宣布婚姻无效。”这话听起来像是她从哪儿引用来的。显然她已经查问过了。

爱德华坐在桌前，挑了一支羽毛笔，往银墨盒里蘸了蘸。

奥古斯塔亮出她的撒手锏。她怒气冲冲，声音颤抖着说：“爱德华！如果你签了字，我就永远不会跟你说话！”

他犹豫了一下，然后让笔落在纸上。所有人都沉默了。他的手移动着，鹅毛笔在纸上刮擦着，声如雷鸣。

爱德华放下手里的笔。

“你怎么可以如此对待你的母亲？”奥古斯塔发出一阵呜咽。

艾米莉用吸墨滚吸干签字墨迹，拿起文件。

奥古斯塔挡住艾米莉的去路。

爱德华和米奇呆立在一旁，一动不动，看两个女人对峙着。

奥古斯塔说：“把这张纸给我。”

艾米莉走上前，在奥古斯塔面前犹豫了一下，接着，她做了一个让人吃惊的动作——抬手扇了奥古斯塔一个耳光。

这一击让奥古斯塔又惊又疼，她尖叫一声，踉跄退了几步。

艾米莉迅速闪开，推门走了出去，手里抓着那份文件。

奥古斯塔重重地坐在身边的一把椅子上，哭了起来。

她听见爱德华和米奇离开了房间。

她感到自己深受挫败，又衰老、又孤独。

3

两百万英镑的圣玛丽亚港口债券发行彻底失败，比休担心的结果还要糟。到截止日，皮拉斯特银行仅仅售出四十万英镑，第二天价格立即下跌。休很高兴他当初迫使爱德华决定以委托方式出售，而不是包销全部债券。

在其后的星期一，乔纳斯·茂贝瑞一早将前一周的业务报表交给股东们查阅。他还没离开股东室，休就发现了一个疑点。“你先等一下，茂贝瑞，”他说，“这里有点儿不对。”他发现现金存款大幅减少，超过了一百万英镑。“上周没有大额提款，对吧？”

“据我所知没有，休先生。”茂贝瑞说。

休看了看屋里的其他股东。除了爱德华没到，其他人都在。“你们记得上周有什么人大额提款吗？”

谁都不清楚。

休站了起来。“我们得查一下。”他对茂贝瑞说。

他们到了楼上的高级职员房间。他们寻找的项目太大，不可能是现金支取，肯定是银行间的支付交易。休回想起自己当小职员的时候，每天都要把这类交易计入日志。他在一张桌子边坐下，对茂贝瑞说：“请把银行间往来记录簿拿来。”

茂贝瑞从架子上拿出一大本分类账，摆在他面前。另一个职员说道："需要我做什么吗，休先生？这本账是我管的。"看见他愁眉苦脸的样子，休意识到他是害怕自己做错了什么。

休说："你是克莱茂，对吗？"

"是的，先生。"

"上周有没有超过一百万英镑的提现？"

"只有一笔，"这位职员马上说，"圣玛丽亚海港公司提走一百八十万的债券额，里面减去了佣金。"

休一下子站了起来。"可他们没那么多，他们只筹上来四十万！"

克莱茂的脸吓得发白。"债券的总额是两百万英镑——"

"但债券不是包销的，而是委托销售！"

"我查了他们的平衡账，上面有一百八十万。"

"该死！"休嚷道。房间里所有的职员都盯着他，"把账本拿来！"

房间另一头的一个职员取下一个大账本，给休拿过来，打开里面标着"圣玛丽亚港管理委员会"的那一页。

上面只记了三笔账：贷方是两百万英镑，借方二十万佣金计入银行，最后一笔账是将余额转入了另一家银行。

休一脸铁青。钱已经没了。如果一切只是简单的记账差错，那就很容易纠正。但钱已经在第二天从银行提走了。这说明整个事件是一个精心策划的欺诈行为。"老天爷，看来有人要因为这个坐牢了，"他愤愤地说，"这些账是谁记的？"

"是我，先生。"拿来账本的职员回答。他紧张得瑟瑟发抖。

"是谁指示的？"

"按照常规的文件。程序都正常。"

"从哪儿来的文件？"

"奥利弗先生那儿。"

西蒙·奥利弗是科尔多瓦人，米奇·米兰达的表弟。休立刻怀疑他就是幕后的操纵者。

休不打算在二十个职员面前追究下去，他已经后悔自己不该让他们知道出了这个麻烦。但他一开始也没想到会揭出这么大的一桩侵占行为。

奥利弗是爱德华的秘书，他在股东室那层，使用茂贝瑞边上的一间办公室。"去把奥利弗先生叫来，让他直接去股东室。"休对茂贝瑞说。他要在那儿跟其他股东一起继续调查。

"我马上去，休先生。"茂贝瑞说，"现在，你们都回去办公吧。"他对其余的人说。职员们一个个回了自己的办公桌，拿起了笔，但休一走出房间，里面就爆出一阵兴奋交谈的嗡嗡声。

休返回股东室。"发生了一桩严重的欺诈行为，"他严肃地说，"已对圣玛丽亚海港公司足额支付了全部债券额度，虽然我们只卖出了四十万。"

他们全都吓坏了。"见鬼！这是怎么回事？"威廉说。

"这笔钱存进了他们的户头，随后立即转到了另一家银行。"

"这该谁负责？"

"我认为是爱德华的秘书西蒙·奥利弗干的，我已经派人去叫他了，但我想这个兔崽子八成已经坐上去科尔多瓦的轮船了。"

哈里爵士说："我们能把钱追回来吗？"

“我不知道，有可能钱已经汇出这个国家了。”

“他们不能用偷来的钱建海港吧！”

“也许他们根本不打算建什么海港。整个事情本来是一个该死的骗局。”

“我的老天。”

茂贝瑞进来了，让休吃惊的是，他身后跟着西蒙·奥利弗。这么说奥利弗并没有偷钱。他手里捧着一摞厚厚的合同书。他看上去胆战心惊，显然已经有人把休那句坐牢的话告诉了他。奥利弗没做什么开场白，直接说：“圣玛丽亚的债券是包销的，合同上就是这样写的。”他找出那份文件，手颤抖着递给休。

休说：“股东们一致同意以委托的形式销售这些债券。”

“爱德华先生让我草拟一份包销合同。”

“你能证明吗？”

“可以！”他把另一张纸递给休。这是一个合同大纲，是股东给职员写的简短说明，指示他如何拟定完整的合同。纸上是爱德华的笔迹，明确表示贷款是包销的。

这就弄清楚了，爱德华对此负有责任。这里不存在欺诈行为，钱也没办法追回了，因为整个交易程序完全合法。休感到既沮丧又愤怒。

“好了，奥利弗，你可以走了。”他说。

奥利弗仍站在那儿。“我希望我没有受到任何怀疑，休先生。”

休并不相信奥利弗完全清白，但眼下他只能说：“你是按爱德华先生的吩咐做的事情，所以没什么过错。”

“谢谢你，先生。”奥利弗走了出去。

休看着其他几个股东。“爱德华违背了我们的集体决定，”他痛苦地说，“他背着我们更改了债券条款，让我们付出了一百四十万英镑的代价。”

塞缪尔重重坐了下来。“太可怕了。”他说。

哈里爵士和哈特索恩少校只是一脸茫然。

威廉问：“我们是不是破产了？”

休意识到这个问题是提给他的。那么，他们真的破产了吗？这实在难以想象。他考虑了一下，说：“从技术上说，并没有破产，虽然我们的现金储备已经下降了一百四十万英镑，债券出现在我们的资产负债表的另一端，价值接近购买价格。因此，我们的资产抵得过负债，仍然具有偿付能力。”

塞缪尔说：“如果价格不下跌的话。”

“的确如此。如果发生了什么事件，让南美债券下跌，我们就出大麻烦了。”想到如此强大的皮拉斯特银行会变得不堪一击，他就心里难受，十分痛恨爱德华。

哈里爵士说：“要是我们不说出去呢？”

“不太可能了，”休回答说，“我在高级职员办公室里没有刻意隐瞒。估计现在银行上下都传遍了。午饭后，整个金融界就都会知道这件事的。”

乔纳斯·茂贝瑞插嘴提了一个实际的问题：“银行的流动资金怎么办，休先生？在周末以前我们需要一大笔存现，满足日常的取款。我们不能卖出海港债券，那样的话会进一步压低价格。”

这个想法很好。休仔细思考了一下这个问题，然后说：“我要从殖民银行借一百万英镑。老坎利夫会对此保持沉默的，这应该能帮我们渡过难关。”他看了看周围的人，“这种办法只能应一时之急。银行已经非常脆弱了。从中期来看，我们必须尽快纠正这一态势。”

威廉说：“爱德华怎么办？”

休知道爱德华不得不辞职。但他不想自己把这话说出来，因此他沉默着。

最后塞缪尔说话了：“爱德华必须从银行辞职。我们再也不能相信他了。”

威廉说：“他可能要撤出他的资本。”

“他不能，”休说，“我们没有现金。这种威胁毫无作用。”

“对，”威廉说，“我没想到这一点。”

哈里爵士说：“那么，由谁来当资深股东呢？”

大家都不说话了。还是塞缪尔打破了沉默，他说：“唉，老天在上，这还有什么可说的呢，是谁发现爱德华的欺骗行为？谁在做主解救危机？你们都在听从谁的领导？这个钟头里所有的决定都是由一个人做出的，你们其他人只是在提问题，什么办法也没有。你们心里清楚这个资深股东应该由谁来当。”

休吃了一惊。他的脑子里一直想的是银行面临的问题，没心思考虑自己位置的事。现在他觉得塞缪尔说得对。其余的人或多或少有些迟钝。自打发现每周业务报表上的疑点后，他立刻行动起来，就好像他是资深股东一样。他知道，自己是唯一能够让银行渡过危机的人。

渐渐他才反应过来——他一生的抱负即将实现，他要当上皮拉斯特银行的资深股东了。他看了看威廉、哈里和乔治。他们都显得有些不好意思。是他们容忍爱德华当上资深股东，带来这样一场灾难。现在，他们明白了休自始至终都是对的，后悔当初没有听从他的劝告，希望弥补自己的错误。从他们的表情能够看出，他们的确希望他来接管银行。

但是得让他们自己把话说出来。

他看着威廉，除了塞缪尔以外，他是最年长的皮拉斯特家族成员。“你是怎么认为的？”

他只稍有犹豫，便说：“我想你应该当资深股东，休。”他说。

“哈特索恩少校？”

“我同意。”

“哈里爵士？”

“当然。我希望你能接受。”

就这样定下来了，休简直不相信这是真的。

他深吸了一口气：“谢谢你们的信任，我接受。我希望我能带领大家渡过这场灾难，保持我们的声誉和财产不受损害。”

正在这时，爱德华走了进来。

一阵稍显惊惶的沉默。屋里的人一直在像谈论一个死人一样谈论他，现在看他出现在这儿，不免感到震惊。

一开始他并没注意到这种气氛。“这里怎么变得乱哄哄的，”他说，“小办事员到处跑，高级职员在走廊里交头接耳，连一个干活的都没有。到底出了什么倒霉的事？”

谁也没说话。

他脸上渐渐显出惶恐，继而是愧疚的表情。“怎么回事？”他说，但凭借他的脸色，休知道他已经猜出了几分。“你们最好告诉我干吗都盯着我，”他坚持着，“毕竟，我是资深股东。”

“不，你不是了，”休回答说，“现在我是。”

第三章
十一月

1

在十一月的一个寒冷、明媚的早晨，多萝西·皮拉斯特小姐跟尼古拉斯·伊普斯维奇子爵在肯辛顿卫理公会会堂举行婚礼。仪式很简单，尽管训诫宣讲有点儿冗长。仪式以后是午餐会，在休家的花园支起带炉子的大帐篷，用肉汤、多弗鳎鱼、烤松鸡和桃子果露招待三百多位宾客。

休非常高兴。他妹妹光艳照人，无比漂亮，她的新婚丈夫也人见人爱。但最高兴的还是休的母亲。她坐在新郎父亲诺维奇公爵的身边，幸福地微笑着。二十四年来她第一次换掉黑色的衣服，穿上一件蓝灰色羊绒外套，衬托出她浓密的银发和那双沉静的灰眼睛。丈夫的自杀让她备受打击，接着又经历了多年的贫困，到了六十岁上，她又得到了想要的一切。她的漂亮女儿现在成了伊普斯维奇子爵夫人，有朝一日会当上诺威奇公爵夫人。她儿子也很成功，很富有，现在是皮拉斯特银行的资深股东。“我原来一直以为自己很不幸，”仪式期间她小声对休说，“可我错了。”她用祝福的姿势挽起他的胳膊，“实际上我很幸运。”这让休差点儿流下了眼泪。

所有女性都避免穿白色（因为怕跟新娘攀比）或黑色（那是葬礼上穿的），客人们的衣着丰富多彩，有鲜橙、深黄、覆盆子的嫣红和海棠的紫红，仿佛选择暖色调可以抵挡瑟瑟秋意。男人们穿的是惯常的黑、白、灰三色。休穿了件常礼服，无视惯例戴着天鹅绒的翻领和袖口，这身外套是黑色的，但他像往常一样，加了一条浅蓝色的真丝领带，这是他唯一古怪的地方。现在他处处受人尊敬，甚至让他有点儿怀念他被看成家中逆子的那段日子。

他呷了一口玛尔戈红葡萄酒，这是他最喜欢的葡萄酒。为这对特殊的新人办的喜宴十分豪华，休很高兴自己支付得起。但眼下皮拉斯特银行十分缺钱，花这么多钱办婚事让他感到有些愧疚。他们手里还握着一百四十万英镑价值的圣玛丽亚港口债券，还有其他科尔多瓦近一百万价值的债券，他们不能抛售这些债券，休担心那样必然会造成价格下跌。他要花上一年时间来改善资产负债状况。不过，他必须引领银行渡过眼前的危机，他们现在有足够的现金，满足未来一段时间的正常提款。爱德华已经不来银行上班了，尽管原则上在财政年度结束前他仍是一名股东。如果不发生意想不到的灾难，如战争、地震或者瘟疫的话，银行不会有什么风险。总体考虑后，休认为自己有资格为唯一的妹妹办一场昂贵的婚礼。

这件事对皮拉斯特银行也有好处。在金融圈子里，人人都知道皮拉斯特银行把一百多万英镑的资产投在了圣玛丽亚港口上。这次盛事提振了人们对皮拉斯特银行的信心，让他们相信银行仍然非常有钱。婚宴太寒酸的话，会让人心里起疑。

多蒂十万英镑的嫁妆已经正式转交给她的丈夫，但这些钱仍作为投资存在银行，赚取百分之五的利率。尼克可以提取，但他一下子用不了这么多钱，而是一点儿一点儿取走，偿还他父亲的抵押金，整合他的家产。休很高兴他这样做，因为一次提走太多会让银行吃不消。

大家都知道多蒂得到了一大笔嫁妆。休和尼克没能做到守口如瓶，这种事也传得很快，现在成了全伦敦的热门话题。休猜测眼下就有不少人在饭桌上谈论这件事。

他四下扫视一番，看见客人堆里有一个人始终郁郁寡欢——的确，她带着一脸被人戏弄了的惨相，好像一个阉人在目睹他人纵欲狂欢。这就是他的伯母奥古斯塔。

“伦敦的上流社会真是彻底堕落了。”奥古斯塔对马德福德上校说。

“恐怕你说得对，怀特海文夫人。”上校礼貌地低声回答。

“种族出身再也没有意义了，”她继续说，“什么地方都能看到犹太人。”

“的确如此。”

“我是头一个怀特海文伯爵夫人，但皮拉斯特家族在受封前一百年就赫赫有名了啊！可今天，一个挖土工的儿子也可以获封贵族，就因为他卖香肠赚了大钱。”

“不错。”马德福德上校转过去对他另一边的女人说，“泰尔斯顿太太，我再给你拿点儿红醋栗汁好吧？”

奥古斯塔对他失去了兴趣。眼前的一切让她气不打一处来，她本来也是被迫才参加的。休·皮拉斯特，破了产的托比亚斯的儿子，在用上等的玛尔戈红酒招待三百位宾客；莉迪亚·皮拉斯特，托比亚斯的寡妻，现在坐在诺维奇公爵的旁边；多萝西·皮拉斯特，托比亚斯的女儿，嫁给了伊普斯维奇子爵，得到一笔惊人的嫁妆。反过来，她的儿子，泰迪宝贝，伟大的约瑟夫·皮拉斯特的子嗣，却已被草草解除了资深股东的职务，很快他的婚姻也要被宣布无效了。

现在真是毫无规矩了！什么人都能进入上流社会。似乎为了证明这一点，她一眼看见了所有暴发户中最了不起的那位，索利·格林伯恩太太，以前的梅茜·罗宾逊。休居然胆敢把她邀请了来，实在让人吃惊。这个女人整个就是一桩丑闻。首先，她原来实际上是个妓女，然后嫁给了伦敦最富有的犹太人，现在她开了一家医院，让她那种女人有地方生下自己的私生子。可是她来了，穿着铜钱色的礼服坐在邻桌，正起劲地跟英格兰银行行长聊天。她谈论的可能是未婚母亲，可他在洗耳恭听！

“你设身处地从一个未婚女仆的角度想想。”梅茜对行长说。见他吃了一惊，她忍住没有笑出来，“想想如果你成了母亲，会有什么后果，你会失去你的工作、你的家，你身无分文，无法养活自己，你的孩子也没有父亲。到了那个时候，你能对自己说‘噢，我会被送到南渥克，去格林伯恩夫人的那家好医院，所以怎么做我都无所谓’吗？当然不是。我的医院从不鼓励女孩做不道德的事。我只是在挽救她们，不让她们在阴沟里生下孩子。”

丹·罗宾逊坐在他妹妹边上，现在插话说：“这跟我在议会提出的银行业议案一样，迫使银行为了小储户的利益投保险。”

“我知道这件事。”行长说。

丹继续说：“一些批评者说，这将会鼓励破产，因为减少了破产的痛苦，这实在是一派胡言。银行家在任何情况下都不会愿意破产。”

“当然不会。”

“银行家达成一笔交易的时候，并不会想到自己的草率行为会使伯恩茅斯的某个寡妇一贫如洗，他担心的是他自己的财富。同样，让那些非婚生的儿童遭罪，并不会阻止那些不道德的男人去勾引女仆。”

“我不太懂你的意思，”行长一脸痛苦的表情，“这简直……哦，这倒是种新颖的类比法。”

梅茜觉得他们已经把他折磨够了，就转身离开，让他踏踏实实享用他的松鸡。

丹对她说：“你注意到没有，贵族头衔总是给错了人？你看看休和他的堂兄爱德华。休为人诚实，既有才能又很勤奋，爱德华则愚蠢懒惰，一钱不值，可偏偏爱德华当了怀特海文伯爵，休的名头只不过是个皮拉斯特先生。”

梅茜尽量不去看休。虽然她很高兴能被邀请，但看见他处在家人的怀抱中，她心里十分难受。他的妻子、儿子、母亲和他妹妹形成了一个封闭的家庭圈子，把她圈在了外面。她知道他跟诺拉的婚姻很不幸——这清楚表现在他们对话的方式上，而且他们也从不触碰对方，从不微笑，从不显得亲热关爱。但就算这样也换不来任何安慰。他们是一个家庭，她永远不会成为其中一部分。

她真不该来参加这场婚礼。

一个仆人走到休身边，轻声说："银行来电话找你。"

"我现在不能接电话。"休说。

几分钟后，他的管家走了出来。"茂贝瑞先生从银行打来电话，先生，他要找你。"

"我现在没法接！"休有些恼火。

"是的，先生。"管家转身走了。

"不，等一下。"休叫住他。茂贝瑞知道休正在参加婚宴。他是一个聪明而负责任的人，不会轻易打电话找休，除非出什么事。

出了什么大事。

休感到一阵恐惧。

"我还是接这个电话吧，"说着，他站了起来，"请原谅，母亲，公爵阁下，我有事要处理一下。"

他匆匆走出帐篷，穿过草坪进了屋子。电话在他书房里。他拿起听筒，说："我是休·皮拉斯特。"

他听到了那个老职员的声音。"我是茂贝瑞，先生，对不起——"

"出了什么事？"

"从纽约发来一份电报，科尔多瓦爆发了战争。"

"天哪，真的吗！"这简直是个灾难性的消息，对休，对他家人和整个银行来说，没有比这更糟糕的了。

"实际上是内战，"茂贝瑞接着说，"是一场叛乱。米兰达家族攻击了首府帕尔玛。"

休的心狂跳着。"有没有说他们有多强大？"如果叛乱很快被粉碎，就还有希望。

"加西亚总统逃走了。"

“真见鬼！”这说明情况很严重。他心里咒骂着米奇和爱德华，“还有别的吗？”

“还有一份我们科尔多瓦办事处发来的电报，现在正在解码。”

“解完了立刻打电话告诉我——”

“好的，先生。”

休摇了几下电话机，接通接线员，把银行股票经纪人的名字告诉对方，然后等着那人被叫到电话前。“丹比，我是休·皮拉斯特。科尔多瓦债券的情况如何？”

“我们出价一半的票面值，但没人买入。”

一半的票面值，休思忖着，皮拉斯特已经破产了。他的心里充满了绝望。“会跌到什么地步？”

“会跌到零，我觉得。打内战的时候没人会为政府债券支付利息。”

跌到零。皮拉斯特银行就这样损失了两百五十万英镑。现在已经不可能让资产负债状况慢慢恢复元气了。休抓住最后一根救命稻草，说：“如果几个小时后反政府武装被消灭了呢？”

“我觉得即使那样也不会有人购买债券，”丹比说，“投资者要等等看。最好的情况也得等五六个星期，然后才能渐渐恢复信心。”

“我知道了。”休心里明白丹比说得对。经纪人的话不过是肯定了自己的直觉。

“我说，皮拉斯特，你们银行不会有事，对吧？”丹比不无担忧地说，“你们手里应该还握着不少债券。听说你们发行的圣玛丽亚港口债券没卖出多少。”

休迟疑了一下。他不喜欢说假话，但真相会把银行毁掉。“我们手里的科尔多瓦债券是多了点儿，丹比，但是我们还有很多其他资产。”

“好。”

“我得回到客人那里去了。”实际上休并不打算回客人那儿，但他要给人留一个沉稳的印象，“我正在招待三百人的午餐会，今天我妹妹结婚。”

“我听说了。恭喜！”

“再见。”

还没等他要另一个号码，茂贝瑞就又打进来了。“殖民银行的坎利夫先生来了，先生，”他说，休听出他的声音带着恐慌，“他要求我们偿还借款。”

“这个该死的家伙。”休咬牙切齿地说。殖民银行借给皮拉斯特银行一百万英镑，以帮助他们渡过危机，但这笔钱必须随要随还。坎利夫听到了消息，看见科尔多瓦债券骤然下跌，想到皮拉斯特银行肯定会遇到麻烦，自然想在银行破产之前拿回自己的钱。

他不过是第一个，其他人会紧随其后。明天早上，银行门外就会排起长队，一个个储户要取走自己的现金。到时候，休根本拿不出钱来付给他们。

“我们现在有一百万英镑吗，茂贝瑞？”

“没有，先生。”

整个世界的重量落到了休的肩膀上，让他觉得自己老弱无力。完了，银行家的噩梦开始了。人们都来找银行要钱，可银行根本没钱。这种事终于发生在他身上了。

“告诉坎利夫先生，你无法获得授权签署支票，所有的股东都去参加婚礼了。”他说。

“好的，休先生。”

“还有……”

“是的，先生？”

休停了下来。他知道他别无选择，但他仍然拿不定主意是否该把这句可怕的话说出口。他闭上了眼睛。还是痛快说出来了事吧。

“然后，茂贝瑞，你去把银行的门关上。”

“哦，休先生……”

“对不起，茂贝瑞。”

电话另一端传来一个奇怪的声音，休意识到是茂贝瑞在哭。

他放下电话。盯着他书房里的书架，眼里看到的却是皮拉斯特银行堂皇的大楼门面，脑子里想象着那华丽的大铁门关上的情景。他似乎看到路人驻足观看。紧接着，人们聚集过来，手指着紧闭的大门，兴奋地议论着。他们嘴里说的那几个字转眼之间就会传遍全城：皮拉斯特银行倒闭了。

皮拉斯特银行倒闭了。

休用两手捂住了自己的脸。

2

“我们现在连一个子儿也没有了。”休说。

看他们的表情，这些人一开始根本没明白这话是什么意思。

他们聚集在他家的客厅里。这个房间很是杂乱，是由他妻子诺拉装饰的，她喜欢在家具腿上悬挂各种花饰面料，每件家具正面都挡着各种装饰物。客人们都走了，谢天谢地——休没有把这个坏消息告诉任何人，直到宴会结束——但他的家人仍穿着婚礼的服饰。奥古斯塔跟爱德华坐在一起，两人都带着轻蔑、怀疑的表情。塞缪尔叔叔坐在休的身边。其他几个股东，小威廉、哈特索恩少校和哈里爵士站在他们的妻子——比阿特丽斯、玛德琳和克莱曼婷坐的沙发后面。诺拉脸上带着午餐和香槟的红晕，坐在她自己那把椅子上，靠着炉火。新娘和新郎，尼克和多蒂两人手牵着手，脸上满是惊恐。

休觉得最最对不起的就是这对新婚夫妇。“多蒂的嫁妆没了，尼克。恐怕我们所有的计划都落空了。”

玛德琳姑姑尖声说：“你是资深股东，这肯定是你的错！”

这真是又愚蠢又邪恶。尽管休料到她会说这种话，他仍然感到气愤。他曾做出种种努力防止发生这种事，现在却还要怪罪他，这太不公平了。

但她的弟弟威廉却在这时站了出来，尖锐回击她的话。“别说胡话了，玛德琳。爱德华欺骗了我们所有的人，让银行背上巨额的科尔多瓦债券，可债券现在一文不值了。”休很感激他说了实话。威廉接着说，“应该怪罪的是那些让他当上资深股东的人。”他眼睛盯着奥古斯塔。

诺拉一脸茫然。“我们不可能身无分文。”她说。

“但的确如此，”休耐心地说，“我们所有的钱都在银行里，可现在银行破产了。”他的妻子无法理解这些倒也合情合理，因为她没有降生在一个银行家族。

奥古斯塔站起来，走到壁炉前。休不知她是不是要捍卫自己的儿子，但她没这么愚蠢。“是谁的错倒不重要，”她说，“我们必须尽力挽救。银行里一定还放着不少现金，还有黄金和纸币。我们必须抢在债权人之前拿出来，隐藏在安全的地方，然后——”

休打断了她。“我们不会做这种事，”他严厉地说，“那不是我们的钱。”

“当然是我们的钱！”她叫喊道。

“你安静点儿，坐下，奥古斯塔，否则我就把你扔到外面去。”

这句呵斥足以吓得她闭上了嘴，但并没有坐下。

休说：“银行现在有一些现金，在我们没有正式被宣告破产前，我们可以选择支付部分债权人。你们都要把自己的仆人解雇掉。你们可以让他们去银行的侧门，带上你们写的字条，欠他们多少工资我都会发给他们。你们去那些有联系的商铺索要欠账单，我会让他们得到付款，但账单日期只限于今天之前，我不再负担今天以后的任何欠账。”

“你是谁，竟敢让我解雇我的仆人？”奥古斯塔气愤地说。休本来想对他们的处境表示同情，尽管他们咎由自取，但这种故意装傻实在让人厌烦，休呵斥她：“如果你不解雇他们，他们也一样会离开，因为他们拿不到工资。奥古斯塔伯母，好好想想吧，你什么钱也没有了。”

“真是可笑。”她嘟囔着说。

诺拉又开口了。“我不能开除我们家的仆人。住在这种房子里，不可能没有用人。”

“这你用不着操心了，”休说，“你不会再住这种房子了，我必须把它卖掉。我们都得卖掉现有的房子、家具、艺术品、酒窖和珠宝。”

“这太荒谬了！”奥古斯塔喊道。

“这是法律规定，”休回敬道，“每个股东个人都对债务承担责任。”

“我不是股东。”奥古斯塔说。

“但爱德华是。他辞掉了资深股东，但他仍然是一名股东，这是文件上写好了的。而且，他是你房子的主人——约瑟夫把房子留给了他。”

诺拉说：“我们得有地方住。”

“明天一早我们做的第一件事，就是寻找价格较便宜的小房子租下来。如果你们找的房子大小合适，债权人会做出批准。如果没批准，你们就不得不重新找。”

奥古斯塔说：“我绝对不会搬家，谁也改变不了。我认为其他家庭成员也是这样想的。”她看着她的小姑子，“玛德琳，你呢？”

“没错，奥古斯塔，”玛德琳说，“乔治和我不会离开自己的家。这太愚蠢了，我们不可能一个子儿没有。”

休十分蔑视他们。事到如今，他们的傲慢和愚蠢把自己毁了，可这些人还是不听劝、不服理。最后，他们会被迫放弃自己的幻想。但是，如果他们试图抓住那些不再属于自己的财富不放，就会破坏家庭的声誉，也让财富受损。他下决心要让他们保持正直操守，不管日子是穷是富。这将是一场艰苦的斗争，但他不会放弃。

奥古斯塔转过来问她的女儿：“克莱曼婷，我敢肯定你和哈里会采取与玛德琳和乔治相同的态度。”

克莱曼婷说：“不，母亲。”

奥古斯塔倒吸了一口气。休也同样感到吃惊。这实在不像他堂妹克莱曼婷做的事，竟然跟她的母亲对抗。至少有一个家庭成员拥有正常的判断力，他想。

克莱曼婷说：“就是因为听了你的话，才让所有人倒了大霉。如果我们没让爱德华当资深股东，而是让休当，那我们现在还是富有的大财主。”

休的心情好多了，家里终究还是有人理解他的一番努力。

克莱曼婷继续说：“你错了，母亲，你把我们都毁了。我永远不会听你的意见了。休是对的，我们最好让他尽其所能，指引我们度过这场可怕的灾难。”

威廉说：“说得对，克莱曼婷。我们该按照休的主张做。”

战线已经划分出来了。休的一方有威廉、塞缪尔和克莱曼婷，克莱曼婷也代表了她的丈夫哈里爵士。他们会努力做得诚实体面。

休的对立面是奥古斯塔、爱德华，以及玛德琳和她所指挥的哈特索恩少校，他们想尽量多多攫取，让家族的声誉落入地狱。

接着，诺拉挑衅般地说："除非你把我从这房子里抬出去。"

休觉得嘴里一阵苦涩。他自己的妻子加入了敌人的阵营。"你是这间屋子里唯一与自己的配偶对着干的人，"他伤心地说，"难道你不该对我表示一点点忠诚吗？"

她猛地把头一甩。"我嫁给你不是来过苦日子的。"

"无论如何，你都得离开这间屋子。"他严肃地说。他看了看其他几个顽固分子，奥古斯塔、爱德华、玛德琳和哈特索恩少校。"最后你们都不得不放弃，"他说，"如果你们现在不带着尊严做这些事，最后你们还得做，到时候就颜面尽失，受法庭执行官、警察和新闻记者的监督，还有低级小报的谩骂污蔑，让拿不到薪水的仆人怠慢鄙视。"

"我们走着瞧吧。"奥古斯塔说。

他们都离开后，休依然坐在那儿，眼睛盯着炉火，绞尽脑汁要想出个办法来支付银行的债权人。

他决意不让皮拉斯特正式破产。破产这个念头让他痛苦不堪，他的一生都处在父亲破产的阴影下。他的整个职业生涯都在竭力证明自己不会被玷污。在他内心的最深处，他害怕如果自己也遭受与父亲同样的命运，他也可能因走投无路而结束自己的生命。

皮拉斯特的银行已经结束了。它把自己的储户关在了门外，这就完了。但长期来看，它应该能够偿还这些债务，如果股东们把所有值钱的家当仔细盘点卖个好价，那就更有希望。

暮色渐渐降临，脑海里的计划慢慢现出轮廓，他感到了一丝微弱的希望。

六点钟的时候他去见本·格林伯恩。

格林伯恩已经年逾七旬，但身体十分硬朗，还在管理着银行的业务。他有一个女儿，名叫凯特，但索利是他的独子，所以如果他退休，就要把银行交给他的侄子，看来他不太愿意这样做。

休现在去造访皮卡迪利大街的那座豪宅。这房子给人留下一片繁荣的印象，同时代表着无限的财富。每个座钟都镶嵌着珠宝，每一件家具都是价值连城的古董，每一面壁板都带有玲珑剔透的装饰，每块地毯都是专门编织而成。休被仆人带进书房，里面煤气灯光明亮耀眼，炉火熊熊。就是在这儿，他得知那个名叫伯蒂·格林伯恩的男孩其实是自己的儿子。

在等待的当口，他扫视着书架，想知道那些书是不是为了好看才摆在这儿的。有些书装订十分精美，他想，但其他的书都已经翻得有些破旧，还包括了好几种语言。格林伯恩的才学是实实在在的。

十五分钟后老人出现了，他对让休等了这么久表示了歉意。“让家里的事情耽搁了。”他带着那种普鲁士式的谦恭说。他的家族跟普鲁士从无瓜葛，但他们模仿上层德国人的行为举止，在英格兰生活的这一百年里保留了下来。他的腰背挺得笔直，像以前一样，但休看出他有些疲倦，显得忧心忡忡。格林伯恩没说是什么事，休也就不便探问。

“你知道，今天下午科尔多瓦债券出现了暴跌。”休说。

“是的。”

“你大概也听说了，我的银行因为这件事关了门。”

“是的，我很遗憾。”

“这是二十四年来第一次有英国银行倒闭。”

“上次那家是奥弗闰德与古尔尼公司，我记得很清楚。”

“我也记得。我父亲破了产，在利登豪尔街的办公室里上吊自杀。”

格林伯恩很尴尬：“我非常非常抱歉，皮拉斯特。这可怕的细节我已经忘了。”

“那场危机弄垮了不少家公司。但明天要发生的事情更加可怕。”休在椅子上俯身向前，亮出自己的重点，“在过去的四分之一世纪，金融领域的交易增长了十倍，而且，银行实业已经发展得非常先进、非常复杂，我们比以往任何时候都更加紧密相关。有些人蒙受了金钱上的损失，无法偿还他们的债务，所以他们也会破产，接着就这样连带下去。下一周，几十家银行就要破产，成百上千家公司也将被迫关闭，成千上万的人会突然发现自己身无分文，陷入穷困——除非我们采取行动，防止这种事情发生。”

“行动？”格林伯恩有点恼火，“能有什么样的行动呢？你唯一的补救措施就是还债，这你做不了，所以你很无奈。”

“一个人是做不了，的确，我也很无奈，但是我希望银行界能做点儿事。”

“你的意思是要求其他银行为你支付债务？凭什么呢？”他有点儿生气了。

“我相信你应该同意，如果皮拉斯特银行的债权人获得全额支付，对我们大家都有好处。”

“这很显然——”

“假设成立这么一个银行家联合集团，接管皮拉斯特银行的资产和负债。由这个集团保证满足所有债权人的需求，同时，集团开始按步骤一项一项清算皮拉斯特银行的资产。”

格林伯恩一下子来了兴趣，不那么烦躁不安了，开始认真考虑这一设想。“让我想想。如果这个集团的成员受人尊重，享有声望，他们的担保就能让所有人放心，债权人就可能不会马上要取他们的现金。幸运的话，从资产出售收回的资金就能够应付债权人的取现需求。”

“这样就可以避免一场可怕的危机。”

格林伯恩摇了摇头说：“但最后集团成员会损失他们自己的钱，因为皮拉斯特资不抵债。”

“那倒不一定——”

“这话怎么讲？”

“我们有超过两百万英镑的科尔多瓦债券，这些今天看没什么价值。然而，我们有很多其他资产。这很大程度上取决于我们股东的房子能卖出什么价钱，还有其他财物，但我估计，就按今天的价格算，也只差一百万英镑。”

“那么说，联合集团就会损失一百万。”

“也许。但科尔多瓦债券不可能永远毫无价值。叛乱分子会被打垮，或者新政府会继续支付利息。到了某个时刻，科尔多瓦债券的价格会上升。”

“有可能。”

“如果债券升到以前水平的一半，联合集团就会实现收支平衡。要是结果更好些，他们就赚得了利润。”

格林伯恩摇摇头说：“要是没有那些圣玛丽亚港口债券，这种办法还可能奏效。那个科尔多瓦部长，米兰达，在我看来就是一个彻头彻尾的贼，他的父亲显然是叛乱的首领。我的猜测是，整个二百万英镑全让他拿去买了枪支弹药，在这种情况下，投资者永远也见不到一分钱。”

这个老家伙一贯头脑敏锐，休心里也抱着同样的担心：“恐怕你说的是对的。不管怎么说还是有机会。如果放任金融恐慌出现，你肯定会在别的方面损失掉你的钱。”

“这个计划很有创见，你一直是你们家族中最聪明的，年轻的皮拉斯特。”

“但这一计划取决于你。”

“哦。”

“如果你同意领导这个联合集团，整个银行界都会听从你的领导。如果你拒绝成为其中一分子，这个集团就不会有什么威望，安抚不了债权人。”

“我明白这一点。”格林伯恩从不故作谦虚。

“你会这么做吗？”休问道，屏住了呼吸。

老人沉默了几秒钟，思考着，然后他坚定地说：“不，我不会。”

休瘫坐在椅子上。这是他的最后一根救命稻草，现在失败了。猛然间他感到气力尽失，仿佛生命已到尽头，他变成了一个身心俱疲的老人。

格林伯恩说：“我一辈子都谨小慎微。别人发现能大赚一笔，往往我眼里看到的是高风险，自觉抵制这种诱惑。你的伯父约瑟夫跟我不一样。他愿意冒险，然后把利润塞进口袋。他儿子爱德华就更糟。对你本人，我还不能做什么评论，因为你刚刚接手。但皮拉斯特银行应该为多年的高额利润付出代价。我没得到这些利润，为什么要我来负担你们的债务？如果现在我来花钱救你，那么等于是愚蠢的投资者得到了回报，而谨慎的人却要吃亏。如果银行业务以这种方式运行，那不就没有人谨慎行事了？我们不论怎么做都要承担风险，因为要是垮掉的银行总是被拯救起来，就没有什么风险可言了，而实际上风险始终是有的。银行不会按照你的那种方式运行。总会有人破产，他们的存在就是用来提醒那些好的和坏的投资者，风险时刻存在。”

在来这里之前，休就在犹豫是否把米奇·米兰达谋杀索利的事告诉老人。现在他又考虑了一下，还是得出了相同的结论：这件事会使老人受惊，给他带来痛苦，也无助于劝说他挽救皮拉斯特银行。

他搜索枯肠，想最后再说点儿什么，希望能让格林伯恩回心转意，但这时管家走了进来，说：“对不起，格林伯恩先生，但你吩咐过，侦探一到就马上过来叫你。”

格林伯恩立刻站了起来，显得很激动，但他还是照顾礼节，解释道：“我很抱歉，皮拉斯特，我必须马上过去。我的外孙女丽贝卡……她失踪了……一家上下全乱了套。”

“很遗憾听到这个消息。”休说。他知道索利的妹妹凯特有个女儿，模糊记得她是个深色头发的漂亮女孩。“我希望你能很快找到她，平平安安。”

“估计她并没有受到什么暴力，实际上大家都认定她是跟一个男孩子出走了。不过这也够糟糕了。请原谅。”

“不客气。”

老人走了出去，把休一个人留在希望的废墟之中。

3

梅茜有时怀疑分娩是不是会互相传染。病房里住满了怀胎九个月的女人，经常是几天内平平静静，可只要一个人开始分娩，几个小时内，别的人也会接二连三地生下自己的孩子。

今天就是这样。从早上四点钟开始，她们就一直在给婴儿接生。这些工作大都是由助产士和护士们来做，可一旦她们忙不过来，梅茜和蕾切尔就得放下手里的笔和账本，前前后后跑着给她们送毛巾和毯子。

不过，到了七点钟的时候，一切都消停了。两个人回到梅茜的办公室，跟蕾切尔的情人、梅茜的哥哥丹一道喝茶，这时候休·皮拉斯特走了进来。“我恐怕要告诉大家一个极坏的消息。”他进门就说。

梅茜正在倒茶，被他的语气吓了一跳，停了下来。她盯着他的脸，见他一脸悲戚之色，想到是不是有人死了。“发生了什么事，休？”

“我想，你们把医院的所有现金都存在我们银行的一个账户上了，对吧？”

原来是钱的事，梅茜想，那就不是什么多可怕的消息。

蕾切尔回答休的提问：“是的。我父亲掌管钱的事，自从他担任银行的律师以来，就在你们银行开了一个私人账户，我估计他觉得这样挺方便，也把医院的钱立了个账户。”

“他把你们的钱投资了科尔多瓦的债券。”

“真的吗？”

梅茜说：“到底出了什么事，休？天哪，快告诉我们！”

“银行倒闭了。”

梅茜的眼里一下子满是泪水，不是为自己，而是为了他。“哎呀，休！”她哭喊了一声。她知道他心里十分痛苦。对他来说，这几乎跟死了一位亲人一样，因为他把所有的希望和梦想都投在银行上了。她真希望她能分担些他的痛苦，让他好受一些。

丹说：“我的老天。这会引发恐慌的。”

“所有的钱都没了，”休接着说，“你们可能不得不关闭医院。我实在说不出心里有多难过。”

蕾切尔脸色发白，十分吃惊。“这是不可能的！”她说，“钱怎么会一下子没了？”

丹回答了她。“银行支付不了它的债务了，”他痛苦地说，“这就叫作破产，就是说你欠着人家的钱，却无法付给他们。”

梅茜回想起二十五年前她的父亲，跟现在的丹十分相似，说到倒闭，两人的口吻几乎一模一样。丹几乎把全部精力都用在了保护普通百姓免遭金融危机的事业上，但直到现在也没有取得任何成果。“也许现在他们该通过你有关银行业的议案了。”梅茜对他说。

蕾切尔对休说：“可到底你把我们的钱弄哪儿去了？”

休叹了口气说：“从本质上讲，是因为爱德华才出了这种事，他当资深股东的时候犯了一个错误，一个天大的错误，损失了很多钱，足足超过一百万英镑。自打那时候我就努力把一切控制起来，但今天，我的好运气到头了。”

“我还是不明白怎么会发生这种事！”蕾切尔说。

休说：“你们的钱能拿回一部分，但最少也得等一年。”

丹伸出胳膊搂住蕾切尔，但这根本安慰不了她。蕾切尔说：“这可让那些可怜的妇女怎么办？”

看着休难过的样子，梅茜真想让蕾切尔住嘴。他说：“我很愿意把我的钱拿出来给你，”休说，“可我也已经身无分文了。”

“难道真的什么办法也没有了？”她还不罢休。

“我已经试过了，我刚从本·格林伯恩家里出来。我求他出面拯救银行，付钱给债权人，但他拒绝了。他也有自己的麻烦，挺可怜的。他的外孙女丽贝卡看来跟男友私奔了。总之，没有他的支持，什么事情也做不了。”

蕾切尔站了起来说：“我看我还是去找我父亲谈谈。”

丹说：“我得马上到下议院去一趟。”

他们走了。

梅茜满心忧虑。一想到医院要停业，她就感到灰心丧气，自己苦心经营的一切突然就这样垮了，让她实在难以接受。但最让她伤心的还是休。回忆起十七年前，古德伍德比赛之后的那一夜，简直就像是昨天。当时休把自己的经历告诉她，谈及自己父亲破产自杀，那声音中的苦痛让梅茜至今难忘。他后来又说，有朝一日，他要成为世界上最有头脑、最保守和最富有的银行家，好像这样说，就能减轻丧失亲人的痛苦。也许这的确让他好过一些。但到头来，他还是遭受了与自己父亲相同的命运。

他们二人坐在房间的两头，目光遥遥相遇。梅茜在他的眼中看出一种无声的恳求。她慢慢站起身来，走到他那儿，站在他的椅子旁边，两手把他的头搂在自己的怀里，抚摸着他的头发。他犹豫地伸出一只胳膊搂着她的腰，一开始小心翼翼地抚摸着她，接着紧紧把她抱住。最后，他终于哭了起来。

休走后，梅茜去病房巡视一遍。她用全然不同的眼光打量着医院里的一切，她们亲手粉刷的墙壁，那一张张她们从旧货店买来的床，还有蕾切尔母亲缝制的那些漂亮窗帘。她回想起为了让医院开张，她跟蕾切尔付出的超乎常人的努力：跟医疗机构和地方议会抗争，使出浑身解数应付高贵的房主们和附近的那些吹毛求疵的神职人员，全靠一种坚韧不拔的耐力才闯过重重难关。她试着安慰自己，毕竟，她们胜利了，让医院整整开了十一年，为几百名妇女提供了舒适的服务。但她一直想着做出一个永久性的改变，希望从这所医院开始，在全国开几十家产院。从这一点上看，她是失败了。

她去跟那几个今天生了孩子的女人谈谈话。唯一让她担心的就是那个"无名小姐"。她身材瘦小，生下的孩子也很小。梅茜猜测她曾忍饥挨饿，打算用这种办法向家里人隐瞒怀孕的事实。每次听到哪个女孩竟然能够蒙混成功，梅茜都感到十分惊讶——她自己怀孕的时候，整个人像气球一样，五个月就根本藏不住了——但她从经验中得知，总是有女孩这么干。

她在"无名小姐"的床边坐下。这位新妈妈正在照料她的孩子，是个女婴。"你看她多漂亮啊，是吧？"她说。

梅茜点了点头说："她的头发是黑色的，跟你一样。"

"我母亲的头发就是这样。"

梅茜伸手摸着孩子的小脑袋。跟所有的婴儿一样，这孩子看起来就很像索利。可是——

梅茜一下子想起了什么，不由得打了个哆嗦。

“我的上帝，我知道你是谁了。”她说。

女孩盯着她。

“你是本·格林伯恩的外孙女丽贝卡，对吧？你一直隐瞒怀孕的事，最后要生了，就从家里跑出来了。”

女孩瞪大了眼睛说：“你是怎么知道的？我两岁以后你就没再见过我！”

“但我跟你母亲很熟，毕竟，我嫁给了她的哥哥。”凯特并不像格林伯恩家族的其他人那么势利，私下里对梅茜很好。“我还记得你出生时的样子，长着一头黑发，就跟你女儿一样。”

丽贝卡很害怕：“能答应我不告诉他们吗？”

“我答应，未经你同意不会做任何事情。不过我觉得你应该给家里人捎个信。你的外祖父都急坏了。”

“我唯一害怕的就是他。”

梅茜点了点头说：“我明白这是因为什么。他是一个铁石心肠的老守财奴，对此我深有体会。但是如果你肯让我跟他谈谈，我想我可以让他变得通情达理。”

“真的？”丽贝卡的声音充满了年轻人的乐观，“你真愿意这样做？”

“当然，”梅茜说，“但我不会告诉他你在什么地方，除非他保证好好待你。”

丽贝卡看着怀里的孩子。她的小宝宝眼睛闭着，已经停止了吮吸。“她睡着了。”丽贝卡说。

梅茜笑着说："你给她取好名字了吗？"

"哦，取好了，"丽贝卡说，"我要让她叫梅茜。"

本·格林伯恩从病房出来，脸上带着泪水。"让她跟凯特单独待一会儿吧。"他哽咽着说，从口袋里掏出一块手帕，在他的脸上胡乱蘸了几下。梅茜从来没有见过她的公公如此感情失控。他的样子看上去很是可怜，但她觉得这样对他很有好处。

"去我房间吧，"她说，"我给你沏杯茶。"

"谢谢你。"

她带他去她的办公室，让他坐下。今天晚上他是第二个坐在这把椅子上哭的男人了，她想。

"那些年轻女人，情况都跟丽贝卡一样吗？"老人说。

"不都一样，"梅茜说，"有些是寡妇，有些被丈夫抛弃了，很多都是挨了男人的打，从家里跑出来的。一个女人可以忍气吞声，就算丈夫打骂也还跟他过，可一旦她怀孕了，就担心他会伤害孩子，于是离家出走。但我们这儿的妇女大部分都是丽贝卡这样的，不过是犯了个愚蠢的错误。"

"我原以为自己什么都经历过了，"他说，"可现在觉得我实在是愚蠢无知。"

梅茜递给他一杯茶。"谢谢你，"他说，"你真好，可我从来没有善待过你。"

"谁能不犯错呢。"她轻描淡写地说。

"你做的事太好了，"他对她说，"否则这些可怜的女孩能去哪儿呢？"

"她们只能在阴沟窄巷里生下自己的孩子。"梅茜说。

“想想丽贝卡有可能那样，真是可怕。”

“不幸的是，医院马上就要关门了。”梅茜说。

“怎么会呢？”

她紧盯着他的眼睛。“我们的钱全都存在皮拉斯特银行，”她说，“现在我们一个子儿也没有了。”

“原来是这样。”他若有所思地说。

休脱了衣服准备上床，但他毫无睡意，只得又坐起来，穿着睡袍，对着壁炉里的余火翻来覆去考虑着银行的境况，想不出任何改善的办法。但是他又无法停止思考。午夜时分，他听到前门传来响亮的敲门声。他穿着睡衣，跑下楼去开门。一辆马车停在路边，一个穿制服的男仆站在门前的台阶上。那人说：“对不起先生，这么晚还来敲门，但这封信很急。”他递上一个信封，便离开了。

休关上门，这时他的管家从楼上下来。“没事儿吧，先生？”他担心地说。

“有人送了一封信，”休说，“你回去睡觉吧。”

“谢谢你，先生。”

休打开信封，看到一个爱挑剔的老人用旧式笔体写下的几行字。上面的内容让他的心里立时充满了喜悦。

自皮卡迪利大街12号

伦敦，S.W.

1890年11月23日

亲爱的皮拉斯特：

经过进一步思考，我决定同意你的建议。

此致，

B.格林伯恩

他抬起头，对着空空的大厅里苦笑着。“天哪，竟然会发生这种事，”他欣喜地说，“到底是什么让这个老家伙改变了主意？”

4

奥古斯塔坐在邦德街最高档的那家珠宝店的后间。一盏盏煤气灯明亮耀眼，照着玻璃盒子里的珠宝闪闪发光。房间里到处都是镜子。一个助理对她点头哈腰，在屋子里跑前跑后，把一条衬在黑色天鹅绒布上的钻石项链送到她的面前。

店家经理站在她的身边。“多少钱？”她对他问道。

“九千英镑，怀特海文夫人。”他虔诚地报出价格，好像在做祈祷一样。

这条项链十分简单，只是用金链把切割相同的方钻石穿在一起。配在她的黑色礼服上十分显眼，她想。但她不打算把它买下来。

“这首饰非同寻常，我的夫人，它是我们店里最可爱的一件。”

“别催我，让我想想。”她回答说。

这是她的最后一招，实在没别的办法能筹到钱了。她直接去过银行，要求取一百英镑的沙弗林金币，那个叫茂贝瑞的职员，像只张狂的看家狗一样拒绝了她。她试图把房子从爱德华手里转到自己名下，但也没能做成，因为房契放在银行的律师老鲍德温的保险柜里，而他跟休是一伙儿的。现在她想用赊账的办法买下钻石，再把它卖出去变现。

爱德华一开始还站在她这一边，但现在连他也不肯帮助她。“休现在做的都是为银行好，”他傻乎乎地说，“如果家里的人到处筹钱，传出去的话，联合集团就会垮掉。说服他们成立这个集团本来是为了避免金融危机，不是为了让皮拉斯特家继续过奢华日子的。”爱德华能一口气说出这番长篇大论，真是不易。要是在一年前，看到儿子跟自己作对，她整个人会彻底崩溃，但自从他不听劝告仍然同意离婚，他就已经不再是她处处顺从的心肝宝贝了。克莱曼婷也站起来反对她，支持休的计划，让家里人全都变成贫民乞丐。一想到这些她就气得发抖。但他们别想侥幸逃脱。

她抬头看着珠宝店经理。“我要了。”她果断地说。

“我敢说这是个明智的选择，怀特海文夫人。”他说。

“把账单送到银行。”

“好的，我的夫人。”

“我们会把项链送到怀特海文宅。”

“我现在就带走，”奥古斯塔说，“今晚我就要戴上。”

经理一脸难色地说：“你把我推上了一个尴尬的境地，我的夫人。”

“你说的这是什么鬼话？快把它包起来！”

“没收到付款之前，我恐怕不能让你拿走珠宝。”

“这真是太荒谬了，你知道我是谁吗？”

“当然知道，但报纸上说，银行已经关门了。”

“这简直是一种侮辱。”

“我非常、非常遗憾。”

奥古斯塔站了起来，抓过项链。“我不要听这种废话，我要拿走它。”

店铺经理急得直出汗，慌忙拦住她的去路。“我恳求你不要这样。”他说。

她迎着他走过去，但他寸步不让。“快给我让开！”她咆哮道。

“那我就不得不关上店门，派人去叫警察了。”他说。

奥古斯塔看明白了，尽管这人被吓得语无伦次，但他绝对不会让步。他害怕她，但他更害怕失去价值九千英镑的钻石。她意识到自己被击败了。狂怒之下，她把项链扔在地上。经理顾不得体面，慌忙弯下身子去捡。奥古斯塔自己打开门，昂首阔步走出珠宝店，直奔她停在路边的马车。

她外表趾高气扬，心里却羞得要死。珠宝店的人实际上在指控她要偷走人家的东西。在她内心深处有一个十分微弱的声音在说，她想干的事情实际上就是偷窃，但她把这声音强压下去。她愤愤不平地回了家。

她一进门就看见哈斯特德，他正有话要跟她说，但她没心思搭理他那些鸡毛蒜皮的琐事，便抢先挡住他的话头，说：“给我拿一杯温牛奶来。”她觉得肚子痛。

她进了自己的房间，在梳妆台前坐下，打开她的首饰盒。里面没剩几件珠宝了，加在一起也就值几百英镑。她拉出底部的托盘，拿出一个小丝绸布包，打开它，里面是那枚斯特朗送给她的蛇形金戒指。像往常一样，她把戒指戴在手上，用嘴唇摩挲着宝石做成的蛇头。她永远不会卖掉这枚戒指。如果她当初嫁给斯特朗，一切就完全是另一个样子。有那么一会儿，她简直要哭出来。

接着，她听到自己卧室的外面传来奇怪的声响。有一个男人……不，大概是两个男人，还有一个女人在说话。听声音他们不像是仆人，仆人是不会冒冒失失站在楼梯台上说话的。她走了出去。

她已故丈夫房间的门开着，声音就是从那里传来的。奥古斯塔走进去，看见一个办事员模样的年轻人，还有一对年纪稍长、衣着考究的夫妇，跟她属于同一个阶层。这几个人她从来都没见过。她说：“看在上帝分儿上，你们是什么人？”

那个办事员毕恭毕敬地说：“斯图达特，是代理派来的。我的夫人。这是德格拉夫先生和太太，他们很有兴趣要买下这座漂亮的房子。”

“滚出去！”她说。

办事员抬高了腔调，尖声说：“我们已经接到指示，把房子投到市场上——”

“马上滚，我的房子不卖！”

“但我已经亲自跟——”

德格拉夫先生碰了碰斯图达特的胳膊，没让他再说下去。

“显然这里发生了一个尴尬的错误，斯图达特先生。”他温和地说。他转向他的妻子，说，“我们离开吧，我亲爱的？”两个人从容不迫地走了出去，让奥古斯塔心里憋了一股火，而那个斯图达特忙不迭地追在后面，一个劲儿地不停道歉。

这是休干的好事，奥古斯塔不用问就知道。他说，这所房子是拯救银行的那个联合集团的财产，自然他们想把它卖掉。他告诉奥古斯塔必须搬出去，但她拒绝了。他随后就让潜在的买主来看房子，不再理会她的反应。

她在约瑟夫的椅子上坐了下来。她的管家给她端来一杯热牛奶。她说：“不许你再让这种人进来，哈斯特德。这房子不卖。”

“好的，我的夫人。”他把牛奶放下，却没有马上离开。

“还有别的事儿吗？”她问道。

“我的夫人，那个屠户今天亲自过来，说要给他结账。”

“告诉他，这要看怀特海文夫人什么时候方便，不是他想结就结的。”

“好的，我的夫人。两个男仆今天都走了。”

“你是说，他们提前通知了？”

“没有，他们没打招呼就走了。”

“卑鄙小人。”

“我的夫人，其余的人都在问什么时候能拿到工资。”

“还有别的吗？”

他有些不知所措：“那么，我可以告诉他们吗？”

“告诉他们，我没有回答你的问题。”

“好的。”他犹豫了一下，然后说，“我恳请在此通知，我在本周末离开。”

“为什么？”

“皮拉斯特家族的其他人都解雇了自己的员工，休先生跟我们说，我们只能拿到上周五以前的工资，不管我们再待多久，以后也不再给了。”

“从我眼前滚开，你这个叛徒。”

“好的，我的夫人。”

奥古斯塔告诉自己，她很高兴看到哈斯特德离她而去。她也情愿摆脱掉这些人，真是树倒猢狲散。

她呷了一口牛奶，但她的肚子疼并没有缓解。

她四下环顾这间屋子。约瑟夫不肯让她重新装修，所以这里还保留着她早在1873年选定的那种风格，墙上贴着皮革墙纸，窗户上挂着沉重的锦缎窗帘，约瑟夫收藏的宝石鼻烟盒陈列在上漆的展示柜里。这间屋子就像约瑟夫本人一样，死气沉沉。她真希望她能让他起死回生。如果他还活着，眼前这些事情都不会发生。恍惚之间，她好像看见他站在飘窗前面，手里拿着一只他最喜欢的鼻烟盒，翻过来，掉过去，看着宝石上反射出的不同光彩。她感到一种陌生的感情堵在胸口。她摇摇头，让这幻影从眼前消失。

很快，德格拉夫先生或其他什么人就会搬进这间卧室。他无疑会扯下窗帘，撕掉壁纸，把这里重新装修一遍，大概会按照目前流行的工艺风格，装上橡木镶板，摆几把粗木椅子。

她不得不搬出去。她必须接受，尽管表面上不从。但她不会搬去圣约翰伍德或者克拉彭那种狭小的现代住宅，像玛德琳和克莱曼婷他们那样。她受不了在伦敦住比原先差的房子，让那些她一度瞧不起的人看笑话。

她要离开这个国家。

她还不清楚到底去哪儿。加来比较便宜，但离伦敦太近。巴黎很优雅，但要在一个陌生的城市开始新的社交生活，她又觉得自己太老。她听人谈起过一个叫尼斯的地方，在法国的地中海沿岸，在那里找一座大房子，雇上几个仆人就行。附近还有个安静的外国人社区，不少她这个年龄的人在那儿享受温和的冬天和海洋的气息。

但她两手空空，不够用一年的。她必须拿到够租房子和雇仆人的钱，虽然她也准备节衣缩食，但她不能没有马车。她手头只有少量现金，连五十英镑都不到。所以她才孤注一掷去买钻石项链。九千英镑也不太够，但应该能花上几年。

她知道她这样做会对休的计划造成危害。爱德华说对了，联合集团的商业信誉依赖于整个家族全力偿还他们的债务。家庭成员之一把珠宝塞进行李里跑到欧洲大陆，恰恰会颠覆这种脆弱的联盟。但在某种程度上，这会上演一出好戏，她很高兴让那个自以为是的休栽个大跟头。

但她得掌握合适的筹码。其余的都很容易：她要把东西装进一只旅行箱，去轮船公司订张票，叫辆出租马车，一大早偷偷溜走，直奔火车站。可她用什么法子能弄到钱呢？

环顾丈夫的房间，她发现了一个小记事本。她好奇而又漫不经心地打开它，看到有人——大概是那个办事员斯图达特——列出了房子里的一样样物件。看到自己的财产被列在小职员的本子上，随便标了价，她就气不打一处来：餐桌，£9；埃及屏风，£30；约书亚·雷诺兹的仕女像，£100。屋子里的各种画像就值几千英镑，但她无法把这些画装进旅行箱。她翻了一页，读到65

只鼻烟盒——参见珠宝一栏。她抬起头来。在她的面前立着的那个她十七年前买下的展示柜里，装着解决她问题的答案。约瑟夫收藏的宝石鼻烟盒值好几千，甚至可以值十万英镑。她可以轻易将它们装进行李：盒子一个个很精巧，为的就是能够装进马甲口袋。缺钱的时候，她就卖一两个出去。

她的心狂跳起来，看来她的祈祷应验了。

她伸手去开柜子，但柜子锁着。

她心里一阵惊慌，不知自己能不能打开它，木框很结实，窗格里的玻璃很小、很厚。她定了定神，平静下来。他会把钥匙放哪儿呢？或许放在他的写字台抽屉里。她走到桌前，拉开抽屉。里面放着一本书，书名十分骇人，是《所多玛的公爵夫人》，她急忙把书推到里边。此外就是一把银色的小钥匙。她把钥匙抓在手里。

她用颤抖的手把钥匙插进锁眼。轻轻一拧，她听到咔嚓一声，片刻之后，柜门开了。

她深深地吸了一口气，等着自己的两手停止颤抖。

然后，她就开始从架子上取下那些小盒子。

第四章
十一月

1

皮拉斯特银行破产事件成了这一年的重大丑闻。廉价小报步步紧跟，刊登出一篇篇连续报道：肯辛顿豪宅被出售；画像和古董家具拍卖；港口债券案件；尼克和多蒂原计划六个月的欧洲蜜月之旅取消；一度强大傲慢的皮拉斯特家族现在栖身郊区的普通住房，亲自削土豆皮、洗内衣。

休和诺拉在离伦敦九英里的小村清福德租下一个带花园的小房子。他们没再雇任何仆人，只有附近农场的一个身体壮实的十四岁女孩每天下午来洗地板、擦窗户。诺拉十二年来从未做过家务，什么都做不好，戴着肮脏的围裙，趿拉着鞋子走来走去，地扫得马马虎虎，饭也做得难以下咽，不停地抱怨。与伦敦相比，几个男孩子更喜欢这里，因为他们可以去树林里玩。休每天坐火车进城，还照常去银行上班。他的工作包括代表联合集团处置皮拉斯特的资产。

所有股东每月都能从银行拿到一笔小额津贴。按道理他们没资格享有任何金钱待遇。但集团成员都是跟皮拉斯特家族一样的银行家，他们暗地寻思:“若不是上帝恩典，我也可能落得这步田地。”因而对家族成员慈悲为怀。再说，股东们的合作也有助于尽快把资产售出，用这一小笔付出换取他们的善意也算值得。

休满心焦急地关注着科尔多瓦内战的进展，战争结果将决定联合集团会有多少损失。休一心希望他们最后能赚到利润，盼望有朝一日能对世人说，拯救皮拉斯特银行的人谁都没有损失一分一厘。但这种可能性看来十分渺茫。

一开始，米兰达那伙人好像会赢得战争。从各方面看，他们的进攻行动经过精心策划，执行过程也十分残酷血腥。加西亚总统被迫逃离首府，躲进了南方老家一座名叫坎帕纳里奥的设防城市。休感到十分沮丧。如果米兰达家族赢了，他们会把科尔多瓦变成一个私人王国，永远不会为前政府的贷款付息。在可预见的未来，科尔多瓦债券将一文不值。

但是后来出现了意想不到的进展。托尼奥家，也就是席尔瓦家族，多年来曾一直是少数受排挤的自由派中坚力量，现在加入到了总统的阵营。他们得到总统的承诺，答应他们在重新控制局面后实行自由选举和土地改革。休觉得一切又有了希望。

重整旗鼓的总统部队获得了民众的普遍支持，打得篡位者们停滞不前。双方处于势均力敌的局面，财政资源也不相上下，米兰达集团的战争基金几乎全花在了最初的猛攻中。北方有硝酸盐矿，南部有银矿，但双方都无法获得出口融资或保险，由于皮拉斯特银行关门，别的银行也不会跟一个随时可能消失的客户打交道。

双方都在寻求英国政府的认可，希望这有助于他们获得信贷。米奇·米兰达职务上仍是伦敦的科尔多瓦部长，他加紧活动，游说外交部官员、政府部长和议会议员，急切要求确认米兰达老爹为新任总统。但到目前为止首相索尔兹伯里侯爵没有支持任何一方。

接着，托尼奥·席尔瓦来到了伦敦。

他在圣诞节前来到休位于郊区的家。休当时正在厨房给孩子们做早餐，热牛奶，烤黄油面包片。诺拉还在穿着打扮，尽管手头没几个钱，她也要去伦敦来一次圣诞采购。休答应留在家照看孩子，再说今天银行也没有什么要紧事。

他亲自去应门，这让他想起跟母亲在福克斯通的时候就是自己去开门的。托尼奥脸上留着胡子，无疑是为了遮掩十一年前遭米奇那几个流氓毒打留下的伤疤，不过休还是马上认出了他，那胡萝卜色的头发和他那冒冒失失的笑容丝毫未变。外面下着雪，托尼奥的帽子和外套上落了一层雪花。

休带他的老朋友进了厨房，给他沏了杯茶。“你是怎么找到我的？”他问。

“的确不太容易，”托尼奥回答说，“你们的老房子里没有人，银行也大门紧闭，后来我去了怀特海文宅，见到了你的伯母奥古斯塔。她没什么变化。她不知道你的地址，但她记得是在清福德。她提到这个地名就像说起战俘营，或者什么蛮荒之地似的。”

休点了点头说：“倒没那么糟糕，孩子们都很好。只是诺拉还不太适应。”

“奥古斯塔还没搬走。”

“没有。我们落到这种地步，最该问罪的就是她，但唯独她不肯接受现实。到时候她就会发现，有的地方还不如清福德。”

“比如，科尔多瓦。”托尼奥说。

“情况怎么样？”

“我哥哥在战斗中被打死了。”

“真遗憾。”

“战争陷入了僵局，现在一切都取决于英国政府了。获得承认的一方就能得到贷款，给军队补给装备，然后打败敌人。我就是为这件事来的。”

“是加西亚总统派你来的吗？”

“不仅如此。我现在是驻伦敦的科尔多瓦部长，米兰达已经被开除了。”

“好极了！”听到米奇终于被炒了鱿鱼，休十分高兴。他心里正憋着气，因为这个从他这儿偷走二百万英镑的人就像全没这回事一样，继续招摇过市，混迹各个夜总会和剧院。

托尼奥补充说：“我还带了几份委任状，昨天寄存在外交部了。”

“你希望说服首相支持你们一边。”

“是的。

休探询地看着他问：“用什么办法呢？”

“加西亚是总统，英国应该支持合法政府。”

休认为这理由显得不太充分。“我们至今还没有表态。”

“我就要告诉首相，你们应该表态支持。”

“索尔兹伯里侯爵正忙着处理爱尔兰那边的棘手问题，根本没时间顾及一个遥远南美国家的内战。”休不想给他泼冷水，但他脑子里渐渐有了个新想法。

托尼奥有些愤愤然："这么说吧，我的任务就是说服索尔兹伯里关注南美发生的事情，哪怕他在操心着别的事。"但他自己也明白这种做法站不住脚，过了一会儿又说，"算了，你是英国人，你觉得怎么办才能引起他的注意？"

休马上说："你可以承诺保护英国投资者，不让他们的利益受到损失。"

"怎么承诺？"

"我也说不清，我再想想。"休在椅子上挪了挪。四岁的索尔在他脚边用木块搭着一座城堡。在这幢郊区廉价住宅的厨房里商讨一个国家的未来大事，的确显得有些奇怪。"英国投资者在圣玛丽亚海港公司投了两百万英镑，皮拉斯特银行出资最多。这家公司的所有董事都是米兰达家族的成员或者同党，我毫不怀疑这二百万全都充当了战争基金。我们要把这些钱追回来。"

"但这些钱都花在武器上了。"

"不错。但米兰达家族一定拥有几百万的资产。"

"是的。他们把持着整个国家的硝酸盐矿。"

"如果你们一方赢得了这场战争，加西亚总统能不能把矿山交给圣玛丽亚海港公司，用来补偿这次贷款欺诈？那样的话，债券还会值点儿钱。"

托尼奥蛮有把握地说："总统亲自跟我说，只要能让英国支持科尔多瓦的政府军，我可以做出任何承诺。"

休一下子兴奋起来。皮拉斯特银行还清债务的前景似乎越来越近。"让我想想，"他说，"我们应该先打一个坚实的基础，然后你再亮出你的底牌。我看我能够说服本·格林伯恩，让他去跟索尔兹伯里侯爵美言几句，让侯爵明白他应该支持英国投资者。但议会中的反对党怎么办？我们可以去见见丹·罗宾逊，就是梅茜的哥哥，他是议会议员，也正在为银行倒闭的事儿发愁。他赞同我拯救皮拉斯特银行的计划，希望它能成功。他能保证我们在下议院获得反对党的支持。”他用手指敲着厨房的桌子，“这样一来，就有可能达到目的了！”

“我们应该快点儿行动。”托尼奥说。

“我们马上就去城里。丹·罗宾逊跟梅茜住在南伦敦，格林伯恩应该在他的乡下别墅里，但我可以从银行给他打电话。”休站了起来，“我去告诉诺拉。”他抬脚迈过索尔的积木城堡，走出屋去。

诺拉还待在卧室，正在把一顶精致的、带皮革饰边的帽子戴在头上。“我得进城一趟。”休一边说，一边戴上衬领和领带。

“那谁来看孩子呢？”她说。

“我希望你留下。”

“不行！”她叫道，“我要去买东西！”

“很抱歉，诺拉，但我有很重要的事。”

“我也很重要！”

“你的确重要，但这件事由不得你。我必须马上去见本·格林伯恩。”

“我受够了，”她气愤地说，“受够了这幢房子，受够了这个无聊的村子，受够了这些孩子，也受够了你。连我父亲都比我们过得好！”诺拉的父亲开了一家酒吧，他从皮拉斯特银行贷了款，生意做得很不错。“我该去和他一起住，当个女招待，”她说，“我要快快活活的，做苦差事也得有个回报！”

休盯着她。突然之间他想到，自己再也不会跟她同床共枕了。他们两人的缘分已尽。诺拉讨厌他，而他对她充满鄙视。“把你的帽子摘下来，诺拉，”他说，“今天你不能去购物了。”他穿了上衣走出屋去。

托尼奥在客厅里焦急地等着。休亲了亲几个孩子，拿起他的帽子和外套，打开房门。“几分钟后就有一列火车。”他说。他们一前一后出了门。

他戴上帽子，穿上外套，两个人匆匆经过花园上的小径走出院门。雪下得更大了，草地上已经有了一英寸厚的积雪。休的房子建在一片萝卜地上，相邻的一排二三十间房子一模一样。他们沿着一条碎石路朝村子那边走。“我们先去找罗宾逊，”休建议道，心里筹划着整个日程，“然后，我就告诉格林伯恩，说反对派已经在我们这边……快看！”

“什么？”

“就是那趟火车，我们得赶紧了。”

他们加快脚步。好在车站就在村子的这一头，他们经过铁路线上的天桥时，火车就已开到跟前了。

一个人斜倚在天桥的栏杆上，看着迎面开来的火车。休跟托尼奥经过时，这人转过身来，休认出了他：是米奇·米兰达。

他手里拿着一把左轮手枪。

接着，一切转眼间就发生了。

休喊了一声，但他的声音被火车巨大的噪声淹没了。米奇把枪对准托尼奥，开了一枪。托尼奥踉跄跌倒。米奇转过来把枪口对着休，但这时火车发动机的蒸汽扑上了天桥，像一团浓雾一样遮蔽了视线，一下子两个人什么都看不见了。休闪身扑倒在雪地上。他又听见枪响了一声，两声，但他知道自己没被击中。他一个骨碌滚到边上，爬了起来，紧盯着那团雾气。

雾气渐渐消散。休看清薄雾中的身影，冲了过去。米奇一见连忙转身，但为时已晚，休使劲撞过来，让米奇跌倒在地，手里的枪甩了出去，打着旋越过栏杆，掉在下面的铁道线上。休压在米奇身上，接着滚到了一边。

两个人挣扎着站了起来。米奇弯腰捡起他的手杖。休又冲过去再次将他打倒在地，但米奇手里抓着手杖不放。不等米奇再爬起来，休抡起拳头打他，只是二十年来休没跟任何人动过手，这一拳没打中。米奇用手杖还击，打到了他的脑袋。这一击打得很疼。米奇又打，休挨了第二下，疼得他发疯般大叫起来，迎上去猛打米奇的脸。两个人踉跄着往后退，大口喘着气。

接着，车站上传来一声汽笛，火车就要开了，米奇一下子慌了神。休看出米奇打算坐火车逃跑，他是决不会在清福德再待一个小时，困在自己的犯罪现场附近的。休猜得很准，米奇转身朝车站跑去。

休跟在后面追。

米奇跑不快，风月场的饮酒作乐销蚀了他的体力，而休多年从事案头工作，体格也好不到哪儿去。米奇跑上车站时，火车已经开动了。休跟着他，气喘吁吁。他们冲上站台时，一个铁路员工大声喊道："喂！你们有票没有？"

休大声喊道："抓凶手！"

米奇沿着站台跑，想要追上远去的列车。休忍着疼痛紧紧追赶。那个铁路员工也跟了上来。米奇赶上了火车，抓住一个扶手往上一蹿，跳上了台阶。休扑上前去，抓住了他的一只脚踝，但还是失了手，那个铁路员工让休绊了一下，飞了出去。

等休再站起来，火车已经开远了。他绝望地盯着远去的火车，看见米奇打开车厢的门，小心翼翼地从台阶上挪蹭到车厢里，随手把门关上。

那个铁路员从地上爬起来，掸掉外衣上的雪，说道：“这到底都是怎么回事？”

休低着头，喘得就像一只漏了气的风箱，一句话也说不出来。

“他刚枪杀了一个人。”等呼吸稳下来，休说道。他一感到自己恢复了气力，就返身往车站入口走，带着这个员工上了天桥。托尼奥一动不动躺在那儿。

休在尸体边蹲下。子弹射进了托尼奥的两眼之间，几乎整个脸都被打烂了。“我的上帝，太可怕了。”铁路员工说。休强压下胃里翻上来的恶心，手伸到托尼奥的外衣下试探他的心跳。正如所料，他什么也没有感觉到。他想起了二十四年前跟自己在主教林的水塘游泳的那个顽皮孩子，不觉悲从中来，忍不住落下眼泪。

现在休的脑子十分清醒，他很清楚米奇是如何一步步策划的。米奇在外交部里有自己的人，他这种半吊子外交官做什么事情都靠拉关系。或许昨晚在招待会或者晚宴上有人悄悄告诉他，说托尼奥来伦敦了。托尼奥已经提交了自己的委任状，所以米奇知道自己来日无多。但如果托尼奥死了，情况会再度变得混乱。不会再有人来伦敦代表加西亚总统谈判，米奇照样是实际上的部长。这是米奇的唯一指望，但他必须迅速行动，冒一次险，因为他只有一两天的时间。

米奇怎么知道托尼奥的行踪？也许他雇了人跟踪托尼奥，或者是奥古斯塔告诉他托尼奥来过，打听休在哪儿住。不管怎样，他最终尾随托尼奥到了清福德。

要找休住的地方就得跟太多的人说话，不过，他知道托尼奥迟早要坐火车回伦敦。于是便潜伏在车站附近，计划杀掉托尼奥——要是有人目击也一块儿干掉——然后坐上火车逃走。

米奇是个亡命之徒，这一计划实在冒险，但他差一点儿就得逞了。他本打算把休跟托尼奥一块儿杀掉，但火车的烟雾让他没有打中目标。如果一切按他的计划进行，谁也不会认出他来。清福德既没有电报也不通电话，更没有比火车快的交通工具，所以在他回到伦敦前，这一罪行都不会通报出去。他无疑也会让手下的员工给自己提供不在现场的证据。

但他没能杀掉休。而且，休突然意识到，米奇不再是科尔多瓦部长了，他也从此失去了外交豁免权。

这桩凶案会把他送上绞架。

休站了起来。“我们必须尽快报告发生了凶杀案。”他说。

“在沃尔瑟姆斯托有一个警察局，要坐几站火车。”

“下一趟火车是什么时候？”

铁路员工从他的马甲口袋里掏出一只怀表。“四十七分钟以后。”他说。

“我们两个都上车。你去沃尔瑟姆斯托的警察局报案，我进城向苏格兰场报告。”

“那车站上就没人值班了。只有我一个人，今天是圣诞节前夜。”

“我敢肯定你的雇主希望你承担自己的公共责任。”

“你说得对。”这人听到了这一吩咐，显得很感激的样子。

“我们最好把可怜的席尔瓦放个什么地方。车站里有地方吗？”

"只有候车室。"

"我们把他抬到里面，把屋子锁起来。"休弯下身，用两只胳膊把尸体抬起来。"你抬他的腿。"他们把托尼奥抬进了车站里面。

两人把尸体放在候车室的长椅上。接下来，他们就无事可做了。休内心躁动不安。现在还不是表达悲伤的时候，他必须抓到凶手，然后再悼亡死者。他在屋里踱来踱去，每隔几分钟就看一下自己的手表，一边揉着头上被米奇手杖击中的地方。铁路员工坐在对面的长椅上，害怕地盯着那具尸体。过了一会儿，休走过去在他旁边坐下。他们就这样呆坐着，一言不发，绷紧了神经，跟死者分享着房间里的空寂和冰冷，直到那列火车开进车站。

2

米奇·米兰达在仓皇逃命。

他的好运气到头了。二十四年来他谋杀了四个人，前三次他顺利脱身，但这一次他失手栽了跟头。休·皮拉斯特亲眼看见他在光天化日之下朝托尼奥·席尔瓦开枪，让他无法逃脱刽子手的绞索，他只能逃离英国。

突然间他就成了一个亡命之徒，成了他一直生活的城市里的一名通缉犯。他匆匆穿过利物浦街火车站，躲避着警察的视线。

他的心在狂跳，他的呼吸又短又急，找到一辆出租马车就一头钻了进去。

他径直来到黄金海岸与墨西哥轮船公司的办事处。

那地方很是拥挤，大部分是拉丁人。有人想要返回科尔多瓦，有人要把那里的亲戚接出来，还有的只是来探听一下消息。这里人声嘈杂，毫无秩序。米奇没时间跟这些流民一块排队，他使劲往前挤，用他的手杖乱捣一气，不管前面是男是女，最后终于挤到柜台前面。他的穿着打扮，加上他那上流人物的嚣张劲头引起了办事员的注意，然后他说："我要订一张去科尔多瓦的船票。"

"科尔多瓦在打仗。"办事员说。

米奇克制自己，没有反唇相讥，只是说："你们并没有取消所有的船运，我要订一张。"

"我们有到秘鲁利马的船票。如果政治条件允许，这条船会经停帕尔玛，但这要到利马的时候才能决定。"

这也行。米奇只需要离开英格兰。"下一班什么时候出发？"

"四个星期后。"

他的心往下一沉。"不行，我必须尽快走！"

"今晚有一艘船从南安普敦出发，如果你要赶时间的话，可以搭乘这艘船。"

感谢上帝！他的运气还在。"帮我订一个包厢，最高等的。"

"好的，先生，你的名字是？"

"米兰达。"

“对不起，先生？”

一听对方说的是外国名字，这个英国人就成了聋子。米奇正打算说出名字的拼写，但立刻又改变了主意。“安德鲁斯，”他说，“M.R.安德鲁斯。”他想的是警方可能会检查乘客名单，找米兰达这个姓名。现在这样，他们就找不见这个名字了。他十分感激英国法律这种愚蠢的自由主义，允许人们不用护照就可以进出这个国家。在科尔多瓦就没这么容易了。

职员开始给他出票。米奇不安地看着，揉着脸上被休·皮拉斯特打的地方。随即他又意识到了另一个麻烦。苏格兰场可能会画像，把他的描述通过电缆电报发送给所有港口城市。这该死的电报！一个小时之内，他们就会通知各地警方盘查所有乘客。他必须想办法把自己伪装起来。

职员把票递过来，他随后付了钱。他急不可耐地穿过拥挤的人群，走到外面的雪地里，依然忧心忡忡。

他拦下一辆出租马车直奔科尔多瓦部，但马上又变了卦。回那儿去很冒险，再说他也没有多少时间。

警方会到处搜寻一个衣冠楚楚、独自旅行的四十岁左右的男人。最好装成一个上岁数的人，再搭上一个同伴，就能顺利躲过他们的注意。实际上，他可以假装成一个残疾人，坐着轮椅让人送到船上。但这样一来他就需要个帮手。谁能给他帮忙呢？他无法相信手下的任何员工，尤其现在他已不再是部长。

看来只有爱德华了。

“去希尔大街。”他对车夫说。

爱德华住在梅费尔菲的一幢小房子里。跟皮拉斯特其他家族成员不同，他的房子是租的，他未被勒令搬家，因为房租是提前三个月支付的。

爱德华看来并不在乎米奇毁了皮拉斯特银行，让他一家人走上绝路。他反而变得更加依赖米奇。至于皮拉斯特家的其他人，自打银行倒闭，米奇就没跟他们照过面。

爱德华穿着一件脏兮兮的丝绸晨衣出来应门，把米奇引进他的卧室，这里生着火。现在是上午十一点，他已经开始抽雪茄，喝威士忌了。他的脸上现在长满了皮疹，这让米奇担心让他当陪伴是否合适，皮疹会让人觉得可疑，但他没时间挑三拣四。这件事就得爱德华来做。

“我要离开这个国家。”米奇说。

爱德华说：“啊？那带我一起走。”他一下子哭了起来。

“见鬼，你这是怎么啦？”米奇反感地说。

“我就要死了，”爱德华说，“我们去个安静地方，一起生活，直到我死。”

“你不会死的，你这该死的傻瓜。这不过是一种皮肤病罢了。”

“这不是什么皮肤病，是梅毒。”

米奇吓得倒吸了一口凉气说：“我的老天爷，我可能也得上了！”

“那也不奇怪，我们两个泡在内尔之家这么长时间。”

“可埃普丽尔的女孩都是干净的！”

“妓女从来就没有干净的。”

米奇克制着心里的惊恐。如果他留在伦敦看病，最终就会被吊死在绞架上。他今天必须离开这个国家。这条船要经过里斯本，他可以在那儿停留几天，找个大夫看看。只能这样了。他可能根本没有得上这种病，因为他总体上比爱德华健康，性爱之后一直都要洗澡，而爱德华就没有那么讲究了。

不过，就爱德华目前这种状态，不可能让他帮助自己偷逃出国。说到底，米奇不能让一个梅毒晚期患者跟自己回科尔多瓦。不过他还是得找个帮手。现在只有一个候选者了——奥古斯塔。

他不像相信爱德华那样相信她。爱德华一直对米奇有求必应，要他做什么都行。奥古斯塔很独立，不会依赖他。但这是他的最后一次机会。

他转身要走。

“别丢下我。”爱德华恳求着。

没时间跟他卿卿我我了。“我不能带着一个快死的人走。”他厉声说道。

爱德华抬起头，脸上露出一丝恶意。

“如果你不带我的话……”

“那又怎么样？”

“我会告诉警察，你杀了彼得·米德尔顿，还有塞思叔公，还杀了索利·格林伯恩。”

奥古斯塔一定把老塞思的事儿告诉了他。米奇盯着爱德华，做了一个可怜相，心想，我怎么能忍受了他这么久？猛然间他意识到，自己终于能够摆脱这个人，实在是太幸福了。“去告诉警察吧，”他说，“他们已经在追捕我了，因为我刚杀了托尼奥·席尔瓦。反正我得被吊死，一个是杀，四个也是杀。”他头也不回地走了出去。

他走到街上，在公园巷叫了一辆马车，告诉车夫：“去肯辛顿戈尔的怀特海文宅。”一路上他担心着自己是否也得了那种病。

他身上没出现任何症状，皮肤没毛病，生殖器上也没有原因不明的肿块。不过，他得等一等才能确定。这个该死的爱德华，让他去下地狱吧。

他心里也在担心奥古斯塔，银行倒闭后他一直没见过她。她能帮助他吗？他知道，她一直在拼命克制着对他的性饥渴，在那个怪异的场合她实际上已经屈从了自己的欲望。过去那些日子里，米奇也对她如饥似渴，只是后来他的欲火慢慢减弱。但他觉得她那一头火势变得更猛。他希望如此，他要让她跟自己私奔。

为奥古斯塔家开门的不是她的管家，而是一个邋遢的女人，腰上系着围裙。走过大厅时，米奇注意到屋子收拾得不太整洁。奥古斯塔的日子过得很难。这就更好了，更容易让她听从他的计划。

但她出现在客厅的时候，仍带着原来那副飞扬跋扈的派头，上身穿着一件三角形袖子的紫色丝绸上衣，下面是收腰的黑色喇叭裙。她曾是一个艳惊四座的漂亮女人，现在，五十八岁的她仍然令人驻足侧目。他回想起自己十六岁时对她抱有的那种强烈的冲动，虽然眼下已经丝毫不剩，但他必须装出那种样子。

她没有伸手让他行吻手礼。“你怎么上这儿来了？”她冷冷地说，“你毁了我，毁了我们一家。”

“我可不是有意——”

“你肯定知道你父亲要发动内战。”

“可我不知道一打仗，科尔多瓦债券就会变得一钱不值，”他说，“你能预料到这个吗？”

她犹豫了，显然她也没料到。

她的甲胄现在被撬出了一条缝，他要把它继续扩开。“要知道会这样，我宁可抹了自己的脖子也不会去伤害你。”她很愿意相信这话，这一点他看得很清楚。

但是她说："你说服爱德华欺骗他的股东，才拿到了那两百万英镑。"

"我以为银行有很多钱，这么点儿钱不会影响大事。"

她扭过头去。"我也是。"她平静地说。

他就着这个势头说下去："不管怎么说，现在这都无关紧要了——我今天就离开英格兰，可能永远都不会回来了。"

她看着他，眼里突然现出一阵恐惧，他明白自己争取到了她。"为什么？"她问。

没时间再遮遮掩掩了。"我刚刚开枪打死了一个人，警察正在追捕我。"

她吃了一惊，抓起他的手说："谁？"

"托尼奥·席尔瓦。"

她既兴奋又震惊。她的脸色稍稍变了，眼睛也明亮起来。"托尼奥！为什么？"

"他对我是个威胁。我已经订好了船票，今晚就从南安普敦出发。"

"这么快！"

"我没有别的选择。"

"这么说，你是来道别的。"她说，看上去十分沮丧。

"不。"

她抬头看着他。她眼里那神色是代表着希望吗？他踌躇片刻，随后抛出他早想好的那句话："我想让你跟我一块儿走。"

她瞪大了眼睛，往后退了一步。

他拉住她的手说："这么快就要走了，这让我明白很久以前就该对自己承认这个事实。我想你心里一直都很清楚。我爱你，奥古斯塔。”

他一边做戏，一边盯着她的脸，就像一个水手观察着大海的表面。有那么一会儿，她想让脸上显露出惊讶的表情，但她马上就放弃了。她给了他一个欣慰的笑容，脸上随即出现的淡淡红晕几乎带着少女的羞赧，接着又是一种工于心计的神色，让他明白她正在盘算着自己的得失。

他看出她还在犹豫不决。

他把自己的手放在她胸衣的掐腰上，轻轻地把她转过来，朝向自己。她没有反抗，但从表情上看她心里还在掂量着，并未拿定主意。

两个人的脸贴得更近，她的乳房已经碰到了他外套的翻领，这时他说："我的生活里不能没有你，亲爱的奥古斯塔。"

他能感觉到她在他的触摸下轻轻发抖。她用颤颤巍巍的声音说："我老得足以做你的母亲。"

他凑近她的耳朵，用嘴唇轻轻擦着她的脸。"但你不是，"他说，声音低得像是在耳语，"你是我见过的最让人着迷的女人，多年来我一直惦念着你，这你知道。现在……"他把自己的手从她的腰间往上移，几乎碰到她的乳房，"现在我快管不住我的手了。奥古斯塔……"他顿了一下。

"怎么？"她说。

他就要把她争取到手了，只是还差那么一点点火候。他只得亮出最后一张牌。

"现在我已经不是部长了，我可以跟蕾切尔离婚。"

"你说什么？"

他对着她的耳朵，压低声音："你愿意嫁给我吗？"

"愿意。"她说。

他开始吻她。

3

埃普丽尔·蒂尔斯利急匆匆闯进梅茜的医院办公室。她打扮得花枝招展，穿着一件鲜红的外套，戴着狐狸毛皮领子，手上拿着一份报纸，进门就说："你听说了没有，出事儿了！"

梅茜站了起来。"埃普丽尔！快告诉我出了什么事。"

"米奇·米兰达枪击了托尼奥·席尔瓦！"

梅茜知道米奇，但想了半天才弄明白托尼奥是谁，年轻的时候他跟索利和休一块儿玩过。她记得那个时候他是一个赌徒，埃普丽尔一直黏着他，后来发现他把手里所有的钱都赌光了。"米奇枪击他？"梅茜惊讶地说，"他死了吗？"

"死了。这是下午的报纸。"

"这倒是为什么？"

"上面没写，但报纸上还说——"埃普丽尔犹豫了一下，"你先坐下，梅茜。"

"怎么回事，快说呀！"

"报纸上说，警方要质询他所牵连的三个谋杀案——彼得·米德尔顿，塞思·皮拉斯特，还有……所罗门·格林伯恩。”

梅茜重重坐在椅子上。“索利！”她惊讶地说，觉得一阵晕眩，“米奇杀了索利？天哪，可怜的索利。”她闭上了眼睛，两手捂住了脸。

“你得来一口白兰地，”埃普丽尔说，“你把酒放哪儿了？”

“我们这儿没有酒。”梅茜说。她努力控制住自己的情绪，“给我看看。”

埃普丽尔把报纸递给她。

梅茜读着第一段。上面说警方正在通缉前科尔多瓦部长米格尔·米兰达，质询托尼奥·席尔瓦被谋杀一事。

埃普丽尔说：“可怜的托尼奥，他是我没劈过腿的好男人之一。”

梅茜继续读着。警方也将质询米兰达1866年温菲尔德学校学生彼得·米德尔顿的死因，1873年皮拉斯特银行资深股东塞思·皮拉斯特的死因，以及所罗门·格林伯恩的具体死因，后者于1879年7月在皮卡迪利附近街上被人推进飞奔的马车轮下。

“塞思·皮拉斯特，就是休的叔公塞思？”梅茜愤愤地说，“他为什么要杀这些人？”

埃普丽尔说：“你真正想知道的事情，报纸从来都不告诉你。”

接下来的第三段又让梅茜吓了一跳。枪击案发生在伦敦东北部的沃瑟姆斯都附近一个名叫清福德的小村。她的心几乎要停跳了。“清福德！”

“我从来没听说过这个地方——”

“休就住在那儿！”

“休·皮拉斯特？你心里还惦记着这个人？”

“他肯定跟这事儿有关，你不觉得吗？这不可能是什么巧合！我的上帝啊，真希望他别出什么事。”

“我觉得要是他受了伤什么的，报纸上会说的。”

“事情刚发生在几小时前，他们也可能不知道啊。”梅茜受不了什么事情不明不白，必须亲自探个究竟。她站了起来。“我得弄清楚他到底有事没有。”她说。

“你怎么弄清楚？”

她把帽子戴在头上，用一根别针别住。“我现在就去他家。”

“他老婆会不愿意的。”

“他老婆是个paskudniak。”

埃普丽尔笑了起来说：“什么意思？”

“一坨狗屎。”梅茜穿上她的外套。

埃普丽尔站了起来。“我的马车就在外面。我把你送到火车站。”

上了马车，两人才意识到她们都不知道从哪个火车站才能坐火车去清福德。好在马车夫兼内尔妓院的看门人恰好知道，告诉她们应该从利物浦街车站上车。

到了那里，梅茜匆匆谢过埃普丽尔便一头冲进了车站。这里挤满了圣诞游客和买完东西返回乡下的乘客。空气里弥漫着烟雾和灰尘。人们在刹车的尖啸声和蒸汽引擎的轰鸣声中喊着，互相问候和告别。她在人群里往售票处挤去，周围到处是胳膊上挎着包裹的女人，早早下班的戴圆顶礼帽的公司职员，还有黑脸膛的技师和消防员、儿童、马匹和狗。

她要等十五分钟才能上火车。在站台上，她看到两个年轻恋人在含泪告别，一时间很是羡慕。

火车呼哧呼哧经过沃瑟姆斯都边沿的贝思纳尔格林贫民区，又经过伍德福德白雪茫茫的田野，每隔几分钟就停一站。尽管火车比马车快上一倍，梅茜还是觉得太慢，一直在担心着休是否平安无事。

她在清福德下车后，就被警察拦住，把她请进了候车室。一名侦探问她上午是否曾在这儿经过。显然他们在寻找谋杀案的证人。她告诉他自己以前从未来过清福德。接着她忍不住又问了一句："除了托尼奥·席尔瓦以外，还有别人受伤吗？"

"扭打时两个人受了轻微的割伤和瘀伤。"这个侦探说。

"我在担心我的朋友，他认识席尔瓦先生，名叫休·皮拉斯特。"

"皮拉斯特先生跟行凶者厮打，头上受了伤，"那人说，"但他的伤并不重。"

"哦，感谢上帝，"梅茜说，"你知道他家住哪儿吗？"

侦探告诉她怎么走。"皮拉斯特先生去了苏格兰场，我不知道他现在回来了没有。"

梅茜犹豫了一下，不知是否应该马上返回伦敦，现在她已经知道休肯定没事。这样的话也免去招惹那个可怕的诺拉。不过，跟他见一面会是件高兴的事，再说她也不怕诺拉。想到这儿，她便踩着脚下两三英寸厚的积雪，朝他的房子走去。

她沿着一条新开辟的街道走着，街边是一排廉价的房子，房子前面是一个个光秃秃的小花园。她想，清福德跟肯辛顿相比实在是太差了。她觉得休会淡然处之，对这种落魄境况不以为意，但诺拉会怎么看，她就拿不准了。这个贱人就是为了钱才跟休结婚的，忍受不了再过回穷日子。

梅茜到了休的家门口，敲门时听见屋子里有小孩的哭声。一个十岁出头的男孩出来开门。“你是托比，对不对？”梅茜说，“我来见你的父亲，我是格林伯恩太太。”

“我父亲不在家。”男孩很有礼貌地说。

“那他什么时候回来呢？”

“我不知道。”

梅茜心里一凉，她满心期待着能跟休见一面的。失望之余，她对男孩说：“我想让你告诉他，说我看到报纸上刊登的东西，过来看看他有事没有。”

“好的，我告诉他。”

该说的都说了，看来她只能转身回车站，等下一班去伦敦的火车。她失望地转过身去，走吧，至少避免了跟诺拉发生口角。

但男孩的表情让人疑惑，他好像害怕着什么。她忍不住又转过身，问道：“你妈妈在吗？”

“不，她不在家。”

这太奇怪了。休现在已经雇不起家庭教师了，那么屋子里还有谁呢？梅茜觉得这里面有些不对劲。她说：“现在谁在照看你们？我能跟这个人说句话吗？”

男孩迟疑了：“其实，家里谁也没有，只有我跟我弟弟。”

梅茜的直觉是对的。可这是怎么回事呢？怎么会让三个小孩子自己待在家里，全无旁人照顾？她不知该不该管这件事，因为这肯定会挨诺拉·皮拉斯特的骂。可话说回来，梅茜又不能就这么离开，让休的孩子自己照顾自己。“我是老朋友，很早就认识你父亲……和母亲。”她说。

“我在多蒂姑姑的婚礼上见过你。”托比说。

“啊，是吗？我可以进来吗？”

托比不再紧张了，说：“好的，请进。”

梅茜走进屋子。她循着孩子的哭声进了屋子后面的厨房。一个四岁的孩子蹲坐在地板上，号啕不止，另一边还有个六岁的，坐在厨房的桌子上，随时准备放声大哭。

她马上把小的那个抱起来。她知道这个孩子名叫所罗门，是随了索利·格林伯恩的名字，但大家都叫他的小名索尔。“好啦，好啦，”她轻声安慰着，“怎么回事儿啊？”

“我想要我妈妈。”他说，哭得更响了。

“嘘，嘘。”梅茜低声说，一边摇着他。她觉得自己衣服有些潮湿，才发现这孩子身上尿湿了。四下看看，屋里早已乱得一团糟。桌上到处是面包屑和泼洒的牛奶，水槽里都是脏盘子，地板上也是脏乎乎的。屋里很冷，火已经灭了。整个就好像这几个孩子被抛弃了一般。

“到底出了什么事啊？”她问托比。

“我给他们吃午饭。我切了面包、黄油和一点儿火腿，我想用水壶烧茶，可我把手烫了。”他想逞强，但眼泪马上就忍不住了，“你知不知道我父亲去哪儿了？”

“不，我不知道。”梅茜注意到，小婴儿要妈妈，可大点儿的孩子想要的是他父亲，“那你妈妈呢？”

托比从壁炉上拿过一个信封递给她。上面简单地写了

"休"。

"信没有封口，"托比说，"我看了。"

梅茜把信封打开，取出了一张纸。上面只有一个一笔一画愤然写下的词：

再见

梅茜惊骇不已。一个母亲怎么可以这样丢下三个年幼的孩子，让他们自生自灭？这几个孩子都是诺拉亲生的，她一个个怀抱着哺育了他们。梅茜想到南渥克女子医院的那些母亲。如果她们有人能住进清福德这种三居室的房子，肯定会觉得自己进了天堂。

她把这些念头先放在一边。"你父亲今晚会回来的，我保证。"她说，心里祈祷这话不是在骗孩子。她把四岁的那个抱在怀里，对他说："我们不能让他看见屋里这么乱七八糟的，对吧？"

索尔一本正经地摇摇头。

"我们要把盘子洗了，把厨房收拾干净，生起火来，做一顿晚饭。"她看了看六岁的那个，"你觉得这样好不好，塞缪尔？"

塞缪尔点了点头。"我要黄油烤面包。"他应和地补充道。

"那我们就做这个吃。"

托比还是不太放心，他说："你觉得父亲什么时候会回来？"

"我也说不好。"她实话实说，没必要对小孩子撒谎，他们什么都懂，"但我向你保证，你可以一直等他回来，不管多晚，然后再上床睡觉。怎么样？"

男孩这会儿觉得放心了。“好吧。”

“好啦。现在，托比，你最有力气，去帮我拎一桶煤来。塞缪尔，我看可以给你安排点活儿，用抹布把厨房的桌子擦干净。索尔，你可以扫扫地，因为你最小，紧贴着地板。来吧，孩子们，我们开始干吧！”

4

苏格兰场对报案的反应十分迅速，让休深有好感。案子派给了侦缉督察麦格雷奇，这人长着一张尖尖的脸，跟休年龄相仿，他很谨慎，头脑很聪明，要在银行准能当上总出纳。一个小时之内，他就把米奇·米兰达的通缉令发了出去，在所有关口布置了检查。

在休的建议下，他还派了一名警探去询问爱德华·皮拉斯特，警探回来报告说，米兰达正在潜逃出境。

爱德华也告诉警探说，米奇暗示过自己跟彼得·米德尔顿、塞思·皮拉斯特和所罗门·格林伯恩的死有关。听说米奇还杀死了叔公塞思，休感到十分震惊，但他告诉麦格雷奇，他早已怀疑米奇杀害了彼得和索利。

这个警探接着受命去见奥古斯塔，她仍住在怀特海文宅。因为没钱，她不能无限期地维持下去，但到目前为止，她成功阻挠了房子和里面财产的出售。

一位负责检查伦敦船运办事处的警员报告说，有位办事员说他见到一个符合通缉令上描述的人，但这人自称M.R.安德鲁斯，预订了阿兹台克号的船票，今晚从南安普敦起航。随即南安普敦警方收到指示，派人在火车站和码头严加检查。

去见奥古斯塔的侦探回来报告说，怀特海文宅无人应门，怎么敲也敲不开。

“我这儿有钥匙。”休说。

麦格雷奇说：“她可能出去了。我打算派这位警官去科尔多瓦部。你能不能一个人去怀特海文宅查看一下？”

休很高兴有件事做，便叫了一辆出租马车前往肯辛顿戈尔。他先是按门铃，接着又敲门，里面没人应声。看来，最后一个仆人也走了。他用钥匙打开门，走进屋子。

房子里面很冷。躲躲藏藏不是奥古斯塔的风格，但他还是决定每个房间都看一遍，以防万一。一楼空空如也，于是他上到二楼去查看她的卧室。

眼前的景象让他大吃一惊。衣柜门虚掩着，矮柜的抽屉全都打开着，衣服胡乱丢在床上、椅子上。这不像是奥古斯塔干的，因为她喜欢干净，做事讲究条理。一开始他以为这里被人抢劫了，但随后脑子里又有了一个新的想法。

他跑上两截楼梯，到了仆人住的那层。十七年前他在这儿住的时候，手提箱和旅行箱都一摞摞存放在一个大的壁橱里，叫作箱子储藏室。

他看见门是开着的。储藏室里只有几个手提箱，少了坐船用的大旅行箱。

奥古斯塔跑了。

他匆匆检查了所有其他房间。不出所料，整个房子里一个人都没有。仆人房间和客人的卧室因为久置不用已经散出霉味。当他走进约瑟夫伯父从前的卧室，惊讶地发现这里面几乎跟以前一模一样，而别的地方已经翻来覆去装修过好几次。他正要离开，目光落在了上漆的陈列柜上，那里面装着约瑟夫多年珍藏的鼻烟盒。

陈列柜是空的。

休皱起了眉头，他知道鼻烟盒并未拿出去拍卖，因为奥古斯塔不准任何人搬她的东西。

这么说她把鼻烟盒随身带走了。

这些藏品能值十万英镑，这笔钱能让她舒舒服服度过余生。

但这些东西不属于她，它们属于联合集团。

他决定追赶她。他飞身下楼，跑到了街上。几码以外有一个出租马车站。几个车夫正凑在那里聊天，跺着脚来驱赶寒意。休跑过去问道："今天下午有谁载过怀特海文夫人没有？"

"我们两个载过，"一个车夫说，"一个专门给她拉行李！"其他人都笑了。

休的推测得到了证实。"你把她载到什么地方？"

"滑铁卢站，一点钟去码头的火车。"

码头火车直达南安普敦，这正是米奇坐船出发的地方。他们两个一直是对密友。米奇像个无赖一样跟在她后面甜言蜜语，吻她的手，用尽巴结奉承之能事。尽管他们年龄相差十八岁，但看上去就像两口子。

"但他们没赶上火车。"那个车夫又说。

"他们？"休说，"还有别人跟她同行？"

“一位上了年纪的家伙，坐着轮椅。”

很明显，这人不是米奇。那么他又是谁呢？整个家里没有人病弱得要坐轮椅。“你说他们没赶上火车，但你知道下一班码头火车是什么时候吗？”

“三点。”

休看了看手表。现在是两点半。他可以赶上这趟车。

“送我去滑铁卢。”说着，他跳进车厢。

他赶到火车站时，刚好来得及买一张车票登上码头火车。

这列火车车厢之间相互连通，他可以从头到尾走上一遍。等火车驶出车站，渐渐提速穿过南部伦敦的一座座房舍时，他就开始寻找奥古斯塔。

他并没走多远就看见了她——她就在旁边的那节车厢里。

他匆匆瞥了一眼就急忙走过她的包厢，免得被她发现。

米奇没跟她在一起。他可能搭上了更早的列车。她的包厢里只有两个人，另一个是膝盖上裹着毯子的老人。

他走到下一节车厢，找了个座位。他大可不必立刻就跟奥古斯塔对质。她也许没有随身带着鼻烟盒，它们可能装在她的旅行箱里，放在行李车上。现在就去问她只能打草惊蛇。最好等到火车到达南安普敦时再说。他先跳下车去找个警察，等她的行李卸下车时，再当场盘问她。

假如她否认自己拿了鼻烟盒呢？他就会坚持让警方搜查她的行李，责成他们调查盗窃行为，奥古斯塔越抗议，就越会引起警察的怀疑。

假如她声称鼻烟盒是她的呢？当场无法验证这一点。如果出现这种情况，休就要建议警方扣留这些贵重物品，把抗辩双方的说法调查清楚。

他控制着心里的焦急，看着温布尔登的田野从窗外快速掠过。十万英镑是皮拉斯特银行的一大笔钱，他决不能让奥古斯塔把它偷走。这些鼻烟盒也象征着整个家族清偿债务的决心。如果听任奥古斯塔随身带走，人们就会说皮拉斯特家族像盗窃犯一样，能偷什么就偷什么。一想到这些休就怒火中烧。

火车到达南安普敦时，天上还在下雪。休把头探出车窗，看着火车慢慢驶入车站。这里到处都是穿制服的警察。他推断他们还没有抓住米奇。

不等火车停稳他就跳了下来，抢在别人前面赶到检票口。他找到一个警督，对他说："我是皮拉斯特银行的资深股东，"说着，他把自己的名片递过去，"我知道你们在抓一个凶手，但现在这列车上有个女人带着偷来的财物，价值十万英镑，这是银行的财产。我相信她正打算今晚搭乘阿兹台克号，把这些东西带出国去。"

"这些财物到底是什么，皮拉斯特先生？"警督问。

"镶宝石的鼻烟盒。"

"这个女人是谁？"

"怀特海文伯爵的遗孀。"

警察眉毛一挑。"我自己也读报，先生。我看这事儿跟银行的倒闭有关系。"

休点了点头说："这些鼻烟盒必须拍卖出去，偿还那些受到损失的人。"

"你能指一下哪个是怀特海文夫人吗？"

休朝站台看去，目光穿过纷纷落下的雪花。"那个站在行李车那儿，帽子上带着鸟翅膀的就是。”她正监督着她的行李卸车。

警督点点头说：“好极了。你就跟我在这儿等着。等她经过的时候我们把她扣下。”

休紧张地看着下车的乘客涌出检票口。虽然他肯定米奇并不在火车上，但还是仔细地查看每个乘客的面孔。

奥古斯塔最后一个离开。三个搬运工来搬运她的行李。她看见休站在检票口，脸色立刻变得苍白。

警督非常礼貌地说：“对不起，怀特海文夫人，我有话跟你说。”

休还从未见过奥古斯塔如此慌张，但她并没有丧失她一贯的威严。“恐怕我没有时间，警官，”她冷冷地说，“我马上就要上船，今晚就要出发。”

“我保证阿兹台克号在你登船之前不会起航，我的夫人。”警督平心静气地说。他瞥了一眼几个搬运工，说，“小伙子们，把这些行李先放这儿。”他随后又转向奥古斯塔，“皮拉斯特先生声称你随身带着一些非常有价值的鼻烟盒，这些东西是他的。是这样吗？”

她一下子显得不那么惊慌了，让休感到迷惑不解——他担心她对此早已留了一手。“我不明白为什么要回答这种无礼的问题。”她傲慢地说。

“如果你拒绝回答，我就要检查一下你的行李了。”

“好吧，我的确带了鼻烟盒，”她说，“但这些东西是属于我的。是我丈夫留下的。”

警督转身看着休。“你的意见呢，皮拉斯特先生？”

“这些东西是她丈夫留下的，但他留给了他的儿子爱德华·皮拉斯特，而爱德华的财产已经被银行没收。怀特海文夫人是在偷窃。”

警督说：“我必须把你们二位带回派出所，把这件事情调查清楚。”

奥古斯塔慌了：“可我不能错过这班船！”

“那样的话，我只能建议你把这些有争议的财物交给警方保管。如果你的说法属实，这些东西就会退回给你。”

奥古斯塔犹豫了。休知道，把这些值钱的宝贝从她手里拿走，肯定让她心疼死了。但她应该明白这是无法避免的吧？她被逮个正着，不进监狱就很幸运了。

“鼻烟盒在哪儿，我的夫人？”警督说。

休等待着。

奥古斯塔指了指一个手提箱说：“都在这里面。”

“请把钥匙给我。”

她又犹豫了一下，然后屈服了。她拿出一小串行李箱钥匙，找出其中一个，递了过去。

警督打开手提箱。箱子里装的都是鞋袋。奥古斯塔指了其中一个。警督打开这个袋子，里面有一个浅色的木制雪茄盒。他打开盒盖，露出一个个精心用纸包裹起来的小物件。他随手拿了一个，打开纸包。这是一个做成蜥蜴形状的小金盒，上面镶嵌着小片的钻石。

休长长地舒了一口气。

警督看着休说：“你知道一共多少个吗，先生？”

家里人全都知道。“六十五个，”休回答说，“每个代表约瑟夫伯父生命中的一年。”

“你想清点一下吗？”

奥古斯塔说：“一个也不少，全在这儿了。”

休还是点了一下，一共六十五个。他感到了一种胜利的快感。

警督拿起雪茄盒子，把它递给另一名警察。“你可以跟内维尔警官去派出所，他会给你开具一个正式的货物收据，我的夫人。”

“把收据送到银行吧，”她说，“我可以走了吗？”

休感到有些不安。奥古斯塔很失望，但没有因此被击垮。好像她在担心着别的什么，而那对她来说比鼻烟盒更为重要。还有，米奇·米兰达在哪儿？

警督行了个鞠躬礼，然后奥古斯塔就出去了，三个搬运工搬上沉重的行李跟着她。

“非常感谢你，警督，”休说，“很遗憾你们没把米兰达也抓到。”

“我们会的，先生。他不会登上阿兹台克号的，除非他长了翅膀。”

行李车的守卫推着一把轮椅沿站台走过来。他在休和警督面前停下，说：“这个该怎么处理？”

“这是怎么回事？”警督耐心地说。

“那个带了不少行李、帽子上有个鸟的女人。”

“是怀特海文夫人。”

“她跟一个老绅士在滑铁卢车站上车。她把他安排在头等车厢，然后让我把轮椅放进行李车。我说：‘很高兴帮这个忙。’可到了南安普敦，她假装不明白我说的话。她说：‘你大概认错人了，’我说：‘不可能，只有你戴这样的帽子。’”

休马上说：“这就对了——出租马车夫说过，她跟一个坐轮椅的人一块儿……包厢里也的确有个老家伙跟她在一起。”

“你看，我说对了吧。”守卫得意地说。

警督一直像个老伯伯一样慈眉善目，现在却脸色一变，对休质问道：“你看见那个老家伙从检票口过去了？”

“没有。所有乘客我都看过了。奥古斯塔伯母是最后出去的。”接着，他一下子恍然大悟，“天哪！你不觉得那是化了装的米奇·米兰达吗？”

“不错，我也这样认为，可他现在在哪儿？难道他提前下车了？”

守卫说：“不会，这是特快列车，是从滑铁卢直达南安普敦的。”

“那我们就要搜查整列火车，他肯定还在上面。”

但他没在车上。

5

奥古斯塔登上阿兹台克号，船上张灯结彩，圣诞晚会正办得热火朝天。乐队在主甲板上演奏着乐曲，乘客们穿着晚礼服，喝着香槟，跟前来送行的亲友翩翩起舞。

一位侍者领着奥古斯塔登上豪华的楼梯到上层甲板的高级客舱。她花掉所有现金买了最好的包厢，本以为行李箱里还有那些鼻烟盒，不用担心没钱花。这间房的门对着甲板。里面有一张宽大的床，一只正常规格的洗脸盆，还有舒适的椅子和电灯。梳妆台上摆着鲜花，床边的茶几上放着一盒巧克力，矮桌上有一瓶放在冰桶里的香槟。奥古斯塔想让侍者把香槟拿走，但随后改变了主意。她开始了新的生活，也许以后就要喝香槟了。

她上船的时候很及时。几个搬运工刚把她的行李搬进客舱，她就听到那句开船前惯有的吆喝声："送亲友的该上岸了！"搬运工离开后，她走上狭窄的甲板，翻起大衣领子免得上面落雪。她靠在栏杆上往下看。下面很陡，水面上有一条拖船正准备将这艘巨大的班轮拖出海港。她看到旋梯一个跟着一个收了起来，缆绳也全放开了。轮船汽笛长鸣一声，码头上的人群里爆发出一片欢呼，接着，巨大的船体开始缓慢移动，几乎让人察觉不出。

奥古斯塔回到她的客舱，关上门。她慢慢脱下衣服，穿上一件丝绸睡衣，再加上一件罩衣。然后她叫来侍者，告诉他今晚再不要打扰，她什么也不需要了。

"要我早晨叫醒你吗，我的夫人？"

"不用，谢谢你，有事我会按铃的。"

"好的，我的夫人。"

他一走，奥古斯塔就把门锁上。

接着她打开箱子，把米奇放出来。

他摇摇晃晃地在客舱里走了几步，一头倒在床上。"上帝保佑，我都以为自己要死了。"他呻吟着。

"我亲爱的小可怜儿，哪儿疼啊？"

"我的两条腿。"他揉着小腿。腿上的肌肉抽筋了。她用手指尖为他按摩，透过裤子感觉他皮肤的温度。她很久都没有这样抚摸一个男人了，只觉得一股热流涌上她的喉咙。

她常常做白日梦，就这样抚摸着米奇·米兰达，跟他一起私奔。她在丈夫生前和死后都做过这种梦。每次一想到这样做她会失去房子、仆人、置办衣服的津贴、社会地位和在家族中的权力，梦幻也就随即破灭了。但现在银行的破产剥夺了这一切，她可以任由自己的欲望摆布了。

“水。”米奇有气无力地说。

她拿起床边的水罐倒了一杯水。他翻身坐了起来，接过杯子，一下子全喝掉了。

“再来点儿……米奇？”

他摇摇头。

她从他手上接过杯子。

“你的鼻烟盒没了，”他说，“我从头到尾都听见了。这个卑鄙的休。”

“不过你有不少钱，”她指着冰桶里的香槟说，“我们该喝点儿。我们离开了英格兰。你逃脱了！”

他盯着她的胸部。她觉得自己的乳头由于兴奋变硬了，他能看见丝绸睡衣上两个尖挺的凸起。她很想说“如果你想摸，就摸吧”，但她犹豫了。时间很富裕，他们还有一整晚。他们拥有一整个旅程。他们还有全部的余生。可是突然间她再也等不得了。她感到既内疚又羞耻，但她渴望把他赤裸的身子抱在怀里，这种渴望比羞耻更强烈。她坐在床边，把他的手拉到自己的唇边，吻了吻，然后把这只手放在她的乳房上。

他好奇地看了她一会儿。随后他开始隔着丝绸睡衣抚摸她的乳房。他的触摸很是温柔。他的指尖轻轻拂过那对敏感的乳头，让她快活地喘息起来。他换了个方式，把她的乳房抓在手心，上下推揉着。然后，他又用手指挤捏她的乳头。她闭上眼睛。他用力挤着，让她疼得尖叫起来，猛地甩开他，站了起来。

“你这个蠢货。”他冷笑了一声，下了床。

“天哪！”她说，“不！”

“你还以为我真的会娶你！”

“是的——”

“你再也没钱没影响力了，银行垮了，而你甚至连鼻烟盒也没有保住。跟你在一起还有什么意思？”

她觉得胸口一阵刺痛，就像心上被戳了一刀。她说：“你说过你爱我……”

“你五十八岁，跟我母亲岁数一样，我的上帝！你老得满脸皱纹，又卑鄙又自私，就算地球上只剩你一个女人，我也不会干你！”

她简直快要晕过去了。她忍着不让自己哭出来，但这没用。她眼眶里涌满了泪水，身子颤抖着，绝望地呜咽起来。她彻底被人毁掉了。她没了家，没有钱，也没有朋友，她信任的男人背叛了她。她背过身去，藏起自己的脸，她不愿意让他看到自己如此羞愧、如此悲伤。“求求你，住嘴吧。”她低声说。

“我会住嘴的，”他轻蔑地说，“我在这艘船上订了一个包厢，我这就过去。”

“但是，我们到了科尔多瓦……”

“你不去科尔多瓦。你可以在里斯本下船，返回英格兰。我再也用不着你了。”

每个字都像一记重棒打在她的头上，她连连后退，用两手挡着自己，似乎这样就可以挡住他的恶意诅咒。她一下撞到了舱门。她不顾一切地想要离开他，打开门倒退着走了出去。

夜晚冰冷的空气让她一下子清醒过来。她的所作所为简直就像一个孤苦无助的小姑娘，丝毫不像一个成熟能干的女人。她的生活短时间失去了控制，现在应该让一切重新回到正轨了。

一个穿晚礼服的男人从她身旁走了过去，嘴里吊着根雪茄。看到她穿着睡衣站在那里有些吃惊，但没有跟她说话。

这让她有了一个主意。

她几步退回船舱，关上了门。米奇正对着镜子整理他的领带。“有人到这儿来了，”她急切地说，“是个警察！”

米奇悠闲自得的样子转眼间不见了，讥笑的神色一扫而去，取而代之的是一脸恐慌。“噢，我的上帝！”

奥古斯塔的脑子飞快地转着。“我们还没有离开英国水域，”她说，“他们可以逮捕你，用海岸警卫队的快艇送回去。”她也不知道自己说的是不是真的。

“那我可得躲起来。”他爬进了旅行箱，“把前面合上，快点儿。”他说。

她把他关在旅行箱里。

然后，她咔嗒一下扣上闩锁。

“这样好一些。”她说。

她坐在床上，盯着这只箱子。她脑子里一次次回忆着他们的谈话。她让自己变得十分脆弱，让他轻易地伤害了她。她回想着他爱抚她的滋味。除了他，只有两个男人摸过她的乳房：斯特朗和约瑟夫。她想着他是如何使劲拧她的乳头，用下流话辱骂她。时间一分一分地过去，她的愤怒冷却下来，变成一种模糊的、充满恶意的复仇渴望。

米奇从箱子里发出闷闷的声音："奥古斯塔！发生了什么事？"

她没有回答。

他开始呼救。她从床上拿了一条毛毯盖住箱子，把声音压下去。

过了一会儿，他不再喊叫了。

奥古斯塔考虑了一下，把写着她名字的标签从箱子上撕下来。

她听见客舱关门的砰砰声——乘客一个个都去餐厅了。船开始驶入英吉利海峡的浪涛中，稍稍颠簸起来。奥古斯塔坐在床头思前想后，这一晚很快就过去了。

午夜到凌晨二点之间，乘客三三两两回到船舱。此后，乐队也停了，船上安静下来，只能听到发动机和海浪的轰鸣声。

奥古斯塔着了魔似的盯着那只锁着米奇的旅行箱。这只箱子是让身强力壮的搬运工背到这儿来的。奥古斯塔抬不起来，不过她觉得自己可以拖动它。箱子两侧有铜把手，上下两面都有皮革带子。她抓住顶部的皮带使劲一拉，把箱子侧过来。箱子晃了一下，正面朝下倒在地上，发出一声巨响。米奇又开始喊了起来，她马上又用毛毯盖住。她等待着，看看会不会有人询问刚才的响动，但没有人来问。米奇也不再喊了。

她又抓起皮带拉起来。箱子非常沉，但她还是能一点点往前挪。她拉一阵儿，就停下来歇一会儿。

花了十分钟她才把箱子拉到船舱门口。然后，她穿上长袜、靴子和毛皮大衣，把房门打开。

四周一个人也没有。船上的乘客都已入睡，就算甲板上有船员巡逻，也没出现在附近。船上用昏黄的小电灯照明，天上没有一丝星光。

她把旅行箱拖出舱门，又停下歇了口气。

之后变得容易了些，因为甲板上有雪，很滑。十分钟后，她把箱子拉到栏杆边。

下面的事情就困难了。她拉着皮带，抬起箱子的一头，想把它立起来。第一次她没搬起来，箱子脱手落在地上。箱子击中甲板的声音听上去很响，但这次也没人过来查看——轮船的烟囱喷云吐雾，船体也在劈波斩浪，因此总有断断续续的噪声。

第二次她狠下心来，一定要完成它。她一条腿跪在地上，两手抓紧皮带，慢慢把箱子抬起来。当抬到四十五度角时米奇在里面动了一下，他的体重移到了下面，突然间很容易地就把箱子立了起来。

她再把箱子转了个角度，让它斜靠在栏杆上。

最后这部分最难。她弯下腰，抓住底面的皮带。她深吸了一口气，抬起箱子。

她不必承担整个箱子的重量，因为它的另一头担在栏杆上，但她使尽全身气力也只是把箱子抬起了一英寸，然后就从她冰凉的手指上滑下来，落回原处。

她看来完不成这件事了。

她歇了歇气，感到精疲力竭，浑身麻木。但她不能就此罢休。既然已经拼命把箱子拖了这么远，她必须再试一次。

她弯下身子，再次抓起皮带。

米奇在里面又说话了："奥古斯塔，你在干什么？"

她压低声音，一字一字地说："记得彼得·米德尔顿是怎么死的吧。”她停顿了一下。箱子里没有一点声音。

“你也要这么死了。”她说。

“不，求你了，奥古斯塔，我的爱。”他说。

“水会很冷，灌进你肺里的味道会很咸；但死神攥紧你心脏的时候，你就知道他尝过的那种恐惧的滋味了。”

他开始大声喊起来：“救命！救命！来人哪，救救我！”

奥古斯塔抓住皮带，用尽全身力气抬起箱子。箱子的底部离开了甲板。米奇意识到不妙，闷闷的喊声更响、更吓人了，声音压过了发动机和大海的噪声。马上就会有人过来看的。奥古斯塔再次用力托举。她把箱子底部托到齐胸的高度，又停下来，感到已经筋疲力尽，再也撑不住了。米奇在箱子里疯狂抓挠着，拼命想逃出来。她闭上眼睛，紧咬牙关，使劲往上推。挤出她最后的一点儿力量，只觉得后背什么地方一下子断开了，让她疼得叫了一声，但她继续往上抬。箱底现在已经高过了顶部，沿着栏杆往前滑了几英寸，但又停了下来。奥古斯塔觉得后背痛苦难当。米奇的叫声随时都有可能惊醒那些喝得半醉的乘客。她知道现在她只需再抬一次就行了。这是最后的一搏。她积攒体力，闭上眼睛，咬牙忍住背上的剧痛，使劲儿往上一托。

箱子慢慢滑过栏杆，然后便落入空中。

米奇发出一长声尖叫，但声音很快就被风声吞没了。

奥古斯塔往前一跌，依靠在栏杆上缓和一下后背的疼痛，看着那只大箱子在空中飘落的雪花中翻了几下，慢慢落下去。它撞向海面，激起一股大大的水花，沉了下去。

转眼间箱子又浮了起来。奥古斯塔想，就让它漂上一会儿吧。她的后背疼痛难忍，真想马上躺下休息，但她继续留在栏杆边上，看着旅行箱在波涛中上下漂浮。接着它从视线中消失了。

她听到身边传来一个男人的声音。“我好像听到有人在呼救。”这人不无担忧地说。

奥古斯塔马上镇定下来，转过身去，看见一个彬彬有礼的年轻人，穿着丝绸晨衣，戴着围巾。“是我，”她回答他说，脸上装出一个微笑，“我做了一个噩梦，喊了起来，吓醒了，现在出来清醒清醒。”

“噢，那你没事吧？”

“没事。你真好心。”

“那么，祝你晚安。”

“晚安。”

他转身回到自己的舱里。

奥古斯塔低头看着水面。过一会儿她会蹒跚着回到床上，但现在她想再多看几眼大海。那只旅行箱会慢慢进水，她想象着海水通过狭窄的缝隙喷射到箱子里面。在米奇挣扎着打开箱子时，水面会一寸寸升高，把他的身体托起来。水没过他的鼻子和嘴巴，这时他要尽可能长时间憋住气。但最终他会不由自主地大喘一口，冰冷咸涩的海水就会涌进嘴里，灌入他的喉咙，充满他的肺。他还会多挣扎一会儿，饱受痛苦和恐怖的折磨，直到变得软弱无力，一动不动，然后黑暗慢慢来临，死亡如期而至。

6

火车终于驶进清福德车站，休下了车，感到身上疲乏极了。尽管他急于上床睡觉，但还是在天桥上米奇枪杀托尼奥的地方停了一下。他摘下帽子，光着脑袋在雪地里站了一分钟，怀想着这位朋友年少时和成人后的模样。然后他才继续往家走。

他不知道这一切会对外交部以及外交部对科尔多瓦的态度产生何种影响。米奇到现在还未缉拿归案。但无论抓到米奇与否，休都可以利用这一事实，因为他亲眼目睹了这场谋杀。报纸会乐于刊登他亲身经历的直观描述。一位外国的外交官在光天化日之下开枪杀人，必定引起公愤，议会议员们可能会做出某种形式的谴责。米奇成为凶手的事实必定会让米兰达老爹丧失受英国政府承认的机会。外交部可能被说服支持席尔瓦家族，惩罚米兰达家族，为英国投资者向圣玛丽亚海港公司讨要赔偿金。

他越想，就越觉得事情十分乐观。

他希望自己到家时诺拉已经上床睡了。他不想听她抱怨如何度过这悲惨的一天，待在这个荒无人烟的偏僻村庄，也没人帮她照料三个吵闹的男孩子。他只想一个骨碌钻进被窝睡觉。到了明天，他再好好想想今天发生的事情，判断它们会对他自己、对银行产生什么影响。

他走上花园间的小径，看见窗帘后面亮着灯，感到有些失望。看来她还醒着。他用手里的钥匙打开门，进了前屋。

他吃惊地看到三个孩子穿着睡衣，在沙发上坐成一排，正在看一本插图故事书。

让他大为惊愕的是，梅茜正坐在他们中间，在给他们读故事。

三个孩子马上跳起来，跑到他跟前。他挨个抱了抱他们，亲吻着他们的脸，最小的索尔，中间的塞缪尔，然后是十一岁的托比。两个小的见到他只是高兴，但托比的脸上还有别的东西。

“怎么啦，伙计？”休问他，“发生什么事了吗？你妈妈在哪儿？”

“她买东西去了。”说完，他一下子哭了起来。

休用手搂住孩子，看着梅茜。

“我是四点钟左右来的，”她说，“诺拉大概在你走后不久就出去了。”

“她把他们扔下走了？”

梅茜点了点头。

休心里一股火蹿了上来。几个孩子被扔在家里待了大半天，任何事情都有可能发生。“她怎么能这么做呢？”他痛苦地说。

“这里有封信。”梅茜递给他一个信封。

他打开一看，信纸上只写了两个字：再见。

梅茜说：“信没封上。托比读过，后来他让我看了。”

“真是难以置信。”休说了一句，可话一说出口，他就觉出自己说错了，发生这种事情毫不奇怪。诺拉一直都认为自己的愿望高于一切。现在她连自己的孩子都不要了。休猜测她是去了她父亲的酒吧。

她写这张便条看来是告诉他，她不会再回来了。

他真不知道自己该有何感想。

他的首要职责是这几个孩子。要紧的是不要让他们担心。他暂时把自己的烦恼放在一边，说："孩子们，你们待得太晚了，该去睡觉了。咱们走！"

他带着孩子们上楼。塞缪尔跟索尔住在一间屋子，托比有他自己的卧室。休把两个小的安顿好，然后再去看老大。他在床边俯下身子，亲了他一下。

"格林伯恩夫人的心肠好。"托比说。

"我知道，"休说，"她以前跟我最好的朋友索利结婚，后来他死了。"

"她还很漂亮。"

"你觉得她漂亮？"

"嗯。妈妈还会回来吗？"

休一直害怕回答这个问题。"当然，她会的。"他说。

"真的？"

休叹了口气说："跟你说实话，伙计，我不知道。"

"如果她不回来，格林伯恩夫人会照顾我们吗？"

孩子总能看穿事情的实质，休寻思着。他避开这个问题，说："她经营一家医院，有好几十个病人需要照顾。我想她不会有时间再来照看小孩子。好了，没有问题了。晚安。"

托比显得不太踏实，但他也不再追问："晚安，爸爸。"

休吹灭了蜡烛，离开房间，把门关上。

梅茜做好了可可。"我看你想喝点儿白兰地，但你家里好像一点儿也没有。"

休笑了说："我们属于中下阶层，喝不起酒。可可就很好。"

杯子和茶壶放在托盘上，但两个人谁都没去碰。他们站在房间的中央，互相看着对方。梅茜说："我在下午的报纸上看到发生了枪杀案，跑过来看看你有事没有。我发现几个孩子单独在家，就给他们准备了晚餐。然后我们就等你回来。"她微笑着，带着顺从和情愿接受的神情，其中的含义是，下面要发生什么，全由休来做主。

突然间他身上哆嗦起来。他靠在椅背上好让自己站稳。"这一天太不一般了，"他声音颤抖着，"我觉得有点儿奇怪。"

"你应该先坐下。"

突然，一阵深深的爱意压倒了他。他没坐下，而是伸出胳膊把她搂住。"拥紧我。"他恳求道。

她轻轻捏了一下他的腰。

"我爱你，梅茜，"他说，"我一直爱着你。"

"我知道。"她说。

他注视着她的眼睛。那双眼睛里充满了泪水，四目相对之时，一滴眼泪溢出眼眶，顺着脸颊流淌下来。他吻去这滴泪花。

"过了这么多年，"他说，"让我等了这么久。"

"今晚为我做爱吧，休。"她说。

他点点头说："从今往后，每天晚上。"

接着，他又去吻她。

尾　声

1892

自《泰晤士报》：

讣告

5月30日，怀特海文勋爵、皮拉斯特银行前资深股东，于久病之后在他法国昂蒂布的住所去世。

“爱德华死了。”休放下手里的报纸。

梅茜在他旁边，两个人坐在火车车厢里，她身上是一件夏天穿的深黄色、带着小红点的套装，帽子上系着一条黄色塔夫绸丝带。他们要去温菲尔德学校参加讲演日活动。

“他是个堕落的废物，不过他母亲会想他的。”她说。

十八个月以来奥古斯塔和爱德华一直住在法国南部。尽管他们以前的作为令人不齿，但联合集团还是支付他们与其他皮拉斯特股东相同的津贴。他们两个都成了残疾人：爱德华是梅毒晚期患者，奥古斯塔则得了腰椎间盘突出，大部分时间都得坐轮椅。休听人说，尽管身患疾病，她依然在当地成了英国人社区的一位无冕女王，她为人做媒，调停纠纷，组织社交活动，传播各种社交规则。

“他爱他母亲。”休说。

她好奇地看着他说：“你怎么这么说？”

“除了这个，我再也想不出他的任何优点了。”

她深情地笑着，吻了他的鼻子一下。

火车喀嚓喀嚓驶进了温菲尔德车站，他们下了车。托比已经在这儿待了一年整，而这也是伯蒂在校的最后一年。这天天气很好，风和日丽。梅茜打开阳伞——那是用跟她衣服一样的花绸布做的——两个人朝学校走去。

自从休离开这所学校，二十六年来发生了很大变化。老校长鲍尔森博士早已去世，方庭里立着他的雕像。新校长接过了那根恶名昭彰的白蜡杆，但他不怎么使用它。四年级的宿舍还是在那个毗邻石头礼拜堂的老牛奶场里。但他们也建了一座新楼，里面的礼堂可以容纳所有的学生。教育方面也变好了，托比和伯蒂除了学数学和地理，同时还学了拉丁文和希腊文。

他们在礼堂外面见到了伯蒂。这一两年他已经长得比休还高了。这孩子生性严肃、勤奋，也很守规矩，不像休当时那样总惹麻烦。他继承的大多是拉宾诺维奇家的遗传，休觉得他跟梅茜的哥哥丹很相像。

伯蒂亲了他母亲一下，跟休握了握手。“出了点儿小乱子，”他说，“我们的校歌歌片儿不够了，就让四年级生拼命抄。我得过去抽他们，让他们赶快。演讲以后我再过来。”他急匆匆地走了。休满怀爱意地看着他，怀旧地想，没出校门之前，学校的事情简直都是天下大事啊。

然后他们见到了托比。现在的小男生不用戴礼帽也不用穿双排扣常礼服了，托比戴了顶硬草帽，上身穿了件短外套。“伯蒂说，演讲会结束以后，我可以去他的房间跟你们喝茶，假如你们不介意。这样可以吗？”

“当然可以。”休笑了起来。

"谢谢你，父亲！"托比又跑开了。

在学校礼堂里，他们惊奇地遇见了本·格林伯恩，他显得很老，也很虚弱。梅茜还是一如既往地直率，说："你好，你来这儿做什么？"

"我的孙子是优等生，"他粗声粗气地说，"我来听他发言。"

休吃了一惊。伯蒂不是格林伯恩的孙子，老人知道这事儿。难道他晚年后心肠变软了？

"坐我这儿。"格林伯恩命令道。休看了看梅茜，她耸了一下肩膀坐了下来，休也跟着坐下。

"我听说你们两个结婚了。"格林伯恩说。

"是上个月，"休回答说，"我的第一任妻子对离婚没有异议。"诺拉跟一个威士忌推销员住在一起，休雇了一个私人侦探，几天时间就弄到了她通奸的证据。

"我不赞成离婚。"格林伯恩的声音很干脆。接着，他叹了口气，说，"但我到了这个岁数，也不能对别人的事情指手画脚了。这个世纪就要过去了，未来属于你们，我祝你们好运。"

休拉过梅茜的手，捏了一下。

格林伯恩转向梅茜说："你要送这孩子上大学吗？"

"这我负担不起，"梅茜说，"付这学校的费用都够难的了。"

"我愿意出这笔钱。"格林伯恩说。

梅茜感到惊讶。"你真太好了。"她说。

"我几年前也应该好一点儿，"他回答说，"我一直把你当成只图钱财的那种人，这是我犯的一个错误。如果你只为了钱，就不会嫁给这位皮拉斯特，我把你看错了。”

“你并没有伤害过我。”梅茜说。

“不管怎么说，都是过于苛刻了。我本人没有做过多少憾事，但这是其中之一。”

小学生们开始进入会堂，最小的学生在前排席地而坐，大一些的孩子坐在椅子上。

梅茜对格林伯恩说：“休已经合法收养了伯蒂。”

老人用锐利目光瞥了休一眼。

“我认为你才是真正的父亲。”他直率地说。

休点了点头。

“我很久以前就该猜到。不要紧，那孩子认为我是他的祖父，我也就有了这个责任。”他尴尬地咳嗽了一声，然后换了一个话题，“我听说联合集团要支付股息了。”

“是的，”休说，他最终把皮拉斯特银行的所有资产处置完了，出资拯救银行的联合集团已获得了小部分的利润，“所有成员会获得约百分之五的投资回报。”

“干得好，我没想到你能做到这份上。”

“这是科尔多瓦新政府的功劳。米兰达家族的资产移交给了圣玛丽亚海港公司，这样一来债券还值点儿钱。”

“那个叫米兰达的后来怎么样了？他实在是个糟糕的家伙。”

“米奇？他的尸体被人发现装在一个大旅行箱里，冲到了怀特岛的海滩上。谁也不知道那箱子怎么会到那儿，他为什么进到那里面。”休很关注尸体身份的鉴定，因为确认米奇的死亡十分重要，这样，蕾切尔就终于可以嫁给丹·罗宾逊了。

一个小男生走过来，把一份份墨迹斑斑的手抄校歌歌片儿分发给父母和亲属们。

“你呢？”格林伯恩问休，“集团的事儿结束后，你打算做什么？”

“我正打算向你请教这件事，”休说，“我想开办一家新银行。”

“怎么开办？”

“用在证券市场发售股份的方式募集资金，皮拉斯特有限银行。你觉得怎么样呢？”

“这是个大胆的想法，不过你总是有新点子。”格林伯恩沉吟了片刻，继续说，“有趣的是，你们银行的破产到头来却让你声誉倍增，因为你处理问题的方式非常高明。说到底，如果一个银行家在自己破产以后还能清偿所有债权人，那么，世界上还有比他更可靠的人吗？”

“这么说……你认为这种办法可行？”

“我有这个把握。我自己也会投些钱的。”

休感激地点了点头。更重要的是格林伯恩欣赏这个想法。在金融界，大家有事都要征求他的意见，得到他的首肯相当可贵。休原本就认为自己的计划有可能实现，格林伯恩的肯定更增强了他的信心。

校长走进会堂，所有人都站了起来。校长身后跟着学校舍监、主讲嘉宾——一位议会自由党成员和优等生代表伯蒂。他们在主席台上就座，然后伯蒂走到讲台边，用响亮的声音说：“让我们唱校歌。”

休看了梅茜一眼，她自豪地笑了笑。钢琴奏出了那熟悉的前奏，然后所有人唱了起来。

一个小时后，趁着其他人在伯蒂的房间喝茶，休溜了出来，穿过院子里的人群进了主教林。

天很热，感觉就像二十六年前的那一天。树林仿佛丝毫未变，山毛榉和榆树的树荫下十分安静，也很潮湿。他还记得水塘怎么走，很容易就找到了那条小路。

他已经不像原来那么敏捷了，没再沿着采石场的石头往下爬。他坐在边上，捡起一块石子扔进池塘。石子打破了镜面般的止水，漾起一圈一圈圆圆的波纹。

除了那个远在开普殖民地的阿尔伯特·卡米尔，现在这里只剩下了他一个人。其他人都死了：彼得·米德尔顿在当天溺毙；托尼奥在两年前的圣诞节前夕被米奇枪杀；米奇自己也淹死在旅行箱里；现在，爱德华也死于梅毒，葬身于法国的墓地。一切就好像恶灵在1866年的那一天从深水中浮上来，附上了他们的体，在他们生命中注入一股魔鬼般的力量：仇恨和贪婪、自私和残忍、赤裸裸的欺骗，还有破产、疾病和谋杀。但现在一切都结束了，欠债也已偿还。如果当初真的有这个恶灵，它也已经又回到了池塘的深处。休最终幸免于难。

他站了起来。现在该回到他家人的身边了。他转身离去，然后又回过头，看了最后一眼。

石头激起的涟漪已经消失，水面又变得平静如初，澄明清澈。

致　谢

感谢以下朋友、亲戚和同事在写作这本书时给予的慷慨帮助：

卡罗尔·巴隆

乔安娜·伯克

本·布拉克

乔治·布伦南

杰基·法伯

芭芭拉·福莱特

埃马努埃莱·福莱特

卡佳·福莱特

迈克尔·哈斯科尔

帕姆·门德斯

M. J. 奥贝尔

理查德·奥福里

丹·斯塔尔

金·特纳

安·瓦尔德

简·伍德

阿尔·朱克曼

肯·福莱特

1993年3月16日

图书在版编目（CIP）数据

危险的财富 / (英) 肯 · 福莱特 (Ken Follett) 著 ; 于大卫译. -- 南京 : 江苏凤凰文艺出版社, 2017.9

书名原文: A Dangerous Fortune

ISBN 978-7-5594-1076-4

Ⅰ. ①危… Ⅱ. ①肯… ②于… Ⅲ. ①长篇小说—英国—现代 Ⅳ. ①I561.45

中国版本图书馆CIP数据核字（2017）第217145号

图字：10-2013-50号

书　　名　危险的财富

著　　者　（英）肯·福莱特
译　　者　于大卫
责任编辑　丁小卉　姚　丽
特邀编辑　任俊芳　闵　唯
责任监制　刘　巍　江伟明
策　　划　读客图书
版　　权　读客图书
封面设计　读客图书　021-33608311
出版发行　江苏凤凰文艺出版社
出版社地址　南京市中央路165号，邮编：210009
出版社网址　http://www.jswenyi.com
印　　刷　三河市吉祥印务有限公司
开　　本　890mm x 1270mm　1/32
印　　张　19
字　　数　419千
版　　次　2017年9月第1版　2017年9月第1次印刷
标准书号　ISBN 978-7-5594-1076-4
定　　价　69.00元

如有印刷、装订质量问题，请致电010-85866447（免费更换，邮寄到付）
